# ETELBERTO CRUZ LOEZA

# LOS MERISTEMOS DEL ALMA

PARA MIS POCOS AMIGOS,
LO ACEPTO…
Y
PARA LA MUJER…
QUE,
INVARIABLEMENTE,
SIEMPRE
ES UNA INCÓGNITA  A DESPEJAR;
ACERTIJO   A  RESOLVER
Y
UN DILEMA AL ELEGIR

# COSAS DE ABOGAOS....

- Si viera, papá,  cómo sufro, sufrimos los abogados. No me la va a creer, pero es Cierto

- Y por qué no te iba a creer, hijo, le contesté y con el palillo piqué una delgada rebanada de jícama, aderezada con chile molido, negro, del que pica, con sal y limón.

- ¡Ah, papá! Lo que sucede es que casi no hay trabajo y el que hay, está muy mal pagado…parecemos aboneros o que trabajamos a crédito… es una lata andar cobrando. Los amigos ni me la creen que  no traiga dinero, pero es la verdad. Le contaré para que no esté jode y jode que litigue y litigue y que haga esto y después l'otro. A ver si así me entiende y deja de estar jodiendo, como la mosca de Pepito.

- Bueno, hijo, sí. Te escucho y si tú no estás para contarme en este momento, te esperaré a que tengas ganas y cambiaré de opinión si así se necesario.

- Pues mire usted, papá … era un miércoles cualquiera del umbral de la primavera, a media tarde, hora de las cervezas – como recomienda el refrán: a las once, una y a la una, once - y ya el calor se dejaba caer como plomada, derechito sobre los pobres mortales que no teníamos coche, Mas nosotros dos, ambos dos, como decía Vicente Fox, le  dábamos guerra al calor, y nos desquitábamos de él echándonos una frías y muertas cervezas entre pecho, gaznate y espalda,  en nuestro preferido  centro botanero: La Viga, que está a tiro de piedra de Solidaridad y bulevar Agustín Arriaga Rivera, a un costado del parque Morelia 150. Ahí merito. Habíamos quedado de vernos  en el cruce de Arriaga Rivera y Solidaridad y puntualmente ahí nos encontramos y como el calor arreciaba,  para sudar más y tener mayor y mejor pretexto pa'las cervezas frías, pos casi corriendo llegamos a la fresca, sombra del centro botanero de los amigos  y  para conversar de esas cosas que se dan entre los abogados y sus clientes y como no queriendo... pero más  que  nada  por  el  puro  placer  de  disfrutar tranquilamente  de unas tres cervezas  y la agradable plática de m'ijo mayor, el abogao y picapleitos.

Cuando llegamos saludamos a Arturo; después de los apretones de mano y de saludar a Angi, su gentil señora esposa, nos sentamos cerca del mostrador, a la sombra de una palma de pasillo, d'esas que no dan ni cocos ni dátiles, pura sombra y la idea de frescura; en orden nos metimos el lavabo para limpiarnos  y lavarnos las manos; al regresar  inmediatamente se acercó Chava, el mesero y nos preguntó que  qué deseábamos de bebida. Mi hijo pidió una Bohemia … ¡Claro! como es güerito le gustan las alemanas y prefiere las Bohemias, bien muertas, muertas;  yo  como  soy  indiferente  y  excesivamente tolerante, pedí una XX, oscura, fría, fría; para completar nuestro gusto, el abogado pidió la suya bien fría con un tarro, con hielo … ¡imagínese! Mi XX fría, en su botella y con un tarro escarchado con sal, sin limón en el fondo y en un dos por tres ya teníamos nuestras cervezas, con el vaho del frío y de la neblina  saliendo por  los cuellos de las botellas y por la piel toda granizada las cervezas parecían sudar, gota a gota y por delgados chorritos, el frío que las cobijaba antes de salir del refrigerador. Casi junto pegada  a  nuestras  cervezas  colocaron  en  la  mesa  de cervecería una cazuelita con fruta picada  en delgadas rebanadas, aderezadas con limón, sal y chile negro tostado, molido; sobre la jícama y el pepino  sobresalía de la cazuelilla de  barro el amarillo mango.

El abogado aceptó que Chava le sirviera en el tarro su cerveza Bohemia; con los ojos y manos le dije que yo me serviría la mía y con la atención y cuidado de un mesero incliné mi tarro y fui dejando salir el burbujeante y espumoso líquido  ámbar de mi XX, coronada de espuma blanca y salada como la de las olas del mar de Melaque, de Blue Bay, de los Ángeles Locos, de … que olas que visten de olanes todas las playas, menos las de la Paz, ni las de Cancún, ni las de Islas Mujeres, ni las de …

- Ya deje los recuerdos, papá… mire… hace unos días… andando por el palacio de justicia,

ése que construyó Tinoco Rubí, me encontró un amigo abogado como yo y me dijo…

- Oye, Güero, te anda buscando Liliana.
- ¿Será que quiere que la corteje, le invite un café y le haga el amor o qué?
- No sé, mano, pero de que te anda buscando, te anda buscando. Así que tú sabrás…
- Y ¿Cuánto hace que te preguntó por mí?
- Nada más ayer. Por aquí debe andar, ya vez que todos los días viene a ver los estrados

para seguir sus asuntos… no los descuida la jodida flaca chaparra.

- Bueno. Se agradece, mi Lic. … Y como no tenía nada que hacer, pues ya había revisado mis

asuntos, me puse ahí en uno de los enormes balcones a vigilar las escaleras y los pasos a desnivel.

En eso Chava nos trajo un plato pozolero lleno de caldo de jaiba en chile guajillo, con un buen cacho de jaiba; humeaba de caliente y el irregular espiral dispersaba la fragancia marina; el plato traía sus galletas saladas y las pinzas para aplastar la coraza del molusco o la marca que sea del animalito; en la mesa ya estaban las  salsas caseras – una de cacahuate, con aceite de oliva y chile de árbol, otra de tomate, chile verde, ajo, cebolla  y aguacate y la última, de chile de árbol y jitomate con un poco de cebolla y ajo -, además de las industrializadas. Cada quien se puso  a condimentar su platillo a su especial gusto; al mío le agregué un poco de limón y un chorrito de salsa de chile de árbol, molido con un poco de cacahuate y un chorrito de aceite – supongo – de oliva, más su cebolla  y su cilantro…

- Tú sigue hijo, platicando  y  preparando  tu caldito…. Él, al fin hijo mío, hizo casi lo mismo, pero, con eso de que el orden de los factores no altera el producto, de una buena vez usando las pinzas, rompió el escudo de las tenazas de la jaiba y fue sacando la apreciada y sápida carne; cuando terminó, siguió con el cuerpo del animalito, que patas arriba le entrega lo mejor que  tiene: la pulpa. Cuando  ya nomás quedó el cascajo, lo puso en el plato vacío de jícama… y deshizo el paquete de galletas saladas…

- No tardé mucho, retomó la charla, en menos de media hora, ya estaba subiendo la escalera  principal la flaquita … vestía un pantalón negro con saco de mezclilla negra, cubriendo una blusa azul cielo y botines negros, limpios, como a  mí me gustan las mujeres, limpias, aromatizadas, como el pan recién saliendo del horno; su pelo suelto, parecía la Reyna que tuvimos en la casa …

¿Una coker spaniel?

- Ándale, así … su pelo recogido parecía que eran sus orejas … se movía para el lado que se movía su cadera … bueno, papá, yo no quiero que las mujeres ni los amigos, me muevan la cola, ni que jadeen por mí, pero que tampoco me enseñen los dientes  …

-       No te salgas del asunto. ¿eh?

-       ¡Ah, está bien! Y sorbo y sorbo a la cuchara; él colocaba caldo y pulpa de jaiba; yo,
únicamente caldo, pero yo, más aldeano, me acercaba el pozolero a la boca y sorbía y sorbía … él nada más movía la cabeza …

-       ¡Ah, que mi papá! A usted parece que la cultura no le ha enseñado nada.

-       Tú síguele, que esto está muy bueno…
Cuando llegó a la cabeza de la escalera, ya estaba ahí esperándola...

-       ¡Qué tal, Flaquis!

-       Muy bien, güero … nos abrazamos con afecto …sentí su cuerpo juvenil, bueno no tanto y
me agradó su calor … pero nos respetamos mucho …Total, después de separarnos, le dije …

-       ¿Qué me andas buscando? Aquí estoy para lo que tú mandes, que ojalá sea
bueno, aunque sea para echarnos unas frías … cervezas … no vayas a pensar otra cosa … luego vamos a dar al anfiteatro a dar fe … no … frías … cervezas, ¿eh?

-       Mira, güero … es un asunto sencillo … barato …

-       Pos, tú dirás a quién hay que sacar del fresco bote, evitar que lo entamben por un choque, evitar que pague lo de un choque, de un atropellado … cobrar un pagaré, lanzar de una casa, cobrar renta, sacar un carro del corralón, obtener su divorcio, conseguir pensión alimenticia, llevar y ganar juicio sucesorio, asunto laboral, despidos, pago de salarios caídos … cosas de esas que nos dan de comer …

-       No, güero … es mucho más fácil … Seguimos disfrutando nuestro pozolero con caldo de jaiba; él ya casi se lo había terminado totalmente; a mí me quedaba nada más la pulpa de las tenazas y del cuerpo del animalito; en lo que lo escuchaba, lo fui colocando sobre una tira de galleta salada, le agregaba gotitas de salsa de chile de árbol, un chorrito de limón y unas volutas de sal y la paladeaba antes de pedirle a la boca que la recibiera para que la saboreara … se dio un larguísimo trago a la cerveza y retomó la conversación … Yo nomás me le quedé viendo …

\-    ¿Y si es fácil, por qué me lo traes a mí?

\-    ¡Ah, porque tú tienes fama de que no pierdes ni un pleito!

\-    ¿Y qué más?

\-    Que eres  baratero y que, lo más importante, que agarras parejo …

\-    Dirás al revés… que agarro parejo y que soy muy baratero… y ni así traigo dinero… Eso es lo más importante… bueno, ¿de qué se trata?

\-    Al hijo de una amiga mía,    que    viven en Chucándiro, ¿sabes dónde está?

\-    Sí, allá, por la región del lago de Cuitzeo… antes de llegar a la calzada, le da uno a la izquierda, ¿No?

\-    Ándale …sí, así … Bueno, pues le pasó algo muy chistoso … y de eso se trata …

\-    Pues dime y veremos …

\-    Tiene una demanda en esta ciudad, dizque porque mató un perro de raza y le exigen vía judicial, diez mil por el perrito …

\-    ¿Y qué… si lo atropelló?

\-    Sí golpeó  un  perro, pero  no  el  que dice la demandante …

\-    ¡Ah, qué la canción!

\-    Y de eso se trata … que tú, mi buen, lleves el caso, defiendas al joven y aclares lo del perro …

porque se lo quieren cobrar como si fuera de oro
…

- Sale, mano, y gracias… ¿en dónde nos podemos ver?

- Orita, mi buen, le hablo a mi amiga y te la paso para que, pos, hables con ella, ¿no?

- Eso… está bien… espero. Mi amigo sacó su teléfono celular, marcó algunas teclas; escuché el llamador y oí  la voz de la persona que contestó
…

- Sí…aquí está… dijo que sí… ¿te lo paso para que se pongan de acuerdo en el lugar, día y hora en que se encontrarán?  …Bien… aquí está… me buscó con su mirada… A ver. Mi buen, aquí está mi amiga … Se llama Carmen …María del Carmen …

- A sus órdenes, señora …

- Rodríguez… mire ya le  dijo Antonio – ese era el nombre del amigo que me pasó el caso – de qué se trata. Estoy apurada porque m'ijo tiene una demanda y, pos, pos  me lo quieren llevar al Albergue  Tutelar … y pos lo del perro no es cierto … Y

- Está bien, señora Carmen… si le urge… ¿podemos frenos en una hora?

- Sí … si usted gusta … nomás dígame en dónde para irme luego, luego a verlo …

- ¿Qué le parece en el Centro, frente a catedral, ahí en el café Europa?

- ¿Y cómo le hago para reconocerlo, si no lo conozco?

- Antonio  estará conmigo …

- Bueno, así sí… ¿Y qué llevo?

- De favor, traiga el acta de nacimiento del muchacho, de su hijo y unos trescientos pesos…para ver si sí es de a deveras.
- ¡Ah…cómo cree, licenciado! Ahí nos veremos … Le regresé el aparato a mi amigo … diciéndole … ni modo …me tendrás que acompañar …
- Si no hay di 'otra … pos, voy contigo … y caminando nos fuimos a la Madero para tomar una combi roja; lo hicimos y nos bajamos atrás de la Catedral … caminamos un poco hacia su frente y teniendo ante los ojos el palacio de gobierno y en un día lleno de luz y bajo un cielo todo azul, sin una nube, cruzamos los carriles de la avenida Madreo y encontrada una mesa, nos sentamos a  esperar a la tal doña Carmen … le dimos un trago a la cerveza y como estábamos por darle cuello, Chava se nos acercó … y haciendo ojitos nos preguntó sin hablar   …
- Las otras, igual … por favor … Cuando regresó , acompañaba las nuevas cervezas unos platitos con tacos dorados – tres para cada uno – de queso … y los colocó frente a cada  uno … Preparé por separado cada uno de los míos y los fui paladeando aderezados con las salsas caseras, sobre todo la de cacahuate … me serví mi cerveza ..las paladeamos y siguió la charla …
- Hacía poco que nos habían llevado nuestras bebidas – yo pedí un helado de X, Y, Z. Mi cuate sí pidió un café … y llegó Doña Carmen  en el tiempo acordado … Nos levantamos, la saludamos …se hicieron las presentaciones …  le ofrecimos una silla … se sentó y empezó --- entre sorbos a las cervezas  y mordida a las quesadillas siguió la charla …
- Pues aquí está el acta de nacimiento de m'ijo --- ya es mayor de edad … tiene u cartilla militar …

aquí la traigo por sí se ocupa … y me extendió los documentos … los tomé, los revisé y noté que efectivamente su hijo era mayor de edad … Entonces le dije … a ver … cuénteme la verdad … no me diga mentiras … Y me contó lo del perro … M'ijo sí golpeó un perro, pero no el de la señora que lo demandó …el perro que atropelló m'ijo anda por ahí en las polvorientas calles del pueblo … no tiene nada  y el otro perro, el que afirma la señora que es de raza y que se murió, está en la casa d'ella .. vivito y ladrando …

- ¡Y moviendo la cola! … y así, suavemente, como no queriendo las quesadillas pasaron a mejor vida y las enterramos con los glus, glus de las cervezas y como  Chave estaba muy despierto,  ya estaba listo para traernos las carpas doradas al mojo de ajo  y con chile guajillo,  cuya fragancia llenaba todo el pequeño lugar... su aroma  se desnudaba en espirales de tul  y se nos entregaba todo entero… es una injusticia y la pinche vieja quiere sacarnos  dinero que no tenemos, Lic.… ¿Puede ayudarnos?

- (La verdad, papá, me dio no sé qué que saliendo de dentro de mí, escuché que mi voz le dijo) … sí …no se preocupe … a ver … tendrá que firmarme algunos escritos … me da algún número de teléfono para llamarle … mejor … a ver … me llama  maña por la tarde … digamos a las cinco, que Antonio le dé mi número de celular … para ponernos de acuerdo en el lugar  al que llegaremos  para que me firme el primer escrito … E iniciamos el ceremonial de prepararnos las carpas …Mi hijo,  con el tenedor,  tomaba una porción dorada, le ponía  salsa verde, un poco de sal y va pa'dentro y procedió igual hasta que se lo terminó. Yo, a la inversa, le puse a todo un lado salsa roja, chorrito o gotas de limón y un poco de sal y con los dedos, al mero estilo de Juan Sánchez le quité la piel, me la comí y  suave y lentamente masticaba la sabrosísima carne en su jugo de mi ración … y la cerveza nos ayudaba a disfrutar de ese manjar …

- ¿Y de dinero?, me preguntó …

- Por favor, deme, ahorita 500 pesos…mañana… ¡ya Dios dirá! Los buscó en su bolsa  monedero, los contó y me los ofreció … los tomé y me quedé pensando en el cómo …

- ¿Y cómo fue? Dije  entre lamida a los dedos y trago a mi cerveza

- Espere, pues … no coma ansias…deje que me acabe esta carpa…que'stá mus buena … calientita … recibí el dinero y me despedí … camino a  la casa le fui dando vueltas al asunto … si el perro de la señora demandante estaba vivo … todo era una mentira que tenía como fin sacarle dinero a mi clienta … lo primero era lo primero … evitar que su hijo fuera detenido y llevado al Albergue … Entre empinada de botella y preparación del bocado de carpa dorada  con salsa, sal y limón, la charla continuó …

- Lo primero fue acreditar ante el ministerio público que el joven ya era un ciudadano y que tanto    él como el Albergue Tutelar eran incompetentes para tratar y resolver sobre ese asunto porque el joven era mayor de edad, ya era ciudadano y todo debería ventilarse en los juzgados del fuero común. Para lo anterior, mediante los correspondientes escritos  acredité copia certificada   de su acta de nacimiento, original y copia certificada de la credencial con fotografía para votar expedida por el Instituto Federal Electoral, algunas boletas de acreditación de sus estudios y en especial la constancia —fotografía sellada y con todas las firmas - de ser estudiante de la preparatoria número uno, la del Colegio primitivo y Nacional de San Nicolás Hidalgo -, además, ofrecía la testimonial de dos o más testigos.

- ¿Y qué pasó? Dije saboreando una espina, chupándola ...

- Ante los documentos que daban fe de que el joven era mayor de edad, el fiscal  no tuvo nada qué hacer y molesto, debió enviar todo el asunto al juez municipal de Chucándiro y para allá nos fuimos ... para esto puede percibir un acuerdo entre la demandante y el agente del ministerio público  ... sus señas permitían entender que no se preocupara ... que ya todo estaba arreglado ; bueno, eso creí suponer yo ...me refrescaré la garganta un poco   ...papá ya me la terminé — entendí que la cerveza — es que la carpa está muy sabrosa ... Chava se nos acercó ...

- ¿Otra más?

- ¡Por favor! ... Igual ...sudando de frío y que respiren vapor  al destaparlas para que resuellen ... Como de rayo, regresó al mostrador, abrió el refrigerador, sacó las dos cervezas y nos las puso enfrente ... y se retiró para regresar con dos platos colmados de tostadas untadas de requesón, ceviche y guacamole .. y seguimos disfrutando de la media tarde, de la comida, de las cervezas y de la conversación ...

- El asunto ya en Chucándiro era más fácil, para mí y para la familia de doña Carmen ...

- ¿Y el perro?

- 'Ombre, papá ... ya le dije que se espere ...no coma ansias  ya vamos a llegar ...

- Para estar en condiciones de tratar lo del perro busqué a mi tío Tomás... ¿recuerda que es veterinario, No?

- No, pos sí... y Luego ... 'Ombre ... espere ...

- Mi tío me habló del pedigrí del animalito, de la constancia de legitimidad que cuando se compró el animalito debieron darle a la señora compradora del perro; ahí en la constancia debería estar raza, color, antecedentes familiares, vacunas y otras particularidades  y, si estaba muero el animalito, debieron tener registro de su tumba, ya sea dela autoridad municipal o de algún veterinario o de Jefe de Manzana o de alguien, Jefe de Tenencia o algo parecido ... así que ...

- Éntrale a las tostadas ... a mí me gradan bastante, las de requesón ...  las disfruto enormidades ...y tomé un  largo trago  a mi XX oscura que tenía casi congelado un poco de su contenido ...

- Ya voy ... Ya voy ... Después de la charla con mi tío  hice las promociones adecuadas y me apersoné ante el juez municipal ... Me acredité como el abogado defensor de la señora e hijo, Fulanitos de tales... en el cuerpo de la promoción, sin hacer ni una acusación de ningún tipo, solo  solicitaba la exhumación del perrito, que se hicieran los peritajes necesarios para delimitar si el cadáver de ese perro era el animalito cuya desaparición afirmaba la dueña y cuya  reparación del daño exigía la señora Zutana de Tal; que presentara la  factura de compra,  la constancia  de legitimidad de raza expedida por veterinario acreditado con su título profesional; constancias en la que se establecieran sus características como color, tamaño y probable peso, tipo o forma de la cola, etc. ;  la constancia de la inhumación del animalito o documento oficial que hiciera constar que ese animalito era el que la señora tenía como centro de su demanda y no otro; se realizaria la autopsia necesaria para saber si el animalito  - siendo el motivo de la demanda - había fallecido como consecuencia inmediata del atropellamiento; que la autopsia determinara las reales causas del fallecimiento, además de una factura en donde se constara el tratamiento del primer auxilio dado al animalito, en su caso...

- ¡Uta! Los pusiste a parir cuates, o chayotes ...

- Así es papá...bueno, deje echarme esta última tostada...con el último trago de mi cerveza... ¡Ahhhhh, qué sabroso estaba todo, papá!

- Ni hablar ...  una delicia en verdad ...

- Bueno, ante todo lo que pedí el juez peló chicos ojotes ... y nada más hizo mutis ...

- Oiga abogado ... esto no es posible  ...

- Por qué, mi estimado  Juez ...

- Es que ... que ... pos

- Mire, señor juez ... vamos a hablar claro ... ¿no le parece que las cosas así lo ameritan ...

- ¿No hay manera de que nos arreglemos? ...

- ¿Usted y yo?, ...  pregunté o ...

- Bueno ... creo que es lo aconsejable ...

- No ... está equivocado ...

- Entonces, si no nos arreglamos ...le niego lo que solicita ...

- Si usted me lo niega ... doy paso adelante y lo acuso ante sus superiores y solicito su separación del cargo ...por

- ¿Por qué, abogado y bajo qué cargos?

- ¿Evidente corrupción y colusión con la finalidad de extorsionar a una ciudadana inocente, sesgar la correcta procuración y aplicación de la justicia, más lo que resulte, le parece poco?

-	¿A poco sería capaz?
-	De eso y más señor juez …usted nada más mídame y nos vamos …
-	Bueno … creo que lo más aconsejable es que hable usted con la dueña del perrito …
-	Pos, v'astar muy difícil que encontremos a la dueña del perrito
-	Pues ahí está …afuera y si no está la mandamos citar …
-	¿Estamos hablando de la dueña del perrito que está enterrado en el panteón municipal o…?
-	Sí … de ese
-	Mire, señor juez … no nos hagamos los tontos …
-	No me falte al respeto, abogado … yo no se lo he faltado ni se lo estoy faltando …
-	Señor juez … usted me lo está faltando a mí y a la ciudadanía …
-	Eso no es cierto …
-	Sí … los dos sabemos, como lo sabe todo el pueblo, que el dichoso perrito muerto que el hijo de mi clienta atropelló … no existe; que el animalito enterrado es otro, no el propiedad de la señora y que ese perrito anda como si nada en el pueblo, suelto y sin collar y sin nada que lo identifique como perrito de la señora que demanda …
-	Eso yo no lo sé, abogado … yo actúo en función de los documentos que se me presentan … y de los hechos, de los testigos …
-	Señor juez … si gusta damos paso adelante … y vamos contra de la señora y en contra de las declaraciones de sus testigos y documentales que acreditó ante usted … por lo pronto espero su

decisión o quiere que nos arreglemos de una buena vez …

- Pues si gusta … pro ahí debe andar la señora que demanda …

- Si usted quiere ya podemos decidir … todo está en que usted lo quiera …

- Bueno … pero deje de estar blofeando, mi abogado

- También usted ya no le haga al ensarapado, ni me espante …

- Ya, ya … no le siga … se levantó todo lo grande que era – que no era mucho – y salió unos pasos de su oficina y regresó unos cuatro cinco minutos después acompañado de la demandante, una señora de unos 45, acaso  50 años .. con ropa de más allá de medio pelo, sin rebozo, pero sí suéter de lana y un poco maquillado … supongo que el tiempo que duraron fue para a ponerse de acuerdo en lo que dirían o desmarcarse uno y quedarse solos los dos … llegando, se fue atrás del escritorio … hizo las presentaciones …

- Señora Fulanita de Tal, el señor es el abogado de la parte demandada y quiere que  se llegue a un acuerdo  …

- Momento, mi respetable juez … no cambie las cosas …

- ¿No es así, mi abogado? Si no es así, ¿Entonces cómo es?

- Usted es el quien propone que lleguemos a un acuerdo … yo no … lo que deseo es que se dé  el paso a mis solicitudes para avanzar en el asunto  y terminarlo, así de simple … si como resultados de las actuaciones periciales resulta que se debe pagar a la supuesta ofendida .. lo aceptamos y ya…pero  sí  los  resolutivos  nos  son favorables…debe la demandante y ofendida, pagar mis gastos y lo que resulte, porque de aquí debe resultar algo positivo, ¿No cree usted?

- Así lo espero … así …señora, usted dice …

- Pos, qué pide el licenciado … pregunto la parte ofendida

- Pues nada más solicita que se inhume el perrito, se le haga la autopsia para que una persona calificada informe por escrito la causa del fallecimiento, presente una factura en donde se acredite que el perrito es de usted, que es de la raza que usted afirma, contenga las características del animalito, así como una constancia del médico veterinario que lo atendió cuando fue atropellado y, bueno, como0 agregado, saber si el auto que manejaba el hijo de la demandada sí fue el que golpeó al perrito, porque en el auto y en el animalito deben estar la huellas de la colisión, del golpe  …todo deja huella, así, usted dirá por dónde empezamos o se llega a una cuerdo … y usted solicita menos, se desiste o …

- ¿O qué, licenciado? Intervine yo

- O, pues…tal vez la señora podría aceptar otro perrito, un cachorrito…propondría yo, si ustedes lo aceptan…

- Me disculpa, señor juez, pero no es así…

- ¿Cómo es, entonces?

- Es nada más así…O usted da órdenes de seguir mis promociones  para que haya un poco de luz en el asunto o la señora se desiste y dejamos a los perros en paz …

- Pero, ¡y mi perrito!, exclamó la señora…

- Para saber la verdad está el señor juez y el ministerio público, señora y para eso estamos aquí ante el juez …

- Usted decide, señor juez …por algo es juez, afirmó la señora

- Señora, no complique más las cosas, volteó a verla y diciendo eso el juez … y con las manos hizo señas de que ya le parara …

- ¿Pero, pero?

- Mire, el abogado está solicitando una serie de peritajes que traerán mucha luz sobre este asunto de su animalito  y yo considero …

- ¡Usted considera! Y mis consideraciones, ¿qué?

- A ver, señora, venga tantito conmigo a platicar … abogado … me permite un momento, de favor …

- Cómo no…y el juez de lo civil, le puso su brazo en el hombro a la señora, y así la fue llevando a la esquina de su despacho y hablaron… la señora se tronaba los dedos y el abogado casi sudaba cuando le hablaba y sus gestos eran fuertes…finalmente, después de unos cinco minutos de charla en lo oscurito… la regresó frente a su escritorio, así con la mano en hombro…y ya frente a nosotros, a mí, de hecho, me dijo…

- Mi abogado, la señora ofendida, retira los cargos, se desiste y como ella se desiste, no hay delito que perseguir, no hay proceso alguno y no hay juicio y no hay nada más… ¿está usted de acuerdo, mi abogado?

- En principio sí, señor juez, pero deseo que cerremos el caso…

- En un momentito, mi Lic.…A ver…a ver…deme unos quince minutos en lo que le presento a la señora su desistimiento, se lleva usted una copia y mañana viene, o usted o la parte demandada, por la copia de mi  acuerdo y listo …

- Bien, acepto, pero no iré sin decirle a usted que es notorio que  existía entre ustedes dos un acuerdo para lesionar en sus ingresos a  mi clienta; no doy paso adelante en honor a que todo se resolvió favorablemente a mi clienta y porque ese era, fue y logré, la absolución, desistimiento o lo que sea, sobre este caso que lesionaba a su hijo. Espero  a que me entregue la copia del escrito de desistimiento de la señora para retirarme del juzgado…

- Está bien, mi Lic.…en unos minutos está…y nos despedimos...salí del juzgado y en poco minutos ya estaba conmigo al dichosa copia del desistimiento de la señora Fulana de Tal y  salí de la oficina del juzgado  municipal...afuera me esperaban mis clientes, la señora y su hijo …

- ¿Cómo salimos, abogado?, me preguntó…

- Muy bien, señora…no hay cargos, no hay delito...no hay nada…usted y su hijos no deben nada, no tienen ningún asunto con la justicia, ni con la señora Fulana de Tal, por lo de ese perrito…

- ¡Ay, joven abogado! ¡Dios se lo ha de pagar!

- Gracias por sus buenos deseos …

- ¿Y cuánto más le debo?

- ¡Ya nada, señora! ¡Bola de cabrones …

- ¿Por qué dice eso, abogado?

- Pues porque la querían perjudicar, mi estimada señora…querían sacarle, mínimo quince mil pesos, por gastos cubiertos por atención médica, y sepelio del )(/&%$#"!°| perro …

- ¡Mire no'más! ¡Quién los viera!

- Mire, abogado…tome estos doscientos pesos, por lo menos para el camión de regreso… Y de entregó 5 billetes de 20 pesos y dos morelitos, que yo se los recibí. Caminamos hacia la plaza los tres y en un tramo de alguna calle, el joven me tocó un brazo...me lo jaló, un poco...y me dijo, señalando con su dedo a un perrito que pasaba frente a nosotros ...

- ¡Mire! ¡ese es el perrito que dice la señora que es suyo y que, según lo dijo, yo atropellé y maté! Y su dedo indicaba un perro, como de unos sesenta centímetros de alzada, tipo Coker Spaniel, pero cruzado con un Tuno de la calle...Nada más sonreí...Estaba un guajolotero por salir, me despedí, no sin recibir las palabras de agradecimiento del joven y su señora madre ... en el regreso a la ciudad, me vine riendo sobre este asunto...y cuando, en pocas ocasiones, voy a Chucándiro y me acercó al edificio municipal, algunos que me ven y que conocieron del asunto, me ven y   sonriendo maliciosamente,   me preguntan ...

- ¿Y el perrito, abogado?

- Por ai anda...por ai anda, mi amigo...y pues ese es un ejemplo, papá, de los asuntos que tomo...de la gente jodida, de la que no tiene dinero...y de la gente que todo el mundo  se quiere chingar...

- Pues, sí...porque este asunto era para unos tres, cuatro mil pesos...que sería la quinta parte de los quince mil que le querían sacar, ¿no?

- Pues sí...pero...así están las cosa...y eso es típico en todos los juzgados...en todos los juzgados, papá y no se diga en los que están en la Tierra Caliente, en el Valle de Apatzingán, en ...digamos de Ario  de  Rosales para abajo ...

- ¿Cómo?

- Sí…mire, le voy a…bueno, pues trataré de explicarle…hace poco, en Ario… ¿usted sabe en dónde está Ario, no?
- Sí…a unos cien kilómetros, rumbo a la Tierra Caliente, por  la ruta de Tacámbaro, Salvador Escalante…
- Así es…eso…e hizo un respiro para darle uno de los últimos tragos a su cerveza …
- Ahí, por recomendación de los familiares de mi esposa, llevé un caso de un agricultor aguacatero…aparentemente muy sencillo…Los hijos mayores de uno de sus vecinos le pidieron prestado uno de sus tractores; como los conocía y hasta cierto punto era muy amigo de los padres de los dos muchachos, no tuvo mayor preocupación y se los entregó en calidad de préstamo, con el acuerdo que repusieran el combustible que usaran. En ese entendido, se lo llevaron. Mi futuro cliente esperó el mentado tractor ese día y el siguiente y como no se lo entregaron, pues fue a la casa de su vecino y amigo. Cuando conversaron sobre el asunto el papá de los muchachos se dijo ignorar tal hecho, pero supuso que sus hijos lo habrían usado para trabajar las tierras familiares y le pidió un poco de tiempo para buscarlos y  ofreció que ese día le llevaría su tractor. Un poco más tranquilo, pero con la espinita clavada, se retiró a sus actividades y llegó la tarde y con ella las sombras de la noche y nada del tractor. Así que al día siguiente, muy tempranito se presentó ante el papá de los muchachos y no lo encontró; lo que le dijeron fue que los andaba buscando. Bastante inquieto él se fue también a buscarlos, no a los  jóvenes, sino al papá de ellos y a  su tractor Para no hacerle el cuento largo, solo encontró su tractor…casi en el

fondo de una pequeña barranca, muy ladeado, casi las llantas arriba y golpeado, como si lo hubieran chocado o golpeado con algo. Total, con sus trabajadores y con el auxilio de bestias lo pusieron sobre sus ruedas y lo jalaron para llevárselo a sus propiedades, porque no encendió ni caminó. Así que a rastras, y como se pudo, lo llevó hasta un taller mecánico en la población de Ario. Como no hubo, en ninguno de esos días, ni una palabra de disculpa de sus amigos o palabra o mensaje que diera entender que se harían responsables de lo que pasó y de reparar el tractor, Muy molesto, y con razón, decidió proceder por la vía de los tribunales y me llegó a mí el caso… ¡Ah, qué sabroso estuvo todo, papá! Y siguió…

- Ya enterado de todo, hice la demanda por daño en las cosas y lo que resultara, al presentarla ante el juez del fuero común, no me la recibió …

- Oiga, señor juez…pero…usted debe recibir esta demanda …

- De acuerdo…pero si usted me permite, abogado…debo charlar con usted un momento, si me lo permite…Y se levantó de su lugar; me hizo una seña para que lo siguiera fuera del su oficina y me puso su mano en el hombro y nos fuimos caminando, y ya en confianza y un poco en secreto me dijo así…Mira, güero, tú y yo somos amigos; casi, casi eres de esta tierra; tu esposa es de aquí y aquí en palacio trabaja una cuñada tuya...te estimo mucho porque eres trabajador y muy cuate, muy derecho; me consta que haces todo lo posible porque tus clientes ganen …por esa razón yo te voy a pedir un favor… deja este caso...

- Pero… ¿por qué? …

- Güero, mi amigo y casi paisano... yo no quiero que salgas perjudicado, me dijo y sentí el apretón en mi hombro…

- Si usted me dice la razón yo la entenderé … de eso téngalo por seguro …

- Bien, en esas estamos … mira, Licenciado…tu cliente… es de sobra conocido en el pueblo y en la región, y está en su derecho de pedir que se le repare el daño en sus propiedades, pero, así como es conocido tu cliente, también tus demandados son de sobra conocidos y su reputación no es muy satisfactoria que digamos, y si le sigues puedes encontrarte con  la horma de tu zapato…así que es mejor…déjalo…¿para qué le buscas chiches a las gallinas o mangas al chaleco, sabiendo que no tienen?…

- Mira, no me andes con rodeos, dime pan  y te digo pan y si dices vino, y respondo vino … así que de favor, en lenguaje castizo …

- Bueno, pero que quede claro que yo no te dije lo que te diré o lo que vas a escuchar y si se sabe por ahí esto, yo negaré los hechos… ¿estamos de acuerdo?

- Sí, claro…

- Buen, pues…se sabe, es rumor en el pueblo, y en la región, que tus demandados cuentan con la protección de la Familia y, también, de los Zs …

- ¿Eso es cierto?

- Eso, ¿cómo saberlo? ¿Tú estarías dispuesto a comprobarlo? ¿Intentarías llevar el caso aunque en ello vaya en riesgo tu vida o tu familia o tus propiedades, por piche tres, cinco o un poco más o cien mil pesos que fueran?… ¿arriesgarías todo por un pleito cualquiera?

- No, pos, no…

- Entonces, ¿Por qué y para qué jugar con dados cargados, mi güerito? No tiene caso meterse entre las patas de los caballos o pelar papas calientes. Te dije esto porque eres mi cuate...tantéale el agua a los camotes…no te vayas a dar una quemada que dure toda la vida de mi paisana... ¿No crees?…Además, no eres el primer abogado que trata de entrarle a este asunto…
- ¿Cómo?
- Sí …contigo, ya son cuatro los abogados que intentan resolver este caso y a todos les he dicho lo mismo …
- ¡A qué la canción!...está bien, le contesté…Y me quedé pensativo por un momento... con la misma confianza  los dos en silencio, nos regresamos a la oficina … se sentó en la silla  de su escritorio  y como si nada, carraspeó… puso sus manos  en el escrito y me preguntó …
- ¿Señor, licenciado…ora qué? …y me extendió los escritos…
- Pues…sigue que debo hablar con mi cliente…permítame…extendí la mano para recibirle mis escritos; con ellos en la mano salí de la oficina del juez y me fui como si nada a la casa de mi cliente…Ario se me hacía más denso, cálido… sudaba en cada paso...en poco menos de veinte minutos llegué a su  casa; después de tocar, de contestar que era yo, me abrieron y pasé al pasillo de la casa; ya sentado, ahí  conversamos…
- ¿Y bien, mi abogado?, me preguntó… usté, dirá...
- Pues, Don Rogaciano, es un nombre falso, por supuesto…
- Lo entiendo, hijo asentí…
- Tengo que decirle que no puedo llevarle el caso…
- ¿Por qué, abogado?

- Pues por la sencilla razón de que ni el señor juez, ni el agente del ministerio público me lo quieren recibir…
- Pero, usté puede ir a Morelia, ¿no?
- Sí, pero la verdad es que está muy peliagudo, muy riesgoso el asunto…se ve fácil, simple, pero todo lo que rodea a su amigo y vecino es muy comprometedor…y saldría perdiendo mucho, mucho…
- ¿A poco tiene miedo?
- Miedo, miedo, como miedo, no, pero ¿y la familia? ¿y el mañana?…por tan simple y sencilla que es la cosa …
- ¿Me va a dejar solo?
- Pues no…trate de encontrar otro abogado de aquí, que viva aquí…como sabe…yo no vivo aquí…a usted le saldría muy caro mis venidas y desconozco si usted podría pagármelas todas y asegurarme que no me pasará nada…
- No, pos eso no…Ahora…si usté me deja…no sé qué hacer…
- Ni modo, mi amigo…para otra ocasión…me paré y me despedí de mi ex cliente, que resignado no tuvo otra que despedirse, estrechándome la mano…cuando salí de su casa sentí que respiraba bien, que el sol estaba más clarito y más acogedor…ya no sudaba tanto…Oiga papá, ya nos acabamos las tostadas y las cervezas ya están secas… ¿nos echamos lo'tra?…
- Si tú quieres, ándale, pero yo ya llené… te acompañaré para seguir platicando…
- Bueno…hasta aquí llegamos… En lo que pide la cuenta y la traen, le sigo…
- Espero, espero…

- Como ve…está muy difícil para los abogados que no tenemos clientes ricos, con ambiciones y propiedades y que, además, con muy poco tiempo de litigar…ahora que es posible, que en el caso de Ario, el juez y el agente del ministerio público, pudieran estar o están, en su caso y no me consta, apalabrados con esos grupos de los cuales todos hablan y nadie los ha visto…y así, al no recibir ninguna demanda, no hay casos que perseguir y no hay nada…
- Pero…t am…
- También puede ser que el demandado o papá de los jóvenes, le haya entregado algo a esos servidores públicos y todo lo de esos grupos sea pura mentira, pero, ¿usted lo va a comprobar o se va arriesgar?
- No, pues no…
- ¿O usted expondrá lo más por lo menos, por unos cinco o diez mil pinches pesos?
- No, tampoco…tienes razón…
- Bueno, ahora que ya sabe… ¡Ahhhhh!
- ¿Qué pasó?
- Se me olvidaba contarle otro caso muy parecido al del perrito de Chucándiro …
- A ver, te escucho…
- Pero no podemos hablar así, en seco… ¿Cómo ve si nos echamos lo'tra?
- ¿La del estribo?
- Eso…sí, la del estribo… Y Chava, que ya estaba acercándose con la cuenta, escuchó y nos preguntó…
- ¿Igual?
- Igual, no; la cerveza de él, sí. A mí, un Tehuacán, frío en un vaso, con una cascarita de limón. Y de botana o comida o postre… ¿Qué?

- Ya verán, ya verán…Y se fue directo a la cocina…Regresó con dos platos llenos de camarones; en ese momento desconocíamos que estaban fritos al mojo de ajo con chile guajillo; los dejó frente a nosotros y se retiró, volviendo en menos de lo que canta un gallo con las dos bebidas …

- Bueno, papá, pues si no manda usted otra cosa, debemos acabar con el enemigo…ese es el asunto…

- Esa es la cuestión de Hamlet… Comer o no comer…bueno, pues… ¡a darle! Y con calma y en orden, primero uno, después el otro o en ocasiones coincidíamos los dos, pero, reposadamente, disfrutamos de los camarones…quitándoles su armadura…después la cabeza…luego las pata…chupando todo y sazonando todo con unos tragos a nuestras bebidas …

- Pues sí, dijo, siguiendo la charla… ¿se acuerda del hijo más chico de Doña Juana y de Don Anselmo, que vivían enfrente de la casa de mi abuelita?...

- Sí…tenía un sobrenombre muy chistoso…

- Ése…sí, le decíamos el Cachapuz…Bueno… ¡Ah, qué buenos están estos camarones al ajillo!

- Verdaderamente están muy sabrosos…decía, chupando la coraza de unos de los camarones…Y luego, qué con él …

- Pues que trabaja o trabajaba en un estacionamiento, como acomodador de los autos que dejaban ahí, en resguardo…uno de estos días me fue  a ver a la casa de mi hermana y tuvo la suerte de que me encontró… ¡Qué tal, Miguel, Ángel!…

- Bien, mi buen Cachapuz... ¿Qué aires te aventaron por este código postal?
- Pues vengo a verte...la necesidad tiene cara de hereje y uno no cree en nadie...
- Pues, tú dirás... ¿En qué puedo servirte?
- Vengo a que me ayudes...
- Pues tú nomás dime en qué y ya estaré haciéndolo, en recuerdo de los buenos tiempos de nuestra infancia...
- Bueno, pues este es el asunto...Trabajo en un estacionamiento que está en Virrey de Mendoza...el que está enfrente a donde trabajó tu papá, allá por los ochentas ...
- Sí, sí ya me ubiqué... ¿Y luego, qué?
- Pues...
- ¡Ya suéltala, 'ombre!... ¿No mataste a nadie, o sí? ¿robaste algo o qué?...
- Nada de eso...pero tengo una demanda de un cliente y de por eso vengo a verte... porque no tengo dinero y mi mamá me pidió que viniera a platicarte y para pedirte que me defendieras...
- Bueno, si no mataste, ni robaste es fácil mi amigazo del barrio...Dime cómo son las cosas... ¿por qué te demandaron?
- Pues un cliente me demando, acusándome de que yo había golpeado su carro cuando traté de estacionar otro y que la había abollado su salpicadera  derecha y la afasia, traseras,  o como se diga a la pendejada esa que en lugar de defensa traen los autos de los modelos recientes ...
- ¿Y qué auto es? ¿qué marca? ¿de qué año?
- Es una camioneta Éxplore de la Ford...Modelo 2010, dijo al despegar la botella de su boca ...
- Ándale...y   carita...eh...Nada   pendejo,   el dueño...

- Pos, sí…en la demanda pide reparación del daño y presenta una factura por veinte mil pesos…
- ¡No más!…veinte mil pesos Ándale ¿y… luego?
- Pos, no tengo para pagarle…pos ¿d'iónde? Si lo que gano apenas alcanza para llevarle a mi doña y los días de quincena un poco a la jefecita …
- Está bien… ¿qué traes en las manos?
- El citatorio ante el agente del ministerio público...aquí está…Y me lo extendió…Lo recibí; antes de leerlo, le pregunté…
- ¿Cuántos te han entregado?
- Apenas es el primero…mi patrón me lo entregó y me hace responsable…está jode y jode y de pendejo no me baja…
- Está bien, mi amigo…vete sin preocupaciones …ya te informaré, por lo pronto te dejaré mi teléfono para que, a partir de…déjame ver…hoy es martes; del viernes, me llames... sí, a partir del viernes, me llames todos los días hábiles de la semana para saber qué novedades hay…¿de acuerdo?…¡Ah!...porque, además, me deberás firmar unos escritos …pero yo me encargaré de decirte qué día vienes a la casa, o dónde te encontrarás para que me los firmes … ¿de acuerdo?
- Sí, amigo
- Y deja de preocuparte…no mataste a nadie…ni robaste y aunque lo hubieras hecho… para todo hay salidas…
- Pos, sí, las habrá, para los ricos, porque lo que es, para nosotros, los fregados… ¡di´onde!
- Me daré de santos que no me corran y pierda el empleo…
- No preocupes…ya sería motivo de otro pleito…el de tu reinstalación…por lo pronto

vamos a desvanecer este asunto. Tomé el citatorio, preguntándole en donde lo podrías encontrar – me dijo que en su trabajo, en horario corrido, por las mañanas -, nos separamos. La leí bien y lo lógico era, uno, asesorarme en las cuestión de los autos y camionetas y de hojalatería y pintura y pues, fui con su compadre Moisés y con Chava, el paisano de mi mujer y hojalatero; bien asesorado de ellos, me trasladé a ver al agente del ministerio público para saber en qué terreno pisaba y así, en ese mismo momento me fui a tomar las combis que me llevaran a las agencias del ministerio público. No tiene caso que le diga que agencia. Así las cosas, me apersoné en la agencia que conocía del asunto. Me identifiqué como abogado – por cierto ya era conocido por broncudo -, así que no tuve mayor problema y con algunos auxiliares me enteré totalmente del caso: sucedía que al Cachapuz lo acusaban de haber colisionado una camioneta Explorer, modelo 2010, color verde musgo; el golpe estaba muy aparatoso, localizado en la salpicadera y afasia traseras; el demandante, anexando fotografías, solicitaba la reparación del daño y/o el pago de 20 mil pesos. Tomé los datos principales, di las gracias por el apoyo brindado y me retiré; era fácil deducir que todo era un plan urdido para sacarle dinero a quien se dejara y estaba claro que no iba a ser el Cachapuz; de eso yo me encargaría; me fui a mi despacho dándole vueltas al cómo; cuando encontré la forma, hice los escritos y al día siguiente, un poco antes de las nueve de la mañana, me fui al estacionamiento para que me los firmara y saber si no había recibido otro citatorio; me los firmó y a la pregunta sobre citatorios, me informó que no;

con los documentos firmados,  tomé la combi Azul que me llevaba a la procu; iba tranquilo, era fácil, pero requería un poco de pleito y estaba listo para darlo … Ante la agencia, presenté mis escritos y al agente auxiliar, cuando los leyó abrió chicos ojotes …

- Oiga Lic.… está muy plantado, ¿No se le hace?

- ¿Por qué?, mi agente …

- Es que pide usted muchas cosas, por algo tan simple …

- Pues sí… es muy pequeño el caso, pero alguien se quiere pasar de rosca y perjudicar a mi cliente, y amigo y… bueno, si se acudió a la ley para procurar justicia, pues que la haga, ¿No lo cree usted?

- No, viéndolo así, pues sí …Permítame un momento … tomó mi escrito, se acercó al agente del ministerio público, su jefe , le dijo algo al oído y le mostró mis documentos; el agente los leyó y cuando terminó se me quedó viendo, como si me estuviera midiendo … se quitó los lentes, se acomodó la corbata, sacudió alguna voluta de polvo o algo o un tic, lo que haya sido y me dijo …

- A ver, mi abogado … de favor … regresando la vista hacia los que estaba atendiendo les dijo, permítame … mas como entendió que nos tardaríamos más de unos minutos, se volvió hacia mí y me dijo …¿Me espera un momento, Lic., en lo que termino con estas personas? Un momento nada más, por favor y se metió de lleno en la conversación y acuerdo con los que estaban frente a él; cuando terminó, en no más de diez minutos, se firmó lo que se tenía que firmar, me dijo,

- Por favor, mi abogado… ¿Me hace el favor de sentarse? Acepté la invitación y preparado para lo que venía, estaba tranquilo …
- Así que usted es el abogado defensor del Señor … Bustos Martínez
- Más conocido en el mundo de la Felícitas, como el Cachapuz …así es señor agente ... Y estoy a sus órdenes …
- EL señor Fulano de Tal lo está demandando y reclamando la reparación del daño que alcanza una cantidad de 20 mil pesos y los pide como pago… y retirará la demanda, ¿está usted de acuerdo?
- El señor Fulano de Tal está en todo su derecho en demandar a quien resulte responsable, pero no a exigirle al mi cliente que le pague …
- Pero aquí está acreditando fotografías que muestran el daño en su vehículo … que …
- No sabemos quién lo hizo, ni cuándo ni dónde …
- También está acreditando que sí estuvo, se quedó en ese estacionamiento en determinadas horas …
- Que eso solo prueba eso ... que sí estuvo en ese lugar …
- Y usted está solicitando una serio de peritajes …
- Para deslindar responsabilidades y haya justicia y se le dé a cada uno lo que le corresponda… que es la finalidad de la justicia, ¿O no, mi agente?
- Pero es que …
- Total, los peritos ya están trabajando en al procu … no saldrán nada caros … son con cargo a la nómina … son empleados del gobierno, de la procu … así, que usted me dice días y horas y nos apersonaremos en el lugar de los hechos para su construcción …
- Pos, va a estar muy difícil …

- ¡No, qué difícil!
- Si gusta mañana o el día que quiera … lo cierto es que entre más días pasen, será más duro encontrar los indicios de que fue en ese lugar y en determinada hora …
- Habrá que buscar testigos … Y

- Mire, señor agente, como usted ve, estoy solicitando peritajes y documentales que permitirán establecer que efectivamente el incidente de colisión fue en ese lugar, habrá que precisar entre qué unidades, quienes lo vieron y saber si el otro dueño del auto reclama daños y de ser así, seguirle con el reporte del seguro, si alguno de los autos tiene o tuvo, cuál fue el reporte del ajustador o de los ajustadores; con los datos del taller mecánico en donde arreglaron el del demandante y saber en qué condiciones llegó el vehículo, qué día y a qué horas, qué le hicieron; presentar factura de los trabajos hechos y, como complemento, ver las partes dañadas y que se cambiaron … no estamos en contra de que se le haya hecho a la unidad lo que se le hizo, solamente deseo deslindar a mi cliente, y amigo, de responsabilidades …así que vamos empezando por hacer los peritajes ..usted dice el día y la hora… el lugar ya lo sabemos y después, en su caso, nos vamos a lo del taller y la reparación mecánica y de hojalatería y pintura… ¿de acuerdo?
- Oiga, mi abogado…
- Dígame, no hay otra manera …
- Sí claro,
- ¿Cuál es?
- Desvanecer la demanda, sobreseerla, quitársela a mi cliente, retirarla… no hay demanda y se acabó…
- Pero eso no es posible …

- Entonces, vámonos a los peritajes…
- Usted sabe que eso no será posible …
- Lo que yo estoy viendo, y sabiendo, es que se querían joder a mi cliente; el demandante lo consideró pendejo e indefenso y armó todo el teatro, con la colaboración de cierta persona que estoy viendo pero que no le voy a decir quien es …
- En este caso, déjeme ver al abogado de la otra parte para ver si propone una arreglo …
- Haga usted, mi agente lo que deba hacer … de mi parte … solo hay dos formas de arreglarlo …
- ¿Cuáles, mi Lic.?
- Retirando la demanda  y que se desista de presentar cualquier demanda en contra de mi cliente por ese asunto, o el trámite largo de los peritajes y lo que resulte …
- Bueno, entonces dé tiempo a que la otra parte se presente y ¿Qué le parece pasado mañana, aquí, a las diez de la mañana, para intentar llegar a un arreglo, dentro de la ley, por supuesto?
- Me parece bien …Aquí nos veremos … Y salí de ahí; ya en el recorrido de regreso a mi casa o al centro – ya ni recuerdo a dónde me fui – me  fui sonriendo, pensando en el menudo lío en el que estaba el señor agente … considerando los pasos y las opciones, hice otro escrito más, ampliando mi demanda, solicitando la presencia del dueño-administrador del estacionamiento; tranquilo, confiado esperé el paso de las horas y que llegara el pasado mañana, jueves, por más señas …Pocos minutos antes de las diez, ya bañadito y tranquilo, relajado, ya estaba en la agencia del ministerio público, que,  como siempre, estaba hasta el tope de gente pidiendo actuaciones del procurador de

justicia … un poco después de las diez, una secretaria o asistente del agente me llamo …

- Que si hace favor de pasar, Lic.….

- ¡Claro! Y con mi portafolio en mano, entré al despachó-oficina que estaba llena de escritorios y sus respetivas computadoras, todo sin ninguna distribución que permitiera decir ¡qué bonita! No puede ser bonito un espacio en donde se trata sobre el dolor del ser humano y equilibrar los desajustes de una sociedad desiguale inequitativa en donde los ricos nunca asisten, salvo que sea por accidentes automotrices, asesinatos o delitos o superiores, pero casi siempre van sus representantes jurídicos … total ya estaba ahí la parte acusadora …

- Abogado … estos son las personas, la demandante y su representante legal … señores … y nos presentó a cada uno; ya no recuerdo los nombres y no es importante, papá … total … El señor agente hizo la presentación de los hechos ya conocidos y de mi demanda-solicitud para deslindar responsabilidades así como de mis propuestas para resolver este lamentable asunto … Y dio el primer paso la otra parte, digamos la acusadora …

- Abogado, eso no lo vamos a aceptar … el señor es culpable de haber colisionado la camioneta de mi cliente y debe …

- Permítame, señor abogado… es una falta de respeto, pero lo interrumpí porque usted está afirmando algo que es el centro del asunto: debemos deslindar las responsabilidades para saber qué pasó y en dónde y quién lo causó … El papel de usted, señor agente es procurar justicia y de eso se trata y eso pedimos los dos …

- Bueno, sí, pero sí podemos llegar a un arreglo en lo económico, para no meternos en engorrosos papeleos …mucho mejor, dijo el señor agente …

- De eso se trata … debemos meteros en ese engorroso papeleo para saber qué pasó …

- Mi representado no acepta una transacción … solo si se le paga y no se bajará de los 20 mil pesos …

- Bueno … de ser así … señor agente, demos parte a lo siguiente …

- ¿Por qué a lo siguiente?

- Porque el señor abogado está presumiendo la culpabilidad de mi cliente y, lo peor, es que usted lo acepta, tácitamente … en este caso le pido acepte esta ampliación de mi demanda … y alargué mi mano y le presenté un escrito en el que solicitaba la reconstrucción de los hechos, y posteriormente, la presentación del dueño del estacionamiento, así como la presentación del Reglamento de dicho centro de trabajo y  la presencia de sus  trabajadores … al estarlo leyendo las expresiones faciales  del agente del ministerio público cambiaban, sonreía y mostraba preocupación  alternadamente … Bueno, abogado, pues si no hay otra forma .. se dirigió a la demandante … no tengo otra opción que seguir con el procedimiento que todos conocemos …

- Que es lo que estoy pidiendo …, dije yo … la otra parte su puso roja, roja, desconcertada …

- Pero no es posible … si tenemos … En ese momento el agente del ministerio público se puso muy serio  y la palabra se quedó mocha en los labios …

- Tenían un acuerdo, ¿verdad?

- No, abogado… ¡cómo cree!

- Entiendo mucho y creo muy poco, pero si vamos a hacer justicia y esa es su función, señor agente, debemos precisar qué pasó, cuándo, y quién o quiénes lo hicieron para que haya un culpable y actúe la justicia … así que … ustedes dicen o, más fácil, se desisten y quede por escrito, además, que la parte acusadora no demandará a mi cliente por este mismo asunto con alguna otra variante …De no ser así … vendrá el dueño del estacionamiento y declarará que en ese estacionamiento ninguno de sus trabajadores, por reglamento, mueve las unidades ahí resguardadas; que son los mismos conductores de las unidades quienes los estacionan y los que la mueven cuando se retiran. Los trabajadores solo vigilan que no haya incidentes, por eso les ayudan a entrar y a salir y, además, estarán las declaraciones de los trabajadores del centro de trabajo y ahí se precisará en qué turno fue, si es que fue, lo que aquí estamos ventilando … y

- Ya, ya … abogado … hizo el agente con las manos, que en una de ellas conservaba mi escrito, y con la cara, volviéndose a la parte acusadora, Señor abogado … de usted es la demanda … ¿quiere que sigamos, si usted tiene la razón, con el asunto?

- Tenemos la razón, mi agente …

- Bueno, entonces … ¿usted dirá si para mañana, nos apersonamos en el lugar de los hechos?, le pregunté al agente del ministerio público … quién interrogó con la cara a la otra parte …

- ¡Ni modo! No tienen de otra… la otra sopa ya se acabó… ¿o tú dirás si buscamos otra salida?

- Sí hay otra salida… y es esta… fijamos nuestra reparación del daño en 15 mil pesos… ya nos bajamos 5 mil… le restamos el 25% y ¡Qué se dé de santos que somos bondadosos!

- Señor abogado …aquí está la propuesta … mi recomendación es que la acepte …

- No puedo aceptar nada, así sea un peso … mi cliente es inocente …si así están las cosas … señor agente espero sus actuaciones y le pido, como dice mi escrito, fije la hora de la reconstrucción de los hechos y se constituya usted ahí en la hora que se fije para la reconstrucción de los hechos ... de entrada le digo que si hubo un percance fue o con otro auto y en otro lugar o fue en el estacionamiento, pero no en el turno de mi representado y menos con el auto que dice que fue el provocador del incidente, que por cierto no afirma con qué carro o modelo 7yo ... porque les diré por qué ...

- ¿A poco, usted lo sabe, abogado?
- Así es... miren, para que esta camioneta verde, modelo explorer, de la Ford, modelo 2010 recibiera un golpe de ese tamaño y efectos y en ese espacio tan reducido, con los pilares de por medio, la unidad causante debió ser pequeña o baja y llevar una velocidad de, por lo menos 120 kilómetros por hora y el ruido habría sonado unos cincuenta metros a la redonda ... habría, sustancialmente, llamado la atención  o que quien la golpeó, si fue lento, una unidad tipo tanque o tráiler, para que la velocidad, cambiada por la masa de la unidad, hubiera producido tal impacto, pero ese día ni a esa hora, entró un  tráiler o un tanque en el estacionamiento ... ni hubo un estallido  semejante a un petardazo ...  así que está eso para empezar ... ustedes dicen si le  sigo o ahí le paramos, porque si se llega al fin del asunto, y se determina, si queda claro, que mi cliente es inocente y que no hay delito qué perseguir, nosotros presentaremos una demanda por daño moral y la demanda superará los 20 mil pesos que están solicitando como reparación de un daño, que no existe, como lo demostrarán las actuaciones de los peritos y/o declaraciones de los testigos y las testimoniales  de los profesionales de la mecánica automotriz y hojalatería y pintura de autos ... ¿qué

dicen ustedes? ¿Se desisten o le seguimos hasta el final hasta dónde tope?

- Abogado, me permite un minuto a solas que la parte demandante, me pidió el agente del ministerio público.
- ¡Claro! Regreso en un momento, sirvo que voy al baño a lavarme las manos... Y salí de ahí, todo molesto, pero satisfecho... entendía que tenían que ponerse de acuerdo en cuánto le devolvería o cómo quedarían...
- Intencionalmente tarde  más de diez minutos... los hice esperar y angustiarse un poco... cuando vieron que regresaba...sonrieron...
- ¿Y bien, en qué quedamos, abogados? Señor agente ...usted es mano ...
- Pues dejemos que la parte acusadora lo diga, señor ... una solución salomónica ...
- Viene, vienes, pues ... estoy listo ... Y dijo el abogado de la parte acusadora ...
- Siempre y cuando no haya ninguna demanda de la parte ofendida y acusada, en contra de la demandante, sobre este asunto, se desiste de la demanda y retira los cargos...
- Me parece bien, muy bien ... señor agente, yo pido, salomónicamente, como dice el señor abogado, que se me entregue un escrito o de usted o del señor abogado en que se declare que  de su parte no habrá represalias de ningún tipo y en ningún momento por este asunto, contra mi cliente o sus familiares consanguíneos o políticos para presentarle inmediatamente en donde corresponda de la PGJ y, de favor, se sirva entregarme una copia del desistimiento del caso aquí ventilamos ... eso es lo que humilde y salomónicamente solicito, señor agente ...El agente del ministerio público volteó a ver al

abogado demandante, le cuestionó con la cara ...
recibió respuesta afirmativa ...

- ¡Cómo no, señor abogado! ¡No faltaba más! Ahorita se hacen aquí ... A ver ... volteó a su personal ...

- Si me permite regreso en unos 30 minutos, en lo que se hacen los acuerdos y resoluciones... regresaré por los documentos que solicito ... por favor ... Y salí ... Los dejé haciendo los documentos y después de comerme un gazpacho con chile y queso, además de jugo de naranja, regresé... Me recibió el abogado demandante ...

- Listo ... mi abogado ... al extenderme los documentos ... me dijo

- ¿Me firma de recibido, de favor?

- Permítame leerlo, de favor ... como estaba a satisfacción se lo firme de recibido ... y pregunté al agente del ministerio público ...

- Esta es la declaración de que no habrá represalias en contra de mis cliente y de sus familiares, mas falta la copia del desistimiento ...

- ¿Puede venir mañana, por ella?

- No ...es ahorita o no hay nada y, además, presento la demanda por daño moral en contra de usted, señor agente del ministerio público, con el agregado de quejarme con sus superiores en la judicatura de la justicia estatal, así que aquí la espero ...finalmente usted tiene el poder de su cliente ...así que ...¿Para qué tanto brinco? ...Entonces se adelantó el abogado de la parte demandante ...

- Se la hago en un momento, si nuestro amigo, el señor agente del ministerio público, me permite una computadora con impresora ...

- ¡Cómo no! Por aquí... Y el abogado se dirigió a la máquina y se puso a teclear por no más de 5 minutos... Al terminar escuché el sonido de la impresora… Revisó el escrito, se lo presentó al agente del ministerio público, le dio el visto bueno y lo firmó…

\- Falta una copia o muchas copias … de una vez que las imprima la máquina … se le ordenó a la máquina que las reprodujera y después de las respectivas firmas y sellos, se me entregó la mía y con ellas en la mano, salí, no sin antes despedirme …

\- Señores., muchas gracias … fue una gran satisfacción y placer trabajar con ustedes … Y me vine a la casa … cabrones, ya porque ven a un jodido, creen que s e lo pueden chingar así como así … Y así fue papá como saqué al Cachapuz de un buen pleito …

\- ¡Qué bueno, hijo! … ¿Y cuánto le cobraste?

\- Pues unos mil pesos …

\- ¡ay, papá! Nada, papá …si el pobre apenas tiene para irla pasando …

\- Bueno ya hiciste tu obra de caridad… así están las cosas de la litigada, papá …sí hay trabajo pero o está mal pagado o una parte está respaldado por la delincuencia o  no pagan y cuando pagan anda uno como limosnero …

\- Bueno, por hoy… ¿ya terminaste tus camarones?

\- Estaban tan sabrosos que ni siquiera sentí la plática … Si gusta, ya pida la cuenta …Levanté la mano y Chava ya estaba listo a un lado de la mesa …

\- La cuenta, de favor …dije …

\- En un momento se la traigo… Y sí, en un ratito más ya estaba la boleta en nuestra mesa… trescientos sesenta pesos, más la propina, unos cuatrocientos pesos…los pagué… dejamos la mesa y antes de salir, fui a despedirme de Angi, la esposa del dueño, dejé saludos para él y sus hermanas y salimos a la tarde ya calmadito el calorón, ¿pero cuál calor y cuál hambre

con estas charlas y botanas de Dios mío y Señor
nuestro? ...

# UNA DE MÉDICOS

Un día cualquiera, disfrutando de una mañana tranquila, acompañado de sabroso y bien presentado desayuno  con los amigos periodistas y uno que otro licenciados metidos en el negocio de la comunicación social y del chisme hecho política, más leídos e influyentes de la ciudad – cobijados por los  conocidos  y aplaudidos lema "somos chismosos, pero no mentirosos" , "somos hocicones, pero no trompudos" y "la nota come"  -; los seis, porque ahora ya somos seis y no tres, sentados en torno de dos mesas del  espacio del fondo del nuevo restaurante Trico, ahora como anexo al hotel de la Ciudad, ahí en el mero centro de la ciudad capital, empezando el portal Matamoros y en una mañana esplendorosa de sol radiante, calor no mayor de 20 grados y una  transparencia hasta los patios del Señor, el infinito, y frente a sus espacios terrenales – plaza de armas de por medio -, está la catedral, una de las más hermosas del país y, por qué no, de esta sufrida y disfrutable América.

A diferencia del anterior Trico, ahora ya no se disfruta el santo olor de la panadería … de ese pan que sale del horno y con  su aroma que se eleva  en arabescos y bailando va comunicando por  todo el portal y sale a la calle de Abasolo, informando a todos los gustadores del pan que ya salieron los bolillos, las conchas, las cariocas, los condes, las empanadas, las teleras, el pan de agua y los baguetes; hoy, el pan te lo llevan en canasto y con pinzas se escoge las piezas que disfrutarás … Bueno, pues, ese día ya cada uno había solicitado el platillo que se echaría entre pecho y espalda -  plática de tal chisme, de comentario sobre tal padre de la Patria Neoliberal, elevada de taza de café americano – y corte de una porción de sus chilaquiles, de sus huevos divorciados, al albañil,  de sus tacos rellenos de queso, de huevo revuelto, con jamón, a la mexicana, con tocino,  de sus corundas o lo que haya escogido, disfrutaba, también de la presencia de los amigos, que con el pasar del tiempo y la cercanía de la ancianidad, se valora mucho más; tenía las  orejas y los otros  sentidos más aguzados y no perdía ni una letra y palabra de la charla, mas algunas voces me resultaron conocidas y sin quererlo, curioso que es uno, traté de saber de dónde venían esas palabras que me eran interesantes y como no queriendo volteaba hacia un lado, luego hacia el otro, un poco despistadamente … ubicada la fuente de las palabras – a unos dos metros de las mesas en donde estábamos -, fui 'poniendo más atención a los que era el motivo de su plática…

- ¿Y este güey, qué trae?
- Sabe, mano … ya sabes que así es …
- ¿Qué traes, güey?
- Nada… ustedes sigan comiendo…. Que yo también comeré un poco de la gente … pero de la que está atrás de nosotros …
- ¡Cómo serás…cómo serás! Así las cosas y con la indiferencia de los cuates, puse más atención en la pareja que desayunaba en la mesa contigua … Ella, una mujer un poco mayor de los cincuenta años … bella mujer, un poco madura, bien vestida – bueno , no estaba desvestida, ni traía una pieza en lugar de otra, pero su ropa era de buen costo, corte y hechura, sobresaliendo el

negro y dorado u oro; sus zapatos eran negros, con filetes café oscuro; su piel, color durazno y su corto pelo, en tono  dorado, hacía una imagen de la belleza otoñal, que casi nadie pinta ni describe: cara ovalada, nariz no pequeña, pero afilada, nada de ancha de su base; vivos sus ojos cafés, cejas de parábola, pestañas enhiestas, pómulos sugerentes y breve mentón …¡ah! … sus labios eran delgados y las líneas de su cuerpo, un poco delgado sugerían unas curvas apetecibles y acariciables…bueno, esto es fantasía mía…Sus manos eran pequeñas y se movían al compás, al ritmo de sus palabras…una imagen bella … quien la acompañaba era varón, más o menos de su misma edad y desgaste …  moreno, cachetón, escaso pelo entre cano, más gris que negro; de nariz  medianamente chueca, de base mediana y fosas medianas,  y no tan afilada, ojos negros, cejas oscuras y de mirar calmado; sus pómulos  se perdían en el óvalo de su cara y su boca, de labios medianos, pero grueso el inferior, hablaba, callaba y comía y callaba  … su ropa también mostraba buena tela, buen corte y buena hechura … cuando empecé a poner más atención… sus palabras me llegaron nítidamente  …

- ¿Y cómo te fue con en tu visita con el doctor especialista de reumatología en el   hospital del ISSSTE?

- Pues… ¿cómo crees? Verdaderamente una desgracia …

- ¿Por qué eso y así?

- Ya recordarás lo endiabladamente burocrática que fue la obtención de la cita con ese especialista y hasta tú interviniste para conseguirla …

- ¿Yo? ¿Cuándo?

- De eso hace más de cuatro meses… ¡tanto que ya ni te acuerdas! … fuimos con nuestro médico familiar y le planteamos el asunto de mis dedos …
- Osteo artrosis, ¿no?
- … Sí… él ya sabía que me trataban en el IMSS. Ahí me entregaban un paquete de medicamentos para detener la progresión mi mal … es más, uno de sus reumatólogos me incluyó en un programa experimental con una sal cuyo nombre no recuerdo en este momento …
- Sí …el Ridesonato o … uno de los que por montones te entregan cada mes …
- Eso … así las cosas, quise conocer otra opinión de otro médico y más que por otra visión, porque el costo de los medicamentos que me indican externamente, es sumamente caro y pues, así no hay dinero que alcance …
- Pues… ¿cuánto te gastas el mes en tus pastillas que un médico particular te recetó?
- ¡Huuuuyyyy! … rebasa los mil quinientos pesos … sin contar los que me indican los médicos del IMSS y los del ISSSTE …
- ¡Tanto! …
- Si quieres te los desgloso uno a uno …
- No es para tanto …
- Arcoxia, tanto …
- En total …Mil quinientos y tantos pesos mensuales …
- Eso …sí … Y conversaban y seguían disfrutando del desayuno … ella tomaba jugo de lima y café descafeinado, con unos huevos veracruzanos; él, jugo de mandarina, chocolate Moctezuma en agua y huevos con tocino, frito, no dorado, frijoles refritos, tres tortillas y salsa de chile perón

de la región y su canasta de pan de la casa .. su plática seguía su ritmo pausado, pero fluía constante … Siguió la dama …

- Fíjate … si yo, nosotros, que podemos pagar estas enfermedades, me duele, nos duele, gastar más de mil quinientos pesos … imagínate los que no tiene ingresos como los nuestros …
- Bueno, no solo los que tiene ingresos como los tuyos… yo, con mi diabetes y con mis pastillas preventivas, lo poco que gasto me duele en el bolsillo...
- Pues ¿cuánto gastas tú?
- Mira … te lo diré, al fin que nada ganamos con ponernos a llorar …
- ¡Que sirvan las otras copitas de mezcal! …si quieres … te la canto …
- No es para tanto … pero a'i te va … 12 pesos mensuales de la Aspirina  junior de 100 miligramos … no, pos es lo único en que gasto … pero lo que es tú … tú … sí gastas 50 pesos diarios en puras medicinas .. ero … a ver … échale los rábanos cada ocho días que vamos al mercado, son diez pesos el manojo … un poco de orégano … otros diez pesos cada dos meses …
- ¿Y eso, para qué es?
- Para  evitar la gastritis, las úlceras en las paredes de todo el sistema digestivo y para que las grasas de los alimentos las digieras sin mayores complicaciones … no tengas ruidos estomacales y menos  o casi nulas flatulencias …
- Huuuuyyyy…Tú… ¿ poc…os pedos? ¡Por favor!
- Bueno tú…mejor que nadie sabe si es efectivos …si son eficaces …
- Eso sí es cierto … yo sé más que nadie si son efectivos …pero sigamos …recordarás que, hace

casi tres meses,  cuando tuvimos nuestra consulta mensual en la clínica del ISSSTE  le dijimos eso al Dr. Ledesma y nos dio un pase para el especialista …

- Sí … lo recuerdo muy bien …Tu …
- …vimos que seguir el procedimiento para la cita … que subieras a la dirección y ahí Cynthia te daría un día, una hora y un  doctor y consultorio para la cita …no te rías …
- Me río porque recuerdo todo el calvario …
- Primero fue que no tenía las dichosas libretas para las citas …
- ¡Como si las mentadas libretas fueran hechas a mano o encuadernadas en piel de faisán!
- Y eso fue ir un día  sí y otro también … que como era casi fin de año …ya no tenían libretas calendario … hasta que a las quinientas llegaron las mentadas libretas-agendas-calendario y
- Que te dan la cita  y
- Me la pusieron para el día x del mes de  marzo … pasaron casi tres meses desde que Ledesma nos dio el pase … y como sabes apenas ayer fui a la consulta …
- Nunca me dijiste con qué doctor te enviaron ¿Con quién fuiste?
- ¡Ni me recuerdes!
- ¿Por qué? Hasta sonríes … no te fue tan mal …
- Sonrío por lo chusco del asunto, lo humorístico, por lo frío, lo impersonal... Lo omiso del doctor …
- ¿Omiso?
- Por decir una palabra que no parezca indiferencia, desprecio,  soberbia, altivez, frialdad, solemnidad, irreverente … frío …
- ¡Aaaahhh, chingaos! …tanto así …

- Sí … mira … como lo recuerdas, pues fue ayer …
- Dime, porque tengo un disco duro con poca memoria RAMs y muy ateflonado …
- Desayunamos temprano …
- Sí, tenías que estar en el hospital vasco de Quiroga …
- Te echaste tus líquidos de siempre …
- Pero antes tu agüita de Herba Life…dos tapitas y dos vasos de agua tibia… ¿no?
- No … pos …sí …
- Y tú… tu licuado de polvo de telarañas de sábila, un vaso de agua,… que revuelva por seis minutos; dos  cucharadas grandes con yogurt… unos diez minutos  de  batido  ---vuelta  y  vuelta…   y pa'dentro…
- Bueno, pues nos fuimos … tú a mis cosas y yo al hospital para la cita médica con el especialista en reumatología …
- Se dice reumatólogo …
- Bueno…eso … tomé la combi … me libro  del tráfico, me desestreso y gasto menos y no me pongo furiosa por no encontrar espacio para el auto y por caer en manos de los dueños de las calles …
- ¡Los franeleros! …¿Y?
- Pues llegué a tiempo … eran las ocho y treinta cuando arribé al consultorio del mentado doctor Barriguete, Burguete o Chisguette o lo que sea … No sé porque los servicios asistenciales del gobierno citan al paciente a las ocho o a las dos o a las tres o a la hora que se les antoja  … si no respetarán la hora de la cita y le dan el número que le corresponde según sean los pacientes que ya esperan …
- Eso no lo cambiarás … Total … llegaste … y

- …pos hice fila y la ¡"#$%&%$#"! hora que me dieron se la llevó la trampa …

- ¡No te molestes! … Finalmente te dieron consulta ¿no? … que era lo importante… así que …

- Esperé hasta que le llegó el turno al número que era el mío… ¡cerca de las 11 y media! De malas y en ayunas …

- ¡En la madre! … del ISSSTE, pues.

- Bueno, pues de mal humor entré … el consultorio era un espacio de cuando mucho cuatro metros cuadrados o un poco más … lo meramente necesario para que estuviera un escritorio, una silla, una pequeña credenza  con motivo decorativo y una mesa diván para los pacientes, en las paredes posters informativos padecimientos y  sobre los beneficios de prevenir enfermedades  …  todo  frío,  silencioso, únicamente afuera las televisiones que pusieron para difundir  los  beneficios  y  servicios  del ISSSTE … el doctor era como de unos 55 años, con el ceño del mal humor, con las venas de la ira, en cuello y frente, muy levantadas; afeitado, cara  seca,  piel  seca;  boca  alargada  de  labios delgados,  bigote  negro  con  algunos  rayitos blancos, pómulos alargados, grandes pabellones de las orejas, nariz larga y delgada,  ojos negros cansados, cejas pobladas  y  pestañas  negras  y medio caídas, pelo negro, lacio bien engomado … su bata le quedaba ya un poco grande y caía, colgaba de sus hombros  hasta más debajo de la rodilla. Traía corbata azul claro, - era trabajador del ISSSTE… por supuesto – su camisa era blanca y el pantalón  contrastaba  con su corbata: color azul oscuro… ¡ah!  …  sus  zapatos  eran negros,  limpios,  pero  descuidados….Además usaba lentes bifocales … se veían unos ojos como los del cuento del lobo de Caperucita …con armazón grueso, color tabaco …

- Oye, ¡parece que te enamoraste de él!
- No, lo recuerdo por lo que pasó inmediatamente después  de entré…
- A ver …cuenta, cuenta …
- No me dijo nada … por lo menos que me sentara … callada, desconcertada por la inexistente cordialidad  me senté  … y esperé que me dijera algo
- A ver … dígame … qué tiene … fueron sus palabras …
- Doctor, yo padezco osteo artrosis y … Alzó la cara, se acomodó los lentes …con sus dos manos tomó  los aros y los reacomodó sobre su nariz …puso sus manos en las bolsas de su bata y se hizo hacia atrás, al respaldo de la silla … como si tuviera tifo, peste …
- Ponga sus manos sobre el escritorio, ladró, si se acepta la palabra… cumplí puntualmente la indicación…
- Extienda … abra  … estire sus dedos … Así lo hice … tomando con una mano un aro de sus lentes los reacomodó …  y ahora se agachó un poco, pero sin soltar los aros de los cristales … Pero sin tocarme, sin tratar de estar cerca de mis manos … vi sus ojos que recorrían cada una de mis manos, de mis dedos como si su mirada pesara una tonelada … satisfecho … volvió a ladrar, porque eso parecía la voz agresiva… como si estuviera cuidando su espacio, su trabajo y yo le disputara  su cubículo …
- Eso no se cura  … es más  … ¡ninguna enfermedad se cura¡
- Doctor …eso ya …

- 	…¿lo sabía? … me completó …
- 	Sí …
- 	Entonces… ¿a qué viene?.. De seguro a quitarme el tiempo …
- 	No, doctor … es … que …
- 	Nada detiene esa enfermedad … lo que puedo hacer por usted es darle calmantes para que no le duela tanto …
- 	Pero …
- 	¡Ya le dije! No se cura… ¡ninguna enfermedad se cura! … pensé qué le habrá sucedido en su vida personal un poco antes de que me recibiera a mí o qué paciente se le habrá enfrentado porque no había nada de amabilidad… secas las palabras, seco, fruncido, arrugado el ceño…pura amargura, frustración, bilis…no sé… total no me dejó hablar nada… ni tiempo tuve de decirle a lo que iba… una opinión más sobre la evolución de mi padecimiento o algo que me diera un poco de ánimo… ¡nada! Como él estaba callado escribiendo la receta del Paracetamol que me indicó, yo permanecí callada también … terminó en no más de 7 minutos …
- 	¿Consulta y receta?
- 	Así es… No  me dijo nada cuando terminó de llenar el formulario… solo extendió su mano derecha, que aun conservaba el Bic utilizado… LA TOMÉ Y EN SILENCIO SALÍ DEL CUBÍCULO CON LA PAPELETA EN LA MANO. VERDADERAMENTE ESTABA ARREPENTIDA DE HABER ACUDIDO A LA CONSULTA … YA EN EL PASILLO TRATÉ DE SERENARME Y ME SENTÉ … EN ESE MOMENTO VI QUE UNA PAREJA DISCUTÍA ACALORADAMENTE … POR LA EDAD Y PALABRAS ESCUCHADAS SUPUSE QUE ERAN

ESPOSOS … ELLA INTENTABA DETENERLO …ÉL SE ESFORZABA POR HACER VALER SU FUERZA FÍSICA …

- Déjame… no me detengas… quiero entrar para romperle su madre a ese medicucho hijo de ¿=)(/&%$#"!!"°"#$%&/()=?¡ …
- No viejo, no … cálmate … no es para tanto …no hagas caso … está mal … muy mal …pero no debemos hacer caso …
- ¡Que se está creyendo el tal por cual! … ¡Mira que no atenderte! …¡que no revisarte!
- Me dijo que no tenía nada … o que si tenía no era importante …
- ¡Y nosotros venir de tan lejos para que este hijo de su chingada madre nos salga con esto! … pero esto lo sabrán en el sindicato… ¡Ya verá el hijo de su puta madre!
- Ya viejo …ya …no es para tanto …total … buscamos otro médico … le pedimos a nuestro doctor que nos dé el pase con otro médico …
- Pero siquiera déjame decirle a este tal por cual de que se va a morir …
- ¿Y qué ganamos, viejo?
- …mejor vámonos…. Estaban en eso cuando llegaron enfermeras y derechito se fueron con la pareja … una intentando detenerlo, otra hablando con palabras suaves, tersas …
- Señor, de favor, haga caso a su esposa … mire … es por demás … este médico no tiene arreglo … y la otra forcejeaba, uniendo sus brazos y empeño a la esposa para detenerlo, pero el ímpetu del esposo era mayor y estuvieron en un tris de ser rebasados por la decisión corajuda del señor … la enfermera que le hablaba dejó de hacerlo y se unió a la fuerza del par de mujeres y contra tres

personas el señor ya no tuvo para dónde hacerse y poco a poco su determinación fue disminuyendo … pero ya nadie hablaba …era solo un empeño en que no pasara … en este momento entró a reforzar al trío de damas, la enfermera del reumatólogo, quien a puerta cerrada se hacía el que no tenía vela en el entierro y ya en ese momento, en plena desventaja, el esposo se calmó o lo calmaron los empujones y pujidos de las damas …

- Está bien… está bien… ¡Ya déjenme! ¡Suéltenme! Y poco a poco se fue desliando el manojo de fuerzas y hasta que el señor se sentó y se calmó totalmente las cuatro damas se fueron dispersando … entonces la señora habló …

- Ya, Manuel…vámonos… que vamos a comprar las medicinas y encargos que nos pidieron en el pueblo y todavía tenemos que buscarlos y comprar los boletos… esto ya no tiene remedio… y lo tomó de la mano…el esposo se levantó y calmadamente se fueron caminando… bajaban la escalera y aun seguían conversando – ya no discutiendo  - sobre esto y aquello, pues el tono del rumor de sus voces me llegó por unos segundos más. Yo desconozco si el trato que ese doctor le da a los pacientes sea parejo o si tiene un trato excepcional o discrecional para algunos o para algunas, pero sí te digo que el trato que recibí y que supongo le dio a la señora que escenificó el vodevil, es, aparte de  indebido, injusto y carente de urbanidad, de humanidad y de justicia, porque, inicial y finalmente  su formación  establece que debe servir, sino con servilismo, sí con humildad y servicio y, está devengando un salario que los pacientes o sus familiares le pagan. Si está molesto por alguna situación personal, no acudir a trabajar; si algún paciente o alguno de sus familiares le falta al respeto, que se queje a las instancias debidas  o si está enojado por la carga excesiva de trabajo o en correlación con sus ingresos como especialista particular,  es desproporcionalmente bajo,  que escoja lo más conveniente: renunciar o seguir, pero con otra actitud de poco amigos y muy poquísimas pulgas…

- Como dijera alguien …

- ¿Cómo dijo?

- Soy tu perrito faldero … pero quiero que no me hagas zalamerías … que no me enseñes los dientes, pero que tampoco me muevas la cola …

- Eso … nosotros como derechos habientes o pacientes del ISSSTE o del IMSS vamos a los servicios y aceptamos todo con humildad perruna y una bíblica paciencia como la de Job … hasta cierto límite…más allá  … nos desbordamos y este tipo de doctores en muy poco ayuda a las instituciones en las cuales sirven …

- Bueno… ya te desahogaste, ¿no?

- Pues sí ... y mucho ayudó tu participación en dejarme hablar y escucharme y, además, este desayuno … sobre todo el pan recién saliendo del horno y el almuerzo …

- Huevos veracruzanos, tú, y yo mis rollitos de queso añejo bañado de salsa de frijoles con mi chocolate en agua y las conchas y el pan blanco … de fábula …

- Y la sobremesa… ¿no?

- Pues sí … bueno, pidamos la cuenta … Aquí en este momento habló el Negro … bueno, pues, cabrón, estás con nosotros o con la otra mesa …

-     Ya voy, ya voy, como dice mi nieto …ya voy, …
no te desesperes … y me reuní en pensamiento,
palabra y obra   y silencio …      Como yo,
normalmente,   no desayuno con la bola de
Infieles, nada más picoteo los polvorones y me
zampo las conchas … eso me puse a hacer,
dejando que los amigos siguieran componiendo el
mundo … Frente a mí la plaza de armas lucía
radiante bajo un sol dorado, suave y cálido y los
pajarillos cantaban en sus ramas y volaban de un
árbol a otro, dejando que los pichones se
comieran los granos de arroz que algún niño le
arrojaba  o pedazos de pan seco o x, w, y, n,…la
mañana se iba y nosotros, envueltos en una
transparencia infinita, nos íbamos en  ella.

# PENDEJO COYOTE, VIOLÍN...

Ya era media noche. No podía dormir. Por más que daba y daba vueltas a mi cabeza no encontraba lo que me quietaba el sueño … ese día no había tenido ni un problema mayor; no me había echado mi un enemigo más ni se había acercado un cuate para intentar ser mi amigo … las redes sociales electrónicas no las visito, me aburren …son puro chisme y no quiero invertir mi tiempo en esas babosadas… refiero leer y pensar… y me fui en el tiempo y recordé y recordé como lo recomiendan….no sé quiénes, para tratar de vencer las preocupaciones, y dificultades que agobian a la conciencia, el subconsciente y el inconsciente y, finalmente dormir… algo me punzaba y punzaba… Diablos… ¡No hallaba qué chingaos era! Mentando más madre que un carretonero me daba vueltas y más vueltas en las cobijas y las tales  Chole y Manuela y después de haberme enchaquetado dos veces – porque dice el refrán que no hay insomnio que aguante dos chaquetas - no me ayudaba nadita de nada …entonces, como obra de maldición, me llegó la piedrita trasnochadora …  Era una media mañana cualquiera, con un calor muy agradable, una transparencia del horizonte más allá del cielo, una  sacramental pureza del aire y un azul y blanco pasteles  de las nubes … al fondo, a la derecha, en  el túnel del portal se perdían las personas con su prisa y sus cosas que forman su  vida; a la izquierda,  el otro túnel del mismo portal con las siluetas de las personas que mostraban su prisa, su afán, su gusto y su vida al caminar y pasar frente a nuestra mesa y perderse en la cotidianidad de todas las horas, de todos los minutos, de todos los días, como las olas que con sus olanes visten las playas todo los segundos y todos los minutos de todos los días de todos los años por siempre, amén. Frente a la mesa, la acera de Madero Poniente, los arroyos de circulación en ambos sentidos y la altiva catedral – al fin mujer, demasiado bella – dominando – literal, analógica, anagógica y moralmente, como lo afirma Dante -, la vida de estos pobres mortales que seguimos disfrutando de este valle de lágrimas.

En la mesa, estábamos casi los de siempre, hablando como siempre – de mujeres, de viejas, de bailes semanales y de los conocidos recientemente desaparecidos, de lugares en donde disfrutar la comida, sin mujer, con mujer y que no salga tan caro comer, siendo lo mismo de todas partes...Héctor, el amigo; Gustavo, el poeta; el Compadre, el pisicólogo; Charles, el pres ... iso; el Pato, el Espantor; el Jefe sombrerudo, el Maestro Lupe y yo, el Bobo ... frente a nosotros las bebidas solicitadas y ya Erick nos tenía bien aprovisionados .. El aroma del café se perdía entre las mil y tantas fragancias que flotaba en el ambiente en el que se iban unas y llegaba otras...y nosotros nomás mirando lo que la madre Naturaleza hizo para nosotros con la ayuda de los mortales...

El tiempo se perdía en puras banalidades, sirviendo ese momento y ese grupo – y todos los demás - de ejemplo de que todo es vanidad y banalidades, pues, finalmente, ¿qué es, y para qué sirve todo lo que hacemos y atesoramos? ... ¡Nada! Parecíamos máquinas del movimiento continuo: acaso bella, pero ciertamente inútil, comprobando las palabras de algún personaje de Ernest Hemingway: Si amaste algo y si amas algo o lo destruyeron o lo están destruyendo. Éramos vivo y decadente ejemplo de que habíamos amado algo y lo habíamos destruido o nos los destruyeron o si amábamos algo en ese momento, lo estaban matando los compañeros de vida en su prisa o  por lograr algo, finalmente inasible o por llegar a ninguna parte.

Poco a poco, algunos se retiraban, seguramente porque tenían una gallinita echada  – Sharon Stone, Kim Bassinger, Demmi Moore, a escoger… -, tenían que ir a ofrecer una conferencia magistral en el Congreso de los Estados Unidos, invertir en los Bonos de Grecia, resolver el conflicto social de los estudiantes de chile  o botar una motora  de 600s horse powers, o   algo así de trascendente y nos quedamos  ya solitos y nuestra alma el Pres…iso y yo… y entonces empezaron las confidencias…

- A ver, mano, tú … que eres muy conocedor, fueron las palabras que, casi,  se perdieron en el tropel de pasos, perfumes y sonidos del momento …

- No te la jales, fue la respuesta …

- No, en serio … Y se reacomodó en la silla y acercó más su cara … lucía unas ojeras pronunciadas y una cara mal afeitada …

- Luces mal, mi cuate …

- Pues sí … no he podido dormir …

- Tú… ¿No has podido dormir? No mames, güey… Tú… ¿Qué problemas tienes, si no matas ni una mosca?

- ¡UUUUUUhhhh! Tengo muchos

- Tú estás como las mujeres ricas al querer vestirse …

- ¡No me compares, pos qué!

- ¿Por qué no? Su problema es… ¡qué vestido ponerse! Tienen tantos … que ese es su dificultad … Y tú estás como ellas …

- ¿Por qué?
- Tienes tantas mujeres ...que no sabes con cuál salir o a quién invitar a salir a comer ...
- No, no es cierto ...
- Tienes una por día de la semana ... pareces Yavé ...
- ¿Quién es ese güey?
- ¿Eres católico?
- Claro ... me bautizaron me confirmaron, me casé por la Iglesia y bauticé y confirmé a todos mis hijos ...
- Es tu Dios, güey ... pero también de los judíos ... el que  sacó a Moisés de Egipto, lo liberó de su esclavitud y lo condujo por el desierto ... Es el Hidalgo de los Judíos, antiguos, porque lo que es de los de hoy ... es David Ben Gurión ... Bueno, pero eso es otra cosa ...¿Me negarás que tienes una mujer por día de la semana y descansas un día ... el domingo ... para reconstituirte y ver el futbol y cosas de esas? ...
- No, no te lo negaré ... pero no soy Dios, güey ...
- N, no eres, ciertamente, pero en lo de descansar el séptimo días sí lo imitas ...
- ¿A poco él descansó?
- ¿Qué no recuerdas que el descansó el séptimo día? Bueno, eso dice la Biblia ...
- Pero el séptimo día es el domingo...
- Dependiendo como tú cuentes los días de la semana ... bien puede ser que para los judíos y no para los gentiles, como tú, yo, nosotros, ellos, el primer día de la semana sea el domingo y, así
- ...El séptimo día sea el sábado ...eso quieres decir ...
- Sí eso ... pero también que los judíos pudieron cambiar el orden de sus días de descanso y

dejaron para descanso el sábado …el Sabbath …
y tú eres como Yavé … descansas un día, sea el
séptimo, el quinto, el tercero…el que sea …

- Bueno … está bien …pero ahora déjame decirte
porque no puedo dormir …
- Eso…aquí te espero y pongo todos mis sentidos,
los cinco, los seis o los siete… ¿sale?
- Sí sabes en dónde vivo, ¿no?
- ¡Claro!   …Allá por te pesco el hoyo, número con
mi riata, interior ocho, ¿no?
- Sí'ombre, pa'no peliar … Bueno … también
sabes que vivo solo …
- Vivir como vivir, sí …pero que lo usas como
escondrijo, pesebre a donde llevas a tus gallinitas
…pero que duermas en otras partes …no, solo
ahí, aunque sales y entras y vas y vienes a ese
lugar, que es tuyo y todo eso … sí, pues tú lo has
dicho así y no tengo razón para dudar de ti …
- Bueno, pues resulta que a ese lugar está yendo
una jovencita, casi una niña … fíjate …no tiene ni
siquiera diecisiete años …
- ¿Y a qué está yendo, si se puede saber?
- Pues a hacerme el aseo, tenderme la cama, barrer,
trapear, lavar los trastes, los baños, lavarme la
ropa, plancharmela, cosas de esas …
- ¿Y le pagas?
- ¡Claro!
- ¿Cuánto?
- Cien pesos diarios …
- ¡Cómo serás avaro, pinche pres…iso!
- Pagarle cien pesos por hacerte la casa, no seas
explotador, güey …
- Bueno, ella no me ha reclamado …ni sus papás ni
nadie …

- Así que si no te dice nada, no le pagas o le pagas una bicoca ...

- ¿Qué es una bicoca?

- ¡Eso que tú le pagas a esa niña!  Bueno, pero allá tú …

- Bueno, pues como va  cada tercer día o cada que necesita dinero … y nadie va por ella,  ni la acompaña … y como la necesidad tiene cara de hereje, pues …oye …este …este ...

- Cuenta, cuenta que por algo soy tu asesor, aunque no me pagues ni un centavo, güey

- Pues le hice una propuesta … le dije … oye, Juanita, tú vez que vivo solo y aunque tengo esposa e hijos, no viven conmigo … y muchas de las veces me siento muy triste, muy solitario … por eso me voy a jugar, a correr, a pasear, pero nadie, nadie vive conmigo … tú no te animarías a venir algunos días, por la mañana, por la tarde  o al caer la noche a acompañarme y pues … hacerme compañía de mujer … de esas que necesita un hombre como yo, como todos?

- ¿Qué me contestó?

- Fíjate que me dijo que sí … pero vienes sola, como si vinieras a trabajar, le completé … yo te daría algunos centavos, un poco de dinerito para que te compres algo, para que ayudes a tus papás, a tu mamá …

- Mi papá ya no vive con mi mamá …se fue para otra parte y vive con otra mujer por allá por Guanajuato,…eso dice mi mamá  … por allá tiene más hijos con esa señora … ya no regresará para acá con nosotros … entre me dijo y comentó …

- ¡A qué la canción! Y …

- Pues seguí con mi letanía… entonces te vienes un día, pero yo te diré qué día, para que estemos en el entendido, ¿eh? Terminé de proponerle …
- Sí, señor, pero tengo que decirle algo, me dijo al aceptar mis palabras …
- A ver, le dije …dime …
- Cuando yo tenía doce años, el señor que vivía con mi mamá, una mañana que no estuvo ella, me llevó a fuerzas a la cama, me obligó a acostarme con él  y me hizo cosas … me dolió mucho, me salió sangre  y me pegó después cuando se levantó … y me ordenó que dejara de llorar, que me limpiara y que si le decía algo a mi mamá, se iría de la casa, nos dejaría, pero antes de irse, me pegaría …tanto que me acordaría siempre de ese día … cuando llegó mi mamá, por supuesto, por miedo a que se fuera no le dije nada …y ese señor, como sigue viviendo en la casa, a veces cuando llega y no está mi mamá, me lleva a la cama y me hace cosas … así que ya lo sabe, para que no vaya a esperar otra cosa … me confesó …
- Entre sorprendido e indiferente …solo le contesté …no te preocupes … yo te diré qué día vengas …
- ¿Y?
- Pues  eso fue ayer … tú que me aconsejas … eres mi asesor …
- Mira, mi amigo … la ley, todas las leyes nuestras, las federales, las estatales y las sociales castigan las relaciones sexuales con menores … le llaman violación de menores y hasta estupro, si es que fuera señorita …  y hasta los presos tiene sus reglas … si te detienen, o si detienen a un violador … allá en la prisión lo pasan por las armas del triunfo de uno o varios de los recluidos ahí … así  es … es  un delito de lesa humanidad

…pero ya ni la friegas, mi cuate … Lo que yo te recomiendo es que no te metas … con ella …¡ hay  tantas mujeres! ¡Y tú, cabrón que tienes una para cada día de la semana quieres enredarte con una niña!

- Que ya es una mujer

- Sí, pero eso no cambia , ni la legislación, ni las costumbres sociales, ni la ética, ni la moral…con eso me demuestras que careces de todo eso …

- Bueno, por eso te estoy preguntando … para que me asesores …

- Bueno, pues mi consejo, mi asesoría es que no te metas con esa niña, con una niña, sea lo que sea y haya sido … que no seas tú …

- Seta bien …lo tomaré en cuenta …eso dijo y seguimos platicando de otras cosas … pasaron los días y las semanas y como a las seis semana …en la mesa del café, catedral del centro, ante los amigos, un viernes me dijo …

- Oye, amigo, mi asesor … te invito a desayunar un día de la semana que entra …

- Sale …

- ¿Qué día puedes?

- El martes, te parece bien, le dije ante la inusual propuesta …

- Te llevaré a ese lugar en el que hacen buenos tacos de chiles capones, rajas con crema, soricua, aporreadillo …

- ¡No es aporreado, ni aporreadillo …

- ¿Entonces qué es?

- Carne dorada, desmenuzada con huevo y salsa verde, roja o negra …

- Bueno, pues ahí… ¿te parece bien, a las nueve?

- Sí, sale ahí nos vemos … y cambiamos de tema y seguimos dejando pasar el tiempo y las mujeres de todo tipo que con su prisa en el andar hacían que nuestro tiempo y nuestra vida de ese momento tuvieran sentido … ver la sangre de la vida frente a nosotros y consumir nuestro ya escaso tiempo para decepcionarnos un poco más de nuestra condición que, necesariamente, debíamos aceptar … Bueno, dijo alguno de los dos …

- ¿Ya te vas?
- Eso quisiera, pero no …me retiro …tengo una gallinita echada …
- Ya vez, te lo digo, güey, tú, ni como Dios, no descansas …ni siquiera el séptimo día… sale, pues y que vaya bien con la avecita esa ponedora
- No, si el que le va a poner soy yo…a'i nos vemos otro día…hasta el martes, si no hay otro antes… a las nueve, ¿eh?
- De acuerdo …Se levantó y se despidió… se alejó con su andar de charrito y de hombre seguro, bueno, eso se nota panorámicamente, pero después de que se conoce, como a todos y a todo, se cambia de opinión y conocimiento… me quedé un poco más hasta que digerí mi agua quinada con una cáscara de limón y hielo y dejé pasar un poco más el sol y a las jóvenes, y maduras, mujeres que pasan con su formas y su fragancia y agradecía a la vida la posibilidad de verlas e imaginarme  con ellas, como si fuera Fausto, joven y con poder …Una Margarita más en mi vida … o una Penélope, otra Laura, otra Beatriz más … pero la vida  no concede deseos a gente como yo … en eso estaba cuando sonaron las dos y media … ¡Y la comida con mi hija! Después de pagar … dejamos esa pasarela y caminamos rumbo a la casa a lo de siempre, la comida, los trastes, el perro, el baño y el trabajo

de vivir sin hacer nada altamente productivo, salvo escribir y ver la vida reflejada en las letras escritas …pasaron los días  de la semana y su fin así como el lunes siguiente con sus cotidianidades y por la tarde entró su llamada …

- Oye, mi cuais…te recuerdo… el martes, a las nueve, nueve y cuarto ahí en las gorditas de Ña'Rosa, ¿eh?

- No te preocupes, 'ombre, ahí estaré … no conversamos más … y el día se fue con sus horas y sus rutinas  y llegó el martes con su carga de minutos y de cosas sin importancia pero que son la vida de cada uno … a las nueve, después de desayunar con mi hija, de pasear al perro, del reconfortante baño, de limpiarme las  uñas de los pies y vestirme, ya estaba más puesto que un calcetín, ahí en las memelas y tacos de Ña'Rosa … la natural fragancia de las tortillas recién hechas y al calor del comal me hicieron que me acercara más al brasero … entró la llamada de mi amigo y anfitrión…

- Oye, ¿Ya estás ahí?

- Sí... te estoy esperando…

- Oye, no te vayas a desesperar… estoy dentro de un montón de carros por acá por la entrada de Quiroga y me llevaré como unos treinta minutos salir de aquí… pero ya voy pa'llá, ¿sale?

- Sí'ombre … aquí te espero comiendo huevo …Colgamos; localicé una silla o banco en el que pudiera esperar sin estorbar … sentado vi  la práctica de doña Sarita, para hacer las tortillas … estando la masa amasada, toma una pequeña porción ya aprendida de años y la colca bajo el hule plástico de la máquina manual de hacer tortillas, la cubre con la plancha metálica y palanquea, levanta la plancha de metal, quita el plástico y desliza el hule de la base colocando una mano  bajo él y la hostia de maíz llega suavemente a la palma de su mano llena de películas de masa y la coloca en el infernal comal y aprovecha el momento para voltear algunas que ya están cambiando de color o retirando a las que ya se inflaron y están un poco doradas … con la confianza del trato del barrio tomé del comal una que estaba terminando de inflarse, pero aun con el vapor dentro, la coloqué en una mano y con la otra la aplasté agregándole fuerza  y se escuchó el tronido del vapor saliendo de la tortilla y de mi mano … le agregué un poco de sal …

- ¡Un chucho, eh!
- Sí …por el recuerdo del pasado …mi mamá … Ella, sarita, únicamente sonrío … Y empecé a disfrutar esa delicia …Poco después llegó el amigo …

- ¡Ya estoy aquí!
- Pos, qué bueno, mi amigo …ya estaba por empezar a almorzar …
- Pos, pide… ¿qué quieres? …
- Ya sé que pediré …tú … eres el del problema … anda, pide
- Bueno … señora, pues yo quiero una gordita de chicharrón con huevo y un poco de salsa, un taco de chorizo y de eso que mi amigo dice que no es aporreado …
- Está bien … ¿y usted?, dijo Ña'Rosa
- A mí, una gordita de chicharrón, sola, y un poco de eso que usted llama aporreado …
- Bien… a ver, Maricela, prepara las charolitas... ¿son para comer aquí?
- Son para disfrutar aquí, Rosita … y en un dos por tres seis, ya estaban las primeras gorditas frente a

nosotros … como las pedimos y como esa era la respuesta a la cuestión de Hamlet … pues comimos y comimos hasta que desaparecieron y los tacos nos fueron llegando uno a uno y sazonados individualmente con las salsas martajadas de las mesas … mi cuate pidió un jugo de naranja y como estas, Oliverio fue a hacerlo y se lo trajo todavía las burbujas salpicando y bailando sobre el borde del vaso … terminamos de comer y después de pagar no más de sesenta pesos por todo, nos fuimos …

- A ver… a ver… ¿tú quieres hablar conmigo de algo especial? ¿no?

- Así es, mi asesor…Dijo entrando a su camioneta y colocándose el cinturón…antes de cerrar mi puerta me apoltroné en la parte del copiloto y me coloqué el cinturón…

- Te escucho …soy todo orejas para mi cuate

- ¿A dónde vas? … Te llevo

- ¡Ah!, quiere decir que la plática será larga y tediosa o amena … debo ir a pagar a Coppel …

- Te llevo, y diciendo y haciendo arrancó su camioneta … De donde estábamos el lugar a donde debería ir a pagar estaba como a kilómetro, kilómetro y medio … en el trayecto empezaron las confidencias …

- ¿Recuerdas lo que te conté de la joven sirvienta?

- Claro …Sí

- Pues fíjate que no me quité el gusanito del deseo y, pues le hice otra vez la propuesta y …

- ¡Aceptó!

- Así es … y no fue una ni dos …varias veces …

- ¿Y?

- Ora sucede que está embarazada y no sé qué hacer… y te lo comento porque estas cosas no las

puedo platicar a los cuates…es…me apena… 
pero contigo es diferente… tú piensas diferente a 
ellos y sí me puedes orientar…
- ¡Ah qué la canción! Dije y me quedé pensativo un 
poco… A ver…dime… le pedí…
- Por eso te invité a almorzar …
- Ya sabía que había felino en cautiverio … Mira, 
aquí, solo hay tres cosas y, acaso una cuarta …
- Pues espero … Tú empieza
- Aun sabiendo que es un delito lo que hiciste, te lo 
digo…sé que no cambiarás nada… es una niña, 
cabrón…
- Pero ya …
- ¿Y eso qué? Te pareces a las bestias … no te fijas 
en nada …
- Bueno, no me regañes … Mejor dime
- Te digo … pues, ya que no entiendes … Lo 
primero es saber si está o no está embarazada …
- ¿Y eso cómo?
- Bueno, cuánto hace que se le suspendió la regla 
…
- Tiene dos, tres semanas …
- Así que podría tener cinco, seis, siete semanas … 
más o menos …  eso de saber si está o no está es 
fácil …
- ¿Fácil? A mí se me cierra el mundo… llegamos a 
COPPELL; me bajé enfrente… Me daré una 
vuelta por Carrillo y te esperaré enfrente de la 
tienda. Entré a la tienda, pagué pronto pues fui el 
primero al abrir las cajas y en no más de cinco 
minutos ya estaba afuera; el pres …iso venía 
llegando … Me subí a la camioneta y seguimos …
- Decías … lo primero es lo primero …vamos a 
una farmacia de similares, del ahorro o Gems o 
Guadalajara y ahí nos bajamos …

- ¿Qué vamos a hacer?
- Vamos a pedir precios de las pruebas de embarazo …
- ¿es fácil?
- ¡Claro! En lo que platicábamos de más menudencias llegamos a Ticateme; paramos frente a la farmacia Gems …nos bajamos …pronto llegamos al mostrador …
- Me muestras las pruebas de embarazo que tienes, le pedí al joven dependiente. Se metió entre sus muebles y exhibidores y en pocos minutos ya tenía frente a mí seis  pruebas de embarazo …
- ¿Cuál es el precio de cada uno?
- Este cuesta tanto, este otro tanto…este es el más barato … este es el más caro … pero todos son muy certeros … me fue diciendo y señalando uno por uno …
- A ver, ¿cuál quieres?, le dije a mi amigo …
- No, pues no traigo dinero … nada más traje lo necesario para el almuerzo …
- ¿Cuál me recomiendas tú?
- El que te cueste el promedio de todos … le dije y le señalé uno en envoltura azul …
- Mañana vengo, afirmo el cuate… gracias, le expresó al dependiente del mostrador y nos retiramos … regresamos a la camioneta … al entrar y acomodarnos …
- Oye, es muy fácil… ¿Y lo segundo?
- Pos, sí, güey… el segundo es, en el caso de que esté embarazada, si ese hijo es tuyo…por…
- ¿Por qué?
- Bueno, porque si como te dijo su padrastro la hizo suya  y le quitó lo virgen, si aun vive con ellas, es muy posible que se siga acostando con ella o …

- ¿O qué?
- Que se acueste con alguno varios de sus amigos del barrio … Y eso …
- Sí ¿eso?
- Eso, solo ella te lo puede decir, pero debes tener confianza con ella y saber cómo preguntárselo…
- ¿Y?
- Y si te dice que se acostó con su padrastro  y lo sigue haciendo o lo hace con algún conocido – amigo del barrio o del pueblo …tuviste suerte
- ¿Pero si es al contrario?
- ¡Albricias… te sacaste la lotería!.. ¡vas a    ser papá…otra vez!
- ¡No  la friegues!
- Yo no la friego … tú la fregaste … para mí es muy posible que la niña esté embarazada … a esa edad las jóvenes mujeres se  embarazan  hasta con el puro olor … así que vete preparando …
- ¿Y la tercera?
- La tercera es que, en su caso de que ella acepte, la lleves a que le hagan un legrado …pero eso es decisión de ella, y tú debes pagar, en su caso, los costos …   Como que no le gustó, porque automáticamente me preguntó …
- oye ¿a dónde te llevo?
- Pos, a mi casa … Ya llegamos …
- Y ¿tú sabes quién los hace o dónde se pueden hacer? …
- No, pos no, pero se puede preguntar … De seguro habrá …hace unos treinta años, sí sabía quién y cuánto cobraba … pero desde 1982, al hacerme la vasectomía … ya no me interesó nada de eso …
- ¿Y la cuarta, cuál es?

-   La cuarta es este, que de seguro no vas a seguir…
    mira, dices que la niña-mujer tiene diecisiete años,
    ¿no?

-   Así es …

-   Piensa lo que te diré … en el caso de que tenga
    un hijo tuyo, o vaya a tener un hijo tuyo y siempre
    y cuando no se acepte hacer el legrado con un
    médico, ¿por qué no piensas en la conveniencia
    de que ella viva contigo, te haga píe de casa, pero
    le hablas bien para que te permita, acepte, vivir
    contigo, darle nombre al niño, casa, vestido,
    atención médica, estudios y compañía a ella,
    protección y te dé servicios de casa y de cama?

-   ¿Cómo mi amasia? ¿Mi mujer? …

-   Si quieres decirle así, dile así … así tú tendrías
    mujer que te hiciera de comer, lavaría tu a ropa, te
    acostarías con ella y cuidaría el hijo de ambos dos,
    dijera Fox, y, lo más importante, te dejaría ser
    como eres, andar de chile frito… tendrías mujer,
    casa, y mujeres …

-   ¡Pero está muy chiquilla para mí! Van a creer que
    soy su abuelito …

-   ¡Qué crean lo que quieran! ¿Me vas a decir  que
    tú vives de acuerdo a lo que diga la gente, a lo que
    dicen tus amigos, tus vecinos?

-   No, pos no… ¡Cómo crees!

-   Conozco casos de señores dela tercera y hasta
    cuarta edad que viven con mujeres muy jóvenes,
    con diferencias hasta de 40 años entre ambos y
    viven rete contentos …

-   Pos, será canción, pero no …

-   Y los hijos que tiene los dinamizan les recargan
    las baterías …

-   ¿Qué van a decir mis hijos?

-   ¡Qué digan misa!

- Es que mis hijos van frecuentemente a la casa … a verme …a darme unas vueltas … a ver cómo estoy …
- ¡A qué ingenuo me resultaste, güeycito!
- ¡Ya está bien! No la chi…fles … que'scantada …
- Bueno, pero vienes conmigo por un consejo ¿No?
- No, pos sí …  pero desde que salimos de la farmacia te la has pasado regañándome, regañe y regañe … y no, pos no vine por eso …
- Lo que sucede es que hiciste algo que, desde cualquier punto de vista, no está bien y, en lo particular, a mí  me parece que no está bien hecho … no es ético … la niña … te hice sugerencias y dejo de llamarme como me llamo, si sigues una de ellas … Esa es la razón por la que no me gusta dar consejos, ni asesorar … Lo que me dices de tus hijos … es respetable y como papá te lo acepto … pero ….a ver … ¿Cuántos años llevas separado de tu familia, de tu señora esposa, de tus hijos?
- Algo así como veinte años, de mi mujer … ella fue la que me corrió …
- ¿Por qué lo hizo?
- Pos, pos …  porque supo que andaba de coscolino, de gusgo, de viejero … que no respetaba nadie, ni siquiera las de su familia …
- ¿Y por qué no  te separaste, por qué no  le…?
- ¡Estamos  separados!
- …legalmente, divorciados … a eso me refiero …
- ¡Ah! …Ella no quiso, y hasta la fecha no quiere, que nos separemos …
- Así que estás formalmente casado …aun …
- Sí …en contra de mi voluntad …
- ¿Y qué edades tiene tus hijos?

- ¡Uuuuuhhhh! …mis hijos … todos están casados … todos trabajan y ya hasta soy abuelo y huelo a mole …

- Entonces… ¿Cuál es el problema para no vivir con una mujer más joven?

- Pos, eso... ¡qué van a decir mis hijos!!!

- Pues que digan misa … cantada y concelebrada …¡si gustan y necesitan de mi ayuda yo les sirvo de monaguillo …

- No, en serio… ¿qué dirán?

- ¿Me dirás que  a ti te preocupa lo que digan tus hijos de ti?

- No ... no es así …pero

- Todos tus hijos… ¿se quedaron con tu  esposa, su mamá, cuando se separaron?

- Sí… todos… ¿Tú crees?

- ¿No consideras la posibilidad de que tu esposa…?

- ¡No es mi esposa!

- Legalmente sigue siendo tu esposa … sigues casado con ella ...así que te aguantas …

- Es su mamá… ¿les dijo a todos, o por lo menos a las mujeres, la razón de la separación?

- Creo yo que sí …

- Entonces tus hijos saben, por lo dicho por su mamá…que eres un cabrón y que, muy seguramente desde la separación de ustedes dos, tú has han dado con Concha y sus Muchachas, ¿no?

- Debe ser así …

- Entonces, si tus hijos saben que fuiste y eres y seguirás siendo un cabrón, mujeriego, ¿Qué te preocupa la presencia de esa niña en tu casa como mujer de planta?

- ¿No, no es por eso?

- Entonces, ¿qué es?

- NO sé … no me entiendo … mejor dejemos eso así …
- Solo una cosa más … ya llegamos … espérate a que termine y ahorita le bajo, le dije al llegar frente a las palmeras datileras de la casa … seguimos platicando en la camioneta …
- Dices que tus hijos van regularmente a tu casa, ¿es así?
- Sí, así es … van a ver cómo estoy, como sigo …
- ¿Estás enfermo?
- No, afortunadamente no …
- ¿Cuántas propiedades tienes?
- Solo la casita que conoces y que varios corredores inmobiliarios, entre ellos tu conocido Federico, me dicen que vale más de un millón cien mil pesos …
- Mira  … te diré … tus hijos van a visitarte, pero no por saber cómo estás, no por conocer si estás enfermo …
- ¿No? Entonces, ¿Por qué van?
- Me dirás que tú crees que tus hijos te quieren mucho …
- Pues sí … mis hijos me quieren mucho …
- ¿Cómo lo sabes?
- Me lo dicen... soy tu amigo, yo te estimo mucho… ¿me crees?
- Eso es muy diferente …
- Oye, les has pedido dinero para alguna diversión, gusto, deseo, placer o por el simple gusto de saber que te dieron dinero … 100, 500, 1000, 5,000 pesos … más … te dan dinero para que pagues algo … para que te compres ropa, algún tiliche … lo que sea … regularmente …¿…?
- No, pos no… ¡Cómo crees!

- Entonces ¿tú crees que te quieren porque te felicitan por teléfono el día de tu santo, cumpleaños o el día del padre?
- Sí … así es …
- ¡Pues… qué pendejo eres!
- ¡No me faltes al respeto …eres mi amigo y no te lo permito …
- Soy tu amigo y te digo lo que eres …
- Pues si eres mi amigo … ya no digas eso que me molesta
- Tú no tienes el amor de tus hijos …
- Entonces, ¿qué tengo?
- El interés de  tus hijos es saber si aun no te has muerto …
- ¿Por qué?
- Por tus propiedades, mi amiguito …
- ¿Tú crees?
- ¿Lo dudas?
- También van a verte para saber si no te has casado y no porque les interese tu bienestar …
- Entonces, ¿Por qué?
- ¡Ah! Pos, muy fácil…porque serían más lo que tendrían derecho a  tus propiedades… si tú mueres casado con otra mujer… ¡les toca de a menos!  Por eso tu esposa no se ha separado de ti … porque tiene derecho de propiedades y luego tus hijos … Si tú vives con alguien, determinado tiempo y esa persona no es tonta, podría acreditar derechos sobre tus valores y siendo más, te lo repito, les tocaría de menos … esa es la razón… Por eso se molestarían
- ¿Tú lo crees así?
- Así es … y no me equivoco ….Te haré una pregunta …
- A ver … échatela … te la contesto …

- En alguna ocasión, ¿le has preguntado a alguno de tus hijos, por separado de los demás, o a todos juntos en alguna reunión entre padre e hijos, cómo les gustaría verte? ¿Si ellos quisieran verte feliz? ¿

- No, no, pos no… ¡Nunca!

- ¿Por qué no lo haces?

- No había pensado en algo parecido a eso … así

- Pues debes hacerlo …a lo mejor y te llevas una sorpresa ...

- ¿Cómo cuál?

- Lo ignoro, pero podría resultar que alguno de ellos o alguna de ellas te dijera que le agradaría que regresaran ustedes dos y vivieras la vejez juntos … Y de común acuerdo todos los hijos hablarían con su mamá para intentar el regreso …Finalmente eso es lo que me has dicho que quieres …

- ¿Qué cosa?

- Pues vivir con tu mujer …

- ¡Ah, pos sí! Pero …

- ¿O ya cambiaste de idea? … porque tú dijiste que deseabas vender tu casa para regresar con tu mujer y darte unas paseadas y vivir con ella. Morir junto a ella… ¿O no? ¿o me equivoco?

- No… sí tienes razón… pero nunca pensé en preguntarle eso a ninguno de mis hijos, ni juntos ni a cada uno por separado…

- Te recomiendo que lo hagas para que salgas de un error o para que confirmes el amor de tus hijos … y la posición que tienes en tus hijos y, particularmente, en tu esposa, tu señora …

- ¡No es mi esposa!

- Estás casado con ella… eso solo divorciándote lo puedes quitar o desaparecer… pero a ti te conviene… y a ella mucho más.
- Deja pensarlo … pero regresando al principio de esto … tu consejo es
- Primero… saber si está embarazada la mujer; segundo, saber si es tuyo; tercero, si lo está y solo si lo está y solo si ella lo acepta, pagarle a un doctor para que le hagan un legrado y, como complemento, la recomendación: Proponle vivir contigo… tiene muchos beneficios y conveniencias y aquí tú debes ver lo que te conviene… ya no estás en condiciones de hacer lo que sea mejor para la familia…
- Bueno, déjame pensarlo… ¿Cuál prueba del embarazo es la mejor?
- La que compres…busca la que te cueste un promedio entre la más cara y la más barata… ¡Esa!
- Bueno… ya más tarde… en unos días te diré lo que sucedió. Me bajé de su camioneta y me metí a la casa a hacer mis tarugadas … pasaron los días … casi dos semanas …en esos días nos veíamos en el café, pero ninguno de los dos trató el asunto … hasta que se dio un viernes … que llegué mucho antes de las doce ya estaba él ahí … lo reconocí por la gorra beisbolera y su porte de deportista de alto rendimiento … Estaba solo y su alma

…

- ¿Qu'iubo, compa? ¿Me puedo sentar a tu diestra o siniestra?
- No jodas, amigo …siéntate en esta … mejor, lo dijo sonriendo y su sonrisa …su piel, su semblante se mostraba totalmente limpios, relajados, sin sombras …

- Oye, asesor … me dijo … con una sonrisa, cuando estuve ya sentado …
- ¿Recuerdas lo que platicamos en ca'Rosa?
- ¿Cuál 'Rosa? ¿Qué asunto platicamos?
- Ese de la muchacha que me …
- ¿…hace el aseo o te la estás co… miendo?
- Hhheeeemmmm … no me toques ese vals … mi buen cuate y asesor …
- Sí ya lo recuerdo …
- ¡Pues ya!
- ¿ya qué? ¿Ya te decidiste?   ¡Por cuál de todos los consejos!
- Pues no lo vas a creer … pero la cosa se resolvió virtuosamente
- ¿virtuosamente?
- Así fue mi cuate …
- A ver … cuenta … cuenta …
- Unos días después de nuestro almuerzo… ella, cuando estábamos acostados, después del chaca chaca… me platicó que "su amá, cuando no le baja su regla y cree estar embarazada y ella no quiere… va a la farmacia y se compra unas pastillas y…a fuerzas le baja, porque le baja… entonces yo le pregunté que si sabía el nombre de las pastillas. Me contestó que sí; que había ido a la farmacia a querer comprarlas, pero que no se las habían vendido, porque estaba muy chiquilla, pero … pos que vaya una mujer grande, amiga tuya, le dije, interrumpiéndola … eso hice … fue la amiga con la que vivo ahora …ella la compró; ella me las trajo y me tomé las pastillas y al día siguiente … así de facilito … me bajó y ya estoy bien … "
- ¿Así que ya estás bien?
- Sí, ya estoy bien y ahora sí me voy a cuidar …

- ¿Y cómo es eso de que...la amiga con la que ahora vivo? Pues ¿con quién vives?
- Como mi amá se dio cuenta que había ido a la farmacia a comprar esas pastillas y vio que me bajaba muy fuerte, como en chorro, la regla …
- ¿Y cómo lo supo?
- ¡Ah, pos porque ensucié mucha ropa, muchas toallas sanitarias – las vio en la basura – y varias pantaletas y me vio cuando estaba lavando!
- ¿Qué te dijo?
- ¡Pos ni modo que me fuera a aplaudir! … Y empezó… ¿Qué estás haciendo, cabrona?
- ¿Por qué está la ropa tan manchada y por qué esos coágulos tan grandes? Me supongo que andas de gusga, cabrona… pues orita te vas de la casa  … a la casa no me vienes con que ya no eres señorita y conque estás embarazada… así que tomas tu ropa y te me vas a la chingada… Yo no quiero saber de eso ni tener otra boca qué mantener…
- ¿Y qué hiciste?
- Pos, yo le rogué y rogué, tratando de convencerla de que no era cierto … de que  mi regla sí se me había retrasado unos días …  que yo no había tenido trato con nadie – ni modo de decirle de su viejo, de su marido …¡Ahí merito me medio mata -!. No la convencí y para no estar rogándole, pues me salí, pero no tenía  dónde irme y me vi obligada a contárselo a mi amiga  - pos ni modo que me hubiera venido para acá, con usté … no lo hubiera aceptado, edá? Y se lo dije y como ella vive sola, en una casita en Tacícuaro… pos que me voy pa'llá con ella… total solo pagamos 100 pesos al mes… usted me da doscientos cada vez que vengo a hacerle el aseo y píe de casa y por

estar con usted como estamos orita me da otros trescientos pesos…pues sí alcanzo a salir bien… Y así acabó todo… y todos contentos…ella y yo mucho más… ¿Cómo la ves?

- ¡Así que hasta corriste con suerte! ¡Qué suerte tuviste y tienes! … ¡Bien haya lo bien nacido que ni trabajo da criarlo!

- Pues así se resolvió la cosa … fíjate …

- Pues de veras te felicito …

- Te salvaste de una muy buena …

- Pero ahora si voy a tener cuidado …

- Eso debes hacer …  tener mucho cuidado …

- Y la persona con la que vive… ¿quién es?

- Una amiga suya que estudias bachillerato en no sé qué escuela …pero también trabaja como sirvienta y …

- Hace los mismos trabajos que tu sirvientita… ¿no?

- Pues puede ser, pero yo no pregunto más… ahí está y así estás las cosas …

- Oye…  y la posibilidad de que viva contigo, ¿qué?

- No … no, amigo … eso está descartado … al menos para mí …

- Te conviene, pro casi todos los lados que lo veas …

- Aunque tengas razón  …y aunque sea el sereno …no. Mi asesor … no quiero tener broncas con mis hijos …

- Finalmente los tienes …

- Pues sí, pero así estoy bien …

- Ella te …

- Ya déjalo así…quieres… mira mejor salúdame a esa muchachita que va pasando… y sus ojos me dijeron qué persona y automáticamente, por eso soy asesor suyo, me paré y como un Cyrano no descontinuado, le hice la caravana como si trajera sombrero con altiva pluma, le dije… ¡Paso a la belleza! Pasa preciosa mujer... con tu prisa se me va un poco de vida al verte caminar con tu gracia y tu risa ¡adornos de tu singular belleza! La dama, sabía lo que era y traía de natura…sonrío, pero siguió caminado rítmicamente... y nosotros nos quedamos viendo pasar la corriente de la vida, que es lo más querido de todo.

Afuera del portal, la luz era transparente, cálida y tan diáfana que la visibilidad llegaba hasta más allá del horizonte… ¡tiempo para vivir… tiempo para disfrutar... aunque seamos pobres!

# ¡AQUELLOS TROMPOS NUESTROS!

## DE TODOS LOS DÍAS

- Hubo un tiempo, güeyes …
- ¡Que ya pasó!
- …hace mucho tiempo
- Mejor deberías empezar como inician los evangelios …
- ¿pos cómo, güey?, preguntó …
- "En aquél tiempo …"
- Chinguen a su madre… bola de güeyes, ojetes… ora resulta que debo contar mis cosas, mis

experiencias, mis anécdotas… como  a ustedes le da su rechingada gana… ¡vayan y rechinguen a su madre, bola de ojetes…güeyes! … ¡pos qué se creen!

- Pero no te enojes, 'ombre … eso era no más para aderezar el rato …
- Pa'darle sabor …
- Un poco de sabor
- Sí…eso… Así fue lo que le dijimos al Negro, quien sabía que era pura cábula y que todo

sucedía para disfrutar del desayuno … pasaba con nosotros  la mañana de un viernes de este mes de octubre del año de gracia del 2011 – que ya se va, afortunadamente

... Mary nos ubicó como siempre, en diagonal, al fondo a la izquierda, en paralelo a la mesa del Milenario Pájaro Dormido ... dos mesas de madera pintada, que en sus rostros mostraban las cicatrices del tiempo –quemaduras de cigarro, descarapeladuras, golpes de metal, de cerámica, cuarteaduras naturales del envejecimiento explicable, pero en muy buen estado – indicando que las cosas de antes se hacían bien, para que duraran - rodeadas por siete, seis sillas; en las cubiertas de las mesas, mantelitos de mimbre, tejido, con figuras folklóricas michoacanas ... en una de las cabeceras de la mesa estaba el Negro (...más que cincuentón, casi chaparrón, negro charolado, barrigoncillo, cabeza de tamaño normal, frente mediana, y orejas pequeñas, nariz ancha, pelo lacio, negro pero bien peinado, ojos vivarachos, cejas muy negras y tupidas y de amplio arco y pestañas enhiestas, cara llena, ligeramente regordeta, pómulos cubiertos por los cachetes y de boca breve de labios gruesos, de bigote espeso, negro, bien negro y descuidadamente recortado y en donde algunas tímidas canas se dejaban ver –. Usa, regularmente camisa manga corta, de color suave, con motivos decorativos ,o lisos y pantalón de cashmir de color oscuro y sin que le importe la coordinación con el color de la camisa; sus brazos se notan, más que café oscuro, negritas, brillantes en su negrura, mas sus palmas son como las de todos nosotros; zapatos y toda su ropa están generalmente limpias, impecables de limpias y con la raya bien definidas)... esa mañana había ordenado tortilla a la española; a su derecha se sienta, invariablemente, Juan (vigoroso, alto, fornido, más que sesentón, entrado en carnes, vigoroso. De color café, como todos nosotros, limpio, aunque descuidado en el vestir; siempre con papeles, generalmente diarios, revistas y cuaderno para notas; de cara regordeta, cabeza un poco alargada, ovalada, frente limpia, medianamente ancha; pelo corto castaño ligero, la calvicie aun no se presenta; nariz de tamaño normal; ojos vivos, negros, cejas tupidas, negras y en arco ligeramente extendido; boca ligeramente grande, delgada y de labios sutilmente delgados, aunque el superior lucha por superar al inferior; sus pómulos están, pero el manifiesto vigor se expresa en la cara y el mentón se muestra incipiente, pero presente; generalmente usa camisa o playera mangas cortas y pantalón del color que sea; sus zapatos están limpios, pero no pasarían una revista de gala); esa mañana pidió chilaquiles verdes con dos huevos estrellados montados. Siguiendo, a su derecha, se acomoda Andreotti, su hijo, muchachón de más de un metro con ochenta centímetros y casi ochenta y cinco kilos de peso; sacó el color de la piel de su mamá; musculoso, bien proporcionado; cabeza grande de frente amplia, orejas también grandes, sin ser enormes; pelo color negro suave, ensortijado, corto; ojos más que medianos, muy vivarachos, enmarcados por unas cejas pobladas de color negro, en arco extendido y con el adorno de las pestañas como antenas; orejas de gran tamaño, sin ser enormes; nariz proporcional al tamaño de la cara y del cuerpo; mediana, en su base y fosas nasales y un poco roma en su punta; no se deja bigote, barba; pómulo sin sobresalir y boca pequeña, de labios ni delgados ni gruesos y con un ligero promontorio como mentón; de manos grandes y gruesas; viste como casi todos los jóvenes: lo que sea, desparpajados, arrugada la ropa, limpio, pero sin la pulcritud de los adultos mayores y que aun andan en el servicio, y tennis, que está de moda usarlos en donde sea, inclusive en las fiestas de postín. Estudiante de tercer año de medicina, invariablemente usa bata de estudiante del sector salud. Siempre se come lo que le pongan y ese día había ordenado chilaquiles, como su papá, los huevos estrellados y montados y un bistec: A la inversa, las manecillas del reloj, se sienta Miguel (endeble, delgado, enjuto, seco y disminuido por la diabetes, de cabeza pequeña y frente un poco más grande de lo que proporcionalmente podría ser en función del tamaño de su cabeza; pelo ondulado, corto, aun negro o ligeramente café castaño, orejas pequeñas y de pabellón proporcional al tamaño de la cabeza – no es orejón, ni trompudo, ni marrano, como él lo dice, perdón, lo digo yo -); usualmente usa chamarra de color  intenso; su camisa debe ser de manga larga; su pantalón, de tela gruesa, y de color intenso, casi siempre, o por lo menos los viernes, que invariablemente nos vemos,  en coordinación de la chamarra y zapatos negros o cafés o granate, brillantes de limpios; sus cejas son delgadas, negras y en arco extendido, aun negras  en donde el negro tiene prohibido presentarse; sus pestañas son delgadas y del color de sus vivaces ojos, siempre a la expectativa; sus pómulos resaltan en su cara delgada; de nariz pequeña, aguzada y de fosas delgadas; de bigote rasurado y boca un poco mediana delgada, como si su papá nomás hubiera comprado treinta centavos y no un peso y, para completar, de cuello delgado y corto, manos pequeñas y delgadas de  dedos cortos, pero delgados; casi siempre trae en mano teléfono celular, con cámara integrada, minigrabadora profesional, libreta en mano y hasta las nuevas excentricidades tecnológicas, como las notebuk electrónicas …siempre al día, para que el hecho político, la información y el chisme no lo agarren desprevenido. Esa cálida mañana había ordenado, también una tortilla española … Frente a él está, usualmente Rubén, abogao de profesión, pero que se sepa no la ejerce; siempre estuvo a la sombra y órdenes de la familia Gálvez y trabajando a sus disposiciones  en la delegación en Michoacán  del Instituto Mexicano del seguro Social, en el área de prensa, ahora rimbombantemente Comunicación Social …limpio, exageradamente lustroso, mostrando su calvicie ya manifiesta y brillante; color nuestro, café con leche; generalmente de traje sport; casi no usa corbata; trajes colores  en tono seco, en diferentes tonos o de verde o de café; con demasiada frecuencia, los sacos son a cuadros y las corbatas cortas y no anchas; invariablemente chaleco de color coordinado con el saco; cabeza, triangular, frente no estrecha, pero por ai va; de mandíbula escasa, pómulo desdibujadas en la cara; cejas negras, pobladas y en arco un poco alargado y grueso, pestañas enhiestas, como banderillas, ojos medianos, color cafés, de pelo escaso, color ligeramente castaño, acaso teñido, nariz delgada en la base y en las fosas, medianamente afilada; bien afeitado el bigote y la barba, boca mediana, de labios delgados y el mentón, escasamente abultado, no partido en dos …; zapatos limpios, relumbrantes de limpios, naturalmente café tabaco y calcetines del color del pantalón. Esta por despacharse una baggette con queso manchego; a su derecha, Rafael, el cancerbero de la muerte, editor de La Guadaña; regordete, panzoncito, no tan graciosos como casi todos los gorditos, es una de las excepciones, pero sí jovial; descuidado en su presentación que se manifiesta en su ropa, pelo, calzado y hablar … cabeza tendiendo a lo redondo, frente amplia; pelo ya entrecano; pómulos que se pierden por lo grueso de la cara redondeada, ojos castaño oscuro, saltones, inquisidores, de vacuno, redondeados por cejas de mediano arco, muy pobladas y cejas gruesas; nariz chata, grande, en base y fosas; cachetón y boca pequeña, de labios gruesos y pequeños, pero no tanto y sí un poco bembones; ropa muy desparpajada desde la punta hasta los pies, que los calza con tennis y con las agujetas desabrochadas; manos gruesas y cortas. Para ese desayuno pidió huevos ahogados; en la otra cabecera de la mesa estaba yo, igual, esmirriado en el vestir y hablar; más que sesentón, acercándome a los setenta; con la calvicie en píe de lucha; escaso pelo ya entrecano … orejas grandes, cabezón, parezco yucateco; bueno no tanto, pero sí caben unos tres kilos de papa en una de mis gorras; color café con leche; pelo y orejas enmarcan mi cabeza; piel color chocolate mexicano; de ojos entre café tabaco y negro, medianos, con un adorno por ceja en arco limitado, abierto, como una hipérbole y mis antenas de vinilo son las pestañas; de nariz chueca por un codazo recibido allá por 1973, jugando fútbol en la normal de San Marcos, Zacatecas,; boca medianamente larga, un poco trompudo, pero no de enojado, ni de marrano; mis labios son carnosos, sobre todo el inferior, aunque no tanto que sea bembón; cosa de la herencia; vestido al estilo de  siempre en mi vida: informal, limpio, de todo a todo, incluyendo la raya,  y de colores suaves… de manos pequeñas y delgadas, usando zapatos 24 horas, con plantilla porque tengo el píe hendido o píe cavo; total ese día , como todos los viernes, llego ya desayunado; en el centro de las dos mesas ya estaba el pan blanco rebanado – que Armando compró en Trico -, Chapatas para ser exacto y los dulces y suaves polvorones, especialidad del Negro, cada uno  disfrutaba de su taza de café, café, de Uruapan y teniendo a un lado su jugo de naranja, que, aunque empieza a llegar la mandarina, nadie cambió de fruta y todos disfrutaban de su jugo fresco, de mero Veracruz; yo picoteaba los panes rebanados …

-      ¡Cómo está la sociedad, ahora! Dijo Rafa …
-      ¿Por qué lo dices, güey …dijo alguno de nosotros, que ya ni recuerdo quién fue …
-      Porque cuando venía para acá, en la esquina de Virrey y Madero, por ganarse el paso dos

choferes ya se  andaban dando en la madre… En un pelito estuvo… ¡Quién sabe qué fue lo que detuvo a uno de ellos!

-      Sí ha sido siempre … 'ombre, dijo Juan
-      No, no, ahora es especial … redijo rafa …
-      Es porque tú lo viste …pero … afirmó Rubén
-      Todos los conductores andamos …
-      Casi, casi, casi todos, precisó Juan … yo no … pero para mostrarte que  subiéndote al carro,

así se anda siempre ... les preguntaré y recordaremos ...
amplió Juan ...

- A ver, a ver  dijo Migue...
- ¿Recuerdan a Jorge VVVVVVVXXVCXCVXCV ... reportero estrella de La Voz ...
- Sí, cómo no... recordó Migue... Tienes razón...
- ¿Recuerdas, Migue?
- ¡Claro! Mataron a su hijo por quítame unas pajas ...
- Cuenta, cuenta, pidió Rafa ... entre picada al pan, levantada de taza ...
- No recuerdo qué día fue, lo que sí tengo en la memoria es que su hijo disputó el pase en el

marco que está frente a la normal urbana ... completó Migue ...

- Como ahí solo cabe uno, el otro quiso ser primero, igual que Jorgito; en el recorrido desde

la plaza Morelos, se hicieron de palabras y en la vuelta de la semi glorieta de las Tarascas se bajaron los dos y se hicieron de palabras y el otro, ventajosamente, sacó su pistola, le disparó y se fue ... o murió ahí o en el recorrido hacia la atención médica ... en este momento no recuerdo si lo agarraron o no ...eso no importa ... terminó Armando, el Negro ... y Juan  amplió ...

- Ahora que lo dicen recuerdo de un reportero de la nota roja de  la misma Voz... ¿o de

noticias?  ...¡ya ni recuerdo! Era bastante risueño... siempre decía... Dios mío... Dios mío... regálame un muertito... para mi nota del día...

- Y casi siempre se le concedía, ¿No? preguntó Rafa ...
- Pues sí, afirmó Juan... pero se tuvo que retirar del periodismo y ahora vive muy tranquilo...

¿o creo que ya se murió? ...el pobre... ¡Ni sé!

-   ¿Y por qué dejó el periodismo, por qué renunció a La Voz?

-   Porque un día Dios lo socorrió y el muertito que le dio fue su hijo mayor  … y ese día no cubrió la nota del día …

-   ¡Ta'ba gacho!

-   Pues sí, pero la sociedad está, fue y será muy agresiva

-   Sobre todo los que manejan auto, camioneta o lo que sea …

-   Menos autobús y …

-   Bueno, y por qué, mi Negrito,  dices que así ha sido siempre

-   Es que el manejar nos transforma … nos cambia a dueños del universo y de la vida de los demás…

-   Nos importa madre, como conductores, los otros …solo yo y nada más yo …

-   Güey, deja terminar …se siente re'gacho …

-   Ta'güeno, pues …adelante …

-   Ya saben que me reúno más tarde con los de esa mesa – y señaló con su índice de la mano derecha…

-   ¡Ah! Los de la mesa del Pájaro Dormido …

-   ¡La del milenio! ¿no?!

-   Lo que sea…. En esa …

-   Ajá, sí… ¿y?

-   Un día  reciente, el doctor Dagoberto Silva Espinoza contó la anécdota siguiente …

transitaba por el circuito del Bosque, por llamarlo de alguna manera …en su carrito –un chevito casi nuevo - y lo alcanzaron un joven y su auto, un jetta de modelo reciente … el joven manejaba muy distraído oyendo música, la que traía a volumen demasiado alto, que incluso los otros operado0res de las unidades que lo rodeaban o rebasaba escuchaban las canciones y ritmos de las melodías que él disfrutaba … el ruido era para sordos --- Algo molestó al doctor que se atrevió a pedirle algo … en una intersección de calles  pulsando el botón del cristal de la puerta derecha, le dijo

-   Joven, joven… ¿podría bajarle un poco a su música? El joven conductor no lo escuchó y

siguió en su mundo y el doctor, ya lo conocen, muy controlado, pero en ese momento se le fue el control a otra parte

-   De seguro a Babia, dijo Rubén …

-   …Después de varios gritos y aspavientos del doctor, el joven lo vio y se quitó los audífonos,

porque traía puestos los audífonos … ¿Qué quiere?, le preguntó …

-   ¿Le puedes bajar un poquito a tu música? Pidió el doctor …molesta … el joven lo escuchó,

y como el cruce estaba libre … siguió tarareando su ritmo y su melodía … picado, el doctor, lo siguió como pudo, lo alcanzó y en el siguiente cruce le dijo …

-   Oye, de favor, bájale … molesta tu música …la trae muy alta … insistió el doctor Dagoberto …

-   ¡Y a usted, qué! Le dijo el joven y arrancó hacia adelante …Por un tramo más o menos

largo siguieron hablando y en cada esquina el diálogo se hacía más denso, más cálido, más agresivo …

-   Te pido que le bajes, ombre… ¡qué te cuesta!

-   ¡A usted, qué le importa!

-   Es para evitar la contaminación, nada más por eso

-   ¡Es mi carro y es mi música!

-   De favor, joven … no seas malo … Entraron en el tramo del acueducto que está por

Villalongín… y siguieron rodando por la calle lateral de la escuela normal urbana federal…
Sor Juana Inés de la Cruz…

-       ¡Esa!   … y el tono ya se tornaba amenazante …
        para esto, dice el doctor, que ya había visto
que el conductor del Jetta era un joven achaparrado
…viajaba solo y su alma … Entroncaron con Antonio
Alzate y dieron vuelta hacia la fuente de Los Patos … por
ahí se pararon … Dagoberto fue el que paró primero …y
lo hizo con la intención de rogarle, sin ofender físicamente
al joven el joven, pero, acaso, su gesto, su voz y sus
ademanes estaban alterados … digo que él estaba muy
creído que por su corpulencia podría amedrentar un poco
al joven conductor del Jetta y ..según cuenta el doctorcito
… el joven también detuvo su auto …se paró, Salió de su
unidad y lo único que recuerda Silva

-       ¡Ahora ya es Silva!.. ¡Ya no es el doctor!

-       … Lo que recuerda …lo que nada más recuerda y
        así entre nubes, es que el joven, no
medía más de un metro sesenta … muy achaparrado, pero
sí muy cuadrado …automáticamente su sistema de
alarmas no detectó ningún riesgo para él … y cuando el
joven y él se acercaron no hubo más diálogo que …

-       ¡Qué quiere, pinche viejito!

-       Oye, lo que yo te he pedido es…   y en un dos
        por tres… uno al abdomen, otro a las partes
bajas; el penúltimo a las piernas y  el descabello, fue un
golpe de canto al cuello  piernas y ¡zas! Al suelo …ahí ya
no le hizo nada … la acción había durado cuando mucho
tres segundos … el del Jetta lo dejó, ya no lo ofendió más
ni lo golpeó …solo se subió a su auto y se fue,
perdiéndose en el arroyo de circulación del acueducto ….
El doctor cuando se dio cuenta ya estaba en el pavimento
… no supo ni por dónde le llegaron los madrazos … trató
de ponerse en pie …a gatas …en varios tiempos, pujando
como pudo y en unos dos, tres minutos se puso de píe…
trató de caminar … le dolían las piernas, las partes bajas,
el abdomen y el cuello …
¡Y el amor propio!

- Bueno … eso que ni qué, como dijo la recién
       casada … Se subió a su chevito y se alejó
rumbo a su casa o donde pudiera sobarse …

- Bueno …pues ahí está esa experiencia …

- Sucedió que el doctor jamás pensó que el joven,
       achaparrado y todo fuera a darle su entre
y lo dejara en paz …dice el doctor que desde entonces ya
ni se preocupa de los otros carros … que hagan lo que
quieran …

- A mí me pasó algo parecido, dijo el Negrito …

- A ver … a ver …cuenta …

- Pues verán ustedes que una media mañana, muy
       quitado de la pena,  circulaba por la
Chapultepec Sur… por la avenida Juan N. Guerra…
¡quién sabe por dónde! … y sin que yo lo notara se me
cruza un carrito mediano… tal vez un estratus… rojo y
como casi, casi andábamos dando un agarre de costado o
un raspón de pieles y, además, se me cerro, me dio mucho
coraje y que le grito…

- ¡Fíjate, güey! Y …no hubiera dicho eso …

- ¡Pobre de ti, amigo!

- Pues sí … se bajó el conductor …primero y
       después otro, el copiloto … pero en honor a la
verdad…no se metió …se quedó parado …

- De  seguro para ver cómo terminaba el asunto

- O para entrar al relevo si las cosas se ponían mal
       para su amigo y cuate …

- Total, se me puso enfrente el conductor… ¿Qué
       quieres güey, qué me dijiste?

- ¡Que te fijaras!

- Pues fíjate tú …y en menos de que se los cuento
       … con un golpe de karate o lo que haya
sido, entre pecho y cuello, me quitó la respiración y el
siguiente fue en la panza y …

- ¡Y eso que la tienes un poco abultadita, mano!

-  …me dobló  y ahí quedé … sin respiración, jadeando, jalando aire y dolido de toda la parte superior de mi negro,

-  …. y acharolado, cuerpo …

-  ¡ya párenle, bola de ojetes! …

-  Ta'bien, ta'bien …

-  …Y ahí quedé …hincadito, sobándome el cuello y el abdomen …

-  Y  la estima, mi buen …

-  … El otro muchacho… no vi qué hizo o qué pasó … nada más oí cuando entraron al coche … cerraron las puertas, encendieron su auto y se fueron… como la fresca mañana … con un poco de trabajo me puse de píe, me sacudí el pantalón, tomé un poco de aire para normalizar mi respiración y fui soltando el aire poco a poco …otra vez hice lo mismo unas tres, cuatro veces … hasta que normalicé mi respiración, pero el cuello y la panza seguían ardiéndome  y

-  … El amor propio …

-  ¡Ah, cómo chingas con lo del amor propio, cabrón! Ya está bien …Y desde entonces ya no me meto en nada con los otros choferes … que traes prisa …pásale,  güey …que no me dejas pasar … no hay purrúm  … espero a que se abra un espacio y lo rebaso, pero sin pitar el claxon … que me quieres rebasar por la izquierda … me hago un poco a  mi izquierda y lo dejo que se vaya …seguro tiene más prisa que yo … así son mis cosas … ¡Ah, pero eso es ahora! Porque en el pasado, cuando estábamos jóvenes …era otro boleto, otra onda …

-  Sí…cuando éramos jóvenes, chavos…la ciudad era otra, dijo Juan.

-  Sí, la ciudad era otra, asentó Rubén …

-  Y también nosotros, dijo Rafa … y seguíamos desayunando o almorzando … ya habían traído los platillos centrales y cada uno le entraba con gusto y placer disfrutando ese momento de amistad y convivencia, mostrándose en la partición del pan y la sal …

- Hubo un tiempo, dijo Armando, sin soltar el tenedor y el pedazo de chapata que llevaba a la boca… esperó para decir… en que yo tuve muchas armas, pistolas de todo tipo…entre todas ellas quise mucho una ametralladora chiquita… que me había regalado… ¡No viene al caso quién bola de güeyes! Era una Ingram, alemana…muy bonita … me gustaba mucho … la tenía con dos cargadores completitos … la cuidaba en exageración …la tenía con su pavón muy lustroso, muy negrita … pero la tenía guardada, muy bien, guardada … no fuera a ser la de malas y uno de los chiquillos la sacara e hiciera algo no recomendado, imprevisto …

- ¡Una desgracia!
- ¡Por un simple descuido!
- Solo la sirvienta sabía dónde estaba … arriba en un closet … a mero arriba … y ora que la traigo a la memoria recuerdo que ella …
- ¿La sirvienta?
- Sí, … ella … se la llevó  con todo y cargadores y se suicidó con ella … ¡nada más se dio un tiro…
- ¡Pero bien puesto! ¡
- Así, es …
- ¿Y cómo sabes que fue ella?
- ¿Y que con ella se mató?
- ¡Muy fácil!.. Ella dejó de venir, pero no al extrañamos …contratamos otra y ya … pero poco después – como a los tres meses - empecé a  tener una mala racha y comencé a vender mis pistolas …y la Ingram no la quería vender … me sentía unido a ella por la

persona que me la había regalado, pero como la mala temporadita no terminaba y necesitaba un poco más de dinero, me decidí a buscarla y le di vueltas y más vueltas al clóset en donde la había dejado y pos nada …entonces pensé en la posibilidad de que la chacha se la hubiera llevado y comenté con alguien y ese me preguntó …

-	¿Y para qué se la habrá llevado? – Recordé que la chacha traía dificultades pro un amor

perdido y entonces me dio mala espina y como tenía algunos amigos en la procu, pos que me voy para allá  y con el nombre de ella …pedí información sobre decesos de mujeres, asesinatos, suicidios …algo así … en donde se hubiera utilizado arma de fuego … y sí, ahí estaba su nombre …fulanita de tal  suicidio … tal día … su carta póstuma …no rastros de alcohol u otra droga … nada … pero no … no le di importancia y continué viendo, buscando ..

-	¡Haciéndote el güey …

-	¡Y no te cuesta trabajo!!

-	Así, es par de ojetes, ¡hijos de su puta madre! … ¡ya dejen de estar chingando! Quiero

terminar…

-	Eso queremos todos …

-	… terminar … se siente re'gacho… si te interrumpen y no terminas …

-	Cuando consideré prudente… me di por satisfecho de la búsqueda y sin dar importancia al

dato, después de agradecer y despedirme  de los amigos me salí de esa oficina y del edificio… --¡Quién sabe que le habrá pasado a la vieja!

-	¿Por qué, mano?

-	Se necesita mucho valor para matarse … se dio un solo tiro  … nada más uno

-	¡Bien puesto y ya!

- Eso del valor es cierto... el que se suicida no es cobarde… tiene mucha decisión y bastante

valor…

- O ya no tiene otra salida … no quiere generar molestias …

- Conozco personas que afirman que si la vida los colocara en la situación de ya no tener

otra puerta …se darían un balazo para ya no seguir así … a la expectativa … sobre todo cuando se sabe cómo termina todo … completé yo …

- ¡Vaya, güey… pensé que estabas muerto! …

- Los muertos no comen pan …

- No … sigo vivo … y picando la chapata …

- Y esa es la historia de la Ingram …

- ¿Y no la reclamaste?

- No, güey … si la reclamaba, o me colocaba dentro de los sospechosos …aunque fuera

muy lejanamente o muy poco probable y posible o me pescaban por tener armas de fuego de uso único de las Fuerzas Armadas … y carecía del permiso correspondiente … entonces … ¿Qué necesidad?

- Hiciste bien …

- El cuerpo había sido reclamado por sus familiares y no hubo más situaciones… esa es la

historia de mi Ingram… vendí todas las pistolas y con la experiencia de la Chacha, no quise tener ni una en la casa… y actualmente no tengo ni una… ¡No vaya a ser que con ella mi vieja, mi ñora de ahora, me dé en la madre! No, no soy tan pendejo para darle la oportunidad y el arma…

Bueno, cuando una mujer ter quiere dar en la madre…te da y punto…

- ¡Eso sí … reafirmó Migue …

- ¡Eso que ni qué!, dijo Manuel …

- Bueno ... se acuerdan que dejamos algo pendiente ...

- Sí, como no ...lo de aquellos tiempos de nuestra juventud ...

- Cuando todo era diferente ...

- La ciudad y nosotros ...

- ¡Qué tiempos!

- La ciudad era muy pequeña ...

- Sí ...para que se den una idea, mi colonia era la Obrera y era lo peorcito ... y abajito de ella
era pura siembra, maizales, ajos y cebollas ...

- Y por el otro lado, entre la zona militar que era lo último de la ciudad... ¡puro baldío y
zacatales! ...una que otra milpa...

- ¡Ah, pero por el lado del sur! Lo que estaba un poco arriba de circunvalación había fincas
con huertas de manzanas, duraznos e higos y una que otra parra de uva... por eso a  una de esas colonia se le llamó Los Viñedos... ¿Cuál sería? ¡Sepa!

- Y por todo el listón por el que rodaba el camión urbano La Alberca y la otra ruta que era el
de circunvalación ¿así se llamaba?

- No ...se llamaba de otra forma, pero ya ni recuerdo ...

- ...Lo que sí recuerdo es que esa ruta recorría lo que ahora es el libramiento Camelinas,
hasta su cruce con la Calzada Ventura Puente y con el estadio o lo que ahora llamamos  Parque Juárez ...

- ...Lo que sea o haya sido, a los lados de ese camino-que no estaba pavimentado -, estaban
muchas construcciones, algo así como chalets de descanso que tenían dos particularidades ...

- ¿Cuáles, manito?

- ... una,  que  bordeando el frente iba un tajo del río o de los Filtros y llevaba agua ... toda charandosa, pero agua, que, lo segundo era utilizado por los afincados ahí para regar sus huertas de frutales … por ahí estuvo la  alberca Leticia, campo de fútbol N. López, la colonia del Empleado y dejándola a la izquierda …puro baldío, agua empantanada hasta la carretera a Mil Cumbres … y entre el listón de las  calzadas Ventura Puente y Benito Juárez casi puro baldío …pura zona popular  … una que otra casita … muy encharcada de agua y llena de moscos y el río Grande la ciudad, sin entubar, como ahora – señalaba el límite  de la ciudad por el sur; así que

- …Por el este, en la zona militar; por el sur, circunvalación y el Río Grande; por el norte …

Ese lado, el monumento a Pípila, la vía del tren … la colonia Industrial era una zona negra … olvidada, como lo sigue siendo aun en nuestros días y por el lado noreste, la gasolinería Poza Rica … a sus lados estaba el internado Lázaro Cárdenas y a sus espaldas os baldíos de lo que ahora son las colonias Isaac Arriaga e Independencia … casi ni había casas …

- … bueno toda esa zona siguen olvidadas de la mano de Dios y de los políticos … sigamos …

- Y por el occidente, el poniente … el hospital Civil y las nuevas obras del Instituto Mexicano

del Seguro Social    y el templo de Máter Dolorosa …cosa curiosa …

- ¿Qué, manito?

- … Que en cada punto terminal de la ciudad está un templo, estaba una iglesia … y

- …en el centro, la  Catedral, ¿eso ibas a decir, no?

- Eso mero … sí … pues entonces … a un lado estaba la tira que llevaba al panteón y por allá

otra tira, a un costado del panteón …la cerillera, la congeladora de fresa, el rastro, nuevo  que ya es viejo,   y la carretera a La Huerta que estaba a 6 kilómetros y uno se hacía unos seis minutos en auto …

- Ahora se hacen como quince minutos …

- Algo debes pagar por el progreso …
- Que esa zona sí era la más peligrosa …
- Junto con la colonia Vasco de Quiroga …
- Y todo lo demás era puros lotes productores de fresa y jícama … que era uno de los

destinos dominicales de las familias clase medieras de la ciudad

- ¿Por qué?
- Las familias salían comprar metros de surcos de jícamas o fresas con crema... ahí en los

llamados Tres Puentes… todo lo demás, desde la iglesia de Máter Dolorosa hasta Quiroga y más allá… ¡¡puro verde!!!

- Que te quiero verde …
- Bueno … se acabaron las evocaciones
- ¡nada, qué!
- Si recordar es vivir …
- Cierto … pues  estamos viviendo …
- Como dijo Segismundo …
- ¿Y quién es ese güey?
- ¡Ah! es el personaje central de la obra de Pedro Calderón de La Barca … La Vida es Sueño

…

- ¡Ahhhh!
- … Dijo La vida es sueño y los sueños …sueños son
- Lo que sea, pues …
- Finalmente es vida, porque si no viviéramos no …
- ¡Podríamos soñar!
- El esquema de la Duda Metódica de Descartes …
- Sí …ciertamente …sueño, mi sueño está en algo …luego entonces existo …
- Fácil …

-   Bueno, bola de filósofos … entonces mi colonia
    se daba unos agarrones con los pelaos de
otras colonias y esos eran agarrones …

-   ¡Ya! ¿A poco?

-   Claro …

-   Sí, Juan, debemos recordarlo …

-   Pérate … sí …nosotros los de los frontones nos
    dábamos unos súper agarrones con los de
la Vasco y con los de Capuchinas y se hacían con todas las
reglas … se avisaba …se difundía entre las palomillas …

-   ¿Nada más con ellos?

-   No … con quién quisiera y se pusiera al brinco o
    se sintieran muy salsas …

-   Bueno, es lo mismo …eso pasa con las pandillas
    de este tiempo …

-   Pues sí …por eso se dice que nada es diferente
    …los famosos

-   ¿Ciclos de la vida?

-   Eso …sí …o la ley del Péndulo …

-   Que es otra cosa …

-   Lo cierto es que la vida, las familias, las
    sociedades, las culturas, los imperios, todos
    damos
vuelta solo cambian, si acaso, los personajes …

-   Eso…bueno, como todo es lo mismo …
    apúrense cabrones … yo ya terminé, bola de
    güeyes

…

-   Yo también …

-   Entonces le pediré a Aurorita la cuenta para
    dividirla… y sí, en los platos y en las tazas de café
    quedaron los restos de los alimentos y en el aire
    no quedó nada…ni los recuerdos, ni…nada… y
    finalmente no quedaremos ni nosotros… Afuera
    el tiempo seguía pasando y la Catedral continuaba

vigilando al palacio de gobierno… ¿Por qué no se casan los dos: una es femenino y el otro es masculino, no?

# PURO HUERTERO......S'AGÜEVO

## ííí... SIÑOR

-   La conseja popular   dice que "cualquier tiempo
    pasado fue mejor"... y bueno, todos los de
esta mesa, casi estoy seguro que lo aceptaríamos...

-   ... y respaldaríamos, *dijo uno de los de la mesa,*
    *achaparrado, medio  vencido por el*
*tiempo y por la vida; vestía ropa de mediano precio, mangas de*
*camisa, pantalón de cashmir, en colores suaves; sus zapatos, de color*
*negro, tipo bostonianos, estaban relumbrantes de limpios; su menudo*
*cuerpo resaltaba sobre su ropa limpia, bien planchada — se les*
*notaban, camisa y pantalón, las rayas de los dobleces en las mangas,*
*cuello y piernas ... parecía un maniquí de los bien arreglado que*
*estaba ... ya estaba jubilado y su semblante era  indolente, como si*
*no estuviera en ese lugar ...  su cara no traslucía nada ...acaso*
*sería porque estaba muy deficiente del sentido del oído ... de cabeza*
*pequeña, pelo negro, corto, lacio, bien, poco, pero  bien peinado; ojos*
*vivaces, orejas pequeñas y frente amplia, con ojos agudos y nariz*
*delgada, terminada en punta ... de boca pequeña, pero ligeramente*
*gruesa ... bastante bien afeitado y sin bigote ..parecía lampiño; el*
*botón superior de su camisa desabrochado, indicador de su idea de*
*hombría calentado, de la mera tierra caliente michoacana ... lo que*
*comunicaba era cuidado y fragancia, aunque un poco hastío por la*
*vida Y volvió  a repetir ...*

-       *Íííí, señor ... cualquier tiempo pasado fue mejor ... en el
        centro de su vida profesional –*
como profesor -  ofreció sus servicios en la escuela Madero y Pino
Suárez de esta ciudad – Morelia – en sus dos turnos - matutino,
como docente y en el vespertino, de director del plantel . ¡Ah! Su
nombre es Héctor-.

-       Ese fue el que nos tocó, en suerte, vivir ... *remachó
        otro de los asistentes de ese día a la*
mesa del portal ... vestí muy elegantemente ... traje de cashmir, de
dos piezas, tela negra listada a rayas que permitía formas breves
cuadros en blanco; camisa blanca y corbata ni breve, ni ancha ni
gruesa, entre plateada y gris rata o Isabelino, de minúsculos puntos,
grano de pólvora  y fistol que ahorcaba en el cuello el nudo Windsor;
invariablemente de traje y de ocasional sombrero y,  para no romper
la imagen de siempre, con el periódico de su preferencia, doblado, en
la mano ...  zapatos negros boleados, pero no tan relucientes como
los de Teto, el amigo que estaba a su izquierda; de cabeza mediana,
en forma de triángulo, aguzada en la barbilla; cara delgada, nariz
delgada y terminada en punta, de cuerpo breve; invariablemente de
bigote negro, bien cortado, y bien rasurado, ojos negros bastante
sagaces, enmarcados en unas cejas negras, tupidas y lacias, adornados
por unas alertas pestañas, siempre de pie ... parecía  un ratón,
husmeando ... viendo, a la expectativa ...como si estuviera siempre
en condición de vigilia ...manos suaves, breves y bien cuidadas, como
si fuera al manicure cada quincena ...era, de lejos, como todas las
cosas ...un gentleman, un dandy ...de lejos ... de cerca era algo a
quien habría que tratar de lejos, con pinzas.
Recuerdo muchas cosas, dijo el que estaba enfrente ...
atlético, en mangas de camisa, a pesar de que los fríos del incipiente
otoño ya pegaba con dureza y por lo menos la mitad de los asistentes
vestían como él: sin chamarra, sin suéter ...pura camisa  o de
manga corta o de manga larga y de tela delgada – bueno, no tan
delgada que fuera tul,  gasa o lino ... pero sí delgada pero no tan
gruesa que fuera lona o mezclilla gruesa ...atlético ... cabeza  de
tamaño normal, como la de todos, excepción hecha de los yucatecos;
vestía siempre en ropa informal o deportiva o esport ... camisa

*manga corta de colores suaves y pantalón grueso, de colores suaves o ligeros y con mucha frecuencia usaba chamarra deportiva; zapatos limpios, pero no brillantes; pelo corto, de lo que en nuestra generación se llamaba abultado; su pelo era, ligeramente, castaño, corto y lacio. Se dejaba el bigote que estaba mal cortado y por lo irregular de su bello era como se decía en esa generación, bigote de aguacero y algunas de sus hebras salían como espinas de una penca de nopal; su cara larga desparecía sus pómulos y sus ojos, café castaño, se enmarcaban en dos cejas que transitaban arriba de sus ojos como dos cometas en un arco largo, de elipsis larga; su nariz era grande pero sin llegar a ser grotesca y sus boca, sin ser larga, sí era alargada y un labio, el inferior, era más grueso; su mentón sobresalía sobre todo lo demás ... todo él irradiaba gusto por la vida y el deporte.*

- Si a esas vamos, lo que yo viví en el internado de La Huerta… que vivimos todos los que

estamos en la mesa…fue inolvidable…

- Pues, ¿cuántos años estuviste tú, en la Huerta, Tom? Preguntó el atleta a uno que estaba

frente a él y que había sido quien habló, que vestía sumamente informal, con ropa arrugada y un libro en la mano … digámosle Tomás … era un hombre achaparrado, grueso, sin ser obeso ni excedido de peso; de cabeza de tamaño normal, con su cabello negro bien peinado – se notaba que usaba algún tipo de fijapelo de los que ahora se llaman gel, que es lo mismo que en nuestra generación -, ondulado en copete y de corte, también abultado; tan informal vestía que traía una camiseta blanca y sobre ella una chamarra color azul suave y con pantalón arrugado, de mezclilla color café con leche, beis, dicen y traía puestos, invariablemente zapatos negros limpios, pero descuidados; su piel era café con leche, mexicanote hasta las cachas … su cara mostraba ojos negros, serenos, con sus cejas negras, descuidadas, cortas y unas pestañas negras sin más llamativo que ser cortas y distraídas, porque sus puntas indicaban muchas direcciones; su boca era de dimensiones pequeñas y sus labios, los dos, eran carnosos, sin ser de mulato; su nariz era mediana, pero gruesa y chata – pero olía muy bien -, confirmando aquello de "Soy chato, pero las huelo", tan las olía que ya en dos ocasiones formó parte de alguna secretaría den alguna de las diferentes dirigencias de la sección XVIII del Sindicato Nacional de Trabajadores de la Educación y sabía algo de eso que llaman política magisterial, pero había sido en los tiempos de las dirigencias sindicales únicas, no en estos tiempos de la democracia y pluralidad de expresiones sindicales … de su cuerpo no emanaba otra cosa más que descuido

- Yo estuve seis años… los seis años… tres de la secundaria y los tres de al profesional… ¿y tú, Gus? …

- Nada más los tres de la escuela normal, afirmó el aludido … *era un hombre entrado ya en los sesenta años, achaparrado, mal vestido, mal presentado – no pasaría una elección de imagen, lo descalificarían … estaba con barba incipiente, ya un poco grande, parecía descuidada; su cabeza mediana estaba cubierta con un pequeño sombrero que no llegaba a bombín, pero sí era un sombrero de fieltro, color ligeramente gris; su cabeza, adornada de poco pelo corto, ensortijado, color negro suave, con muy pocas canas, tenía una nariz mediana, pero ancha en su base y de fosas nasales nada grandes, pero sí un poco anchas; sus ojos, que medio te veían y medio te dejaban pasar, eran negros, vigilados por unas pestañas bien lanzadas hacia el espacio y un pequeño, y breve arco negro y de cejas cortas; sus cachetes se comían sus pómulos y su boca permanecía callado y sus manos, cortas y regordetas, sin ser gordo, hablaban mucho más que las palabras; casi siempre usaba chamarra gruesa y, preferentemente, de color gris; invariablemente traía algún papel, revista, periódico o algo impreso, que le daba un aire de intelectual …*

- Como muchos de ustedes, yo también nada más estuve los tres años de la normal ... la secundaria la hice en mi natal Paracho, dijo el que estaba en una de las cabeceras de la mesa; digamos Manny, alias el Pato; *de un poco más de sesenta y cinco años y  uno sesenta y cinco o un poco más, pero no llegaba al uno setenta, de estatura  se figura se encorvaba al caminar,  como si  en su espalda cargara un costal lleno con los años  y las cosas vividas  en todos sus años; Manny, el pato – desconozco porque le pusieron el Pato; acaso su primer apellido es Pascual -,  viste de colores gruesos, oscuros, preferentemente un tono de café tabaco y azul marino, oscuro y los colores de sus camisas casi siempre son claros, que hacen que su ropa y su color de piel siempre se noten; sus zapatos son negros, o café tabaco muy oscuro; su cabeza es grande, acaso es el de mayor volumen, el más cabezón de todos, sin ser totonaca, maya o mixteco-zapoteco, pero sí es de fuerte raza tarasca; nación en el mero centro de la zona serrana de  la región  donde vivieron los tarascos; el pelo que cubre su cabeza es lacio, largo, sin ser de trenzas, pero sí abultado; lo que resalta de su pelo es la brillantez, tal vez use brillantina o vaselina o algo que lo peina muy bien, pero le apelmaza su peinado y su cabeza luce como si fuera un foco en negro; es de frente amplia, con las arrugas naturales del ceño y sus ojos son bastante negros, enmarcados en unas cejas negro intenso y en arco que no va más allá del espacio de sus ojos y unas pestañas gruesas e intensamente negras le sirven de radar; no tiene ojeras y sus pómulos se pierden en lo largo de su cara, que siendo un poco regordeta, se pierden  en todo lo largo de la cara, custodiada por la arruga, que en paralelo sube o baja por su cara, encuadrándola en un marco indicador de que la vida y el tiempo han pasado y se han detenido en él. Su nariz es grande y gruesa, tanto de su base como de sus fosas, aunque  un poco alargada, sin terminar en punta, digamos un poco roma; es de boca grande y labios amplios alargados, sin ser carnosos y de mentón deseoso de sobresalir, con un hoyuelo en medio de la cara; al hablar, se nota que no tiene diente, indicador de un severo descuido personal ... tiene cuello de toro, no de garza; sus manos son alargadas, y en ellas se nota el correr del tiempo...*

- Bueno, como ustedes, también estudié para profesor, pero estuve dos tiempos en la
escuela normal, dije yo, que no tiene caso que me presente, pues me importa un rábano mi figura; lo que me

interesa es estar limpio y sin mancha en la ropa, menos arrugas…que se note bien la rata del pantalón.…

-   ¿Cómo fue eso?, preguntó el atleta …
-   Bueno es que destripé la secundaria, que hice en una secundaria particular; cuando

terminé el segundo año, mi madre me sacó de la particular y me inscribió en la escuela normal … era 1959; el siguiente año, automáticamente comencé a estudiar normal, pero cuando integraron bien mi documentación escolar para elaborar mi certificado de secundaria, debí entregar la documentación de los estudios en la particular y, pues no: tenía tres materias a Título de Suficiencia

-   ¿Y eso, por qué razón?
-   Un supervisor cumpliendo su función, en una visita encontró que  tres profesores -

Español, Historia de México y Ciencias Sociales – eran ministros de culto (católico)  y anuló los estudios de esas materias y...

-   Como eran y son seriadas …
-   Tuve que aceptar y resistir la anulación  de tres materias del terco de secundaria y como

en la Normal se llevaba un plan de estudios diferente, debí pagar una materia más, aparte de las seriadas: Preceptiva Literaria …

-   Así que debías siete materias de la secundaria, ¿no?
-   Así, es … y me afectó mucho, pero más a mi madre … en fin, esa es otra historia …Sigo …

en la segunda época, regresé en 1964: mediante examen de selección, que me fue favorable, resulté favorecido y regresé en el 66; así que conozco a  varios egresados de varias generaciones …

-   De 59 a sesenta y seis … siete generaciones
-   Pues sí, pero si le agregas a los que irían en primero cuando yo cursaba tercero o sexto,

pues conozco, ligeramente  a nueve o diez generaciones de mi escuela Normal ... pero, curiosamente no estudié en escuelas normales rurales o en internado, aunque sí vivía algunas cosas y limitaciones o placeres de la vida escolar en cautiverio ...

- ¿Cómo es, o fue, eso?
- Muy simple y como cosas de la vida de cada uno de todos los jodidos ... en mi infancia,

estuve en un orfanato – dos o casi tres años ...

- ¿A poco había orfanato en Morelia?
- ¡Claro!
- ¡Como en todas las ciudades medianas, grandes o pequeñas!
- Aquí en Morelia, estaba la Casa Hogar, la casa de los pelones, en la esquina  de 20 de

noviembre y Álvaro Obregón, lado noreste. Ahí  en lo que serían primero y segundo de primaria,  aprendí a leer y escribir  y las cuatro operaciones fundamentales y fui a misa y al rosario por todos los días de mi vida...

- ¡Mañana, tarde y noche! ¿no?
- Sí ... y después, en 1958, al terminar el tercero cursado en mi tierra ...
- Mero Huetamo, la tierra del Pinto ...
- Que no es cierto, pero así lo dejo ... después de algunos trabajos, mi mamá me inscribió en

el internado 18, Lázaro Cárdenas, más conocido como España- México, y ahí también estuve internado, pero de lunes a viernes ...

- A ver, a ver ...
- Mi mamá sabía quién era mi padre y como él no me aceptaba porque estaba por casarse y

consideró que un hijo fuera del redil significaba riesgo para su futuro casorio –con una dama de la sociedad – pues nunca me tragó, pero un hermano suyo sí y mi tío Salvador, que así se llamó, me cobijó en su casa y aceptó que fuera dormir los viernes y pasara el fin de semana en su casa … en el 410 de la calle Vasco de Quiroga …todos las semanas del calendario escolar .. así que sufrí y no el internado, mas sí regresé a las misas y rosarios de todos los días, de lunes y martes …

- Otra vez, explica eso, santurrón….

- No soy santurrón, pero sí te explico o más que explicar, informo … mi padrastro …porque

también tuve padrastro – hombre muy católico y apostólico – me inscribió en una escuela particular, para que no me envenenara el gobierno y en esa escuela, que se llamó Mariano Elízaga – que inició en el conservatorio de Las Rosas, al cobijo del canónigo Villaseñor – se cambió a Rayón 292…todos los días íbamos a misa, a las siete de la mañana, a Las Rosas y al Rosario, también en Las Rosas, por las tardes, a las seis; después al templo de Cristo Rey, que está a dos cuadras de la dirección de la escuela;  por dos años fue un madrugar para ir a misa, de siete de la mañana y a las seis, la bendición del rosario ..era la clase de Moral, que seguramente fue lo que encontró ese supervisor y para no desaparecer todos los estudios, determinó que fueran únicamente esas materias … pero lo que deseaba decir lo digo …como adolescente no sufrí la vida de ustedes en un internado, pero como infante sí y curiosamente  ya en el ejercicio de la profesión trabajé en dos normales rurales …

- ¿En cuáles?

- En San Marcos, Zacatecas …cerca de dos años … – del primero de octubre de 1972 al

primero de mayo de 1974 y en Tiripetío, como subdirector … un año escolar, partido …

- ¿Cómo qué partido?

- Sí, finalicé uno y dejé sin terminar el otro: 1974-1975 y 1975-1976, respectivamente … y,

bueno, yo no viví la adolescencia , con sus cambios, necesidades y afectos, como ustedes …

- Bueno, dijo el atleta, yo lo disfruté... como anda uno jarioso y con todo el deseo de

vivir...con hartas ganas de coger... pues yo andaba siempre viendo a quién podía pasarlo por mis armas y ¡vaya que sí estoy bien armado!

- Dime de qué presumes y te diré de que adoleces, dijo el Viejito arrugao – vestía

invariablemente de traje, que le quedaba muy holgado, porque su cuerpo había venido a menos por una variante de reumatismo que lo encamó por casi dos años y que lo dejó contrahecho, algo así como al escritor de la Nueva España, de la Colonia, Juan Ruiz de Alarcón: jorobado y con las manos recogidas; está achicado, con poco movimiento de sus brazos; camina con lentitud, pero camina, aunque sea a un trote o ritmo lento; el color de su piel es entre amarillo y color hojarasca seca; su pelo, ya bastante escaso, es entre negro y cano, arreglado a tamaño corto; su cabeza está bastante enjuta y la grasa o gordura del antaño ya es un recuerdo; viste bien limpio, pero ya todo le queda muy grande; los colores que viste son suaves y, generalmente, es de traje de dos piezas en coordinación y con corbata muy fuera de línea y anacrónica; en ocasiones usa sobre su cabeza una gorra vasca, pero usualmente trae sombrero ..¡Ah, es de Michoacanejo, Jalisco! De por allá a un lado de Agüitas o La Chona, Encarnación de Díaz ...sus ojos, un poco apagados, están devorados por sus cuencas, pero, allá en el fondo, son de color café castaño oscuro; los enmarcan cejas que son escasas, entre negras, y sí, color café leve; sus pestañas, pese a todo y perdiéndose un poco, son negritas o grises; su nariz es un poco aguda y pequeña; sus pómulos ya no existen y su boca mantiene un rictus de amargura, de coraje, supongo, que porque lo colocó en esa situación; sus labios son gruesas líneas en su pequeña cabeza y cara; su cuello se muestra flaco y ante la holgura de su ropa destaca su delgadez; sin embargo muestra estar

al día de todo: libros, noticias, chismes, pero ya no tiene o,
por lo menos, muestra  gusto por la convivencia con los
amigos, con los cuates o como en este momento, con los
compañeros de su escuela, profesión o compañeros del
centro de trabajo. Parece   ser que todo en él es como su
piel: trasluce amargura, resentimiento y dolor… Viejito, le
dicen

-        Pos, si quieres, te lo muestro, para que veas cómo
         lo mido … Mira así …como si jugaras
béisbol: agarrando el bate con las dos manos … ¡Y todavía
me sobra por si quieres ayudarme a que no se caiga

-        ¡Ya te dije! No presumas …

-        No presumo … pero en nuestros tiempos, Viejito
         … te contaré que disputé los favores de
Juanito…un familiar temporal

-        De temporada, de temporada… ¡eh!, dije…

-        Este atleta ya ni la hacía … yo  casi todas las
         noches veía que  bajaba  a los establos  …

-        No seas mentiroso …

-        ¡No soy mentiroso! Estoy trompudo , pero no
         puerco, Soy hocicón, pero no marrano …

-        Te corregiré… cuando estuve en La Huerta y
         cuando no andaba en Morelia o no tenía con
andar ni estar por las tardes o por las noches … le disputé
a Conchas  los favores de Juanito … pero él muy  en su
lugar, muy honesto y leal me dijo una ocasión que le hice
propuestas un poco indecorosas, muy en su papel de
mujercita me dijo … mira mi amiguito … yo soy muy
cumplidor y así quiero que me traten …si tu amigo no
viene a las 7, de la noche, como quedamos, te espero a ti,
a las  siete y media … y, pos yo busqué al Conchas; le
pregunté que como amigos que éramos, me dijera si él
quería con Juanito  se me quedó viendo … se puso un
poco colorado …aunque no le duró mucho el color y
sonriendo me dijo … nada más que esto es entre  amigos
… sí, yo ando con él, pero nomás ando … no es nada

serio … solo es una salida para quitarme las ganas de mujer … y no te metas ahí … que es mío … y yo por eso ya no le hice la lucha …pero de que le traía ganas .. pos, sí le traía ganas, pero ni hablar … Entonces el de Paracho habló …

-   No te hagas … al caer la noche y ya a oscuras bajabas al corral  y salías muy tarde …

estabas como una hora más o menos …cuando te veía … cuando no, pos quién sabe a qué horas regresarías

-   Regresaba pronto …dijo sonriendo …

-   ¿De qué te ríes, güey?, preguntó Tom…          -

Pos, me río de eso…de eso, nada más de eso

-   A ver, a ver … cuenta, cuenta … dijo el Viejito

-   Muchas veces … ya no sé cuántas sí es cierto que bajaba a los corrales … y, aunque

ustedes no lo crean … baja con un rodillo, con una vara gruesa, con algo duro, de madera en la mano …

-   ¿Y para qué la llevabas al corral?, preguntó Héctor, el paisa de Huetamo

-   No lo justifico …lo digo …finalmente ya pasó, pero … me apena decirlo …

-   Desembucha, güey …

-   Pos…pos … como andaba jarioso, con muchas ganas … buscaba una vaca que estuviera

más o menos a mi altura, o no muy alta para colocar un banquito …de esos que se usan para la ordeña y pos …pos … el rodillo me servía para alisarle el pelo del cuello a la vaquita cuando me le acercaba por atrás … y no fuera a descontrolarse y me diera de patadas  … y así me quitaba  mis ganas de torero …

-   No sentías nada, güey … dijo el Viejito …

-   Tal vez no, pero si me pasaba un buen rato dale que dale … dale que dale … hablándole al

oído a la vaquita … sudaba para darle lo que yo quería …
hasta quería darle sus besitos por lo bien que me trataba
…

- ¡Pendejo! Dijo Tom …
- ¿Por qué me pendejeas?
- Pues porque  no sentías nada …
- ¡Tú que vas a saber lo que sentía, güey!
- Ahora  me vas a decir que sentías muy bonito
  …si estaba muy huanga  … y tu instrumento
estaba muy chico y delgado para su abertura …
- ¿Me lo viste alguna vez, enojado?
- Vértelo como vértelo  …  no  solo  cuando
  coincidíamos después de jugar, de clase de
educación  física  o  por  pura  casualidad  que  nos
encontrábamos en las regaderas …
- Debiste haberle visto y verlo a él …enojado o con
  hambre de nalguita … si gustas … te lo
enseño…dos manos de bate y aun me sobra …
- Otra vez presumiendo …se oyó la voz del Viejito
  …
- No presumo… güeyes… ustedes no sabe lo que
  yo sentía…. Y solo para mí …solito …
- Por eso quiero a mi rodillito… ¡Ah, que agradable
  sentía! …cuando terminaba muy
tranquilo salía del corral y me perdía en las sombras de la
noche y me iba a mi cama  …tranquilo muy tranquilo … a
esperar lo que cayera … y cuando no caía nada … ni una
tía … ni Juanita, que estaba monopolizada por Conchas,
pues otra vez a bajar a los corrales …
- Rodillo en mano …
- Oye, mi atleta …  y así como no queriendo le
  lancé la pregunta
- ¿Buscaste  tener relaciones con una gallina?
- Sí …claro … pocas veces …pero lo hice
- ¿Y qué sentiste? Alguien de la mesa preguntó

-       Oigan… pero recuerden que yo tenía no más de dieciséis años… y pues…estaba con todas mis ganas que no quitaba el jugar… así que… pues ¡A darle!

-       Se te preguntó… ¿qué sentías…?

-       Era una sensación diferente… muy distinto de lo que sentía cuando lo  hacía con mi vaquita…con mi ternerita… ¡tan bonita que estaba!

-       ¿Y cómo le hacías? Preguntó el Paisa …

-       Con todo y pena, aunque no mucha porque sé que ustedes también lo hacían o por lo menos lo pensaban … corría un poco hasta agarrar a la gallinita que alcanzaba  … la tranquilizaba, sosteniéndola con una mano y con la otra  alisando sus plumas, hablándole bonito, quedito y cuando ya estaba tranquila, despacito, muy quedito la bajaba hasta mi pretina …  la pegaba  un poco a mi pretina, dejando un espacio como de una cuarta …me desabotonaba el pantalón y sacaba el monstruo …sobre él dejaba caer un poco de saliva para humedecerlo y como éstas … se lo dejaba ir a la gallinita …hacía alboroto, pero como la tenía bien agarrada del pecho … pos nada más cacareaba y cacareaba, aleteaba y aleteaba  … y salían plumas y más plumas …

-       ¡Un escándalo! Rió al decirlo Tom…

-       Sí … pero ni modo … pero con esa emoción y griterío más me  gustaba y como estaba muy estrecho…apretaba … apretaba y apretaba y en cada apretón la pegaba más a mi pantalón …  …   más y más con sus aleteos y cacareo y el escándalo más me agarraba la prisa por terminar .. sentía su estrechez, su apriete, su anillito … me tenía bien enroscado … y como yo la tenía agarrada del pecho, de la pechuga, pos  no podía hacer nada por zafarse …  con todo eso y con el temor de que llegar alguno de los compañeros y me vieran, me llegaba una ansiedad, una urgencia por terminar y no tardaba ya mucho …nunca me vi en ninguna parte, pero me hubiera gustado tener un espejo tamaña grande para verme … mi cara … mi cuerpo … cómo me pandeaba, cómo me arqueaba … los gestos que debía haber hecho … en fin todo eso  ahora que lo recuerdo me da cierta penilla, pero estábamos jóvenes … ¡Y qué no hacemos los jóvenes! Viéndolo así… te lo justificamos, sentenció el Viejito…

-      … lo cierto es que a la gallinita la tenía bien
        agarrada, bien pescada … y cuando  ya estaba
por acabar, más la apretaba y hasta puede haberlas matado …cuando acababa , como automáticamente la soltaba, me expulsaba y, simultáneamente,  el animalito  salía como cuete … disparado, moviendo las alas como queriendo volar y cacaree y cacaree …   al irse, yo me quedaba relajado, suelto … ponía el  botón en el ojal, me alisaba el cabello de mi cabeza  … sentía muy bonito …

-      ¡Eres un redomado cabrón, mi atleta! Soltó el
        Tom…

-      En el corral estaba muy contento con mi vaquita,
        con mi ternerita, con mis gallinitas …
hubo ocasiones en que, después de terminar y de alisar mi rodillito, hasta ganas tenía de darle un besito a mi ternerita, a mi vaquita … a mi Juanita …

-      Oye – preguntó el Viejito - ¿Cuándo estabas con
        tu vaquita o con tu gallinita, con quién te
imaginabas que estabas?

-      Con nadie… ¡Vas tú a creer! No conocía a nadie
        … solo las revistas y las películas de los
sábados en el Rex … pero ya ni me acuerdo … quedó allá atrás …

-      ¿A poco ese tiempo no fue mejor? Dijo,
        preguntando, el Paisa …
-      ¡Sepa!, soltó Antonio, el líder…
-      Ahora les cuento …con mucha pena, total …
        todos debimos hacer alguna cosa muy
especial… y aquí entre nos yo también la hice

- Pues cuéntala …
- Dila …
- Ya no te hagas el mamón … dijeron casi todos al mismo tiempo …
- Bueno …recuerden que me da pena … Y sonrió al iniciar la confidencia … Hubo una

ocasión, sola una ocasión la viví … pero fue una ocurrencia…de joven

- Una guachada ,… dijo el paisa …
- Eso … sí … una guachada …Un día, ya entrada la noche, teniendo a mi gallinita bien

pescada del uyuyuy … se me ocurrió apretarle el pescuezo
..

- ¡Cómo serás cabrón!, dijo Gus
- Eso lo hacía, por lo menos en la literatura el Marqués de Sade …, afirmó sentenciosamente

el Viejito …

- También en algunas películas y …metió su cuchara Tom …
- Algunas personas las practican para divertirse  y hasta para asesinar … fueron aportando

los de la mesa …

- Lo que haya sido, yo nomás lo hice para saber si se sentía  más bonito …
- Es la misma justificación de todos, desde Sade hasta los grupos y personas sado-

masoquistas… placer al máximo y  emoción al límite … dije …

- Bueno, ya pues cabrones … déjenme contrales … y que le aprieto el pescuezo  … quise

darle vuelta, pero no pude …nada más le apreté el pescuezo … casi la mato … la gallinita se fue al límite …no sé qué habrá sentido … lo que sí recuerdo es su apretón ..fue más largo y más fuerte …su aleteo se hizo más frenético …dejó de cacarear por cualquier cosa de tiempo … no sé cuándo … sólo sé que la solté y ella siguió aleteando …cacareando … pero no me soltaba hasta que la dejé ir…ni supe cuándo terminé ante el espanto de lo que estaba haciendo .. fue una experiencia única y nunca otra vez lo volví a hacer…con ningún otro animalito… ¡Lo juro!

- ¡Qué pinche! Dijo alguno de la mesa.
- ¿Sabes cómo se llama eso, güey?, afirmó doctoralmente el Viejito …
- No …lo ignoro
- Sí…güey es seguro que lo desconozcas … expresó Antonio
- Se llama zoofilia, pendejo
- No,  no se llama así, dijo el Pato
- Entonces, cómo se llama, preguntó el Paisa
- Así, reafirmó el Viejito…
- Sí, así se llama … ese nombre tiene  …
- No se llama así … bola de güeyes, dijo Gus
- La Psicología dice … terció el Viejito
- No vengas con mamadas librescas
- Se llama ganas de coger, viejitos …así se llama …
- No seas mamón … dijo al mismo tiempo toda la mesa …
- ¿A poco ustedes,  siendo jóvenes, nunca tuvieron deseos de coger, de aparearse, de

ayuntarse, de sentir que el cuerpo vibra y salir como bala …con tal de que les aprieten lo más sensible de ustedes … De … ?, dijo Antonio

- No pos sí … fue la tímida respuesta de algunos…otros bajaron la cabeza …
- Entonces por qué lo juzgan …
- Nomás …nomás  …
- Bueno ya cambiemos de tema … dijo el paisa …
- Estamos hablando de que cualquier tiempo pasado fue mejor … dijo Gus

- 	*No sé si cualquier tiempo pasado fue mejor, lo que sí
	sabemos que fue el nuestro y lo*
*vivimos y disfrutamos, dije …*

- 	*Ustedes estuvieron …bueno, la mayoría de ustedes,
	estuvieron internados desde la*
*secundaria en la Huerta …*

- 	*Yo no, expresó Tom …*

- 	*¿Entonces de dónde venías?*

- 	*Yo salí de la escuela Fray Alonso de la Veracruz …*

- 	¿Era la que estaba a un lado del templo de San
	Agustín?

- 	Esa mera… ahora sé que estuvimos caminando
	donde se hizo historia … por los históricos
pasillos y las celdas o cuartitos de los monjes y friales …
las aulas estaban horribles, lo único que indicaba que era
un lugar para enseñar eran los pupitres y el pizarrón …de
aceite, pintado de negro en la pared…los ventanales
estaban opacos …porque nunca los limpiaba el conserje o
señora de la limpieza … los baños …sucios …apestaban
… bueno … yo no tuve los placeres de ustedes, ni la  vida
de internado como ustedes y tuve muy pocas experiencias
de todo tipo, pero lo que sí recuerdo era que nos
portábamos de la chingada con los maestros … y lo que es
la vida … terminé de maestro … ¡Quién lo dijera!

- 	Igual de nosotros, pero al menos yo … yo sí
	respetaba a los maestros …

- 	¡Y a las maestras! Sentenció el Pato

- 	Sobre todo a la maestra Irenita …a …

- 	Dicen que está muy enferma …

- 	¡Qué se le va a hacer! Es el tiempo … resentenció
	el Viejito …

- 	…a Irma… siguió Tom…

- 	Eran muy francotas … una con una voz muy
	dulce y la otra muy grave …machuda … seca,
abierta…directa …fue diciendo la mesa …

- Casi todos los maestros eran muy especiales …
- Nosotros, ustedes, no eran peritas en dulce, corrigió el Viejito …
- Éramos muy cabrones … muy indisciplinados …pero ai la llevábamos …Recuerdo que una

media tarde … dejó escapar Tom …

- A ver …cuenta, cuenta dije …
- Por alguna razón estaba muy inquieto … daba mucha lata en plena clase … entonces el

maestro -ni recuerdo de qué materia – que me avienta un borradorazo … y que me atina … aquí se me ve la cicatriz … y se llevó la mano a su cabeza,; con sus dedos hizo a un lado las matas del pelo y dejó entrever una rayita endurecida por el tiempo …

- ¡Ah, cabrón!  Dijo uno de la mesa …
- Estuvo re duro el chingadazo, soltó otro …
- Sí …   me salió mucha sangre … el profesor se asustó … por supuesto yo estaba llore que

llore y el grupo también estaba espantado por lo que sucedía: … mucho griterío, el lanzamiento del borrador, el golpe seco, directo en la cabeza, la sangre, el montón de sangre …  la palidez del maestro y mi llanto …  no era para menos … en el silencio, porque se abrió un silencio, solo se escuchaban mis sollozos, mi llanto … recuerdo que el maestro se me acercó … trató de que no me fuera a caer; me tomó en sus brazos, me detuvo, me agarró y despacio me fue llevando a su silla, frente al escritorio, frente al grupo … trató de calmarme  …

- Ya, Tom … ya …dijo …y localizado la zona del golpe … sacando su pañuelo – porque antes

se usaba pañuelo de tela, no de papel -, me taponó con su mano la cuarteadura de mi cuero cabelludo en donde había recibido el golpe  y  haciendo presión en esa parte de mi  cabeza trató de detener el sangrado … yo no dejaba de llorar, porque aparte de que no tenía otro recursos, no

sabía qué hacer … desconocía el tipo de lesión …nada más me ardía y sangraba y la sangre me escurría por la cara y manchaba mi ropa … pero no me sentía más mal …
Ya deja de llorar, insistía el profesor… deja de llorar para que la presión sobre el golpe impida que sigas sangrando … está mal lo que hice … lo sé … no tengo justificación alguna, pero … discúlpame … y seguía presionando sobre la zona del golpe …Yo continuaba llorando …Poco a poco me fui calmando y también, el  sangrado disminuía … Así estuvimos todos  esperando a ver qué pasaba, pero no pasó nada …  el grupo empezó a inquietarse … el maestro les dijo  …
Póngase a estudiar, a repasar lo que estábamos viendo antes del lanzamiento del borrador y castigo a este muchacho… a Tom.  Como ya me estaba calmando y no lloraba, escuché ruido de hojas de papel, de ruidos escolares  y me fui calmando…todo volvió a la normalidad… cuando dejé de sangrar…el maestro esperó unos minutos, acaso unos diez minutos…y me revisó la zona del golpe; mi pelo estaba lleno de sangre y en la zona de la lesión…fíjense cómo lo digo, la lesión ---se empezó a levantarse un chichón…me dijo...

-    Ve a los baños … lávate la cabeza, la cara, las
        manos y parte de tu camisa … ojalá haya
agua para que te laves … si no hay agua te vas a tu casa, para que tus papás te revisen, te curen o te lleven al hospital o a la Cruz Roja … intentó ayudarme para que me pusiera de píe …acepté sus manos y ya puesto de píe … me encaminé hacia la puerta de salida del anexo del Templo de San Agustín, que era donde funcionaba la escuela secundaria particular Fray Alonso de la Veracruz … yo ya no intenté ir a los baños … me fui directamente a mi casa, cerca, en la calle Guerrero, entre Galeana y Abasolo

-    A cuatro, cinco cuadras de la escuela…

-   Sí …allá en la casa mi mamá se extrañó porque
    llegaba temprano, mucho más temprano

que de costumbre …

-   Porque terminando las clases te ibas adra un
    recorrido por el centro y después en bolita

hacer un relajo en las calles, ¿no?, soltó el Viejito, con una
sonrisa socarrona …

-   Pues sí … eso hacía …

-   Así que llegaste a tu casa   temprano … dijo el
    atleta …

-   Pues sí… ¡Niño de Dios! Pues ¿qué te pasó?,
    expresó mi madre, secándose las manos en el

delantal

-   Por supuesto que no le dijiste la verdad, edá,
    afirmó el Paisa …

-   Ni loco… ¡se me hubiera armado!  … solo le dije
    … jugando choqué, caí de cabeza … Mi

mamá dejó de hacer lo que estaba haciendo y se me a
cercó, me vio la camisa llena de sangre por la zona del
cuello, me revisó la cabeza y con su candor me dijo
…anda compra un combustible  y lo opones en el boiler,
para que se caliente el agua y te bañas …  cuando salgas
del baño y estés vestido me llamas para ponerte un poco
de árnica o de sal en grano …anda … no quiero que tu
padre te vea así .. te medio mata y a mí me da una
repasadita … anda y me dio veinte centavos … hice lo
que  me dijo … me bañé, me cambié de ropa y esperé a
que llegara mi papá y mis hermanos de la primeria para
comer … Cuando llegó mi padre … también se extrañó
de verme temprano y bañadito …

-   ¿Y este, qué hace aquí tan temprano en la casa?,
    preguntó con los ojos a mi mamá

-   Dice que jugando se cayó… le contestó ella…. Y
    con su dedo señaló la cabeza y la zona del

golpe… trái un golpe en la cabeza…se bañó porque llegó como Santo Cristo… ¡Todo bañado en sangre!

-	Comamos, ya después  veremos…. se dirigió a la mesa, donde ya estaban mis dos

hermanos – una hermana y el más chiquillo que estaban en la primaria… no recuerdo qué comimos, que ni viene al caso, solo sé que no me dijeron nada mis papás, pero cuando terminamos mi papá me llevó al cuarto de ellos – de mi mamá y él -, me tomó del brazo, me apretó un poco, me jaló hacia él y me apapachó un poquito …sentí su afecto  y como no queriendo la cosa, me preguntó …

-	A ver, cuéntame, ¿cómo estuvo? … Cayendo en la confianza le conté la verdad … me dio

unos toques de afecto en la cabeza  … y me dijo … anda ve a jugar a hacer tus tareas … mañana iré a hablar con el maestro  y con el director … y me  fui a la calle, al barrio de  la Soterraña, y después al de Capuchinas

-	Otras cinco cuadras, dijo el viejito …

-	… A los jardines …  y me fui con mis hermanos al jardín de la Soterraña; ahí no había

juegos, ni nada más que espacio para jugar … esos juegos simples de la infancia, acaso de  todos los tiempos  y que ya ni se acuerda uno … en el camino de regreso, me vine pensando en el mañana … qué iría a hacer mi papá … jamás pensé  que podría enfrentar al maestro, mucho menos al Dire, pero en mis adentros me daba gusto que pudiera ser eso … en esos pensamientos llegamos a la casa y después de merendar y jugar entre nosotros los chiquillos de la familia …así pasamos la tarde y llegó la noche y al día siguiente, después de desayunar me fui  a la escuela … los compañeros me veían el chichón, que aun me dolía y sobresalía  en mi cabeza de pelo muy negro, ensortijado … yo estaba muy bien portadito – de seguro mis compañeros pensaban que me habían dado una buena zurra y comprendían mi silencio … así pasó media mañana … estaba en clases de – ¡ya ni me acuerdo! -

cuando llega el director al salón, solicita al maestro que saliera Fulanito de Tal – era yo – y, supongo que los ojos de casi todos mis compañeros voltearon a verme con cara de asombro y desconcierto y para algunos, tal vez, de gusto -. Me paré y muy contrito, seriecito me puse a su lado…me dijo

- Sígueme… tu papá vino a la escuela… está en la dirección… No sé a qué vino … así que creí conveniente venir por ti, porque él desea hablar, pero puso como condición indispensable que estuvieras presente … más o menos esas fueron sus palabras y en durante ese monólogo llegamos a la dirección, pues la escuela no eran, no es, muy grande … Entramos … él me llevaba con una mano en el hombro…

- Bien, don Raúl – ese fue el nombre de mi papá, que Dios tenga en su Gloria - … ya estamos aquí…su hijo está presente …

- Señor director … así empezó mi papá … estoy enterado del incidente que tuvo el maestro con mi hijo … por si no lo sabe, mi hijo, por alguna razón de indisciplina, porque no creo que nomás porque sí y por puro gusto lo haya hecho el maestro y se suelte a dar golpes y a lanzar a los alumnos el borrador … hago debió haber hecho y algo serio … su maestro de Matemáticas le lanzó el borrador y la cosa esa le dio en la cabeza … seguramente el golpe fue bastante fuerte, que le rompió la piel y le salió mucha sangre … yo estaba asustado - en realidad desconocía qué derroteros seguiría mi papá -; la sangre le corrió por la cara y le manchó la ropa … después de que el maestro le detuvo la sangre, le pidió o le ordenó que se fuera a la casa y así, llenos de sangre cabeza y cara y manchada la ropa se presentó con su mamá … a ella le dijo … ¡No sé qué cosas! … pero a mí me dijo la verdad…por eso vengo… Yo presentí que el momento se acercaba y, de pronto, una ola fría me corrió velozmente por todo el cuerpo…Siguió mi papá …

- Señor director … yo soy pobre … me gano la vida trabajando en mi pequeño negocio de
venta de cueros, diferentes medidas y tipos de clavos y tachuelas, suelas, pieles, tinturas para pieles, cremas y grasas para calzado, tacones para calzado de caballero y hechuras de zapato sobre medida y cosas de esas … trabajo desde las ocho de la mañana hasta las ocho de la noche, con nada más  una hora para comer … yo quiero que mi hijo, que es el mayor, se gané la vida, de otra forma muy diferente, muy distinta, más fácil, y que gane más que yo … sino es así … ¿para qué está en la escuela? ¿Para qué gastamos  los papás?  En este caso, ¿para qué gasto yo lo que pago en su escuela, en su educación? Mejor nos gastaríamos  su mamá y yo ese dinero …    entonces hacemos un gran sacrificio - que es parecido al sacrificio que hizo mi papá al separarse de la parcela y venirse del Rancho San Agustín del Pulque – que nos debe dar resultado … por eso estoy aquí … Maestro … aquí, delante de mi hijo se lo digo y quiero que él lo escuche y lo entienda muy bien … le entrego a mi hijo con todo y nalgas … si se porta mal, si se la sala, se sale del salón y de la escuela, si se pelea en el salón, en la escuela, si se porta mal …su culo es de usted …suyo … jálele las orejas … mócheselas .. dele sus cabronazos … no solo con el borrador … con el cinturón … que entienda que debe portarse bien y estudiar y que si no está hecho para el estudio, para entender las cosas de la escuela … de las clases … pos, que se salga … que no esté ocupando lugar y haciendo perder el tiempo, tanto a ustedes como maestros y a nosotros, como sus padres … Yo escuchaba y entendía que mi papá estaba furioso  … después muchos años después entendí la razón de mi papá …

- ¿Ahora que estás casado y tienes hijos? Preguntó alguien de la mesa

- No … cuando terminé mi secundaria y como es sabido por todos ustedes, fui aceptado en la normal de La Huerta y cuando terminé,, me mandaron al Valle de México, viví en la ciudad de México, D. F. y estando ahí quise estudiar lo que yo quería y en donde mero yo soñaba … en el IPN … y estudié para entrarle … presenté examen y me aceptaron en la Voca del Poli … después ya todo fue fácil, pero duro … estudiar, trabajar y trabajar y estudiar … no había más …terminé en la ESIME, como saben soy profesor e ingeniero mecánico eléctrico … entré a PEMEX  … y esos años fueron de un sufrir … fue un sufrir, pero me sirvió … además eso es otra cosa …Siguió mi papá …

-   Entonces quedamos que …

-   Lo entiendo, don Raúl … dijo el director, que hasta entonces se había quedado callado …

despreocúpese…su hijo está en buenas manos …

-   ¿ya lo oíste, verdá?, me dijo-preguntó …

-   Sí, papá, fue mi respuesta … Estaba muy calladito … muy mono … no rompía ni un plato …

-   ¿Entonces, señor director?

-   En eso quedamos, don Raúl … contestó el director y, dirigiéndose a mí, me preguntó …

-   ¿Ya entendiste? Aunque tu papá nos dio todo el derecho de cambiarte, de corregirte,

como a los árboles que se van torciendo  y  los poner uno derechito, así será contigo …si es necesario … tenemos el permiso de tu papá para  … ponerte derechito … que esperamos no usarlo … no será siempre … pero sí debes portarte mejor, bien .. mucho mejor…bien, muy bien… Y escuchando esto, mi papá entendió que ya estaba dicho todo y con una de sus manos en mi  hombro, nos encaminamos hacia la puerta de la dirección…En el pequeño pasillo que comunicaba con los  corredores y con los salones, en un momento en el que, para mi fortuna, no había compañeros de mi grupo, ni alumnos, en la penumbra del silencioso corredor me dijo…

-	Óyelo bien … de esto, en la casa, delante de tu
	mamá y de tus hermanos … de la familia,
pues…ni una palabra … si sé que tus hermanos, tu mamá,
dicen, comentan algo … te vas a acordar de mí … me voy
a la peletería … tú te quedas en tu escuela …¡ay de ti si no
te corriges! … ¡ay de ti si no te portas bien! … Escuchaste
que les di permiso, de hecho  autoricé a tus maestros a
que te medio maten, si eso es necesario para que cambies
… para que no te distraigas y seas un hombre de
provecho y te ganes la vida de otra manera muy diferente
a como yo me la gano … Estás avisado … Tras de
advertencia … no hay engaño … ¿entendiste?

-	Sí, papá, fue mi respuesta… Lo acompañé hasta
	la puerta de entrada. Me puso su mano
derecha en mi hombro, suavemente me lo apretó  y me
dejó …su figura se perdió en la calle que baja - la privada
de San Agustín - y termina en Aldama … frente a su
peletería …¿Y qué pasó después?, preguntó, no supe
quién…Seguí estudiando ahí … pero mi vida escolar dio
un cambio … si seguí siendo latoso, inquieto …
travesuriento … pero ya no tanto .. antes sí me pasaba de
rosca … ahora ya no …a partir de ese día, de esa mañana,
ponía más atención en las clases … ahora sí hacía las
tareas y ahora también estudiaba  por las tardes, por lo
menos una hora  y a cada materia que había tenido clase
en el día le daba unos diez, quince minutos todos los días,
pero el sábado y domingo no estudiaba … y mi papá me
empezó a llevar a la peletería a  ayudarle a despachar  y
enterarme los asuntos que él atendía … así, los sábados él
se dedicaba a las cuestiones de pedidos, cobranza y pagos
a proveedores…

-	Algo parecido me sucedió a mí, dije …
-	¿A ti? Preguntó el Atleta…
-	Sí… No viene al caso cosas de mi familia… lo
	que sí viene a colación es que en algún

momento del año 1954. Estudiando el cuarto año de primaria en el internado número 18, Gral. Lázaro Cárdenas, me andaba desbarrancando con mis amigos y paisanos. Estaba recién venido de mi tierra – Huetamo, por si no lo saben  -; por esa época los padres de los huachillos de la tierra  les compraban a sus hijos pequeñas alhajas  de oro… anillos con esmalte o con sus iniciales o con alguna figura… su cadena  con determinada figura del culto religioso… generalmente crucifijos… Yo llegué con esas pequeñas joyas y los usaba como algo común y eso era… común que los paisanos trajeran eso en sus manos o en su cuello. Supongo que esta costumbre no ha cambiado. En esa época en el internado me juntaba con paisanos cuyos nombres y figuras ya perdí en las arenas del pasado… los paisas  me estaban enseñando a fumar y a esto y a aquello; entre esas cosas, también  formaba parte de la palomilla del grupo, dormitorio y paisanaje y nos daba por reunirnos a ver jugar  el naciente futbol, el rutinario vóley bol y el nuevo y creciente básquet bol… ¿y después? … pues daba hambre, por juzguera, antojo o lo que sea o haya sido, el chiste es que se nos metía en la cabeza el hecho de comer algo y lo que es la mera verdad… en realidad no había necesidad de comer porque si algo sobraba en el internado, era la comida… y como yo era el más ostentoso, pues los amigos del internado me convencieron de que chachareara mis cosas. Frente a los dormitorios-talleres del internado, calle Plan de Ayala, esquina con Isaac Arriaga, estaba una tiendita que por las mañanas ofrecía lo de todas las tiendas de esa época: azúcar, piloncillo, pastas para sopa, arroz, maicena, avena, pan, escobas, combustibles, carbón, etc., y por las tardes, tacos, tostadas, tamales y enchiladas y ahí llegábamos la parvada de chiquillos y otros no tanto, a comprar los tacos y tostadas y como no teníamos dinero, pues los  señores no dudaron en aceptar que le dejara mis modestas joyas – el anillo y el ahogador con la medalla-crucifijo -… ¿Cómo y cuándo le pagaría? Supongo que él pensó que nunca y que ya se había hecho de mulas Pedro, pues, seguramente, me las aceptó en un precio mucho más bajo de su costo real – que ni me acuerdo y que viene al caso -, mucho menos del estimativo, y ¿cuánto podríamos comer  el grupo de tres o cuatro chiquillos y yo? ¿Una orden de tres tacos y ya o más? Y así la vida transcurrió tranquila, mas mi madre, por esas cosas de la vida y del destino de cada uno, decidió venirse a Morelia, dejar todo, madre, familia, trabajo y amistades, por venirse y estar cerca de su hijo y que me llega inesperadamente. Imagínense mujer de unos veintinueve años, sin conocer a nadie, sin más cultura que lo doméstico de la tierra – hace dos generaciones y una quinta parte de años más: por sus amistades, llegó de arrimada con una familia que respeto mucho: Ma. de Jesús Pineda, quien rentaba una casa en la calle de Isaac Arriaga, paralela a Felipe Carrillo Puerto, a media cuadra de los dormitorios del internado. Al llegar y dejar sus tiliches – ropa, nada más – en  el cuarto de  que le habían asignado en la casa de Chucha, temprano se fue al internado a verme y después de mi  sorpresa y los abrazos de siempre …ella se llevó la sorpresa de que no me vio nada ni en los dedos de la mano derecha - ni en los de la izquierda – ni en el cuello …

- A ver, Beto… ¿en dónde está el anillo de oro con esmalte? …

- Se me perdió … un día bañándome, se me salió del dedo …

- ¿En dónde está tu cadena de oro con el crucifijo?

- Mamá, jugando me la jalaron y se me cayó en la cancha y …

- ¡Qué cancha ni que nada! … me dices en dónde están porque todo lo que me dices… vas a

ver… Vas a ver, Betito… voy a averiguar lo que traes y entonces hablamos … y esa mañana se enteró de las salidas nocturnas a la calle a comer, de mis amigos y de más cosas, que si las vemos ahora  son sin chiste y sin mayor pena, que la moral y las costumbres, pero eso es la óptica de cada uno de nosotros ahora ...en aquél momento mi madre estaba decidida a saber qué era lo que pasaba conmigo y, en su caso, corregirme y vigilarme ... ya enterada de mis cosas ... el diálogo conmigo fue el siguiente - y lo recuerdo claramente, aunque recuerdo las cosas de tiempo y lugar - ... sí fue en el dormitorio y talleres del  internado; como residía a media cuadra de esos lugares me llegó a media tarde, en pleno horario de talleres ...

-	A ver, Beto, ya sé lo de tus amistades ... sé con
	quiénes te juntas ... esos muchachos, sobre
todo el paisano Sánchez  tiene familia en la tierra y allá no son buenas personas; así que me las vas dejando ... también sé que ya fumas y que en bolita se salen a comprar tacos y enchiladas que una familia vende aquí enfrente, ahí y me señaló con el dedo ... y si no me dices en dónde están o quedaron las cosas de oro, te voy a medio matar ... así que me vas diciendo ...

-	Pos, ya te dije que el anillo se me salió un día que
	me enjabonaba y jugando me jalaron del
cuello y se me rompió ...

-	¿Y los pedazos? ¿En dónde están? Porque se
	pueden mandar reparar... así que... ¿En
dónde están?

-	Mamá, te estoy diciendo la verdad ...

-	¡Que tu verdad ni qué la chingada! Y chinga que
	te vas a llevar si no aparecen ... si no me
las entregas ... Y como yo insistía en que se me había salido del dedo y que jugando me la habían jalado      -  jalada, la mía – pidió permiso de ir a su casa-lugar en donde vivía  al Prefecto, Martín la Boa y curiosamente – las sincronías de la vida, uno de los trabajadores del internado era el  señor Ángel Carbajal, paisano de nuestro – incluso al conocía - , pues mi mamá tuvo el permiso de

salir y regresar en unos minutos para que yo cumpliera el horario de talleres … y diciendo y haciendo … salimos del edificio y nos encaminamos a la casa de chucha; en el recorrido – unos cien metros, mi mamá me   fue sermoneando sobre el costo de las cosas, sobre su sacrificio, sobre su gusto de verme bien vestido y arreglado y con cosas de valor, para que yo en un ratito le saliera con que se me habían perdido y descompuesto y que no tenía nada. Al llegar, después de tocar y permitirnos entrar, nos fuimos a lo que era su cuarto…

- Ahora sí … me vas a decir dónde están las cosas de oro … porque me tienes qué decir … es

una mentira eso de que se te salió el anillo y te jalaron la cadena y no sabes en dónde quedó en el campo de juego del dormitorio … así que  … Me agarró del  hombro y con un cinturón suyo, de esos que se usaban en esa época allá por la tierra – anchos, con hebilla,  de plástico – me dio tres, cuatro, cinturonazos en las nalgas … Mi grito y mi llanto fueron uno solo …

- ¿Me dices o le sigo?
- Mamá, ya te dije que se me zafó del dedo y se me cayó  en el campo de juego del

dormitorio…entre llantos y sollozos le contesté …

- (Sin ser agente policiaco, mi mamá ya sabía la verdad, la media verdad. Deseaba saber  la

otra mitad de la verdad) … dos tandas más de estimulantes físicos y mentales y ya había cantado, soltado la sopa … están empeñados con el señor de enfrente …

- ¿Por qué los empeñaste?
- Porque teníamos ganas de comer tacos y tostadas …
- ¿Y por qué  tenías que pagar tú? ¿Tú eres el más rico?
- Pos, fíjate que no… somos pobres… muy pobres, pero me gusta que andes bien vestido y

con alhajas de oro… ¡ya verá este viejo jijo de la chingada! … Ya cálmate, porque te voy a llevar con Ángel  para que te vayas merendar y  regreses al dormitorio… ya sé los horarios y cuando regresen a los dormitorios me las veré ese señor… mira… que hacer negocios con chiquillos y todavía más… ¡Bonito negocio! … Dejé de llorar y ya tranquilo después de la afectuosa y estimulada, me llevó al edificio de los talleres-dormitorio…en el camino me fue sermoneando nuevamente…

.-        Y nada de que te me sales del internado porque te estaré vigilando … no tengo nada qué hacer … más que cuidarte … así que muy derechito, ¿ehhh? Llegamos al edificio del internado, me entregó con Ángel y ella se regresó… ¿Qué hizo? Nunca lo supe, no conocía a nadie, salvo a Chucha, la mamá de Luis … lo que sí supe fue que a las ocho de la noche ya estaba enfrente del edificio del dormitorio pidiendo permiso al  prefecto Martín y a Ángel Carbajal a su petición le dijo  … le dijo

-        Sí, perita, cuando quieras …ya sabes … y me sacó
         del edificio; cruzamos la calle Plan de
Ayala…ya estaba el señor y la señora con su bracero encendido a todo carbón  encendido al rojo infierno y su comal para freír lleno de manteca hirviendo,  dorando los tacos de picadillo, papa, sesos y chorizo, los cucuruchos con la salsa, la sal y los pequeños platos …ya había compañeros del internado comprando  … Mi mamá se fue directo con el señor …

-        A ver, señor, este niño es mi hijo …

-        Señora, ¡en qué le puedo servir, le  dijo …

-        Mi hijo me dice que usted le vende tacos y
         tostadas y que como no tiene dinero, le dejó su
anillo y su cadena y un crucifijo en depósito, en lo que tenía dinero para pagarle …

-        Más o menos así es, señora …

-        Vengo por ellos …

- Nada más que no se va a poder, señora …Porque el niño me los vendió …
- Él no puede venderle nada, porque es menor de edad … así que usted me los regresará …
- No se va a poder ...
- ¡Cómo que no se va a poder! … Se podrá porque se podrá … usted no puede hacer

negocios con niños menores de 12 años y este niño tiene apenas diez años … si usted no me regresa las joyas de mi hijo, mías, si gusta, toparé en donde tope, usted me las regresará … vea usted lo que más le conviene … - Para eso mi mamá, que no tenía terminado ni el primer año de primaria, ya no digamos terminada, tenía sentido común, aunque en ocasiones el coraje le nublaba la razón, pero su sentido lógico de las cosas, pocas ocasiones lo abandonó -.

- Pues ya le dije que ese niño me las vendió …
- ¿Y si no es indiscreción, en cuánto se las vendió?
- En treinta pesos …
- ¿Las dos?
- Sí … las dos …
- Mira… ¡Qué viejo ratero, éste!
- Yo no soy ratero … él me las vendió …
- Eso le dijo él y usted lo aceptó … vuelvo a repetirle que me regrese las dos piezas de oro …

eso que dice usted que hizo fue un robo y si usted no me las regresa, acudiré a la policía y ahí nos encontraremos … porque el niño no tiene capacidad para vender lo que si bien es cierto, usa, no es suyo … es mío y yo como su madre defiendo lo que es mío, no de usted, ni de él …

- Pues ya le dije que son míos y que no le regresaré nada … para esto ya se estaba haciendo

bolita de gente y creciendo el borlote … Se acercó Ángel …

- ¿Qué pasa Perita?

-   Que este viejo no quiere regresarme unas joyas
    que mi hijo Beto, dizque le vendió por
unos tacos …

-   ¿Y cuántos pesos en tacos usted le debe a mi
    hijo?, preguntó mi mamá …

-   Ya nada más tres pesos …

-   ¡Tres pesos!

-   Mire, para no hacer pleito, le pagaré los treinta
    pesos y asunto arreglado, ¿Le parece?

-   No … ya le dije que se las compré al niño …

-   Bueno…aquí está como testigo mi paisano, Ángel
    Carvajal… le estoy pidiendo de buena
voluntad, de buena disposición, que me devuelva las
joyas… por supuesto yo le pagaré lo que mi hijo le debe y,
además, le agradeceré el favor de matarle la juzguera,
porque el hambre no, pues en el internado comen bien y
hasta el sobra… pero ¡qué le vamos a hacer! … los niños
son así…Entonces intervino Ángel…

-   Amigo, es mejor que piense bien las cosas … la
    señora es de armas tomar y no le garantizo
que usted salga bien librado de este asunto … mire …
hizo negocios con un menor de edad, en ventajosa
situación, le adquirió joyas y no le entregó en dinero; lo
conservó y el dinero quedó en depósito  y se fue cobrando
a  lo chino …  él niño es menor de edad y usted lleva las
de perder … mejor piénsele bien …

-   Sí, porque lo que es este viejo, jijo de la chingada
    abuso de que mi hijo es menor de edad y
le fijó un precio muy debajo de lo que cuestan y por otro
lado, jamás le entregó el dinero … así que, en el mejor de
los casos, las alhajas están en depósito … ahorita yo vengo
a pagar lo que se debe y las recupero y asunto terminado
… mas, si quiere nos vamos más adelante … Mi mamá
hizo a un lado su rebozo y casi se le fue encima … si no es
por Ángel le tocan dos que tres golpes …

- Mire, dijo Ángel ... es mejor, señor ... qué
  necesidad hay para esto ...
- Usted recupera lo que dice le vendió a mi hijo, le
  entrego sus s treinta pesos, con todo y
los tres pesos  que faltan de comprarle tacos y tostadas y
usted gana ... porque lo que es  no me voy hasta que se
resuelva esto ... primero, lo agarro a usted a chingadazos,
después si nos llevan a la cárcel ahí se sabrá todo y usted
saldrá perdiendo ... sino vamos a la cárcel y Ángel nos
lleva con el director del internado ... ahí usted puede ser
el culpable  de que los muchachos del internado no salgan
a comprarle ... porque yo le informaré al maestro lo que
usted hizo con mi hijo: abusó ...
- Yo no abusé ...
- Sí ... usted es un viejo ratero,  hijo de la chingada
  e hijo de su chingada madre ... si no me
entrega lo que le pido, me voy sobre usted ... no importa
lo que me pase, pero usted no se burlará de mí ni de mi
hijo ...
- Mire, señor, terció Ángel ... Yo le recomiendo lo
  mejor ... regrésele lo de la señora ... lo del
niño...otra vez será ... por hoy ... perdió ... aunque ganó
sus treinta pesos ... la bolita era un poco mayor y el señor
seguí en sus trece ... hasta que su esposa o su mujer le
dijo ...
- Viejo ... ya deja las cosas como están ... vamos a
  regresarle las cosas a esta señora y ya ...
- ¡No vaya a ser la de malas y salgamos perdiendo
  más de lo que pudiéramos ganar!
- Bueno ... si tú así lo crees ...que así sea, pues ...
  Y se metió al interior de la casa, regresando
un poco después con las alhajas  ...
- Aquí están sus  ... pero pensándolo bien ... no
  serán treinta pesos ...

- 	¡Y Ora, pues!  ¿cuánto será? , viejo sinvergüenza … ratero …

- 	Serán cuarenta pesos … si quiere que se las regrese …  Y se las entregó a Ángel Carvajal …

- 	Viejo ratero, sinvergüenza … muerto de hambre … aquí están sus cuarenta pesos … no se

vaya usted a morir de hambre … viejo hijo de la chingada …hijo de su puta madre …  dijo mi mamá y le entregó  a Ángel cuatro billetes de diez pesos – d'esos que tenían la cabeza del Ángel de la Independencia - …  cuarenta pesos … este los recibió, le entregó las joyas a mi mamá  y el dinero al -       señor … todo resuelto, dijo el paisano …

- 	Sí, Angelito, pero este pinche viejo, hijo de su puta madre, no se quedará así … le diré unas

cuantas más …

- 	Ya Perita, ya déjale así … se está haciendo tarde y el asunto está llamando la atención y no

es bueno …

- 	Está bien … y me agarró con una mano y con la otra mano, y con el gesto, le agradeció a

Ángel el favor de su intervención…

- 	¿Dejas que me lo lleve a cenar a la casa? Aquí vivo a media cuadra … vivo, estoy de

arrimada  con Chucha López y su hijo Luis … De seguro que la conocía porque no dijo nada en contra … solo pidió, ordenando  …

- 	Me lo traes pronto, de favor … cerramos a las nueve de la noche  porque nos tenemos que

levantar a las seis de la mañana …  pero te daré un poco más de tiempo … no tardes más de las diez de la noche … Y, cruzando la calle  se fue  … Mi mamá me tomó de la mano, sin manifestación de prisa alguna y caminando despacio, sin prisa alguna, nos acercamos a la casa de Chucha, la paisana … Mi madre tocó …nos preguntaron el quién clásico …

-	Nosotros, Pera y su hijo … escuchamos el ruido
	de la tranca al bajarse y  un rechinido nos
avisó que se abría la puerta …
-	Pasen, por favor… esta es su casa, Perita… ¿este
	es tu huache?
-	Sí… Chucha y se llama… Gracias… orita
	regresamos para la plática… voy a arreglar un
asunto con mi hijo… ¿me disculpas, de favor?
-	¡Claro, Perita! Ésta es tu casa …en lo que vienen
	calentaré el atole, la longaniza  y los
frijoles y tendré lista la salsa y el queso blanco … No
tarden … nosotros nos acostamos temprano …
-	No tardaré … debo llevarlo antes de las diez de la
	noche … Y diciendo y haciendo nos
encaminamos al interior de la modesta casa … cuando
llegamos  lo que era nuestra recámara …
-	Ven, me dijo mi mamá – sentada en la cama
	individual, con colchón de borra, y yo en una
silla  de madera - Mira hijo … lo que hiciste estuvo mal
… muy mal … mal porque lo hiciste  sin saber lo que a mí
me costaron … sin saber cómo es como yo quiero verte a
ti …bien vestido … somos pobres, pero tú y yo no le
debemos nada a nadie … sí es cierto, estoy agradecida con
Chucha el favor que nos hace de recibirnos en esta su
casa, pero tan pronto consiga trabajo de gata, de sirvienta,
de hacer tortillas, de planchar ropa, de lo que sea, que sea
honesto, rentaremos un cuarto en una vecindad y nos
iremos de aquí … aunque viéndolo bien no es muy malo
que  pasó … acaso lo hiciste por hambre, aunque lo dudo
… me enseño que tú te dejas influir por los amigos y los
amigos  y las juntas no dejan nada bueno … Yo la
escuchaba y recuerdo sus palabras casi textualmente … ya
te estás enseñando a fumar, a juntarte con malas
compañías, a gastar lo que no es tuyo y a gastar sin saber
por qué o solo porque te lo dicen tus amigos, que están
contigo solo en los momentos en los que tienes dinero o

cuando ellos no tienen … te voy a castigar para que no vuelvas a cometer estos mismos errores … para que sepas que las cosas cuestan, sean de lo que sean y te las pongas o te las coman … te pegaré porque ni debes reunirte, ni juntarte,  con malas compañías … y te pegaré porque no bes fumar … si quieres fumar … lo aprenderás cuando tú te ganes el dinero para que pagues los cigarros … y te lo digo, haré esto porque te quiero … Y diciendo y haciendo, me paró  de la silla, me colocó de espalda a ella y con una reata – que previamente ya había colocado debajo de la cama  - me dio un reatazo … mi grito de dolor fue instantáneo y tan fuerte el golpe que Chucha gritó, preguntando

- Pera… ¿Qué pasa?

- Nada, amiga … aquí componiendo a este huache … enderezándolo … Y se escuchó el

segundo golpe que cayó sobre mi cuerpo … no recuerdo sin en la espalda, en las piernas o en las nalgas … solo recuerdo el hecho en sí y mis gritos de dolor …Y el tercer reatazo se escuchó en toda la casa … Y …recuerdo las palabras …

- Esto es para que no lo olvides… No te quiero con malas compañías… que gastes por gastar

y que te enseñes a fumar desde muy chiquillo y sin tener dinero … sin que tú tengas dinero, tuyo, que tú hayas conseguido trabajando, para comprar tus cigarros … y volvió a darme tres, cuatro, cinco o más reatazos … yo ya no sentía lo duro sino lo tupido …mis llantos eran imparables … mi mamá cesó de golpearme … se sentó en la cama y por unos instantes dejó que llorara … poco después me puso sus manos en mi cabeza … con suavidad me atrajo hacia ella y me consoló …

Llora todo lo que quieras  … lo  más fuerte que puedas y todo el tiempo que tú quieras … ya se te pasará … y me agradecerás lo que acaba de pasarte … estuve llorando y poco a poco y como mi mamá  sobaba en círculos mi espalda, mis piernas y mis nalgas … y me acariciaba mi pelo rebelde, como de escobetilla, de cepillo … poco a poco mi llanto se fue acabando y cambiándose en sollozo … ella me limpió los mocos y las lágrimas y me acercó a su regazo y colocó sus manos en mi cabeza y la acariciaba … ahí estuve un chico rato … ¿Cuánto?     Solo recuerdo que la voz de Chucha nos llegó…

-    Ya vénganse a cenar … ya todo está listo …

-    Gracias … ya vamos, Chuchita … Y colocando sus manos en mi hombro caminamos hacia la
cocina comedor …

-    Ya estamos aquí … Chuchita y Luis, y Mary, la esposa de Luis –que eran sastres – no dijeron
nada al verme y al verla a ella…su silencio no fue cómplice…fue de entendimiento… La cena transcurrió como si nada… Cuando terminamos mi mamá le pidió a Chucha…

-    Orita llevaré a este huache al dormitorio … ya van a ser las diez de la noche … no tardo … y no vayas a lavar los trastes … los lavaré cuando regresé …

-    Sí, perita … así será … nos paramos … Yo me despedí …

-    Hasta luego, señora Chuchita … hasta después, señor … hasta después, señora maría … y
extendí mi mano a cada uno de los tres…Salimos y caminamos casi sin hablar…en no más de tres minutos llegamos al portón del dormitorio, cruzando Plan de Ayala…lo tocó mi mamá…se escuchó la voz de Ángel…

-    ¿Quién?

-    Nosotros, señor Ángel … el rechinar del portón y el abrirse la puerta fue una sola cosa …
por entre el espacio abierto vimos la cabeza de Ángel …

-    Pasa, pasa, muchacho … ya es tarde …

-   Gracias, Ángel … Dios te lo pague … Hasta mañana … mi madre me empujo al interior del dormitorio… y ella se regresó por  donde había venido…Esas fueron las vacunas que me inmunizaron de las juntas, de los cigarros, del alcohol,  de la vanidad, de las joyas, de los gastos excesivos … si me hicieron daño, no lo sé, lo que sí sé es que formaron …

-   Oye, preguntó el Viejito… mi comadre era cabrona, ¿no?

-   Lo ignoro … lo que sí te sé decir, compadre es que no guardo ningún resentimiento contra ella…esos fueron sus recursos y los usó muy bien,  en el momento oportuno y en la dosis apropiada …

-   Oye …

-   Mi mamá tuvo y siempre mantuvo su autoridad conmigo … me enseñó con el ejemplo …

-   Bueno… pero tú fuiste a los bailes… sabes bailar, fumar y tomar, ¿no?

-   Sí … aprendí todo eso, pero solo … no con los cuates … aprendía fumar con Luchadores, Casinos, Faros, Delicados…

-   Envueltos en papel arroz, dijo Antonio …

-   … y negritos … después cuando empecé a ganar bien … cuando tenía los ingresos de maestro de educación primaria y de maestro de secundarias particulares ni fumaba, ni tomaba …

-   ¡Cómo no! Si nos echábamos nuestras cervezas …

-   Sí … pero era solamente los sábados y no más de tres …

-   …Ni menos de dos …

-   Como sea, lo cierto es que yo no cambiaría ese tiempo por ningún otro.

-   ¿Y tus problemas sexuales?

-   ¿Cuáles problemas sexuales?

- Lo de siempre  andar con muchas ganas y con el chile bien parado …
- Eso yo lo viví  … lo aprendí cuando gané dinero …pero además, yo no tuve esos problemas …
- ¿Por qué?, quiso saber el Viejito
- Una de las vacunas fue  sobre eso… las novias y el baile son peligrosas… El baile te acercará

a las mujeres y las mujeres querrán luego más y más y… ¿Con qué mantendría a la mujer? … fue la pregunta que me hizo … no s aves hacer nada … quieres ser como tus tíos, como tus primos … que no tiene más que la tierra y hacer poches, tortillas, la tarecua  … no … tú tendrás un mejor destino … y harás todo eso … cuando tú te ganes el dinero y sepas que lo que uno gasta …cuesta …

- ¡Ah, que la Comadre tan chingona!
- Así que … aprendí a bailar solo en mi cuarto de estudiante, de soltero … con una escoba …

cuando estudiantes de la normal  los sábados acompañaba a los cuates, a la Rata, a Froylán, al Chivo a  la casa de Fuerte de los Remedios 64, Alfonso encendía la televisión y buscaba el programa de Ángel Fernández Baile con Vanart y ahí, delante de los cuates se oponía a repetir, a imitar los pases que ahí presentaban  y ese era un bailar y bailar y yo como0 no sabía nada más me quedaba con la envidia de ver la facilidad con la que se movían … pero con todo y mi dureza para los movimientos y que en ocasiones cuando asisto a fiestas y se baila en pareja … me llega el deseo  de bailar, y paralelamente el conocimiento de que no sé hacerlo … con todo y el temor a hacer el ridículo porque no sé bailar como lo hacen muchas parejas … no tuve mayores problemas …ni quise … deseé cambiar ese tiempo por otro  … ni mis circunstancias por otras, ese tiempo fue el mío y lo viví … Para mí ese fue mi tiempo y punto.

- Bueno … creo que todos podríamos afirmar algo parecido , afirmó Gustavo

-    … Eso sí … dijeron casi todos …

-    Pues para mí … estos tiempos son los mejores,
     dijo el Atleta … Cojo cuando quiero,  viejas
… tengo a escoger…bebo cuando quiero y duermo a la
hora que quiero…no estoy sujeto a nada -… No tengo
Pero ni Roque, ni quién me ladre, crioque… pero estoy
solo…

-    Bueno … esa es la nota característica de nuestro
     tiempo, afirmó Tomás …

-    La Soledad … dijo el Viejito …

-    Por lo pronto… ¡Recordar es vivir! Ya recuerdo
     el lema de la escuela Fray Alonso de la
Veracruz… Traiga a su hijo… ¡Aquí se lo enderezamos!

# ¡ESAS CARPAS… DE AYER!

¿Me pregunto, qué hago aquí, solo, sin con quién platicar, ni con quién comentar, ni con quién reír? Me siento y me sé solo … pero lo disfruto … y tratándose de eso … me gusta estar solo … aunque quisiera estar acompañado … pero nadie quiso estar conmigo … así … solo … pienso en lo que es mi vida … lo que fue … lo que trato de ser y hago una y mil suposiciones más y me da risa por lo imposible, la indefinición de todas mis cosas, pero particularmente lo de vida íntima … mi soledad.

Las fragancias del ajo y del aceite llenan mis sentidos … el humo de la palangana dorando las carpas … el olor del pescado, del camarón, del caldo … del limón … a orines … a serrín … están intensamente presentes y llena mi nariz, mis ojos … la música … de cantina … está aquí … la disfruto … la escucho y sigo su ritmo … su sonsonete lo tarareo … estoy solo en mi mesa de metal con el dibujo del escudo de la Corona … mis vecinos son puros varones … puro varón adulto … estudiantes los de aquella mesa del fondo, a mi izquierda … en sus mochilas deshiladas se notan sus lap tops y de algunas libretas …en sus manos, como una extensión, el infaltable celular … chalanes, Mil Usos los que le quedan enfrente … tienen como unos veinte, veinticinco años … sus zapatos, sus pantalones, camisas, chamarras y su presentación personal, los traicionan … sus zapatos de piel gruesa, acartonada … están muy manchados de mezcla, de pintura, de cemento … los pantalones caídos a la altura de las nalgas tienen muchas bolsas y estas están siempre abiertas … como si ahí trajeran las herramientas de su chamba …  su pelo enmarañado, descuidado, sin rasurar, con incipiente barba descuidada … unos pelos por aquí, otros por allá y su bigote muy formado … de revolucionario …  más  cerca, a mi derecha la mesa con cuatro maistros … también traen sus zapatos gruesos y su ropa, gruesa, también … son un poco más viejos o de mayor edad  que los Mil Usos  … sus zapatos están más limpios y son más cuidadosos en el vestir  y  en su presentación personal … sus manos, grandes, recias, están muy limpias, en comparación con  las de los Chalanes Mil usos … frente a mí está un hombretón comiendo solo, como yo … su cuerpo es como de ropero, enfundado en ropa gruesa color beis; en el cinturón trae su celular, su flexómetro y en la bolsa de su camisola una, calculadora, montón de tarjetas usadas y sin usar  y uno, dos lapiceros … su calzado, siendo café ya perdió su color natural y es de color tierra .. le estás metiendo  ganas a  su cerveza – una Negra Modelo, disfrutar su  sabor … frente a él están tres platos, aparte de las servilletas, el salero, dos envases de cerveza,  vacíos, y la botella de plástico con la salsa Valentina  … un plato está lleno de mitades de tostada … algunas están embarradas de algo que quiere ser carne apache, o como le dice n los puristas de la gastronomía, Carne Tártara; pero este platillo está hecho con carne de pescado … le llaman ceviche o Carne Tártara de Pescado sobre la descolorida carne sobresale el tímido rojo del jitomate y la ropa en su blancura, cebolla  rebanada en pequeños trozos  y una que otra hojuela de cilantro y semillas de limón forman el líquido en que se asienta  el islote de la carne molida que es el centro del platillo popular … muy común en las mesas de las familias clasemedieras mexicanas del centro y norte de la República … el otro plato contiene una carpa y media dorada … el color  oro del pescado viste toda la extensión y dimensión del pescado … veo cómo toma la botella de la Valentina y la sacude de arriba hacia abajo para provocar la salida del sabor picante y rojo del aderezo que le da un sabor muy característico a este platillo bastante popular … es la botana preferida por muchos …  el otro plato, pequeño, para  café, tiene un pocillo, una taza, llena de caldo de camarón …  el humo, vapor indicador de lo caliente del líquido, sube hacia el techo y buscando sus caminos llena, se mezcla, confundiéndose con los demás olores y fragancias y seguramente sabores de todas las mesas y de la pequeña cocineta  … En diagonal, a mi izquierda, está la rocola,  la sinfonola … atrás de ella el baño unisex, … y a mi espalda, la barra y tras la barra y a su izquierda, la cocina … a mi costado, izquierdo, la servidumbre de paso, abierto, sin cortina, que comunica con el otro espacio en donde están colocados, cinco o más mesas metálicas y sus respectivas cuatro sillas … .se escucha el bullicio de la charla de todos los asistentes a Pacheco y sus Carpas … el ruido se escucha más fuerte que la música de cantina – aunque es una cantina o centro botanero o como se quiera llamar … mi mesero, salvador, me atiende bien y cuidadosamente … cando llegué me ubicó en esta mesa … su lugar … me preguntó …

- ¿Primera vez que nos visita?

- Sí… se me antojó una carpa… como en mis idos tiempos de joven y dos de tres amigos y
vecinos me recomendaron este lugar… ¿Cuál es su nombre?

- Chava… Salvador… ¿Qué le traigo de beber?

- ¿Qué me puede ofrecer?

- Tenemos cervezas de la Modelo … Corona, Victoria, Negra Modelo, de envase y de bote y bebida más fuerte … tequila y brandy  … pero aquí la especialidad es la carpa … cada  cerveza puesta treinta y ocho pesos y le ofrecemos para disfrutar caldo de

camarón  ... tostadas de ceviche y de guacamole ...
carpas doradas las veces que quiera ...

- Bien... muy  bien ... me sirve una cerveza Victoria
oscura ... en su envase ... y para empezar, lo que sea
su voluntad ... mi vecino no entresaca la carne de la
carpa dorada ... la toma con una mano, con la otra su
cerveza o la raza del caldo de camarón ...se lleva a su
boca el cuerpo entero de la carpa y la va disfrutando
mordida tras mordida ... y lo  entrecruza con los
tragos, ordenados,  de cerveza y de  caldo de
camarón ... me pregunté por qué no entresaca de la
carpa su carne ... Salvador ... en dos por tres colocó
frente a mí la Victoria que le había ordenado ... la
botella venía vaporizando su  frío y escurriendo sus
heladas lágrimas ... también dejó la taza llena de
sabor  y fragancia de camarón ... Para quitarme el mal
sabor ... tomé la Victoria y le di dos que tres tragos
... la pasé, descansé y me arrellané en el respaldo de la
silla ... con mi  mente perdida y en automático, y con
la cucharita de plástico, me puse a darle vueltas y más
vueltas la taza con el caldo de camarón – que sí tenía
camarones, secos, pero camarones y su buena dosis de
verdura ...  su fragancia me hicieron salivar de deseo,
de gusto ... de ansiedad ... reflejo condicionado de
mi juventud gastada ... había salido de visitar a un
paisano y amigo ... tiene cerca de noventa años  ...
por su físico anterior, la enfermedad y la muerte le
hicieron los mandados ... Achaparrado, de un amplio
tórax, de piernas y brazos un poco más corto que lo
común ... gordito, o más bien corto de piernas,
barrigoncito, corto de piernas ...cuerpo,  piel y pelo
color negro ... cabeza redonda ...manos gruesas ...
facciones indígenas, sin ser ofensivo para nadie ni
para él, ni para los indígenas – yo también lo soy, pero
su color es un poco más intenso que el mío ...  muy
profesional en sus servicios y profesiones de abogado

– dos veces quiso, y lo hizo, estudiar Leyes – en la UNAM y en la UMSNH – bracero, migrante con documentación de residente, ahora, mojado en su juventud, maestro de Inglés e Historia, director de la escuela secundaria de Huetamo, en sus primeros años de funcionamiento … casado dos o tres veces … viudo, divorciado, viviendo en unión libre …viviendo solo … trabajador en los Estados Unidos en varias condiciones … como mojado, como migrante, como empapelado … razón por la cual está pensionado por el Estado norteamericano … de todos sus matrimonios y vida conyugal solo tuvo una hija, que es quien la atiende en este momento … su complexión, que lo recuerde desde los tiempos de coincidencia de trabajo en la escuela secundaria federal número uno, en Morelia – él como docente de Historia y Civismo; yo, de Artes Gráficas y Encuadernación -, allá por los años 1968- 1972, era robusta, aunque achaparrada, grueso, de tórax, piernas cortas, color negro intenso, pelo negro, lacio, cara regordeta, cachetes anunciados, pero no pronunciados, de bigote al estilo de los Pedros - Infante y Armendáriz - y Luis Aguilar; docente y abogado postulante sumamente modesto … no lo había tratado como compañeros de trabajado secundarianos, hasta ahora como jubilados … casualmente una media mañana pasó por los portales y se detuvo al mirar a un maestro conocido que era paisano; con gentileza se detuvo a saludarnos y al escuchar algunos nombres de quienes rodeábamos la mesa … se detuvo diciendo …

- Venía a tomarme un café …
- Pues siéntate … sirve que  nos acompañas y disfrutas tu café,  le dijo una voz … él siguió diciendo
- … pero vi una cara conocida y los saludos …

- Ya estás con nosotros …
- … Siempre me tomaba un café, acá atrás, por el teatro Ocampo … pero lo hacía solito, sin con quien platicar …pero ahora están ustedes y veo caras conocidas y hasta paisanos …
- Claro … aquí casi todos Huerteros … Aquí viene Guadalupe Ojeda …
- También Héctor Rentería …
- …Y el Aguacate …
- … ¿Arturo Parra?
- … Éxcale …Y yo, que no soy de La Huerta, pero nos conocemos …
- Y yo, que siendo de la Huerta, nos conocimos como compañeros en la Secundaria 1…yo fui maestro de Matemáticas y usted de Ciencias Sociales …
- … Y en ocasiones, y así empecé como maestro … de Inglés … de inglés …
- …Y yo, que no soy egresado de La Huerta, pero nos conocemos, y trabajamos en la misma escuela …
- 'Abrón…si contigo nos conocemos desde huachitos …
- ¡Claro! Aunque no nos tratamos, sabíamos que los dos éramos paisanos …
- Tu mama y la mía eran muy buenas amigas y, además, mis amigas eran amigas de tu mama … y las hermanas de mi gran amigo, el capitán …
- … Y notario …
- … Salvador Galván y tu mama eran muy buenas amigas, no solo en el mercado si no en el pueblo …
- Ciudad, ciudad … no lo olvides …
- ¡Ah! ¡Qué tiempos! Esos eran buenos tiempos …
- … Que no volverán …

- Ciudad, ciudad, no lo olvides …

- Escuchar cantar …

-    … Y tocar guitarra a los Hermanos Tariácuri …

-    … En torno de la palangana de carnitas y chicharrón de María Galván… por quince, veinte centavos… y en las dos tortillas un chile en vinagre esperando los cachos de carnitas o el grasiento y saladito chicharró… ¡Caramba!

- Eso es … y pensar que fue como ayer … estamos vivos … recordando …

- Bueno, ya que nos conocemos… ¿aceptan que los acompañe… me vendré  a tomar mi café aquí con ustedes? …

- ¡Claro!, le dijo alguno de la mesa,  y asentimos con la cabeza los demás.

- ¿Y aquí, cómo le hacen?

- ¿Qué quieres saber con esa pregunta?

- Pues eso … aquí cómo le hacen para pagar las bebidas, el café, el Thé, el refresco, el agua lo que sea consumido …En otros lugares le toca un día a uno, otro día a otro …en fin …

- ¡Ah! dijo el matemático … aquí cada uno, antes de retirarse paga sus consumos … aunque pocas ocasiones sucede, alguno paga, por deseo de invitar, pero eso es el dos, tres y hasta cinco por ciento, pero raramente llega a suceder …

- Está bien… Y así se incorporó al grupo informal de quienes disfrutan las reuniones y que generalmente son maestros ya jubilados y acudía unos días y otros también.

En  esas reuniones cafeteras, en forma natural, informó y comentó que con cierta regularidad asistía a los Estados Unidos; que gozaba de doble pensión, la del Estado Mexicano, como docente, y la del Estado

Norteamericano, como trabajador migrante y, además, gozaba de otro beneficio, la de estar casado con una norteamericana … así que tenía doble nacionalidad; que en ocasiones cuando lo llamaba su esposa – que residía en una ciudad importante del estado de Texas, acaso Dallas, San Antonio, en fin – tomaba en la terminal de Morelia un Ómnibus de México que, sin bajarse de la unidad para las cuestiones migratorias – de las cuales no tenía problema pues era ciudadano norteamericano y  jubilado por los gringos y llevaba invariablemente la documentación que así lo acreditaba,  lo llevaba directamente a San Antonio – ahora lo recuerdo – y ahí se bajaba, frente a la terminal del autobús en esa ciudad tomaba un bus y se bajaba en la casa de Retiro- Descanso  en la cual estaba su esposa, pero no inválida, si no como esas casas que ya están siendo comunes en nuestra cultura y ciudad para atender a las personas de más de cincuenta años que por las razones que sean desean y necesitan ser atendidos por profesionales   reciben atención residencial, medicina preventiva, curativa y mayor y cosas así por el estilo … afirmaba que ya su vida sexual no tenía sentido ni sería la razón para vivir con esa señora, pero que vivían así por conveniencia,  convivencia y acaso, coincidencia … que viajaba hacia san Antonio unas cuatro, no más de cinco veces al año y residía por allá , en total unos tres meses; que cuando hacía eso, residía con su esposa en la casa de Retiro-Descanso, pero él pagaba sus gastos, que eran caros … En alguna ocasión, tratándose de cosas como estas, alguien le preguntó …

- ¿Y vas a los Estados Unidos a cobrar tu pensión?
- No… es la cosa más fácil del mundo … En su momento, la oficina gringa me entregó unos formularios  para que pudiera cobrar en México mi pensión … los llené  … al domicilio que registré me llegó la respuesta en la que me informaban que estaba registrada mi solicitud y que por medio de una tarjeta de plástico y

en determinado banco – Banamex, para ser exacto – mediante mi NIP podría retirar los pagos de mi pensión norteamericana … desde entonces no tengo ningún problema … En realidad yo no tengo ni un  problema económico … Y así era y así fue …

- Ahora está encamado … bañándose se cayó; llamaron por teléfono, quiso contestar, no asentó bien un píe, se desequilibró  … cayó de costado … Esa fue la primera ocasión … eso fue hace unos seis meses … en esa ocasión, al proceder a su operación para reducirle la fractura los médicos, al informarse de su estado preoperatorio y establecer el nivel de riesgo  de su cirugía encontraron que tenía determinada insuficiencia cardiaca y con el consentimiento de su hija le realizaron la instalación de un marcapaso para regular su ritmo  cardiaco … pasaron en el tiempo  los periodos de convalecencia … como ya se podía mover hacía prácticamente toda su vida normal … vivía otra vez solo, su hija, aunque vive a un lado, confiaba en la quietud de la vida de su papá y lo dejaba solo, que solito hiciera sus cosas personales, aseo, lectura, caminata, descansar, salidas, etcétera … así las cosas, otra vez en el bañó, y estando solo en la casa, al terminar de bañarse, secándose y deseando ponerse su ropa interior pronto – no tenía razón de la prisa - se manió al salir y para su mala suerte se cayó …sobre la misma operación …   cayó cuan largo y gordito es  .. gritó, por supuesto, pero nadie lo escuchó  … había caído sobre el lado derecho… sobre la misma lesión… el dolor le llegó y lo acompañó buena parte de la media mañana… hasta que cerca de la una de la tarde, extrañada su hija de que su papá no salía para nada Salió de su casa y entró a la de su papá… lo voceó y aun no terminaba de decir... "ya vine, papá... ... ¿dónde estás? ... cuando los ayes de dolor que venían del baño la guiaron hacia dónde estaba ... a partir de ese momento todo fue premura ... al sanatorio, al quirófano, la anestesia, la oscuridad ...el sopor y el despertar en una cama desconocida con un olor muy conocido y con mujeres de uniforme ... lo demás ya era la repetición del mismo cuento ... afortunadamente la lesión anterior no se había fracturado nuevamente ... era otra zona, más arriba y más adentro que donde estaba localizada la anterior ... dentro de la situación, esta no lo era tanto, aunque las lesiones en la pelvis y en adultos de edad avanzada son de cuidado y de tratamiento muy vigilado por la edad y por el afán, la ansiedad natural, en automático del paciente, de moverse, las escaras y todo lo que se quiera decir y evitar sobre esto, lo tenían en la cama ... (estuvo convaleciente un tiempo, acaso dos meses y ahí en la mesa con cierta frecuencia se informaba de su condición y todo tranquilo, pero una media mañana Ojeda expresó ...

- Ve a ver al paisano ... está muy malo ... la pregunta de rigor, en automático ...

- ¿Dónde está?

- Después de que lo operaron, estuvo en el ISSSTE ...

- ¿En el ISSSTE?

- Sí ... en el ISSSTE ... Le correspondió ser uno de los que estrenaron el nuevo hospital

- ¡Yaaa! Dijo uno

- ¿A poco?, expresó otro ...

- ... Y ... dije yo ...

- De ahí, cuando fue dado de alta, su hija lo llevó a una casa de Descanso para el Adulto Mayor …

- … Lo que quiere decir que ya está bien… ¿No?

- Pues sí y no …

- ¿Cómo está eso?

- Pues sí … está mejor, pero … necesita atención personal y su hija no puede darle ese tipo de atención … personal y profesional …

- Bueno … en esa Casa de Descanso le darán ese tipo de atención y servicio … Y agarramos la conversación sobre eso …

- Ese tipo de servicios es caro …

- ¿Cómo cuánto?

- Por la experiencia que tengo, indirecta, pero un poco directa …

- Ya no la hagas de cuento … cuenta mejor, dijo Charles …

- La pura atención asistencial, residencial y profesional de darle sus alimentos, aseo de recámara, personal y de ropa, atención paramédica y doctor de planta, sin compra de medicinas, pero si su suministro a las horas y dosis indicadas … como unos quinientos pesos diarios …

- ¡Esos… y más… los puede pagar el paisano!

- Es seguro que sí… pero ¿por cuánto tiempo?

- ¡Aaahh, ca…brón!

- Porque eso será ya para siempre no solo para este momento de atención de la atención de la lesión en la pelvis… porque ya todo su sistema está en alerta y en desventaja… tal vez si fuera 20 años menos o treinta años menos… otro gallo cantaría…pero ahora, a la edad que tiene… que espero lleguemos nosotros… cada día es más lento y difícil que el cuerpo recupere su condición de estabilidad… Y por ese lado se fue el amigo. Dejé que terminara su perorata y en un momento le pregunté …

- ¿En dónde está esa casa de Descanso?
- Allá por Bartolomé de las Casas …
- ¿Cerca de…? ¿casi frente al templo de La Columna?
- Sí … ándale … enfrente … del lado de arriba … Me  fui a Babia y ya la plática de los cuates no me llamó la atención … era viernes y debía prepara mis cosas para mi trabajo sabatino en  Pátzcuaro y me despedí … Me hice el  propósito de ir al día siguiente  cunado tuviera el auto y me enfilara hacia la ciudad del Lago … así mis planes, todo lo preparé para salir antes de las doce de casa y tener suficiente tiempo  de charlar con el amigo en el hule … cerca de las doce me enfilé hacia el centro de la ciudad; llegué, estacioné el vochito en la calle Diego José Abad  y caminé unos pasos …entré a la Casa … toqué con el llamador … una … dos y cuando estaba por llamar otra vez … salió una empleada administrativa …
- A sus órdenes … dijo la dama … entrada en unos treinta y tantos años, regordeta …
- ¿Podría visitar a Don Victorino Benítez Cantú? Me indicaron que era uno de sus adultos registrados …
- Señor,  debo decirle que ya no está con nosotros … Asombrado, pregunté …
- ¿Se…?
- No, señor… sus familiares se lo llevaron hace unos ocho días… ¿Por qué no lo busca en su casa?
- Gracias, dije y me retiré … Su casa … su casa … él vivía en la calle La Piedad … Pero qué número

... pensando en esas minucias me regresé al vochito ... Ya en movimiento y como tenía tiempo y me quedaba en la ruta de salida ... me enfilé hacia el sur ... Ya en la calle La Piedad ... pues ¿en cuál casa? Eran tres cuadras... ¿cuál número es? ... En el trayecto le había hablado a mi hija ... le pedí, un tanto cuanto autoritariamente presionado por el tiempo ...

- De favor, búscame en la B, el nombre de Benítez Cantú ... y me dices el número de la casa ... ya voy en camino a esa calle, pero necesito el número ... de favor ... aun no llegaba a la calle cuando entró la llamada de mi hija ...

- No está, papá ... lo busqué detenidamente ...

- Gracias... y colgamos... Otra opción... Ojeda... le marqué... él me contestó, afortunadamente para mí, pues podía no estar, siendo sábado y cerca de las doce y fracción...

- Oye, Guadalupe ...

- Sí, paisano ... Etelberto ... me identificó ...

- ¿sabes la dirección de Victorino, el paisano? ...

- No ... no lo sé, sé llegar ...

- ¿De qué color es la puerta? ¿De qué material es? ¿De cuántos pisos es la casa y de qué color es?

- No me acuerdo, paisano ... pero no está en su casa ...

- ¿En dónde está?

- Está ... su hija se lo llevó a una clínica-casa de retiro que está por Colinas ...

- ¿Por Colinas? Y lancé miradas a mi reloj ... las doce y media ... si deseaba llegar a tiempo a mi trabajo tenía no más de cincuenta minutos para salir del Xangari ...

- Sí... es una casa que se llama Santa Elena... ¿conoces el panteón Jardines del Ángel? ...

- Si ... tiene un bulevar ...
- Ese  ... te vas por la lateral  ... y me dio las señas ... que no entendí ...     matemático, no supo decirme con claridad las señas ... colgué y me enfilé hacia el panteón cementerio particular Jardines del Tiempo, ahora con el membrete de Gayoso ... di vuelta en ángulo recto a la izquierda; me estacioné frente a un Oxxo ... salí del vochito y me fui preguntando en todos los establecimiento comerciales ... mi pregunta ...
- ¿Puede ayudarme?
- Como No ...
- ¿sabe usted si por esta zona funciona una Casa de Retiro para el adulto mayor  que se llama Santa Elena?
- No ... no ... señor ... era la invariable respuesta ... y así me fui caminando como unos cien metros, hasta llegar a la Y en que se divide el bulevar ... me regresé al vochito ... decidí subir la carretera hacia Colinas ... ya en esa calle, después del pequeño pedazo de recta que estaba frente a mí, di vuelta a la derecha, siguiendo la carretera  y subí la cuesta  ... cerca de la casa de mi hermano Pancho, casi medio kilómetro cuesta arriba, dejé el auto y reinicié la pregunta ...   y recibía la misma respuesta, aunque con otras palabras ... pero por ahí, en una tortería, alguien me dio una luz ...
- Mire, por aquí no  hay ninguna casa con ese nombre ... lo que está es un hospital, algo para las mujeres ... que se llama Santa Elena ... y ...
- ¿Y?, pregunté ... automáticamente pensé ... Santa Elena una, Santa Elena la otra ... es posible que tengan alguna relación... las dos, en cierto modo son instalaciones de atención  de salud ...

- ¿Por dónde queda ese hospital que dice?, pregunté esperanzado …

- Ahí … su brazo extendido hacia la izquierda, cuesta arriba, me señaló una edificación de cinco pisos, color azul sucio, en esquina, como a unos cien metros, enfrente de donde estaba …

- Gracias … Decidí irme caminando … me fijé en el tráfico y en un espacio confiable cruce la carretera … y con todas las ganas y jaloneado por el tiempo entré … era una instalación para atender a mujeres embarazadas … algo así como sala de expulsión para mujeres de clase pobre, más que popular … la visión y la percepción eran deprimentes … pequeño espacio gris, oscuro … habitaciones, cuartos para pacientes por todos los lados, pues era una construcción grande en espacio pequeño … todo amontonado … el espacio para la dirección estaba con gente … me asomé … una mujer – después supe que era doctora … su título estaba en una de las paredes … traía como collar un estetoscopio … regordeta … peinado pero mostraba en la cara los efectos del trabajo excesivo … atendía a una pareja – hombre y mujer … sus palabras se relacionaban con el trabajo de parto de una mujer familiar de ellos … solo esperaba que terminará pronto … eran los doce y pocos minutos … casi, casi mentalmente les urgí a que terminaron … se despidieron una dos y hasta tres veces … y regresaban a la misma condición … la atención de la parturienta y del recién nacido … finalmente se despidieron… era mi oportunidad … en el umbral de la puerta, sin entrar pregunté …

- Doctora… ¿sabe usted si por esta zona funciona una Casa de Retiro para el Adulto Mayor, que se llama Santa Elena? La doctora se me quedó dubitativamente viendo …

- No…. Movió su mano y la pasó por su cabeza … No, por aquí, no  … no … pero permítame buscar al administrador del hospital  para saber si él sabe  … y descolgó un teléfono portátil … empezó a marcar … y entonces, mirándome a los ojos,  me preguntó …
- ¿A quién busca usted?
- ¡Aahh! Buscó al señor Victorino Benítez …
- Aquí está … y colgó el teléfono …
- ¿Aquí? … pero …
- Está el segundo piso … puede subir por el elevador  o por las escaleras … pero no está en sección para adultos … ahí, en ese piso, está una habitación que dice Cuneros … ahí está él … lo trajo su hija hace unos días … lo ubicamos ahí porque éste no es un hospital para adultos … es para mujeres parturientas, pero el dueño es amigo y paisano de él y de su familia, ahí lo acomodó … está bien, dentro de las limitaciones … lo iban a operar  para reducirle una fractura de la pelvis, pero como le estaban administrando ciertos medicamentos que impedían superar riesgos en su operación, su médico decidió suspenderle ciertos medicamentos y esperar cinco días para que su organismo expulsara los residuos de ellos y con seguridad ya, lo operará … a ver, déjeme ver …y empezó a contar con sus dedos … hoy es sábado … jueves, viernes, hoy, sábado … mañana domingo, serán cuatro días …el lunes, quinto … lo operarán el martes … la hora lo decidirá su médico … supongo que como pasadas las doce del día lo hará … pase, por favor …
- Gracias por la información … me enfilé a mi derecha y empecé a subir por las escaleras …

seguía viendo todo gris, opaco, deprimente … como si la única intención de los administradores fuera el dinero  o cobrara tan poco que no existía la mínima posibilidad de darle una cara mejor … más atractiva, más estimulante … en esos pensamientos estaba cuando llegué a la cabecera del piso segundo, o dos … al estar en el piso busqué el nombre Cuneros … lo vi y me dirigí hacia la puerta … no había nadie que me informara … toqué .. una voz me invitó …

- Pase … Y pasé … ahí estaba mi amigo … acostado  en una cama … la habitación era pequeña … un poco más grande que las habitaciones de las casas de interés social – del INFONAVIT, ISSSTE o de las constructoras que venden casas como tortillas … muy poca luz … en la litera o camastro de  hospital estaba rodeado por dos trabajadoras de la empresa … tenían en sus manos esponjas y toallas y cerca de ellas cubos de plástico con agua jabonosa … lo estaban bañando, limpiando … rasurando … no estaba ningún familiar, ni un amigo … nadie … con esa vista de su condición física … su cuerpo fornido, si no musculoso, si fortachón, de gruesas carnes, tórax amplio … regordete … de su cuerpo bien presentado en su vestir, en su peinado, en todo, no estaba ya nada … me pareció vencido … cuando largo era, sus carnes estaban flácidas … sin tono muscular que indicara algo más que la vida al respirar … vi su cabellera gris, descuidada  - ciertamente en un hospital uno no es un adonis, ni un David, pero sí … se deseaba, o al menos yo, algo más que un cuerpo opaco, gris,  flaco, en condición de dependencia total … solo …    indefenso de todo y de nadie …

…

- Lo estamos limpiando, fue la justificación dada por una de las paramédicas o lo que hayan sido … me acerqué …

- Amigo … le dije, en un tono un poco fuerte … supe que me había escuchado … movió sus manos … su cabeza … y trató de abrir sus ojos … extendió un brazo … se lo tomé … sentí su carne fría …

- Amigo, soy Etelberto … tu amigo y paisano … vengo a visitarte, a saludarte …

- Aquí estoy, mano … fueron sus palabras iniciales … las de malas, mi cuate … me fue diciendo con dificultad …tenía dificultades para abrir la boca y pronunciar las palabras que escuchaba …

- Calma … con calma … le dije tontamente … no sabía qué decirle …

- Por tratar de ponerme los pinches calzones, metí mal una pata y me caí … y para mi mala suerte, caí del mismo lado de la pasada rotura del hueso de la cadera … Malahaya, mano … esas fueron sus palabras entendibles … noté que hacía esfuerzos para hablar … sus palabras eran débiles, entrecortadas … trataba de levantarse para hablar conmigo …

- Lo estamos bañando, dijo una de las empleadas del hospital que estaba a los lados de la litera-cama … está muy tranquilo …El amigo estaba callado … dejé, dejamos, acaso, que ellas trabajarán y como a mí se me hacía tarde … me empecé a despedirme …

- Oye, ya sé en dónde estás … ahora vendé en unos días y no perderé el tiempo en buscarte …

- Me van a operar el martes… y entonces ya estaré bien … me van a hacer no sé qué cosas… que es fácil, me dijo el médico y eso espero, mano –

todas estas palabras las fue diciendo de una por una y con gran esfuerzo -... ¿Ya te vas?

- Sí, tengo un compromiso en Pátzcuaro ... tengo clase y debo estar ahí a las dos de la tarde ... No deseo llegar tarde ... entonces, en eso quedo ... vendré en unos días, ya que haya pasado tu operación ... me acerqué a su cama ... me extendió la mano ... se la estreché ... nuevamente sentí la frialdad de su mano, de su piel y empecé a salir ... me regresé por donde había entrado, al llegar a la planta baja, la administradora, que estaba en la entrada me vio ... se me acercó y me dijo ...

- Gracias por venir, señor ... como ya le dije lo operaremos el martes ... la hora no la sé, pero si se interesa ... busco al doctor que lo operará y él podrá informarle más detalles ...

- No, gracias... le agradezco todo...vendré cuando haya pasado la operación... ¿puede darme una tarjeta?

- Con gusto, dijo y se metió a la oficina y empezó a buscar en uno y varios lugares hasta que dio con la dichosas tarjeta ... extendió su mano y me la ofreció ...Se la recibí ...le dije ...

- Gracias ... Y recomencé la marcha hacia el vochito ... llegué en unos cinco minutos ... lo abrí, entré, me coloqué el cinturón y lo encendí ... empecé a rodar hacia arriba y en un momento de escaso tráfico, doblé en U e inicié el camino hacia la ciudad del lago ... quise pensar en lo que había visto, que no era cosa de otro mundo, pero el intenso tráfico de fin de semana, los semáforos, los signos viales y la hora, así como la necesidad de ponerle gasolina a la unidad, me quitaron la intención de pensar en lo que había visto ... entré a la gasolinería frente al Xangari ... busqué a Manuel con su isla … cuando lo vi, enderecé el volante hacia él … lo detuve y le dije …

- Manuel, lo de siempre … entregándole las llaves … me las recibió y me fui diciendo, como recordándome …

- ¿Lleno, 28 libras de aire, parejo a las llantas, aceite y agua al depósito del limpia parabrisas?

- Así es… vengó. Me dirigí hacia los sanitarios … me humedecí la cabeza, el pelo, la cara y descargué la vejiga … terminé y vi el carrito rojo de mi hija … Manuel estaba terminando de medir – ponerle aire a la llanta del volante … cuando llegué ya había terminado … doscientos y tantos flotantes pesos … pagué y me regresó las llaves … abrí la puerta … me coloqué frente al volante, me puse el cinturón, cerré mi puerta y encendí el motor en neutral  …el chasquido del encendido me comunicó que estaba listo … las trece horas con veintinueve minutos … tenía el tiempo justo para llegar al lugar de al reunió con mis alumnos … maniobré en el patio de la gasolinería para salir y meterme en el arroyo vial que salía rumbo a Pátzcuaro, Uruapan y Lázaro Cárdenas … pasado el último semáforo y con un tráfico no tan denso empecé mi soliloquio …mi monólogo …para qué cuidarse tanto, que la consulta con el doctor Octavio  para que receté la medicina de siempre … que me dé la orden de estudios de laboratorio de examen general de orina, química sanguínea, perfil de lípido, ácido úrico, colesterol, triglicéridos, antígeno prostático específico, que la toma de la presión, que tomar el peso, repetir la edad … ¿para qué la toma, la religiosa toma de la glibenclamida contra la glucosa, la metformina para respaldar el trabajo del páncreas y el Glucobay para quién sabe qué de la glucosa, de la grasa? ¿Para qué el bezafibrato, la pravastatina? ¿Para qué el Omeprazol todos los días una hora antes de desayunar? ¿para qué la aspirina junior de 100 miligramos, dizque para evitar un ataque cardiaco? ¿Para qué la loratadina para evitar las alergias? ¿Para qué la vitamina B para fortalecer tu sistema y nervioso y un coraje no te vaya a matar? ¿Para qué el espanto nada más te pica algo, te duele una parte de tu cuerpo o percibes algo inesperado, desconocido? ¿Por qué te preocupas por la presencia de flatulencias, de los fruidos intestinales? ¿Para qué la toma diaria del metamucil o que estés poco, mucho o nada, estreñido? ¿Para qué la visita al doctor particular para que me revise bien, para que sea una real visita médica y me indiqué si a Octavio se le pasó algo … que luego ir con el oculista para que me revise la vista y me vea la tensión del nervio óptico o de la retina … me gradué los lentes para ver y escribir y leer bien … para qué cuidarse tanto de que no comas carnitas, ni huevos al gusto, ni corundas con crema, ni barbacoa de borrego, ni birria de chivo, ni tacos dorados, ni huevos con tocino, ni chorizo, ni gorditas de chicharrón, ni pan de dulce, ni donas, ni pastel, ni refrescos con azúcar, ni agua de frutales de temporada, con azúcar, ni mole, ni soricua, ni menudo, ni espinazo, ni rebanadas grandes de frutas, ni chocolate ni pan bolillo, ni quesadillas de Santa Ana Maya, ni chongos, ni cajeta, ni miel, ni mermelada, ni nada dulce ni nada … para quedar así … sin defensa alguna … dando y generando molestias a los hijos, a la familia – que estarán pensando … ¡Cómo no acaba de morirse el viejo cabrón, este! … Y gastando y gastando lo que se tiene… y también lo que no se tiene… y en latente espera de que los amigos vengan a ver que aun no me he muerto y los hijos también… pensando en lo que ellos estarían pensando… ¡qué molestias irá a ver mi papá, mi abuelo, ahora! … y la mala atención médica, que no salga tan cara … que la casa en la que me vayan a aventar no sea tan ineficiente … tan furris … tan gris … tan opaca … tan sucia … tan deprimente … si de por sí estoy fregado y puesto en una casa de retiro … en una clínica … en un hospital que en lugar de entusiasmarme … de emocionarme … me deprima … me aplatane … me hunda … ¡Qué fregado estaré! En ese tipo de pensamientos me fui gastando el tiempo y recorriendo los kilómetros y la ciudad del lago se me acercaba a mí, pues iba a una velocidad de casi ciento diez kilómetros por hora … llegué al CONALEP casi a la hora establecida … llegué con mis alumnos … trabajé normalmente y la imagen del casi abandono de mi amigo se me perdió … En el regreso ya eran otros los pensamientos que me llegaban, todos en relación con los trabajos realizados y así entré a la ciudad y llegué a la casa … ahí después de descansar bañándome, sintonicé nuevamente a mi amigo … decidí buscar y hablar con mi hermano menos que vivía pro ese rumo, a unos cien metros …m marqué los números de su casa … me contestó él ..

- Oye, hermano … un favor …

- Dime …

- Cerca de tu casa, está el hospital Santa Elena … Pasando …

- Sí … la ubico …

- Ahí está hospitalizado un amigo de nuestra madre … se llama Así y Asado … lo operarán el martes

… te pido de favor que te informes del resultado de la operación y me informes …

- Está bien … Y colgamos … En algunos momentos de ese fin de semana me llegaba la imagen de mi vencido amigo tirado en la litera, totalmente indefenso y recordaba las palabras escritas de otro amigo, ya en el más allá …

- "Quiero morir y tengo dos opciones … o un disparo, un balazo … o que me mate el licor … pero si me disparo … si el balazo no es preciso, fatal, fulminante … si me falta nervio, valor … soy sumamente, bastante, cobarde … y si desvió la bala y esta me deja vivo, pero inservible … si me deja inválido … totalmente dependiente de mis hijos, de la que sea mi mujer …a la buena voluntad de la sociedad, para mendigar … vivir de la misericordia, de la caridad públicas, del altruismo de X, Y, Z, A … de Fulanito de Tal … de Zutanito … como que no … no va conmigo eso … ¿El licor? Sé que me matará, pero es muy lento… lentamente… pero… ¡Yo no tengo prisa!, tal cual dice Nino en El Padrino. El fin de semana pasó y se fue el lunes y el martes y allá por el miércoles recordé la llamada y como no me llamó, yo sí le llamé … pisé las siete teclas de su número … era ya noche, cerca, o pasadas, las diez de la noche … llamó el teléfono y me contestó una voz de mujer …

- Hola,… ¿Quién habla? Tu tío… ¿está tu papá?

- Sí … en un momento … ruidos domésticos … La voz que deseaba escuchar …

- Hola…. Buenas noches, hermano …

- ¡Qué tal! … ¿Cómo andas?

- Pues pasándola … oye, no fui al sanatorio porque por motivos de trabajo, salí de la ciudad y prácticamente voy llegando … discúlpame …

- ¡Ah! está bien … Y conversamos del asunto familiar en solución y algunas  nimiedades, de esto y aquello … terminamos y colgamos …Con la idea de ir nuevamente el fin de semana hice mis rutinas familiares y dejé la visita para el día establecido … Una media mañana, sería el jueves o viernes, en la mesa del café … alguien informó a la Mesa …

- El amigo Victorino ya está en su casa … salió bien de la operación y tan bien salió que ya está en su casa …

- ¿Y la dirección?

- Es La Piedad ¡Sepa, qué número!

- Oye … está muy bien …

- Pero no hay pierde … es a un lado de la fábrica de plásticos que está en la calle Zamora …

- Bien, bien … estaba con la idea de visitarlo el sábado siguiente, así que fortalecí mi idea y me preparé para acudir a su casa … para estar seguro, le  hablé  por teléfono… me contestó una voz de mujer … me identifiqué

- Soy amigo del licenciado … deseo ir a visitarlo … agradeceré mi diga qué número de la calle  y por dónde queda …

- ¡Ahhh! … ¡Cómo no! Es el número 33 de la calle La Piedad, a un costado de la fábrica de plásticos de la calle Zamora …

- Gracias… por ahí la veré. Colgué… transcurrieron las días que debían transcurrir para que llegara el sábado… avisé a mi hija  lo que haría y solicité prestado el vochito. No hubo impedimento alguno … cerca de las doce salí …

ya en el vochito enfilé su trompa hacia el poniente; tomé el bordo del río y doblé a la derecha en el cruce de Nicolás Bravo y me interné en la colonia Juárez … al cortar la calle Zamora doblé a la izquierda y me estacioné un poco adelante en un espacio … busqué la fábrica de plásticos … la ubiqué … me metí al carrito y recorrí unos cincuenta metros y di vuelta a la izquierda … La Piedad … mucho espacio para dejar el auto. Me bajé, lo cerré y me dirigí al 33 … pulsé el timbre … lo repulsé … otra vez … y nada … extrañado … esperé … nada … decidido me  caminé hacia un taller de reparación de aparatos domésticos … y con toda la confianza del mundo, total no estaba robando ni matando a nadie y como la ignorancia da valor -

- Disculpe, me dirigí al de mayor edad … ojalá usted pueda orientarme … ayudarme …

- Estoy a sus órdenes… ¿En qué le puedo servir?

- Busco la casa de un abogado, que ha estado recientemente enfermo … lo han trasladado a varios hospitales … recientemente, tal vez el miércoles o jueves de esta semana, lo regresaron a su casa … El señor consultó  con la vista a sus chalanes … se rasco la cabeza, moviendo primeramente su gorra … y ya con seguridad me dijo

- Es  el maestro y abogado … si ha estado un poco malito … mire … es esa casa … y se salió de su taller … su brazo me indicó el número 33 … es esa …

- Pero – le rebatí – ya toqué y toqué y nadie salió… ¿No sabe usted si habrá salido?

- No creo … su hija vive al otro lado … justo al otro lado … y siguió con su mano señalando esas dos casa … vaya usted y tóquele … de seguro ahí está … estará dormida, leyendo, preparando la comida … algo así … cosas de amas de casa …

- Gracias … Y me regresé sobre mis pasos …me acerqué a la casa 33  …entonces escuché su voz … toque en la casa anterior … señalé una casa … no, me dijo, la que sigue …Ahí pisé el timbre … nadie … usando las llaves del vocho toqué la puerta de metal, color blanco …
- Voy… ¿quién es?
- Un amigo … no me conoce … vengo a visitar a mi amigo Victorino …
- De favor … espere … voy … Poco tiempo después se abrió la puerta y me invitaba  a entrar una persona, una mujer, entrada en años – acaso unos cuarenta o un poco más …Hágame el favor de pasar … dentro de la casa – su casa –, en la salita,  me dijo …
- Soy hija del licenciado   Victorino … estimo mucho su visita … a él lo tengo en su casa ... al otro lado … venga, por favor … salimos de la casa e inmediatamente una de las llaves que traía ya en la mano la metió en la cerradura de la casa contigua … entramos y nos detuvimos en la sala … esta casa es de mi papá … yo vivo al lado … casi siempre estoy aquí … pero salgo a comprar las cosas de la comida … en fin … usted entiende … a  él lo cuida diariamente una persona … están dos personas que lo cuidan las veinticuatro horas … (Yo agradecía las informaciones, pero …) En este momento él está adormilado … la enfermera que lo atiende salió a comprar pañales, agua ingerible, alcohol, cosas de esas … No debe tardar … Y caminamos hacia la izquierda … el interior de la casa indicaba buena posición económica y buen gusto … madera bien trabajada y mejor terminada … caminamos unos cuatro

metros … un poco de penumbra … no acercamos a un poco de luz .. espacio de lectura o luz con pantalla … era su recámara … ahí estaba … acostada en cama de hospital, de esas de manija para cambiar la posición de la cabecera y resortes en lugar de base para colchón … las paredes de la habitación hablaban de los logros académicos y profesionales de mi postrado amigo .. sus títulos de abogado … sus creencias religiosas – supongo que de antaño - varios libros de cabecera … buen piso de madera tallada – no parket – ni piso laminado … parecía cedro blanco … y un juego de sala de buen asiento y mejor respaldo y buenas coderas … escuchó las voces e intentó levantarse … su hija – una mujer regordeta … redondita de cuerpo … agradable … cara redonda, cachetes llenos … labios gruesos … pelo corto, chino – acaso ondulado natural o con permanente … orejas adornadas con aretes de oro típicos de la región Calentana … labios, brazos cortos y manos gruesas, piernas cortas y de abultado abdomen … vestido con colores vivos, semejando flores, palabras, hojarasca …

- Te vienen a visitar … habló ella, dirigiéndose a su papá … él, en su duerme vela, escuchó e intentó moverse … levantarse …
- Espera … yo te subiré la cabecera de la cama … Se movió hacia el apagador … pisó la tecla y una luz más intensa, pero de baja potencia, hizo que todo cambiara y se viera mejor, mucho mejor …En lo que ella manipulaba la manivela del sistema para levantar la cabecera … me acerqué a él …
- ¡Qué hay, amigo!
- ¿Etelberto?

- Sí, mi cuate … vengo a ver cómo te dejó tu doctor y tu hospital …

- Amigo … ya estoy mucho mejor … como sabes … me operaron el pasado martes … ya llevo cuatro días y me siento mucho mejor … ya puedo mover una pata, pero la otra la tengo con una quién sabe cómo el dicen …

- Férula, dijo su hija  … que terminado de subirle la cabecera ahí estaba pendiente si necesitaba algo … me dijo … le acercaré una silla …mire, ahí están y su mano me mostró un sillón de esos que le llaman modelo Imperio, en color blanco perla y acojinado … con respaldo ligeramente alto … me lo acerqué y me senté a un lado de su cama … él se hacía como lenguas de fuego para cercarse al barandal y levantarse o ponerse de costado, pero las ataduras de sus pies no lo dejaban …

- No te desesperes… no te inquietes… deja que tu cuerpo, que tu organismo trabaje a su ritmo… recuerda que ya no somos los mismos… ahora tardamos más tiempo en todo… con calma… ¿cuál es la prisa? …

- Bueno, los dejo … para que platiquen … y se retiró …

- Estoy en mi casa… por sí algo necesitan… la enfermera que lo cuida no debe tardar en regresar… Y se fue.

- Amigo … muchas gracias por tu visita al hospital … me encontraste en muy malas condiciones … pero

- Bien atendido … dos mujeres …

- Y jóvenes, mi amigo… jóvenes… pero ¡malhaya! Si quiero mujeres en este momento…. Y conversamos de cosas de los amigos cafeteros, de la tierra... de Zutano y de Perengano… lo vi ya con otro color… más cafecito y con brillo en su piel; aunque estaba descuidado en su presentación habitual de la cara – sin rasurar - su bigote y barba lucían pelos blancos por toda la zona de esos distintivos varoniles  y su pelo, usualmente  todo negro  y  bien  peinado  con  vaselina  o  fijapelo, ahora estaba todo suelto, y blanco … los hilos de plata de la juventud luchaban por manifestarse  y lo  lograban  hacerse  notar  –  por  otro  lado, considero que ni el hombre o mujer más poderos de  la  tierra,  estando  enfermos,  lucirían  como todos  los  días  de  trabajo … las  enfermedades hacen estragos en las personas, en la presentación física de las personas - … a un lado de la cama, colgando del barandal estaba un bolsa de plástico, de las usadas por los doctores para colocar en sus pacientes para que ciertos líquidos drenen … se hacía y deshacía lenguas para intentar hablar y lo hacía, aunque con dificultad y lentamente … la charla derivó  en cosas de la tierra … yo lo veía mejor … luchaba por vivir  … por sanar y por irse  a caminar … pero la vida y el tiempo decían otra cosa … la conversación se gastó sus buenos treinta o más minutos y no tenido otra cosa que decirnos y asuntos qué tratar y, además , juzgando que no debía ser impertinente y dejar que las otras personas hicieran lo que tenían planeado realizar … y viéndolo  que estaba medio adormilado, acaso sedado, consideré que era mejor dejarlo dormir o descansar o cerrar los ojos … me dispuse a salir …

\- Bueno, mi amigo… por acá nos estaremos visitando… otra vez… pronto… y a continuación le  dije  una  tontería:  recuerda…  no  te desespere… ¿cuál es la prisa? …

- Es que ya quiero irme a tomar mis cafés con ustedes … ver a las muchachas …

- El café ahí está… en el portal… los amigos y cuates, también… y las muchachas pasan y pasan todos los días… a todas horas… así que… ¿cuál es la prisa? Despacito…dale tiempo a tu cuerpo… que tu organismo se tome su tiempo, sus respiros y se vaya sintiendo bien… poco a poco… ¿De acuerdo? No recuerdo si me contestó … pero igual … ya estaba más adormilado …

- Está bien, mi cuate … mi amigo … amigo te agradezco mucho tu visita … Esas, como todas las otras palabra de bienvenida y conversación, me la dijo casi sacándoselas con tirabuzón y muy quedito, como si fuera secreto de Estado …   Lo saludé de mano …me fui saliendo …primero acomodé el sillón tipo Imperio – lo regresé a su lugar y me dirigí hacia la salida … en la salita estaba su hija, que no se había retirado … al verme - porque de seguro estuvo escuchando – me dijo

- ¡Qué bueno que vino a visitarlo! … le hacen mucho provecho las visitas … Ojalá venga más seguido …

- Le haremos la lucha …

- Bueno, ya sabe … esta es su casa … me acompañó hasta la puerta de la casa y me abrió la puerta de la calle … salí al sol y a la luz … bueno … hasta pronto … ya en la calle La Piedad se me manifestó una desazón, una inquietud, como si mis instintos me guiaran … tenía enorme deseo de tomarme una cerveza … aunque tenía la información que para cervezas y botanas – de carpas, específicamente, solo Pacheco … decidí preguntar y me acerqué a los trabajadores del taller de reparaciones  de aparatos domésticos …

- Oiga, mis amigos… disculpen la pregunta… para tomarse una cerveza con una carpa, mojarra, tilapia o el pescado que sea, frito, dorado… ¿dónde? Se miraron entre sí …sonrieron y el patrón – el que me había dado las indicaciones precisas del domicilio de mi cuate … me dijo, sonriendo …

- Mire, a nosotros nos agrada, nos gusta ir con Pacheco… está aquí cerca… ¿Sabe dónde es? ¿Ya había oído de él?

- Sí … queda casi en una esquina … en Manuel Muñíz …  en el tramo de Galeana y Rayón … Como que se rascó la cabeza …

- Éxcalé … ahí merito … Y sin pensarlo más, pero dándole las gracias, me dirigí al vochito de mi hija - a quien había invitado a tomarse una cerveza y disfrutar de una carpa o mojarra o tilapia, doradas – y después de abrirlo, encenderlo, acomodarme el cinturón y cerrar la puerta, maniobré para salir de la calle, darme vuelta y encaminarme hacia la calle Ocampo … al llegar a la equina con Manuel Muñíz, busqué en dónde estacionarlo, dejarlo y entrar a las carpas Pacheco … durante el corto trayecto de La Piedad a Manuel Muñíz no pensé en nada sobre mi cuate y la condición de la tercera o cuarta edades, pero ya dentro de la cantina-centro botanero y sentado acodado en una mesa de cantina sí me puse a pensar … ¡Triste condición de nosotros los humanos! –Pero es mucho más triste la de los animales y vegetales – tanto que te cuidas, que prolongas tu vida – buena, regular o mala – para llegar a esta condición… completamente inútil, desechable, inusable, innecesario, costoso, molesto, incomodante, estorboso… un bulto… lo peor es que no sabes qué será de ti, porque como lo dice Mika Waltari… del futuro nadie está seguro… ¿qué será de nosotros? Nunca sabremos cuándo estará llena la clepsidra de nuestra vida… la respuesta al por qué, tal vez sería que luchamos por vivir por simple instinto, porque no sabemos el por qué… esa lucha es instintiva…solo el instinto nos sostiene… porque morir es fácil…vivir es difícil.

Sé de personas, todos ellos maestros, profesores – muchos de ellos conocidos míos, que llegaron edad muy superior al común  de los promedios de vida aquí en la ciudad -  y que están en condición de seres humanos vegetales … sus familiares les acondicionaron  las casas en las que viven para que  no subieran escaleras, para que ahí en la planta baja  estuvieran todos sus servicios … cocina, comedor, baños de regaderas, sanitarios … les mandan los tres alimentos, les mandan lavar su ropa personal  de sus recámaras … mandan, igualmente, planchan su ropa de cama … pagan a sirvientes para que les realicen el aseo cada tercer día y a una paramédico para que los atienda medio turno diario, incluyendo los fines de semana  … supongo que casi, casi, les dan de comer y que ese mismo paramédico va con regularidad establecida por médico o geriatra o gerontólogo,  a realizar con ellos – esposos, los dos – ejercicios musculares para que no se les olvide caminar ni hablar … conozco a otros a quienes les llevan de comer los nietos, o los visita todas las semana un doctor de la familia y algunos miembros los acompañan a comer y a pasar el tiempo algunas tardes … desconozco si se aburrirán, pero me dicen que van – igualmente, desconozco la frecuencia … conocí a otro que me dicen que está desesperado porque no se muere  … me llamó la atención porque, en principio, lo conozco .. sé quién es, quién fue y, en segundo lugar, es muy simple … si quiere morir …tan fácil … puede escoger el camino y la rapidez … darse un balazo … subir a la azotea de una casa … de la suya para que sea más fácil … y dejarse caer de a muertito, aunque después el muertito sea él … otra más … aventarse a la trayectoria de un automotor … envenenarse … fácil … pero, por qué no lo hace … se es cobarde … o actúa el instinto de sobrevivencia … ese que, cuando nos ahogamos porque el aire se nos va, nos hace buscar la respiración … boquear … jadear … y preocupar a los familiares  y la visita del doctor o al doctor … y a terapia intensiva de no cualquier hospital o sanatorio … ya de perdida al hospital, al ISSSTE, al IMSS.

Y aquí estamos neceando vivir, tratando de escapar de la muerte, cuando ese es nuestro destino final, seguro … ya no hacemos falta a nadie … ya no somos útiles … ya no somos usables … ya no somos necesarios … ya no somos indispensables  … ahora somos inútiles … los tontos inútiles o los tontos útiles – para los doctores  - … ahora somos los desechables … los innecesarios … los inusables … ya nadie nos busca ..Salvo para pedirnos dinero prestado – préstamos de Santa Anna… basura… desecho orgánico… vamos a la baja en las cotizaciones de la vida… en la Bolsa de la Vida nuestros bonos están calificados como basura… ¿Qué tiene de inmejorable llegar a viejo? ¿Qué sería de este mundo occidentalizado si fuéramos espartanos?

Cuánta razón tuvo el poeta o quién haya sido…gozar de la vida…porque la vida es muy corta …sumamente corta  o porque no sabes cuándo moriremos…Por lo pronto yo ya me acabé mi cerveza y mis tres carpas…mis tostadas de guacamole y de ceviche de pescado…y mi caldo de camarón…estoy por pedir la siguiente cerveza y disfrutaré al máximo las tostadas y carpas siguientes  y lo hago no solo por el puro instinto…lo hago porque quiero llegar al máximo de estos pequeños placeres de la vida que quizá, en un mes, un semestre, un año, dos o cinco o más o menos, ya no podré paladear…me agrada este sabor y deseo salivar al máximo este momento …lo hago porque quiero olvidarme instintivamente de todo, hasta de mí…

Lo más chistoso  es que días después, acaso dos semanas y media de esa visita, estaba fuera de la casa y cuando llegué, después del…

- ¡Ya llegué! … Mi hija, y su herencia, se me acercaron … Ella, libreta en mano y su

herencia,  moviendo la cola y babeando…

- A ver, hija, dime … era sábado, por más señas …

- Te habló el maestro Ojeda … Y se me enchinó el cuero … así como la carne de gallina …

porque, malamente, supuse que habría una noticia nefasta sobre la salud de mi amigo…

- A ver … dime … y tomé resuello …

- Dijo que tu amigo ya estaba en la Casa de retiro…que está ubicada  en la tercera calle de Amado Nervo, número 258, a una cuadra del mercado de San Juan… El resuello se volvió a normalizarse…

- ¿Qué otra cosa te dijo?

- Que solamente él y tú están registrados como personas con permiso a ir a verlo … nadie

Más… solo ustedes dos… Por sí gustas hablar… tengo el número telefónico de la casa y  es éste… total… lo recibí y me hice el compromiso de ir a verlo al día siguiente… Y terminó de informarme…

- El horario de visita es – los domingos – de once de la mañana a la una de la tarde y de las

Cinco de la tarde a las siete de la noche…
Gracias, hija… esa información es de gran ayuda. Formé mi proyecto para visitarlo al día siguiente, antes de irme al café con los infieles y me dediqué a ultimar los detalles de la clase de ese día con mi grupo de Psicología. Llegó el domingo y después de mis abluciones y aseo personales, a

las   diez y media ya estaba listo para salir rumbo al mercado de San Juan … sabía que me debería bajar en la equina de Aquiles Serdán y Pino Suárez;   tomé el transporte en la esquina de la casa y me bajé en la equina de la notaría de Jorge Mendoza …me fui caminado hacia la Casa de Retiro … ya adentro del paisillo  informé a quién deseaba visitar; consultaron una libreta y me dejaron pasar … me condujeron a la habitación y ahí estaba mi cuate … lo visitaba la hija con su hijo, nieto de mi buen amigo … despúes de los saludos de rigor … lo vi a él … estaba sentado en una silla de ruedas   … estaba demacrado … sin tono muscular … su cabeza con el pelo alborotado, blanco; su cara sin lavar, sin rasurar… enfundado en una bata toda ajada y de color muy bajo, sin calcetas, sin sandalias … la pijama estaba incompleta … solo el pantalón … la bata desabrochada … desatada … dejaba ver una camiseta más gris que blanca … su cuerpo empequeñecido … huesudo … sin fuerza, sin tono muscular …

- ¡Qui'hubo, mi cuate! ¡Cómo cambias de residencia! … de seguro eres rico …
- No … qué rico … lo que sucede es que mi hija debe regresarse al Distrito Federal y como

ya no hay mayor urgencia …  y como no hay quien me cuide  y que ella tenga la seguridad de que estoy bien atendido … pues me trajo aquí …La Casa de Retiro es una casa vieja de las clásicas de Morelia  .. su pasillo de acceso después de la puerta de la calle – de madera y la del pasillo que comunica al interior de la casa, de fierro forjado, con muchos arabescos – era de  piso de mosaico, de ese mosaico tradicional en las casas morelianas … al entrar a la casa, se topa con el jardín interior y un pasillo que comunica con todas las habitaciones de toda la casa, hasta llegar al patio trasero que generalmente era para jugar o para tener animalitos como gallinas, puercos o pájaros y gatos y que los administradores de la casa habían acondicionado como sala de descanso para los residentes   registrados en esa Casa …había plantas  en maceta por los bordes del pasillo y al final, en la sala de descanso …     atrás del patio central – un patiecito de un cuadrado de cuatro por cuatro metros  estaba la sala de consulta y masaje … el área del terapista y quinesiólogo … la trabajadora me condujo a la habitación-prisión de mi cuate … era un área para tres residentes … tenía piso de brillante parquet  y paredes limpias y de colores ligeros, suaves … su cama era la tercera, pegada a la pared occidental .. estaba sin tender… sin sábanas… un buró y una lámpara formaban todo el ajuar de mi cuate… lo que cubrí el colchón era uno de esos productos modernos contra las escaras  y el colchón era de agua o algo tenía que, me había dicho su hija, que evitaba el surgimiento de las peligrosas escaras  …

   -   Pos, ahí tiene que me voy  a regresar al Distrito Federal y quiero dejarlo en buenas

manos … visité varias casas como esta, pero esta está más tranquila … y me decidí por esta porque solo tiene seis residentes  y como cada residente requiere  casi atención personal … pues esta está como que ni mandada hacer … escuchaba y mis oídos  no oían … no  entendían lo que decía la hija … ni su hijo … yo estaba viendo a mi amigo … trataba de hablar … de decir algo … pero de su boca no salía nada entendible … sus manos mostraban el esfuerzo que hacía para hablar o para hacerse entender … Y su plática derivó sobre cosas de la atención de la casa de retiro  … pero yo pensaba en las molestias que generaba uno de anciano … Y seguí yo con mis impertinencias

   -   ¡Anda, apúrate! ¡p'irnos  a  ver  pasar  a  las muchachas del portal!

   -   ¡Tú crees que yo no quiero¡ … Pero, cocho … esta madre no me deja … Sus palabras

suaves, lentas, las fui escuchando poco a poco y sus manos se movían  junto con sus palabras como si ellas fueran el complemento que ejemplificaba lo que decía en sus palabras…Vino el traumatólogo y después de revisarme dijo – ¡edá, tú! – y le pidió a su hija que confirmara sus palabras – que en dos semanas más ya podría caminar, pero no salir a la calle… ya pude caminar, pero solo pararme, dar una vuelta y regresarme a la silla… pero, ¡abrón! … ¡Qué bueno que ya salí de la cama!

- Aunque todavía debe estar acostado, pero ya tiene indicación de que si quiere,

Puede sentarse y pararse y caminar un poco aquí en su habitación o en el pasillo, pero no mucho y avisar a la administración para que esté acompañado de Omar… Omar es uno de los asistentes… está joven… porque pesa y como no colabora en nada, porque no puede, aunque sí quiere… una sola persona no puede con él… ¡Ah! Le presento a mi hijo, me dijo la señora, su hija

- Soy, Luis Francisco … Benítez vivo en Los Cabos …
- ¡Ah! Del G- 20, ¿No?
- Pues sí … está muy bonito … y derivé la plática a los lugares conocidos … Puerto La Paz,

Puerto Pichilingue, Bahía de Todos Santos… la tranquilidad del puerto de La Paz…

- ¿Cuánto hace que fue?
- Casi treinta años …
- ¡Huyyyy! Ya no es como era antes … en ese entonces todo era muy tranquilo … debería

ver orita…

- Pero sí es mucho más tranquilo que esta ciudad …
- ¡Ahh!....!claro que sí! Y su mamá trajo el recurso …
- Es hijo de una amiga de tu abuelo … su mamá vivía en la calle de Ocampo …
- Sí…¡ Doña Pera!...Tenía una hija …

-	Sí ... Soledad ... ahora vive en Torreón ... y la
	conversación se fue sobre mi madre y los
recuerdos del barrio…

-	Quiero acostarme …

-	Pero la cama está sin tender … Anda , hijo a
	la administración para que vengan a
tenderle la cama y el joven  por allá se entretuvo un buen
rato en el que mi amigo se quedó callado y su hija me
refirió cosas de su atención… Unos pocos minutos y llegó
una jovencita que pidió permiso para entrar y tender la
cama…lo hizo en un dos por tres, seis… y cuando
terminó  mi amigo regresó a su deseo manifiesto…

-	Quiero acostarme  …

-	Ahorita le decimos a Omar … Y los dos gritaron
	pidiendo a Omar … Omar … Omar …

-	Yo le ayudo … me ofrecí … pero después me
	arrepentí de hacerlo … viéndolo bien era un
riesgo para mí… ¡Qué tal si se me suelta! ¡En la madre!
Me había fijado que estaba sentado en la silla  y me había
imaginado que era sencillo… acercar la silla de ruedas a la
cama…tomarlo por la cintura y sentarlo en la cama…
pero cuando vi cómo actuó Omar… no hubiera podido…
Llegó Omar…

-	Quiero sentarme, le dijo Victorino …

-	Orita lo sentamos … Omar era de unos veinte,
	veinte y cinco años, cuando mucho …
achaparrado, pero fornido … vestía informal, pero con su
bata blanca con el membrete- gafete de la Casa de Retiro-
descanso … muy limpia, planchadita … Yo estaba
sentado  a la derecha de la silla de ruedas, que tenía el
respaldo apoyado en la pared occidental de la habitación
… de hecho me paré para no estorbar, aplicando aquello
de que mucho ayuda el que no estorba  … El asistente vio
cómo estaban las cosas, calculó lo que haría  … acomodó
la silla en el pequeño espacio entre las dos camas – su
cama y la del centro … y se dispuso a sentarlo … lo

desató del abdomen – hasta entonces lo vi … mi cuate no tenía fuerzas para permanecer sentado por sí mismo … necesitaba de un cinturón que lo detuviera y lo pegara al respaldo - … pero no era cinturón de cuero, ni de plástico … era  de tela gruesa, color blanco y como de dos pulgadas de ancho … se tardó un poco en desatarlo … maniobró detenidamente, pero en forma mecánica … como se estaba tardando y mi amigo ya estaba desesperado … puso más atención y se fijó lo que estaba haciendo y pensó lo que deseaba y necesitaba hacer para lograrlo, lo hizo y prontamente lo liberó del cinturón … entonces pidió .. Así… en lo general…

-    ¿Me ayudan? La respuesta fue de la hija …
-    Anda, hijo, ayúdale … y Francisco se acomodó …se avino a lo que le decía Omar
-    Me pone sus brazos en mi cuello … por favor … Y Pancho se acercó por un costado,

 porque Omar estaba de frente, y se colocó los brazos de su abuelo en el cuello de Omar y se los sostuvo … en tanto Omar se inclinó y lo tomó por la cintura y con calma lo levantó de la silla y lo acomodó en la orilla de la cama … yo que estaba de mirón, igual que su hija, lo único que hice, y sin que me lo pidieran,  fue retirarle  la silla, sacarla del reducidísimo espacio entre las dos camas, y colocarla en donde estaba y como estaba, repegada en la pared … Ya no hice nada más … mi cuate, bajo la presión de las manos de Omar se fue dejando caer hacia atarás, pero de costado y después, ya recostado, estiró sus pies y quedó como si estuviera ya listo para dormir … entonces su hija le preguntó …

-    ¿Has dormido bien, papá?
-    No … tengo mucho sueño … pero no logró dormirme de un tirón …
-    ¿No te estás tomando tu media pastilla para dormir?
-    No … me la están dando …

- Pero sí dijo el doctor que te la dieran … Dile que te la den … Y yo metí mu cuchara …

- ¿Por qué no preguntan si la indicó su traumatólogo? Porque si no la indicó dudo mucho

que se la vayan a dar así como así…

- Pues deben dársela … iré a ver … Mientras tanto ya Omar había terminado y se retiraba

…

- Bien … cualquier cosa … me llama y vendré a ayudarle o darle lo que quiera  … no sin

acomodar el barandal metálico de la cama y poner la botella de agua ingerible  a un lado del buró, el lado más cercano al barandal, para que le fuera más cerca y fácil tomarla… y salió de la habitación…

- Aproveché para despedirme … Bueno … es tiempo de que la visita se retire … ahora que

tu dirección queda más cerca de mis rutas de acceso al centro por aquí estaré un poco más cerca de ti y vendré  a darte tus vueltecitas… y me despedí de mano de la hija; lo mismo hice con el nieto y le estreché la mano a mi cuate y la sentí fría, sin resistencia... huesuda y lacia, lacia, lacia…

- Señora, que le vaya bien … joven … gracias … que estén bien y, dirigiéndome otra vez al joven

…

- Gracias por el recuerdo de mi madre …   se agradece … Y salí de la habitación … los dejé

solos a los tres y yo me fui saliendo del pasillo, de la entrada … de la puerta ... ya fuera de la Casa de Retiro … caminé o desanduve el camino andado  .. mis pasos ya sabían la ruta… mis pensamientos  eran muy distintos  a lo claro del día, a lo cálido del aire… a la luz de la tarde … ¡Qué carajos! ¿En qué terminamos todos? ¿Realmente debemos acabar así… si llegamos a los ochenta, o más, años en esta condición de vida? ¿Tenemos la obligación de finalizar nuestros días así? … ¿es nuestra obligación?

¿es un derecho  y no podemos renunciar a él y usar el otro derecho que tenemos para morir cuando nosotros queramos o seamos un gasto impagable para nuestra familia o para el estado, si es que en algún momento al Estado le interesamos? … Sin conocer a fondo la culturas espartana y  el ritual familiar del trato a los ancianos, solo tenemos una leve brisa informativa de que a los tullidos, a los incapacitados de todo tipo, los tiraban desde lo alto de los cerros, de los precipicios, de los acantilados para que no fueran un gasto para las familias ni para las ciudades – Estados, de ser cierto, ¿Por qué somos tan hipócritamente espartanos con mezcla de civilizados? ¿Por qué no somos totalmente espartanos y pagamos todo lo de un mes y nos olvidamos del viejo… o de la vieja… solo dejamos un número telefónico para recibir la indicación de cuándo depositar en X cuenta para pagar los gastos y un mail para que nos comuniquen en dónde recibir las ceniza y los dejamos  morir en el olvido y la soledad?

¿En qué cambió la situación de mi amigo? Finalmente, en el centro de todo, era,  y es, un gasto para la familia … no tiene a nadie salvo a la hija y al nieto … una, en el Distrito Federal … el otro, en baja California Sur …en Los Cabos … en caso de una urgencia … un accidente … como los que sufrió …caídas y resbalones … en la madre … se muere solo y sin un alma  cerca … que bien pintado, todo, sea, como sea,  se muere uno con gente o sin gente …

Así me gasté la distancia y el tiempo  … al llegar a la avenida Madero, doblé a la izquierda y seguí mi trote que me llevó con los infieles de mis amigos … que como siempre estaban hablando de política  y cosas más parecidas a la vida que ver a un viejo morir lenta y lánguidamente … sin que a nadie le importe.

# ¡RECORDAR...ES VIVIR!

- Oye, Raúl… ¿Y la calle de los peluqueros?
- ¡Uhhhh! Con lo que usté está, amigo … ya no existe …
- Bueno, eso lo sé …
- Mi papá tuvo su tienda en mero enfrente …
- Esa calle se acabó cuando un presidente municipal hizo las obras de remodelación del mercado de San Agustín …
- Sí … eso también me lo sé … me refiero a …
- ¿Qué me va a preguntar?, a ver… ¡Ni sabe qué!
- Sí, sí sé… ¿Qué se hicieron los peluqueros de esa calle?
- ¡Aaaah! Los peluqueros … bueno pues se fueron muriendo … todos …todos … y las

manos siguieron moviéndose alrededor de mi cabeza … tijeras en mano escuchaba su ruido metálico al cortar mi nrebelde pelo, ya gris por el correr de los años … Raúl es el peluquero del barrio … al preguntarle sobre la calle de los peluqueros lo hice para matar el tiempo con algo que le diera sabor, porque Raúl se la sabe de todas, todas y si no se las sabe, las inventa y esas imágenes e informaciones pues recordadas por los dos, e inventadas por él …

- Todos se fueron muriendo …uno a uno …
- ¿Y la mayoría?

-   Murieron de lo mismo

-   ¡Cómo que de lo mismo!

-   Sí… como consecuencia de beber todos los
    días… se murieron o de diabetes o de cirrosis
hepática…todos…todos, pero ¡Ah! …!qué buenos
peluqueros estaban ahí! Y seguí dando de tijeretazos a mi
pelo y sus manos acomodaban mi cabeza en el sentido
que deseaba hacer el recorte del pelo y seguí escuchando
el clic, del juego de la palanca de las tijeras…

-   Raúl, ¿Y para ti, quién era, fue y ha sido el mejor
    peluquero que tú conociste, que tú
hubieras tratado, que recuerdes?

-   ¿El mejor?

-   Sí … según tú, el mejor …

-   Para mí… el mejor fue y ha sido Manolete… ese
    cuate bailaba…cantaba… pintaba…  con
las tijeras… ¡era un artista!

-   ¿Es el que trabajó en el centro de seguridad para
    el bienestar familiar del IMSS, allá por
la Madero, cerca de la Mater Dolorosa?

-   Ese mero …en sus buenos tiempos de esa
    institución …

-   ¿Y dónde tuvo su peluquería?

-   Nunca tuvo peluquería … era un chícharo
    …supongo que cuando se creó esa escuela –
porque fue una escuela, ¿no?, alguien lo recomendó y ahí
trabajó de maestro … qué buen maestro de peluqueros
fue …ahí se formaron muchísimos peluqueros  muy
buenos y excelente maestro … y mucho mejor peluquero
…

-   Fíjate que yo lo traté  … indirectamente …

-   ¿Cómo qué indirectamente? … Y sus manos
    seguían moldeando mi cabeza…cuando llego
con Raúl siempre me salgo con la broma de "Ya llegué
Raúl…servicio    completo…    ¿Eh?    "Recortada,

rejuvenecida…rasurada  restirada de piel…relajada… me vas a quitar cuarenta años o más…

-       Ya sabe mi profe … pero que Pedro Infante y mejor que Jorge Negrete –porque él es un
feligrés del Charro Cantor " …

-       Sí … te lo cuento …  allá por mis años de adolescente, cuando trabajaba  de chícharo
impresor y que ya ganaba un poco de dinero … me recortaba el pelo o me arreglaban mis cerdas de puerco … acudía religiosamente cada quincena  a una peluquería que estaba en la segunda calle de Amado Nervo, a un costado del hotel Presidente, pasando Aquiles Serdán …

-       Si …la de …

-       Ahí … trabajaba Fernando … compañero de mi equipo de fut bol de la liga municipal  de
la fuerza de reservas … El Unión …

-       El de Don Eucario Gómez …

-       Ese mero … pues llegaba con él o con Moisés  – que también fue mi vecino … más las
cosas de mi vida cambiaron y me tuve que ir a trabajar a Zacatecas y regresé pocos años después … allá por el año 76 …  tratando de reconectarme con los amigos, busqué al que fue capitán del equipo, Moisés Gómez, para más señas mi compadre y mecánico automotriz … le pregunté por mis amigos y después de chismearme  las novedades y relación de varios de ellos me dio la ubicación actual de Fernando, pues se había cambiado varias ocasiones de peluquería y ahora trabajaba  en una,   establecida precisamente por Manolete …

-       ¿En dónde estaba, mi profe?

-       Estaba casi en la esquina de Madero y Juan José de Lejarza …

-       ¡Aaah, sí! Cerca de la vieja iglesia-escuela-club social de los Mormones … ahí enseñaban
inglés , a bailar y a conversar en inglés …

- Bueno … ahora Raúl había cambiado de herramienta … traía una máquina de cortar el pelo…de esas que se agarran con las dos manos … y me tenía con la cabeza agachada … y así seguía platicando …

- Ahí encontré a Fernando -´él y yo formábamos la media del equipo …corríamos como caballos salvajes … echábamos el bofe, hígado y demás … y más él

- ¿Por qué? Me preguntó y con una mano me reacomodó la cabeza … para continuar dándome los cortes y recortes de pelo …

- Pues como jugábamos los domingos, en ocasiones a las diez, en otras a las ocho de la mañana, él aun traía los efectos de la borrachera del día anterior …

- ¡Sabadito lindo! Llegaba hasta las chanclas, ¿No?

- Sí… pero fíjate que durante el juego del primer tiempo… no jugaba, no rendía mucho, en el intermedio, echaba los hígados. ..

- Vomitaba, ¿no?

- Eso … y era excelente en el segundo tiempo … bueno… pues dí con él y era una peluquería muy buena …

- ¿Por qué lo dice, mi profe?

- Por lo siguiente … era un poco más grande que está ... todo el frente estaba cubierto de espejos…no de techo a piso, pero sí todo era imagen …se veían los que pasaban por la calle …hacia arriba y hacia abajo … tenías solo dos sillones …una para Manolete y el otro para mi amigo …

- ¿Eso la hacía buena, muy buena, peluquería?

- No … no … lo que la hacía buena o muy buena era el trabajo de ellos dos … pero lo que se veía … lo accesorio era lo siguiente … para empezar, te colocaba un mandil limpio … planchado … cuando terminaba con el cliente, se lo quitaba, lo doblaba y lo dejaba con los ya usados ... al menos esa era la imagen que daba ...

-    ¿Qué otra cosa?

-    Primero ... toda la herramienta que utilizaría en tu corte de pelo, incluyendo las navajas,

la colocaba en una máquina de rayos ultravioleta y la esterilizaba ... después te cortaba el pelo con tijera y con navaja ... al terminar de cortarte el pelo ... y te rasuraría para afinar el corte ... te colocaba jabonadura que le proporcionaba una máquina de hacer esa mezcla y la espuma-jabón estaba tibia ... al terminar de afinar los cortes, se vertía loción de tocador de nombre ... tenía cuatro o cinco frascos de lociones para después de afeitarse ..

-    ¿Cómo qué nombres, mi profe?

-    Bueno, recuerdo nombres... Barón Dandy, Acqua Velva, Jockey Club, Old Space... ¡Aaah!

Recuerdo una muy en especial...Grass Oil... tenía una fragancia muy extraordinaria para mí... Claro no te ahogaba en ellas, pero era algo, al menos para mí ... nuevo ... te veía y si algo faltaba, o no le gustaba cómo te veías, te agarraba nuevamente y estaba dale que dale con las tijeras, con la navaja  ... hasta que quedaba a su gusto ... al terminar ... sobre el mostrador – barnizado en color madera, bien hecho y muy bien cuidado  - que iba de pared a pared, estaba enrollado un paquete de algodón ... lo desdoblaba ...tomaba un peine de peluquero, de esos de cola-mango delgado y con los dientes hacia abajo lo pasaba varias veces sobre el algodón ... cuando consideraba que se había formado una  capa no muy gruesa ni muy delgada, lo retiraba y te lo pasaba, así sobre tu pelo ... con eso retiraba los cortes de pelo que quedaban en tu cabeza ... al terminar, retiraba el algodón sucio  y lo tiraba en el bote para la basura ... enseguida tomaba una borla y colocaba sobre ella talco ...

-     ¿También de marca?
-     Sí … las ocasiones que yo fui ahí … era Johnson
      y Johnson … al terminar de colocarte el
talco … bajaba de una armella un vibrador de mano … se
lo colocaba en la mano derecha y        con la izquierda te
ponía doblado hacia tu abdomen …sobre tu espalda te
daba pasadas de la mano derecha, circularmente,  con el
vibrador  y  te  daba  masaje  por  unos  dos  minutos …
cuando terminaba de darte masaje y ya para terminar de
cortarte el pelo, sabiendo que lo que seguía era peinarte, te
preguntaba  … si te ponía brillantina, crema para el pelo -
Wildroot  o gel Ossart … de acuerdo con tu elección así
te peinaba …,. cuando terminaba de peinarte te daba una
vista  y  si  estaba  satisfecho…  ya  no  tomaba  ninguna
herramienta… bajaba un espejo y lo colocaba atrás de
ti…como estaba el espejo frente a ti, veías cómo estabas
peinado y si el corte de agradaba… si decías que sí  —
verbalmente  o  con  la  cabeza  —  se  retiraba,  regresaba  el
espejo en la pared… regresaba al sillón en el que estabas
sentado, te quitaba el mandil y te decía… ¡Listo!
-     ¿Y cuánto pagaba, mi profe?
-     En esa época … recuerdo que cincuenta pesos …
-     Era mucho, ¿no?
-     Sí … sí … era mucho … o era poco, a según el
      sapo y desde el punto con que lo vieras  …
porque el colocarte lociones, talco  y vaselinas-brillantinas
de marca, además de la esterilización de las herramientas y
del masaje en la espalda … y del uso de accesorios solo
para ti … eso tiene un precio estimativo personal …
-     Bueno, pues se fue Manolete … De seguro que ya
      se habrá muerto … descanse en paz …
-     Sácame de una duda …
-     Pregúnteme, mi profe …
-     ¿Manolete  es  el  peluquero  que  se  sacó  varias
      veces la lotería nacional?

- No … ese fue el Bolillo …
- ¿El Bolillo?
- Sí … fue un peluquero que tenía su negocio en la esquina de Aquiles Serdán con la

callecita del lado poniente, de arriba, del Jardín de Villalongín …

- ¡Ah! … Sí … La calle donde estaban las oficinas de BANRURAL …
- El Bolillo tuvo mucha clientela, aparte de que era un peluquero aceptable, porque varios

de sus clientes salían de los baños de Villalongín y se acercaban con él para cortarse el pelo …

- En lo personal, a mí me agradaba cortarme el pelo y bañarme – si no había bañado -, o

bañarme nuevamente para no tener la molestia de los cortes de pelo sobre tu espalda …

- ¡No me diga, profe! …
- Pues sí te digo, Raúl …
- ¡Pobre y delicado!
- Eso …sí … muy delicado …
- Regresando al Bolillo … Ese amigo se gastó todo lo que se sacó de la lotería, las veces

que haya sido … se lo gastó en muchas borracheras y murió de lo mismo … diabetes y/o cirrosis hepática …

- Bueno … tenía prisa por salir de este mundo …
- Había muy buenos peluqueros …en Morelia …
- ¿Cómo cuáles?
- Bueno, en la primera calle de Morelos Sur estaba el Rizo de Oro …
- ¿O Negro, no?
- El nombre que sea … eran muy buenos peluqueros … varios de ellos le cortaban el pelo a

los funcionarios de gobierno … al Secretario de Gobierno, al Tesorero, al Oficial Mayor, al presidente del Tribunal Superior de Justicia, a muchos diputados, al presidente del Congreso, al  presidente municipal … salían de sus oficinas y se sentaban en los sillones de peluqueros para que esos rapabarbas les arreglaran su cabeza y se vieras bien …

- Pero tú … no te quedas atrás …

- Sí … es cierto …

- ¿A quiénes les has cortado tú el pelo, mi cuate Raúl?

- Bueno … hhhuuuummmm … Empecé con Don Agustín Arriaga Rivera …  eran mis edades juveniles … no sé quién me recomendó con él  y después siguió la misma línea con  Don Carlos Torres Manzo … después Don Carlos Gálvez Betancourt  …se fue y le siguió  Servando Chávez Hernández … Llegó Don Luis Martínez Villicaña … se lo llevaron al Distrito Federal, a lo de las autopistas y aterrizó el doctor Genovevo Figueroa Zamudio … hubo el brinco de don Eduardo Villaseñor Peña y en su lugar quedó Ausencio Chávez Hernández ….

- Ya muy poco a don Víctor Manuel Tinoco Rubí …

- ¿Y?

- Claro que no venían hasta acá …  mandaban por mí … y ahí iba con mis tiliches a cortarles el pelo y rasurarlos …a algunos … no a todos …y no siempre … A los únicos que no les arreglé el pelo fue a los Cárdenas …

- ¿Por qué?
Lo desconozco… ellos traían sus propios cortadores de pelo…
Oye, ¿Le pintabas el pelo a Ausencio Chávez?
No… nunca… sí se pintaba el pelo…era un color café un tanto cuanto amarillento, como dorado … pero de seguro lo hacía la cultora de belleza que arreglaba a su esposa o a sus hijas … pero yo no … jamás le teñí el pelo … Y hablando y cortando el

pelo … ya había terminado de cortarle el pelo y hacía los preparativos para afinarle los cortes y líneas de las patillas y de las orejas y la parte trasera y baja del pelo, en la nuca … ya afilaba la navaja, ya la probaba con la yema de un dedo … ya preparaba la jabonadura … sacaba un papel klenex, lo doblaba y lo colocaba en la parte trasera de mi cuello …

      Oye, Raúl… ¿Tú viviste  en las calles cercanas a Villalongín?

-    Sí … yo conocí al Mariachi … al Pingo … Al XXXXX … A Quintero, el centro delantero del Morelia y a Américo Orozco…otro centro delantero…de la época cuando subió a la Primer División… ¡Qué buenos jugadores eran! …Morelia ha dado buenos jugadores… ¡carajo!

-    ¿No me digas?

-    El Pingo fue un magnífico portero… Era el portero del Oro, el antecedente del Morelia en la segunda división… era mejor portero que Juan José Tello y que el Tarzán Hernández… los dos porteros del Morelia  cuando fue campeón de la segunda división y ganó, con derecho  propio, el ascenso a la primera división… pero tuvo un pequeño defecto, que viéndolo bien, ahora… ¡ni se hubiera notado! …

-    ¿Cuál, mi buen amigo?

-    Le gustaba  tomar y un poco las mujeres …

-    Bueno… eso de las mujeres… era un atributo bien visto… ¿no lo crees, Raúl?

-    ¡Claro que sí! Y como te dije,  Morelia ha tenido muy buenos futbolistas… por si no lo sabe, usted, profe… el Mariachi fue centro delantero del Atlas y en la buena época del León se defensa central, de cuyo nombre no me acuerdo en este momento, era de Morelia… ¿No me diga que el Perico González no era un buen defensa?

- No…no te digo… también están el Cuadros Martínez, el Pelón Martínez, Pablito López…
Sánchez Torres… ¿Y qué me dice de Antonio Villalón?...
- ¡Nada! … El inolvidable Mochito
- ¿Y dónde dejamos a Horacio Rocha?
- En el recuerdo, Raúl … en el recuerdo  … Y sus manos manipulaban mi cuello para
colocarme en posición de meditabundo para recortarle los pelos que pudieran estar fuera de la línea perfecta del corte de pelo  …
- Y hablando de bebidas… ¿En qué cantinas por esos tiempos servían como  botana el
becerro de vientre en salsa?
- ¡Ahhhh, pos cómo no! …
- ¿Quién a ver?
- Benjamín, el hijo de doña Sabina, la pozolero de Villalongín… ¡Qué buen pozole hacía y
vendía esa señora! …ahí, atrás de la banca de cantera que estaba al empezar la calzada Madero, y bajo la sombra de esos añosos y frondosos árboles … todos los días, en un carrito de madera con ruedas de diablito sacaba doña Sabina su ollota grandotota, redonda, llena de pozole hirviendo … nomás de recordarlo ya ¡hasta estoy salivando! …
- Yo viví ahí en el callejón del Socialismo … número ochenta y cinco …
- ¡Más conocido como el callejón de la Bolsa! … Ahora Callejón del Romance …
- Ni hablar cosas de la modernidá, la política y la cultura… donde estaba la Bolsa eran casa
propiedad de la nación y pagaba de renta treinta pesos mensuales… pero regresemos… la cantina de Benjamín…

-   Sí … estaba bajando por Guillermo Prieto, ahí en el triangulito que se formó en lo que ahora es Bulevar o calzada …

-   Da lo mismo …

-   Héroes de Nocupétaro… cerca de la fábrica de aceites… La Torre… Otra cantina que lo

ofrecía a sus clientes era la que está casi en la esquina de 20 de Noviembre y Amado Nervo… ¡Qué sabroso!

-   Oye, Raúl…y hablando de estas cosas… ¿tú trataste a la persona que, cuando había

corridas de toros, hacía el descabelle de los animales, ayudándoles a bien morir? …

-   Claro … Jesús … Jesús … qué … ¡No me acuerdo …

-   !Yo viví en la misma vecindad que él … allá por mil novecientos cincuenta y siete

coincidimos en vivir en una vecindad sobre Luis Moya … atrás de los dormitorios para mujeres del Internado España-México …

-   ¿A que no sabe, usted, profe cuál era el problema que tenía Jesús con eso de dar el

descabelle a los animales ya caídos?

-   No… Raúl… Lo desconozco... pero tú me lo vas a decir… ¿No?

-   Claro … él no aceptó vestirse de Monosabio … les dijo que para vestirse así y hacer el

desfiguro … el hazmerreír del público … No … que eran puras mamadas … que recibía muchas mentadas de madre por lo que hacía … que no quería recibir más mentadas de madre por vestirse esas maneras … que no contaran con él … y nunca se vistió de luces ni salía a dar el paseíllo … y así siguió hasta su ancianidad …no sé si ya se habrá muerto … es lo más seguro … él no tomaba … bueno, sí … pero no de caerse como muchos de mis cuates los peluqueros …

- Y regresando … con lo de las botanas …

- ¡Aaaahhh! Pues otra botana muuyyy socorrida era el caldo de camarón … y los más
famosos eran los de Parrales … Ahí en la calle Antonio Alzate … lado norte, ya para llegar a Vicente Santa María … hacía poco y se terminaba muy pronto … pero sí le ponía mucho camarón fresco … Muy cerca estaba la cantina de El Artista … pero era porque era el gordito que acompañaba al Morelia en sus salidas a jugar o fuera, como visitante,  o como local, pero en realidad sus botanas no eran buenas …  bueno a mí no me gustaban … aunque a muchos sí …

- Aunque sí eran platillos muy populares como la carne apache … ahora carne tártara … Guacamole …

- Pero lo que barrió fue la carpa dorada … las cantinitas que se abrieron cerca del mercado
Independencia …

- Aquí cerca …

- Esas cantinitas, aparte de que mataban el hambre lo hacían con muy buen gusto... y por
un peso y cincuenta centavos te entregaban una cerveza, un caldo de camarón…

- ¡Camarón Molido!, Raúl, camarón molido … no se te olvide …

- No se me olvida, pero… ¡qué esperaba por esa cantidad de pesos!

- No … estaba muy bien … siendo así …sí tenían camarones secos, uno que otro, pero sí
eran con camarón … tenían varias cualidades … limpieza en su preparación, con verduras, picoso, barato y caliente
…

- Pero lo que era inmejorables eran las carpitas, las mojarras … doraditas, o crujientes o suaves …

-      ¡Y las salsas! Picaban, pero era para darle más
       sabor y calor al platillo… ¡Y qué sabor! …
tanto que no lo puedo olvidar y aun lo recuerdo con
agrado … Esas cantinas eran pequeñas … de unas cinco
mesas cuadradas, con escudos cervecero … por esos
tiempos …

-      ¡Uhhh! …¡De qué tempos habla! …

-      ¡Del Día del verde, en vísperas del colorado! …mi
       buen profe…

-      Nada más cabía uno y su deseo de refrescarse… y
       paladear una carpa con su caldo de
camarón… esa salsa era muy simple… pero qué sabor le
daba a la carne salada del pescado…  y el infaltable olor
del sanitario y el serrín en el piso… ¡Cómo olvidarlos! Los
cuates de esa época de jodido, mucho más que ahora …
nos reuníamos los sábados en una cantinita que estaba en
la primera calle de río Nazas … ahí nos tomábamos
nuestras infaltables cervezas sabatinas … para mí, prefería
la XX oscura … bien fría … una delicia … … dejaba que
el caldo se enfriara un poco y lo paladeaba sorbo a sorbo
con unas pellizcadas de la carne del pescado … bien
bañada de la salsa martajada  y su chorrito de limón … y
luego un trago a mi cerveza oscura … dos ese y todos los
sábados … ya sabíamos la hora y el lugar y la dosis … dos
para mí …

-      Cantinas … estaban la del Gordo Villanueva … la
       Alhambra, en la …

-      Segunda calle de Morelos Sur … a un ladito de la
       Alejandría …

-      ¡Qué preparados hacía el inolvidable gordo! … él
       decía que era español y hacía unos
platos de mariscos… ¡¡¡¡¡que Dios lo tenga en su gloria!!!!

-      Otra cantina medio famosa era la Naval …

-      Pero no era por las botanas …si no porque
       servían como meseras puras damas de no tan

malas carnes …

- ¿Y las patitas de Willy?
- ¿Por qué diablos quitaron los baños del catorce? Salía uno de la cantina, después de

llenarse de patitas en vinagre y de las tortas de chile relleno … se salía a enfrente … a los baños … se bañaba, o en el baño, le pedía al bañero que fuera a la cantina y le comprara unas cervezas y tantas órdenes de patitas de puerco o tantas tortas de chile relleno … o de lo que fueran …

- ¿Y las tortas de asado de Julián, el Príncipe? …
- ¿Y sus garapiñas?
- ¿Y los pichones al horno?
- ¡Qué baratos!
- ¡Y qué sabrosos!
- ¡Hasta le ponía verduras en vinagre! … algo que no visto en las tortas de ahora …
- Así hubo negocios que ofrecían comida, pero cuyos dueños no tenían la intención de

hacerse ricos de un día para el otro …

- Bueno … es un decir …
- A ver … Dime Raúl …
- A ver, profe … a ver …écheme un torito …
- De tu tiempo, casi igual al mío, ¿te acuerdas de las jícamas con chile de la señora que

vendía frente a la escuela normal ese tipo de fruta?

- ¡Claro! … ¡Cómo no!
- Se llamaba Epifanía … yo viví cerca de su casa … rentaba una casita en la calle

Revillagigedo …

- Atrás dela escuela Simón Bolívar …
- Era muy responsable, muy pobre … ella preparaba todas sus cosas … compraba las

jícamas, pepinos, mangos, manzanas, peras … chile guajillo, limones, cebollas, piña para el vinagre y venta en rebanadas … … en el marcado de San Juan y tostaba el chile guajillo y ella lo molía …a mano … Que recuerde para mí, ella preparaba las mejores jícamas con chile de la ciudad … te estoy hablando de 1955 – 1972 … que me fui la de la ciudad …

- ¡Hasta se me está haciendo agua la saliva nomás re recordar …
- Claro… cortaba la rebanada de jícama de agua o de leche… en su superficie le agregaba

un poco de chile molido por ella, cebolla y queso espolvoreado, un chorrito de vinagre casero – hecho por ella misma –gotas de limón  y sal al gusto… distribuía eso sobre la jícama y le ensartaba un palillo y te la entregaba… ¡10 centavos! Ahora que si pedías un platito de jícama o de pepino o de mando o de sandía o de melón o de manzana o de piña…el precio cambiaba, pero el deleite era insuperable…Claro...el plato tenía otro precio, dependiendo da la fruta…llegaba  hasta los cincuenta centavos…

- ¡Qué gazpachos, ni qué nada! Esa era fruta picada y con sabor y picor …
- ¡Agradables!
- Que recuerde había otro  vendedor  que me agradaba cómo preparaba su chile en polvo

…

- ¿El que estaba a un lado del Palacio de Justicia, en la esquina de Abasolo y Allende?
- Ese mero … tenía una parihuela o mesa  de tijera y sobre ella estaba su tabla para

cortar, pelar y rebanar y las frutas a vender … él mezclaba el chile en polvo con sal y ajo … sobre la rebanada de jícama  le colocaba una buena porción de su mezcla y le agregaba  limón y cebolla … no le ponía queso ni vinagre .. pero… ¡qué sabroso estaba todo eso!

- ¡Y ya se fue para no regresar! Ahora están los gazpachos … elaborados industrialmente, sin más sabor que el de las frutas que lo conforman y los picantes que le agregan ...

- Regresando  las cantinas ...
- Nosotros con el pretexto o razones de no ser excesivamente rutinarios o para no

acostúmbranos a un solo lugar cambiábamos de cantina y un amigo mío propuso ir a una  cantina que se abrió por la ahora calzada Benito Juárez ... recuerdo  el  nombre de su dueño ... Cuauhtémoc ... Tacho le decía Temo y dimos ahí porque el anzuelo fue que ofrecía botanas como mariscos, caldo de jaiba, caldo de pescado, hasta ostiones y pescado dorado, pero no carpas, ni mojarras ... y sí huachinangos chicos o sierra o lisa ... total allá caímos y efectivamente sí servía todo eso ... caldo de camarón con camarones frescos ... un tiempo  ciertamente largo estuvimos todos los sábados ...  hasta que sucedió algo que te contaré ...

- A ver  ... cuente ...cuente ... sus manos seguían terminando de arreglar mi pelo lacio,

negro y escaso ... ahora con las tijeras, después con la máquina o con la navaja o alisándolo  para peinarlo con el peine ...

- Para esto mi compadre era el más efusivo, el más abierto, el más hablador cito ... el

mejor vestido ... total ... siempre quería ser el centro del grupo  y un sábado cualquiera de  esos estábamos disfrutando, de la cerveza preferida, su buen caldo de camarón  fresco, un tostada  de  ceviche  de  pulpo  y esperábamos nuestros pescados – sierras o lisas – doradas y pasábamos el rato jugando cubilete  ... en eso se acerca el dueño ... que ya sabía que éramos profesores ...  y se le acerca a mi compadre ... con una muy buena entrada ... descansando  sus  brazos  en  los  hombros  de  dos  de nosotros ...

- ¿Cómo los estamos atendiendo?
- ¡A toda madre!, mi buen Temo...

- ¿Qué tallos mariscos?

- Insuperables … frescos … bien preparados … muy sabrosos … Y entonces se dirigió al compadre...

- Profes… ¿Soy su amigo?

- ¡Claro, Temo!

- ¿Y usted es mi amigo? Tú nomás di a quién hay que matar y mañana vamos al entierro …

- Mire, mi amigo profesor …

- Dime Temo …le dijo el compadre sin despegar las manos del plato de las tostadas de ceviche, de carne tártara … Dime …

- Sucede que hace un momento me llegaron de Playa Azul los costales de mariscos que ustedes están disfrutando... son los primeros... y los pagué y me quedé sin dinero... y ahí está el carro distribuidor de la cerveza... y no tengo dinero para pagarle... ¿me puede prestar el amigo ciento cincuenta pesos para pagarla y el sábado próximo que vengan se los devuelvo? MI compadre aguantó en una pieza la arremetida y no tuvo más que decir...

- ¡No faltaba más mi buen amigo Temo! Y se levantó … se limpió las manos con servilletas, arqueó un poco su achaparrado cuerpo y sacó su repleta billetera … la abrió y fue entregando los dineros que le pedía su nuevo amigo hasta completar la cantidad indicada … los recibió Temo y se retiró …en honor de la verdad ese día los pescados fueron más grandes, las tostadas en mayor cantidad o con más carne de pulpo y camarones y carne apache … y los caldos con más camarones … olvidado, por el momento el asunto seguimos jugando cubilete y ahogando la garganta y el digestivo con el sabor de los mariscos y las cervezas … cuando llenamos nuestra piñata, pedimos la cuenta y mecánicamente la pagamos y nos despedimos el nuevo amigo, con la promesa-ofrecimiento de regresar el siguiente sábado …

- ¿Y lo hicieron?
- ¡Claro! Por dos razones … una, porque en verdad estaban muy sabrosas las botanas – era

de las pocas cantinillas que ofrecían botanas de la costa pulpo, ostiones, jaibas, pescados diferentes a las mojarras, carpas y tilapias que eran el común de las demás cantinas; era diferente… no eran ni papas, ni cacahuates, ni habas, ni picadillo, ni carne apache de carne molida de res, ni cueritos ni nada de eso … era diferente -,  el servicio era muy aceptable y las cervezas estaban en el precio de todas las cantinitas … lo mejor era su botana ...

- ¿Y la otra razón?
- ¡Ahhh! … Bueno, el compadre debía cobrar la lana prestada … y cumpliendo al aforismo

"A las once, una y a la una, once" estuvimos en la cantina de Temo a la una, pasaditas … a la una y cuarto ya estábamos los cuatro … La Rata, el Folas, el Tacho y yo … nos faltaba el Chivo, pero él estaba en Cuernavaca …haciendo escoleta escolar y carnal en la secundaria de Palmira … Total … Temo nos vio ir llegando uno a uno y nos recibió amablemente con amplia sonrisa…  nos sentamos en la mesa X y ahí fueron llegando las cervezas que pedíamos  - Superior y XX, la mía - y los primeros caldos de camarón fresco, las primeras tostadas de ceviche, de carne tártara y de pulpo … nos trajeron el cubilete y para matar el tiempo y  darle sabor de la amistad desinteresada nos jugamos las cervezas … y para hacerla larga, medias cervezas …

- Orita les mando sus pescados … sus camarones … su caldos de jaiba … nos decía el tal Temo …
- Sale; Temo … aquí estamos y esperamos … y siguió el juego … cuando llenamos tanque …

después de una copiosa botana ahogada con las cervezas preferidas, heladas y frías – casi todos Superior – yo mi

XX, oscura, pedimos la cuenta, que se acercaba a los cuarenta pesos,  mi compadre o el compadre de todos los cuates, se levantó, se limpió con servilletas las manos, se subió el cinturón de su pantalón …   y se acercó al mostrados y empezó el estira y afloja …

- ¿Qué tal, mi amigo Temo?
- Muy bien, maestro …
- ¿Cómo andas de dinero?
- Más o menos… aaaaiiii la  voy pasando… hay
  que pagar la cerveza, los mariscos ¡Viera

qué caros están! …

- Pero le conceden a tu negocio un nivel especial
  … categoría y distinción …
- No se crea maestro … no todos piensan así como
  usted … usted porque sabe …
- Oye – el compadre entró en el territorio que
  deseaba -  del dinero que te presté la

semana pasada, el sábado… hace ocho días… ¿Qué hay?

- Maestro – y el tal Temo se secó las manos en el
  casi blanco delantal que traía – esta

semana casi no hubo ventas y hay que pagar el chivo de los que me ayudan, los mariscos, la cerveza, la luz, la renta, lo que se usa y se compra en el mercado .. ¿Puede esperarme para la siguiente semana? ¡Por favorcito! …casi lloraba el tal Temo…

- De acuerdo, temo, porque yo también tengo
  gastos …igual que tú … y se regresó … al

regresar se había quitado sus lentes de miope y se acercó a la mesa, se resentó en su silla  y nos dijo …

- Me pagará la  semana próxima, pero si no lo hace
  le daré una sopa de su mismo

chocolate … Bueno, amigos, son  veinte pesotes … nos toca de 4 pesos y cincuenta centavos, más la propina … cinco pesos cada uno … veinte con la espléndida propina que le daremos … para un refresco …

- Un limón… completó alguien… le pagamos a
  Temo  el dinero y ofrecimos retornar el
siguiente sábado. Y así lo hicimos al pasar la semana …
cada uno cumplió sus tareas propias de su sexo y
condición doméstica, laboral y familiar y  el siguiente,
puntuales ya estábamos en la cantina del tal Temo …Nos
vio llegar y sonrió … nos acomodamos los cuatro en una
mesa y cada uno pidió la cerveza de su preferencia … y
junto con ellas Temo nos trajo los primeros jaibones –
porque estaban grandes, con todo y tenazas  -  y las
tostadas de ceviche de pulpo, de camarón y de abulón …
como niños dios'picio dimos cuenta de todo, al terminarla
primera cerveza, llegó la otra y despuesito aterrizaron  en
nuestra mesa las sierritas  bien fritas, no tan doradas … ya
en la mesa estaban las salsas caseras, el platillo con la sal
de grano y los limones … y eso fue darle y la conversación
y el cubilete fueron el tema de la reunión … no
hablábamos de política ni de nada … el asunto era,
parafraseando a  Hamlet, Comer o no Comer … bueno
pues comíamos como Los Tres Mosqueteros … con
comodidad y gusto y placer para deleitarnos de los
platillos  … terminamos  y pedimos la cuenta y entonces
se paró el mentado compadre …se limpió las manos y
limpió sus lentes … se acercó al mostrador-barra-tabla de
picar …

- ¿Qué tal, Temo?
- Bien, mi amigo …
- ¿El bisne? ¿Cómo va?
- Como todos, profesor
- ¿Pudiste juntar para regresarme el dinero que te
  presté hace dos sábados?
- Mire,   maestro  –  y Temo puso cara de
  preocupación – no he podido … se me juntan
muchos gastos y la mera verdad … entre semana no hay
ventas y pues, debo pagar de todos modos …todos los

gastos de este tipo de negocios … yo creo que voy a subir los precios …

- Oye, eso estaría bien, pero no con nosotros… Entonces, ¿para cuándo?

- Creo que para la siguiente  semana, sin falta, mi amigo maestro – y le sonrió

obligadamente -… supongo que el compadre se vino casi convencido de que no le pagaría su lana … llegó a la mesa, se quitó sus lentes, los limpió-ensució con el mantel de la mesa, se sentó y nos dijo …

- Vamos a pedir la cuenta … lo que sea … nos cooperamos pagando cada uno lo que le

toca … yo lo tomo … yo pago … no desconfíen … Pedimos la susodicha cuenta … Temo nos la entregó  … eran casi veinte pesos … cada uno aportó lo que tenía que dar, él los mantuvo en la mesa …se levantó y se puso cara a cara con Temo …

- Mira Temo, como no me has pagado… ¿qué te parece si los consumos de esta visita de

este sábado y de las siguientes que yo venga, las vas descontando?

- Maestro …pero si yo …trató de argumentar algo para que se le pagara la cuenta … debo

pagar la cerveza, el mariscos …

- No, Temo … yo también tengo gastos y todos tenemos gastos … lo que te presté equivale

a una semana de mis clases en un grupo … debo dar el dinero a la casa … espero que no haya mayor dificultad que esta, pero seguiremos viniendo y te haremos consumo …De favor, terminó su argumentación el compadre …

- Está bien, mi amigo … Y se retiró …

- ¡Este cabrón se quería pasar de rosca! …me voy a cobrar a lo chino … hasta entonces

recogió el dinero de la mesa y se lo guardó … nosotros no hicimos ni dijimos nada … nos retiramos comentando babosada y media, pero nada del incidente anterior …

- ¿Y regresaron?, preguntó Raúl …

- Sí … unas siete u ocho veces, pero no más …

- ¿Y cambió los precios para ustedes?

- No, en honor de la verdad, no …

- ¿Y el servicio?

- Tampoco … siguió sirviéndonos igual, pero ya no con la misma confianza … ya no era

confianzudo con nosotros …

- ¿Y después?

- Entendimos que ya no era lo mismo y solo, una semana después de cobrarse mi

compadre a lo chino  lo que faltaba del préstamo, continuamos asistiendo a disfrutar la botana del tal Temo … fue una experiencia sumamente educativa para mi H compadre …

- ¡Uuuuuyyy, profesor … de lo largo de la charra esa hasta se me olvidó lo que estábamos

platicando … y sus manos agarraron el atomizador y  me fue dejando esporas de agua en el pelo  …

- De las cantinas, Raúl… Ahora, ya para terminar, porque ya estás poniéndote gel en las

manos y tomaste el peine para quitarme los cortes de pelo y amansarme mis púas… ¿Llegaste a comer las corrientes de la panadería El Pavo?

- ¿La de doña Esther?

- Esa mera …

- Estaba en la esquina de Vasco de Quiroga y Ortega y Montañez …

- ¡Qué panes! … ¡qué doraditas y crujientes estaban!

- Se dicen crocantes Raúl …crocantes …

- ¡ya no hacen el pan como antes! … va usted a la panadería y puro pan con el mismo

sabor … sean conchas, cariocas, jitomates, papas, volcanes, chilindrinas … qué empanaditas de azúcar …

rellenas de azúcar y cubiertas de azúcar desmenuzada ...
y las pecheras ... los libros, las corbatas, los moños, los
gusanos ... de canela ... cada pieza de pan y su nombre
tenía sabor y textura ...

- Ora solo es la masa con azúcar y ya... ¿O no,
  Raúl?

- Sí, mi profe ... - y terminando de peinarme tomó
  sus tijeras y fue recortando las

nanofracciones de pelo que rebeldes al corte, no
permitieron que las separaran de la mata - ...

- ¿Y los bolillos, Raúl?

- ¡Qué bolillos!

- ¡Y qué teleras!

- ¡Y los alamares y los cuernos y las  corrientes...
  de sal!

- ¡Qué sabor tenían! ... recuerdo mis años de
  cerillo en la imprenta Fraga ... todos los días,

en mis tiempos ...

- ¿Cuáles tiempos, profe?

- Allá por  los sesentas ... como a la una de la tarde
  llegaba el bolillo ... el repartidos lo

traía en un chiquigüite ancho, grande, de esos que se
cantaban en la voz de Pedro Infante ...

- ¿A dónde llegaba, Profe?

- A la Noche Buena ...

- ¡A la de Don Rafa! ... en la equina de Fernández,
  o Hernández, de Córdoba ...

- Y a esa hora, salíamos la bola de chalanes de
  Gume y caíamos con Don Rafa  y con

cincuenta centavos, nos hacíamos, cada uno, nuestra torta
... un bolillo de a veinte centavos, una rebanada de queso
de puerco, veinte centavos,  porque a mí siempre me
gustó más el queso de puerco, sobre todo el color rosado
... un chile jalapeños en vinagre, de diez centavos y listo
... el pan estaba calientito ... suavecito pero doradito ...

- ¡Nada como eso! Verdad de Dios …
- Por cierto, Raúl … Yo no he encontrado en ninguna otra parte del país … y vaya que lo he recorrido casi todo … una telera como la de mi tierra …
- ¿Pos de dónde es usted, mi profe?
- De mero Huetamo …
- ¿Es de los indios  bajados del cerro a tamborazos?
- No … nada de eso … ahí casi no hay indios … no había … era una población abierta, mestiza …allá, por mil novecientos cincuenta y tres … la telera que hacían los panaderos de la tierra era una pieza como el bolillo, pero su diferencia estaba en la forma, siendo harina con sal …
- A ver … a ver …cuente … que ya terminé …
- Su base era plano, como una suela de huarache… blanca, color harina…. Pero su cuerpo se alzaba pro el fuego del cocimiento y se inflaba y hacía la sacaban del horno … generalmente es una pieza de pan un poco salada, inflada y de tono que pasaban del blanco harina hasta el medio dorado … y no tenía lo que se llama migajón …esas eran sus características y diferencias con todos los panes blancos, tipo bolillo y telera … me gustaban mucho porque mi mamá las llenaba de frijoles, sobre todo refritos, con nata y un chile verde, serrano … y mi vaso de leche bronca, bien hervida …
- Provecho, profe … Descolgó el espejo de la pared de enfrente, lo colocó a mi espalda, a la altura de la nuca y en el espejo que estaba frente a mí vi los cortes de pelo que estaban bien definidos y que la calvicie continuaba avanzando …
- Bien Raúl … como siempre … ¡Muy Bien!, pero no me hiciste trabajo completo … ni me quitaste años, ni me restiraste el cuero, ni me desvaneciste las arrugas, ni me  pusiste guapo, ni …
- ¿Pero qué tal la plática, eh?

- ¡Ah!, eso que ni qué …
- A sus órdenes, profe … Me quitó el delantal, como si fuera un capotazo … lo sacudió y
giró el sillón de peluquero …Me bajé … ´me puse de píe, estirándome  … saqué de la bolsa los treinta pesos y se los pagué …
- Gracias, Raúl… Hasta dentro de un mes… vendré para que revivamos un poco de ese
pasado que ya se fue, mi buen amigo Raúl… y que nos hacen vivir, Raúl… gracias. Salí a la tarde gris, con presagio de lluvia.

# ¿QUÉ, CONMIGO?

Aquí estoy, pero no sé dónde estoy…no recuerdo qué me pasó…Lo único que sé es lo que me está pasando en este momento…todo me da vueltas y más vueltas, pero la cabeza no me duele …me están manoseando dos mujeres jóvenes, desconocidas para mí…siento algo de frío…estas mujeres tienen un estropajo mojado y me tallan y me tallan como si fuera un puerco muerto … y me estuvieran quitando los pelos para destazarme…todavía no estoy muerto…pienso…estoy vivo…siento…luego existo…pellízquenme y gritaré…señal de que todavía resuello… todavía este aire gris entra en mi nariz y llena mis pulmones…está casi a oscuras … las paredes son grises … sucias …casi no hay luz …no veo bien …solo veo ese pedazo de luz que está a mi derecha …Veo que no hay más que esa ventana …la cabeza me da vueltas …no sé qué me pasa … me duele una cadera … no siento otra parte de mi cuerpo…la cabeza me da muchas vueltas …no tengo fuerzas para nada…ni p a r a   m o v e rem … m ese   da flor je r Aaaah   moverme …no tengo hambre …no tengo sed …no se me antoja nada …¡solo quiero vivir!…pero … ¿para qué? … ¡A esta edad! … ¡cresta! … no l'iace… vivir… ¡Es tan hermosa la vida! … pero tengo que irme…así es… no queda otra…pero… caray… ¡Cómo me cuesta pensar! …Ya no digamos hablar… ¿A qué me quedo? …¿Con quién me quedo?... ¿Para qué me quedo? …¿Quién me necesita? …¿A quién le hago falta?...Nada más tuve una hija y por aquí anda

…no la veo…debe andar por ai, pues…No sé ni por qué estoy aquí…En un hospital para mujeres…para que las mujeres den a luz…Y yo, como sea, en el cuartito para los recién nacidos…de los cuneros…¡Y aquí estoy!…dando lata …Tan bien que estaba en la casa de Bartolomé de Las Casas…Casa enjardinada…con mucha luz…pocos residentes de la tercera edad… gente con experiencia…algo debió de haber en mi cuerpo que me empecé a sentir mal…mal…mal… mis pulsaciones se me hicieron más fuertes…empecé a temblar…en contra de mi gusto…los pinches dedos parecían bailar…no me obedecían …tampoco podía levantarme…aunque quisiera, mucho menos caminar…y comencé a sudar…y eso fue buscar el resuello …di bocanadas buscando aire…traté de respirar por la boca…por la nariz…y nada…creo que me quedé dormido …¿o me les andaba desmayando?…Como ya estoy ruco …No fuera a ser la de malas…que se alarman  y que llaman a la ambulancia…por eso me trajeron a este hospital …que no sé por qué a éste …parece de la beneficencia pública …aparte de sucio … de oscuro…de opaco…está todo encimado …da la impresión que no tiene espacio …ni equipo…

ni…estas viejas me están durmiendo…pero no quiero dormirme …¿Y si ahí quedo?…Todo  esto empezó porque me caí…Malaya ese pinche teléfono que estuvo suene  y  suene…y  yo,  por  pendejo…quise contestar…Me'staba bañando…solito y mi alma…me estiré para agarrar una toalla…no la alcancé…me estiré más… un poco más…Y que pierdo el piso …que me resbalo…caí como sss aaa pp ooo…sapo…gordo…gor do…sobre la pierna izquierda…acostado…de ladito …pero el madrazo sonó igual…Pock…pock…lo recuerdo bien…y mi grito fue casi al mismo tiempo que el ranazo…No había nadie… Ahí estuve casi tres horas…me estaba enfriando…¿Cómo pararme?…¿Cómo salirme del baño?…Me dolía la cintura un chingo…no quería quejarme…pero uno se queja y salen de la boca los ayes sin que uno lo quiera…y eso me pasó a mí…estuve quéjeme y quéjeme…¡mucho me ganaba!…Nadie escuchaba mis gritos de dolor…para mí…¡qué bueno que no me salía nada de sangre!…O qué malo…porque… ¡Qué tal que el sangrado hubiera sido interno!…en la madre…diría el médico Eleazar de Huetamo…O que me hubiera quebrado un hueso largo de las patas…pero no…nomás la cadera …¿Quería más, pendejo?…A esta edad y cayéndote…si serás pendejo…P'al último, ni siquiera supe quién cabrones me llamó…total …llegué a un hospital…¡Se parecen tanto!…ya me acuerdo…llegué al ISSSTE…que cómo se llama …que su carnet. ¡Cual pinche carnet!…Cuando uno se enferma y llega al nivel de urgencia…por accidente…y te llevan al hospital…¡Qué dichoso carnet!…¡Cuál comprobante de pago!…Primero resolver la urgencia …lo demás…que lo vea m'ija después…hay seba…stiana lo arregla …ahí me atendieron bien, muy bien…Pero, ay'tá la de malas…mi pinche corazón se salió del corral y estuvo latiendo como loco y luego se durmía…Tum…tum…Que me da …¡qué duro se oye!…Como aquella canción de Benny Moré…Mira…Cómo va…qué ritmo…bueno pa´bailar…Toc...toc …rápido…rápido…A luego, se calmaba…Como atortugado…con velocidad de caracol…despacito …regresaba a doble velocidad…como si fuera rockanrol…pero no daba vueltas…corría desbocado…como caballo de carreras…y un poco después, como mula …como mula recargada de carbón…o caballo lechero…o del aguador…el suelo se me hunde…el cielo se me cae…las paredes bailaban…la cabeza me daba vueltas…no supe si estaba dormido…si estaba viajando… drogado…¡no le hallaban ni la punta ni el puntal! …Hasta que uno con más experiencia…Llama al cardiólogo…Que lo arregle…ya después veremos lo de la fractura…Y me regalaron con el cardiólogo…¡Quién sabe quién chingaos fue!…Total…quedé en manos del famoso cardiólogo …mi corazón siguió…o como Ferrari de fórmula 1 o como caracol…cargando su casita…ya no tenía pulso … Mis frecuencias cardiacas…corrían en la pendiente de la vida…en chinga… supongo que llegó el cardiólogo…no sé qué hizo para estabilizarme…algo muy superior al captopril…Y me dormí …Yo nomás desperté con un piquete muy agudo en el pecho…arribita, del lado derecho…como unos diez centímetros debajo de la clavícula…ahí mero…hartas gasas y cintas adhesivas…Una pinche tripa de hule clavada en mi muñeca…la tal tripa dejaba algo en una de las venas de mi brazo…subía hasta un palo de fierro que sostenía un frasco…del que salía la tripa transparente llevando algo que me llegaba dentro de mí…era un dolor que me mantenía vivo…oía el motor del carro de mi Ford T, que era mi cuerpo…Ronroneaba muy bien…bien afinadito…tum…tum…tum…sentía mi pulso pasar por mis venas…era a la misma velocidad…no tenía ni acelerones…ni cancaneos…ni quemaba llanta…me colocaron un Halter todo un día para ver cómo se comportaba de afinadito mi motorcito…al día siguiente, a las veinte y cuatro horas …me lo quitaron…vieron sus registros y me dieron de alta…El chistoso marcapaso trabajaba bien…todo lo de los ritmos cardiacos él lo resolvería…¿Quién lo compró?…no lo sé…total… los bienes son para resolver los males…pero se están acabando…ya no quedará nada…total… ¿Pa'qué vivir en estas condiciones?…Solo se gasta uno lo que será para los hijos…así estuve cinco días…en mi cama…era muy fuerte eeeeeeelllllllll dddddo do llllllloooooolrrrrr…dolor …un querer moverme…no podía…quejarme y quejarme…¡nadie estuvo por ahí…¿Y pa'que estaba alguien?…Total…a la plancha del quirófano…Ya sabiendo que mi motor estaba bien

…calculado el riesgo de la cirugía…le dieron a mi flácido cuerpo…le metieron mano con el cuchillo y el serrote…me durmieron…nomás supe que me llevaron al quirófano del piso tres y párele de contar…seguro que por la tripa esa que tenía en el brazo me metieron la droga para dormirme…no sé…me dormí…antes de llegar al Limbo me pusieron como momia…vendas en los pies y en la pierna que no me operarían y un turbante de Kalimán…empecé a sentir frío y más frío…dejé el alma en el Limbo…desperté con un dooooooolllllllllooooooor…con un dolor…la pierna abierta…cerrada…atornillada…con un dolor…chiquito…intenso…en la cadera derecha… tenía todavía sueño…mucho sueño…pero el dolor no se dormía, ni se iba…ni yo tampoco, porque me movía un poquito…y el dolor me recordaba que no debía moverme…aaaaayyyyyyyy …pinche dolor…Pinche teléfono…el dolor me regresaba al origen de todo…y yo le mentaba la madre al teléfono…y la madre del inventor del teléfono…malaya la puta madre de quien me llamó…que finalmente no supe ni quién pinches fue…tengo sueño…un sopor me llega y se me va …dormito…cabeceo…no sé en dónde estoy…no sé quién está conmigo…apenitas distingo las líneas del cuerpo…no sé si al dormirme me quede dormido pa' siempre…me duele…duele…me dddd uuu eeee…lll…e…me voy yyyyyyyy…mmmmmeeeee vvvvvvvvoooooooo…yyyyyyyyyy …mmmmmmmmmmmmmm e eeee ¿Eeeeeeeeeeeeesssssssssssssttttttttt o sssssssseeeeeeeeeer…rrrrrrrrrraaaaaaaaaá…Lllllllllllllllllllaaaa …mmmmmmuuueeeeeeerrrrrrttttttte?…¿¿¿¿¿¿¿¿¿¿¿¿¿ …?…¿Mmmmmmmmmmeeeeeeeeeeeee…aaaaaaaaacccc cccceeeeeeeeeerrrrrrccccccccccaaaaaaaaaaaarrrrrrrrrr rrrrreeeeeeeeeé…aaaaaaaaaaaaaaaaaaaaaaaalllllllllllllllll… Lllllllllliiiiiiiiiiiiimmmmmmmmmbbbbbbbbbboooooo?…¿C ó…cccooo…ó

mmmmmmmmoooooooooooo…sssssssshhhhhheeeeeerrr rrrrraaaaaaaá…la…laaaaaamuuuuuuueeeeeeeee    rrrrrr tete teee?… Aaaasí estuve varios días… ¿Cuántos?

Nnnnuuuunnnnccccca         mmmmeeee    me    di cuenta…Estuve bajo vigilancia del trauma… Del huesero…Y del cardiólogo…El dolor no se me iba… Estaba en mi cadera… en el lado derecho…

casi nadie … corrijo … nadie vino a ver si ya me había muerto …Solo mi hija …Ella sí ha estado aquí al píe del cañón …Todo el tiempo tenía una tripa en el costado …Dizque para la canalización, drenaje   de no sé qué cosas …Cada tiempo venía una mujer uniformada para revisar que estuviera saliendo el agua …El dolor … ese pinche dolor …Dicen que los machos somos más coyones que las mujeres ….Creo que sí …No aguantaría un dolor de parto … Cuando, a juicio del huesero,  ya podía dejar el hospital …me dieron de alta y ahí tienen que me llevaron a la casa …La de La Piedad …¡Culo!!! Si es la única que tengo… crestas… Mi casa… la de m'ija… Ahí estuve …Encamado …En cama con colchón de agua …Para evitar las escaras …Sigo viendo todo … todo en penumbra …Este dolor … se vino conmigo …Y así estuve …Del pecho ya no me salía nada …Ni una cosa blanca …Ni una tripa … Solo estaba la redonda cicatriz … Tantito arriba de mi tetilla derecha …Se ve la cicatriz como un redondo chocolate blanco …Toccc …toooc …toc …Todo bien …Y así seguí … todo bien …¿Cuántos días?...¿Cuántas semanas? …¿Cuántos meses? Ya no lo recuerdo… ¿Pa'qué? …Cada chico rato venía el huesero y me revisaba al corva …Bien …bien … bien … le decía a mi hija …Que se le quedaba viendo como él fuera Dios …Bebía de sus palabras …¿Pa'qué quiero seguir viviendo? …¿Pa'qué estoy en este valle de lágrimas? …¿Pa'que me alivio?... ¿pa'qué quiero levantarme?... ¡No tiene caso la vida! …¡No tiene caso la muerte!

¿Pa'qué me sirve la vida?... ¿Pa'qué me sirve la vida...? ¿Pa'qué me sirve la vida...?... ¡Cuando la traes amargada! ...Yo la cambio por tequila...Yo la cambio por tequila...Yo la cambio por tequila ...Que pa'mí... ...¡No vale nada! ...Me van a secar el mar...Me van a secar el mar...Me van a secar el mar...Pa'llenarlo con mi llanto...Al cabo... yo...Sé llorar...Al cabo yo sé llorar...Al cabo

Yo sé  l lloooooooooarrrrraaaarrrr ...Pero ...  n oooooo no   mmmmaaaaaássssss ... ¡Que me aguanto! ...Me voy por otros lugares... Me voy por otros caminos...Me voy por otros senderos...

Solito por la vereda...Si quiere que otro la goce...Si no quere que la quera... ¡Pídale a Dios que... me muera! ...Pa'qué me sirve la vida  ...Con Los Tres Ases ... ...Y con  la Paisana ...La Tariácuri ...Amalia Mendoza ... ...Huetamo ... Mi tierra ...María Galván  ...Su palangana de carnitas ....Los pedazos de chicharrón ...La Soricua ...Las tortillas calientitas ...Los chiles jalapeños ... Esos tacos ...

Huetamo...Bonito san Juan Huetamo...En su Cuarto Centenario...La luz eléctrica...El progreso...

Huache...Pa'qué recordar...Si recordar es vivir...Pa'qué vivir...Acaba de una vez... ¡De un solo golpe! ...¡Pa'qué quieres matarme...Poco a poco! ...Este mes me gustó para que me vaya...Que sea la entrada del verano...La caída del árbol de mi vida...No quiero recomenzar esta vida...... ¡Que me hace tanto mal! ...Ya después...Que pasen los  días...Que pasen muchas cosas...Que esté arrepentido... ¿Estoy en el Limbo? ...¿O en el purgatorio? ...¿Debo tener miedo? ... ¿Qué debo tener? ...Miedo... ¿Por qué?...Si vivo... ¡Pa'qué me sirve la vida!... así como quedaré... ¿Voy a saber, que  aquello que dejé...fue lo que más quise?...Lo único que sé... es... ¡Que ya no hay remedio!... ¿Qué quise?... ¿Tiene caso en orita, este momento?...Mi mujer... ¿Mujer? ...¿Cuál? ¿La primera?…Que se me murió en mis brazos y no nos dimos ni un hijo…Ni un hijo … ni uno solo…la segunda…La que me dejó…De mutuo acuerdo …consentimiento, se dice…Yo estudiando y trabajando…En México…pa'ser abogao…Ella en Huetamo…Amor de lejos esssss …es amor de ppppeeenn…deeee jjooooosssss…Hizo bien…hicimos bien…No tuvimos hijos…Y eso que cuando decidía ir a Huetamo…Avisaba… no fuera a ser la de malas …o ella iba a México …no avisaba…Pa'qué…Le hicimos la lucha… ¡vaya que sí la hicimos! Pppppeeerrrrrooo… nnnaaa da… Malaya, la suerte…La tercera…La que vive…Ella allá, en el Norte… ¡El norte!…el Norte…Tus divisiones… de mí se están acordando… ¡Qué lejos se van quedando!…UUUUUUuuuuuuuu…soy el tren… sin pasajeros…solo y triste…Ya vencido…vvvvveeeen ciii ddoooo…por lassss vvvvviiiíaaaaas del olvido…solo y triste ya vencido…por las causas del amor…desterrado me fui para el Norte…trabajé en el Norte… En mero Texas…Pecos Bill perdió la huella en el desierto…se moría de sed y lo abrasaba el sol…y ccuuuuuaaaannnn ddddooo estaba casi muuuuuuuerrrrr ttto… ¡Hizo un tajo en el desierto!...y ese día el Río Bravo apareció! Ayyyyyyyy ya ya ya yaaa yaaa…lo digo yo… ¡Fue el vaquero más auténtico…Que existió!…Y allá en el norte…yo fui el Huetameño más auténtico que existió…ÍÍÍÍ…señor…El Norte…me sentía sherfiff…pero… ¿cuál sheriff al estilo americano? ¿Tom Mix? ¿Tim Mc Koy? ¿Wyatt Earp? ¡En Dodge City!… Mi tierra no me daba más que malas comidas…y me estuve en el Norte…Me fui pa'l Norte… ¡Qué triste se encuentra el hombre!…Cuando andausente… Cuando andausente…muy lejos de su padre y madre…mayormente si se acuerda de sus pppppppaaa ddddrrrreeee y de su chata… ¡Ay, qué destino…pa'ponerme a llorar! Ppppaaaassssoooo del

Nooooorrrrr ttttteeee… ¡Qué lejos te vas quedando!…Tus divisiones… ¡De mí se están acordando! Ppppaaa ssssssoo deeeellll Nooorttte… allá trabajé…Y aprendí a hablar con los güeros…por allá quise casarme…me mandaron al carajo… extrañé mi tierra… mis tortillas, el choooorrrriiizzzzooo deeee la ttttiiieeeerrrrra…llllaaaass caaaarrr nnnniiittttaaas…los man man gos… ¡Ahhhhhhhh! Los mangos de Cutzio! ¡Las ciruelas de Cutzio!…Las Bobas…las huingures…Las pitayas…los coyooooo llleeesss…el atole con leche de ciruelas secas…el de pinole… ¡Madre de Dios! Las gorditas de cuajada…el menudo del mercado… ¡el de Chucha! Las mmmmmmmooooo mo jjjjjjaaaaa rrrrraaaaaasssss de la presa del Pito… ¿A qué venía? ¿A dónde llegar? A México… ¡Onde, más! Ppppppeeee rrrroooo…pero, yo aquí en la cama… ¿Eso es vivir?…Yo no quise esto…Pero así resultó…Y no lo quise tanto, y sí lo pedía, lo pido, como lo canta Ramón… ¡Señor, Dios Mío…no quieras desfigurar mi cuerpo! Pero más, más, como lo canta…con mucho ddddddoooo llllloooorrr, llllaa paisana… ¡Acaba de una vez…de un solo golpe!… ¿pa'qué quieres matarme poooo co a po ccccccoo? … Y Ramón…Señor, Dios mío…No quieras desfigurar mmmmmiiii cuuuuuer ppppooo…más pasajero que las olas del mar…ni me des enfermedad larga…no va va yas a teeeee nneeeerrr mmmmeeee atado a la cama mucho tiempo…Acccccaa bbbbaaa de una vez…¡de un solo golpe!…¡Huuuuueeee ttttaaaa mo!…¡Mmmm eeeeé xxxxiiii cccoooooo!…Mi trabajo de chícharo en las oficinas…México…Huetamo…Liode…maestro de Inglés …Parece que lo estoy viendo …

- Te me vas a la tierra…
- Oye, paisano Liode…Yo no sé inglés…
- ¿Estuviste en el Norte, no?
- Eso, sí… tú bien lo sabes…
- Hablaste inglés allá, ¿No?

- No, pos sí…
- Entonces… ¡Ni hablar!
- Maestro de Inglés… ¡Pa'lamadre!…
- En la tierra se fundará su escuela secundaria…
- Pero yo…yo… ¡Paso del Norte!…Soy el Tren sin pasajeros… ¡Acaba de una vez… ¡de un

solo golpe!…*¿Pa'qué quieres matarme poco a poco?…¡Pa'qué* me sirve la vida!   ¡¡¡Pa'qué me sirve la vida!!… ¡Cuándo la trais amargada!          Señor, Dios mío…no quieras…*¡Aaaaayyyy, aaaa mmmmoooorrr…ya no nnnnooo mmme me quieeeee ras tannnnn to!...¡Ay, aaaammmooorrr…olvídate de mí! Meedda peeennnaaa que vivas…Uuuuun aaa mmmmooo rrr tan desesperado…*¡Te me vas a ir fundarla y serás su director y, además, maestro de Inglés! …*No le temo a la muerte…más le temo a la vida…* ¡Y eso es ccccciiiiieeerrrr tttoo!…*¡Mmmaaaaássss lllleee teeee mmmmooo a la vida!…¡Cuando el alma anda herida!* …*más le temo a la vida…¡Cccccuuuuaaaannnddddoooo ellll aaallll man dddaaaa herida!*…Dicen que vanasustarme…Llevándome a tu presencia…¡¡Si estás duuuuur mmmmiiiieeennn dddddoo eeenn mmiiii vvviii da…Es natural si despiertas!..*¡Se va la muerte cantando…Por entre las nopaleras!…¿En qué quedamos, pelona?…¿Me llevas o no me llevas?…¡No le temo a la muerte! …¡Más le temo a la vida!…¡cómo cuesta morirse!…Cuando el alma anda herida…*Y es de veras muy cierto…¡Cómo cuesta vivir!…Es más difícil que morirse…Si lo sé yo…Ya quisiera morir… Pa'descansar…Y me fui a Huetamo…A mi tierra…a fundar la escuela secundaria Miguel Hidalgo y Costilla…Maestro de Inglés…Indio tepujo…bajado del cerro a sombrerazos…hablando y enseñando inglés… no se les vaya a olvidar el español…*Ayyyyy, amor, ya no me quieras tanto … Aaaayyy, amor…olvídate de mí…pa'qué me sirve la vida…* este dolorrrr…¿Estaré en el Limbo?…¿O en el infierno?…¡Todo me duele! ¿Entons?… ¡Estoy vivo!…O ¿Los diablitos me estarán martirizando?… ¿Y Dante?…

¿Mi Beatriz? ¡No tuve ni siquiera un Virgilio!…Yo no tengo Historia… ni pasado…ni futuro… viví… ¿viví?…*Sin tiempo… ¡tanto tiempo!… ¡Sabia virtud de conocer el tiempo! A Tiempo amar… ¡y desatarse a tiempo! …Como dice el refrán… ¡Dar tiempo al tiempo!* Sin derrotero…Sin metas… ¿Será vivir? Sin brújula…sin sendero…sin interés…de nada…y en nadie…*Peregrino sin rumbo…Peregrino de amor ¡amado, mío! Viajera que vas…*despojado de afecto…Sin deseos de luchar…sin ganas de vivir…Borracho…!No!…¡Eso sí que no! Lleno de tristeza…Tristeza y soledad…Eso sí…tristeza y soledad…las dos grandes compañeras mías…lleno de frustraciones…¡como todos! Y desesperanza…solo…*solo…temblando de ansiedad estoy…Todos me miran y se van… ¡Mujer! Si puedes tú con Dios hablar…pregúntale si yo alguna vez…te he dejado de adorar…Y tú… ¡Quién sabe por dónde andarás!* Por el Norte, por el Distrito Federal, por Morelia, por Huetamo, por San Antonio Texas, por Austin… *¡Quién sabe qué aventura tendrás!… ¡Tan lejos de mí! Te he buscado por doquiera que yo voy… ¡Y no te puedo hallar!… ¡Para qué quiero tus besos…Si tus labios no me quieren ya besar!… ¡Al mar! Espejo de mi corazón…las veces que te has visto llorar… ¡La perfidia de tu amor!…*Casa Blanca… Humprey Bogart…Ingrid Bergman… Rosa… Maricela…Guadalupe…Perfidia…Esta canción es el tema de esa película… ¡Y no A Través de los Años! Aunque la haya cantado Louis Armstrong…Perfidia… pinches gringos… pinches güeros…¡Pinches bolillos!…¿En dónde estoy?…¿Qué hago aquí?…Este ssssuuueee ñññññooo…eeeeeesss ttteeee ddddooo lllllooooooor…de vivir…Y Ahí estuve…en mi tierra…Tieeee rrrrraaaa Cccacaa lllliiiieeennnnte…¡Ya nii recuerdo cuántos años!…Despué …Pal' …D.F.…¡otra vez!…Ora sí con trabajo y ganando dinero …Maestro de secundaria…a terminar la carrera de abogado en la

UNAM...Fui maestro de Inglés y Civismo...En las colonias cercanas a donde vivía...Santa María la Ribera...Buena Vista...Y entré otra vez a la facultad de Leyes...Y terminé ...Liode, otra vez...Este dolor...entre vapores...¿Me estarán bañando?... ¿Lo bañan a aaaa uuu nnnnnnoooo, antes de entrar al cielo?...Tengo frío...¿Y si estoy en el Liiiimmmbo  o  en el Puuurr  gaa  toooo rriiiooooo   o en el cielo, en el firmamento?  Me duele todo...tengo hambre !Estoy vivo! Siento...Siiíí... ¡No estoy en el cielo, ni en el Limbo...Ni en el Purgatorio...¡Están muy fieras...muy prietas... estas mujeres que traen esas esponjas o hilachos...¿Es el cielo?...sí ...porque ahí estarán mujeres como éstas de feas...Y en el infierno debe haber puras mujeres bonitas, guapas...¡Aaaaaaayyyyy!!!!! ¿Me callo o grito?  No me puedo mover...no tengo fuerzas  de nada...¡Ni para respirar!   Boqueo cuando respiro...jalo aire porque no puedo...ni...sentir el aire que entra a mi cuerpo...Allá terminé y me titulé como licenciado...abogado...Liode era jede de secundarias...¡Y te me vas a Morelia!...Mil novecientos cincuenta y tantos...ya para entrar a los sesentas...Ya ni me acuerdo...¡Sabe! Y llegué a la secundaria 1 de Morelia...Héctor Tavera, el paisano, era el director...Maestro de Inglés...egresado de la normal superior...Pero yo llegué con 22 horas como maestro  de sociales y de Inglés...sí, señor...Ya había sido director de escuela secundaria de Huetamo...Así,  que para mí...Plin...plín...Como tenía tiempo y no necesitaba dinero...Entré a estudiar leyes, otra vez, pero ahora en la Universidad Michoacana de San Nicolás de Hidalgo ¡La mera revolucionaria! ¡Y me volví a caer! Pinche suerte la mía. Y todo por la pinche prisa de ponerme...los calzones ...Abrí, o de más, o de menos o me trabe las patas y... ¡Pa'bajo! Pero del otro lado...la que tenía sana...¡qué bueno! Porque si hubiera sido la que recién estaba soldándose...¡En  la  madre!...sí,  así  es...¡En  la madre!…¡Imagínense si hubiera sido la misma!…¡Ya estaría muerto!…Yo no creo que uno, cuando nace, ya traiga su destino escrito… Aunque ese güey de Albert Einstein dice que el azar no existe…Dice…Este sueñooooo…Dios no juega a los dados…el aaaazzzaaaarrr…¡no existe!…Sí existe el azar… sino …¿Esta sombra será Dios…¿Será San Pedro?…¿O será el recepcionista del Limbo…O del Purgatorio …O…del Infierno? …Y otra vez al hospital…al Memorial…luego lo supe…Me dolía la cadera un chingo…¿Quién dice que debo vivir?…¿Quién dice que debo morir?…¿Quién dice que debemos morir a esta edad?… ¡Esta es la mejor edad para vivir!…Aire…aire…no puedo respirar…me duele…me duele…quiero …¿Vivir?…¡morir!…¡No sé lo que quiero! … Y me fui otra vez pa'lnorte…*Adios, Mariquita Linda Ya me voy porque tú ya no me quieres como yo te quiero a ti…Adios, Chaparrita chula*…Y por allá estuve muchos años…trabajando en lo que fuera…había trabajo con los booooo llllii llloooosss…*Ya me voy paotras tierras muy lejanas…¡y ya nunca te veré!…Chaparrita…Chula*…Sí… dejé en Huetamo…aaaa…Imelda… En la ciudad de México…en el D. F.…aaaa Mmmmaa rrriiií aaa Rrrooos ssaa…en Morelia…aaa Ggggrrraa ccciiiee llaaaa…Chela…las extrañé y no…Viví y Regresé…amores…mujeres…hijos…no tuve…Me dejaron…se murieron…se fueron…¡No era vida! … Amor de lejos es de pen… sarse…ella aquí… yo, allá…*Ya me voy con el alma entristecida… porque nunca te veré…Adiós, vida de mi vida… La causa de mis dolores*…Trabajé tanto…hasta que me cansé y me vine…otra vez a trabajar…Maestro…en secundarias…Nada recogí…nada me llevé…Nada sembré…nada coseché…*El amor de mis amores… ¿Cuál amor?*… *¡No existe el amor!… ¡Es tan solo una fábula ridícula!* ¡Existe la necesidad!…¡Eso sí!… El interés…También…La conveniencia…así es…Lo decimos…¡Pero es una mentira! *El perfume de mis flores…¡Para siempre dejaré!*…Estuve tantos años por allá…¡Que hasta pensión gringa tengo! ¡Aí no más!…Y por allá me casé…Y por allá tengo mujer…Pero está como yo…*Mujer…¡Si puedes tú con Dios hablar!…Pregúntale si yo alguna vez…Adiós, chaparrita chula…Te he dejado de adorar…Al mar… espejo de mi corazón…¡Cómo han pasado los años!…Ya me voy con el alma entristecida…Por la angustia y el dolor…Me voy…porque tus desdenes han…herido paras siempre mi pobre corazón*…Me fui porque quería comer… no por las mujeres…Texas…Nevada…San Antonio…Los Ángeles…San Francisco…La pisca…el ganado…mesero…mozo de hospital…Jardinero…de fonda…¡ a todo le hice y de todo aprendí…Allá fui maistro de todo y oficial de nada…Y en mi tierra no tenía ni para comer…A todo le hice y…No era nadie…¡Acá soy maestro!…de inglés y civismo, ciencias sociales…¿Qué jodidos andaba haciendo allá con los pinches gringos?… *Adiós, mi casita blanca…Al mírate entre las flores…Y al cantarte mis dolores…Te doy mi postrer adiós*…Y me operaron otra vez…Ahora de la otra cadera …del otro cuadril…Y todo por pendejo…Y mi hija me trajo aquí y no sé dónde estoy…he andado de la seca a la meca…Me duele… nnnnooo  sssseé con qué pinches se me quitará este men mend  digo dolor…Ya me seca…estoy medio dormido… ¿O  medio muerto?…*Yo ya me voy…al puerto donde se haya la Barca de Oro…que habrá de conducirme…Yo ya me voy…solo vengo a despedirme…Adiós, mujer, adiós, para siempre adiós… Rayando el Sol…me despedí… bajo la brisa y ahí me acordé de ti…Mujer…si puedes tú  con Dios hablar… pregúntale si yo alguna vez te he dejado de adorar…y tuuuuuuú… ¡Quién sabe que aventura tendrás que lejos estás de mí!…Soy un extraño en el paraíso…mi sangre aunque plebeya también  tiñe de rojo…un humilde plebeyo… Viajera que vas…por tierra y por mar dejando en los corazones…El dinero no es la vida…Aunque a veces lo parezca…¡Qué lejos estoy del suelo donde he nacido!…Inmensa* *nostalgia invade mi pensamiento…¡Oh, tierra del sol! …Suspiro por verte …Ahora que lejos…Yo vivo sin luz…¡Sin amor! …¡¡¡Sin amor!!!…¡El amor!… siendo humano….tiene algo de divino porque hasta Dios amó…¡ amor, amor, amor…¡Qué malo eres!…*El amor no existe…sssoooonnnn solo las necesidades…*Amor, amor…¡Qué malo eres! …¡Quién iba a imaginar que una perfidia…¡¡¡¡Tuviera cabida en un madrigal!!!!…Y al verme tan solo y triste…cual hoja al viento…Quisiera llorar…Quisiera morir …Yo también…Yo…también …de sentimiento…*Sé que me operaron porque ahora me duelen los dos cuuuuaa ddrrriii lees…Y mi cuerpo se les puso al brinco…No quería dejarse operar…hubo junta de médicos…Y el que duerme a los pacientes…para que le metan cuchillo, dijo la última palabra…Está tomando tal y tal cosa…¡Abrón! ¡¡Yyyyyoo ni sabía!!…Y esos medicamentos son un riesgo para su corazón …Debemos dejar que pasen cuatro días para que su cuerpo elimine esas sales. Y, pasando esos días. Más uno, por seguridad, no vaya a ser el Diablo, entonces ya libre de ellos…estará dispuesto para la operación…para mayor seguridad…cinco días, a partir de hoy…le suspenden estos medicamentos …hoy es jueves, más tres días…viernes, sábado y domingo…y dos días más de seguridad…El luuuu nnnneesss lo revisamos para mayor seguridad… Y si todo está bien, lo programamos para las cinco de la tarde del martes…*A las cinco de la tarde…Eran las cinco en punto de la tarde…Un niño trajo la blanca sábana…A las cinco de la tarde…Lo demás era muerte y solo muerte…El viento se llevó los algodones…A las cinco de la tarde…y el óxido sembró cristal de níquel…A las cinco de la tarde…Ya luchan la paloma y el leopardo…A las cinco de la tarde…Y un muslo con un asta desolada…A las cinco de la tarde…Comenzaron los sones de bordón…A las cinco de la tarde…Las campanas de arsénico y el humo…A las cinco de la tarde…En las esquinas grupos de silencio…A las cinco de la tarde…¡Cómo me dueles España!…A las cinco de la tarde …¡Y el* *toro solo corazón arriba!…A las cinco de la tarde…Cuando el sudor de nieve fue llegando …A las cinco de la tarde…Cuando la plaza se cubrió de yodo …La muerte puso huevos en la herida …A las cinco de la tarde…A las cinco de la tarde…A las cinco en punto de la tarde…*A esa hora me operaron…Me durmieron o me seguí de liso …Total ya estaba así…Me sentía cual pelota…En el vaivén de la vida…*Alegre el marinero…Con voz pausada canta…Y el ancla ya levanta…Con extraño rumor…La nave va en los mares…Botando cual pelota…Adiós, mamá Carlota…Adiós, mi tierno amor…*¡No le temo a la muerte!…Más le temo a la vida…*¡Cómo cuesta morirse…Cuando el alma ta'erida!…Por vivir…*He vivido demasiado…Casi noventa años…El tiempo y la vida …Estuvieron enamorados de mí…Ahora ya quieren odiarme…Y se me están echando encima …No le temo a la muerte…Más le temo a la vida…*¡Cómo cuesta morirse!...Cuando el alma ta'erida…*A  las cinco de la tarde me operaron…mi corazón respondió bien…*Corazón …Tú dirás lo que hacemos…Lo queeeee   rrrreeee sssooooll vvveee mmooooossss…Solo quiero que marques el paso…Que no le hagas caso…Si la vez llorar…Vaya a creer que la estamos buscando…Qué estamos tratando…¡Volver a empezar!…¡Más vale así!…No más no te me sobresaltes…Que si me fallas…¡Pos ya perdí!…Mi vida … Triste jardín…Tuvo el encanto de tu sonrisa … Y de tu candor…Si tuviera cuatro vidas…Las daría por ti…Alma…si te llevas mi alma…Contento moriría por ti…*Ser …¿En dónde estoy? ¿Qué soy?…Nada…Fe…MI fe…¿En qué creo?…Estoy pensando …¡Esttttooooooooy vivivivi    vvvvvooooooo!...¿Dónde estoy?…*Si tuviera cuatro vidas…¡Cuatro Vidas serían para ti!...*¿En qué mundo estoy vivo?...*Cuando te hablen de amor y de ilusiones…Y te ofrezcan un sol …Un mundo entero…No me menciones…Porque vas a sentir amor del bueno…Y si quieren saber de mi pasado…Es preciso decir una mentira…Les dirás que llegué de unmundo raro…Que        no        sé        del dolor…Quetriunfénelamoryquenunca…hellorado…*Llorar…llora

do…¡Claro que he llorado!…También los machos lloran…
¿Cuántas veces?…¡UUUUhhhhh, como dijo el
coyote…*Corazón…Túdirásloquehacemosloqueresolvemos…Ssssoo
ooollllooooo quieroque marquesel paso…Vvvvaaaayyyyyaaaa
acreerquelandamosbuscando…tratandovolveraempezar …Más vale
así…Nomásnotemesobresaltes…Quesimefallas…Pooooossss…¡me*
morí!…Y después de la operación…Me duele…ya no
tengoniunatripppppaaaa en el
pecho…Soloundolorenla…cadera
…¿Deeerrreeecccchhhaa?…¿Iz qui er da?…En la
cadera …Aquí estoy solo…*Solo… sintucariñovoy caminandoy
no sé quéhacer…ni el cielo me contesta…cuando cuandopregunto por
porti mi bien …*¿Quién es mi bien? ¡Nadie! ¡Ni nada  es mi
bien! Ya ya   ya  se me fueron…ya los enterré…*Es preciso
decir                                                            otra
mentiralesdiréquelleguédiunmundoraroqqqquuuueeenosédelamorquepe
rdí enelamory que siempreellorado…cuando te hablen de amor y de
ilusiones          y          te          ofrezcan          un          solo
yunmundoentero…atravésdelaspalmasqueduermentranquilaslalalalal
unadeplatamearrullaenelmartropical…Vvvvvoooooooyyyy…voy por
la    vereda    tropical…el    cielo    lleno    de    quietudensu
perfumedeumeda…solomequedarecordar…Conellafuinochetrasnoche
hastalmar…R e c o r d a r …recordar…*
recordar…*esvivir…*Vivir… v i v i r …*¡Para qué
vivir!…*Cuando  la  traes  amargad*a …Ccando  la  traes
herida…*¡cuando estás viejo…anciano…cuando ya no
sirves para nada…!No le temo a la muerte …Mas le temo
a  la  vida…*S  o  l  o…*Solo  …*sin  tu  cariño…voy
caminando…Voy caminando por ti…mi bien…ni  ni  nnnnniii
…elcielomecontestacuando          pregunto          …portimibien
…noepodidolvidartedesdelanochenqueteperdísombrasdeduda…*Sé
que          estoy          vivo…pero          ¿dónde
estoy?…*Dejaqueyotebusque…Ysitencuentro y          sssssiiii  te
encuentrolvidalopasado…Elpasado ¡El pasado!    T t t ooo o
ddddossssssomospasado…Muriendo…Yanoteacuerdesdeaquelayer*
…¿somos          ayer?…¿O          somos          presente?¿Vida?

*Situvieracuatrovidasvidassite          llevasmife…Sitellevasmialma,
…Mividamife               Cccooorrrrraaaaazzzzoooónnnnno
corazón…Si en el corazón de te llevo …cuatrovidasseríanpara ti.*
Me          recuperé          de          esa
tasajeada…dormí…duermo…ddduuuuueeeeeermmooo
Estoy dormido…¿En el purgatorio?          ¿En el
Limbo?…¿En          el          cielo?…¿O          en          el
infierno?…¡Mujer!…¿Quién me cuida?...Al final…Todos
…tttttooooodddddooooossss          loombres
regresamosconelprimeramorsiempre          llegamosconella
ssssssiiiiiii si vive…que no es mi caso…yyyyyyoooo las
enterré…Se me fueron…sequedaronenel otro lado…*una
linda morenita y la quisemucho…quieeeéereme muchodulceamor
mío…que amarte siempre te adoraré…yo sin tus besossssss          sin
tus caricias…te adoraré…cuando se quiere de veras …como te
quiero yo a ti…es imposible,          mmmmmmmmmmmiiiiii
cielo…separarte de          mí…yo          estuve          separadode*
tantasdellas…Nolesimportóquelasquisieraconfrenesí…con
ganas…mucho          …Ydíasydías…sueño          y          más
sueño…ssssssuueeñoooo…Vine a la casa…mi casita
blanca…casitablanca…Y…*aquí…vine…porque…vine…ala
…feria…de…las…flores…aver…una…rosa…uraña…Quesel
…amor…de…mis…amores…aaaammmmooooo…rrrreeeess…En
…mi…caaabbbbaaaallo…retinto…he venido de muy lejos…Y
traigo pistola al cinto…y con ella doy consejos…atravesé la montaña
pa'venir a ver las flores y juro que…he de cortarla cccooorrrrtaarr
lllaaaa…¡aunque tenga jardinero!…Yo la he de transplantar en el
huerto…de…mi casa…Y si sale el jardinero…¡Pos…pos…a
ver…aaa vvvveeerr que passssaaaaa!* Y me cuida mi'ja…El que
siembra          vientos          …cosecha          tempestades…Y
regresamos…*¡Cómo han pasado los años!...¡Las vueltas que da la
vida!...*¡Edá de Dios! No vale nada la vida…*¡La vida no vale
nada!…Comienza siempre llorando…Y así llorando se
acaba…Poresoesquenestemundo…¡La vida no vale nada! Desde
el…díaenque…llegasteamivida…Paloma…Querida…me puse a
brindar*

*…Yal…sentirmeunpoquito…tomando…me…dio…por…cantar* *…Me sentí superiora…cualquiera …Yun puño ppppppuuuu ñññññoooo…destrellas…te…quise…bajar…Yalmirar…que… ninguna…aaalll…cccccccaaaannnn…*

*zzzzaaaaa…bbbbbaaaaa…Me dio tanta rabia…¡Que quise llorar!* ¡Yo no sé…lo…que…valga…mi…vida!…¿Cuuuuuaaaaánnnnn…ttttt tooooo…vvvvvaaallllllddddddrrrrraaaaá…mivida?

¿Ten…drá…va…lor…en es…te…mo…men…to?

¡Soy…soy…un costal…de…pellejos!

Viejo…cansado…pobrenfermo…sin ilusiones…ojeroso…desanimado…*sinnn hhhhhooo ggggarrrr y sin fortuna…*el tiempo…Y la vida…rompieron nuestra relación…*¡Yo no sé lo que valga mi vida …Pero yo te la vengo a dejar!…Desde entonces yo siento quererte…Con todas las fuerzas que el alma me da…Desde entonces, paloma querida …Mi pecho he cambiado por un palomar…*Como la canción…*Con el atardecer me iré sin ti…*Te juro, corazón…*Que no es falta de amor…Pero es mejor así…Un día comprenderás…Que lo hice por tu bien…¡La barca en que me iré…Tiene una cruz de olvido!…Y en esta cruz…Sin ti…Me moriré de hastío…*Tú… *me das al sonreír …La gloria de vivir…Cuando en mis brazos estás…La vida para mí…¡Es de color de rosa!…*¡Pedro Vargas!…*¡Cómo han pasado los años!…Las vueltas que da la vida…*Nuestro amor…¿Cuál amor?…El amor no existe…Solo necesidades…*El dinero no es la vida …Aunque a veces lo parezca …Mi sangre aunque plebeya…También tiñe de rojo…Es roja la sangre que anida en mi corazón…Yo, humilde plebeyo…Ella de noble cuna…Yo humilde plebeyo…Viajera que vas por tierra y por mar…Voy por la vereda tropical…Hoy he vuelto a pasar…Por aquel camino verde …Que por el valle se pierde …En su triste soledad…Hoy he vuelto a rezar…A la vera de la ermita …Y pedí a la virgencita …¡Que nos volviera a juntar!…Por el camino verde…Volverán las oscuras golondrinas…*Y me trajeron aquí…Cerca de San Juan…Me recuperaba bien…Muy bien…Estaba dormido…Dormido…Apenas podía hablar…Así como hablo orita…Como pienso orita…Me daba trabajo hablar…Como si en ellos me fuera la vida…Trataba de ponerme de un lado…Y el dolor…Y la venda que amarraba mi pata…Me decía…Pérate…No es por ahí…Me sentía raro…*Cuando te hablen de amor…Y de ilusiones…Si te ofrecen un sol…y un cielo eeeenntttteeroo…Si preguntan por mí…No me menciones…Un mundo raro…Un mundo raro…*De verdá… Estoy dormido…*Y no sé que caaammmmiiino me trajo hasta aquí…estoy perdido…que hasta en mi delirio…Hasta en mi delirio…¡me acuerdo de ttttiiiii!*…¿De quién me acuerdo?...¿De Rosa?...Se me murió …¿Maricela?...*Adiós, mi chaparrita…No llores por tu Pancho*…Nos dejamos porque amor de lejos …¡Es de pen..dejos!...¿Amalia?...Quiso, pero no pudo…no quiso…¡y se fue!...¿Marylin?…Está en San Antonio…En una casa de descanso paradultos…Cuando me llama…Pos, voy…Me agrada viajar para verla y estar con ella…No hay más…*Me gusta cantarle al viento…Porque vuelan mis cantares…Y digo lo que yo siento…Por toditos los lugares*…Pero nomás eso…Nada más vernos, comer juntos y dormir juntos…Pero es dormir…¡Ya no le hacemos al gallo y a la gallina!...Ya no hay entusiasmo…Ya la emoción se fue…Creo que es solo para sentir que tenemos a alguien…que le importamos a alguien…Eso que fue un frenesí juvenil ya se fue, se acabó…se extravió…se nos perdió…El frenesí…*¡Dame el frenesí que tu locura me dio!...Quiero que vivas solo para mi…Y que tu vayas por donde yo voy…Para que tu alma sea nomás de mí…¡Bésame con frenesí!...Hay en el beso que te di…Alma…piedad…corazón…Dime que sabes tú sentir…¡Lo mismo que siento yo!...*¡Amor… Amor!...*¡qué…malo eres!...¡Quién iba a imaginar que una perfidia…Tuviera cabida en un madrigal!*...Y me recuperaba bien…Me visitaban los doctores…El huesero, el que me operó …Para ver si cicatrizaba bien…Si drenaba bien…Todo…ok…Y de vez en                cuando             el                cardiólogo …Tom…Tom…tom…tac…tac…tac…Muy parejito…Sonaba mi corazón…*Corazón…Tú dirás lo que hacemos…Lo queeeee…resolvemos…Solo quiero que marques el paso…Que no le hagas caso…¡Si la vez llorar!…Vaya a creer que la andamos buscando…Que andamos queriendo volver a empezar…¡Más vale así!…No más no te me sobresaltes…Que si me fallas …¡Pos ya perdí!* Amor…Amor qué…¡Omar!…Amar  es lo mismo…Pero al pinche de Omar se le…olvidó darme mis pastillas del ritmo del corazón…Y que se suelta el güey…¡Mira cómo baila*!...¡Qué ritmo!...¡Bueno pa'gozar!...¡Mulata!...tan…tammm…tom…tttommm…Ttttaa ccc…tac…tom…T…o…m….ttt…ttttaaaaaaaaaaaaaaaaaaa* ccccc…toooommm…toc…tac…tom…tac…toooommm …tac…Se…fue…el…color…me…entraban fríos…Calores…un color se me iba…otro llegaba…Me daba frío…Temblé …Temblaba…Las patas me temblaban…Las manos sudaban…No podía sostenerme…El techo me bailaba…El piso se me movía…Boqueaba…Jalaba aire…Abría la boca…No pensaba en nada …Dejaba a mi cuerpo…¡Cresta!…Si no podía pensar nada…No podía hacer nada…Mi mente actuaba por instinto…Sobrevivir…No me acordaba de nada…¡De nadie!…Solo vivir…*¡Pa'qué me sirve la vida!…¡Pa'qué me sirve la vida!…Cuando la trais amargada…Yo la cambio por tequila* …Juro que no supe nada…*¡Qué pa'mí…Vale nada!*...Esta no es vida…Llevo todo el pinche año en los hospitales…Ya quiero ver la mía…Quiero llevarle flores a la vida…Y al tiempo…No se vayan a enojar conmigo …No me vayan a empezar a odiar…Y llama a la ambulancia…¡Córrele!…Háblale al doctor…Se nos va…*Yo ya me voy…Al puerto donde se halla…La Barca de Oro…Me voy pa'l pueblo…Hoy es mi día…*Y desperté…en el hospital…En el ISSSTE…En el nuevo …¡Quémaneradestrenarlo!…Bajo control…Revisando el marcapaso…Sedado…Con la presión baja…alta…Tomandommismedicinas…A la hora señalada…Esa película de vaqueros…GaryCooper …Y en la dosis indicada…Nosabíademí…nada…Llegué un jueves…Por la tarde…A las cinco de la tarde…Alaspinchecincodelatarde…Aiestuve…¿adondechi ngaos mmmiba?…Estuvenunmundoraro …Esunmundoraro…Nonomáspa'mí…Para todos los viejos de más desesentaños…Nada nos es fácil…Todoesduro…Desdelacasa…Subir…bajar…entrar …salir…Lasescaleras…Losbaños…Losescalones…Lassill as…Las…comidas……Ya…nada…te…trabaja…igual… Ya…nohaces…fácilmente…del…bbbaaaañññooo…A… veces…¡Aveces!…Casisiempre…Tiienesque…rogarlealcul o…*Teehheevvvveeeennnniiiiddddoooo* *a rogar…¡Quévuelva!…Quevuelva…tan…sólounavez…¡Pero que vuelva!…Micielo …Yo vengo a pedirte perdón…*Ya no comeré ni chile…Ni grasa…ni mucho…almidón …Nimuchhhhaarina…Paraquevuelva…¡Aabbbbrrriiiirrrs ssseeee, el hijo de su putamadre!…Porque …¡ahhhhhqqquueeeédifícil…nos ponemos…cuando…no…se…abre! A…sufrir…apujar……Hastaquehaces…Compruebas…C adadía…la…validez…De…lo…que…dicen…dijo…Jjjjju uuullliiiiiooooCortazar…Nohayplacermasexquisito…Quir albaño…Yhacerdeeeeeeessssspppppaaacccccciiittttoooo… Y…pidesperdón…Y…eso…que…te…tomas…religiosa mente…Antesde…comer……Yantesdecenar…Tucuchar adotade…Mmmeeeee…tttttaaaa…mmmmmuuuuccccccci iiilllll…dddiiissssuuuueeellllltttttaaaa…ennnnn…vvvaaa… ssssssasoooo…dddeeee….aaaggggguuuuaaa…Yqueporlas mañanasUnahoraantesdedesayunar…Tucapsulota…DeO meprazol…Payudaraltripaje…Corazón…y…Cuajo…A… trabajar…Y, también cuenta…Las…caminatas…De…quince- veinte…minutos…Despuésdedesayunar…Comer…Cenar

…Estésondestés…Tienesquecaminar…C…
A…M…I…N…A…R…Eso…Ca…Mi…Nar…Y aunque tu familia lo sabe…Te sirven igual …Te dan la comida de todos…Afuera, soy…somos…estadísticas…Puros pinches…números …Cifra de porcentajes…Afuera…¡Puro…extraño!…Ya…no…están …los…amigos…Se…fueron……Seestán…yendo…Los… transportes…Los…establecimientos…Las…tiendas…Los …bancos…Lasmujeres…los…niños…Las…escuelas…la siglesias…los…mercados…los…cines…todo…noses…di fícil…diferente…Todoesparajóvenes…también…las…m ujeres…También…el…sexo…Con…lllllllaaaa…mmmmiii iissssssmmmmmaa…mmmmuuu…jjjjjeeeerr…diuno…Conti más…las…demás…mujeres…¿Quépensarándiuno?…Ella snoentienden…Ellasnosaben…Questaeslamejor…Edadp araelsexo…Apartirdelos…cincuenta…De…Loooossss…s esenta..Silosaben…Perosehacenquela…virgenleshabla…E leternofemenino…Quierenquecadanoche… ssssseeeeeeaaaa…Unaseduccióndepelícula…Ungalanteoco ntinuo…¿Quién… Oquédiablos…Lesmetióenlacabeza…Delas…mujeres…Q ue…todas…las…noches…Quetodaslasrealacionessexuale s…Debenserde…Conquista…romántica?…Quetodaslasco gidas…Tienenqueser… ¡Afuerzas…Necesariamente!…¡Unembeleso!…Quetodasla sluchas…Demáscaracontracabellera…Tienenqueser…A …Tres…caídas…Cuandopuedenser…Diuna…unaaa…so lacáida…¡pero hasta el fondo!…Espaciadita…Como…en…la…luchalibre…Vari osencontronazos… muchas caídas… ¡Sinlímitedetiempo!…Hastaquecaigasvencido…Pero…con …respirosparatomarte…tu…botanita …Tusvigorizantes…Tuvinitodemesa…¡Quémejormesa…¡ Que…la…cama!…¡Quémejorplatillo…Quenuestroscuerpo s!…¡Qué…mejor…postre…Quenosotros!…Ennuestropro

piojugo!...Lamujerdebeentender...quenoesposible...Aunq
ue...sequiera......Sifueracomotienen...en...mente...toda
s...las...mujeres...Enun..Mes...Nos...acabarían...Moriri
amos,    comodicenquemueren...los...caguamos...    ¡En
elguayabo!...Y si te duele algo...O algo extraño te
pasa...Que te tardas en hacer pipi...Del uno... Que te
levantas más de una vez al baño...A descargar la
vejiga...Que tienes ruidos en la panza ...Que traes unos
pedos que ya los quisiera Mencho Tavera...Y sin
ciruelas...Y si comes grasa en exceso...Ya estuvo...No
dormirás...Bien a bien...Y que te truenas más de uno en la
calle...¡Qué viejo tan pedorro!...Que con esa música te
entierren...Nadie entiende...Que no es cosa que uno
quiera...¡Está enfermo   uno y punto!...¡Como una
chingada!...Y el mundo siguen siendo igual para los
otros...No para ti...Te suceden cosas raras...Que ni
siquiera te imaginabas...Que las combis no te dejan subir
con   calma...Mucho   menos   bajar...   los   pasajeros
tampoco...Y la ropa...A los pantalones ya les quedas
chico...Porqueencogiste...Las     camisas     te     son
holgadas...Los zapatos ya te quedan grandes...Ni te
interesa    limpiarlos...El    pelo    de    la    cabeza...Si
tienes...Cabeza...O pelo ...Ya ni sombra de aquella
cabellera    negra...Tupida...Es    puro    recuerdo...El
peluquero de siempre ...¡Hasta te cobra menos!...Ya no
vas a que te corten el pelo...¡Vas a que te lo cuenten!...¡Y
muestre lo que te queda!...!Si te pones loción para
después de afeitarte...¡Es por costumbre! ...No para que
te sientas bien...Y para no oler a viejo...Te agregas
perfume...Colonia...Ya son otras marcas...No las de tu
juventud...Divino    tesoro...Ya    te    fuiste    para    no
volver...Ahora que quiero no llorar no lloro...¡Pero a
veces    lloro    sin    querer!...El    cinturón    ya    no    lo
recorres...Ahora te lo amarras ...Para que no se te caigan
los pantalones...Y los suéteres...Y las chamarras tienen tu
forma...Así    como    lo    llora    Pito    Pérez    de    su

chamarra…De su camisa…Casi da lo mismo…Ya están tan viejas …Que dibujan tu esqueleto…Los calcetines…tienen otra textura…Otro diseño…Son hechos en China…Tailandia…Vietnam…NoenMéxico…Te aprietan…Los tenis ya no son nada más…Para jugar deporte…Ahora son hasta para fiestas…Hay de todos colores y sabores …Y diseños…¡Ah, pero eso sí…¡Carísimos!...Las películas son otras…Para niños…Ya no hay de vaqueros…Ni de guerra…Ni romances …Las estrellas están súper maquilladas…¡Qué actores!...Ahora son puros efectos especiales…¡Por computadora!…¿De qué será el cine de mañana?...Ya hay actuaciones por computadora…Los actores simulan lo que hacen…Y la computadora…Lo reproduce y son los movimientos…Las actuaciones…Los comportamientos…Del actor en la película…¿El beso también será de efectos especiales?...¿Y el acostón, también?...Los coches …¡Ahhhh, los coches!...Los de ahora…Ya ni tienes que decirles a dónde vas…Te dicen…Si le falta aceite…Agua …Presión a una llanta…A qué llanta…A qué velocidad vas…Qué sigue en la carretera…Qué hay adelante en el camino…En dónde estás…Si hay una vaca o güey en el camino…A que temperatura está el ambiente…Se cierrautomáticamente…Las puertas abren hasta que se saca la llave…El cinturón se coloca…Y cierra…Solito…Cuando te sientas en tu lugar…No avanza si no están puestos …Todos los cinturones…Tienen espacios-contactos para televisión interior …Videos…Música grabada… Estaciones de donde quieras…Reloj…Aire acondicionado…Tienen, y pronuncian, tu nombre…Y te saludan cuando entras al coche…Los espejos se mueven desde el volante…¡Ahhhh, y las puertas de tu casa!...¡Ya no tienes que cerrar la cochera o la puerta de tu casa…¡Solitas se cierran!...Tú … ¡Ya ni sirves ni para cerrar las puertas de tu casa!...Hoy, si gustas …Hablas al súper…Bueno, bueno…Soy…Perenganito…de…tal…

Me surte esto y esto y más esto…Me manda  las cosas y la cuenta con el pedido, a mi casa…En tal parte…Me dice cuánto                                    es…Acá…se…lo…pago…

Ya sabe el número de mi cuenta y Banco…Me envía el baucher…Acá se lo firmo…¡ya ni dinero cargas!…Todo pagas con dinero de plástico…Todo es de plástico…Menos tú…Tú eres de carne y hueso…Y como de carne y hueso…Vas a morir…Morir…¡Pa'qué me sirve la vida!…¡Pa'qué me sirve la vida!…¡Cuando la trais amagada!…Nacer…Morir…Vivir…Todo es distinto…Tú no quieres …Pero aunque no quieras …Te vas…Me voy…Me iré…*Aunque no quieras tú…Ni quiera yo…Lo quiso Dios…Hasta la eternidad…Te seguirá mi amor…Me voy…Me voy pa'l pueblo.* Somos rebeldes por naturaleza…De nacencia…Y nos rebelamos…Sabiendo nuestro destino…La muerte…Nos rebelamos. Como los trágicos griegos…Pero al final…Debemos aceptar nuestro destino …Ese…*Corazón,…Solo quiero que marques el paso*….Uno…dos…Tum...Tum…Tum…Tttum …Ttttuuuummmmmm…Sin prisas…*Que no le hagas caso si la ves llorar*…Cuando enfermamos parecemos presos…Sentenciados…Solo esperamos que llegue…El doctor con la medicina  …Como si fuera el gobernador con la absolución…*Al preso número nueve ya lo va a fusilar…Porque mató a su mujer…con un amigo desleal…Los maté,…sí Señor…Y si vuelvo a nacer …¡Yo los vuelvo a matar!…Padre, no me arrepiento…ni tengo miedo a la eternidad…Yo sé que allá en el cielo…Está el Supremo y me juzgará…Voy a seguirles los pasos al más allá…El más allá* …El más acá…¿El más allá?...¡Quién sabe!...El más acá…Tum…Tum…Tuuum …Tummmmmmmm…Tum…Tum…Tuuuuum…Tumm mmmm….Esto es la realidad…Vives y te rebelas…Sabes tu destino final…Porque quieres vivir…¿Para qué, finalmente?...Ya nací, viví…Sembré un árbol…Tuve hijos…Una, aquí está…Escribí libros…De apuntes…De inglés…Pa'mis alumnos…Fundé una escuela…Fui tan chingón…Que estudié…Dos veces pa'abogao…¡Soy dos veces abogao!… Así qué…Como dijo el poeta nayarita…Vida …Nada me…Debes… Vida…Tum …Tum…Tummmmm…Ttttum…Ttttummmmm…¡Esta mos en paz!…*Nací rebelde…Y esta rebeldía …Nadie podrá quitármela jamás…Debemos perdonarnos cada día…Solo así tendremos dicha y paz…No quieras señalarme mi camino…Ni quieras otra vez alzar…La voz…Yo solo…Me doblego ante el destino…Y solo me arrodillo…¡Ante Dios!*…Tum…Tum…Tum…TTTTuummmmmmm …Tuuuuummmmmm…Tummmmmmm…Tummmmm …Dios, mío…No vayas a…Ya no me acuerdo…¡Chingada madre!…Mi cuerpo…Más pasajero que las olas del mar…Ni me des enfermedad larga…Quiero morir…Cuando decline el día…En alta mar…Y con la cara al cielo …Donde parezca un…Mi agonía…!Quién lo creyera!...Qué los zapatos ortopédicos fueran a estar de moda…Que los zapatos chinos...Orientales…Fueran a estar de moda…Que los pantalones deshilachados…Fueran a estar de moda…Que los pantalones de trabajo…De peto y con hebillas y tirantes…Fueran a estar de moda…Que estar mal fajado…Fueraestar de moda…Que la ropa sobrepuesta…Fuera a estar de moda…Que no rasurarte…Fueraestar de moda…Que el no peinarte…Fuera a estar de moda…Que el no bañarte…Fuera estar de moda…Que el estar greñuuuddddoooo...Fuera estar de moda…Que comprar la comida casera…Fuera a estar de moda...Que comprar comida hecha…Fuera a estar de moda…Que no abrocharte las agujetas …Fuera a estar de moda…Que el cargar maleta…Fuera a estar de moda…Que las pastillas antiembarazo…Anabulatorias…Fueran   a   estar   de moda…Que los reservativos…Fueran a estar de moda  y los  regalaran…Que  el  juego  sexual  fuera  a  estar  de moda…Que   los   preservativos   tuvieran   sabor   y olor…Afrutados y dulces…Fueran a estar de moda…Que el pan  no supiera a pan …Y fuera a estar de moda…Que el  menudo…fuera   a  estar  de  moda…Y  costara  tan caro…Que  el  pozole  estuviera  mal  hecho…Que  lo envasaran  precocido…Que  la  birria  ya  no  fuera  de chivo…Y  Estuviera  tan  cara…Y  fuera  a  estar  de moda…Que la barbacoa ya no fuera de borrego…Y fuera a  estar  de  moda…Que  las  corundas…¡No  tuvieran sabor…Las  vendieran  carísimas…Y  fueran  a  estar  de moda…Que    las    tortillas…Las    hechas    a máquina…estuvieran    tan    mal    hechas…Caras…Y estuvieran de moda…Que las hechas a mano…Fueran un manjar…Y las cobraran más cara …¡Arajo!…Las mujeres de mi tierra se hubieran enriquecido…Que los tacos al pastor    fuerana  estar   de   moda…Que   los   de chorizo,…Que  no  es  chorizo,…Fuera  a  estar  de moda…Que los de tripa…Tan sabrosos…Los de Doña Pera…frente al rastro…Se encarecieran tanto…Y fueran a estar de moda…Que el mole…Se abaratara tanto…y ya no estuviera de moda en las fiestas familiares …Ya ni chinga  la  gente…Que  al  aporreado…al  aporreado  lo rebajaran de categoría…lo vendan como aporreadillo…Y esté  de  moda…que  al  cocido  con  su  verdura…Su repollo….su  gordo  vistiendo  el  plato  hondo…su zanahoria    rebanada…su    joconol…su    chile    de molcajete…fuera   a   estar   de   moda…y   lo   vendan carísimo…que  la  sopa  aguada…sin  caldillo…lo  vendan como "pasta" …como tallarín…se venda caro…y esté de moda…como  espagueti…que  en  las  casas…ya  no  se preparen    atoles…de    sabores…ni    chocolates…ni champurrados…que  los  bolillos…ya  no  sepan  a bolillo…que  las  corrientes…estén  blanditas…que  los búlgaros…sean yogures…y estén de moda …¡Y carísimos!…que la leche ya no sea bronca…te vendan la vaca en una caja…no tenga nata…¡Y te la vendan carísima!…¡Y esté de moda!…que las mujeres trabajen…y esté de moda…que las mujeres manden en la casa…¡Y esté de moda!…Que las esposas mantengan a sus maridos …hombres…parejas…amasios…lo que sean…Y esté de moda!…Que esté de moda divorciarse …separarse…que los hoteles de paso…¡Estén de moda!…Que la cerveza esté de moda…que el vino…ya no sepa a vino…sea pura química…¡Y esté de moda!…Que el tequila ya no sea mexicano …¡Y esté de moda!…Tummmm…tummmm…tuuuuummmmm…ttt ttuuuum …tttttttttuuuuuuuuuuum…tttuuuummmmmmmmmm… que esté de moda…la moda de hace cien, doscientos, años!…Que la vida esté tan cara…¡Y esté de moda …tum…tum…tuuuummmm…tttmmmmmmm…mmm mmmuuuu…ttttuuuuuuuuuuuuuumtuuuuuuuummmmm m…este corazón…que ya ni espero …*ya no puedo más…tú me haces falta…alma …con alma…este corazón*…que ya ni espero…este mundo raro…*cuando te hablen de amor…y de Ilusiones…si te hablan de mí…no me menciones…que no sé del dolor…tummm* …*tttuuummmmtam…taaaammm…ttttaaaam…taammmmmm…t ummmm…tum…tum…tum…que sí sé del dolor…que perdí en el amor…y que siempre he llorado…porque yo a dónde voy…No diré que tu amor…Me volvió desgraciado…tammm…taaaaammmm…desgraciado…un mundo raro* …no es que el mundo sea raro…ni que el mundo ya no sea para mí…para gente como yo…no …tum…ta….tommm…tooommm…toooooooommmmm m…tum…tam….tommmmmm…tum…Tamm….tom …tum …tuuuuuummmm…taaaaaaa mmmmmmm…tttttuummmm…no para mí…la verdad es que Yo…Nosotros…ya no somos para este mundo…este mundo…para la gente como yo en este tiempo…en el mundo …ya no le importamos…nosotros…todo está en contra de nosotros…y sin embargo…como los griegos…como los acadios…los sumerios…los babilonios …los aztecas…los mayas…como todos…nuestro destino es morir…Y nos rebelamos, como todos …aun siendo herederos de los aztecas…Nos oponemos a ese destino y…Sí…como los griegos…nada más como los griegos…luchamos

y…peleamos…tummmmm…tammmmmm….tammm…t a a m …tommmmmm…tommmm…tummmmm…y damos guerra…y estamos en la línea de batalla…para defender…nuestra vida…este aire que respiramos…cálido…transparente

…frío…húmedo…lluvioso…neblina…brumoso…esta agua que tomamos…transparente…fresca …dulce…suave…chispeante…vivificante…por ver este azul del cielo…de pastel…color de rosa …como de algodón…aborregado…oscuro…casi

Negro…malva…dice el poeta español…color malva…esas nubes blancas…como el algodón…como montañas llenas de nieve…copeteadas …Este verde de las plantas…este dorado de las hojas…este florear de la vida…este ruido de la vida…este calor…este frío…esta fría lluvia, chispeante…estos aguaceros…este chipi chipi…esta bruma…esta nieve…este granizo…este hielo…este sol…ardiente…nebuloso…engañoso…esta luna …llena…creciente…como uña…empequeñecida…toda mía…como queso…este firmamento …lleno de estrellas…este techo con foquitos navideños…todo el año…por el canto de los pájaros …por el sonar de la vida…por el olor de la vida…por la fragancia de la vida…por el ritmo de vivir …por el amor…por el odio…por los sueños…por los deseo de atar…por los afanes…por los delirios…por las decepciones…por las frustraciones…por la risa de los hijos…por las sonrisas de los nietos…por sus palabras…por sus juegos…por sus rabietas…por sus éxitos…por sus fracasos …por sus sueños…por sus corajes…por sus vidas…tum…tum…tum …tttttttuummmmmmmmmmmmmmm…tam…taaaaaa m…tom…toooommmmmmmm…ttttttttomm…por los amores…por los enemigos…por los amigos…por la vida…que se nos va…por los sueños…por las fantasías…por las ambiciones…por…tom…tom…tum …taaaaaaammmmmmmmm…tam…tam…tam…tam…t om…tom…tum…tum…tum…quiero morir …cuando decline el día…en alta mar…y con la cara al cielo…donde parezca un sueño …la agonía …y el alma… un ave que remonta el vuelo…tom…tom …tom…tam…tam…tam…tum…tum…tum …las novias pasadas Son copas vacías…en ellas pusimos…un poco de amor…por eso estamos aquí…tooommm mmm mmm…tommmm…tammmm…tam…tummmmm…tum …deseamos seguirrespirandoesteaire…que nuestro corazón siga latiendo…este corazón…alma…vida, corazón…fe…en la vida…también en la muerte…en el amor…el amor no existe…Dios no existe …Dios existe…Dios…¿Dónde está Dios?…¿Estoy en su presencia?…Tummmmm…tum …tttttuummmmmmmmmmm…tttttuuummmmmm…to m…tommmmmmmm….tommm…tttttmmm…tammm …tummmm…Tum…Señor, Dios mío…no quieras herir mi cuerpo…Más pasajero …que las olas del mar…Ni me des enfermedad larga…¿Entonces qué es esto?…¿Acaso estoy en un lecho de rosas?…Tam…tam…tam…tom…tom…tom…tum…tu m…tum…aquí estoy…ignoro…Si es el Purgatorio…o el Limbo…o la antesala del cielo…o la puerta de entrada p'al infierno…o en mi casa…No…Es mi casa…¡Ya estoy en casa!…Ya di vuelta a la vida…regresé, como Ulises…del infierno…Sin Beatriz…Sin Dante…sin

Virgilio…sin Santa Lucía…sin María…sin rosa…Solito yo …como Ulises…ahora espero…después de estos días…seguir enamorado de la vida…que Omar no se vaya conmigo…que no se descuiden al…darme mis medicinas…que no me olvide …tomarme mis medicinas…que no debo contestar el teléfono…que me espere…si no alcanzo a contestar…si le urge…¡Que me vuelva a llamar!…*Que me vuelva a rogar…y yo, que estoy sufriendo…le vengo a demostrar…le quiero demostrar…que la vida sin…* el tiempo…sin la vida misma…que el vivir…que la vida sin disfrutarla…*¡Ya no la puedo aguantar*!…¡No se puede aguantar!…timmm…tam…tem…tum…tom…toooomm mmmmmmm…taaaam…taaaaam…tommm          …tum …temmmmm…tummmmmmmmmmmmtmmmmm…or a recuerdo…ya estoy en casa… salí del hospital regional del ISSSTE…ya estoy con mis compañeros…los enfermos del tiempo de la vida…¿Será una enfermedad?…¿Cargar la vida es una enfermedad?…¿De veras una enfermedad?…¿Disfrutar la vida?…¿Será un castigo?…

No lo sé…pero aquí estoy sufriendo…ora, mi vida…será estar pendiente de que me den…me tome la medicina …¡A tiempo!…Mañana…cuatro pastillas…incluyendo el Omeprazol…tarde,     …con     la     comida…otras cuatro…cena…tres…y la pastilla para dormir … Estar atento a las comidas …pura comida para niño sin dientes…blanda…que porque el digestivo…ya no trabaja igual…¡Ya está viejo!…Estar vigilando los ruidos intestinales…¡Ah, que la vida de los viejos!…sí creo que es un castigo…llegar a esta edad…fijarte en dónde te duele…los     calambres…los     estirones…los tropezones…cuidado con las caídas…ora ya andaré con andadera…con bastón…pa'lachingada …¡Qué jodido estoy!…re…rechinaré cuando me agache…para amarrarme las agujetas…¡Me lleva la chin!…¡Cresta!…Debo ver dónde me duele…¿Qué me pasa?…¿Qué puedo comer?…¡Ah, lo más importante!...Qué puedo comer…que lo muela bien, sin ruidos…¡Y sin tanto pedo…En serio…sin pedos…porque yo me echo más de catorce…Y si me dan frijoles …lentejas …garbanzos…coliflor …repollo…sopa de brócoli…¡Más me ingro…y salen más…hijita mía…después, fijarme…bien a bien…cuando voy al baño…de qué color…si me cuesta trabajo…si pujo demasiado…si me estriño …¡Ai va el metamucil…cuántas veces orino…si me cuesta trabajo…si me quedo rato goteando …si voy más de una vez a …descargar la vejiga…si …¡ya no le haya uno!…ni la punta ni el puntal …cuando no es el chile…es el culo…es la panza!…Y  si no es ni la panza…ni el chile…ni el culo …que se muevan bien los músculos …que el terapista….que el kinesiólogo…que no tengas uñas enterradas…que el podólogo…que no tengas pie de atleta…que te bañes…si no todos los días…sí, cada tercer día…que me apapachen las muchachas…ya ni siento cuando me secan…me masturban…las damas que te cuidan…¡ya con qué objeto…!Que el corte del pelo…tam

…tammmmm…tam…tummmmmmm…tom…tom…tu mmmm…toooooommmmm…que la piocha …que la afeitada…que las uñas de los píes…que los ttttoommmmm…ttttuuum…ta…mmmm              …me voooooy…me voyyyyyy…me quedo…nada me ata…me voy…¿A qué me quedo?…como dijo al poeta…Amé…Fui amado…El sol acarició mi faz…vida…nada me debes…¡Estamos en paz!…tam …tam…tammmmmm…tummmmmm…tum…tum…tom …tommmm…tttttooomm…Pero este necio corazón…no deja de brincar…de una buena vez…¡Para qué tanto brinco…estando el suelo tan parejo! …Y necios los hijos…bueno …nomás una…¿Qué caso tiene?…ya déjenme…acabar…tum …tum…tom…tam…ya no nos dan trabajo…ya no llevo juicio alguno…ya estoy jubilado como profesor…ya fui director…fui maestro…fui abogado…gané y perdí juicios…ni uno grande…que me hiciera rico…A la primera…No…nomás pa'irla pasando…me casé…me arrejunté…tam… tummmm…tom…tom…tam…tum…tom…me separé…me dejaron…me volví a casar…por acuerdo …nos…tom….tom…tam…tum…separamos…nos…eso …separarnos…eso es divorcio…yo tramité todo…otra vez me volví a casar…una gringa…Güerita… ojos verdes…sin billetes…gordita …Barrigoncita…comoyo…tam…tam…tummmmm…tu m…tum…tom…tam…tum…tom…tooooommmmm…u nos días allá …fines de primavera…días de verano…principios de otoño …fines de otoño…San Antonio…México…¡Qué lejos estoy del suelo donde he nacido!...¡Paso del Norte!…¡Qué lejos me vas quedando!...Tus divisiones…De mi sestán acordando…¡Qué triste sencuentra el hombre. Cuando andausente…!Omnibus de México…Directo a San Antonio…tum …tom…tam…tam…tum…tum…tom…tam…tom…tu m…tam…tammmmmmmm…me bajaba…en el otro lado…saliendo de la terminal, enfrente, tomaba el bus…me dejaba en la esquina de la …Casa estancia de Reposo…ahí estaba con ella…pagando mis consumos…Desayuno …Comiiiiiiddaaaaa …Y yyy y ccccccennnnnnaaaaaaa…tum….Tummmmmm…tom...to m…tom …ttttommmm…tommmm…tttttuuuum…tummmmmm mm…taaaaaaammmmmm….tttttttttaaaaaaaaaaaaaaaaaaaam mmmmmmmmmmmmmmmmmmmm…este pinche corazón…¡No me entiende!...Noooooo nosssssss nnnnnntttteeennnndddeeemmmoooossshos…late como…si estuviera joven…o como si vvvvvvviiiieeeeeeerraaaaa a una ddddiiioooooossaaaa…hecha mumuuuuuujjjjjjeeeer rrr…¡Ni hablar!…aunque me tocara visita conyugal…¡Ya con qué objeto! …Nada más los dos compañeritos…se veían…Y se saludaban…¡Hola!…¿Cómo estás?…¿No te has enfermado?…Si no me bañara yo…si no me bañaran…¡Ya tendría hasta telarañas!…En las telarañas…me imagino que …¡hasta cueva de ratones!…De cucarachas en el compañerito de ella …O en la jaula del pajarito!… Estaría ya muerto…enterrado…incinerado…las preguntas de siempre…¿Cómo estás?…¿Cómo te ha ido?…¿Me extrañaste?…¿No te has enfermado?…¿Cómo está la ciudad?…¿No te ha hecho daño la comida?…¿Y el tiempo, cómo está?…¿Tuviste buen viaje?…Y lo de siempre…¡Te extraño!…Te he buscado por teléfono…Cuando la recuerdo…en estos momentos…¿Qué cabrones gano con contarle mis problemas?…Ya no puede caminar …como antes…apenas camina unos pasos y se cansa…tengo que alargar la charla…Pa'que dure los días que voy acompañándola…Dormir…agarradito de la mano…antes de dormir…dormimos en cama matrimonial…es un recuerdo del ayer…nada tormentoso…¡solo recuerdos! ..desayunamos…comemos…cenamos…jugamos baraja…dominó…su baraja…su dominó…con sus amigas…con sus amigos…me baño…la bañan…nos cambiamos…muy limpios…algunas veces y … eso, algunas noches…nos portamos muy incultos…con bríos juveniles…nos echamos una copa …unas Margaritas, ella …un clamato, yo…yo…sus carnes frías…Una tabla de quesos…camarones de bote…angulas…españolas…de lata…corazones de alcachofa…palmitos…Elotitos… de frasco en salmuera…aceitunas…alcaparras…jamón serrano…jamón ahumado…y todo pasaba…se puede ser feliz en la vida cuando…¡Se entrega el corazón…tom…tom…tam…tam…tam…tom…tooom …tommmmm…tam…taaammmmmm…tammm…tu mmmmmm…tam…tttaaammmm…taaam…*este corazón que aun...me duele...Ya no puedo más...tú me haces falta...tammmmmmm...Ta*

*mmmm...tam...tummmmm...ttttummmmm...*Mas todo pasa...todo...pasará...nada, nada queda ...nada quedará...solo se puede...ser feliz en la vida...cuando se...entrega el corazón...fuimos amantes...una

*vida...tom...tttttoooommmmm...tummmmmmm...ttttu mmm*

...tttttttummmm...ttaaaammmm...taaaammmm...tomm mmmmm...tummmmm...toooooooooooom...tam

...tom...tam ..tum...y unos días después...el regreso...la espera...a otra visita conyugal ...*esperar...espera...la nave del olvido...no ha partido...no condenemos al...naufragio lo vivido ...por nuestro amor...yo te lo pido...por nuestro ayer...yo te lo pido...espera que aun me quedan ...en las manos...muchas primaveras...para llenarte de caricias...todas nuevas...que morirían en mis manos...si te fueras...espera un poco...un poco...poquito más...para llevarte mi felicidad... espera un poco...un poquito más...me moriría si te vas...para llevarte mi felicidad...espera un poco...un poquito más...me moriría si te vas...espera...aun me quedan alegrías para darte ...tengo mil noches de amor...que regalarte...te doy mi vida...a cambio de quedarte...taaaaaam...tom...taaammmm...tooommmm...tuuuuu mmmm...tummmmmm....tum...tum...toommmmm...tammmm ...tam...tum...espera...no entendería mi mañana...si te fueras...Y hasta te admito...que tu amor...me lo mintiera...Te adoraría...aunque tú no me quisieras...espera un poco...un poquito más...para llevarte...mi felicidad...*

# ¿DE QUÉ ESTÁ HECHO EL PASADO?

Aquí estoy en mi espacio.

La noche cayó en la ciudad, en las calles, en la casa, en mi hogar, en lo que queda de mi familia y calló mis emociones.

Todo lo que viví – y también lo que no viví, lo que no evoqué, lo que callé, lo que guardé – mas bien lo que decidí seguir guardando en la bolsa del recuerdo  - ¿o del olvido? – lo cubrieron  las sombras de la noche y la memoria y el olvido, casi.

En la planta baja – modesta casa de dos plantas, comprada hace unos cuarenta años a una hipotecaria –se quedaron mis dos hijas, Rocío, la menor y Leticia, la mayor de las mujeres y sus   hijos, Luis Felipe, ya de casi dieciocho años y por salir de la preparatoria, y Ximena, de casi cuarenta y un meses-.

Habíamos comido un poco tarde; lo que sucedió casi al final de la comida hizo que se prolongara la reunión con mi media familia, porque faltaron mis hijos varones: Miguel Ángel, el mayor y Favio, el menor;  Miguel Ángel, por su trabajo y sus circunstancias y el más chico y segundo de la tanda por residir y trabajar en el puerto de Lázaro Cárdenas; allá formó su familia, sus  amigos y su presente y su futuro…tal vez quiso huir del infierno que se formó, que formé …¡sabe!

Mi habitación es chica, tal vez de unos cuatro por cuatro, con closet de madera y piso laminado y dos ventanales de techo a piso o de piso a techo, recién pintados    de blanco, oleo; en las paredes están mis recuerdos con lo que quiero vivir en este presente, los demás, los otros, están guardados…bueno, estaban … hasta este día.

En las paredes están mi título de profesor de educación primaria, el de maestría en Lengua y Literatura, una charola de   cobre que algún agradecido profesor del programa de licenciatura para profesores de educación preescolar y primaria, en servicio, me regaló …tiene mi nombre…está oxidada…la recuperé cuando desalojamos a un proyecto de cuñada que vivió con la perversa intención de quedarse con la casa de mi madre…ahí estaba toda olvidada, llena de polvo; lo mismo una carta personal del maestro Manuel Lozoya Cigarroa, en funciones de director, y fundador, del desaparecido programa de licenciatura para el magisterio en servicio – y que abrió la puerta y fue el germen de lo que fue la Universidad Pedagógica Nacional y ahora es el mismo membrete pero carece de la misma visión, misión, finalidades y filosofía -; en ella , por formulismo, se entiende o se podría entender, reconoce mis servicios como director del Centro de Estudios de Licenciatura de Educación Normal, para el magisterio de educación Preescolar y primaria en el estado de Michoacán, en donde serví por cerca de cinco años; la carta está maltratada y su marco sucio, pero, sentimental que soy, para mí tiene gran significado; hacia arriba separados por una franja de no más de ocho centímetros está el pergamino   que manifiesta la fundación de esos cursos; en ella estamos todos los que hicimos historia, desde la secretaria, los técnicos didácticos y pedagogos hasta los funcionarios que hicieron realidad la idea y los directores que los  hicimos realidad …desfila en mi memoria Víctor Hugo Bolaños Martínez, como Director General de Educación Normal; Manuel Lozoya Cigarroa, en funciones de subdirector de Educación Superior y entre los técnicos Humberto Lima

Flores, Adela  Fuentes López, Irma Valencia Arteaga y Carlos Merino Ramos, entre ellos … ¡Qué momento! Y están sus nombres y a su derecha  sus firmas…también está mi nombre … soy el número quince y esto a la izquierda; debajo de esos cuadros está mi equipo de cómputo, mi teclado, su no break, su impresora láser jet 1005 y el  PCU,  todo montado en el escritorio, de color negro y a un lado, a la derecha, una mesa de madera, sin pintar en donde está otra impresora a color y con el servicio de scanner, más un amontonadero de recortes de periódicos – hojas cortadas - , carpetas con notas y papel tamaños carta y oficio, en blanco, además de algunos datos sobre mis grupos que atiendo como profesor; a la izquierda está una de las dos ventanas o ventanal, con su cortina, ahora estampada de flores de color llamativo – gusto de mi hija menor, Rocío – y  mi título de maestro en Lengua y Literatura, expedido por la Universidad de Tlaxcala; más al fondo está el otro ventanal; siguiendo la rotación inversa del reloj está la cabecera de  mi cama, individual, que descansa en una pared entirolada en color amarillo mostaza, como blanca es la cabecera con algunos vivos del color de la madera; está terminada al óleo – dijeran los puristas de la carpintería, laqueada – aunque no llega a esa perfección - , en blanco; sobre la cabecera de la cama están dos agendas, algunas carpetas con los recibos de pago de mis tarjetas de crédito, dos o más libros que leo antes de  dormirme – estoy terminando por enésima vez Noticias del Imperio, de Fernando del Paso; terminé de leer El Rumor que Llegó del Mar, editado por la editorial El Pirúl – ahora están Hidalgo, de no sé quién …¡Ah, Eugenio Aguirre! La Insurgenta, de Carlos Pascual y algunos estuches con varios discos con música de mi agrado y el buró, de una sola cajonera y un vacío están tres bolsas sobres de plástico transparente; una de ella contiene mis recibos de pago de pensión del ISSSTE, otra, copias de mis declaraciones patrimoniales y la última con documentos varios y diversos, como la cartilla, la CURP, el carnet de consultas médicas del ISSSTE, mi pasaporte, ya caduco y detallitos así ... sobre la plancha del buró descansa una lámpara con foco de setenta y cinco watts que en la noche me proporciona la luz necesaria para mi lectura; en la pared están  mi título de profesor de educación primaria, un calendario y dos cuadros con sendos escudos heráldicos, el del norte, se refiere a CRUZ, el apellido de mi madre y el del sur, a TELLEZ, el apellido que debí tener porque fue el segundo apellido de mi mamá, pero como no lo hizo así tengo el LOEZA, que no he podido localizar, ni su escudo ni quien fue mi padre, aunque mi madre me dijo y me lo enseñó, con nombre, rostro y cuerpo: JOSÉ LOEZA CASTILLO; al norte de la habitación, la cuarta pared, está el closet, en color blanco, aunque originalmente  era verde pistache. De tres cajones y dos cubos vacíos  y un cilindro de madera para colgar los ganchos de la ropa, camisas y pantalones, supongo que los vacíos fueron para  ropa de blancos, toallas  y colchas; y los cubos vacíos  para asuntos de  tocador, perfumería y los cajones para ropa íntima, tanto de mujer como para hombres; en la parte superior del closet  existe mucho espacio para guardar lo que se quiera; en mi caso, en este momento yo uso un cajón para depositar y guardar mis medicinas, desde la glibenclamida para combatir la diabetes, así como la metformina y ascarbosa, las pravastatinas y el bezafibrato, los jarabes contra la tos, como el ambroxol y el dextrometorfano y llegando a la aspirina junior de 100 miligramos  y el miconazol; en el cajón restante están mis corbatas  para los trajes – cuando repican reterrecio – y los cubos vacío los lleno con mis calzoncillos, camisetas, sábanas – cuatro juegos para mi camita, como cuatro juegos tiene cada una de las seis camas de la casa – bueno, la cuna de la nieta Ximena también es cama y tiene sus tres juegos de sábanas, así como sus tres colchas cada una y cuatro juegos de cortinas cada ventanal, incluyendo los dos de la sala, la del comedor, la de la parte lateral del comedor y la de la cocina…el piso de la casa, casi todo, excepción hecha de la cocina, tiene instalado piso laminado y el piso de la cocina es de vinil; después de la charla de sobremesa mis hijas conversaron de esto y de aquello y nada me presagiaba lo que me sucedería … en algún momento de la charla Leticia, Letty dijo …

- Fíjate, papá que desempolvando algunas cosas mías, me encontré una fotos a colores …
- ¿Cómo?, pregunté y siguió la cuestión, de cuándo son y cuántas son …
- Ahorita son dos, pero
- Pero qué …
- Si le busco de seguro encontraré más...
- ¿Podemos verlas?
- ¡Claro!      Ahorita voy por ellas – y se paró, dejó a un lado su silla y la silla de Ximena y

se encaminó hacia las escaleras … mis ojos la siguieron y vi su garbo, se esbeltez y su gracia toda ella …Nosotros seguimos tomando agua de frutas, picando aquí, comiendo gente de allá; por cierto ese día comimos caldo de res , con su verdura y su elote y su salsa de molcajete, con sopa de arroz y frijoles de olla, que aunque parece ser una modesta comida, un platillo muy sin embargo, a mí me envenenan con él y mis hijas lo saben; en pocos minutos Letty bajo con las fotos citadas y las mostró …

- Estas son papá … mírate, qué joven te ves…Y efectivamente estoy muy joven…Al ver la

fotografía quedé de a seis, sumamente sorprendido, lleno de asombro…no creía que existiera algo, algún vestigio, algún despojo del pasado, alguna tirlanga de mi vida  con las que envolví a mi familia…era la fotografía de un grupito…mi esposa, mis cuatro hijos, algunas mujeres miembros de mi familia en Huetamo y que por casualidad estaban en la ciudad y pasaron por la casa ese día; varios niños del barrio y vecinos de nuestra casa; los niños eran amigos de mis cuatro hijos…ya vivíamos aquí, en Aramen 297, fraccionamiento Rancho del Charro de la colonia Félix Ireta… al ver detenidamente a mis hijos y ahora al ver a sus hijos – echando un viaje hacia este presente y ese pasado reciente – aunque no tanto -, al recordarlos a ellos me explico su parecido, su similitud con su niñez perdida…la cara de Diana es la de mi esposa cuando estuvo niña y las fotos de Diana – que aun no llegaba a la familia  - faltaban diez años para su aterrizaje en este grupo  familiar – verdaderamente igualita, como una gota de agua a otra; si la hubiéramos peinado con su pelo largo, lacio  y con una cola de caballo y la hubiéramos puesto ahí – si se nos fuera dado ese don  de adelantar el tiempo, de jugar con el tiempo – con un vestido infantil de tejido, bordado, color blanco, junto a su mamá de niña, parecerían gemelas…gemelas…así eran de parecidas, pero solo queda el recuerdo de ella y de Diana, mas sus dos hijos – una niña, la más chica – y el mayor, los dos güeritos, como los duraznos priscos, su carita alargada, boca pequeña y pelo rubio y vemos al Miguel Ángel de esa fotografía –tendría unos nueve años,  no más de diez, años – sus dos nietos son un Miguel Ángel revivido, clonado en ambos sexos…la misma expresión de las caras, el mismo hijo vuelto a nacer     y visto en espejos…sus ojos están fijos en la cámara, usa una camiseta manga corta,  a rayas, unas amarilla-crema y otras blancas; Favio, once meses menor que su hermano mayor, está ahí expectante, también  mirando  la  cara;  su hija Ireri Jacqueline, aunque él sea moreno como yo, se parece a su mamá…es, también, la cara de su mamá y la niña, mi nieta, es la recreación revivida, reencarnada, de su mamá, su abuelita…él usaba ese día una camisola, o playera, roja, manga corta, con cuello color azul marino y su pelo negro, como el mío; Letty, casi dos años menor que su hermano Favio,  traía una bata camisón de color blanco con estampados de colores, su pelo largo estaban atado como una cola de caballo y su dedo índice de la mano derecha señalaba algo del pastel y su mirada se dirigía su mamá, quien sonreía placentera y pícaramente; Rocío, la más pequeña, 5 años menor que su hermano mayor, ahí estaba…la viva imagen de su mamá…igualita; vestida como su hermana mayor…de pelo corto, de carita blanca, rubia lo mismo que su pelo; su mamá estaba radiante de belleza…su pelo corto enchinado, en forma natural, color negro – porque ella, siendo güerita, quería ser morena…hágame el gran favor!   -;  usaba ese día, un vestido de seda, color blanco, con estampados muy ligeros en donde sobresalía el negro,  tenue; el estilo era  tipo camisón – ella se mandaba hacer su ropa con una vecina que vivió mucho tiempo frente a su casa materna, frente al 684 de Virrey de Mendoza -; su cara estaba muy bien maquillada y le concedía mayor realce a sus ojos… ¡esos ojos! Eran de un color semejante a los de Elizabeth Taylor… ¡Glaucos!...dependiendo del momento en que se les viera y/o del ángulo en que le viera la cara, entre verdes y azules y morados…parecía una gatita feliz, mimosa… Y pregunté…

- ¿Y qué festejábamos ese día?
- Era mi cumpleaños o el  de mi hermana Rocy y por la cercanía  de nuestras fechas de
nacimiento …
- Sí, ella nació doce días antes que tú…Un treinta y uno de julio…
- De mil novecientos setenta y tres …
- Y yo un diecisiete de agosto …
- Aunque en realidad tú naciste el  doce de agosto, pero por alguna razón se nos pasó el
plazo de cuarenta días para el registro de los recién nacidos y fuimos cinco días después, por eso tu registro tiene esa fecha…diecisiete de agosto…

-       Bueno, por lo que haya sido…por estar ambas
        fechas cercanas una de la otra, se decidió
hacer esa reunión familiar….mi mamá y tú decidieron
festejarnos con esa pequeña fiestecita …

-       Como ves, papá ahí no está mi abuelita…

-       Ninguna de las dos…

-       Así es…desconozco la razón…Si no recuerdo
        mal, tu abuelita materna ya había fallecido…
por eso no está entre las invitadas…

-       ¿Y tu mamá?

-       Ella…no sé…no sé…-¿Para qué decir que
        no se llevaba bien con su mamá?…Carecía
de importancia?… Lo mismo recordar que el abuelito
materno no se llevaba bien con su esposa, su abuelita
materna y que, viviendo en la misma casa, cada uno era un
universo aparte y tenía su propia vida…por supuesto, ya
no existía nada de vida  conyugal entre ambos, ni otra
mujer en el caso de Don Eugenio, ni otro hombre, ¡Dios
los libre!, en el lejanísimo caso de Doña Mariquita!…Don
Eugenio tendría ya unos ochenta años; pasó su juventud y
madurez en los Estados Unidos y allá trabajó y aunque su
familia vivió un tiempo –acaso un semestre o a lo más un
año - allá en Chicago, ella se regresó y doña Mariquita hizo
su vida con la pensión que le enviaba don Eugenio, que
nunca, por lo que mi esposa, dejó de llegarle su cheque de
viajero y, cuando se jubiló, su cheque de la pensión del
Estado norteamericano…Que recuerde, ellos dos, jamás
salían juntos a cualquiera y ninguna partes…Don Eugenio
era fornido, tirándole a lo obeso o un poco excedido de
peso y Doña Mariquita era delgada, sumamente
delgada…en algún momento de su vida, allá por los
cincuenta y tanto, se le sometió a una operación del
esófago – o una hernia hiatal o  un esófago de Barreto;
uno de esos nombres sajones con los que etiquetan los
gringos a las enfermedades raras y debió llevar una dieta
sin grasas ni picantes…así que ella desde ese momento

bajó mucho de peso…quedó en sus huesos y se veía muy huesuda… regresando, parece ser que ese alejamiento se debió, así de lejos lo supongo y por lo que me dijo mi esposa, hija de los dos, que allá en Chicago, él era muy fornido, se veía muy joven y ya doña Mariquita mostraba los efectos de la maternidad de los hijos y mostraba su inédita delgadez, aunque estuviera sana;  no una sino varias ocasiones, algunas personas amigas de Don Eugenio, de la colonia de mexicanos en Chicago, compañeros de su centro de trabajo, vecinos del barrio, o lo que haya sido, expresaron palabras desconcertantes en relación con ella y, en un principio, cuando fueron las presentaciones iniciales, le preguntaban o le  pedían  a él que…¡les presentara a su hija!...por supuesto que se daba la presentación y la corrección del momento…Ella es María, mi esposa, no mi hija; nuestra hija es ella y su mano, o dedo, se dirigía hacia mi actual esposa, porque ella fue la única que se trasladó con su mamá a los Estados Unidos a  vacacionar unos días o radicar por breve tiempo en Chicago, por cierto que mi esposa tuvo doble nacionalidad, visa y mica verde…todo…regresando…esa simple pregunta y la respuesta de su esposo le afectó bastante y fracturó toda su vida familiar. Me atrevo a afirmar que eso fue lo que estimuló su regreso  a nuestro país y estancia en Morelia y pensar, y decidir, jamás regresar y no hacer vida conyugal con su esposo…es un puro decir de mi parte. En la fotos, en las fotos, pues son dos, tampoco están mis hermanos —el tiempo detenido por las fotografías indican que era mil novecientos setenta y siete; ellos  – Tomás, Francisco y Soledad estaban en sus cosas; Tomás en la escuela de veterinaria, que terminó y se tituló – por darle gusto a mi madre y, acaso, a su padre, pero ejerció muy poco; su inclinación fue el desmadre, el rocanrol de la política, del arguende político; Pancho en el tecnológico, estudiando la carrera que nunca terminó por enfrentarse y retarse con un maestro y ahí quedó…nunca la pagó, aunque fuera en otro instituto miembro de la  red —sistema nacional de tecnológicos – y Chole estudiaba  los días finales de su preparatoria para ingresar a la facultad de Químico Fármaco Biología, que, también, nunca terminó porque un maestro de esa facultad  le pidió cuerpo para pasarla en su materia y como no se le entregó, la reprobó y lo mandó a chingar su madre y cada ocasión que se lo encontraba en los pasillos o espacios de la facultad se hacían de palabras o por lo menos ella se pasaba su mal momento, por lo que decidió mejor salirse y tener una vida escolar más tranquila, o andaba con su formato de Aquela en las estructuras de los Boy's Scouts – eran mis medios hermanos  y estudiaban y hacíamos muy poca vida de familia…por el lado de mi esposa, sus hermanas – por edades dinásticas, linaje -, era Carmen, casada con un maestro de la San Nicolás, Chucho Puente -, nunca nos frecuentamos, ni ella ni nosotros; de sus hijos nunca supe nada, salvo de Beto Puente, que heredó sus clases en el Colegio de San Nicolás de Hidalgo; de ahí para más todo lo ignoro, recuerdo que antes de que María del Socorro – que así se llamó mi esposa – se casa  conmigo, Carmen invitaba todos los  viernes  a su mamá, y a sus hermanas, a comer en su casa – vivía en una casita en la últimas calle de Vasco de Quiroga, casi en la esquina con Lázaro Cárdenas, lado suroeste; hijos y yo, desde el tiempo de su mamá perdimos la pista, el deseo o la intención de tratarlos – supongo que por  razones familiares; después estaba Esther, de profesión mecanógrafa, adscrita a una oficina del gobierno del estado relacionada con cuestiones agrarias y  de ocupación prestamista – y le dejaba muy buen dinero esto último…nada más prestaba  con el 10% de interés y con prenda de depósito…En algún momento de su vida juvenil-laboral, estableció relación con una persona y de esa relación nació Alejandro, su hijo único y, también, único heredero suyo; era tan especial que ¡hasta a su mamá le cobraba con interés! A las hermanas, no se diga y a mí… ¡al doble! Supongo  que ese pecado que se llama Alejandro abrió una barranca entre ella y su familia y jamás se cerró ni hubo el intento, de ninguna de las partes, para tender un puente y pasar la barranca y  llenarla de olvido. Guadalupe, trabajadora por las tardes  del Instituto Mexicano del Seguro Social como enfermera y también como enfermera, por las mañanas, en el Hospital Civil; los sábados eran sabaditos  y dominguitos alegres – decía viernes social, sábado sexual y domingo descansar y eso hacía - y se iba de rocanrol con sus amigas y cuates, preferentemente estudiantes de medicina, que en el hospital hacían sus prácticas escolares o sus residencias y ahí quedó: se ensartó, empiernadamente, con Miguel Cárdenas – buen físico, que era lo que le agradaban a Lupe, buen molde, decía ella - y de esa relación resultaron dos hijos, mis sobrinos Yunuén y Abrahán -  y ahí quedó y tan quedó que jamás intentó cambiar de pareja. Vivió un tanto cuanto anómalamente con Miguel, lo siguió a donde él trabajo, estudió  - ingresó a la especialidad de Cirugía, de la que acreditó dos años y se salió por indeterminadas razones personales – y se quedó como médico general, mas le dio por la quinestesiología  y masajista, sobada, masajeaba y tronaba los huesos, en fin en eso terminó, por otro lado era muy descuidado y desordenado;  estableció su residencia en Zihuatanejo y allá fue Lupe a vivir con él – o amargarle la vida -; lo que haya sido, lo cierto es que fracasó por una simpleza: trató a un paciente —hacía transfusiones de sangre, de suero, aplicaba inyecciones  - y se le complicó su  estado, entró en coma, casi se murió o se murió…el hecho es que los familiares se le fueron encima, a la yugular  y como no tenía receta, no lo interrogó completamente, las autoridades fallaron en su contra, su mala fama creció y debió salir de ese centro vacacional y se refugió en Uruapan y ahí hizo píe de casa con una dama alta, joven y humilde, además de trabajadora y con ella fue viviendo la vida; sé que  tiene una extensión de tierra de Tancítaro y la explota con papaya Maradol, desconozco si le va bien o mal; ya le perdí la pista; una ocasión intenté buscarlo para conversar un poco, porque éramos, fuimos, amigos, pero al buscarlo, no estaba, dejé recado y teléfonos de casa y personal y jamás me regresó la llamada…No deseo saber lo que pasó – Guadalupe se jubiló en el IMSS y en el Hospital Civil y compró una modesta casita de una planta en la primera calle de Padre Lloreda y ahí terminó sus días y del jolgorio del pasado nada quedó, pero lo bailado nadie se lo pudo quitar; por cierto, le agradaban mucho los toros y fue una fanática de Manuel Benítez, el Cordobés, y varios fines de semana se iba de gira hasta donde toreara y regresaba muy contenta; de sus hijos, que los descuidó totalmente o, muy de cada en cuando,  cargaba con ellos, como la sandía o el jitomate: se compran, la sandía o el jitomate, pero con todo y semillas, los hijos…ninguno hizo nada, desperdiciaron su vida presente y ¿la futura? Nadie sabe nada del futuro, pues del futuro nadie sabe nada. En este momento, el varón sabe algo de imprenta, pero, me dijo mi hija, que su papá se lo lleva a Tancítaro y que por allá le dio una pequeña extensión de tierra para que la siembre y el producto es de él. Desconozco cómo le va. De Yunuén sé que fracasó o ganó en su proyecto de vida, d dependiendo de lo que haya querido o quiera hacer con su vida; por el momento, no está casada, no tiene hijos de nadie – en eso sí mejoró -; ha vivido con Pedro, Juan y Varios y actualmente vive con un agente de la policía judicial, pero más allá, nada. La hermana que sigue es María Eugenia, de formación químicofarmacobióloga, egresada de la facultad de química farmacobiología; trabaja en el centro de salud, en el área de laboratorio y análisis químicos; cuando la conocí tendría unos veinticinco años y ya trabajaba en el Centro de Salud y era novia de Tomás, con quien finalmente se casó. Contrajo matrimonio por cumplimiento, pues ya estaba embarazada de María

Eugenia, su primer hijo, hija en este caso, lo que comprueba que una mujer se embaraza cuando quiere, pues por ejemplo, ella era químico farmacobióloga, ella pudo haber evitado el embarazo o saber, antes de la no presentación de su regla, y proceder, pero quiso embarazarse y así fue; una bonita niña Maru; Tomás fue ingeniero civil; su papá fue maestro de obras o como se diga, una persona que era el segundo de a bordo  en una compañía constructora que hacía carreteras, hospitales, casas, cualquier obra financiada  por el gobierno, pero tomaba bastante, lo que imitó o heredó su hijo y eso, a los dos, los llevó a la tumba, pero, desconozco al señor, que también se llamaba Tomás, lo que sí sé es que a Tomás mi cuñado, por complicaciones de la diabetes, por alguna circunstancia no le cicatrizó nunca una lesión en una pierna y se la debieron de amputar y, para mayor complicación de su vida personal, frecuentemente se caía y maldecía su suerte; de sus hijos ignoro la ruta de cada uno; solo recuerdo que Tomás, el primer hijo varón, no estudió  e ingresó como trabajador del Organismo Operador del Sistema de Alcantarillado y Agua Potable de la ciudad y en ocasiones, le correspondía la ruta de la casa de mi familia y tomaba las lecturas del medidor. De Maru, la mayor, supe, que finalmente, se desempeña como docente en alguna secundaria o primaria de la ciudad y ai la va pasando; de sus restantes hermanos no sé, los que saben son mis hijos, pero no me comunican nada o casi nada. Por esas cosas del destino y de los vericuetos que enreda la vida de todos, mi nieto ingresó a la escuela secundaria particular y los propietarios eran sus familiares por el lado materno y por esa circunstancia le hacían una considerable rebaja, como beca estudiantil, pero ellos  no perdían pues entraban en el 5% de sus inscripción como becas. En relación con esto no fuimos muy atados a las líneas familiares, ni con mi familia ni con la familia de mi esposa; por mi  lado, mis hermanos estaban muy chicos y mi madre era muy poco inclinada a establecer lazos con familias de los esposos, esposas; nosotros intentamos relacionarnos con todos, pero, por ejemplo, con Esther – quien vivía en una casita en Ortega y Montañéz -, en el círculo familiar le decían el Diablo, por su carácter de chismosa, avara, mal hablada, prestamista y nada desprendida: jamás cooperaba con nada para nada, ni para ella misma…era tan, pero tan coda que no compraba papel del baño ni servilletas…el papel copia o de desperdicio en su oficina se lo llevaba a su casa y tenía ese destino;  era muy buena para lavar los trastes y para comer; nosotros intentamos fortalecer los lazos familiares y la invitábamos a comer una vez a la semana,; ella acudía puntualmente y comía todo, de todo, pero jamás mostró interés de llevar algo para comer, para disfrutar aunque lo hubiera en la casa, por decir, un kilo de plátanos, otro de tortillas, un pan de dulce…nada, pero nada; eso sí, para lavar los trastes, era una profesional: lavaba y lavaba todo muy bien, pero un día de una indeterminada  y de no recordable semana, como siempre, llegó sin nada, disfrutó de todo, conversó de todos y comió de todas las personas conocidas y no conocidas y después de la sobremesa, se desprendió de su reloj, anillos y esclavas de oro, sus joyas personales no familiares en X lugar y  se puso a lavar los trastes, terminó y se secó las manos, conversó otro poco más con su hermana y se retiró; mi esposa o algunos de mis hijos las encontró y se las entregó a su mamá y ella las guardó; ese mismo día, ya como a las diez  de la noche, caminando llegó a la casa echando de habladas sobre las joyas…que nos queríamos quedar con ellas, que se las habíamos escondido, que no deseábamos que fuera a comer con la familia, que de seguro ya las habíamos vendido o empeñado, cosas de esas de la histeria femenina de una mujer sola; total, mi esposa le abrió, le mostró el lugar en dónde las había dejado olvidadas y que ella las había encontrado y guardado y que ahí estaban, que no se hubiera preocupado tanto, pues ella pensaba llevárselas al día siguiente o enviarlas conmigo; se retiró sin agradecer nada y en la casa todos quedamos convidados a no invitarla más; su hijo Alejandro Gleen se casó, su primer matrimonio, lo cual es natural y lo hizo con una pequeña dama, muy graciosa, dispuesta a vivir tranquila con Alejandro, pero no le cayó bien a su suegra; como ella era chaparrita y de color muy subido, tirándole a negrita, casi, le puso como apreciativo despectivo finalmente, la Chocorrola y la chocorrola por aquí y por allá y por más acá, hasta que la obligó a separarse, sin importarle el hijo que había engendrado y con un niño bastante güerito . – herencia de Alejandro  - se divorció sin exigir pensión: únicamente deseaba la Patria Potestad del hijo, lo que le concedieron y doña Esther estuvo de acuerdo; ahora Alejando Gleen trabaja en Lázaro Cárdenas, en el hospital de esa ciudad-región y los fines de semana en el hospital civil, allá se casó y por allá vive con su mamá de agregada carnal; curiosamente, hace unos dos años, vino a la casa y mis hijas la atendieron con mucho gusto y conversaron de esto y de aquello y de más allá; para esto Rocío fue agraciada con un perro de raza Bigol – de la raza a la que pertenece el protagonista canino de La Máscara – y se lo regalaron con el nombre de Alejandro y a mi hija se le hizo fácil no cambiarle el nombre al perrito y Alejandro se le quedó al animalito que cuida la casa; total, en un momento  o en  varios de la estancia de la tía en la casa, el perrito fue muy zalamero y se acercó a ella; en algún momento mi hija llamó a su perrito, indicándole que se quitara y más o menos le dijo…

    -    ¡Alejandro!...quíate… ¡salte! El perrito muy obediente a su ama, se bajó de la falda o se quitó de los zapatos de la tía de mi hija y se retiró pero por ai anduvo y mi hija no cejaba en su nombre…que ¡Alejandro no hagas esto!…¡Alejandro no te subas!…¡Alejandro bájate!… y así se pasó los momentos con la tía y la tía sin decir nada se despidió y  el tiempo pasó sin mayor contratiempo y ya casi para dar las diez de la noche…entró una llamada…

- Papá… ¡es mi tía! Mi hija se asombró por la rareza de la llamada…
- Contesta, fue mi respuesta y me subí a arreglar mis detalles personales y dormir…Pasó el

momento y al día siguiente, al regresar del trabajo y disponernos los dos  a comer mi hija inició la conversación…

- ¿A qué no sabe qué me  dijo mi tía Esther?
- No, pero de seguro tú me lo dirás en este momento… ¿no?
- Sí, papá…
- Bueno, pues adelante que se enfría la sopa y el agua se calienta en  los vasos…
- Me desheredó…
- ¿Te qué…?
- Me desheredó…
- ¡Ah! pensé que era una cosa grave…
- ¿Y a que no sabes por qué?
- No,  como yo no le caigo bien desde que me casé con tu mamá…así que nos hablamos

por puro compromiso cuando viene a la casa…así que dime…

- Te diré tal como me lo dijo…
- A ver…
- Rocy- fue la primera palabra…
- Adelante con los faroles…
- Desde esta tarde considérate desheredada, hija…
- Tía, jamás pensé que usted me inscribiría algún legado en su herencia…
- Y no te dejaré nada porque estoy muy molesta contigo…

- ¿Y se puede saber por qué está usted molesta conmigo, tía? Porque lo de la herencia no
me preocupa, en absoluto…
- ¡Cómo se te ocurre ponerle de nombre a tu perro el nombre de mi hijo, si sabes que
Alejandro es mi hijo muy querido!
- Tía…ese no es que yo lo haya  querido…tía…
- ¿Entonces de quién es la culpa?
- El perrito, cuando me lo regalaron ya entendía por ese nombre…así me lo dieron y yo
consideré que el perrito no entendería por otro nombre…
- Pues estuvo muy mal…
- Y así se lo dejé…me disculpo con usted tía y le entrego mis respetos para usted y para mi
primo Alejandro, pero yo no le cambiaré el nombre a mi perrito…
- Pues entonces, estás entendida y tras advertencia no hay desilusión….
- ¿Y colgó, así nomás por nomás, hija?
- Sí, papá…
- ¿Y qué vas a hacer?
- Pues no voy a cambiarle de nombre a mi perro solo porque mi tía se encanijó conmigo
por culpa de cosas sin importancia… Como yo jamás pensé en que mi tía me fuera a heredar algo, que de seguro, además, me disputaría Alejandro, mi primo, no le concedo nada de importancia  a esa decisión de mi estimada tía Esther…

Así que mi hija está desheredada por culpa de Alejandro, el perro de la casa. Nosotros, la familia intentamos varias navidades pasarla con las familias de los dos núcleos, pero cada uno tenía sus rutinas; por el lado de mi madre ella era muy fría, no hacía pachanga, pero sí preparaba comida, banquete familiar, bien hayan sido pozole, buñuelos, tamales o pollos rellenos y/o al horno…de todo un poco, pero mis hermanos andaban con su juventud y no estaban y mi madre se acostaba temprano pues al día siguiente seguía su rutina; por el lado de mi esposa en dos ocasiones acompañamos a su mamá a las fiestas de navidad y año nuevo a la casa de una familia de abogados, en la primera calle de Leona Vicario, pero la fiesta no era de nosotros; éramos invitados y siempre como que queda un no sé qué de pena, pues casi nunca se hablaban las familias y llegar así de sopetón, y en día de fiesta familiar, como que no es muy bien visto y nosotros dos propusimos a doña Mariquita ya no acudir y sí hacer la nuestra, pero realizamos la primera y no fue nadie, ni siquiera su mamá ni la mía ni mis hermanos, solo mi esposa y nuestros dos primeros hijos – uno tendría un año y medio y el otro dos y medio, por lo que pensamos acudir a las fiestas de fin de año con la familia de María Eugenia y Tomás en la casa de ellos, allá por la colonia Obrero, en la calle Ejido, X número, y, después de avisarles y preguntarles qué comprábamos y de llegar con nuestra aportación, la dichosas fiestas eran puro tomar y tomar y como nosotros no fuimos de tomar más allá de lo normal, pues nos dimos en cada una de las reuniones unas aburridotas de Padre Nuestro y Señor Mío, quedando emplazados a no asistir, siempre y cuando fuera de tomar y tomar y tomar…y como de eso se trataba y no percibimos ningún cambio en el trato y comunicación familiares, pues decidimos no asistir más y mejor hacer las nuestras…

Esta tarde mi hija desempolvó una parte de los recuerdos que están guardados con siete llaves y de los cuales no estoy muy orgulloso y quisiera mejor no traer, pero mi hija tuvo la culpa o el destino y los trajo…estaba joven; tendría unos treinta y tres años, casi la mitad de los que tengo ahora…ya estaban sembradas las minas que destruirían mi familia, rompiendo el cielo azul y el firmamento color de rosa, mandando todo a la fregada…trabajaba en la Dirección General de Educación Normal; hacía menos de cinco años que había ingresado a ella adscribiéndome a la escuela normal  rural Gral. Matías Ramos Santos, de la población de San Marcos, Zacatecas, en la que trabajé dos, casi tres años; de ahí, por razones que yo supuse mucho después y que en este momento, no vienen al caso, me designaron Subdirector Técnico de la escuela normal rural Vasco de Quiroga, de Tiripetío, Michoacán… y  estuve ahí con esa función algo así como un año escolar – llegué en mayo de 1974 y me separé en marzo de 1975 para responsabilizarme  y crear de la nada una institución educativa de nivel superior dirigida específicamente a los profesores de educación preescolar y primaria, el programa de licenciatura para profesores en servicio de la educación preescolar y primaria, la que abrió la puerta para que la profesión de profesores estuviera en consonancia con la Ley Federal de Educación…llevaba una vida profesional sumamente rápida, como se dice en el medio "meteórica": en cinco años, profesor de grupo, subdirector técnico, director de institución superior de educación normal, un peldaño más arriba que la dirección de escuelas normales del tipo que fuera con el agravante de que  carecías de todo y partiendo de la nada, todo debía crearse, lo único que existía eran los alumnos el universo destino.

Por supuesto, yo no soy una blanca palomita, soy un hombre y ahora desde lejos y teniendo esas fotos como escenografía familiar, recuerdo que yo no había engañado a mi esposa ni a mi familia, mas en el año de setenta y uno,  una mujer  se me ofreció, me dio espacio, se me puso al alcance de la mano y la tomé; sin saber el futuro estaba a  poco menos de un año de terminar mi posgrado y a un año de cambiar mi centro de trabajo a Zacatecas, en ese espacio vivimos con esa mujer puras aventuras de ocasión con sus prisas, con sus ansias, con sus deseos y establecimos  nuestra rutina:  por  las  tardes,  previa comunicación, encontrarnos, vernos, agarrarnos y darnos nuestro encuentro sexual para gastar la energía que teníamos, pero nada que pusiera en riesgo mi familia, mis hijos y mi trabajo; las cosas llegaron a un punto de emotivo rasgaste pues al trasladarme a Zacatecas, la dama quiso irse conmigo, pero no era ni recomendable, ni posible y todo quedó en una raspadura sentimental y dejé que el tiempo lo zurciera; al trabajar en la normal rural de San Marcos, Zacatecas, entrado el segundo año de mi estancia allá, pareciera que hubiera sido un juego de palabras y de machismo virtual – soy muy tilico, nunca había peleado físicamente con los puños, ni con los pies -, entre amigos pusimos una apuesta: a ver quién conquistaba a X mujer, docente de la normal rural, misteriosa, de gafas y muy seria; con el rival llegamos a las manos y me ganó…quedaron en mi cara los recuerdos de ese momento medieval y la dama, que fue informada por alguien que nunca falta, se comportó como dicta la rutina, con el más débil y se entregó toda entera y vivimos, previo conocimiento de todas las circunstancias de cada uno, algo más allá que una aventura y de ese quedaron huellas, pero nunca lo supe hasta mucho después, cuando mi vida había rodado por otras rutas…en setenta y cinco inicié mis funciones como director del centro de estudios de licenciatura para el magisterio en servicio en Michoacán, con siete centros escolares – tres en la ciudad capital, Morelia, y uno en las ciudades de Apatzingán, Uruapan, Zamora y Zitácuaro, y posteriormente, en Huetamo -, partiendo de la nada – y mi trabajo entre semana era ligero, pero se intensificaba los miércoles, jueves, siendo agotador los viernes y los sábados, porque salía al interior del estado a visitar dos y hasta tres centros el mismo día; por ese año la relación con la dama de Zacatecas se había enfriado, el trabajo, la distancia y las circunstancias de la carretera actuaban; el fin sucedió algún momento de mi función como subdirector de Tiripetío, 1974-1975 -. De acuerdo con ella teníamos la rutina de comer una vez a la semana en la casa o en el restaurant Mitla, de Aguascalientes; generalmente eran los miércoles cuando salía de la escuela un poco después de las once de la mañana, dejando todo arreglado y previstas casi todas las opciones y en mi opelito llegaba a Aguascalientes cerca de las tres de la tarde –me hacía de recorrido un poco más de cuatro horas desde Tiri hasta Agüitas – la carretera estaba pavimentada y no circulaban tantos carros como hoy en día – y como ella ya trabajaba en el centro regional de educación normal, me esperaba, comíamos en casa o en el restaurante-, caminábamos un momento recorriendo las calles ciudad, sus dos avenidas principales, la exedra, el jardín de San Marcos y el centro de la ciudad y después de la caminata a descansar y relajarnos; dejaba la cama cerca de la una de la mañana, me bañaba y salía rumbo a Morelia-Tiri un poco después de la una de la mañana del jueves para llegar cerca las seis , seis y media directo a trabajar viendo la entrada a labores de los trabajadores de servicios y la primera sesión de clases y eso fue todos los miércoles de casi todas las semana, pero un miércoles o corría un poco más rápido de lo usual o de lo permitido por la carretera y por la incipiente lluvia, el hecho es que transitando hacia Agüitas, en el tramo entre Encarnación de Díaz, la Chona – tenía medida la carretera: dos horas a León, con todo y su paso, media hora a Lagos, otra media hora a Encarnación de Díaz y otra a Agüitas, tres horas y media, cerca de cuatro –estaba – y está una curva con peralte de izquierda a derecha y como se había iniciado la lluvia, comenzó a llenar de lodo la carretera, yo, como volaba para estar con ella, no disminuí velocidad hasta que entré a la curva- seguramente me entró un poco de miedo, pise de sopetón el freno  y me salí rebonito – dando un giro de ciento ochenta grados…solo vi pasar a mi lado las plantas del lugar -, caí en una barranca poco honda, plana y el auto se apagó; un chofer de un autobús Estrella

Blanca que venía en sentido contrario que vio todo se detuvo a un lado de la curva, se bajó, fue hasta donde estábamos el auto y yo, me ayudó a salir y me preguntó …

- ¿Cómo se siente, cómo está?
- Bien, atarantado un poco…
- ¿Tiene sangre, le duele alguna parte de su cuerpo?
- No, fue mi respuesta…
- Tuvo suerte…dele gracias al Señor que no le pasó nada…ni una gotita de sangre. Me

Puso una mano en el hombro y se despidió. Revisé el opelito – no tenía ni un rasguño, nada – y salí a la carretera, tomé un camión suburbano –, estaba no más de 25 kilómetros de Agüitas y al llegar a la entrada de la ciudad  me bajé, tomé un taxi y llegué a la hora usual, pero sin carro; ella me preguntó lo que había pasado y, pues le informé; se preocupó bastante. No pudo comer con tranquilidad, ni pudimos comunicarnos sexualmente por su inquietud; después de disfrutar de los alimentos y de un poco de mostrarnos el afecto y el deseo, al caer la noche nos fuimos en su auto – un Nissan modelo X, placas AXT386 -, llegamos en no más de quince minutos, estacionó su auto y bajamos al fondo de la pequeña barranquita; buscamos algún agricultor que tuviera tractor para intentar sacarlo de ahí y llevarlo a la ciudad y, en su caso, entregarlo en la concesionaria GM y lo repararan; no tardamos mucho en encontrar una persona que deseara colaborar, pagándole, por supuesto y ya con él y su tractor, revisamos el auto y dos de las llantas estaban desinfladas, mostrando que el impacto había abierto una pequeña irregularidad en el rin, achatándolo, provocando que el aire se escapara; por lo demás se veía bien, lo abrí, me senté en el asiento del chofer, lo encendí, rugió el motor, comprobé con una revisión más detenida, que todo lo demás estuviera bien – motor, suspensión, chasis, dirección, láminas y demás; hecho lo anterior, el tractorista lo amarró del chasis  al tractor y maniobró para sacarlo;

así, poniendo las luces de emergencia   - el mercurio, flascheador -, lo sacó y nos llevó a la distribuidora GM; - no recuerdo lo que me cobró el tractorista; debió ser una cantidad bastante razonable; le agradecía su disposición y humanismo y me despedí de él;  ahí dejamos  el auto, que después de probar lo de ingeniería y mecánica, nos informaron que era solamente de revisar los  rines, repararlos, ponerlos en círculo-circunferencia total, bien, perfecta y que al día siguiente podría pasar por el él, así que, obligado, pasé esa noche en Agüitas y con ella en su casa – seguramente era viernes y el siguiente día, sábado, porque me quedé a dormir con ella y no me preocupó lo del trabajo en la normal; así que esa n noche dormí sin indisposiciones y desconciertos, ni dudas; no pensé en más, pues tenía trabajo, con atractivo salario, una amante, hasta ese momento dócil y una familia creciente y con una esposa que aun confiaba en mí. ¿Qué más podría preocuparme? Al día siguiente, un poco antes de las  diez y siguiendo las indicaciones del taller nos presentamos en la concesionaria, me indicaron lo que tuvo, cómo lo corrigieron – en las cuatro llantas – y pagando una cantidad irrisoria, me lo entregaron; nos regresamos a su casa; ahí me despedí con la promesa de reunirnos la próxima semana, puse mi maleta en la cajuela de mi Opel y salí a Morelia, en donde estuve pasaditas de las dos de la tarde, como si regresara de trabajar de la escuela normal.

A la semana siguiente, el día acordado entre los dos, llegué a Agüitas – no recuerdo si llevé la comida o nos fuimos al restaurante Mitla, el hecho es que después de los apapachos y satisfacciones carnales nos dispusimos a disfrutar de la comida; comimos, caminamos por el jardín de San Marcos y de regreso a su casa se estrelló el firmamento: Lo sucedido el pasado fin de semana le había impactado bastante y colocado en su mente la posibilidad de un accidente en el cual estuviera en riesgo mi vida, por lo cual ella no deseaba sentirse responsable de mi integridad física, por lo cual, me proponía que todo terminara, pues, finalmente, yo estaba casado, tenía familia y era muy seguro que ella no contara en el momento de tomar una decisión. La petición, envuelta en arrumacos, en apapachos y entrepiernado me tomó por sorpresa. Era lo que menos me esperaba, Hacía apenas cuatro o cinco días que me sentía dueño de mi mundo y con todo el futuro por delante y con esa petición todo, o por lo menos esa parte, se me caía en pedazos: No sé – no recuerdo más bien – qué le argumenté en contra, pero mis razonamientos no tuvieron éxito y se mantuvo en su determinación. Ahí supe o confirmé algo que la vida me mostró desde que entré a la adolescencia, pero que no había valorado en esos momentos hasta en ese instante: cuando una mujer determina algo, ese algo se cumple. Afirmación que en la sexología se  recomienda que cuando,  en cuestiones de las relaciones de pareja, la mujer no quiere… ¡Ni para qué insistir!   Así, antes de las dos de la mañana, ya estaba en el auto de regreso y manejando la cabeza ser me fue a la carretera y no pensé  mucho en la conversación anterior; esperé llamarle, escribirle y así lo hice pero nunca me contestó y en realidad en esos días no sabía por qué las mujeres – de la edad que sea – dicen otra cosa y desean lo contrario; por los sucesos posteriores lo que ella espero, y quiso de mí, fue que dejara a mi familia, me separara de ella y, o dejando mi trabajo o viviendo con ella, siguiéramos juntos en una relación estable y definida, situación que por el momento no  podía resolver ni deseaba definir.

Todo quedaría como una relación más  de las muchas  que llena la historia y  el desarrollo de toda la sociedad: una relación de adultos, lo cual era común y corriente en todas las  épocas. Yo no supe, no sabía que ella estuviera embarazada, esperando un hijo mío; ella no me dijo nada ni yo pregunté.  Ella siguió trabajando en el Centro de Educación Normal de Aguascalientes y yo en

Tiripetío y así quedaron las cosas, pero el destino y la suerte también juegan: desde uno años anteriores, acaso 1973, la Dirección General de Educación Normal traía el proyecto de proponer  a la subsecretaría de educación Primaria y Normal, la creación de una autopista para la formación superior de los docentes y de quienes quisieran estudiar en el sector institucional formativo de docentes y, en congruencia con la ley, transformar la formación y el ejercicio profesional del magisterio, en educación Superior y estructuraba la propuesta de creación de los Centros de Estudios de Licenciatura para el Magisterio en  Servicio; casi  a medio año de 1975, en mayo, se abrió el cauce para quienes quisieran entrar en un camino nuevo, sin claves, sin mayor seguridad de que tus nombramientos, que  tus plazas no las perderías, el que quisiera probarse y medirse, ahí estaba una oportunidad y yo lo hice, lo intenté y levanté la mano y me aceptaron, seguramente porque no había más aspirantes, sobre todo porque la mayoría quiere ir a lo seguro y yo le entré a probar fortuna y dejé la escuela normal de Tiripetío…Esa fotografía tarjo recuerdos del pasado y el heraldo fue mi  hija Leticia.

El correo es inocente y el culpable soy yo, solo, y sólo yo; existen otros culpables, pero eso, en aquél y este momento,  carecen  de importancia; el recuerdo bien de dos años atrás – en este momento 39 años, más de una generación – estábamos jóvenes y nos comíamos el mundo en puñadas; hacía dos años que había debutado como director de nivel Federal en el sector educativo y lo que hicimos con un grupo de maestros en todo el país, y particularmente en el estado de Michoacán,  es y fue historia, que ya no importa a  nadie;  en mi vida se dieron muchas circunstancias que me hicieron más sabio y conocedor de la vida – lo que quiere decir que en esa edad era sumamente pendejo -: en 1975 nombraron director del CREN Arteaga a un amigo de un compadre y este me pidió que, como yo tenía conocimiento de personal  y relaciones con bastante gente del estado, le recomendara personas de varias profesiones y ocupaciones para fortalecer al CREN y, en realidad, lo primero que hice, de acuerdo con su lista de necesidades, fue proponerle a dos primos míos – Rogelio y Juana – para chofer y bibliotecaria y /o prefecta – y a una enfermera con quien yo había te3nmido un trato natural  de adultos             en el reciente pasado, antes de emigrar hacia San Marcos, Zacatecas; en realidad yo no tenía ningún residuo de afecto con ella, pero cuando una mujer dice algo y quiere algo, lo hace y lo cumple, aunque sea un capricho y un berrinche… Las cosas fueron así: dentro de la lista entregada se me pidió reco0mendación y nombre y disposición de personal del área de Didáctica, Ciencias de la Educación y/o pedagogía; sugerí a dos docentes, cuyo nombre no viene valor en este momento y la aceptación fue recíproca: tanto el director del dio el visto bueno, como la aceptación de ellas para irse a trabajar a 320 kilómetros de la civilización; el tiempo pasó y un indeterminado día, a una hora que no recuerdo y que no tiene importancia recodarla,  entró una llamada al teléfono de la oficina; era una de mis recomendadas para el área de Pedagogía-Didáctica- Ciencias de la Educación; me informaba-comentaba – sin pedirle - que estaba la mar de bien; que disfrutaba cada fin de semana de las playas de Zihuatanejo, que el clima estaba así, que la vida institucional era asado, en fin, que lo único malo era que estaba muy lejos de Morelia, pero que todo lo demás se compensaba por los fines de semana y lo días de tianguis para surtir la despensa, pues en pueblo faltaba todo, desde leche  hasta dinero, pues ni bancos existían…con pena me pidió que si le podía mandar por paquetería  de los Galeana algunos víveres frescos, como piñas, naranjas, leche, azúcar, jabón para lavar y de tocador…en fin, cosas de esas, mínimas,  que no me costaban nada hacerlo, a lo cual me comprometí…en el desarrollo de la plática telefónica, adjunto a la petición de comunicación con lo que había dejado de comodidades de la vida familiar me dijo dos cosas; una en broma y la otra en serio…

- Tú eres culpable de lo que estoy pidiendo
- Bueno, si tú lo ves así…de acuerdo…Pero recuerda que fue una propuesta y la decisión 
de irte fue tuya…
- Sí, hombre ya lo sé…era una broma… no sabes lo agradecida que estoy; este trabajo me 
dio la oportunidad de encarrilar mi vida y hacerla más productiva…me estoy formando como maestra  y teniendo buenos ingresos, muy buenos  ingresos – en ese tiempo trabajar en la zona del pacífico llevaba en anexo un sobresueldo del 60%, superior en un  40% mayor que el común de pago en todo el estado. Si me hubiera quedado en la ciudad…quién sabe cuándo se me hubiera presentado una oportunidad como esta…profesionalmente estoy muy bien, ganando muy bien…solo está la cuestión sentimental, la afectiva femenina, pero todo, como este trabajo, llegará a su tiempo – lo que se le cumplió -…

- No hay nada qué agradecer…Andrés está muy satisfecho de ustedes dos – la otra 
maestra y ella  -;
- ¿De veras?...
- No tendría razón para mentirte…es la verdad, solo la verdad…
- Se agradece…
- Por cierto…
- En realidad y ahora que tocas este punto, jamás supuse que aceptarías…
- ¿Por qué no?..
- Era muy difícil para una mujer de tu nivel y de tu edad, dejar las comodidades familiares

Y proyectar nuevas expectativas futuras femeninas, familia, novio, hijos…en fin

- Todo a su tiempo…era necesario una base…el trabajo…ya está cubierto…ahora a esperar

que llegue lo que tú me dices… por cierto…

- Si de ti no lo creí…de María, mucho menos…Se veía muy pipirisnai…de mucha

crema…como que el lugar y el empleo le quedaban muy abajo…pero aceptó según y, palabras de Andrés,…son una maravilla como maestras…

- Bueno pues tendrás qué decírselo a ella…ahora anda en XXX, en observación escolar

preparando sus próximas prácticas – por cierto ella estaba muy bonita, parecía una virgen…virginal sería la palabra para definir su presencia. Estuvo solo un par de años y posteriormente recibió una oferta de trabajo en el ITR Morelia, como docente responsable del área de Metodología Educativa y ahí le perdí la pista_ A mi amiga la que conversaba conmigo, estuvo ese mismo tiempo y aceptó propuesta para incorporarse en la normal de educadoras de Morelia, que se acababa de independizar de la escuela normal de Morelia y buscaba personal con formación, conocimientos y experiencias y ella llenaba muy bien el perfil de ingreso, además de su juventud y, adicionalmente, era egresada de la misma escuela a la cual se incorporaría. Posteriormente se casó – y sigue casada con la misma persona, lo cual no deja de tener su importancia…-…por cierto…

- Es la tercera vez que dices por cierto…Dime…

- Aquí cerca de mí, está una persona que desea hablar contigo…

- No conozco a nadie que pudiera extrañarme o tener algún motivo para hablarme, salvo

mis primos…

- Quiere pedirte un favor…en recuerdo del pasado…

- No tengo nada que me recuerde el pasado y…
- De favor, como le dije que te buscaría…me pidió que la dejara hablar contigo….
- ¿Quién es?
- Aquí está conmigo…a un lado…
- Pero dime quién es…
- Mejor te la paso…Y me llegó la voz, tímida, al inicio…
- Hola, buenas…tarde…¿cómo estás?...como ramalazo de aire me llegó la voz…era ella, mi eslabón y raspada de hacía tres…cuatro  años…
- Bien…pasándola…
- Me mandaste muy lejos…
- Pero muy tranquilo y bonito…
- Sí…pero está muy lejos…
- Si recuerdas…te dije que la decisión sería tuya…no mía….no hubo obligación de mi parte…era imposible que existiera…
- No hay comida fresca como uno estaba acostumbrado…fruta, leche, crema, cafés, bares…
- Pero está la playa y un futuro con muy buen trabajo…
- Eso sí…No lo niego…pero extraño…
- Se te quitará con el pasar de  los días…eso es normal…
- Pero…
- Pronto se te pasará…
- ¿Me puedes ayudar…un poco?…
- ¡Por supuesto!
- Como a  ella, ¿no te sería mucha molestia enviarme un pequeño paquete de cosas frescas que por acá no hay y que necesito para mi uso y disfrute personal?

- ¡Cómo no! Yo les aviso…irían, para  las dos, por Galeana… ocurre.
- Gracias…te lo agradeceré…
- No hay por qué darlas…
- Oye, pensé que no querrías hablar conmigo…
- No existe ningún motivo para no hacerlo…
- Es que como oí que dijiste que no había nadie que pudiera extrañarte o tener algún
motivo para hablarte, para comunicarse contigo…
- Y en realidad no lo hay, salvo mis primos…a  ti no te recordaba…
- Pues sí…aquí estoy…un poco por tu culpa…
- No me culpes a mí…tú aceptaste…
- No es como culpa…quise venirme…de todo me siento bien…pero la distancia…las pequeñas cosas de mi vida familiar…
- Eso nos pasa a todos cuando salimos..
- Pero aun me siento unido  a todo eso…
- Te dije que era natural…se te quietará…cundo te vayas integrando con la demás gente,
con los compañeros, con la gente del pueblo…cuando te paguen…cuando conozcas a jóvenes…
- Ya me están pagando y pagando bien…
- Cuando aceptes que esto que hiciste es para reconstruirte sentimentalmente…
- Es muy difícil…se viven recuerdos…pero yo quiero regresar…
- Será difícil…
- No lo sé…pero por el momento…ayúdame….
- Te haré el envío que pides…puedes esperarlo pasado mañana…mañana lo hago y lo haré
cada semana, los martes los pueden recoger…
- Está bien…hasta pronto…colgamos y yo me sentí tranquilo…Como lo ofrecí cada semana,

religiosamente hacía un pequeño atado y lo enviaba…llevaba un fruta, un poco de abarrotes, jabones de baño, papel sanitario, en fin, lo que me pedían y allá iba el dichosos paquete…lo que no pensé fue que ella establecía un lazo sentimental que semana a semana se fortalecía, algo que yo no consideré… le dio por hablarme una vez a la semana, después dos y hasta tres…entraba la llamada desde casi la costa, pero una de ella fue diferente…después de las palabras de siempre y las respuestas usuales llegó lo personal y lo que no debí hacerle caso

- Estuve pensando mucho tiempo en decirte lo que sigue…
- Estoy a tus órdenes…
- No lo sabes, porque tú prima Juana es mi amiga…
- ¡Qué bueno!
- Es mu y franca y sincera conmigo…
- Te repito que qué bueno que son amigas…
- Ella me ha contado cosas de tu vida familiar…
- ¿Y ella cómo las sabe?
- Supongo que… la verdad no los sé, pero ella me dice que todo lo que me cuenta es
cierto…
- Bueno, pues no le concedas importancia…si lo son y lo digo condicionalmente, sin
aceptarlo, solo para la conversación…
- Bueno, como sea…en base a lo que ella me contó…te pido me concedas el favor que te
pediré…
- Dime y si no es muy grande o puedo relacionarme con alguien para que te ayude y
resolver lo que te me pides, dime…
- No es nada de dinero…ya estoy cobrando…sigo cobrando…

- ¡Ah! Entonces dime…
- Se acercan las vacaciones de primavera…
- En abril…sí…
- Ya están cerca…
- ¿Qué te parece si me invitas un café?
- De acuerdo…
- Entonces nos vemos por la tarde…tal día…en el café París…
- ¿Dónde está?
- Está en la Madero, antes de llegar a Cuautla  y Riva Palacio…
- ¿Por dónde?
- En la Madero, entre Nicolás Bravo y Lerdo de Tejada…
- ¡Ah! Sí ya lo ubiqué. De acuerdo…
- Entonces allá nos vemos…
- Así será…
- No dejes de mandarme el paquetito de víveres…ya me acostumbré a eso…me une a todo

lo que está allá…

- No te preocupes…te lo seguiré mandando…Y colgué…Mi vida siguió su rutina, el trabajo

diario en el CELEN me absorbía todo el tiempo, la familia y mis clases  de Literatura Española, Universal, Iberoamericana, en la normal superior, se llevaban el poco tiempo libre  y esa conversación quedó en el olvido, hasta que se llegaron las vacaciones y el día acordado… cinco de la tarde…hacía un poco más de un año que no la veía – la entrevisté para ofrecerle el trabajo en Arteaga, posteriormente cuando me dijo que se iba y presentarla con el nuevo director…parecía ero no había nada, ni rescoldos de la pequeña aventura tenida en nuestro común trabajo en el Albergue. Parecía que todo estaba olvidado. Ahora, cuando la vi nuevamente casi no había cambiado…seguía igual de delgada, bueno, no flaca, pero tampoco obesa ni excedida de peso, igual que como la había dejado de ver - … como de un metro sesenta, morena clara, pelo lacio, negro – se hacía cola de caballo o trencitas; busto copa, entre  A y B, pómulo delgados no sobresalientes,  boca mediana, ligeramente  entre abiertos, el superior formando una M, labios carnosos, el inferior un poco más grueso, manchas en la piel – como su papá y heredadas en toda la familia de su papá, al que conocí años más tarde -, ojos negros, dientes muy bien formados, blancos y parejos, manos suaves, cejas  recortadas en determinado lugar de la órbita ocular – la línea unida a la nariz más ancha y sumamente delgada pasando de la mitad del arco de la ceja -; nariz un poco chata, pero no aplastada; atractivas líneas de su cuerpo, su cintura era delgada, el llamado derrier era muy accesible, había bastante proporción entre al dorso su cintura y su cadera…era un cuerpo muy atractivo, sin  ninguna imperfección… con unas piernas no torneadas, pero sí muy llenos de líneas desde su nacimiento en la cadera hasta la planta de sus pies…en cuerpo sumamente perfecto para ser adorado, descansando en unos pies pequeños, muy bien cuidados, sin callos ni una uña enterrada, nada…de diosa; vestía con naturalidad, sin excesos, sin sugerir nada; lo mejor era cuando estaba desnuda…un cuerpo de vestal -: ese día usaba ropa formal,  casual, nada extravagante, una blusa de colores suaves, manga corta y un pantalón delgado, de colores suaves, frescos, una suéter ligero que combinaba con el pantalón y sus pequeños pies descansaban en sandalias del color del pantalón, color agua, efecto de vivir en el trópico;  cuando llegué aun no llegaba, no había ningún parroquiano;  me senté en cualquier mesa; era una cantina disfrazada de café, que por las tardes, al caer la noche se convertía en pista de baile y lo que sucedía después no era responsabilidad  de  la  administración;  esa  tarde  no recuerdo ni qué colores  adornaban su bello cuerpo...se acercó a mí, me saludó de mano, le ofrecí asiento y me levanté para acomodarle la silla, frente a mí...

- Estás, y te ves,  muy bien...
- No sea mentiroso...
- Es la mera verdad...pero si no lo aceptas, de acuerdo...
- Bueno, ya di este paso y no me arrepiento...
- No te entiendo...
- Ya lo entenderás...
- Bueno, estoy a tus órdenes... Se acercó un mesero...ordenamos...ella un café y yo una

refresco de toronja. Se retiró y en pocos minutos ya estaban nuestras bebidas frente a nosotros; en lo que llegaban  conversamos de todo y de nada...

- ¿Cómo está la familia?
- ¿Cómo están mis hijos? – Yo tenía cuatro- dos hombres, los mayores y dos mujeres, las

menores -.

- ¿Cómo está tu mamá, tu abuelita, tu tío Juan, tus hermanos y Lourdes?
- La respuesta se sintetiza en una palabra...BIEN, a secas...Cuando el mesero trajo las

bebidas y azúcar, y las colocó frente a nosotros, se retiró...se abrió un silencio roto por el ruido de la cuchara que resolvía el azúcar en la negra bebida... levantó su taza y lo probó...me serví un poco de mi bebida y disfruté su sabor...no sabía que ahí  iniciaba un matiz de mi vida que me la cambiaría para todo el resto de mi existencia...comenzó como si nada, como todas las cosas trascendentes, como algo casual, rutinario. Realmente estaba expectante, pero no lo demostraba; lo que esperaba me dijera era que deseaba cambiarse de lugar de trabajo  y que le ayudara o que quién sabe qué esperaba...pero nunca lo que me dijo...

- Tu prima Juana me dijo algunas cosas de tu vida familiar…por ahí empezó…
- Y ella… ¿cómo sabe, cómo lo supo?
- Supongo que tu mamá le dijo…
- Bueno, Juana no ha visto a mi madre desde hace sus buenos dos años, tal vez año y

medio…así que …

- ¿Lo que me dijo es mentira?, preguntó…
- Seguramente sí…
- Pero sé que tienes problemas con tu esposa…que afecta tu vida familiar…
- Es posible, pero son problemas cotidianos, de rutina, como todas las familias…Como los

que hay en tu casa, en las casas de todos…

- También lo sé por tu mamá…
- ¿Y cómo lo sabes tú? ¿La has visto a ella, la conoces?
- No… no la conozco, pero Rogelio,
- ¿El hermano de Juana?
- Sí…él…
- ¿Y él, cómo se enteró?
- Él, seguramente en alguno de sus viajes para acá o pasando por Morelia, pasó a

saludarla y le habrá contado…

- Es posible, pero como te dije son problemas cotidianos en todas las familias, con o sin

hijos…pero…esto, ¿a qué viene al caso?

- ¡Ah! Aquí está la razón por la cual te pedí que vinieras a esta cita en este café…
- De acuerdo…dime, ¿vas a darme una receta para no tener problemas familiares?
- No, nada de eso…se puso seria, dejó de jugar con la cuchara del café y me miró muy

seria, bastante seria…jamás pensé ni esperaba lo que me dijeron sus palabras…

- Tú, a grandes rasgos conoces mi vida; fuiste parte de ella, si tú quieres eres una página

en ella…sabes que ya no soy señorita, que me entregué a un alumno de la escuela donde trabajan mi madre, mi abuela y mi tío…me afectó mucho que él no me cumpliera y que se olvidara de mí…he andado con muchos hombres, hasta contigo…estuve a punto de irme contigo a la normal en donde trabajaste…

- En san Marcos, Zacatecas…

- Ahí… te hubiera hecho pie de casa…de familia…

- ¡Qué bueno que no te fuiste!

-  Hubiera sido todo muy diferente…

- Desde tu óptica, pero…bueno, eso pasó y ya…dime…aun espero lo que me dirás…

- Me fui a Arteaga para tratar de olvidar…para tratar de ser otra, para rehacer mi vida

sentimental, pero no he podido…no puedo olvidar, no puedo dejar de desear, de desear amar, de ser mujer…deseo ser querida, amada y deseada…yo por allá no tengo futuro…

- Es donde más futuro tienes…

- Tal vez tengas razón, pero no quiero arriesgar…deseo algo seguro

- No hay nada seguro en la vida…lo único seguro es la muerte, pero es insegura la forma y

el lugar y el instante…

- Bueno, soy enfermera y eso lo sé…

- Tu futuro está allá, fuera de aquí…

- No sé si será así…pero

- Bueno, si es tu decisión…dime…trataré de escucharte y si está en mis manos ayudarte, lo

haré con mucho gusto…

- Sí está en tus manos…

- A ver…

- Sé que tienes problemas con tu esposa, que ella 
no te comprende…
- Como sucede casualmente en todas las 
familias…son dificultades entre adultos por 
minucias, por el trabajo…porque los tiempos no encajan 
con las necesidades familiares, porque…por muchas 
causas que día con día se forman y se resuelven…
- No lo sé, y tal vez ni quisiera saber, pero resulta 
que me interesas…Me quedé de a 
seis…hacía tiempo, tres o cuatro años que nuestra 
pequeña aventura sentimental de mil novecientos setenta y 
uno había pasado; supuse que al estar el tiempo de por 
medio se había apagado, pero por alguna razón – esto lo 
reflexioné mucho después - ella aun mantenía  calientes 
las cenizas …
- Pero si ni si quiera hemos hablado desde que 
pasó  aquello…regresé y me dediqué a 
trabajar…yo no te busqué….tuviste tiempo para llenar tu 
vida sentimental con alguien o con varios…
- Aun te recuerdo…te busco en las noches, leo tus 
cartas, vivo lo que hicimos, nuestras 
prisas, nuestros escapadas y nuestro amor de jóvenes…
- Eso para mí está muerto, olvidado…no tiene caso 
(En realidad yo ya no quería 
complicaciones; estaba muy reciente la experiencia con la 
dama de Zacatecas y Aguascalientes y me dedicaba en 
cuerpo y alma a mi trabajo y a mi familia. Y era verdad 
deseaba un poco de paz y tranquilidad para dedicarme a 
mi familia y a mi trabajo)…
- Te escucho y sé que no es cierto…para mí lo 
cierto es que tú tienes problemas y te 
ofrezco lo siguiente…
- Te escucho, como te dije…
- Quiero que me aceptes como tu otra mujer…(Me 
quedé pensativo y sus palabras las oía

muy lejanas)…Ser la  otra en tu vida…no te daré complicaciones, no te haré problemas, no quiero hijos, ya viví la experiencia de ser un hijo sin padre y no quiero eso para mi hijo o hija…

- Es terrible…
- No sé si será así, pero no quiero hijos, ni tuyos ni de nadie…(hasta el momento no tenía

nada  que responder, ella seguía haciendo uso de la palabra)…Jamás te buscaré para darte algún motivo de disgusto…Nunca te pediré dinero como gasto…lo que tú me quieras comprar, lo que tú me quieras dar…como deseo, nada por obligación…

- ¿Qué quieres que te diga?
- No me des la respuesta hoy…si gustas nos vemos mañana, ya sabes en dónde vivo y nos

encontramos en la parada del camión y de ahí nos vamos a platicar y listo…si tu respuesta es no, te entenderé y asunto mío…si me dices que sí…viviremos  muy a gusto …

- Bueno, aceptaré tus palabras y mañana nos veremos, a …¿…?
- Las cinco y media, ¿te parece?
- Está bien…Ahí estaré. Seguimos conversando sobre su estancia en Arteaga, sus paseos

con las compañeras, el clima de allá, los  alimentos y cosas así… un poco después de las seis nos  separamos y ella, en contra de mi voluntad, pagó las bebidas, le retiré la silla para que se levantara y salimos sin tocarnos para nada…la tarde había caído totalmente, soplaba un viento frío y nada presagiaba nubes negras en el horizonte…todo era claro…La verdad es que, sin justificación alguna, era algo extraño…en mi corta vida de hombre, empezaba a construir mi experiencia y conocimiento de mi vida misma…hasta el momento, de todas las mujeres que había conocido, existía una constante: de las mujeres que yo elegía y ellas aceptaban, siempre resultaba a la postre , un fracaso sentimental desde el inicio; en cambio, de las mujeres que se me acercaban y establecíamos algún tipo de relación, el tiempo era disfrutable desde el primer momento; así había sido con la dama de Zacatecas, con… ¡Era tan corto el universo de ellas!...regresé a mi casa y en realidad no le concedí demasiada importancia a ese hecho; desconocía que la vida se va anudando momento a momento y que va cambiando instante a instante… como mi esposa aun confiaba en mí, no tuve ningún problema para salir al día siguiente…el trabajo excesivo era el gran justificante así que a las cinco de la tarde, en mi Opel me encaminé hacia la salida para Pátzcuaro y llegué al paradero de los camiones a la Presa en no más de diez, quince minutos; ya estaba ella ahí…recargada en un árbol cuyas ramas estaban chuecas desde la horqueta y permitían sentarse en ella…vestía un pantalón tipo overol, de peto, color gris y una blusa de manga larga, color azul muy tenue y zapatillas de casa…su pelo estaba recogido en cola de caballo…acerqué mi auto donde estaba ella…descendí…

-   Hola, le dije, buenas tardes…le tendí mi mano

-   Muy buenas…la aceptó y caminamos hacia el
    auto; le abrí la puerta de su lado…entró, se
sentó y la cerré…

-   Al entrar le pregunté…Vamos hacia …

-   ¿Qué te parece si nos regresamos a la ciudad y
    nos detenemos en algún lugar que no
tenga mucho paso de carros y platicamos…?

-   Me parece muy bien…Encendí el auto, maniobré
    para regresar a la ciudad y a la mitad
del camino tomé hacia mi izquierda, rodé rumbo a la salida a Quiroga y me detuve en lo que ahora es la unión con la avenida Periodismo…ahí nos acomodamos, ella en su asiento y yo en el del conductor…

-   Oye, pues no pensé mucho en lo que me ofreciste
    y aunque no tengo mayores

problemas con mi esposa, sí deseo tener alguien con
quién platicar de otras cosas, con quien disfrutar
de la vida y descansar, porque llegar a la casa y tratar con
lo mismo de todos los día, como que no deja buen sabor
de boca…

- Me parece bien…
- De por sí ya con el trabajo diario y con el trabajo
de fin de semana, las salidas y los
asunto de cada centro…acabo hecho un trapeador…
- Bueno, si esa es tu decisión, de aceptar mi
propuesta de vivir algo más que una
aventura, qué te parece si te cambias de asiento y te vienes
para acá y yo me recuesto en ti…
- Me parece muy bien…Y diciendo y
haciendo…salí del auto, le di vuelta y abrí su
portezuela para que ella saliera; cuando lo hizo, me senté
en el asiento y abrí las piernas y ella se sentó en el espacio
que dejaba el amplio asiento del Opel…ahí descansó sus
brazos en mis piernas y yo la abracé y la apreté en mi
pecho…sin decirnos de palabras nada, dejamos que
nuestras sensaciones dijeran todo lo quisieran y sintieran y
comunicaran y callados, su cabeza descansando en mi
pecho la caída de la noche y nos besamos varias veces
entregando en esa caricia la confianza de ese  momento y
la muy posible del futuro…el primer beso fue de verdad
muy ansiosos de su parte…dejé que me devorara y su
boca dejó guardado el aire por más allá del más lejano de
los tiempos…su lengua se enredó con la mía y nuestros
dientes chocaron y chocaron sin lesionarse, sin dolerse, sin
morderse…caía la noche y me susurró algo…

- Te deseo…
- Yo también…
- ¿Puedes rodar hacia aquel hotelito al que íbamos
hace un poco de tiempo?
- Sí…está muy cerca…todo es cuestión de querer y
queremos…Y hacia allá rodamos…ese

hotelito estaba en lo que eran las goteras de la ciudad…llegamos en unos tres, cinco minutos, pues aun no había el infernal tráfico de estos días…dejé mi auto en la cochera que estaba en la parte de atrás del hotel, pagué - no más de cuarenta pesos -, me dieron una llave, subimos la escalera y entramos a nuestra habitación-casa por algo menos de dos horas…ahí nos desatamos…nos atrajimos los dos, nos abrazamos, sin sentarnos en la cama…parados nos besamos infinitamente, largamente, vorazmente…sabíamos a lo que íbamos y no teníamos prisa…acarició mi nuca, mi pelo…, acaricié su cuerpo, sus senos, su cintura, me metió mano a la entrepierna, le subí la mano hasta su pantaleta; acarició mi pantalón, me excitó, le toqué el montecito de su vello púbico, me desató el cinturón y me bajó el cierre; metió su mano y sentí la calidez de su piel, la suavidad de su mano; ella no puso objeción alguna a que le bajara su panty le acariciara su bajo vientre …deslizamos…bajamos las ropas hasta el tobillo y así nos acostamos… el beso largo, intenso, húmedo, heraldo de la lucha que vendría después, nos sirvió de entretención para poder desnudarnos…con la piel de cada uno, aceptamos que se comunicara con la otra y ahí perdimos noción de cada uno, de los dos, para ser sólo y solo uno dejamos que nuestros cuerpos, la piel de ellos, y nuestros sexos se reencontraran y se alimentaran…no existía otra mujer en ese momento más que ella, ni otro universo, más que ella, ni otro futuro más que ella; vamos, no había futuro, solo presente. Supongo yo, que para ella, desde su óptica, no existía otro futuro seguro más que yo y que si estaba en ese momento cerrando con su sexo el trato de su ofrecimiento carnal, lo ratificaba: sería mía solo porque ella consideraba que no había más, no porque yo fuera un adonis ni porque fuera rico, era tan pobre como ella o menos y porque tuviera poder – si lo tuviera, nunca me di cuenta o tuve una visión de poder en función de los puestos de servicio en donde he estado y servido - : carecía de poder…era muy posible – y la vida  demostró mi juicio – que su percepción cambiara con el evolucionar de las circunstancias, pero en ese momento su  universo, su religión, su credo era yo; para mí era diferente: tenía esposa, familia, trabajo y la abierta posibilidad de dejarla y tener otra o que buscara o que se  me ofreciera. Para ella, y en función de sus circunstancias sentimentales, de afecto y sexuales, así como laborales, en ese momento no había más opciones que yo y así lo entendimos y nos dimos gusto por unas dos horas… ¿Qué hicimos? Lo que toda pareja que se desea hace: se entrega y ya. Con el correr de los años en alguna parte leí  - en mis cursos de sexología educativa  y conversamos , maestros y condiscípulos, sobre eso – que cuando una mujer desea que la amen, que la cojan, tener sexo, no se anda con inhibiciones ni con prejuicios, solo deja que hablen sus apetencias, sus deseos y sus emociones, sus instintos y así lo hizo, como así lo hacía en ese  cercano pasado al cual no nos referimos; cuando sentimos que ya era un poco tarde, sobre todo para mí…nos dispusimos a salir, ni sin antes de bañarnos, sin mojarnos el pelo y sin usar jabón, pero eso sí, varias pasadas por el agua de la regadera…cuando estuvimos listos, nos dimos un beso suave, ligero, sin mayor carga afectiva  ni de deseo…salimos a la noche –serían cerca de las ocho, acaso pasaditas – y bajamos, dejé la llave y ella se dirigió al auto y al regresar me esperó a que le abriera la puerta de su lado; así lo hice; di vuelta, abrí la puerta y me senté y encendí el carrito; maniobré para salir y ya en la carretera conversamos…

- 	Me iré este fin de semana…

-   Dentro de dos días…

-   Sí…Mary pasará por mí y por Oly… ella quiere manejar con luz y llegar sin prisas y
descansada…

-   Lo que me parece bien…serían seis, siete, hasta ocho horas o más…

-   Y ella sola…

-   Bueno, tú dime qué hacemos…

-   Bueno, tú sígueme mandando semana a semana el pequeño paquete de víveres  con lo
de siempre…

-   Eso no es ningún problema…

-   ¿Cuándo vas? …

-   ¿A dónde?

-   Allá, a mi escuela…

-   Es muy pronto, pero sí deseo estar unos días de descanso…

-   Si gustas…un fin de semana…

-   En fin de semana no puedo…se me complicaría demasiado por mi trabajo de fin de
semana…déjame ver…

-   ¿Entre semana?

-   Todavía es más factible, es muy posible…Martes, miércoles…veré…

-   ¿Me avisas?

-   Sí claro….¿Vives sola?

-   No, con Oly y con Mary…

-   Entonces, ¿Cómo se le haría? ¿Cómo le harías?

-   Ya veremos…tú nada más avísame y arreglaré todo…

-   Pasando a otra cosa, ¿Cuándo vendrías?

-   Pensaré en venir cada mes…con las muchachas nos vamos cada fin de semana a

Zihuatanejo…así que no tengo ningún problema…nadie se me acerca y como sabrán que salgo contigo y pensarán lo que es, nadie se me acercará con otras intenciones, y ni yo quiero…no deseo tener complicaciones contigo. Como te lo ofrecí, seré tu Otra Mujer…De eso ten la seguridad…tengo el teléfono de tu oficina y ahí nos comunicaremos, pero de favor, llámame por lo menos una o dos veces por semana, ¿Sí?

- Así lo haré. Quedamos en eso…
- ¿Cuándo me llamarás?
- El martes, a las seis de la tarde, a la caseta. ¿está bien?
- De acuerdo…en la plática recorrimos los seis kilómetros de distancia  entre Morelia y su

casa…Un poco antes de llegar  nos dimos un beso…ella bajó su mano y endureció su placer y yo solo suavemente le toqué sus senos. Nos detuvimos, bajé para abrirle la puerta. Se bajó, nos despedimos de mano y se retiró, se alejó de mí…De regreso a la casa manejé tranquilo como si no hubiera colocado la mina que destruyó completamente el aura de felicidad y tranquilidad de mi familia.  Ella era, fue y es la mina que con su explosión  le dio en toda la madre a mi vida familiar. Uno como hombre, o al menos yo, no pensamos en el más allá, en lo de después. Solo el momento  y el momento era placentero, reconstituyente. Tenía dos mujeres; una de ellas cabeza de mi familia con la que ya había procreado cuatro hijos – dos varones y dos mujeres  y la "otra", con la que no tenía hijos y era deseo específico y acuerdo entre los dos, de que no tendríamos hijos y que, además, no me causaría problemas de ningún tipo y, como complemento, trabajaba, y estaba lejos, y, además, estaba bien pagado. Jamás se me ocurrió pensar, recodar más que pensar, que William Shakespeare definió a la mujer como una inconstante, en alguna de ellas tiene la expresión… "Fragilidad, tu nombre es mujer" y así es y así fue.

Mi vida laboral y familiar se fue deslizando de una
forma tranquila, los hijos crecieron,
las responsabilidades también y mi trabajo fue creciendo
porque los cursos ofrecían resultados financieros y
curriculares deseados por el maestro-alumno: un poco
más de ingreso y mejoría escalafonaria, además de
reconocimiento profesional y, por el lado, acaso menos
visto, conocimientos y experiencia que serviría en sus
acciones de tipo académico, profesional.

Total, pasó setenta y seis y las cosas empezaron a
rodar favorable y desfavorablemente,
porque así son todas las cosas: nunca una cosa, un hecho
es totalmente buena o favorable o totalmente desfavorable
o en otras palabras, todo bien trae un mal y todo, mal, en
contraparte, produce un bien o en palabras un poco más
encillas, el bien y el mal están íntimamente ligados y una
cosa o una acción  es buena y mala al mismo tiempo,
dependiendo de quién la vea y cómo la vea. Y así fue, la
vida fue tejiendo el abrigo que arropó mi desdicha: la
directora de la escuela secundaria de La Huerta, centro de
trabajo de casi  toda su familia, y lugar en donde vivía su
mamá y abuela, le ofreció trabajo: veintiocho horas y
como enfermera y sin pensarlo agradeció- aceptó  la oferta
de trabajo al  director del centro regional de Arteaga, se
despidió de sus amigas y se regresó a Morelia-La Huerta; a
mí ni me consultó, solo me enteré que ya estaba aquí
cuando me habló y me citó en el mismo lugar y a la misma
hora: el crucero y parada de los camiones en La Huerta;
extrañado por ser día hábil , asistí  y después de las
palabras de rigor y ya dentro del auto, y en el hotelito y
después de la entrega y comunicación sexual, me dio la
infausta noticia y como yo no tenía vela en el entierro y,
además, ya estaba consumado el movimiento, no me
quedó más que aceptar o decir la última palabra. Está
bien.

Con ella aquí, se me dificultaron las cosas familiares, pero como aun contaba con la
confianza de mi familia y como tenía como justificante el trabajo, no tenía mayor problema, porque, además, mis ingresos no sangraban, no daba dinero a la otra persona, todo parecía andar y estar bien, solo que mis errores se fueron acrecentando: salía con ella a mis centros de trabajo, lo que representaba más gasto y más exposiciones públicas  - aunque eso me permitía separarme de las reuniones festivas del personal de los centros de trabajo y paulatinos cambios, insensibles cambios en la mentalidad de ella, evoluciones que fueron construyendo una estructura de fortaleza de ser indispensable en mi vida y así, poco a poco me fue envolviendo al enredadera de la vida externa, aunque yo con mi familia seguía estando bien, muy bien, con todo y mis citas vespertinas y salidas sabatinas y llegadas hasta el domingo.

Yo, también fui cometiendo algunos errores, como me sentía muy bien con ella, en
realidad,  sexualmente se entregaba completamente y en la cama todo valía y hacía. Era una esponja y su boca y su lengua a nada decía que no. Me dejaba satisfecho, aunque siempre guardaba un poco del entusiasmo y energía para el entrego familiar; así las cosas, ofrecí comprarle casa y le compré a través de un préstamos bancario y así fue; poco tiempo después me arrepentí: eso le dio margen y condición para pedir más y más y como lo fui concediendo, más me fue pidiendo: amueblarla, equiparla y estar más tiempo con ella.

Con casa y pagándola, para qué pagar hoteles de paso. Esto fue un furor suyo comprar
tela para sábanas, para colchas, hacer o mandar hacer las cobijas, los cojines y la recámara, en parota, no en pino  y que los closets, que el comedor, que la cocina integral, que el librero para sus libros, para mis libros y que una televisión…y así se puede imaginar que fui ajuarando toda

la casa, sin faltar nada y como la dichosa casa casi siempre estaba vacía, pues muy contadas noches se dormía ahí o se estaba por las mañana, pues se la robaron, no se llevaron la estufa y el refrigerador porque no quisieron, pero de ahí para allá, todo lo que cupo en sus transportes y ahí está otra vez el tarugo recomprando y equipando la casa y, además poniendo puerta nueva con cerraduras de seguridad y, por el patiecito, una red de varilla de construcción para darle un poco de seguridad a la casa o trabajo a los rateros que deseaban desvalijar la casa; después de la compra de los muebles, de los equipos de la cocina – fuimos al Distrito Federal, pasamos allá un fin de semana o con el pretexto de un seminario, reunión de trabajo o algo así, el chiste es que los compramos con Hermanos Vázquez, allá por Buenavista y con entrega domicilio con cargo al mismo precio, que estufa, televisión, videocasetera, refrigerador, licuadora, tenedores, cucharas y vajilla -, de los blancos, de las cobijas, de los manteles y como mandamos hacer el comedor y el librero y sabía el puesto que tenía, de director, pues pedía más y más y yo la dejaba; con lo de la casa tuvo para pedir más y su petición mayor fue que me fuera a vivir con ella y como le contesté que ese no había sido el trato, que se enoja y ese fue pleito; quería que le rogara y que la contentara y como no lo hice, me dio muestra de que doblaba las manos y fue una muy buena reconciliación de fin de semana o de viaje al interior del estado, quedarnos a dormir en algún buen hotel, si es que en mil novecientos setenta y ocho, setenta y nueve había buenos hoteles en Uruapan que no fuera el Plaza; en Zamora, el Jericó, en Apatzingán, La Puerta del Sol y en Morelia, la casa; así transcurrió ese tiempo: ella deseando crecer más en mi voluntad y yo dejándome llevar, nadando de a muertito, pero ella tenía su plan. Le dio por buscar a una persona dizque sobaba para que pudiera tener hijos, pero antes de que ella siguiera con eso, le recordé en lo que se había quedado al iniciar nuestra relación: no hijos, no problemas, no responsabilidades para mí; mas su respuesta fue, que si tenía un hijo, no me pediría nada, que ella trabajaba, y ganaba muy bien; para esto ella había iniciado su servicio con 28 horas en la enfermería de la escuela secundaria de La Huerta y yo con los amigos de la sección XVIII del Sindicato Nacional de Trabajadores de la Educación obtuve las restantes horas para que disfrutara de su tiempo completo, haciendo lo mismo: laborando de enfermera con su mismo horario - de ocho a tres, de lunes a viernes – y dándome las nalgas el día que ella y yo nos pusiéramos de acuerdo y, como complemento, los fines de semana, preferentemente los sábados.

Como pendejo, la dejé hacer y acepté su búsqueda, pues, finalmente, nada me obligaba a registrar la criatura y así seguimos: yo mis tres vidas – la familiar, la laboral y la de pareja – y todos tranquilos, nada parecía o aparecía en el horizonte que pudiera pintar de gris el azul pastel de mi vida, pero la vida es una araña que teje y teje y si caes en sus círculos, ya te fregaste.

Y eso pasó…Me fregué.

En algún momento de nuestra relación, después de tantas búsqueda de la huesera para que le acomodara los huesos de su pelvis y como efecto de tanto dale que dale con el sexo – porque ¡Ah! Qué buena era para coger, para hacer el amor, para cohabitar, para aparearse… era una maestra, una doctora… ¡No tenía llenadera!... Se dejó embarazar o se embarazó, pues ella quiso, pues siendo enfermera y a pesar de que se cuidaba – tomaba pastillas, se aplicaba inyecciones o traía colocado dispositivo intrauterino, se embarazó y eso que ya en tres ocasiones había quedado embarazada, pero como aun no era su tiempo para su plan, aceptó, y/o incluso ella misma lo propuso, abortar, busqué un médico que a eso se dedicara y mi primo Chava me ayudó, recomendándome    con un doctor cuyo ocupación profesional y  de gusto y placer le dejaba más dividendos, por siete mil pesos  en cada caso, nos sacaba de problemas; pero en esa ocasión ella no dijo, ni hizo nada. Se lo dejó.

¿Qué podría hacer? Matarla, arrastrarla, golpearla, dejarla…daba lo mismo…total y tontamente seguí con ella.

Mi pensamiento era sumamente egoísta: si yo le compre casa, coche -¡Ah! Porque ese fue otro gusto, capricho o gusto o deseo: tener coche y se lo compré. Me argumentó: en tu casa hay hasta tres coches y el que tú traes, cuatro; ¿por qué yo no puedo traer coche?…Yo debo y…sí, pues trajo coche…un Caribe, rojo. Y un trabajador de mi centro de trabajo la enseñó. (Aparte, cocinaba muy bien y era muy hábil para las cuestiones manuales, lo que sea de cada quién y como enfermera cumplía con responsabilidad y eficiencia)…decía que mi pensamiento era sumamente egoísta: si le compré casa, coche, le conseguí trabajo, le completo las horas necesarias para que tuviera tiempo completo – 42 horas – como enfermera y en un turno corrido, de ocho a tres y, además, salíamos a pasear a centros turísticos de primer nivel y le daba un poco de dinero y yo pagaba todos los gastos de nuestras salidas y si no le compraba ropa, si no la vestía, sí la desvestía, amueblado la casa dos ocasiones y ordenado-comprar=suministrar  e  instalar  libreros, comedores y closets de la casita,  y, como complemento, le había ayudado a un hermano a que se lo trajeran para acá, que lo cambiaran  de la región de Sahuayo a Morelia y que entrara a la escuela normal de educación física como alumno  y resuelto el vodevil del embarazo de su hermana menor y cosas por el estilo, ¿por qué la iba a dejar para que otro la disfrutara y la llevara al baile y se la cogiera?

No, pos no y por eso seguía con ella …¡Porque me costaba! Y además, y no deja de tener su importancia, cogía muy bien, pero muy bien…condición que mi esposa no llenaba y que hacía la Gran Diferencia.

Así que ella se dejó embarazar…ella quiso, pero hablamos…Obligado por las
circunstancias, un sábado cualquiera, después de  la visita de trabajo a algún centro del interior del estado, ya en el hotel y después de la comida y cogida y a punto de dormirnos, descansando para seguir en el juego sexual,

- Sé que estás embarazada

- Sí…así es…Te lo digo…

- No puedo obligarte a que abortes…en las pasadas ocasiones,  se realizó porque tú lo
querías y porque los embarazos fueron descuidos o deseos que llegaron al arrepentimiento, pero se hicieron por tu aceptación…

- Sí, lo   que sucede es que ya estoy vieja…

- Y eso, ¿Qué tiene qué ver con tu embarazo?

- Es que cuando me decida ser madre, ya estaré en el límite de generar problemas tanto
para la criatura como para mí – en ese año, 1980, ella llegaría a los 32 años, más o menos -. Por…

- Pero la tecnología…ya es…

- …eso lo hice…

- …posible el embarazo a cierta mayoría de edad…cerca de los cuarenta o más, con
vigilancia médica….

- Eso lo sé, pero qué mejor que ahora estoy joven y que no significa riesgo para ninguno
de los dos…

- …Además, no cumpliste tu palabra de no embarazarte…

- Eso fueron palabras y hace tiempo, unos cinco años, más cinco años menos…

- Ahora ¿qué vamos a hacer?

- Seguir como estamos…yo no te pido nada para la criatura. Tengo trabajo, bien pagado,

tengo casa y ella tiene su espacio en esta casa, que finalmente la compraste para mí, pero será para ella, si no tienes inconveniente.

- Entonces, quedamos en…

- Que no te significará ningún riesgo…sigo estando en mis palabras, solo que ya

embarazada y con la posibilidad de un hijo tuyo…no te pediré nada…si lo quieres registrar será tu decisión, no la mía y te juro que no haré nada para obligarte a que lo hagas…finalmente no te necesitaremos.

- Fíjate en lo que dices, después no vayas a arrepentirte…Y al llegar las sombras de la

noche nos dimos un agarrón sexual que me dejó sin nada en las alforjas para el entrego familiar.

Y, bueno, el embarazo siguió su curso, le proporcioné dinero para que se comprara ropa de maternidad y se la mandara hacer, en su caso y, además, acordamos que se aliviaría en un sanatorio particular y para evitar que tuviera que pagar o que nos agarrara desprevenido, le entregaba cada quincena dos mil pesos como ahorro para el gasto del alumbramiento.

Todo siguió normal, hasta el parto. Mi familia, particularmente mi esposa, aunque tenía sospechas, no podía comprobarme nada, pues aunque era, y fue, bastante celosa, jamás le dio por seguirme o contratar a alguien para que me siguiera y le informara, aun no estaba de moda el trabajo detectivesco y sus resultados para fundamentar las infidelidades.

Seguía con mi doble vida y mi doble paraíso, pero la verdad nada es para siempre. Nada dura eternamente y la explosión nuclear vino en octubre de mil novecientos ochenta.

¿Qué pasaría por la mente de ella? Lo ignoro y jamás le pregunté, ni lo haré algún día…

el hecho es que un día antes del nacimiento, había estado con ella… lo recuerdo muy bien….

- Me iré hoy por la noche, después de que vayas…
- ¿Ya hablaste al sanatorio? (Era el Guadalupano)
- Sí…tengo mi espacio…una salita, una habitación sencilla...
- ¿Y a tu ginecólogo?
- También…

Todo está bien…todo está previsto…No te preocupes…

Bueno. Sucedieron las cosas de rutina familiar con ella y me retiré a mi casa. Esa noche fue la última tranquila por muchos años, por lo menos quince  años. Esa noche  No le dije adiós a la paz, armonía y tranquilidad personal y familiar, pero así fue, así sucedió…Al día siguiente mis cotidianidades me distrajeron de la situación del parto de ella y comía en familia  cuando entró la llamada…

- Rin…ring…ring… Y contestó mi hijo mayor…
- Bueno…Bueno…
- Está tu papá…preguntó la ansiosa voz…
- Sí…estamos comiendo…Se lo paso…
- No…no me lo pases…nada más dile que su otra mujer se acaba de aliviar de una niña,

que es suya y que deseo que venga por mí….él ya sabe en qué sanatorio estoy. Colgó –Esa fue para mí, mi buena suerte, porque por la ansiedad de ella no dio datos, como en qué sanatorio, cuándo se había aliviado y cómo se llamaba…Mi hijo mayor, feliz, alegre, en ese momento sufrió un cambio en su vida…cursaba primero de secundaria en la escuela técnica…Vi cómo se quedó asombrado, la piel, güerita, se le puso pálida, roja, un color se le subía y otro se le bajaba…también él colgó y se quedó de una pieza…mi esposa, su mamá y sus hermanos

– Favio, Leticia y Rocío -   y yo nos quedamos mirándolo…

-    ¿Qué tienes?
-    Es que quien llamó me dio un recado para ti…
-    Pues dámelo… Y así, inocentemente, lo expresó cerca de su mamá, pues él se sentaba a

su derecha y yo a la izquierda de la Doña…

-    Dijo… dijo que era tu otra mujer y que se acababa de aliviar de una niña y dijo que era

tuya y que fueras por ella al sanatorio que tú ya sabías cuál…su mamá lo atrajo hacia su silla y regazo y lo abrazó y protegió con sus manos… Y ahí siguió abriéndose la grieta familiar que terminó en siniestro…

-    Así, que tienes otra  mujer
-    No…eso no es cierto…
-    Que guardadito te lo tenías, ¿verdad? – ante los hijos, algo que no me perdonaré jamás;

a los dos nos faltó madurez y serenidad -…

-    Eso es una mentira…
-    ¿Mentira? Sobra decir que ya no comimos y que la tranquilidad empezó a  desaparecer

de mi hogar y de mi familia…

-    Seguramente alguna persona que te tiene envidia, que desea estarnos molestando fue

la que habló y dijo esa ensarta de mentiras…no creas todo lo que te dicen…eso fue una mentira…

-    En este momento me voy a buscarla en todos los hospitales de la ciudad…debo hacerlo…

mostrarle a tus hijos cómo es su papá…es tan hogareño que ¡ya tiene otra familia! …seguramente es la casa chica y esta le queda muy pequeña…por eso se buscó otra mujer…

-    Tú que le haces caso…¿Dijo cómo se llamaba?
-    No…solo dijo lo que ya  dije a mi mamá y a mis hermanos y…a ti…

- Ahí está…¿Sabes cuántos sanatorios y salas de parto funcionan en la ciudad?
- No…pero ahorita lo sabré…
- ¿Sabes de dónde habló, de qué  esta ciudad, del estado, del país?
- No tampoco…no lo sé…
- ¿Por qué no terminamos de comer y dejamos pasar la tarde?…para mostrarte que eso

No es cierto, salimos, nos quedamos, no voy al trabajo en la tarde y si llama, tú contestas – no yo ni ninguno de los niños, y le preguntas todo lo que quieras y si las cosas son como tú dices y deseas, hago lo que tu decidas…separarme, divorciarme, irme de la casa…en fin…tú dirás, pues tú representas los derechos de los niños, nuestros hijos…Se quedó pensativa por unos momentos…vamos a terminar de comer, hijos…dejemos que esto pase y olvidemos… Y tratamos de comer, de terminar de comer…

Pero la mina había explotado y abierto una rendija en la confianza y en la credibilidad de mi familia hacia a mí. Rendija que día a día se fue abriendo más y más y por ahí se coló el demonio, y mi vida y la de mis hijos y la de mi esposa, nuestras vidas,  se convirtió, se convirtieron en un infierno.

Por qué actué así…No pensé qué decir…el instinto actuó y creo que su proceder fue muy aceptable; el hecho de     que mi esposa hubiera aceptado calmarse y esperar me indicó que la confianza y la credibilidad en mí  continuaba siendo mayoritaria, pero que se había lesionado todo el edificio familiar.

Como haya sido, ese día y todas las tardes de ese mes y del siguiente noviembre que siguieron estuve más tiempo en la casa, llegaba más temprano y fui más cariñoso con ella y con mis hijos, todos inocentes. Pues, ¿a dónde iba?

¿Qué había pasado en la mente de la esa mujer?

La verdad nunca me lo dijo, jamás le pregunté.

Supongo que o alguien de sus amistades o de su familia – hecho, éste,  que no lo creo - le metió en la cabeza , primero, que se aliviara en el hospital del ISSSTE y que el dinero lo guardara-usara en comprar lo necesario para la criatura – que ya tenía todo, desde pañales, cobijas, cuna, ropa, etc. – y que me presionara para que fuera con ella para que cumpliera mi obligación o  ella se sintió sola, desesperada y con base en su experiencia personal, familiar – era hija bastarda, como yo, y como casi todos sus hermanos – tomó la determinación sin considerarla bien a bien, detenidamente, y anteponiendo su yo, actuó así y le dio en toda la madre a varias vidas, empezando por la vida de los adultos – los tres – y de los cinco hijos – cuatro míos y el de ella conmigo -. Supongo que jamás se arrepintió, acaso, nueve, diez años después, cuando me separé de ella.

Dolido en mi amor propio y con el deseo de reparar lo más que pudiera del daño, actué: No fui ni a verla, ni a sacarla del sanatorio del ISSSTE, ni nada…No le mandé dinero – no necesitaba – ni fui en ningún momento de los casi cuarenta días, la dichosa cuarentena… tenía muy presente y eso se me quedó muy grabado que los que participan en una relación afectiva deben respetar los acuerdos; si no lo hacen la relación no durará más que el tiempo de la calentura.

Los días pasaron tranquilamente para mí…cumplía ampliamente mis responsabilidad de trabajo, la institución avanzaba en su desarrollo y consolidación y en mi casa todo parecía que había vuelto a  la normalidad…jamás hubo otra llamada y curiosamente, ahora la que contestaba el teléfono era mi esposa.

Solo uno de mis compañeros de trabajo sabía y estaba enterado de todo el asunto, así como mi secretaria; sobre todo ella, pues debía tener una persona de confianza – además, ella era mi prima – así que por ese lado estaba cubierto, pero una media mañana, mi compañero y amigo personal se me acercó y fue a mi oficina… Me pareció extraño, pues siempre hablábamos los dos en cualquier parte y hasta por teléfono…

-	Oye, ¿podemos salir a caminar?
-	Claro, le dije extrañado…salimos de la oficina y del centro del trabajo y al estar en l

Calle nos dirigimos a la plaza Melchor Ocampo…

-	Oye, perdona la confianza, pero cómo está ..
-	¿Quién?
-	La amiga de Marilú… me contestó. Mi otra mujer se había hecho amiga de una de sus

otras mujeres –

-	Supongo que bien…
-	¿supones que bien?
-	Sí…eso…supongo
-	No has platicado con ella?
-	No…
-	¿Desde cuándo?
-	Desde la tarde previa a su ida al hospital para dar a luz…
-	¡Cómo serás!
-	¿Por qué?
-	Si ya se alivió…
-	Bueno…eso lo supongo
-	¡Felicidades!
-	No tienes por qué felicitarme…
-	¡Cómo no!...eres padre
-	¡Ya lo soy!
-	Bueno, pero ahora en la otra casa…
-	Eso no tiene nada de extraño ni de particular… - yo encerrado en mi mutismo para no

contarle la llamada  de ella a la casa…

-	Yo ya no tengo otra casa…

- ¡Ah, chirrión! ¿Y ora, qué te traes?
- Nada…solo la realidad que no puedo ocultar
- Bueno, si ya no tienes otra casa…¡Ni hablar!
- Esa es mi decisión…hasta el momento…
- ¿Y qué vas a hacer con la casa de arriba?
- Nada…esa casa no es mía…no existe…nada de eso existe…no niego que ahí tuve mis

Intereses, pero desde hace un poco de tiempo dejaron de importarme y esa es la realidad…en este momento no me importan y si vienen acciones jurídicas las enfrentaré…

- Si es tu decisión…
- Sí, es mi decisión…Y a todo esto, ¿dime para qué salimos?
- Bueno, tú sabes que Marylú es amiga de ella y la fue a ver –
- ¿O al ISSSTE o a su casa?
- Creo que a su casa…
- Y luego…
- Conversaron, platicaron…la niña está bien…
- Y…¿?
- No sé si fue pedimento de ella o buenas intenciones de Marylú… el…
- Hecho que me vas a decir lo que me mandaron decir, ¿no es así?
- Pues sí…eso es…
- A ver…dime…espero…
- Me dijo que está bien…que están bien…que no se fueron al sanatorio porque…
- Eso ya lo sé y en este momento no tiene importancia…
- Se quejó, se desilusionó porque no fuiste a verla, a verlas…
- El trabajo, las salidas…un asunto en Zamora…

- No seas, compadre….la secre me dijo que no hubo nada importante para que tu
salieras…es más…ni saliste…

- Y eso, ¿qué?

- Bueno…sí, tienes razón…

- Mis razones personales tendría...te pido que me las respetes como yo respeto las
tuyas…ahí está la raya…

- Cierto…en fin…desconozco qué fue lo que pasó entre ustedes, pero te está esperando.

- Pues se quedará esperándome…no iré.

- ¿No la vas a registrar?

- No…esa es mi intención

- ¿Quieres que se las diga?

- Eso es decisión tuya, pero sí te pido que no lo comentes con tu dama…Por favor…

- Oye, pues ¿qué fue lo que pasó?

- Nada…solo que ella debió cumplir los acuerdos iniciales, los ajustados, los nuevos para
resolver lo que se va presentando y la realidad…

- ¿Y ella?

- No los cumplió…así de simple.

- ¿Cómo cuáles?

- El no embarazarse…el de  no crear problemas en mi familia ni en la suya…el de irse
un sanatorio particular, el de no llamar a mi casa…

- ¡Todo eso no cumplió?

- ¿Te parece poco?

- ¿Me vas a decir que llamó a tu casa?

- No te lo voy a decir, porque lo deduces…

- ¡Ah, qué la canción!

- ¿Y qué pasó?

- Se me creó un infierno, pues la llamada la recibió Miguel Ángel y ya te imaginarás…

- ¡Ah, que las mujeres!
- Así es… ¿Y qué más quieres?
- Yo no quiero nada…solo te transmito el pensamiento de Marylú…
- Pues dile que gracias…se agradece…
- ¿Quieres mandarle decir algo?
- Sí, que le deseo la mejor suerte y que le vaya bien…también a su hija…
- Se llamará Rosario..
- Muy bonito nombre…magnífico… ¿es todo?
- Sí, mano…disculpa…yo no sabía…
- ¡No te preocupes! …

Y nos regresamos, caminando; la plaza Ocampo estaba unos trescientos pasos de la oficina y platicamos de otras cosas más banales.. Así, pasó casi el mes de noviembre; yo seguía en mis trece de no ir ni hablarle a nadie de la familia o amigos o enviados de ella – incluso en la oficina trabajaba el esposo de una  compañera de trabajo de ella y Javier jamás intentó decirme algo…comedidamente guardo secrecía y prudencia -… ya para terminar ese mes, muy de mañana o a media mañana de un día cualquiera, laborable, trabaja como si nada, cuando entró la secre y como estaba con unos alumnos y docentes, me pasó un papelito… ahí estaba escrito una sola línea…La señora Guadalupe Acosta pide que la recibas…lo leí y me le quedé viendo…hizo señas de desconocimiento…Dile que me espere…tan pronto como termino me haces le favor de pasarla…Pasaron pocos minutos, acaso quince o más y cuando salieron  las personas con las que trataba un determinado asunto escolar, los acompañé hacia la  salida y  vi a la persona que deseaba verme y me esperaba…era su mamá…estaba tranquila, vestía humilde  y casualmente y en su cara no se veía enojo, ira, coraje…nada de eso…tranquilidad y más tranquilidad…dejé a  las personas en la puerta de la calle y me regresé con ella…

- ¿Cómo está, señora? Le tendí mi mano para saludarla...aceptó mi mano
- Bien, maestro,
- Dígame... ¿en qué puedo ayudarla?... ¿qué puedo hacer por usted?
- ¿Podemos Salir?
- Claro, pero por qué –yo haciéndome que ignoraba todo, todo, todo...
- Deseo platicar de un asunto de mi familia, de su familia y no sé si quiera que lo hagamos

en su oficina

- Por mí no hay ni un problema...pero si usted quiere, lo haremos en la calle...La señora

vestía con humildad mas envolvía su cuerpo un aura de dignidad y seguridad, aunque algo de incomodidad se manifestaba en su cara...salimos a la luz, al frío y calor del sol invernal, hacia la izquierda, bajamos los dos o tres escalones, cruzamos la puerta metálica, en silencio anduvimos el corto pasillo hacia la gruesa puerta de madera que daba a la calle y saliendo ella dobló hacia su izquierda, nuevamente y caminamos sobre virrey de Mendoza, hacia las plazas del Centro de la ciudad...cuando se sintió en confianza empezó a hablar...

- Maestro, no me lo tome a mal, pero vengo porque mi hija...
- Sí...la escucho...
- ¿Usted sabe bien quién es mi hija, verdad?
- Sí, lo sé...no tengo por qué dudarlo y/o negarlo...adelante señora
- Bien, vengo un poco porque ella me lo pidió y un poquito, pero muy poquito a fuerzas,

aunque no tanto...avanzábamos en la calle Valladolid...caminando muy despacito, yo a su lado...escuchándola

- Como sabe...ella se acaba de aliviar ...

- Estoy enterado…
- De una hija…suya…
- Le corrijo…De los dos…de los dos…
- Bueno…sí es cierto…
- Yo no lo la obligué a nada…
- Bueno…entonces no tengo nada qué decir…
- Usted vino a decirme algo, la escucho con toda atención…Aquí debí callarme la boca…
- Bueno…es que… como no ha ido a verla…
- Silencio…
- Como no fue a llevarla…
- Silencio…
- Como no fue  por ella…
- …
- Como no la trajo a la casa…
- Silencio…
- Ni ha ido a ver, siquiera a la niña…
- Silencio…
- ¡Viera, qué bonita está la condenada!
- Usted nada más viene por  el asunto de su hija, por sus intereses, ¿no es así?
- Sí, claro…por los intereses de las dos.
- ¿Y mis intereses?
- ¿Por qué sus intereses?
- Porque si bien yo soy el padre de la niña…jamás me hice a un lado de lo que me

comprometí con ella…usted mejor que nadie más, salvo ella misma, sabe que tiene casa, le conseguí trabajo, mis amigos me le completaron las 42 horas…dígame, ¿quién de sus conocidas, compañeras de clase, de  la primaria, de la secundaria, de enfermería, está en las condiciones laborales que tiene ella?

- No…pues ninguna…

- Las cuestiones de pareja…usted desconoce muchas cosas acordadas entre su hija y yo…
sólo le diré las estrictamente necesarias…
- Está bien maestro…caminábamos atrás de catedral…
- Ella y yo acordamos que se aliviaría en un sanatorio hospital privado…cada quincena
Le entregaba dinero para la atención del parto y…
- Silencio…
- ¿Puede decirme por qué se fue a aliviar al hospital del ISSSTE?
- Silencio…
- ¿Usted se lo sugirió? …vi cómo empezó a tronarse los dedos…
- Usted es su mamá….¿no?
- Sí…pero ella toma sus propias decisiones…eso no lo sé…
- Un poco de los secretos…
- Dígame…
- Cuando iniciamos nuestra relación actual, de hoy, porque usted debe saber que cuando
los dos trabajamos en el Albergue tuvimos una aventura, porque eso fue, una aventura, pero en el año en que ella trabajó en Arteaga, por las razones personales que hayan sido me buscó y acordamos reunirnos; de esa reunión surgieron varios acuerdos, entre ellos que seríamos pareja, sin compromisos, sin hijos, sin molestias, sin hijos y lo repetí, sin exigencia…que ella sabía que no se  casaría por X razones tenidas con un joven estudiante de la escuela normal…
- Sí…Samuel…
- Entonces ella aceptaba su destino y de andar de cama en cama, prefería quedarse
conmigo y así lo acordamos…
- Bueno, eso yo no lo sabía…

- Acaso no tenía por qué saberlo…Total así estuvimos buen tiempo; en mí siempre 
encontró buena voluntad, disposición para todo; usted debe saber que yo intervine para que a Chema, su hijo, se le cambiara del área de Jiquilpan-Sahuayo, con precisión, ignoro el lugar, pero ya está aquí; entró a la escuela normal de educación física y yo intervine para que no le pusieran alguna dificultad; le compré casa y se la amueblé dos veces, se compraron todos los equipos necesarios para vivir ahí, mas ella no ha aceptado tener el papel que ella misma aceptó: ser la Otra…

- Lo tengo bien visto…

- Acudí con dos amigos para que, in tener derechos ni estudios, le completaran las horas 
de trabajo y le dieran tiempo completo; puedo decirle que ninguna de sus compañeras de la carrera de enfermería, ni sus amigas de ninguna parte, gana lo que ella gana y con un horario tan descansado…

- Eso lo sé muy bien…

- Y tener tiempo completo, sin ser maestro o maestra es algo verdaderamente 
Extraordinario; por otro lado estoy terminando de pagarle su coche y en lo referente a la maternidad fue una decisión de ella y me aseguró que cumpliría lo prometido…

- ¿Cómo qué?

- No darme problemas

- ¿Qué tipo de problemas?

- Supongo que familiares, laborales y, acaso, económicos…en general No problemas…

- Pero no le dio alguno…

- Sí….varios…¿me permite continuar?

- Sí…perdón…

- De seguro lo sabe…cuando se confirmó su embarazo, le entregaba cuatro mil pesos mensuales para que los guardara y al final con ese dinero pagara la atención en un sanatorio y la atendieran del parto; siempre le entregaba dinero para la consulta ginecológica  y la ropa de ella, de maternidad y para la niña, toda, yo le di dinero para que la comprara y la mandara hacer, como cobijas, la cuna, en fin, cosas de esas que usted sabe…

- 	Yo lo desconocía…
- 	¡No me diga!
- 	¿Entonces usted intervino para que no se fuera al sanatorio particular y sí se fuera

ISSSTE, verdad?

- 	Pues sí…no me dijo nada…
- 	Además, seguramente lo  sabe, por lo menos cada semestre salíamos a alguna parte

a descansar y llegábamos a buenos hoteles en Ixtapa, en Puerto Vallarta, en el Distrito Federal, en Guadalajara, en Zamora y los fines de semana llegábamos a buenos hoteles y restaurantes para que yo pudiera trabajar y ella descansar en Zitácuaro, Zamora, Apatzingán y Uruapan…jamás se quejó de mala atención…

- 	Bueno, sí eso también lo supe…
- 	¿A usted a dónde la llevaban?...aquí fui grosero…
- 	Ah…mejor ni me pregunte…
- 	Supe que se alivió…
- 	¿Quién le dijo?
- 	Ella…
- 	¿Cuándo? No me  dijo…
- 	Rompió el pacto, el acuerdo, el compromiso…
- 	¿Cómo?
- 	Así como le digo…
- 	¿Fue a verla?…¿qué hizo??
- 	No…no fui a verla…
- 	Entonces, ¿Cómo supo?

- Fácil…ella llamó a mi casa, a la hora de la comida y a quien le contestó le dijo…
- ¿Qué le dijo?
- "Dile a tu papá que su otra mujer , yo, me acabo de aliviar de una hija suya y que quiero

Que venga por mí"…
- ¡Virgen Santa!...¿Y?
- …Colgó…así de simple…
- Ahora entiendo…
- Usted, pero ¿Ella?
- No…será muy difícil…
- A ella  se le hizo fácil…
- ¿Por qué?
- Provocó terrible inquietud y desconfianza en mi casa, con mi familia, en mis hijos, en mi esposa…
- ¡Apenas lo puedo creer!
- Mire, quien recibió la llamada fue mi hijo mayor. Apenas tiene 12 años y fracción…qué

necesidad tenía él de enterarse de cosas sumamente privadas de su papá…
- ¡A qué mi hija! … Créame que la entiendo…sí, la entiendo…
- Yo también…Pero en ningún momento he sido desatento e irresponsable con ella; siempre le cumplí…siempre privilegié el acuerdo…
- No la culpe…
- No la culpo…señalo un hecho…
- Se sintió sola…
- De acuerdo…seré grosero, pero no es mi intención: uso los recuerdos para tratar de

explicar mis cosas y le pido que no se moleste…
- Dígame, ya estoy acostumbrado o debo acostumbrarme…
- Si ella aceptó esa vida, esa posición…

- ¿Cuál?

- La de ser la Otra, pues aceptarlo… si ella mismo afirmó que no deseaba andar de cama

en cama ni de brazos en brazos y decidió acercarse a mí y así vivir, pues cumplirlo, ¿no cree usted señora? No tengo la culpa de que algún momento por la calentura haya iniciado su vida sexual con un joven estudiante y que no le cumplió las promesas juveniles…

- Silencio…

- Y le haya seguido, y no pensar en el mañana…

- Silencio…

- Y si aceptó ser la amante, la querida, la Otra, pues aceptar todas las cosas que conlleva

esa condición…estar en la sombra…

- Pero la maternidad

- Porque ella quiso…ella misma dijo que no quería hijos…

- Pero lo tuvo y usted se lo hizo…

- De acuerdo, pero ella quiso y abrió las piernas…¿O no? ¿Fue a fuerzas?

- No…bueno…bueno…viéndolo          así…tiene razón…

- Además, ella repitió que no me causaría problemas…

- Pero ella es madre…

- Vuelvo a repetirle…

- Lo mismo, ¿verdad?

- Ella rompió el acuerdo…ella quiso.

- Usted quiere que vaya a verla, ¿No es así?

- Sí…a eso vengo…

- Usted quiere que registre a la niña, ¿No?

- Bueno, sí…pues también a eso vengo…a rogarle…que…la registre…

- Estaría dispuesto a considerar todo eso…sus dos cosas…
- Dígame cómo…
- Usted dígame cómo resuelvo el problema en mi casa…
- ¿Cuál problema?
- El que ella provocó con su llamada…
- ¡Uuuuhhh! ¡Está muy difícil!
- Le dije que quien recibió la llamada fue mi hijo mayor…Espero que no le cause ningún

daño mayor y pueda olvidar…

- ¿Y los otros?
- Eso me digo…¿y los otros?
- No…pues no tengo la solución…
- ¿Y con mi esposa?
- Está más cañón…
- Así es…Mire, si usted me da la forma de resolver el naciente conflicto en mi familia, en

mis hijos y con mi esposa…

- ¿Sí?...termine de decir…espero…
- Yo voy a verla, nada más…a verla…
- No, pues no tengo la solución…
- Tampoco yo…ella decidió este camino a seguir…
- Bueno…maestro…Pues que cada uno , usted, ella ,resuelva sus problemas, ¿No cree?
- Es lo más justo…Que cada uno resuelva sus problemas…usted lo dijo…Y comenzamos el

camino de regreso a la oficina, platicando de lo mismo, pero ya en tono mucho más suave y  conciliador…ella pensativa, cabizbaja…

- Maestro…ella se siente sola…
- Pero no está…
- Se sintió sola…debe justificarla…

- De acuerdo…pero debió esperarse…además…
- ¿Qué?
- No está ni estaba y de seguro ya ni estará sola…
- ¿Por qué lo dice?
- Bueno, están ustedes, está la familia y ahora está su hija…
- También es suya…
- Pero ella lo quiso…
- Tuvo miedo…por eso hizo lo que hizo…
- Y…
- Por eso acudió a usted…
- Pero, como le dije…debió esperarse hasta hablar conmigo, cuando yo fuera en la

tarde…cuando la buscara…porque estaba en el entendido que se habría ido a un sanatorio particular, no al ISSSTE…Era seguro que yo la buscara…con usted, con su médico, en fin…

- Le repito…tuvo miedo…
- Yo también y bastante…cuando mi hijo dijo lo que le había dicho por el teléfono tuve

miedo y ¿quién me ayudó? ¿Usted? ¿Ella?

- No…imposible hacerlo…
- Yo también tuve, y tengo…tengo miedo de lo que  vaya a hacer mi esposa y del cómo

Cómo afectará a mis hijos…no sé lo que vaya a pasar con mis hijos, con mi familia, con mi hijo…el que recibió la llamada…

- Bueno que cada quien resuelva sus propias dificultades…
- Usted lo dijo…
- Entonces, ¿Qué le digo?
- Lo que usted mismo acaba de repetir…
- Que cada quien…
- Sí…solo eso

- ¡Dios mío!
- No pasará nada grave…
- ¿Por qué lo dice?
- No será ni la primera ni la última madre soltera…
- Bueno…eso sí, lo dijo y su cara hizo una mueca dura, no de conformismo…
- Usted lo sabe…lo supo…mucho antes que yo…
- Sí…no pasará nada mayor que no haya pasado ya…
- Ella es hija natural…
- Sí…así es…
- Y ¿pasó algo grave, malo?
- No… ahí está repitiendo la historia…la misma historia..
- Yo soy hijo natural…
- ¿A poco?
- Y repitiendo la misma historia…con una diferencia…
- ¿Cuál?
- Yo cumplí mi compromiso…
- Ella no, ¿verdad?
- Así es…llegamos a la puerta…ella se despidió…
- ¿Es su última palabra?
- Así es…Y se fue…mi vida siguió por unos pocos días igual…mi familia, mi trabajo; de mi

casa al trabajo y del trabajo, a mi casa…los fines de semana, el sábado, al terminar las actividades del trabajo, reunirnos con los tres, cuatro amigos y a una cantinilla a tomarnos una, dos, acaso una tercera, cerveza fría acompañada de botana, que generalmente estaba formada por caldo de verdura con sabor  a camarón y una media carpa mediana dorada, bien dorada, sazonada con salsa casera y después a la casa de cada uno y esperar el domingo para ir al mercado de abasto o de la feria, desayunar en casa y comer fuera…y esperar la jornada semanal siguiente…pasaron no más de tres días, el fin de semana y el lunes, pero el martes alguien me espera muy temprano…a las ocho y minutos…era Javier…se había quedado al terminar su jornada de vigilancia…

-	¿Qué pasó? Alguna novedad …-no era quincena, así que debía ser alguna otra cosa –
-	No…maestro, deseaba hablar con usted…
-	Pues, dime y nos fuimos al llamado privado…cerramos la puerta…Chilo solo nos vio, y

sonrió ladinamente…Se acomodó en la silla frente a mi escritorio, de la sencilla  oficina…

-	A tus órdenes …
-	Maestro, no vengo por voluntad propia…
-	¡No me digas!…¿Asunto personal?
-	¿Si gustas,… nos salimos?…
-	Finalmente no…
-	Lo que haya puede esperar. De seguro lo que me tratarás es grave, personal…
-	No, pero sí no quiero que lo veamos aquí… Se paró y lo acompañé a la puerta…Le puse

mi brazo en sus hombros e iniciamos la caminata hacia las puertas y salimos…en el trayecto conversamos de nimiedades…al salir de la oficina y estar en la calle Virrey de Mendoza, se relajó y el empezar a caminar y cruzar la calle hacia Valladolid y San Francisco comenzó su charla…

-	Usted sabe, que mi mujer, trabaja en La Huerta…es amiga, muy amiga de…su amiga
-	Sí…lo sé…por esa situación estás trabajando aquí, pero eso no tiene nada qué ver…eres

responsable, muy trabajador, leal y eficiente…no hay ni un motivo de queja…dime…

-	Pues sucede que mi mujer me dijo que su amiga le pidió que yo le pidiera a usted que fuera a verla… que si no iba a verla, por lo menos registrara a la niña…¡Está muy bonita!... ¡Se parece a usted!

- 	¡No me digas!
- 	Ella está muy necesitada de usted…
- 	Yo estoy muy necesitado de tranquilidad y calma…mi casa es un pleito continuo…por

algo que ella hizo…

- 	¿Qué hizo?
- 	Supongo que no lo sabes…aunque también puede ser que lo sepas…
- 	No sé nada…mi mujer no me ha contado nada…
- 	El día que fue dada de alta, a los dos días de su alumbramiento, llamó a mi casa, a la

hora de la comida y la llamada la recibió mi hijo mayor y lo que le dijo a él, fue repetido por mi hijo mayor en la mesa ante todos mis hijos…ahí estábamos los seis…mis cuatro hijos…mi esposa y yo…Te imaginarás lo que sucedió…

- 	¡Ya me imagino! Y después
- 	La convencí, casi del todo, pero lo que me preocupa es eso, y otra cosa más…
- 	Dígame, a ver si le puedo ayudar…
- 	Eso, que mi esposa está muy calmada, silenciosa….tranquila…si estuviera furiosa…podría

entenderla…si verdaderamente está así es que aun me quiere y está convencida, pero…tengo mis dudas…una mujer en celo es vengativa y lo otro, igual de grave

- 	¿Qué es?
- 	Mi hijo mayor..
- 	¿Qué tiene?
- 	Ahorita no tiene nada…pero puede cambiar su conducta…está muy chico…apenas tiene

trece años, está en primero de secundaria…es muy risueño, muy feliz…espero que no cambié… y ante eso…su cambio…no sé qué podría pasar y me sentiré culpable toda la vida…

- Está cañón eso…
- Bueno…dime…
- Ella, mi esposa, me dijo que ella le pidió que le dijera que le ruega por favor, que

recuerde que ella y usted son hijos naturales, que se siente regacho no llevar el apellido del padre, que la vida es desigual…

- Es cierto…pero no será igual para la niña que para nosotros…
- ¿Por qué no?
- Porque su mamá tendrá casa y un magnífico trabajo y un excelente ingreso
- ¿Y eso, da la diferencia?
- Sí…nuestros padres no tenían ni oficio ni beneficio ni buen ingreso…fueron sirvientas,

trabajadoras de lo más simple…afanadoras, lavanderas, cocineras, algo así…en ella será diferente…le dañará, dependiendo tanto de la madre como de la hija…

- Sí, sí tiene  su casa, su auto, su buen trabajo…42 horas…Bueno eso le diré…
- Sigo igual…no…ella rompió el acuerdo, que ella pague su falta y yo pagaré la mía…
- Pero es su hija
- También de ella…y ella abrió también las piernas…ella quiso…
- Pero son cosas de la calentura…
- Rompió el acuerdo de no tener hijos…
- Bueno eso también…
- Así que si quieres servir de mensajero, de correo, de heraldo, que no…que sigo igual…Y

di por terminada la charla…él bajó por Vasco de Quiroga y yo regresé mis pasos y seguí por Valladolid y al llegar a la esquina de Virrey de Mendoza, bajé media cuadra y entre a mi trabajo…continuó mi rutina por unos veinte días…mi trabajo, la casa…la casa, mi trabajo; sábados, reunión con los amigos y domingo familiar……así fue por unas tres semanas…en la casa…el anunciado tormentón se diluyó, acaso porque estaba en casa día, tarde y noche y fines de  semana y mi natural  tranquilidad y la atención que ponía a todas las cosas de la familia, que llevarlas al trabajo, a los centros de diversión y recreo familiar y satisfacción de necesidades, todo fue claridad y luz…mi hijo mayor no manifestó mayores cambios que los de los demás adolescentes secundarianos y consideré que todo había sido olvidado y que todo eso había sido un ciclón en un vaso de agua…pero cerca de cumplirse los cuarenta días establecidos por la norma para el registro de los recién nacidos, estando en mi trabajo y a media mañana, entró Chilo a mi despacho privado…

- Dime y me colocó un pedazo de papel con algo escrito…era un nombre de mujer…
- Dile que salí  de la ciudad, que regreso hasta mañana… y se retiró…supongo que esa fue

la respuesta y la aceptó…Yo seguí en mi trabajo…Al día siguiente, más temprano…nuevamente Chilo entró con otro papelito…

- ¿Qué hago? ¿qué le digo?
- Que aun no llegó… Salió y seguí con mis cosas del trabajo…antes de salir, regresó Chilo

con otro papelito y la misma respuesta en el fondo…No estoy y así fue durante una semana y días   y faltado un día para el término del periodo legal de registro civil  sin multa entró una llamada…Chilo la recibió, por supuesto…eran como las diez y media del día X del mes Z…se le veía en el rostro preocupación…

- ¿Qué pasa

-		Es ella, nuevamente…

-		¿Y ?

-		Me dijo que por favor…me pidió que por favor te dijera que deseaba hablar contigo, que le era muy importante…por favor, dime qué le digo…

-		Está bien…tomaré la llamada…dile que llame ene quince minutos, en lo que termino de atender a estas personas…salió y seguí en mi atención a las personas que estaban en mi privado…cerca de veinte minutos después entró la llamada…

-		Ella…dijo por la línea…

-		Pásala…escuché su voz suave, tranquila…

-		Gracias por este momento…

-		Dime…al escuchar su voz quedé suavecito…suavecito…

-		¿Es posible que nos reunamos para conversar?…solos…tú y yo…sin interrupciones…

-		Sí…si tú quieres…no tengo ni un inconveniente…

-		Te parece bien en la casa mía… hoy, por la tarde… no salgo, no saldré te estaré esperando…

-		Ahí estaré. Y colgué, colgamos…Me quedé pensando en lo que había hecho…una estupidez…hablar con ella…debí estarme en mis trece y no contestarle…pero me estaba rogando y no me comprometía a nada, salvo a ir a hablar con ella…solos…sin nadie, salvo la niña. Así las cosas, me tranquilicé y continué con mis cosas tanto de trabajo como familiares; mi secretaria se extrañó que estuviera tan tranquilo, que no hubiera salido…que nada….y siguiera en mi estado normal…en casa, todo siguió igual…comí, estuve con mis hijos, la siesta, las cotidianidades, mis hijos, sobre todo el mayor, el que había recibido la llamada seguí igual, no veía en él ningún cambio de conducta…así que estaban desvanecidos los nubarrones que presagiaron tormenta…salí al trabajo…llegué y trabajé algunos asuntos pendientes  y salí, informándole a Chilo, mi secretaria en donde estaría y en qué número, por si surgía algo que ella no pudiera atender, le dije que llamaría para enterarme si surgía algo que ameritara mi regreso…salí, serían cerca de las siete…rumbo al sur, en el auto,  no me formé ni un plan ni una estrategia…nada…solito y mi alma…llegué y toqué…me abrió…ella vestía como parturienta…abrigada, muy abrigada…me ubicó en la sala… y empezamos

-	Le pedí a mi mamá que fuera a buscarte porque necesitaba saber de ti

-	Ya lo sabes…estaba, y estoy, bien…Javier le informaba  a su esposa y ella te tenía al día, porque supongo, ella viene todos los días y como ya estás por regresar a trabajar…estás al día…dime, qué otra cosa…ya sabes que estoy bien…

-	Es que quiero pedirte que me hagas el favor de llevar a la niña a registrar…que lleve tu apellido…tú eres su papá…solo eso…

-	No, no puedo, no quiero, no debo…

-	Pero es tu hija…

-	Es muy posible que así sea, pero no…no quiero

-	¿Por qué?

-	Asuntos personales…familiares

-	¿Se pueden saber?…

-	No…son míos y ¿para qué los querías saber tú?

Para saber si puedo resolverlos…

Ya no puedes resolverlos…se soltaron…

-	¿A qué te refieres?

-	Dime, ¿Por qué llamaste a mi casa diciendo que te habías aliviado de parto, que había nacido una niña, que era m i hija y que esperabas que fuera por ti?

-	…

-       Dime…

.          …

-       ¿Sabes la estupidez que hiciste?

-       …

-       ¿Sabes lo que provocaste en mi familia?

-       No…no lo sé…

-       ¿Sabes el tamaño de tu acción?

-       …

-       ¿Sabes que rompiste todos tus acuerdos, todo lo que me ofreciste que harías?

-       No…sí…no sé

-       ¿Estás enterada de que todas tus promesas las destruiste y no cumpliste ni una?

-       Me sentí sola…si tú supieras…

-       Me sentí sola…me sentí sola…esa es tu justificación…Eres una torpe…

-       Soy una madre…me sentí obligada a buscarte…

-       No discuto que eres madre, pero eres torpe…te importó más el momento que el

futuro…eres una mujer ciega, que no ve más allá del momento…

-       Te pido, por lo que más quieras, que lleves a la niña, a tu hija…a

-       Nuestra hija…no te obligué a hacerlo

-       …a registrar…se vence el plazo…

-       ¿Y qué?...se puede pagar multa…eso no es problema…

-       Llévala tú, si tanto te urge…

-       Es que…llevaría mis apellidos…

-       Eso está bien…es tu hija

-       Pero también es tuya…se vería mal  en la escuela que nada más lleve mis apellidos junto

a niños con los apellidos de su papá y…

- ¿Y ella cómo sabrá que esos apellidos son los de sus dos padres?…los únicos que lo
sabrán, si son chismosos, serán sus maestros y considero que eso no es ningún pecado mortal o un delito social?...

- Pero…es …
- ¡tantas hijos hay en el mundo que son hijos naturales o ilegales!
- Es que…
- En todas las familias hay casos…por ejemplo, en la mía, en la tuya, en la de
- ¡Ya no sigas!...está visto que no deseas
- Así es…y, además, estoy sumamente molesto…
- ¡Molesto! Molesta debería estar yo…
- Dime la razón…
- Por qué no fuiste a verme…
- En eso habíamos quedado…
- Pero no lo cumpliste
- Estuve en la idea de ir a verte esa tarde que llamaste, pero tu llamada me cambió
todo…estaba en el entendido de que te irías a una clínica particular…tuviste el dinero y yo iría a buscarte al lugar al que habíamos acordado que irías…¡Y no fuiste!

- Es que me sentí sola…que nadie me llevara a la clínica…me sentí sola
- ¿Y tú mamá? ¿No fue contigo?
- Sí…ella me sugirió que mejor me fuera al ISSSTE…
- Pero tú y yo habíamos …
- Sí…pero como me sentí sola
- ¿Y eso qué tenía?
- Pero es que tú no sabes…
- Sí…tienes razón…finalmente ya pasó…
- ¿Por qué no fuiste?
- Tú sabías, sabes que estoy casado…

- Sí eso lo sabía, lo sé…

- Entonces…¿?

- Entonces, ¿qué?

- Si sabías, sabes que estoy casado, mi tiempo no es tuyo…es de mi trabajo, de mi

familia…pero eso no es lo importante

- ¿Qué es lo importante?

- ¿Por qué llamaste a la casa?

- Ya  te dije que porque me sentí sola...

- Pero ya sabías que no estabas sola,…que siempre estaba contigo…

- Pero…

- El hecho de que no hubiera estado, físicamente contigo no quería decir nada…no era

nada, porque estaba contigo…

- Pero…no me entiendes

- Tampoco tú me entiendes…en principio, tú debiste cumplir el acuerdo de que te irías a u

sanatorio particular, segundo en que tú no llamarías a mi casa para nada, que no me crearías problemas o ¿qué crees que hiciste en mi familia?

- Yo solo llamé y dije

- Sé lo que dijiste…yo estaba ahí…

- Pero creí que no hacía nada malo…

- ¡Cómo eres de tonta!...Me creaste un problema en mi casa de dimensiones terribles,

Desconocidas…no sé dónde vaya a parar…

- Pero yo solo llamé a tu casa…me sentí sola…

- Eres una mujer sumamente tonta…¿para qué te metiste en estas cosas de ser la "Otra",

Si no estabas preparada para serlo…?

- ¿Por qué me lo dices?

- Porque debiste callarte y aguantarte…ser la "otra " significa siempre ocupar el  segundo puesto, el segundo lugar, ser la capillita y callar, sufrir, resistir…nada de llamar a la otra ni de crear problemas, porque se desestabiliza todo y eso es peligrosos para los tres…

- ¿Cuáles tres?
- Mi esposa, tú y yo…esos tres…el famoso triángulo…
- Yo no sabía…
- ¡Tú no sabías!...Tú no sabías!...Nada más te haces pendeja…
- De verdad…no sabía
- Se nota que nada más piensas con las nalgas…y ni con eso, porque si pensaras con eso,

sabrías qué ponías en riesgo  a quien las usa…de quien son…ahora dime…¿tú quieres que registre  a la niña, no?

- Pues sí…eso quiero…
- Entonces… resuélveme el problema que generaste al llamar a la casa…Cuando tú me lo

lo hallas resuelto, entonces, y hasta entonces, yo llevaré a registrar a la niña…

- Pero el plazo ya se termina en estos días…quedaban uno o dos días Eso no es problema…
- Pero…
- Se paga…lo más importante para mí…para ti es que quiero que me ayudes a resolver el

asunto…

- ¿Cuál asunto?
- El que tú mismo creaste…el de haber llamado…
- Pero es simple…
- Bueno si para ti es simple…también es simple el de registrar a la niña
- Entonces ya vez… es simple…
- Sí…bien simple…ve tú a registrarla …sola…que lleve sólo tus apellidos…

- Pero es…que…
- También yo quiero resolver el asunto de mi familia…resuélvelo y luego hablamos…
- Sí no vas puedo, ir a tu casa con la niña…
- Ve…hazlo y entonces no sabrás nada de mí…jamás…no habrá apoyo financiero…nada

de nada…eso que te quede muy claro…Cuando tengas la solución…me llamas a la oficina…Y con mucha calma me paré y me fui, sin ir a la recámara a ver a la niña…Ella se quedó sola y no salió a tratar de detenerme, a gritarme…nada…nada…me fui a la casa…llegué temprano y no pasó nada…los siguientes días no hubo llamadas y yo continuaba mi vida como si nada, pero temía que en algún inesperado momento, en el que menos lo esperara entrara la llamada…mi hijo mayor seguía normal, no manifestaba ningún cambio… así pasó casi una quincena…y un viernes, por la tarde…entró la llamada…estaba trabajando con algunas personas cuando Chilo me mostró el papelito y le pedí que le dijera que me llamara más tarde…y así lo hizo, poco más de media hora y me pasó la llamada…

- Dime…
- Quiero hablar contigo…
- Está bien…iré más tarde…Y colgué. Ahora, cuando regreso al pasado, sé que no debí

haber contestado la llamada ni haber ido a su casa, pero…¡El eterno masculino!…¡El deseo! ¡El orgullo! ¡El egoísmo!…Sigo pensando que no debí haber ido…esos fueron mis errores…fui…llegué cerca de las siete de la tarde…me esperaba…no tuve necesidad de tocar…me abrió la puerta…

- Pasa…Pasé y me senté…
- Dime…aquí estoy…
- Quiero que hablemos…
- A eso vine…vengo dispuesto a escucharte…

- Te pido, otra vez, que llevemos a registrar a la niña…

- Ya te puse una condición…cuando eso esté lisito…todo…ese día o al siguiente la llevo a registrar…

- Bueno, si eso es lo que quieres…te propongo lo siguiente…

- A ver…di…

- La llevas a registrar y ya no vengas, no me des dinero, no seas mi apoyo…no te molestaré jamás…yo solita me encargaré de ella, finalmente tengo trabajo…ya no vendrás más…si quieres lo digo ante un notario, lo que quieras…para mí lo más importante es que ella quede registrada con los dos apellidos, el  tuyo y el mío…

- ¿Me lo juras?

- Sí…te lo juro

- ¿A eso estás dispuesta, con tal de que la lleve a registrar?

- Sí… estoy dispuesta a todo…

- ¿Y vas a cumplir?

- Sí…sí voy a cumplir…Y le creí…ciertamente le creí…estaba en la circunstancia de Adán…creerle a la serpiente o no creerle…si no le creía, no podía disfrutar de su manzana, del fruto del bien y del mal…

- ¿Vas a aceptar que ya no venga a verte?

- Sí…también eso…

- ¿Que ya no te dé dinero cada quincena?

- Sí…no me importa…tengo mi trabajo…

- Que no te dé para pagar la hipoteca de la casa

- Sí, ya te lo dije…

- Pero está una cuestión, y para mí es muy importante…¿Cuál es?

- No quiero que vuelvas a llamar…hablar, buscarme…mandar a alguien a buscarme…
- Te lo juro…te lo prometo…jamás te volveré a crear un problema…
- Fíjate lo que estás prometiendo…Despúes no vayas a arrepentirte…
- Te aseguro, te juro, te prometo que no me arrepentiré…
- Bueno…veremos…Y me despedí, sin tomarle de la mano, sin abrazarla…hasta en ese

momento me di cuenta que había regresado a su cuerpo, que era sumamente atractivo…ella, de la cara, físicamente, no era una belleza ciento por ciento…no le ayudaba su cara, que no era fea, ni rechazable, tenía su lados atractivos, sus labios, en forma de corazón, delgado el superior y en la parte central formaba una breve M con el inferior un poco grueso, gordito, carnoso, generaban en mí una sugestión de deseo y eran una promesa de placer infinito que se cumplía cuando estaba acariciando con sus labios, casi siempre semi abiertos para mí…hasta en ese momento, y ahora recreando ese momento de mi pasado, me di cuenta que había olvidado, desvanecido mi coraje y, las cosas, por lo menos con ella y en ese momento, habían iniciado su camino a la normalidad…ya en el auto, de regreso a casa, tontamente, cegado por el deseo y el egoísmo, y dando por descontado que cumpliría su promesa, solo pensaba en el cómo le haría para registrar a la niña…en casa mi vida siguió siendo normal, aparentando que llevaba una vida normal y así seguí por unos días más…sin ir a verla, sin llamadas en casa ni en la oficina…pero el eterno masculino actuó sobre mí y el eterno femenino se manifestó en ella…al viernes siguiente, cercano ya el fin de año, fui a su casa, toqué, ella salió y me sonrió…la sonrisa del áspid de Cleopatra…

- Qué bueno que viniste… y me extendió su mano…estaba suave, cálida…la niña estaba dormida…nos sentamos en la pequeña salita de parota y cojines envueltos en manta de Uruapan… y traté de tocarla, de acariciarla y se dejó…se dejó tocar…busqué su boca…sus labios se abrieron  aceptando la caricia y la humedad de su saliva ahogó mi boca y nos fundimos en una caricia no extraña, no muy lejana, pero muy nuestra…duramos unidos en el beso un poco de tiempo…ella estaba sin moverse del sillón y yo no hice ni un intento más de nada…en su boca sentí la ansiedad y el deseo, pero controlados…vestía una ropa casual, bata casera de colores suaves y su pelo estaba recortado, como siempre…parecía que las cosas regresaban al mismo nivel del pasado…mis manos sobre su ropa buscaron su piel, su carne y la sentí dura, pero suave, sensible a mi caricia como si mis dedos y mi piel reencontraran sus compañeros y trataran de jugar,  de comunicarse entre sí…ya todo lo demás fue simple…pero estaba yo en mi posición de hombre, de poder…¡pobre ingenuo!  Hacía a un lado toda la historia, la literatura, la realidad que me mostraba que, siempre, la que manda es la mujer…La Eva de siempre…estaba repitiendo el esquema de Adán  y Eva… ¡El mismo formato! La niña lloró y nos sacó, por lo menos a mí, del ensimismamiento de ese momento…

- Deja ver qué tiene…y se separó de mí…Se metió en la recámara más grande y escuché

que le hacía cariños a la niña…tendría cerca de dos meses…yo seguí en mis trece…salió, hizo algo con los biberones y la leche maternizada y regresó a la recámara…la niña dormía con ella en la cama, Queen Size, aun teniendo su cuna…regresó…llegó y se sentó…

- Ya regresé…le completo su alimento con leche NAN, justificando…se sentó y puso la cara

hacia mí… y los brazos de los dos se encontraron y regresaron las búsquedas de la piel del otro y al encontrarse se comunicaron…sus besos eran, ahora, más cálidos, más húmedos, más comunicadores, más insistentes y más sugestivos…en un momento me dejé arrebatar por ese instante y me fui, me fui, pero el siguiente llanto de la niña me hizo regresar…se separó…

- Espera…orita vengo…y se fue al interior, escuché algunos ruidos y supuse que le estaría acomodando el biberón y corrigiendo su postura…regresó en pocos minutos…yo los aproveché para regresar al aparente control personal, a pesar de que ya tenía húmedo mi pantalón y el deseo estaba presente…al regresar estaba de pie, como despidiéndome

- Mañana saldré a Zitácuaro…si gustas, mañana, me vengo temprano y estaré de regreso como a las dos de la tarde y comemos y descanso un poco, ¿estás de acuerdo? No había dicho "los tres"…

- Como tú digas…aquí estaré…te estaré esperando… ella, también…vas a encontrar a la niña bañada…para que la conozcas, la veas, porque no la has visto…para nada…

- Tienes razón…Entonces nos veremos…Y se me acercó y me beso en la mejilla…Fue Mi único comentario…Así las cosas, me retiré y no me fui pensando ni en ella ni en la niña, sino cómo le haría mañana para justificar que en la casa que llegaría tarde…bueno, justificaciones nunca faltan, siempre y cuando se usen hechos lógicos y tengas la confianza de la otra parte, de las otras partes…Al día siguiente salí como era usual, temprano para estar en el centro de trabajo a las 8 de la mañana, así que salí a carretera poco antes de las seis de la mañana; llegué a la hora deseada y cumplí mi trabajo…para nada estuvieron las dos mujeres e mi cabeza; era costumbre que se me invitara a almorzar, hecho que acepté, pero que limité a un momento porque tenía que ir al centro de trabajo del sur – pura mentira, lo que deseaba era contar con tiempo para mis asuntos personales – y como, virtualmente estaba a un poco más de dos horas, no podía entretenerme más de media hora…así que después del refrigerio, salí cerca de las doce del día de regreso a la ciudad y al compromiso personal…sin contratiempo alguno, sin prisa, llegué pasaditas de las dos de la tarde…bajé y ya me estaban esperando…no tuve necesidad de tocar…ella, sin la niña me abrió la puerta-la niña estaba en la cama - ella estaba recién bañadita, poco maquillada, pues esa era su costumbre, aunque sus labios sí estaban ligeramente pintados con un tono rosa, que ella sabía que me gustaba…sus labios parecían una pieza de coral…nada ásperos…suavecitos, sugestivos y húmedos…

- Pasa…Y me abrió la puerta…queriendo que me abriera las piernas…

- Gracias…y entré…me tomó de la mano y me sentó en la salita…

- De seguro vienes muy cansado…

- Así es, un poco más de cuatro horas de carretera cansan a cualquiera, aunque esté joven

- Te hice agua de horchata…sé que te gusta mucho…además…preparé para comer los dos

un poco de carne de puerco en chile verde, frijoles de la olla y sopa tarasca, con tortillas bien calientitas…deja traerte un vaso…¿La quieres con hielo?

- Si me haces el gran favor…se levantó y se dirigió a la cocina…escuché su trajinar y

enseguida estaba con dos vasos llenos de agua de horchata…nos dispusimos a disfrutarla…tomamos y ella vio cómo paladee mi agua…estaba dulce, como a mí me agradaba tomarla…ella solo tomó un trago y se puso a verme terminar con mi vaso…cuando terminé…puso su mano en el vaso…se lo entregué y me levantó…a unos pasos de la sala, a la izquierda, estaba la cocina y a la derecha, de frente, al centro, estaba la recámara principal, porque la casa tenía tres pequeñas recámaras…apenas había espacio para la cuna de la niña, aunque su recámara ya estaba preparada con su pequeña recámara de madera y su closet y su cómoda para sus cosas de niña, del momento…me a cercó a la cama…la niña dormía plácidamente…

- Mira, me sentó y colocó una de mis manos en el cuerpecito de la niña…
- ¿Cuánto tiene?
- Tiene ya dos meses y pesa más de tres quilos…andará ya en los cinco kilos…
- Está grande… y pesadita…
- Sí…come muy bien…no ha temido problemas de quesitos, ni de coliquitos…
- ¡Magnífico!…¡Qué se podía esperar si su mamá es enfermera!…
- Bueno…está dormida…la acabo de bañar…usa jabón Johnson y Johnson…
- ¿Y talco?
- También…de la misma marca…
- ¿Johnson y Johnson?…
- Sí…¿Quieres de comer ya…Y puso su mano derecha en las mías y las fue deslizando

hacia mi cuerpo…cuando lo encontró me abrazó y atrajo hacia ella… y sucedió todo lo que ella tenía planeado…dejarse tomar sexualmente, disfrutar y cuando estuviera satisfecho, en mi papel de hombre, de mandón, de machito…cuando estuviera lleno, ahíto de ella, de sexo y satisfecho, entonces preguntarme y sacarme la promesa de registrar a la criatura…Repetimos las palabras e imágenes de Salvador Díaz Mirón…Tú, como la paloma para el nido yo, como el león para el combate, aunque realmente era al revés: ella, una pantera en la cama y yo su presa; era, cuando descansaba y estaba llena de placer, se convertía en suave y veloz  gacela con las caricias y volvía a ser pantera en la cama…algo así como una esponja…todo lo absorbía y me dejaba sin agüita de coco…aunque con el agua dentro…no viene al caso lo que hicimos, porque hicimos lo mismo que hacen todas las parejas que se reconcilian y que, sexualmente tienen hambre: casi siempre hacen lo mismo, cumplen su rutina clásica…pero ahora la traíamos atrasada…y duramos un buen rato en la cama, acostados…la niña dormida…para mayor comodidad y tranquilidad de todos la cambió a su recámara, que daba al patio y cuando regresó eso fue darle a la carne lo que reclamaba, hasta dejar que los dos cuerpos estuvieran llenos y satisfechos…realmente ella era una hembra en la cama, una señora en la casa, particularmente en la cocina y aunque no era una dama para brillar en la sociedad, no me sentiría disminuido con ella en la sociedad, con los amigos; lo que sí era peligroso era su lado oscuro, tomarse más de tres, pues afloraban sus frustraciones y represiones…por eso no le aceptaba más de dos copas, aunque estaba también mi condición…yo casi nunca me tomaba más de dos copas…fuera lo que fuera y estuviera con quien estuviera…cambiaba su dulzura por la acidez de la amargura y la agresiva ofensa…metidos entre las sábanas, limpias y fragantes a Maja…disfrutamos los dos de nosotros dos…todas las posiciones que sabíamos y que nos gustaban, las repetimos una y otra vez…y el orgasmo fue múltiple, lleno de coraje, de mi parte… efusivo , de placer, el de ella…como la boa que acaba de engullirse a su presa, así me lo imagino ahora que estaría ella… y ¡vaya que sí se engulló varias veces lo mejor de mi cuerpo!, y su lengua fue incansable e insaciable! Tranquilos los dos, fue por la niña y con ella a un costado y conmigo en sus brazos, ahítos dormitamos un poco…supongo que ella estaba muy feliz…había recuperado la seguridad, tenía la confianza en que todo saldría como lo habían planeado, sexualmente estaba satisfecha y tranquila porque intuía que ya nada cambiaría y que todo seguiría igual… y yo pensando que todo lo tenía controlado…la niña despertó y todo regresó a la normalidad, a la realidad…Rosario, porque ese fue el nombre que ella eligió para nuestra hija, despertó y jugueteo un poco…me la mostró…la descobijó, le cambió el pañal…vi su cuerpecito moreno, flaquillo y su trompita…con la boca hacía pucheros y tocaba maracas con las manos y pataleaba y pataleaba…levantó sus piernas, la secó y limpió, le sacó el pañal, bordeado por ella y puso su cuerpo en el nuevo pañal, le dobló el centro hacia su abdomen y lo fijó con las puntas de cada lado y sin usar un seguro, le puso su fajero hecho a mano y adornado con figuras en punto de cruz…se llevó el pañal a su lugar y se lavó las manos, salió hacia la cocina para tibiar agua y prepararle su biberón…la niña empezó a llorar, y como ella demoraba, lo que era natural, ante la demanda de atención, me levanté, la tomé en mis brazos y empecé a caminar con ella, tratando de arrullarla para que se calmara…en pocos momentos llegó ella con el biberón y su leche caliente; lo puso, estando tapado, sobre la colcha de la cama, puso sus manos a un lado de las mías y ella respondió a su calor…¡Ya lo conocía! Mi calor era extraño…era la primera vez que me sentía y percibía mi olor…se sentó en el borde la cama y empezó a abrirse la bata camisón que se había puesto para atenderla cuando empezó a llorar y como estaba casi en cueros, a la niña no le fue difícil encontrar el pezón del pecho y empezar a chupar que daba gusto, que era lo mismo que yo había hecho minutos antes…yo solamente las miraba…ella, la madre estaba contenta, muy tranquila, sumamente satisfecha, como madre, tenía al padre de la hija, bebiendo de su cuerpo, de su mano, de su sexo y unida a ella por muchas razones; la niña, inocentemente mostraba su tranquilidad, tenía quien le entregaba los satisfactores de su vida: alimento, calor, atención y seguridad, porque eso se mama, se siente…Yo, tenía lo que supuse estaría perdido, disfrutaba de su nalguita al máximo, de mi trabajo y salario y de seguridad en ese momento…lo que viniera después eso se trataría en ese momento, no antes ni después: en su momento…Comimos, estuve acostado con ellas un par de horas, dormitando y relajándome, alimentándome bien porque tenía que cumplir en la casa; cerca de las seis de la tarde me dispuse a salir y fue cuando surgieron las obligaciones…

- Bueno, pues me voy…
- ¿Entonces?
- ¿Entonces, qué?
- ¿Lo del registro de la niña?
- Ya te dije que sí…siempre y cuando cumplas lo que te has comprometido en este

momento, en estos días…

- Ya te dije que sí…
- Siendo así…yo me encargo..
- ¿Y cuándo será?
- Yo te diré…para que tengas tiempo de preparar a la niña con su ropa…y tus

documentos…

- ¿Quieres que le diga a mi mamá…a …?
- A nadie, de favor…está claro…
- Pero…yo pensé que…
- Si prometiste las cosas…debes empezar a demostrarlo…nada de decirle a Sutanito, a

Menganito…nada…ya habrá tiempo…

- Está bien…Y aguantó la indicación…
- Bueno…me retiro…pasado mañana nos veremos, como era usual…por la tarde…espero

que tú no tengas ningún problema…con la atención de la niña…

- No ninguno…por las mañanas, muy temprano, muy arropadita, me la llevo al trabajo y

allá me la cuidan…¡hay muchas manos que me la cuidan, que me la atienden!...Ese no es problema para mí, ni para ella, ni para ti….de eso no tengas cuidado…en última instancia están mi mamá y mi abuelita…

-       De acuerdo…me levanté, pasé al baño y me lavé la parte abdominal de mi cuerpo, me

sequé, vestí y preparé para salir…cuando estuve listo, salí del baño en condición de salir rumbo a mi domicilio…las dos mujeres se acercaron a mí…una dormida y la otra fresca, lozana, feliz, tranquila…me acercó a la cara a la niña, le puse una caricia con mi cara y la retiró y ella colocó su cara para depositarle un beso…eso hice, eso era lo que quería y le metí la mano bajo la bata, acaricié su piel, su cadera, sus nalgas y  el nido de su sexo…ella sonrió y se  separó de mí…abrió la puerta, salí y entré a mi auto, lo encendí y me retiré…enfilé rumbo a mi casa, pero di una vuelta y como debía venir del oriente, casi entré a la parte sureste del  centro para llegar con la popa del auto apuntando hacia el oriente…llegué sin complicaciones… y mi vida familiar siguió igual, hasta el momento…dejé pasar casi una semana para tomar la decisión ya acordada con ella, en tanto me preguntaba en dónde podría llevar a registrar a la niña, pero nunca pensé en acercarme a algún abogado amigo para pedirle que me ayudara…¡Hasta muy tarde lo hice! Había decidido registrarla y así lo hice…propuse hacerlo en Capula, ahí estaba funcionando una oficialía del registro civil del municipio de Morelia…decidido el acto, todo fue cuestión de hacerlo…el día previo al registro, estando en la cama, ya relajado y lleno sexualmente,  con la niña en los brazos…le dije

-       Mañana la llevaré a registrar…

-       ¡Qué bueno!

-       Estás lista como a las doce del día…

-       Sí…estaremos las dos listas…¿y si nos multan?

-       Bien…así será…ten lista tu acta de nacimiento…yo llevaré la mía…lo que haya qué pagar, lo pago y asunto arreglado…

- ¿A dónde vamos a ir?
- Iremos a Capula…
- Está bien…Por su  fácil aceptación supongo que ella ya había preguntado todo sobre las

oficinas del registro civil en Morelia y en las tenencias cercanas  y sabía, además, que yo intentaría proteger me de vistas o de encuentros no deseados…

- Nos veremos  a la hora que te dije para llegar antes de las doce y media…yo llevaré a los

testigos y podrás solicitar una copia del registro en ese momento…es más ahí te darán una copia…no habrá nada falso…todo será legal…Sorprendida por mis palabras se sonrojó un poco

- ¡Cómo crees que voy a dudar!
- Por si lo pensaste…no te preocupes...todo estará bien…no te mentiré ni engañaré…sé

cumplir mis compromisos y salí…tranquilo, muy relajado, me dirigí a mi domicilio y seguí con mi rutina familiar…mi esposa ni mis hijos sospechaban nada, o esa era la imagen que tenía…al día siguiente, siguiendo la rutina cumplí con mis funciones de esposo y de padre…a la escuela, al trabajo y esperar la cercanía de las doce para salir y enfilar hacia el sur; con un amigo, en ese entonces, ya de acuerdo, salimos y nos apersonamos en la casa, casi frente a la suya, pues él vivía a doscientos metros, al norte de donde ella tenía su hogar…no fue necesario tocar, me esperaba….me abrió…estaba preparada, y la niña, también…el vestido que usaba hacía lucir su cuerpo en todo su esplendor  y la felicidad del momento se veía en su cara, en todo su ser…la niña estaba vestida  en rosa, rosa, y envuelta en sabanitas y cobijas color rosa, ceniza de rosas… entramos al coche, ella en el asiento de atrás y mi amigo en el de la derecha del volante y enfilamos hacia Capula, a donde llegamos en no más de media hora…no había gente esperando,  así  que  llegamos  ante  el  oficial responsable…informé nuestro deseo…me pidió los documentos de los dos, le mostré las actas de nacimiento de ambos y me solicitó el acta de matrimonio…

- ¿Su acta de matrimonio?
- No estamos casados…fue la respuesta…
- ¿Será un reconocimiento?
- No…no está registrada…a eso venimos…
- ¿A registrarla?
- Sí…
- Sus testigos…
- Uno, nada más…aquí está  su acta de nacimiento y sus datos personales…
- Con eso basta…y procedió…y todo fue fácil…en no más de treinta minutos todo estuvo

hecho…no sentí nada…en ese momento…nos regresamos a la ciudad, a su casa…ahí la dejamos y nosotros al trabajo…al despedirse la noté tranquila y sonriente…

- Te espero,  más bien te esperamos en la casa…
- Allá iré, más tarde…
- ¿Por qué no vienes a comer?…
- Otro día…tal vez el sábado…sí, el sábado…Y nos regresamos al trabajo…en el trayecto el

amigo y compañero de trabajo me preguntó…

- ¿Pensaste bien lo que hiciste?
- Sí…creo que sí…lo que me faltó fue una asesoría de abogado…
- Lo que acabas de hacer es de hombres, muy de hombres, pero puede salirte

contraproducente a la larga…

- Tengo la promesa de ella de no hacer nada, de no reclamar nada…
- ¡Ojalá así sea!
- Tal vez ella, que lo dudo, pero los documentos son documentos públicos…

-	Bueno…lo hecho, hecho está y ahorita ya no se puede  hacer nada, ni quiero…

-	Eso te lo digo con la mejor buena voluntad personal…me lo dijo casi al bajar del auto,

pues ya habíamos llegado  al área del estacionamiento cerca del trabajo.

En realidad no había pensado nada en relación con lo que había terminado de hacer…lo cierto es que había sembrado una planta devoradora que cuando estuviera madura me engulliría, me destruiría a mí y a mi familia…era igualmente cierto que había colocado una mina contra la familia y que en cualquier chico rato reventaría y destruiría todo alrededor de mí, especialmente a mis hijos y a mi esposa, pues todos ellos confiaban en mí…¿Por qué seremos así?

MI vida, esos años, los dos, tres  primeros años pasaron sin pena y sin gloria, pura rutina, pero cuando mi hijo ingresó a la escuela secundaria, las cosas cambiaron…por algún lado le llegó la información de mi doble vida, que unido a la información recibida de primera fuente, del origen de todo, y cambió de un momento a otro…de ser risueño, jovial, juguetón, se volvió rebelde, desobediente, irresponsable…rebelde, opositor a la autoridad paterna, huyó tres veces de la casa, se hizo flojo escolarmente, nada le importó…y todo mi mundo, mi horizonte se me empezó a quebrar, a desmenuzar y se desplomó…mi infidelidad, y lo más grave, la paternidad, brotaron, fueron la comidilla entre mi familia, en mi casa y mi esposa, acaso por inexperiencia, por dolor, por despecho, por la razón que haya sido, se refugió en mis hijos, en los nuestros y todo se acabó…transformé mi vida en un infierno familiar, pero siendo yo el mayor culpable, también ella y la otra, participaron en el  matiz del conflicto, siendo tan fácil salir.

La dichosa acta de nacimiento se hizo familiarmente pública y mi esposa tuvo un tanto, una copia y ese documento, en ese tiempo, era una causal de divorcio y nunca la utilizó y prefirió pasarse hora con hora, noche con noche, día tras día y semana tras semana, en pelear y centrar la discusión en  el asunto de la paternidad

Y ante los hechos no pude hacer nada…mi condición era indefendible…yo podía pedirle que se definiera, que decidiera qué hacer…pedirme el divorcio u olvidar…dejar todo en el olvido, en pasado…pero no…eligió transformar nuestras vidas individuales y familiares  en un infierno…llegar a la casa, a una y a la otra, principalmente a la de mi esposa, a la familiar,  era una tensión, un estrés, terribles… y si a eso le agrego los problemas naturales en todo centro de trabajo, mi vida se tornó insostenible…esa foto me trajo los últimos recuerdos felices míos  y con mi familia…viví en tal estrés que me sentía acorralado…ni en el trabajo, ni en una casa ni en otra estaba tranquilo…y actué  en función de las circunstancias… me salí de la casa… me fui a trabajar fuera del estado, pero no dejaba de mantener las dos relaciones…consideré que el mantenerla en nada me beneficiaba, ni me perjudicaba a la configuración y solución del conflicto: la paternidad.

Estaba equivocado…si me hubiera salido de la casa menor, el problema mayor se habría resuelto, aunque se abrí un problema menor…la pensión alimenticia y el rasgamiento afectivo…ciertamente, desde el escritorio todo era simple, pero desde dentro, todo era complicado, afectivamente difícil.

Aunque se dio una solución inesperada – la muerte de mi esposa, la madre de mis hijos y la terminación, el rasgamiento afectivo con la familia menor – jamás pude recuperar el afecto de mis hijos, mucho menos el de mi hijo  mayor.

Mis hijos me culparon de la muerte de su mamá, y como  las circunstancias  afectivas y económicas estaban dadas, me corrieron de la casa familiar y tuve que salirme de ahí e intentar reiniciar nueva vida.

Con la foto en la mano, con el recuerdo viviente en mi mente, ahora, me pregunto qué es lo que nos lleva a eso, a disfrutar del momento, sin importar las consecuencias en el mañana.

Una, la cabeza de familia menor, estaba feliz pues los problemas no eran suyos…en casi nada había participado en la configuración de mis problemas actuales…ella los había iniciado, pero en el ayer y yo los había borrado al aceptar sus condiciones, registrar a la hija y continuar con ella…la mina, la bomba se colocó, se enterró, en el pasado y aunque ella ya no hiciera nada, todo el mal ya estaba hecho.

Mi esposa fue, mayoritariamente, víctima inocente, lo mismo que mis hijos…es posible, y lo digo ahora, tal vez su participación en  el conflicto fue la indefinición y la enorme carga afectiva de despecho, rencor, ira, rencor, desengaño, frustración, incapacidad de hacer algo y, bastante el miedo  sobre el mañana…¿qué sería de ella con cuatro hijos y con solo  y único ingreso, su salario,  más la pensión alimenticia que se le entregara?

Ante esta configuración ignoro si decidió dejar hacer caso omiso del documento de registro de nacimiento de la niña y molestar, molestar y molestar…no sé si fuimos los dos sádicos o masoquistas o ambas personalidades  o  si ella se vengó…desconozco esto último…si fue, me lo merecí y punto.

Yo estaba comiendo a dos carrillos mi felicidad, mi estrés y mi doble conflicto…también yo pude definirlo, pero no lo hice…para mí no era fácil… si me decidía por mi familia, enfrentaría el conflicto  con la otra y su hija…la pensión y el rompimiento afectivo y, la pregunta central, el paquete de cuestiones decisivas: ¿Por qué tendría qué terminar la relación, dejarla con casa, auto y trabajo para que otro se la cogiera? ¿Por qué separarme de los hijos, de la familia? No. Aguantaría hasta que el hilo se rompiera, fuera por el lado que fuera. Nunca pude romper ese tabú. Lo que sí es cierto es que nuestra vida familiar fue un infierno.

¡Y tan fácil que lo resolvió la vida, el tiempo y la suerte!
Con la muerte de mi esposa y madre de mis cuatro hijos, mi vida entró en el carril de la solución, pero el afecto de los hijos siguió olvidado, fue irrecuperable…

¡Cuánta razón tiene Luis Spota!... ¡El rencor, el dolor y la ingratitud duran toda la vida!
Y todo vino a mí, con solo una fotografía de un momento guardado en el baúl del pasado que no llegará nunca al olvido…mientras viva.

¡Ah! La fotografía la mandé enmarcar y la coloqué en la pared de la sala, ¡para que no se me olvide!

# EL POEMA 20 DE NERUDA

Aquí estoy viendo pasar la vida, en medio de mucha gente que pasa a mis lados, mas me siento, me sé, solo…la luz es clara, cálida, transparente, radiante; a lo lejos, está el horizonte y arriba, el azul transparente del cielo…una que otra nube lo cruza y le rompe lo rutinario de la visa…visibilidad ¡infinita! Como infinita es mi soledad y me amargura; en la mesa donde estoy sentado, tomando una agua quina, con una cáscara de limón, la vida pasa, la belleza transcurre y la veo y no me llama la atención…recuerdo que alguna película, de esas que ponen a pensar, estaba un diálogo de una  adolescente que conversaba con su mamá; ella le hacía algunas reflexiones sobre su manera de ser y vestir, de presentarse y su respuesta la tengo muy presente… ¿para qué? Al principio, me intereso, me entusiasmo, despúes de decepciona, me inhibo y, finalmente, me frustro. No tiene caso… ¡No tiene caso! Veo pasar la vida y sus encantos, que son sólo sombras o Rayos de Luna…los sonidos no me llaman la atención, ni las figuras, las formas, ni las fragancias de las mujeres, del café, del chocolate…nada tiene sentido; todo es silencio para mí.

Anoche recordé a una mujer, la última que ha pasado por mi vida; la última que se estacionó  y que como dice la canción… *"¡Fue la número cien!"*; en la penumbra de la noche, la luna brillaba, las luminarias iluminaban la calle y daban una luz amarillenta al jardín de la casa, que estaba bajo mis ventanas, Sin quererlo, recordé algunos versos del Poema 20 de Pablo Neruda…sus cantos-palabras-reclamos vinieron a mi recuerdo:

"Afuera, la noche silba y canta y tiritan, a lo lejos, los astros, a lo lejos.

Y ya que cito a Neruda… ¡Qué certeza tiene en su poema 20! Bueno, acaso en todos, pero en mi condición de soledad y desamparo me refiero al poema 20.

¡Es tan corto el amor y tan largo el olvido!

¡Yo la quise!

¿Ella? ¿Cómo saberlo? ¡ya no está conmigo! Será de otro, como hace unos días, fue mía.

Claro, yo seré de otras, por supuesto, pero será por su abandono, su decisión: ¡Ya no está conmigo! Yo debo buscar combatir mi soledad.

Me está condenando y debo pagar mi penitencia, día a día, hora tras hora. Quiero decir que los meses, tal vez seis, acaso cinco, no lo recuerdo, no quiero hacer sumas y restas, pero sí quiero afirmar que esos segundos, que esos minutos, que esos  días y que esos meses fueron extraordinarios…mientras viva y respire, siempre estarán en mi memoria y si se afirma que recordar es vivir, siempre viviré con ella y ella vivirá en mi mente… ¡Es extraordinaria!

Anoche la recordé no porque cocinara bien o muy bien o mal…nunca lo supe…siempre que decidíamos comer juntos y que no nos dirigíamos a un restaurante-fonda o taquería,  compraba la comida hecha o se la hacía su hija ya casada, pero que vivía en su casa y así pasábamos ese requisito; igualmente, tampoco desayunábamos en casa; para ser preciso, jamás dormimos en su casa: o en hotel o en casa de amigos a los visitábamos o nos invitaban a pasar el fin de semana, pero era una norma no dormir en su casa, por eso del ¡Qué dirán!    Y ella era una mujer respetable y esa imagen debería mantenerse, aunque nos fuéramos a esconder a un hotel o a otra población; mucho menos por la cena…nada de cuestiones domésticas me hacen que la recuerde. Un poco está en mi mente  porque vestía muy bien, elegantemente…desde el primer momento en que la conocí me fijé en ese detalle. Su imagen era impecable, desde la punta más alta, hasta la punta más baja: tinte de pelo y peinado, tono y maquillaje…como debería ser y era…. ¡nada fuera de lugar! ¡Ni en exceso! vestido, en sintonía con la bolsa, tono de tinte de pelo, maquillaje y zapatos. ¡Ah, sus uñas! Decoradas como marca la moda femenina en ese sector…Su hija se las arreglaba…largas, gruesas, acromatizadas y adornadas con puntitos, florecitas y mil y una tarugadas o detalles que las hacían lucir como una muñeca de revista, de magazine, pero que también indicaban que no lavaba trastes, ni se metía en la cocina, ni preparaba la comida, ni planchaba, ni lavaba, ni iba al mercado o al supermercado…Era una mujer muy femenina. Desconozco si era prófuga del metate, pero me atrevo a afirmar que sí, pero, con seguridad digo que no era una prófuga del petate. Lo supe, lo entendí y lo disfruté hasta el abuso…Para nada huía del petate…seguramente por eso está en mi mente y mi piel, cuando la recuerdo, como anoche, se me enchina, se me pone como piel de pollo…

La recuerdo por la misma razón que se recuerda a las mujeres que han pasado por nuestras vidas y por nuestra piel: por la cama, por la habilidad, la competencia, la destreza  en la cama; en el arte de hacer pasar buenos tiempos y momentos envueltos, o no, entre sábanas…por su competencia en el arte de ser mujer y hacerme sentir que tengo, poseo una mujer; por su habilidad para hacerme sentir hombre…de generar en mí esa sensación de ser diferente.

Todas las noches que pasamos juntos, durmiendo juntos, me mostró hasta el cansancio  que era una señora dama, una real hembra  entre sábanas. (En varias

ocasiones le afirmé que me agradaba como profesionista –
que no la conocía en ese papel, aunque ella lo decía y a mí
no me costaba nada reafirmarlo -; como dama, porque
lucía bien las cualidades de su figura y cuidaba su imagen
para la fotografía; como mujer, aunque era una mentira,
porque nunca la vi en la cocina,  preparando algo para
disfrutar en la mesa familiar  o para nosotros dos y como
hembra, porque era muy competente en la cama. Era
soberbia y ella sólo reía.)

Estaba predestinado que la conociera.

Hoy, en este momento recuerdo por qué y cómo
la conocí…Yo no creo en las cartas, sin embargo y por
esas cosas de familia tengo una tía que vive en una colonia
del Distrito Federal, o de ciudad Netzahualcóyotl; la Del
Sol, para ser exacto y nos hablábamos de cada en cuando,
pero cambió de número telefónico y  no me lo comunicó;
en una ocasión, era casi marzo del año pasado  y por una
razón que no viene al caso, me trasladé a la ciudad de
México y como me liberé muy pronto, decidí correr la
aventura, usar el metro, llegar a Pantitlán, tomar una
combi o los Chimecos y llegar hasta su casa, en el número
122 de la calle 21; así lo hice y después del recorrido de
más de dos horas – desde donde andaba – llegué a su
humilde casa; al llegar nos abrazamos y lloriqueamos un
poco y entrados en calor hablamos de la familia, del
tiempo pasado y nos pusimos al corriente de todo y por
todo…comí ahí con ella y su hijo y nietos y al terminar,
pero antes de despedirme me pidió que aceptara me leyera
las cartas; para no ser descortés y no faltarle al respeto,
acepté; el desarrollo de todo el ritual cartomanciánico
identificó a mi familia, mi persona, sus males, mis bienes –
que no tengo -, mi presente y mi futuro y me dijo algo
muy extraño…

-     Mira, aquí está esta mujer, morena…vives con
      alguna mujer…
-     No, tía…

-   ¡Ah, pues entonces esta mujer aparecerá en tu vida, muy pronto!
-   No juegue, tía…
-   No es un juego…
-   No creo en apariciones…y siguió con sus ritos…siguió la Limpia de Pirúl y las bendiciones de siempre…terminamos la sesión y estuve unos poco minutos más y me despedí de todos, Nacho, Claudia y sus hijos y, efusivamente, bastante, hasta las lágrimas, de mi tía Adela…Así que por ese fatalismo que tengo o esa inclinación a aceptar que el destino de los hombres se escribe el día y hora de su nacimiento, como los antiguos Mayas, Aztecas, Egipcios, Sumerios, Acadios, Chinos y Babilonios, estaba con ese designio, pero no buscaba; tenía presente lo que había dicho mi tía Adela…"Una mujer llegará a tu vida muy pronto". No la buscaba, pero sí la esperaba y yo supuse que era ella: Marlene. Porque su imagen fue muy difusa en el momento de la presentación y su imagen, elegante, menuda, juvenil y jovial, muy de mundo, llamó mi recuerdo el día que la conocí.

Era menudita, pequeña, parecía vietnamita, pómulos poco crecidos, pelo corto, líneas corporales ocultas, casi no tenía busto, ni nalgas; sus piernas no eran de gallina ni de guajolote, pero sus piernas hacían armonía con su cuerpo: delgado, esbelto, en su escaso uno cincuenta y dos… ¡Ah, sus labios! Sobre todo el inferior…carnoso, como mango y sabor a mango, a guanábana, a …; en la cama y solamente en la cama su boca, sus labios, sus dientes y su lengua me mostraron todas las destrezas de una mujer que sabe, que aprendió cómo ser mujer, una real y verdadera hembra en la recámara para dar, recibir y ofrecer felicidad, placer y comunicación…horizontal, vertical, sentadillas…como sea…ella comunicaba, transmitía placer y tranquilidad…lograba transformar a los hombres, sentirse diferentes.

Llegó a mí en una fiesta familiar; me interesó su elegancia; después de la fiesta, estando en casa, hice lo necesario para tener los elementos para llamarla y lo hice: ¡me atreví a llamarla! Ella me contestó; no la rechazó, lo que fue un buen indicador; la invité a comer en su ciudad y aceptó; el día de la cita, llegué puntual; ella, a la carrera, pero dentro del límite…lucía joven, juvenil, elegante, de dorado…nos acercamos, nos comunicamos y como traía auto, caminamos hacia él …y nos trasladamos lugar donde comeríamos…Ahí empezamos nuestra relación de 150 días – tal vez uno más, unos menos , pero - …ese día…- quise saber si ella podría ser la mujer que aparecería en mi vida…Hayamos comido lo que hayamos comido, fue agradable la conversación…yo puse las cartas sobre la mesa: por mi edad, no me estaba para perder el tiempo; le dije que  me agradaba, que me sentiría  muy a gusto si aceptaba considerar que comiéramos, juntos, otra vez; que deseaba tener una relación firme y que, si las circunstancias se daban, si las construíamos, o si se configuraban, podríamos ser novios y hasta cometer el error de casarnos. Le pareció una locura, pero ella mismo aseveró… ¿Qué es el amor? !Una locura!

Su respuesta fue lógica, nada locuaz: tengo una relación no muy satisfactoria…creo que en tres, cuatro días la puedo definir y en cinco días te llamo.

Terminamos de comer como adultos, cada quien en su papel de respetabilidad y cada uno tomó su sendero y el tiempo siguió su marcha…Me llamó en los cinco días. Convenimos en reunirnos u jueves, para irnos a comer; acordado el lugar y la hora de reunión, quedamos en poner cada uno lo mejor para disfrutar del momento, de la conversación y de las viandas.

A partir de esa reunión corrieron los ciento cincuenta días en que fue mía y de esos actos y tiempo de posesión – de ambos – tengo vivos los recuerdos de estas emociones que me hacen extrañarla y desear que el tiempo se detuviera, no pasara…por ellas, en esos ciento cincuenta días, estaría dispuesto a reencarnar – si existe –, si me diera ese don, en Fausto, de Goethe para tener poder, dinero y juventud, siempre y cuando ella fuera Margrité; todas son cosas insignificantes para casi todos, menos para mí…¡Dios, cómo la recuerdo!

Me informó que estaba libre; que decidió terminar su relación y que había considerado invertir su tiempo y el afecto para construir nuestra relación: ¡Por supuesto que me agradó! Una mujer menor de 20 años que yo, aceptando compartir mi mundo y aportar su capital femenino para levantar el nuestro… ¡Inmejorable!

Una de los recuerdos vívidos que atesoro es que se interesó en mí y deseando saber quién era, me buscó en internet, en las redes sociales, en Facebook y me encontró; supo quién era…Jamás en mi vida, una persona me había mostrado interés en mi flaca persona.

Ella sí.

Eso me agradó y quise pensar, y desear, fervientemente, que fuera la mujer que las cartas me habían anunciado.

¡Qué corto es el amor y qué largo es el olvido!

Uno más lo constituye la primera vez, la primera noche, que nos encontramos sexualmente; ese inolvidable momento es un preciado tesoro que carece de valor para cualquier otra persona que no sea yo.

Fue viernes; nos citamos en la pérgola; caminamos por el portal del Plaza y le invité un raspado de… de fruta natural…quiso de mamey; yo, de guanábana y después de pagar, de ver la construcción, típica de la Colonia y de Uruapan, caminamos a sentarnos en las cadenas de monumento a Fray Juan Bautista de Moya, fundador de pueblos de la Tierra Caliente; nos terminamos el raspado y nos acercamos al Ford Fiesta; entramos, nos acomodamos, y salimos a Ziracuaretiro, a la Mesa de Blanca a disfrutar de las viandas; llegamos en no más de

20 minutos; nos atendieron de maravilla; disfrutamos de todo y conversamos de todo...ahí, en el restaurante, en medio del jardín y en la frescura del pueblo, viendo su campanario,   me dijo que aceptaba buscar el amor conmigo, a pesar de la distancia, sin tomar en cuenta la diferencia de edad entre los dos – ella, 50. Yo, 70. Recuerdo sus palabras a mi pregunta

- ¿No se te hace una locura?

- ¿Y qué es el amor!...Si no una locura…ahora que lo recreo, me parece estar leyendo

algunas de las escenas de Romeo y Julieta…¡Una locura!

Terminamos de comer, y nos dirigimos una plaza comercial para ¡Ir al cine! Y fuimos y no

recuerdo qué proyectaron…cierto es que me sentí adolescente y tal vez lo fui…ya cerca de las 8 de la noche nos enfilamos al hotel, al Plaza, pero antes compré una botella de vino blanco, de uva Riesling.. Habiendo solicitado una habitación con vista a la Pérgola, ahí nos registramos, como esposos, con nombres ficticio y cargamos nuestra maletas casi vacías… entramos y ella se bañó y yo lo hice después de ella…era una audacia pedirle que aceptara nos bañáramos juntos…¡Ya vendría  un después!  En lo que me bañaba ella  arregló su ser de mujer...perfume, pelo, piel, cremas, fragancias, en fin; al salir, la vi ya dentro de la cama y me invitó a acompañarla; ya dentro de la cama…no habló nada…cumplió lo que alguna de sus páginas dice Mario Puzo… ¡Cuando una mujer quiere que le hagan el amor…deja que hablen sus emociones,…sus instintos!

Fue bastante elocuente…ofreció sus labios y nos besamos varias veces en forma

locuazmente infinita; yo no sentía en dónde estaban sus labios, ni sus brazos,  únicamente mi piel actuaba y mis músculos controlados por ella eran un juguete…sus manos se me perdieron y de pronto me apresó con sus manos y jugueteó con mi miembro, con mi esencia de macho…lo recorrió varias veces…yo estaba encadenado a su cuerpo de niña-mujer…su primera succión me llevó hasta el techo, a la pérgola…me devoró….sus labios, su lengua, sus dientes, sus manos jugaban conmigo, con mi falo y chupaba, ensalivaba, rechupaba y subía y bajaba por él transformándome en una sola, única sensación…Ahora que lo vivo nuevamente, no me importaba el mundo, nada…únicamente ese momento…sus manos me soltaron, teniéndome en la boca y tomaron mis bolas y jugaron con ellas…en algún momento su boca se acercó a ellas, las lamió y trató de tomar con sus labios una de ellas, al lograrlo, la disfrutó por un momento, la soltó y tomó la otra, que con más facilidad, se adentró en su boca y sentí la parte interna de sus labios, sus dientes y su lengua…mi miembro nadaba en su saliva… sus manos…no me soltaban…era una sola sensación… Una célula, un paramecio…así jugó un momento…yo era una estampilla en su piel…y plastilina en sus manos…antes de que me soltara me acomodé poco a poco y besé sus pequeños senos, los succioné y los mordisqué cada uno y seguí caminando con mi boca hasta hacernos una mezcla, una combinación de carne…ella entendió…me soltó y me dirigió…se acomodó y llevó mi cabeza hacia su sexo…era muy velludito, un algodoncito, gordito…y jugamos con la lengua, sus labios vaginales, sus membranas, las mías y nos dimos vuelo…recorrí un mamey que se destilaba pura miel; lengüeteé un panal de pura miel, sin abejas ni abejorros…sentí su primer espasmo, una descarga eléctrica recorrió su cuerpo, pero no me soltaba…mi lengua era conquistadora de su territorio y tomé posesión de ella…yo era su propiedad y acreditó su derecho femenino en la única forma que sé que lo hacen: tomando posesión carnalmente del hombre, haciéndolo suyo y entregándose de igual manera… es un error afirmar que un hombre hace suya a una mujer… es mentira decir…es mía…para mí es la mujer la que se posesiona del hombre…lo aprisiona de mil y una manera…con la boca, con las manos, con los labios, con su sexo y aun lo recibe dentro de ella, lo aprieta, lo suelta, lo retoma y lo reaprieta y le recibe lo que esforzadamente le entrega-deja dentro de sí…en mis labios sentí sus orgasmos y mi piel sintió los míos…cuando ella quiso – no cuando yo lo quisiera…por mí podía quedarse ahí toda la noche – en la cama ella mandaba – aunque la sexología afirma que en la cama todo vale y se hace lo que los dos quieren, yo dejé que ella mandara, pues me convenía, sabía lo que ella quería y lo estaba logrando: Mostrarme que sabía para qué era la cama y que ella era una experta en el imperio de las sábanas y del uso de la piel  -, me soltó y regresó a su posición natural, al frente junto conmigo, de frente, sin soltarme de sus manos y sin hablar…¿Para qué? ¡Sobraban las palabras! Los dos dejamos que nuestros deseos y emociones y hasta los instintos hablaron y dialogaran por los dos…Con sus manos aferradas a mi pene, abrió sus piernas y le dirigió hacia su sexo…entonces mi voz, suave, débil, le susurró…

- ¿Me permites? Ella extrañada  acercó su boca a mi oído y me dijo…es la primera
ocasión que un hombre me pide permiso, y por favor, entrar en mí…ni mi esposo…eso en lugar de inhibirme, me excitó aun más de lo que estaba.

- ¡Entra! ¡Toma posesión de lo que es tuyo a partir de ahora! Y Entré y al ir avanzando me
fui llevando una sorpresa… ¡Era estrecha! Bastante estrecha…Ninguna mujer de las que he conocido sexualmente era estrecha, por las mil y una razones, no lo era, aunque no hubieran tenido hijos, esto último indicaba, entre otras razones, que le había dado como culo ajeno, cogido como loca,  y las membranas de sus paredes vaginales habían perdido elasticidad…pero las de ella no; ni la vagina de la madre de mis hijos, ni las de X, ni las de Y, ni las de Z; incluso mi ex mujer, R, por indicación de su

ginecólogo había aceptado que le hicieran una colpoperinorafia y, algo le sirvió para reavivar nuestra vida sexual y  comunicación entre pareja, pero no fue suficiente…Días después Marlene me informó que sus dos partos habían sido inducidos y por cesárea; así que su canal vaginal estaba estrecho…ésa es la segunda razón por la que la recuerdo…para terminar con este recuerdo…entré y salí una y muchísimas ocasiones más y los dos nos comunicamos un infinito de cosas de hombre y mujer…Y los deseos quedaron satisfechos, ahítos.

      Una más, la tercera es ¡Dios, cómo la recuerdo!…la segunda vez que dormimos juntos fue una  noche después de salir de una función de teatro juvenil, experimental o de vanguardia, en Uruapan; nos dirigimos a cenar por ahí cerca y caímos en un local de platillos yucatecos y disfrutamos de los panuchos, salbutes, padzules y el agua de horchata y comentamos algunas cosas de la función de teatro; reímos  e hicimos planes para el futuro…casa…el trámite de su jubilación, la herencia  de sus plazas a sus hijos; terminamos los alimentos, pagué y salimos, rumbo al Ford Fiesta; ya dentro de él nos dirigimos al hotel Píe de la Sierra, donde teníamos una habitación reservada a nuestro nombre: Familia Rodríguez García; ya dentro nos preparamos para dormir y seguimos el ritual de todas las parejas…desvestirnos, bañarnos, alisar la piel de la cama e iniciar el trabajo imperecedero  de la pareja humana…acostados no supimos en dónde iniciaba uno y en dónde terminaba  el otro…éramos uno y no dos; una sincronía en ritmo, comunión y comunicación…en algún momento dijo…

    -   Espera… y se cambió de posición, colocándose a la altura de mis rodillas con mi miembro en sus manos y lo llevó a su boca y yo quedé frente al altar de su sexo y devoré la hostia que se me ofrecía y con mis labios recorrí lo largo, lo ancho y lo profundo y oficié el mundano rito de la pareja humana y una y otra ocasiones hice las libaciones a mi diosa…disfruté una y muchas veces su humedad…sentía sus espasmos, sus movimientos pequeñas convulsiones y…se arqueó como el arco y en un solo tiro soltó todas las flechas de su carcaj en mi boca…¡terminó en mis labios!...en mi boca…mis labios, mi lengua y mis dientes se ahogaron con su elíxir…me sentí aturdido…me atraganté…estuve no más de tres segundos hundido, nadando en su cálido caldito y, absorto, de rodillas, me quedé y automáticamente coloqué bajo su sexo, mis manos como vasija y recibí las últimas gotas de su chorrito y el escurrimiento y sin decirle, sin preguntarle, medio levanté mi dorso y mis manos lo untaron en su pecho, en sus dos senos; en mi pecho, en mi sexo…nos frotamos, nos tallamos y nos unimos más y más, aunque fuera por esas cosas de la cama…¡Por eso la recuerdo! Dios, ¡Qué corto es el amor y qué tan largo, el olvido!

Otra más fue en Zamora; nos hospedamos por primera ocasión en el Mesón del Valle;
magnífico hotel que está sobre la calzada Zamora-Jacona; salimos en el FF temprano de Uruapan, digamos, a las doce del día; llegamos para disfrutar de todo el fin de semana; comimos Pollo a la Naranja y raíz de Chayote y una buena cerveza – oscura, XX, - en el restaurante El Quijote; recorrimos la ciudad, compré una botella de vino blanco alemán, Oppenheimer, y unas latas de camarones, aceitunas sin hueso y jamón endiablado y un paquetito de crotones y galletas saladas, caminando nos fotografiamos en la catedral y su santuario inconcluso, su centro, el mercado, el mercado de dulces zamoranos, compramos chongos y entradas las sombras de la noche regresamos al hotel para descansar y solicité tres platitos, servicio de cubiertos, sal, limón, salsa Tabasco, servilletas, juego de copas para vino de mesa, una hielera con hielo para colocar a enfriar la botella; ya habíamos revisado la

habitación y nos agradó…cama, instalaciones y servicios en la habitación de maravilla; nos preparamos para acostarnos y nos acariciamos poco o mucho…¡qué más daba! ¡Para qué tanta prisa, si la gallina era nuestra! ¡Si el tiempo era nuestro! Nos preparamos para bañarnos, quitarnos el olor del camino y del sudor; ella, primero; yo, después de ella; llamó mi atención que usaba como pantaletita una tela expandible, delgada, pero no pregunté…. ¿Para qué? Si la joya que cubría envolventemente era mía; terminados de baño ambos nos preparamos para disfrutar del inicio de la noche; preparé los alimentos, destapé la botella, le ofrecí la prueba del primer líquido de la botella azul; saboreó su burbujeo, dijo lo que debería decir y agotada la cata, serví generosamente el líquido y preparé las galletas untadas de jamón y ofrecí su tenedor para picar los camarones y aceitunas; todo estaba saliendo de maravilla y entre conversaciones y tragos y mordidas conversábamos de nuestros proyectos y de la vida que estábamos pensando, creando y de los sueños que tratábamos de transformar en realidad…sin pensarlo estábamos construyendo nuestra vida en común… Como toda pareja nos acariciamos, nos dijimos las mismas tonterías que se dicen todas las parejas antes, durante y después de acostarse o de aparearse…en el terreno de la cama nos mostramos como lo que éramos, me excito únicamente el recrearlo, pero esa noche sería como una más de todas las noches, como una más de todos los apareamientos de todas las parejas del mundo, si no hubiera vivido lo que viví en la forma en que ella se comportó…¡Dios! ¡Cómo la recuerdo! Ella sobre mí, cabalgando, dándole duro e intensamente en los ijares…mis manos sobre sus pequeños pechos y mi cuerpo mezclado, sumido en el de ella; éramos, nuevamente, el arco y la flecha y lo tensábamos cada momento…no sé qué pasó, pero estaba frente a mí y en menos de un segundo, montada sobre mí, sin levantarse, sin hacer ningún otro movimiento, más que el giro de 180 grados, sin levantar sus pies, sus piernas; sin separar su sexo del mío, sin salirme de su vagina, giró su talle, su cuerpo y quedó de espalda y siguió moviéndose hacia arriba, hacia abajo, gimiendo, quejándose, sin entender sus palabras… su arco me tensó y como flecha, llena de pasión, de deseo…me electrizó, me excité en exceso y no pude contenerme en ese momento…mi flecha fue la respuesta… fue un cohete, reventando en una pirotecnia imparable como cascada de luz…fue un  magnífico espasmo , una irrepetible convulsión transformados  en una torrente de  líquido, soltando una catarata de lo mejor de mí y la inundé…ahí nos quedamos quietos, sin movernos, pegados uno al otro, como si fuéramos una sola piel, un solo cuerpo…¿cuánto tiempo pasó? No lo medí, mas  disminuyó el éxtasis, nos fuimos calmando y al aquietarnos, su  rostro, su piel brillaba, su piel estaba mojada, más  que la mía; su cuerpo ya no se estremecía más, estaba cálido, pegado al mío…Ahora que lo revivo, pienso y recuerdo que jamás, en ninguna lectura de Xaviera Olander u otras más, me habían mostrado, descrito, vivido fantásticamente, lo que ella me hizo en un instante…ninguna otra mujer me había concedido el favor, la satisfacción de esa posición; ni las lectoras-practicantes del Kamasutra o de las posiciones japonesas, chinas, birmanas o las que sean…jamás, nadie, ninguna me había mostrado ese placer jamás vivido…

¡Cómo no recordarla! ¡Dios!

¡Qué corto es el amor! ¡Qué breve es el deseo!...¡Qué largo el olvido!  Acaso todo se debía a que hacía yoga cuatro veces a la semana, pero mostró una flexibilidad y una disposición inauditas, inesperada, inédita…¡Cómo no recordarla!

¡Y cómo no recrear otra noche más de fin de semana en el mismo hotel!…habíamos cubierto a satisfacción el ritual turístico y gastronómico de las parejas y descansábamos en la habitación, dispuestos para bañarnos; ella, uso y costumbre, primero y al término, seguí yo; estaba relajado, recibiendo en la tina el tibio chorro de la regadera, de improviso, llegó ella, recorrió la cortina, o  el cancel del baño, y sin decir nada, maniobró el control de la llave de la tina y sólo dijo…

- Espera que se llene, de favor… no hice nada, no esperé nada; salió y regresó completamente desnuda y sin decirme nada, se  acostó, zambulléndose en el lago de agua….salió su cuerpo, me abrazó y una mano se deslizó hacia mi miembro, suavemente  me jaló con la otra y dejamos que el agua nos cubriera…parecía que la tina la llenara de energía y erotismo…hizo mil y un malabares en el agua, se unió a mí de frente, de espalda, montada; la monté, se llenó de mí en su boca, me mordió, me lengüeteó, me masturbó con sus manos, con su boca, con sus dientes, con su lengua,; yo correspondí en la misma forma…comí su sexo húmedo, bebí del agua que chorreaba de él y me ahogué en su oasis…el agua oleaba con los vaivenes de nuestros cuerpos, se desbordaba...y nos desbordamos una, dos y hasta más veces…cierto, ella terminaba, realmente explotaba más que yo y lo confirmaba con cada orgasmo de ella, por la forma más simple de comprobarlo…sintiendo y viviendo  su cálido chorrito o torrente que bañaba mi miembro dentro de ella…¡No fingía sus orgasmos como lo hace la mayoría de las mujeres!

Sexualmente fue sincera…por estas dos cosas, también la recuerdo y la bastante en noches como ésta…pensar que fue mía y ahora es de otra, como lo canta Neruda en su Poema 20.

Esa noche, perdimos la noción del tiempo…cuando regresamos a la realidad  estaba entrada la medianoche, el restaurante del hotel estaba cerrado; decididos salimos a caminar hacia Zamora, sobre la calzada y no encontramos más que un carrito de hamburguesas, que no nos agradaba comer, pero estábamos tan gastados que urgía algo qué ingerir para reponer fuerzas y alimentar a nuestros cuerpos, que no hubo más remedio que comerlas; sonreíamos al disfrutarlas, pues esperábamos otra cosa y no un simple, pero en ese momento, reconfortante alimento; al terminar, caminamos de regreso, sin importar la eventual inseguridad dadas las horas de la ya casi madrugada, pero se confirmó que hay un Dios para los Borrachos y para los enamorados. Al estar en nuestra habitación y acostados, regresamos al trabajo inmutable del hombre con la mujer pero ahora de una forma más tranquila, sin tantos espasmos, sin tanta innovación; tensamos el arco, soltamos la cuerda liberando la flecha que dio en el blanco.

Ahora al escribir estos recuerdos, tengo en mente que todas las noches que pasamos juntos, haya sido cual haya sido el placentero trabajo humano de pareja, cuando despertábamos, invariablemente me excitaba tener su juvenil cuerpo, totalmente desnudo, a mi lado que siempre le pedía que me recibiera y jamás de los jamases, me lo negó…invariablemente terminaba unas dos veces antes que yo; cuando ella llegaba al clímax, a su orgasmo, tensaba su cuerpo, se pegaba más a mí y su boca gemía, gritaba en suaves murmullos en mi oreja; mas cuando me conducía a mi orgasmo, al reventar le decía

- ¡ ¡¡Buenos días, mi amor!!! Y todo yo salía, ahogándola.

Varias ocasiones fuimos a la ciudad de México; nos hospedábamos en hotel cerca del monumento a la Revolución, en la colonia Tabacalera; estaba cerca de todo y con varias opciones de transporte; habíamos acudido al D. F. para disfrutar la presentación de una cantante europea – francesa-belga o alemana – que se presentaba en el Palacio de Bellas Artes e interpretaría melodías y letras de canciones de las posguerras mundiales; su nombre no viene al caso; los boletos los había comprado por ticketmaster; la dama vestía al estilo de Marlene Dietrichk y la orquesta estuvo en consonancia con el motivo…espectacular, extraordinario…nostalgia, dolor, placer, alegría y muerte…¡Todo en una noche! ¡En dos horas! Salimos a cenar en donde hubiera; pregunté al hotel si aun estaba en abierto su restaurante y me informaron que sí; nos regresamos en un metrobús; pedimos alimentos para llevar a nuestra habitación; ahí nos los llevaron…ya en nuestros aposentos y con los alimentos listos, los disfrutamos, comentando la voz, la armonía con la música, el tono de las melodías, la orquesta y su música…terminamos y nos preparamos para dormir…ella, como siempre que dormíamos juntos, se bañó primero y yo, después; la habitación tenía tina y nos llenó de sensualidad y erotismo…sin consultarme, llenó la tina y escuché su voz…

- Ven…báñate conmigo…te espero…Ni tardo ni lento, terminé de desvestirme, fui al baño

Y quedé complacido: ella, como una sirenita, estaba en el agua y su cuerpo lo cubría el agua…me hizo señas y fui…nos acariciamos con las manos, con los ojos, con la piel…ella me llenó de erotismo, de sensualidad, desbordó el deseo…la unión carnal, sexual, rutinaria, cotidiana la transformó en un momento inédito, superando la capacidad de hambre y deseo, de asombro…en orgía de caricias, dentro del agua, horizontales, unté el jabón en toda su piel, en todo su pelo y en todo su bello…detenidamente pasaba y repasaba el jabón sobre cada parte de ella; cuando terminaba de enjabonarla, la empujaba en el agua para que la lavara del jabón; ella correspondía y me bañaba, pasando su mano enjabonada, la pastilla de jabón neutro por todos los poros de mi piel, deteniéndose, como yo, en su sexo: ella lo enjabonó y baño en varias ocasiones; le quitaba el jabón y sacaba su cabeza del  agua y lo metía en su boca; se divertía y se divertía y a mí agradaba esa parte del juego…cuando ella sacaba  del agua su talle, se abría en compás y me permitía el húmedo placer de dejar que el agua que escurría por su sexo, acariciara mis labios, mi boca y cuando paraba de escurrir…¡esto era lamer, lamer, chupar y chupar…Terminó en tres ocasiones en mi bosa y ella me llevó al paraíso dos veces y en una de ella, cuando exploté en su boca…¡sin soltarme, ¡Se quedó tranquilita! Así estuvo un poco de tiempo…pegada a mí, hincada frente a mí…embrazándome, empujándome hacia ella. (Cuando al día siguiente le pregunté el porqué de ese momento de quietud y calma) me dijo, como si nada…

-        Lo estaba disfrutando, paladeando…poco a poco; traguito a traguito; gota a
gota… --

-        ¡Cómo no recordarla!

Por esas cosas que suyas que hacía diferentes cada situación, casual, rutinaria…las convertía en extraordinaria…la tina en el baño la transformaba…jamás usamos un jacuzzi ni un sauna…En muchas noches como ésta recuerdo nuestras noches y la extraño…¡Cómo no extrañarla! ¡Cómo no recordarla!

Un penúltimo motivo de desear recordarla y tenerla este momento es que a sugerencia suya, un viernes cualquiera, hospedados en el Plaza, regresamos de cenar antojitos yucatecos y de golpe y porrazo me  condujo hacia el bar para disfrutar  el momento, las melodías y la voz del guitarrista; no puse ni una objeción; nos acomodamos; ella pidió una bebida extranjera; yo un vodka Oso Negro con agua quina; estábamos muy tranquilos, gentiles con todos y amables con nosotros mismos: cuando  menos lo pensé se acercó a mi oído y me susurró

- ¡Ven! Ven…bailemos esta melodía…y me jaló
  de la mano…

(Entre paréntesis no soy muy inclinado al baile y no es porque no me guste bailar; sucede que por diversas razones no me decido a bailar, a esta distracción, porque como modo de maldición, con todas las mujeres con las que me he relacionado, saben bailar muy bien… ¡espectacularmente! La madre de mis hijos bailaba ¡Hasta los comerciales! La mamá de mi hija fuera de matrimonio, igualmente; muy bien; la mujer con la que rehíce mi vida después del naufragio que sufrió a la desaparición física de la madre de mis hijos, bailaba muy bien, pero no hacía alardes, como las otras mujeres y las que casualmente se vinculaban conmigo, bailaban bien, muy bien, pero TODAS, TODITAS me exhibían como torpe y me cohibían, comparativamente con ellas y las demás parejas en las pistas de baile y hacía el ridículo, o por lo menos era lo que percibía; bailaba un poco más, cuando estaba en seguridad entre verdaderos cuates-amigos y/o con una copa de estimulante. Y eso sucedía allá cada venida de obispo)…Ella fue diferente: Una calma y tranquilidad me llenaron que baile confianzudamente bien, sin miedo al ridículo. Como una hora y media bailamos, una melodía, otra y uno y otros ritmos; sueltos, pegados, sumamente pegados y sumamente sueltos. Ignoro lo que me dio o lo que me pasó, lo que sí es cierto es que generó tal confianza que no me importo hacer el ridículo, ser el centro de las miradas de los demás – y sí lo fuimos, pues éramos los únicos que bailábamos -; cuando ella quiso, nos sentamos, pedí la cuenta y nos retiramos del bar… ¡Qué decir que hasta nos aplaudieron! Salimos y nos retiramos a nuestra habitación y la noche que pasamos juntos fue inolvidable…su mano, su cuerpo, su piel, me comunicaban, construían, en mí sensualidad y sexualidad, además de potencia, desbordantes…sería un alarde repetir lo que ella me hizo vivir esa noche, esa madrugada y todas las noches que dormíamos juntos pues ella poseía una varita mágica que con su sola presencia transformaba la rutina, la cotidianidad de la noche cualquiera  en algo verdaderamente extraordinario.

¡Cómo no recordarla!

¡Cómo no cantar como lo hace el poeta!

¡Cómo no lamentarme como lo llora Neruda!

¡Es de otro, como antes fue mía!

¡Por qué no suspirar nostálgicamente!

Recuerdo que cuando acordamos establecer nuestra relación con fines de casarnos y vivir el tiempo presente y futuro para los dos, le confirmé, y pregunté…

-		Hemos pactado unir nuestras vidas y hacer una, nuestra. Estamos separados por 110 Kilómetros.   ¿No será una locura lo que estamos haciendo?

-		¿Y qué es el amor? – Ella  solita  se  contestó: ¡Una locura! Y vaya que sí hicimos locuras, muchas…dos ellas; en una ocasión nos fuimos a comer a Ziracuaretiro, a  un ladito de Uruapan; no quiso que asistiéramos a la Mesa de Blanca y paramos en una palapita a la que ella ya había acudido; disfrutamos algunos platillos de la minuta y después de terminar, pero antes de pagar, salimos al pequeño jardincillo en donde había juegos infantiles. Y nos subimos al sube y baja, a la palanca! Y ahí estábamos como niños subiendo y bajando, sonriendo, despreocupados de la vida, disfrutando de ese instante tan pasajero, que únicamente tenía sentido para los dos -. Otra más, la segunda, en una  de las idas al Distrito Federal, quiso ir a Chapultepec y nos fuimos; ahí, después de recorrer al museo nacional de antropología e historia, de las consabidas fotos de aquí y de allá, nos embobamos viendo el espectáculo de los  Indios Voladores de Papantla y a su término, vio un pequeño tumulto creado alrededor de unas personas que hacían limpias de Pirúl, remedando el ritual de los santeros prehispánicos…me preguntó…

-    ¿Vamos? ¿Quieres?  No hice más que seguir su deseo. ¡Y fuimos! ¡Únicamente mi tía Adela, me hizo dos o tres, pero no más, el ritual de la Limpia de Pirúl! Y ahí estuvimos dejándonos  hacer y volver al vividor de ese ritual, que embaucaba a los que lo rodeaban, entre ellos nosotros dos…No me interesaba, no me importaba el ridículo, ser el hazmerreír de los demás…me importaba yo y ella juntos, construyendo nuestras vidas…por un instante fatuo, fugaz…como loes la vida.

¡Cómo no recordarla!
Me hizo vivir.
Se interesó en mí.
Me hizo sentir.
Trató de entenderme.
Me hizo ser diferente.
Me dio seguridad, tranquilidad y confianza
Me hizo soñar.

¿Por qué no recordarla en noches como ésta en que estoy  solo?

Ahora bien…esto es lo que yo recibí de ella; desconozco qué fue lo que ella recibió de mí. Nunca hubo la oportunidad de conversar sobre este aspecto: ¿qué recibió de mí?

Cerca el periodo vacacional decembrino, hablamos, hicimos proyectos-planes para salir juntos una semana y programamos salir o a la playa o alguna ciudad del Centro del país; incluso hice reservaciones en destino playero - pero de una forma abrupta, unilateral, terminó conmigo. Nada más me lo dijo así…No puedo seguir. Cuestiones familiares y cosas tuyas, en el trato conmigo,  me lo impiden. Así que terminamos y ya. Lo siento.

Yo lo sentí más, mucho más que ella.

No sé si fue la mujer que esperaba, la que las cartas anunciaron, pero sí sé que fue la mujer para mí en esos casi seis meses que vivimos para los dos.

¡Mucho importa que ya no la tenga, que ya no esté conmigo, pero lo que vivimos…nadie podrá destruirlo! ¡Nadie podrá quitárnoslo!

¡Únicamente el tiempo!

¡Cuánta razón tiene el poeta en su Poema 20!

Esta noche puedo escribir los versos más tristes…esta noche…

Sentir que no la tengo…saber que la he perdido…

Porque en noches como ésta la tuve entre mis brazos…

¡Ella ya no está conmigo!

¡Es tan corto el amor. Es tan largo el olvido!

# MAMÁ

Hoy cumplí sesenta y nueve  años. Es muy posible que casi todos festejen esta fecha; seguramente lo podría hacer, pero en mi familia, lo que queda de la destrucción de ella, no lo hará; quizá hasta el jueves, o el viernes o el sábado o el domingo o ¡nunca! También puedo hacerlo solo y en mi soledad me embriago de música, de música y de más música. Aquí en la semi penumbra de mi recámara estoy tranquilo y me pongo a recordar y en un viaje mental  y en otro siempre tocó la imagen de mi mamá y hasta ahora me hago la pregunta que jamás me hice, ¿quién fue mi mamá?

Y la verdad es que no sé quién fue.

Hace poco vino mi hermana y tratamos cosas de familia y una de ellas fue resolver lo referente a la concesión, franquicia, licencia o lo que sea que se llame perpetuidad de la sepultura en donde están los restos de nuestra madre, de su mamá – mi abuela – y de la madre de mis hijos, mi esposa. Y dado que yo vivo aquí, en este lugar y ella reside en Torreón, pues me tocó a mí, atenderlo y resolverlo.

Algunos días después del regreso de mi hermana a Torreón, inicié la solución del tema perpetuidad de tumba de mamá y me encontré con que ella no está registrada, ni como la conocíamos, Emperatriz Cruz, ni como se decía llamarse – Adelaida, Emperatriz -  ni como María, o Ma., Emperatriz, ni como María o Ma. Adelaida Emperatriz…

¡nada! Y con los apellidos Cruz Téllez, menos y mucho menos con los apellidos de mi abuela Cruz Pontifes… y, además, no existía en los registros de la tierra un dato sobre esa mujer nacida un dieciséis de diciembre de mil novecientos veintiuno  e hija de una mujer llamada María, Ma. Soledad Cruz Téllez o Cruz Pontifes… una cordillera infranqueable para poder desvanecer los desconocimiento sobre el nombre de mi mamá.

Entonces, ¿quién diablos fue mi mamá?

De que ella fue mi madre, ¡indudable! Pero sus datos…bueno la verdad es que ¡poco importa! Yo no pelearé nada a nadie. Estoy más que satisfecho de lo que me heredó.

Mamá fue una mujer iletrada, su única riqueza era los saberes domésticos de una cultura muy subdesarrollada,   aldeana; nacida en una población históricamente importante, pero olvidada de la gracia de Dios y muy lejos de los gobernantes; era, si se me acepta, una microscópica caca de mosca en el mapa michoacano; sabía hacer tortillas, preparar los alimentos en ollas, cerámica de barro, cocinadas con manteca de cerdo. Carecía de los valores culturales – como ahora se dice -: era, fue analfabeta. Jamás quiso aprender a leer y a escribir; cuando en alguna ocasión le pedí que aceptara aprender a leer y escribir me dijo dos cosas: que no lo necesitaba y que la única persona que le mandaba ya se había muerto.

Y era muy cierto; tres detalles lo mostraron: En alguna ocasión quiso tener ingresos propios y para tenerlos, con esfuerzos y sacrificios puso una tiendita – antecedente de los mercados  sobre ruedas o informales – y ella manejaba la báscula, pesaba y cobraba,  pagaba, mercadeaba en San Juan comprando mercancía, sin anotar nada y sin hacer cuentas… ¡de memoria! Otra, En algún momento de 1968 se compró  una máquina  de coser ropa, Singer,  de pedal y ella medía, cortaba y cosía mi ropa interior y algunas camisas, sin anotar nada, sin escribir nada, sin nada…. ¡Así, de bulto! Una más: Cuando por necesidades familiares debía salir de la ciudad y trasladarse a otra, salía hacia ese destino únicamente con la dirección de quien deseaba ver  en un pedazo de papel y llegaba sin más ni más: No se le dificultaba nada.

¿Cómo era mi madre físicamente?

Mujer con bastantes facciones indígenas, morena, no en exceso; descendiente de Matlazincas o Pirindas, con algo de mulata, acaso un poco de mongol – asiática – (Yo nací  mostrando una mancha azulada en mi espalda, que con el tiempo se me desapareció: ninguno de mis hijos la tuvo. Se decía en la tierra que era la mancha del pecado original. ¡Vaya a saber usted qué de cierto era eso!) Como de un metro y sesenta y cinco centímetros, pómulos poco salientes, cara un poco ovalada, con un lunar en media cara, lado izquierdo;  poco cachetoncita, pelo negro lacio – casi siempre en dos trenzas, ojos cafés -; cejas negras, pobladas y pestañas hirsutas, enhiestas, como banderillas; boca grande, labios, el inferior, un poco más grueso que el superior,  dientes firmes, blancos, no tenía defectos en ellos  y completos; busto, entre  copa B y C; talle y cadera buenas para la fecundación y  embarazo; pecho bueno para amamantar; manos medianas, sin callos, suaves, cálidas; piernas fuertes, acostumbradas a caminar y con píes tamaño normal; mamá no era, físicamente muy agraciada de la cara, pero las restantes partes de su cuerpo compensaban esa carencia de gracia y, si se le agregaba que las cuestiones domésticas las dominaba a plenitud – preparar las tres comidas desde encender el fogón, realizar las compras del día (aun no llegaba el refrigerador en comercialización popular-multitudinaria), lavar los trastes, utilizados, lavar  y  planchar ropa (usando planchas metálicas calentadas en el fogón), almidonar, coser a mano, zurcir, etc.)   - estaba bien preparada para formar una familia, pero…la vida fue otra.

Mi madre formó parte de una familia en donde la cabeza de ella fue mi abuela, Soledad Cruz Pontifes; hubo cuatro hermanos: Nicolás, el mayor - trabajador en las tabiqueras-adoberas del pueblo; decían que fumaba marihuana, pero era sumamente tranquillo; vivía con una mujer cartomanciana, Catalina; allá por la Cruz Gorda – entre Huetamo y Cutzio -; casi nunca lo traté. Su hija sanguínea o adoptiva fue mi tía Adela, con quien me vinculé muchos años después, pero con su papá y su mamá, casi nunca los asocié con mi familia, aunque sí se trataban y reconocían el parentesco.

EL segundo fue Roberto, alias el Chueco, bueno con el machete; ese machete de la región que parece un signo de interrogación; pieza metálica, corta y en forma de semicírculo, usualmente muy afilado. Tomaba mezcal; que yo me haya enterado fue buen bebedor de mezcal; allá por el zanjón, a una cuadra estaba la cantina de Pure y ahí le agradaba echarse sus tragos de mezcal y disfrutar de esos momentos; fue de los primeros que intentaron establecer en la región huertas de papaya; en su casa, allá por la loma del Pollo – desconozco por dónde queda ahora eso – tuvo un terreno grande y con su pozo de reata regaba esa pequeña huerta; vivió con una mujer, cuyo nombre ignoré y no supe si tuvo o no familia; en ocasiones, mi madre lo citaba y en la plática se tocaba su vida familiar, pero fue algo que ahora ya no recuerdo; hace unos años se dijo que el entrenador del Atlante y después del Monterrey – el Profe Cruz – era de Huetamo y por el apellido supuse que era descendiente de mi tío Roberto, pero no tengo certeza; así lo dejamos como un supuesto; aparte de sus tardes mezcaleras, era muy trabajador; desconozco a qué grado escolar llegó, lo mismo que Nicolás, pero deduzco que no terminaron la primaria ni uno de mis tíos; en realidad nunca mostraron q que lo necesitaran.

El tercero fue Domingo, bueno para jugar la Pelota Tarasca – ese juego en el que se usaba una pelota como de frontón, dura y con bote o rebote muy ágil, rápido, que se jugaba a mano, sin raqueta – aunque algunos sí la utilizaban y la hacían de madera, una paleta – en un campo liso, parejo, como de unos ochenta-cien metros de largo y uno treinta y cinco de ancho; bueno para la siembra, como casi todos en el pueblo, tuvo una parcela, que no sé qué se hizo, quién se quedó con ella o si fue de él;   aprendió la panadería y era buen panadero – yo conocí dos panaderías en las cuales trabajó, allá por 1953 – la de Mello Juárez y la de Don Leoncio López -; cuando se independizó la dio por hacer lo que en la región se llama Fruta de Horno, un tipo de repostería barata, popular, pero un pan un poco más fino, elaborado y barato, aunque  de no tan caro, pero no mejor que el pan que salía de los hornos de leña de las panaderías en las que trabajó. Era delgado, de cara larga, un lunar en su cara delgada y pelo lacio, rebelde; le gustaba andar bien limpio, con su ropa clara; casó con una mujer de la Loma de Las Rosas; Inocencia, Chencha para los amigos; la familia de ella se dedicaba a hacer poches y tinajas; cuando viví en Huetamo, me agradaba ir a su casa, pasar el arroyo de agua y chapotear en los charcos y ver correr a los puneches en los ríos de agua cristalina antes de que se llenara de cuinda. – Yo viví únicamente un año en mi ciudad natal: 1953 – Mi tío se iba a pescar y me llevaba; usaba red y, en ocasiones, aun estando o siendo prohibido, usaba petardo, cohete; veía cómo junto a la explosión, el borbotón de agua se elevaba y la espuma dejaba un montón de pescados aturdidos o despanzurrados que eran sacados por mi tío; en otras ocasiones se iba a la presa del Pito y pescaba a mano los peces que se escondían entre las rocas de la represa; cuando sacaba los dos tipos de pescados, los abría del vientre, sacaba sus vísceras y así, abiertos, limpios se los llevaba ensartados con un tule o algo parecido, una varita para que se terminaran de orear y comer en la casa de su familia y algunos para la casa materna; los que sobraban se oreaban para secarlos y comerlos días después o asados o en tortas capeados con huevos…¡Qué sabroso saben! En ningún lugar  de los muchos que he visitado, trabajo y vivido he comido el pescado seco  así: ¡En torta, rebosado en huevo! Con este tío conviví más, sería porque dos de sus hijos eran más o menos de mi edad o por las razones que sean, tengo recuerdos de él; en algunas ocasiones acompañaba a sus hijos y los primos, hijos de mi tío Ventura -. Blas, para los amigos – que estaba casado con Joaquina, hija de mi tío abuelo Alfonzo Martínez Velázquez, alias el Avión, guarachero de profesión-ocupación, quien vivía con su familia en un solar bajando a la izquierda de la loma del Calvario – a dejarles de comer a los dos – Domingo y Ventura – y la parvada de guaches – Juan, Lamberto, Rogelio, Gregorio  y yo – salíamos en dos burros a llevarles de comer; agarrábamos rumbo al cerro que parece una columna de elefantes y en algún lugar de esa zona árida llegábamos con la comida para mis tíos; mis tías preparaba una comida popular al alcance de sus ingresos, pero cuando destapaban las pequeñas ollitas de barro, cubiertas con una tortilla bien cocida como tapadera ¡Qué sabroso aroma se dispersaba por la parcela! Nos peleábamos por las tapaderas…eran ollas con frijoles guisados, la salsa del chorizo, del huevo con chile, de los nopales con longaniza, de  la carne de cerdo con chile verde, rojo o en guajillo o las güilotas en pipián o en chiliajo… ¡Dios bendiga a la cocina popular! De regreso, al pardear la tarde, arriba de los burros, al cruzar los míseros arroyos, si teníamos sed, nos bajábamos del asno y nos culumpinábamos para tomar el agua más fresca del mundo y regresábamos a la casa, amarrábamos los burros y era jugar y jugar al veli o a trabajar en los huaraches.

Rafael fue el siguiente. Casi no tengo recuerdos de él, salvo que fue panadero, vivió mucho tiempo en la región cercana a Arcelia, Guerrero; por allá se casó y procreó familia, cuyos miembros no conocí y si los conocí no los recuerdo, salvo el nombre de uno de ellos, Orvelín. ¿Qué se hicieron? Lo ignoro, sólo sé que en alguna ocasión preguntando a los hijos de mi tío Domingo, me dieron información vaga: se fueron a  los Estados Unidos. Otras dos notas sobre mi tío Rafael  es que era de tez muy rala, despercudido, amarillento, acaso por eso el decían el Carralo; en ocasiones escuché que mi madre comentaba que se enfrentó a la partida de militares  de la región, allá en la plaza de armas y que había herido o matado a tres y que esa noche los militares cayeron en la casa y atemorizaron a mi abuela y a los demás residentes de la casa de ese  momento; no lo encontraron, nos golpearon y se fueron; en algunos de sus zafarranchos de hombres, fue herido con un verduguillo; sufrió una herida que lo atravesó  horizontalmente, pero no pasó a mayores…mi madre recuerda que el médico que lo atendió le dijo que para la fortuna de mi tío, sus intestinos no traían nada de alimento, sólo los residuos del alcohol; que eso lo había salvado o facilitado su cicatrización… No recuerdo si él, o mi tío Antonino, tuvo tres testículos, lo cierto es que era muy bragado…pero no supe más, ¡Ah…era de otra religión!

El último de mis tíos fue Antonino; era de complexión achaparrada, pelo chino, tipo mulato, el de piel más oscura que todos y el más pequeño de todos los varones; él fue gatillero; en Acapulco formó una banda de delincuentes y estuvo fuera de la ley; mientras vivió nunca le faltó dinero ni a él ni a su familia; en Acapulco vivimos en la colonia del Río Camarón, cerca del  fuerte del Veladero; en una lomita cercado por plantíos de Jamaica; cuando pasaba por el jamaical, escuchaba el poff, poff de las tarántulas cuando caían al suelo; con mucha regularidad comíamos pescado – todos los días almorzábamos o pez sierra o lisa, sazonados nada más con limón -. Cuando el trabajo para los peones se terminó en

Acapulco, la familia regresó a Huetamo, mas mi tío se fue de liso hasta Apatzingán y allá conformó otra nueva banda o con parte de la de Acapulco estuvo en esa región agrícola. De mi tío recuerdo estas otras cosas…era muy negrito, pero muy peludo del pecho y usaba un reloj de buzo – fosforescente y con otro tipo de medidas, aparte de la hora y segundero y calendario….tenía unos dientes de oro…lo mataron en 1957, en Apatzingán y fue enterrado en fosa común…Dice Galio que el que con fierros anda…en fin no recuerdo la cita, pero la buscaré… más dice un amigo que quien a fierro mata, no puede morir a besos y así murió mi tío Antonino: Asesinado a la mala en una huerta de limón;  tenía el sueño muy pesado y así lo mataron, dormido y a pedradas o con la culata de su misma pistola y le desfiguraron su cara y para dificultar su identificación, le desfiguraron la cara echándole caldo de frijoles, hirviendo  y, además, le quitaron sus dientes de oro. Mi abuela murió un año antes que él.

Con todo y lo machito de mis tíos, mi abuela era la cabeza de la familia y tenía autoridad para mandar en la familia; nadie decía lo contrario de los que ordenaba mi abuelita Soledad. No conocí otra…

Cuando nací, mi madre tendría unos 23 años. Dicen – mi madre nunca me lo dijo – que mi padre fue un tal José Loeza Castillo. Arriero originario de Huandacareo: No debo, ni sé, ni quiero tratar este asunto, porque no debo, carezco de información y no me interesa; mi madre tomó su decisión en ese momento y punto. La respeto

Tengo entendido que a mis tíos el embarazo de mi madre no les agradó e incluso supe después, mucho después, que juraron que matarían a  mi papá, razón por la cual – acaso una de ella -, él jamás regresó a mi tierra. Mi abuela calmó todo y acogió o más bien, sobreprotegió a mi madre y no la dejó sola, ni vivir sola. No la desamparó para nada. Nací en el seno de la familia de mi abuela y mis tíos fueron mis papás.

Mamá fue mi líder.

Mamá era una parota y un jazmín…Dura, muy dura, como ese árbol y esa madera – dura y suave - y, maternalmente, muy perfumada, como esa flor – seca, pero sumamente fragante, perfumada…

Acaso sin capacidad expresiva para decir palabras bonitas, protocolarias, pero con sus actos mostraba, demostraba el enorme amor que tenía por mí, y que después compartió con cada uno de mis tres medios hermanos.

Mi madre – mamá – dejó todo lo que tenía por mí - ¡No tenía nada! Salvo la rutina, la costumbre de estar en casa moliendo el nixtamal para hacer tortillas y haciendo píe de casa para mi abuela y mis tíos. No tenía futuro más que su presente.

¿Qué podía esperar?

¿En mi tierra – Huetamo -, en los cuarentas-cincuentas, a  qué podía-debía aspirar una mujer madre soltera, sin saber leer ni saber escribir, sin poder comunicar nada, salvo su enorme habilidad, competencia y capacidad para los trabajos domésticos?

A  nada, salvo a estar encadenada a un doméstico presente sin mañana. Y ése era mi futuro: Nada.

En alguna de las pocas ocasiones que hablamos como madre e hijo sobre el futuro de los dos – tendría yo unos catorce-quince años – me dijo --- ¡Ah! Fue cuando me enteré que destripé la escuela secundaria y que mis estudios para profesor de educación primaria en la escuela normal habían tronado y era un fracaso…

Ahí en la casa de Socialismo 85, los dos solitos, me dijo…

"Mira Beto, me vine de Huetamo, dejando a mi mamá porque yo quería que fueras diferente; así se lo dije a mi mamá, tu abuelita, y ella entendió y me dejó en libertad de venirme…te traje a Morelia porque quería que fueras otro; yo no quería que tú fueras como mis hermanos; campesinos-agricultores de un pedazo de tierra enteca, ñenga; panadero, pochero, tinajero; no quería que tuvieras el destino de ellos: borracho, campesino y panadero; un hijo de la chingada bueno para nada…Te traje a Morelia, con la ausión de que tu ¡"#$%&/()=?¡ padre te conociera y reconociera; no lo hizo…¡está bien! ¡Bien está! ¡A fuerzas, ni los huaraches! ¡Qué le vamos a hacer! Por eso acepté convivir con este hombre que tú sabes que viene a la casa y me da un poco de dinero cada semana para pagar la renta y alcanza un poco  para comer…lo demás yo los consigo y pongo, la hago de gata, de planchadora, de lavandera, hago a la gente de dinero de la tierra comidas de allá…de todo con tal de tener una manera diferente para vivir, confiando en qué tú serías alguien en la vida que te ganarías la vida, lo que comerías, donde vivirías de otra manera que yo, que tus tíos, - ya vez, ¡Algunos, hasta delincuentes fueron ! Y me sales con esto de que tienes reprobadas algunas materias de segundo y tambіén de tercero y que las calificaciones de primero de normal se anulaban y se caía tu inscripción al primer año y, si quieres estudiar repetirías segundo y tercero o pagarías en exámenes especiales siete materias…Yo no sé si podré ayudarte, pero ahora, si quieres, y esa es la cuestión, si quieres, tendrás que ponerte a trabajar; yo no tengo dinero y no creo que el hombre que vive conmigo y es papá de Tomás – mi medio hermano – seguirá apoyándome, dando para el gasto…Ya eso es cuestión tuya". No me pegó, ni me maltrató. Únicamente, me habló claro.

Y entré a trabajar como oficial de imprenta, complementariamente, de encuadernador. No puse ni una objeción.

Mamá durante dos años no me dijo nada; siempre callada, siempre la misma. Inmutable, invariable conmigo. En esos dos años, fui superando mi complejo de inferioridad, mi percepción de impotencia, de incapacidad, mi ausencia de confianza en mí mismo… fui leyendo, leyendo y leyendo… con la lectura fui saliendo del pozo , del barranco.

Cuando le comuniqué que regresaría a estudiar y que pagaría las siete materias nada más me dijo que estaba bien…ya tenía dos medios hermanos: Tomás y Francisco.

Mientras estuve trabajando jamás dejó de hacerme mi desayuno – jugo, fruta y algún líquido – y un almuerzo – generalmente huevos o chorizo con algo y la nata de la leche; en la comida, igual para todos, lo mismo para la cena. Mi ropa, siempre limpia y planchada – fuimos sumamente pobres, pero siempre tenía una cama, individual, pero para mí solito; lo mismo mi ropa deportiva muy blanca, limpia y planchada y una habitación, chica, nada más cabía mi cama y algo como librero, pero sólo para mí.

Cuando supo que ya había pagado las siete materias y que solicitaría ingreso a la escuela normal, me dijo…"Hiciste bien. Además era tu obligación y tu responsabilidad, si querías tener otra forma de ganarte la vida…Todo lo que tú hagas ya será por tu cuenta…no me felicitó, pero sí me deseó lo mejor. Cuando supo que había resultado favorecido por el examen de admisión y que regresaría a la escuela y me enrolaría otra vez en los estudios para ser profesor de primaria  le dio mucho gusto; sólo me preguntó si continuaría trabajando, a lo cual le contesté que sí, que no tenía de otra y que lo haría con mucho gusto, además, sabía que mi aportación monetaria en la casa era indispensable…No le dije que Don Gume me ofreció el trabajo el día y a la hora que fuera con tal de que continuara estudiando, lo que recibió con gusto, pues la aportación de mi padrastro no crecía a pesar de que la familia – sus hijos – ya habían aumentado a tres, pues mi hermana ya venía en camino -, pero no hubo más; yo supe que, en sus adentros, estaba muy feliz, muy contenta y confiada  en que me ganaría la vida de una manera diferente, mejor que ella y que sus hermanos.

Mamá, a pesar de que recibía una cantidad fija de mi padrastro – nunca le pregunté cuánto le entregaba -, pero sabía que era insuficiente, pues de su lado – sus hijos eran tres – y lo aportado  por mi apenas alcanzaba para que la familia – cinco miembros (mamá, tres hijos y yo) mal comiera los tres primeros días – tal vez y lo digo como posibilidad, mi padrastro pensó que como le había comprado un lote y construido una modesta y pequeña casa allá por el rumbo del Parque Juárez, con eso ya había cumplido su responsabilidad de hombre , y padre y se desatendió de las otras cosas que implicaban ser cabeza de familia y sin decir, sin hablar se las dejó a mi madre y ella, resignadamente lo aceptó y jamás le escuché que le pidiera más dinero o alguna explicación sobre el por qué entregaba lo mismo . Mamá sacó el buey de la barranca -. Fuera cual fuera el mes, el año y las circunstancias, él invariablemente entregaba la misma cantidad, sin importarle si mis hermanos iban o no a la escuela, en qué grado, en qué escuela y en qué nivel -. De hecho muy poco le importó y si mis hermanos hicieron carrera fue por el sacrificio de mi madre; si las desperdiciaron, allá ellos -. Los otros cuatro días eran, de hecho, responsabilidad compartida entre mi madre y yo; ella vendía verduras y semillas, tostadas de verduras, mole casero, ropa y blancos de cama a pagar en abonos y continuaba haciendo servicios especiales a paisanos  suyos que deseaban que ella les cocinara algunos platillos típicos de la región natal; además, pagaba los servicios públicos, vestir y cuidar la salud de todos – ella era de parota - y el gasto corriente de la casa, pero jamás a ningún miembro de la familia le faltó de comer  o se quedó con hambre.

Inicialmente por mí, mamá trabajó de sirvienta, moza, lavandera familiar y entregaba la ropa dos días a la semana  –  camisas con cuello y puños almidonados y pantalones planchados con lienzo -, cocinera, lavadora de trastes – pinche en cocinas de restaurantes, sirvienta-doméstica de Eva Palafox y de su hermano Jesús – cada uno tenían su bar en la zona de tolerancia -; después fue cocinera de María Hernández, una sexo servidora muy humana con nosotros dos…nos mató el hambre y con su bondad nos compartió su pobreza y con ella paliamos nuestra miseria.

Ella se vino de Huetamo, dejó a su mamá – mi abuela – porque quiso que yo fuera diferente; ¿cómo le hizo para inscribirme en el orfanatorio Soledad Gutiérrez de Figaredo, que estaba en la esquina de 20 de Noviembre y Álvaro Obregón -? Lo ignoro – nunca le pregunté, nunca me  lo dijo -, sólo sé que lo hizo y ahí estuve encerrado tres años; cuando ya no pudo pagar – porque cobraban, aunque fuera una mínima cantidad, ese monto era para ella una montaña. Mi padre jamás se encargó de mí; ni parcial ni totalmente. Es más, si lo traté más de cinco veces en su vida o en la vida de los dos, fueron muchas -, me sacó de ahí, de los Pelones y nos regresamos a Huetamo, Ahí en la tierra me inscribió en el tercer año de la escuela Felipe Carrillo Puerto. Ella regresó a su destino: tortillera y continuó respaldando a mi abuela para tener de qué vivir y qué comer; ciertamente se tenía para comer, dónde vivir y qué ponerse, pero más allá, no existía futuro ni esperanza; nunca había días extraordinarios; siempre llegaban los días regulares, malos y peores; tal vez lo que rompía la monotonía de la vida familiar era la salida a San Lucas, a la fiesta de la virgen del lugar y la ida a Carácuaro y/o Petatlán  a servir de respaldo como tortillera del puesto de comida de  mi tía María Pineda en las fiestas parroquiales, pero era lo mismo, nada más vestíamos de pobreza nuestra miseria, pero al regreso era lo mismo: un cielo sin esperanza, sin horizonte, sin futuro.

Acaso por eso, decidió regresar a Morelia y, otra vez, tenía la esperanza de que su hijo tuviera otra forma de vivir, más segura, con otro futuro y, acordó con mi abuelita su regreso y nos vinimos y me inscribió en el internado Lázaro Cárdenas. ¿Cómo le hizo? Nunca me lo dijo, jamás le pregunté; únicamente supe que, en 1954 estaba inscrito en el cuarto grado de educación primaria. El primer medio año continuó trabajando en Huetamo con mi abuela en la tortillería, pero algo la hizo cambiar y dejó a mi abuelita sola, pero con los hijos, mis tíos cerca de ella; supongo que habrá platicado con ellos y dejado las cosas en buenos términos. Y se vino a radicar en Morelia, a trabajar de lo que fuera con tal de mantenernos y sobrevivir en la ciudad.

Y lo logró.

A mamá no se le dificultaba nada.

Tan nada no se le hacía difícil, enorme, grande o imposible que aquí estamos: sobrevivimos, vivimos y con cierto nivel de calidad de vida.

Mamá usó todo lo que tuvo a su alcance para sobrevivir; se adaptó a los cambios de la vida, sin instrumentos culturales, ni de ningún tipo, y ganó y al ganar ella, ganamos nosotros.

Ella formó a cuatro hijos, partiendo de la nada…el mayor de mis medios hermanos es veterinario; el siguiente, es casi ingeniero electricista, mas como se confrontó físicamente con un maestro de su curso en el ITR Morelia, jamás le acreditó su materia y aunque trató de pagarla en los tecnológicos de Celaya y en León, nunca le fue posible, después su vida y las cosas de ella, se interpusieron y ya no siguió estudiando y quedó con la carrera inconclusa; la más chica, estudió en la Universidad Michoacana de San Nicolás Hidalgo para Química Farmacobióloga y no la terminó; argumentó que un maestro le pidió cuerpo para acreditarla y ella no lo aceptó; prefirió  salirse; dado que había estudiado el lenguaje de Inglés y en él  alcanzó el grado Masters TEOFL  ingresó a trabajar en el sistema educativo como profesora en Inglés en alguna escuela secundaria de Torreón, Coahuila y por allá está, formando una familia con un ingeniero en electrónica egresado del tecnológico regional de Torreón y yo, que terminé la carrera de profesor de educación primaria.

¿Cómo le hizo?

Simple, se entregó a nosotros, sin cortapisas, sin justificación alguna y con su ejemplo de trabajo y forma de vivir tenía autoridad para indicarnos el camino y si no lo seguíamos, nos aplicaba el correctivo a tiempo y cómo ella lo entendía: hablándonos  y, como último recurso, el castigo físico. No sé los demás, pero a mí, no me afectó psicológicamente, ni estuve contra la autoridad de mi madre; jamás diré algo negativo sobre esta forma de educar, formar y enseñar. Soy un convencido de que debe existir el castigo; en todas las culturas y en todos los códigos morales y jurídicos   y de usos y costumbres, está el castigo. ¿Qué sería de la sociedad y de las religiones si no hubiera la sanción, el castigo? Así como existe el premio, el estímulo, así, también debe estar el castigo, la sanción. Pero, aparte, está el complemento: cumplir lo que se promete y que recuerde mamá jamás dejó de hablarnos, de darnos el ejemplo,  de prometer y de cumplir lo que prometía. Eso se llama autoridad moral, autoridad familiar.

Seguramente nuestra madre, mi mamá, tuvo dificultades para hablarnos, decirnos y comunicarnos que nos quería, que nos amaba; mas ella nos lo decía, o por lo menos, yo lo percibía, yo entendía su lenguaje, frío, austero, hasta hosco, pero franco y decidido, humilde, de decirnos que nos amaba y en demasía: Jamás nos faltó de comer – nuestro jugo, licuado-chocolate, pan, almuerzo y tortillas; nuestra sopa, guisado y frijoles y tortillas; nuestro leche, pan y atole y cena -, ni nuestra cama individual con sábanas limpias, ni nuestra opción para estudiar, ni nuestro tiempo individual, ni nuestra ropa deportiva ni diaria…todo impecablemente limpia y bien planchada y, además, un poco de dinero no sólo para el transporte, si no para alguna golosina y si nos llegaba alguna enfermedad, siempre estuvo sacando dinero de sus mínimos ahorros para la atención médica y hasta para salirle al frente y resolverlo: Tomás, el médico veterinario, nació o recién nacido se le manifestó una hernia inguinal – o como se llame – cerca de su escroto – en la unión de la pierna y la zona pélvica, se mostró una bolsa, una ruptura y el testículo  se le ahorcaba; estoy hablando de mil novecientos cincuenta y nueve; acá en Morelia no existía aun un nivel pediátrico suficiente y eficiente y así, como si fuera lo más común del mundo, agarró a su hijo, y a mí, y nos fuimos al Distrito Federal y por allá obtuvo la autorización de la esposa del presidente López Mateos para  que mi hermano fuera aceptado en el hospital infantil, se le operara y resolviera su padecimiento. Y así fue; estuvimos cerca de dos meses; por allá yo trabajé de vendedor  y mostré que no tengo competencia para ser vendedor, mas conocí la ciudad de México y sobreviví y viví bien, con la ayuda de mi tío Gregorio, que era un textilero-tejedor que maquilaba suéteres y vivíamos por la colonia Malinche y,  después, se cambió a San Juan de Aragón, un poco más adentro de la Casas Alamán.

A Francisco, jugando con amigos – tendría unos ocho años -,  se le cayó encima el cuerpo de una redila y se lesionó su caja torácica; sin hablarle al papá, agarró a su hijo, se fue en taxi al hospital civil, demandó atención no sé en cuántas puertas y regresó con el chiquillo enyesado del tórax y la vida continuó…; al día siguiente, Pancho siguió jugando canicas como si nada y su papá, igual, como si nada…solo y sólo ella.

Me provoca risa el que las familias de ahora carezcan de medios para educar, formar y guiar a sus hijos; ahora, por lo menos el 70% de las familias  uno de los dos mayores tiene algún grado escolar, por lo menos primaria o secundaria o preparatoria o alguna licenciatura y un porcentaje cercano al 2% hasta una licenciatura y posgrados y no saben cómo guiar, educar y formar a sus hijos.

Mamá lo hizo y sin carrera sin saber leer y escribir; únicamente su sentido común, bastante apache, rudo, pero tan apache, tan rudo, como efectivo…Tomás, mi medio hermano mayor fue un niño tranquilo como todos; reunió en sí la esperanza de sus dos padres de que sería un profesionista honesto y eficiente; terminó su educación secundaria en la técnica 3, allá por el parque Juárez; entró a San Nicolás y ahí empezó todo. A medio semestre le dio por empezar a llegar tarde a comer; después ya no iba, ni avisaba y comenzó a regresar tarde a la casa, ya muy noche…mamá lo veía y callaba; ya para terminar el año escolar – faltarían unos tres meses – esto sucedió en julio o en enero del año escolar -. Y lo llamó…y le dijo

- Totó – ése fue el apreciativo familiar -   estás llegando tarde a la casa.
- Los trabajos del grupo, mamá…fue su respuesta
- Espero que sea así… te recomiendo que por lo menos me avises…
- Sí…sí, lo haré mamá, No se preocupe.
- Mira…no creas que porque no fui a la escuela soy tonta…no trates de verme la cara de

pendeja porque vas a encontrar otra cara y no la de tu mamá….vete con mucho cuidado…Y ahí terminó la conversación.

Por supuesto que Totó no cambió; bueno, sí…una semana, pero después siguió y pareciera que tomó vuelo…llegaba hasta la madrugada del día siguiente; algunas madrugadas con rastros-indicios de que llegaba con aliento alcohólico; no regresaba a dormir a la casa; en ocasiones no iba a comer y cosas así, ciertamente, ninguna delincuencial, pero si fuera del ámbito deseado por mi madre…hasta que la cansó. ¡Ah! Se lo informó a mi padrastro, mas desconozco que sucedió, lo cierto es que Totó siguió en las mismas y se dio vuelo…Una mañana cualquiera de esos tiempos se fue rumbo a Santiaguito; por allá estaba la presidencia-dirigencia de la Junta Local de Caminos; el directivo era paisano y conocido, Virgilio Pineda…solicitó  hablar con él, fue anunciada y recibida…después de las salutaciones de dos conocidos, paisanos y amigos, el diálogo fue más o menos así…

-	¿En qué te puedo servir, Perita?…
-	Virgilio…tengo un hijo que está estudiando la preparatoria en el Colegio de San Nicolás y
se me está descarriando…mira…y le confesó las andanzas — todas juveniles y preparatorianas de mi hermano…después de la jocosa paciencia de Virgilio, le comprendió y le dijo…

-	-	Estoy a tus órdenes… ¿En qué te puedo ayudar?
-	Mucho te agradeceré, Virgilio, me lo puedas acomodar en algún trabajo duro, fácil y que
le sirva de correctivo para que se enmiende… Virgilio no necesitó pensarlo mucho…

-	-	Bien, bien…mándamelo…más bien, tráelo aquí…el viernes te anuncias conmigo y
cuando me digas que estás aquí, mandaré llamar a un ingeniero que controla el trabajo de campo… ¡ya verás, ya verás! Mamá salió y regresó a la casa; regresó a sus quehaceres domésticos; por la noche, espero a Totó a que llegara y cuando estaba cenando le dijo

-	Pasado mañana, me acompañarás a ver a un amigo que trabaja en Caminos…te
conseguí trabajo…ya que no quieres cambiar ni  estudiar, te pondrás a trabajar. Tu papá está de acuerdo…Totó no dijo nada, salvo…

-	Sí, mamá… a qué hora nos vamos a ir…

- A las ocho de la mañana…

- Está bien… Pasó el jueves como si nada; cada quien en sus cosas y llegó el viernes; muy

de mañana los dos se prepararon para salir a la Junta Local de Caminos; llegaron pasadas las ocho de la mañana; siguiendo las indicaciones de Virgilio, se anunció, poco tiempo después llegó un personal de la institución, se adentró en el privado del presidente-director y un instante más llamaron a  mi madre, quien entró acompañada de mi hermano… frente a ella estaba Virgilio y, frente a él, pero a un costado, uno de sus responsables de alguna área de la Junta…el diálogo fue más o menos así…

- Pues bien…mira, te presento  a una amiga y paisana; la señora… y se saludaron…

- Viene acompañada de su hijo mayor, estudiante preparatoriano; ella desea que su hijo,

aquí presente, haga uso de sus tiempo libre  y que utilice estos días para tener un ingreso porque desea tener dinero para sus gastos escolares y pensé que en tu área podría tener esa experiencia; así…. Tú dirás…te lo entrego…

- Muy     bien…pues     joven…siguiendo     las indicaciones del ingeniero…bien venido…cómo te

llamas…

- Tomás Moisés Salto Cruz… fue el nombre…

- Bien, Tomás…te espero aquí, el lunes, a las 8 de la mañana, con tres  muda  de

ropa…saldremos fuera de la ciudad, aunque podremos regresar todos los días…trabajaremos en la carretera Morelia, Quiroga…papita, todo muy tranquilo…Así quedamos…lunes próximo, a las 8 de la mañana…te espero, preguntas por mí…Fulano de Tal, área de conservación de carreteras… Hasta el lunes…dijo el Inge.

- Bien, Perita, ya verás cómo este trabajo… ¡Qué ni mandado hacer!

-      Gracias, Vico…se despidió mi madre, se despidió
       mi hermano y salieron temprano a la
casa…Toto se bajó en el centro para irse a San
Nico…mamá se fue directa a la casa…Totó siguió su
rutina, pero el lunes ya estaba mi madre levantándolo a las
seis de la mañana y con refunfuñones y reticencias, allá se
fue Totó…llegó a la hora y salió con las cuadrillas rumbo
a la carretera a Quiroga…al cuarto día, jueves, por la
tarde, ya estaba Totó con mi mamá…

-      Mama, perdóneme…ya no lo vuelvo a
       hacer…levánteme el castigo…mire cómo
vengo…ciertamente Toto llegó todo quemado, ulcerado,
tostado por el sol… ¿En qué consistió el trabajo de mi
hermano?

Era muy simple, sencillo y fácil de hacer y cumplir:
formaba parte de las cuadrillas de trabajadores que a lo
largo de la carretera Morelia-Quiroga tenían la obligación-
responsabilidad de cortar la vegetación que nacía a bordo-
lado de la cinta asfáltica; lloviera, hiciera frío, hubiera lo
que hubiera tenían que cortar el zacate, maleza y lo que
fuera y Totó no iba preparado para ese tipo de trabajo…al
primer día se le ulceraron las manos, le dio calentura, se
quemó de la cara y de la nuca – no llevó ni sombrero ni
gorra, ni algo que le tapara la nuca; sus zapatos estaban
rotos, sucios, su ropa hecha girones, manchada y su cara
estaba abotagada, morena…por otro lado no comía a sus
horas…desayunaba lo que hubiera, lo que compartían con
él, pues no llevaba dinero para comprar, hacer o
recalentar; comía lo mismo: lo que hubiera; cenaba, igual,
lo que callera; dormía prácticamente en hotel cincuenta
estrellas; no se había bañado, ni aseado, ni
rasurado…estaba hecho un monigote, una piltrafa y sólo
con tres, cuatro días de trabajo…Mamá lo escuchó, lo vio
y se condolió…

-      Te dije…no me escuchaste…

- Perdón, mamá…cambiaré…se lo prometo, por la memoria de mi padre…seré otro…
- Creíste que yo era una pendeja…que me hacías tonta con tus cosas…Te levantaré el

castigo, pero…¡hay de ti si vuelves!…ya ves que tengo formas de corregirte y sin golpearte…tú dirás por qué camino quieres ir…en realidad es muy fácil…sólo dime…"mamá ya no quiero estudiar" ¡y santo remedio!…te pones a trabajar, haces tu vida, te casas y Santas Pascuas…cada mono a su mecate… ¿entendido?

- Sí, mamá, perdón…no lo volveré a hacer. Y Totó ya no regresó a la Junta Local de

Caminos, mas mi madre sí fue a agradecerle a Virgilio Pineda ese sencillo favor, correctivo. Y ¡Vaya que sí sirvió! Totó siguió con sus amigos – le fue imposible dejarlos -, pero cambió bastante su comportamiento: avisaba, llegaba tarde, pero le decía anticipadamente a mamá que llegaría tales horas ¡Y llegaba! Terminó su carrera sin atraso alguno´; preparó su tesis e hizo su examen recepcional para ejercer como Médico Veterinario y Zootecnista. Que haya hecho su vida personal de otra forma y seguido otra ocupación eso es otra cosa, acaso sería su destino, pero de que se formó, se formó…Con mi otro hermano no hubo mayor problema, jamás le discutió nada…únicamente jugaba futbol americano y soccer  y en uno de esos partidos o entrenamientos chocó con un docente  de la institución, se hicieron de palabras y se dieron sus llegues los dos, pero al correr los semestres y créditos, se lo encontró como maestro suyo y no lo pasó, le hiciera lo que le hiciera de trabajos, investigaciones, proyectos o planes o lo que fuera: jamás le dio una calificación aprobatoria; mi hermano trató de pagarla en los ITR de Celaya y/o León y nada…el maestro hablaba con los maestros de allá y jamás lo pasaron…se quedó a una brazada de la orilla…mamá le pidió que le dejara hablar con el director, pero Pancho, orgullosamente, le dijo, que no, y eso fue: no…para completar, Pancho siempre tenía ropa deportiva… limpia y a su hora…la llevara como la llevara, siempre, invariablemente el sábado-domingo ya estaban sus shorts, camisetas y medias y zapatos de futbol, limpios, blancos y brillantes…sábado a sábado…Con mi hermana fue diferente: ella se inclinó por los Boys Scouts y los fines de semana  salía y regresaba tarde, desatendía sus responsabilidades domésticas, pero no sus escolares – estudió su secundaria en la ETI 3; la preparatoria en san Nicolás  e ingresó a la facultad de Química Fármaco Biología -; mamá le dijo  algo muy especial, en dos momentos; entre la secundaria y la preparatoria:

- Sol…no te impediré que acudas a tus clubes y deportes recreativos, pero cumplirás tus

responsabilidades de la casa…las que te asigne y las que ya sabes…

- Sí, doña Pera…no se preocupe…

- Si llegar tarde, después de la hora de comer. Desayunar o cenar, tú te calentarás y

lavarás los trastes…yo no seré tu gata…

- Sí, mamá Pera…ya le dije que no se preocupe… Cuando ingresó a la facultad de Farma y

siguió con sus reuniones con los Boys Scouts; llegó a ser Aquela o alguna alta categoría en su grupo e ingresó a estudiar inglés en el Instituto Norteamericano de Michoacán. Ahí alcanzó el grado de Master – le dijo

- Mira, cabrona…ya estás grandecita…estás estudiando esto y aquello y los boys

escauts…yo no sé lo que hagas…tú sabes lo que haces o lo que harás… yo no te voy a cuidar y dudo mucho que Dios te vaya a cuidar con un Ángel de la Guarda… pero yo te digo una cosa: todos, pero todos los hombres únicamente quieren a las mujeres por sus cositas…sus chiches, sus nalgas, el panalito y  no quiero que no vayas a salir panzona…que me vayas a salir con Domingo Siete…no te quiero con un guache…me vienes panzona y te me vas de la casa con el güey ése que te haga la panza…¿entendiste?

- Sí, doña Pera…usted no se preocupe…yo sé cuidarme… no espere nada malo de mí…
- Te digo una cosa: después de que una mujer entrega las nalgas por primera vez…ya no

vale nada…así que cuídate mucho; haz lo que quieras, pero no me digas que no te advertí…a tiempo. Ni hermana jamás generó alguna situación personal, sexual, de novio- pareja; siempre fue libre, pero tenía sus propios autocontroles. Actualmente vive en Torreón, Coahuila; casó con un joven – Fernando – ingeniero en electrónica coahuilense, egresado del ITR de Torreón, que por esas cosas del destino anduvo trabajando acá, en SICARTSA y cuando la privatizaron y mal vendieron, lo liquidaron y se regresó a su región natal, llevándose a mi hermana; viven bien, con seguridad laboral; ella es maestra de inglés en alguna institución educativa pública; tiene dos hijos – una mujer y un hombre, ya adolescentes -.

¿Yo? No le di mayores problemas; sin embargo cuando era púber me andaba saliendo del Huacal, descarriando pues; estudiaba en el internado - era el fin del primer año, 1954 -  de mi estancia ahí-; mis juntas me envolvieron y casi, casi me andaba perdiendo o algo así. Después de mi regreso a Morelia, mamá me inscribió en el internado España-México; ahí estaba los siete días de la semana; todo sin novedad; ella aun residía en Huetamo, en la tierra; como casi todas las mamás, la mía también deseaba verme bien vestido, guapo, tan es así que me mandó hacer sobre medida unos botines de gamuza, color gris, como las traía el presidente municipal; un tal David o Silvestre García Suazo; la ropa me la hacía sobre medida Cuquita Magaña, allá por el zanjón, un poco arriba, como si se fuera al mercado. Me mandó hacer sobremedida un anillo de oro, esmaltado con las iniciales de ni nombre: ECL. También me compró una cadena con una imagen de oro y con esas joyas, que yo lucía muy orondamente,   me vine de la tierra al internado; lo que sea de cada quien, yo comía espléndidamente en el internado, hasta en exceso, pero ¡Qué se le va a hacer! Uno es niño., tiene disposición a ser sugestionado por algunos mayores y ahí entró  la pata del  diablo; el internado tenía dos secciones; la de gobierno, la de arriba – en la que estaban la escuela, enfermería, lavandería, dormitorio de las mujeres, servicios alimenticos (panadería, cocina y comedor) y áreas administrativas y dirección; y la de abajo, la de los dormitorios, áreas deportivas, recreativas –cine - y talleres. Frente a la puerta estaba la calle Isaac Arriaga y en su esquina una familia colocaba un puestecillo de tacos y enchiladas, Yo carecía de hambre más la gula, la guzguería y los amigos me convencieron de que comiéramos ahí algo, por las noches y como carecíamos de dinero, pues, ¡fácil!  Propusimos dejar en el puesto, en prenda, las dos joyas, en tanto, se tenía dinero del PRE, de la familia de cada uno o de la mía; la familia taquera lo aceptó y cada noche, iba con dos o tres amigos, entre ellos Enrique Sánchez y consumíamos algo, con cargo a las joyas; todo iría bien, pero  mamá tenía otra idea, otra visión y como si nada y de común acuerdo con mi abuelita y mis tíos, vino de visita a la ciudad; me visitó en la escuela y lo primero que vio fue la falta de las joyas…¿Dónde están fue la pregunta? No supe mentir o mis mentiras no fueron creíbles y  me aplicó una vacuna: me pegó…

-      Guache... hijo de la chingada…¿tú crees que las cosas me las regalan para que tú las

andes tirando a la calle…me castigó con lo que encontró a la mano…y con eso tuve. Así, pues debí decirle que había pasado con las joyas…Me obligó a  ir a hablar con el señor; se acreditó como mi mamá y exigió la, devolución de las prendas, previo el pago de los consumos; con muchas reticencias, la familia no quiso, pero el tono de mi madre – capaz de llegar a la violencia física, pasando del pensamiento a palabra y a la acción y hasta la amenaza de acudir a la fuerza pública, no tuvo más remedio que aceptar la devolución de las joyas…Al término del incidente, en casa de Luis López me habló…

- Eso que hiciste estuvo mal…ya sabes escribir; por si te quedaras con hambre, aquí está

Luis; está la familia de tu pinche padre, para hubieras escrito o hablar con ellos para que te prestaran dinero, pero no, te fuiste por lo más fácil…

- Perdóneme, mamá… ¡No lo vuelvo a hacer!
- Claro que no lo volverás a hacer…tú te lo pierdes…de hoy en adelante no te volveré a

comprar algo de oro; ninguna joya traerás puesta… ¿Quieres traer algo bueno, de oro? Fácil: cómpratelas tú…de mi parte se acabó. Y así fue…nunca más me compró nada de oro o algo parecido para traerlo puesto. Ésa fue la primera vacuna.

La segunda, fue cuando destripé la escuela secundaria y primer año de normal. Ni siquiera

hice mutis, pues mamá tuvo y tendrá razón…la tercera fue cuando era ya adolescente; estudiaba en la escuela normal, allá por el año de 1960 -; para mí las informaciones sobre el noviazgo, la información y educación sexuales eran desconocidas; dadas las condiciones de mi madre – de analfabeta, de madre soltera y de cultura sumamente aldeana; no es crítica, únicamente es un hecho - no era posible que adquiriera esa información en ninguna parte; las escuelas en el país y en mi ciudad-estado aun eran unisexuales y cuando alguna era bisexual, las informaciones específicamente de tipo sexual se proporcionaba por sexos separados; mas mi cuerpo demandaba y yo obedecía; así que la manera más recomendaba era la vieja e invariable regla: sólo la práctica, únicamente la práctica, eran el gran maestro en todo; en mi condición económica- de la chingada – y en el barrio –

el Callejón del Romance, antiguamente el Callejón de la Bolsa de la calle Socialismo – había pocas mujeres a las que podrías aspirar; estaban tres candidatas: H, chaparrita, agraciada, pelo corto, se veía muy bien en su uniforme del Anáhuac, particular, católica y de paga; de costumbres sumamente católicas, de familia muy cargada hacia el catolicismo; siempre andaban en San Roberto Bellarmino -; ella era más o menos de mi edad, pero la veía muy, muy arriba;  otra era M...éramos vecinos, vivía al otro lado de mi casa; su papá, que después por esas cosas de la vida, fue el padrino de mi primer hijo – Miguel Ángel – y era propietario de dos unidades del servicio urbano de la ciudad y sencillamente la veía más accesible para mí, un miserable, pero con aspiraciones; ella estudiaba en escuela pública; era lo que después descubrí: de mi misma clase y grupo social y casi siempre se busca y se tiene una mujer del mismo nivel; como que se está como el pez en el agua; Y M; vivía con su mamá y sus hermano; ellos residían en una de las dos vecindades; su mamá era una respetable mujer – ahora se llaman sexoservidoras – cuya ocupación era la ocupación más antigua del mundo; ahí en el barrio era respetable; tenía dos hijos: un varón - José Luis – y una hembra – M -; los dos eran casi de mi edad, aunque ella era ligeramente más grande que yo; M era delgada, mal hablada; no sé si era bonita o fea y sí sus curvas eran llamativas o si un chofer detenía su auto para verla; lo que sí sé es que ella y yo nos acercamos un poco más de lo usual y con ella conocí el deseo, las caricias y la humedad de mi ropa; por las noches amanecían mojadas mis sábanas y mi calzoncillo con almidón; ellos vivían, casi enfrente; mamá se dio cuenta inmediatamente, pero me dejó hacer y estar; yo estudiaba tratando de terminar la secundaria e iniciar la educación normal para ser profesor de educación primaria; jamás asistí a un  baile con ella; nunca fuimos al cine; no nos aparecimos en ninguna fiesta o kermesse parroquial; nada...sólo era la plática, el contacto de las manos, los besos y las caricias en el pelo, en la cara y los roces por el busto, pero esas cosas tan mínimas ahora, eran suficiente calentura para que mis órganos reproductores se manifestaran y todo me revolucionaran; cuando sucedió el incidente que destripó mi inicial estancia en la escuela normal y que ingresé a trabajar como impresor seguimos  M y yo; en algún momento de mi hundimiento, viendo mamá que yo andaba volando bajo por ella y muy apachurrado personalmente, sintiéndome  destrozado, sin otro futuro que trabajar atrás de una prensa, mamá me llamó y ahí en el 85 del Callejón de la Bolsa, platicó conmigo, más o menos así…

-    Mira Beto…andas muy acaramelado con M…no
     te lo prohíbo; es tu vida, pero mírame a

mí…por andar de novia con tu papá, quedé embarazada de ti; me hizo – claro, yo también quería -; no se responsabilizó de sus promesas y aquí estás…Tú verás si quieres llegar más allá por las ganas de tener mujer…ya estás ganando un poco, muy poco para mantenerte casado…vete con cuidado…casi todas las mujeres quieren divertirse, disfrutar de la vida, agarrar a un hombre que las mantenga y hacer su vida de esa manera; tú no tienes futuro…mientras no estudies y ganes tu forma de vivir de una manera más descansada que yo, no te conviene casarte y ni tener novia, porque luego, luego, el cuerpo quiere, tiene hambre…allá tú…Tú verás…La vida, mi destino vino en mi auxilio…mi padrastro compró una casa, allá por los campos del Panteón; :, con la obra en negro, nos cambiamos a ese lugar, a dos cuadra de la calzada Juárez; trabajé como chalán y M. se desdibujó de mi mente, de mi corazón y de mi deseo…Curiosamente, por esos tiempos inicié mi recuperación interna y decidí regresar a los estudios y me dediqué en cuerpo y alma a trabajar y a jugar futbol; con mi padrastro levanté muros, colaboré en las instalaciones de gas, de agua y electricidad y pasé de la posición de aprendiz, a cajista y prensista; de 07.50, pasé a 15, 35, 50, 75, 100, 125, hasta 150 pesos semanales para terminar  a salario por obra terminada; por ese tiempo estaban de moda la tardeadas, los bailes escolares, pero yo estaba dedicado a estudiar y trabajar; envidiaba a mis compañeros de trabajo  - que nada más hablaban los lunes y martes de las experiencias vividas en el fin de semana, de las borracheras que se ponían, y con qué la agarraban,  y de las mujeres con las que salían; llegaban contando que se habían tomado tantas y tantas; que habían bailado de cartoncito de cerveza, de mosaiquito, que le ponían las manos aquí, ahí y más allá y que esto y que aquello -  y de grupo cuando se reunían para bailar, para divertirse…¡Cómo los envidiaba! Total que cuando quise aprender a bailar con mis compañeros de grupo, no sintonizábamos la misma frecuencia; estábamos desfasados; cuando lo quise hacer con mis compañeros de trabajo, igual, fuera de la misma frecuencia…Mamá me completó la vacuna…

    -   -    Mira, Beto…yo era muy buena para bailar; allá en el pueblo fui a pocos bailes;
eso para nosotros era un lujo, pero aprendí y ahí me quedé…conocí a tu papá y ahí acabó todo por andar de caliente en los bailes; ten mucho cuidado…fíjate con quien bailas, no vayas a quedar con cualquiera, pero sí ése es tu destino…está bien…Como no pude acompañar a mis compañeros de grupo a divertirse, ni a bailar con ellos; como tampoco lo pude hacer ni con mis compañeros de trabajo, ni con el patrón – él intentó llevarme a algún baile, después de alguna sesión de educación sexual muy aldeana y proletaria, mas fracasó por mi miedo – mamá me metió el miedo  y el temor a hacer el ridículo, cuando fui mayor,  llegó gratis…y esas vacunas me puso mi mamá y ¡santo remedio! Desconozco si fue para bien o para mal; lo que sí sé que existo y aquí estoy.  Claro que no me arrepiento, salvo cuando voy a

alguna fiesta; a casi todas las  mujeres les gusta bailar y como maldición para mí las mujeres con las que me relacionado eran y son muy buenas para el baile y si se acepta que el baile es una parte del cortejo para la seducción, siempre temí hacer el ridículo y los pies me pesaban una tonelada, pero salía airoso o por lo menos bien, aunque las plumas del orgullo un poco ajadas.

Mamá siempre luchó por ser independiente, por no depender de nadie, ni del padre de sus hijos ni de sus hijos; buscó la forma de tener ingresos propios y, curiosamente, puso negocios en los que necesitaba  escribir, leer, anotar, hacer cuentas, pero siempre, invariablemente, superó esos obstáculos…después de colocar el puesto de verduras, atrás de la banca de cantera que está en el lado norte del inicio-término de la calzada Francisco I. Madero, ya en la nueva casa, la que fue suya, de su propiedad, se le ocurrió comprar ropa de algodón y acrilán para venderla en abonos con las amigas, paisanas, vecinas y conocidas  de la familia  y salía dos o tres ocasiones a la semana con su envoltorio de ropa y vendía, cobraba y recibía los abonos parciales y una vez cada dos meses se iba a Moroleón a comprar y surtir su almacén y jamás, nunca, necesito quién la acompañara a las compras ni a cobrar-vender ni a notar lo recibido. ¡Todo de memoria! Ni robaba ni la hacían tonta…todo al día…su memoria era extraordinaria.

Mamá vendía de todo, elaborado por ella; entre las cosas, mole y sopa de arroz; tostadas de verdura en base de frijoles y salsa, crema, queso; mi padrastro le enseñó a preparar las tostadas…las tortillas las dejaba secar; ya secas, las sumergía en una a solución de agua, sal y bicarbonato; en unos quince minutos se formaban en la panza de la tortillas unas bolsitas-burbujas que se frotaban y se caían, quedando la tortilla lista para ser dorada; jamás tostaba de más, siempre las tortillas se doraban cuando el cliente las pedía y como ya tenían sal estaban con muy buen sabor; también vendió gelatinas y las hacían muy bien y baratas...¡esa era una de sus características! Vender barato, bueno y de buen gusto-sabor....sabía lavar y planchar muy bien...todo lo dejaba blanquísimo, limpísimo, sin blanqueadores, ni nada...en una ocasión, cuando empecé a ganar bien, muy bien como maestro – trabajaba en el nivel-sistema de normales – quise regalarle una máquina lavadora, con todas las aplicaciones de moda: enjuague, secadora...se la llevé y queriendo darle una sorpresa, fui con la máquina cuando no estaba la bajamos ayudado por loe vecinos y ahí se la dejé con todo y moño; como casi siempre iba por las tardes, al pasar a saludarla  me fijé en la lavadora y quise decirle algo sobre el dichoso aparato, pero se me adelantó...

- Te llevas ese aparato...

- Pero...mamá...

- Te lo llevas...así como me lo trajiste, te lo llevas con todo y moño...

- Pero yo quiero que ya no laves ropa...que

- Ya te dije... o te la llevas o la saco a la calle y te aseguro que  más de alguno se la

llevará...con todo y moño...

- Es que...

- Ya te dije...te vas con ella

- Pero mamá, ya la pagué...no me devolverán el dinero...

- Ese es asunto tuyo...yo no la quiero...las lavadoras no lavan...dejan la ropa

Percudida...los que lavan son los blanqueadores y estos dañan la ropa y se lava y se blanquea con el sol y con el esfuerzo de estar talla y talle...

- Mamá, yo quiero...

- Mira, hijo...entiendo lo que tú quieres...así soy de necia y tonta...las lavadoras son para gente con mucha prisa y que trabaja y no tiene tiempo para dedicarlo a las cosas de la casa…yo tengo mucho tiempo y lo dedico a estas pequeñas cosas…yo ya no lavo ropa ajena; nada más las de tus hermanos y de tu hermana y la mía…te agradezco tu buena intención, pero no. Y fue no; lo que sí me aceptó fue la plancha; de esas planchas con aplicaciones para planchar en condiciones de tibia, caliente y para algodón, lino, seda, x, y z telas…era muy buena para todo, pero en donde más me gustaba mi mamá era verla planchar…verdaderamente era un espectáculo…reunía la ropa a planchar, la mojaba con un poco de agua rociada y la tapaba con un lienzo; unos quince, veinte minutos después se la llevaba a la mesa en donde planchaba; enchufaba la plancha y conforme se iba calentando planchaba la ropa más delgada, delicada y dejaba para lo último la ropa gruesa. En esas cosas, planchaba y cantaba; me agradaba escucharla cantar…me parece que la escucho en este momento:

*Viajera que vas/por cielo y por mar, /rompiendo mil corazones; A mí me tocó quererte también, besarte y después perderte; Dios quiera que al fin te canses de andar y entonces quieras quedarte. No sé qué será sin verte; no sé qué vendrá después; no sé si podré olvidarte,*
*no sé si me moriré. Mi luna y mi sol irán tras de ti, unidas con mis canciones, diciéndote ven, regresa otra vez no rompas más corazones…*

También le gustaba entonar aquella de…

*Voy por la vereda tropical, la noche plena de quietud con su perfume de humedad…me la imagino de unos 25 años en Acapulco…joven, deseosa de un mejor futuro, de una vida personal…frustrada…Hoy, sólo me queda recordar…con él yo fui noche tras noche hasta el mar para besar su boca fresca, de amor Y me juró quererme más y más y no olvidar jamás, aquellas noches junto al mar…Hoy, sólo me queda recordar mis ojos rojos de llorar y mi alma muere de esperar. ¿por qué se fue? Tú lo dejaste ir…Vereda tropical, hazlo volver a mí. Quiero besar su boca, otra vez junto al mar. Vereda…Vereda Tropical…*

En las tardes-noches de planchada, como si la estuviera viendo en este momento, atrás de la mesa, la plancha caliente y alisando la ropa con la mano, volteándola y dándole forma  con la pieza de metal caliente…

*Amorcito, Corazón, yo tengo tentación de un beso, que se pierda en el calor de nuestro gran amor, tu amor…Yo quiero ser, en el querer, un sólo ser y estar contigo. Te quiero ver en el querer…para soñar en la dulce sensación de un beso mordelón, quisiera… Amorcito, Corazón, decirte mi pasión por ti…compañeros en el bien y el mal, ni los años nos podrán pesar, amorcito, corazón será mi amor… Esta melodía la interpretaba Pedro Infante y Fernando Fernández; ambos la hicieron famosa y mamá la  cantaba con mucho sentimiento, como si en ella se fuera su sentimiento y su deseo  de mujer…*En otras ocasiones entonaba aquella melodía interpretada por los Hermanos Martínez Gil…*Conocí a una linda morenita, y la quise mucho. Por las tardes iba enamorado y cariñoso a verla. Al contemplar su belleza mi pasión crecía…Morena, morenita mía…No te olvidaré…*

¿Qué pasaba por la mente de mi madre? ¡Imposible saberlo! Casi siempre eran las mismas melodías…recuerdo que también entonaba la canción de Luis Arcaraz que va más o menos así…

*Por vivir en Quinto Patio, desprecias mi vida, un cariño verdadero,  sin mentira ni maldad. El amor cuando es sincero se encuentra lo mismo en las torres de un castillo que en humilde vecindad. Nada me importa que desprecies la humildad de mi cariño,  un cariño verdadero  sin mentira, sin maldad…nada me importa…que critiques la humildad de mi cariño, el dinero no es la vida es tan sólo vanidad. Y si ahora no me quieres, Yo sé que algún día hallarás en mi cariño Toda la felicidad…*

Mamá cantaba y cantaba y las canciones de Chelo Silva, de Guadalupe Landín, Toña La Negra, Emilio Tuero… las repetía, planchando, una y mil veces…con cada movimiento de la plancha, iba un poco del sentimiento, frustración y decepción y hasta entusiasmo y esperanza, de mamá…

*Después de tantas noches, de tantos sufrimientos por no saber de ti. Ya ves, no te he olvidado y no te he traicionado, te sigo siendo fiel…y pasará esta noche y pasarán Mil Noches y tú jamás vendrás, Pero yo, que te sigo adorando, seguiré por tu amor esperando, aunque sufra más….*

En algunas ocasiones, cuando no me vencía el sueño, después de leer o leyendo y quedándome adormilado, escuchaba aquellas viejas canciones de Consuelito Velázquez o de quien sea, y de los Hermanos Martínez Gil y Pedro Vargas, que se internacionalizaron…

*Nadie, comprende lo que sufro yo. Todos me miran y se van…tanto, que ya no puedo sollozar…Solo, temblando de ansiedad estoy, Todos, me miran y se van…Mujer…Si puedes, tú con Dios hablar, pregúntale si yo alguna vez te he dejado de olvidar. ¿Y tú? ¡Quién sabe por dónde andarás! ¡Quién sabe qué aventuras tendrás…que lejos estás de mí!...Te he buscado por doquiera que yo voy y no te puedo hallar. ¿Para qué quiero tus besos si tus labios no me quieren ya besar? Al mar…espejo de mi corazón, las veces que me has visto llorar…la perfidia de tu amor…la voz del corazón llegará a tu conciencia como una maldición….La perfidia de tu amor…Y tú, ¿quién sabe por dónde andarás? ¡Quién sabe qué aventuras tendrás qué aventuras que lejos estás de mí! ¡De mí!*

y la mezclaba con ésta otra…cuyo nombre no recordaba, pero mamá la cantaba casi todos los días, junto con las otras… - acudiendo al tío Googles recordé su nombre, que va en la canción…Amor, amor qué malo eres - interpretada por Los 3 Diamantes…

*Te duele saber de mí…Amor, amor, ¡qué malo eres! ¡Quién iba a imaginar que una mentira tuviera cabida en un madrigal!*
*¿No quieres saber quién soy, después de darte lo que tienes? Ahora para ti soy vagabundo que va por el mundo como un criminal. Por haber querido tanto en mi desesperación…la voz del corazón llegará*

a tu conciencia como una maldición. Te duele saber de mí, amor…cuidado con la vida, las torres que en el cielo se creyeron un día cayeron en la humillación. Te duele saber de mí, amor, amor, ¡qué malo eres! ¿Quién iba imaginar que una mentira tuviera cabida en un madrigal? Por haber querido tanto en mi desesperación…La voz del corazón llegará a tu conciencia  como una maldición…Te duele  saber de mí, amor cuidado con la vida. Las torres que en el cielo se creyeron un día cayeron en la humillación. Te duele  saber de mí…Amor, amor, ¡qué malo eres! ¿Quién iba a imaginar que una mentira tuviera cabida en un madrigal? Si quieres saber quién soy…

En casi todas las ocasiones que la recordaba trabajando en casa cantaba…

Quiéreme Mucho, dulce,  amor mío que amante siempre te adoraré; yo con  tus besos y con tus caricias mis sufrimientos acallaré. ¡Cuándo se quiere de veras! Como te quiero yo a ti, es imposible, mi cielo, tan separados vivir…Bésame,  bésame mucho…como si fuera esta noche la última vez…Bésame, bésame mucho…que tengo miedo perderte, perderte después. Piensa que tal vez mañana yo ya estaré lejos, muy lejos de ti…Cuando se quiere de veras como te quiero yo a ti,  es imposible m  mi cielo, tan separado vivir…Bésame, bésame mucho…

O ésta otra…Amor perdido…si como dicen,  es cierto que vives dichoso sin mí, vive dichoso, quizá otros labios  te den la fortuna que yo no te di. Hoy me convenzo que por tu parte nunca fuiste mío, ni yo para ti, ni tú para mí. Todo fue un juego no más en la apuesta  yo puse y perdí. Fue un juego y yo perdí. Ésa es mi suerte Y pago porque soy buen jugador…Tú vives más feliz, ésa es tu suerte. ¿Qué más puede  decirte un trovador? Vive tranquilo. No es necesario que cuando tu pases me digas adiós. No estoy herida y por mi madre que no te aborrezco ni guardo rencor; por el contrario, junto contigo le doy un aplauso…al placer y al amor. ¡Qué viva el placer!
¡Qué  viva el amor! Ahora soy libre…Quiero a quien me quiera… ¡Qué viva el amor!

La música que la acompañaba, la voz y el tono de María Luisa Landín  los recuerdo con afecto y me parece que veo a mi mamá cantando con todo sentimiento, con todo rencor y trasladándose a la cantante para reconfortarse como si ella fuera su otro Yo.

En ninguna otra ocasión la escuchaba cantar, ni cuando lavaba ni en los trajines de la cocina…sólo cuando planchaba; ahora, a distancia, imagino que así era porque estaba en paz y su cabeza y sentimiento recordaban otras situaciones y otros tiempos, acaso su juventud, su adolescencia, sus ilusiones, sus sueños perdidos o rotos por la vorágine de la vida, la necesidad de existir y de vivir mejor. ¡Pobre mamá!

Nunca fuimos al cine, ni cuando estábamos los dos solos, sin más familia, ni con el padre de mis medios hermanos… ¡Era un lujo que no podíamos darnos! ¿Bailes? ¡Ni soñando! El tiempo era precioso para ella y para mí…ella no tuvo con quien divertirse, con quién salir, con quien platicar...no tenía amigos; sus conocidos y paisanos o vivían muy lejos o la veían muy pequeña; eran gente acomodada y sólo la buscaban o para que les hiciera una comida regional  de allá o para que les lavara o planchara y almidonara una ropa; jamás fue para invitarla a una fiesta a una reunión…nada…puro trabajo y muy desequilibrado, no igualitaria…y estaba bien, pues lo que importaba para ella era el comer…ya la forma de ser, vendría después, si venía…No sé si vino y si únicamente se anunció, pues fuimos un desastre los cuatro; jamás pensamos en ella; hicimos nuestra vida, sin tomarla en cuenta para nada. Yo me casé antes de tiempo: embaracé a la madre de mis hijos, cuando era mi novia y ella, aunque lo supo, nunca puso ni una objeción…siempre estuvo de lado de ella, mi novia-esposa. Nunca me pidió nada, siempre callada. Aunque le pasaba una pequeña cantidad quincenal, yo estaba seguro que no le alcanzaba; después, cuando gané un poco mejor, aumenté la cantidad, pero siempre era poco; mi otro hermano, mayor de los tres medios hermanos, igual que yo, embarazó a la madre de sus primeros hijos y yo lo casé, pues su padre no quiso avalar un matrimonio obligado por esas circunstancias; supongo, nunca pregunté, no entregaba un poco de dinero a mamá, pero ya no fue una boca que alimentar; el mediano, seguía estudiando, lo mismo que Soledad; Francisco, finalmente, no terminó su carrera de ingeniero, por su culpa, y trabajó y trabajó y seguramente entregaba dinero a nuestra madre – nunca lo supe ni pregunté -, pero se casó con una vecina e hizo su vida y la siguió haciendo; Soledad como todas las mujeres, siguió su vida escolar estudiando Farma e inglés y casó con un joven norteño que trabajaba en la planta siderúrgica de Lázaro Cárdenas y cuando lo liquidaron, siguiendo todos los formulismos  y ritos tradicionales, la pidió a mi madre, más unos días antes ella, mi hermana,  habló conmigo en la casa en la que vivía, en Aramen; la conversación siguió estos derroteros, como si lo estuviera  viendo en estos momentos…

- Oye, vengo a decirte algo…
- Tú dirás...
- Como sabes, tengo novio y  Fernando desea pedirme
- Oye, está muy bien…
- Pero no sé qué decirle…
- Tú, ¿quieres casarte con él?
- Si, pero no sé qué decirle
- Si tú quieres casarte con él, dile que sí
- ¿Y mi mamá?
- ¿Qué tiene nuestra madre?
- Se va a quedar sola, sola… y
- No te preocupes…
- Pero…

-   Ella lo entenderá y estará muy contenta con que
    tú te cases y te cases bien no porque
estés embarazada…y te pregunto ¿estás embarazada?
-   No…¡cómo crees!
-   Bueno, pues puede ser; es lo más común…
-   No…regresando, hermano…
-   Mira, Sol…mamá es mujer y muy dura y
    entenderá
-   ¿Quién la cuidará?
-   Ella se cuidará sola…
-   ¿Estás seguro?
-   Mamá, es autosuficiente; lo ha sido desde que
    nací yo… y a su juicio yo necesité de ella,
se vino de allá, Huetamo…hizo lo mismo…dejó a su
mamá, nuestra abuela…Esas mujeres entienden, aceptan
que es la ley de la vida…tal vez llorarán un poco, pero su
felicidad de que te casarás muy bien, con todos los
formulismo sociales, le reconfortará…Ve y dile que te vas
a casar y que te van a pedir…que la mamá de Fernando la
verá…verás que ella te dirá gustosa que sí, que te cases…
-   Está bien, pero…
-   Pero, ¿qué?
-   Me siento culpable…
-   ¿Culpable? ¿De qué?
-   De eso… de que me voy a casar y que la dejaré
    sola…
-   Mira, te lo repito…ella entenderá… es madre, es
    mujer y ella sobrevivirá…Es la ley de la
vida
-   No sé…tengo miedo…por ella
-   Ella vivirá…estamos para cuidarla y atenderla, si
    ella se deja…No te preocupes…es la ley
de la vida…ya estás grande, eres suficiente y por eso te
casas…ella ya cumplió su misión en vida: formarte para

que te enfrentes a la vida y ganes, como ella ganó…Es más, el hecho de que te cases habla muy bien de ella

- ¿Por qué?

- Porque le ganó a la vida, a las adversidades de la vida…sin nada formó a cuatro hijos, les

dio carrera, les enseño a vivir, trabajar y luchar; todos se casaron, bien o mal o no como ella hubiera querido, pero se casaron y bien casados y para ella eso es un triunfo… ¡qué hubiera sido de su vida, de nuestra vida, si ella no hubiera sido como es, como fue y como será: autosuficiente, independiente! No tienes qué pensar si haces mal, si haces bien…es tu futuro, es tu vida y habla muy bien de ti el que pienses en ella y su condición para tomar una decisión que determinará el futuro de tu vida…ve, y si es tu decisión, sin que nuestra madre, lo sepa,  dile a Fernando que sí; si es necesario yo hablaré con mamá y todo se resolverá en el sentido que tú quieras…

- Está bien…un poco más tranquila se retiró …y fue a hablar con mamá y ella no puso

ninguna oposición, menos su papá…Poco después, fui, en mi visita casi diaria antes de que se casara Sol, cuya boda fue en Morelia y la fiestecita-recepción fue en la casa materna – Ocampo 858, colonia Juárez –, estando los dos solos me dijo lo siguiente

- Pues como sabes, se casará Soledad, tu hermana

- Sí, mamá estoy, enterado...

- ¿Sabes? Me da muchísimo gusto que ella se case, se case bien y se case de blanco…que

los papás de Fernando, vengan a pedirla y aunque será una fiestecita muy poquita cosa, ese su fiesta y se casa con todas las de la ley...No que ahora la mayoría de las mujeres se casan porque ya están panzonas…desde que la pidieron, le rezo a la virgen de San Lucas, para que le vaya bien…

- Gracias, mamá…Ella se lo agradecerá…

- ¿Tú crees?
- ¿Qué,                                    mamá?
  ¡Quesque no se quería casar! La muy taruga!…que
  le iba a decir a Fernando que no se
casaba con él… ¡porque yo me iba quedar sola!
- ¡Ah, que mi hermana!
- Le dije que no se preocupara…porque…¿Cómo
  voy a creer que ella nos e fuera a casar
por mí? No se imagina lo contenta que estoy porque mi
hija se va a casar y se casará bien…con pedimento,
amonestaciones, boda de lo civil y con los curas y su
pequeña fiestecita…Su papá no le hace caso, pero yo…la
casaré…
- Yo le ayudaré mamá; además, la familia de
  Fernando debe ofrecer la comidita, pero…
- Yo también haré mole…me meteré en el culo del
  burro pero le haré su fiestecita. Si sus
otros dos hermanos se las  hice ¿Por qué a mi hija, la única
mujer y que lleva el nombre de mi mamá, no se la voy a
hacer y que se casa bien…no salió panzona?  ¡A qué la
canción! Se la hago porque se la hago… ¡No faltaba más!
  ¿Qué deseaba, qué quería mamá? Supongo que
  deseaba lo que todas las mujeres de su
tiempo y nivel social: ambicionaba  para sus hijos —
nosotros cuatro - y para ella una casa, un techo propio, no
pagar renta, comer y vestir y estar sanos, pero lo
fundamental comer, comer…¡Que no faltara la comida! Y
nunca nos faltó. Ni en la malísima etapa de recién llegada
a Morelia, cuando sirvió  como tortillera en el mercado de
San Juan — le pagaban  a ¡10 centavos…la maquila de
masa de cinco kilos! ni después, cuando arrimados con
Luis Pineda López y su mamá comíamos lo que nos
invitaban o con la familia de Constancia Linares, en donde
arrimados dormíamos casi 12 personas en dos cuartos,
uno de ellos de usos múltiples y con sus hijos nos
disputábamos la olla de barro con la que se aplastaban los

frijoles que se guisaban…porque no había más que frijoles y tortillas. Cuando mamá entró como acompañante de María Hernández, a quien le hacía píe de casa – comida, aseo de ropa, arreglo de su casa – Miguel Cabrera 64 –, mandados, de hecho ahí empezamos a comer mejor… ¡Hasta mole!  Al entrar a trabajar como sirviente de Eva Palafox – que era dueña de un burdel en la zona de tolerancia y yo empecé a hacer mandados de sus pupilas -, las cosas mejoraron: teníamos comida y dinero para pagar renta -; poco después empezó a lavar y planchar ropa y llevarlas a los domicilios de los paisanos; era cuando veía a mamá planchar y cantar sus canciones como compensación de sus amores, sentimientos y objetivos frustrados. (Jamás tendré cómo agradecerles a Luis Pineda López – en el centro de la calle Isaac Arriaga, enfrente de los dormitorios del Internado España-México - y a los hijos de Constancia y  de Salvador Guerrero – en la calle García Obeso, abajito de Fuerte de los Remedios - ese valiosísimo gesto de solidaridad para con nosotros: ¡Compartíamos la pobreza! (Solamente a María Elena Guerrero Linares pude ayudarle para que ingresara como enfermera suplente en el hospital Vasco de Quiroga, del ISSSTE, en Morelia; ella se ganó con su responsabilidad la base. Lo mismo con la familia de la señora de Tinajero…su esposo era el jefe de  la oficina de Hacienda en Morelia o Michoacán; su esposa, doña Josefina, fue patrona de mi madre, de quienes ella era sirvienta; sé que mamá por su trabajo se ganaba  bien lo que le pagaban, pero expreso mi gratitud a ellos, junto con su hijo Faustino – Tatos -. Gracias a él pudimos tener una casa, casi nuestra, que era de Bienes Nacionales; pagábamos 30 pesos mensuales y estaba ubicada en el número 85 de la calle Socialismo, mejor conocida como el Callejón de la Bolsa, ahora conocido como el Callejón del Romance. De ahí ya tuvimos casa propia, que es la actual casa de mis hermanos y que fue construida bajo la dirección de mi padrastro, un chalán y yo, como medio chalán, al que no le pagaban nada). Mamá y yo vivimos en varias vecindades; la primera fue una  en la calle Artículo 123; calle de una única cuadra que comunicaba Serapio Rendón con Abrahán González; era una vecindad maloliente, un hormiguero; recuerdo que teníamos un mísero cuarto y un tejabán como cocina; la vecindad estaba construida con la forma de espuela: un corredor como entrada y ambos lados los demás cuartos; ningún inquilino tenía baño o sanitario,  ni regadera; los baños eran comunes como para cien gentes, así que cotidianamente las tasas estaban como barquillos, pues, siendo la zona más elevada de ese Morelia - 1952 -, casi no había agua todos los días  y el piso de la regadera estaba natudo y tapada con los residuos del jabón usado. Afortunadamente estuvimos pocos meses ahí; De ahí nos cambiamos  otra que estaba en  Revillagigedo, atrás de la escuela Simón Bolívar ahí conocí y me hice amigo de Don Eusebio – jefe militar; a don Nicolás y su hijo, del mismo nombre; de ahí pasamos a la de Luis Moya, entre 20 de noviembre y Plan de Ayala; ahí conocí a Clarita, que jamás he vuelto a ver, pero la recuerdo porque era muy limpia y preparaba unas memelas muy doraditas con la médula de las canillas del caldo…¡Ah, qué delicia) (Curiosamente, hace unos dos o tres años en un programa de esos de cocineros itinerantes, transmitieron uno que presentó  a un bar-restaurante como uno de los mejores de Londres y su platillo súper especial: El tuétano de res sobre una rebanada tostada de pan blanco y citaron el  costo en la carta-menú: 45 libras esterlinas por dos rebanadas) - Muy posiblemente, por esa época mamá aceptó la relación con mi padrastro y las cosas financieras de la casa, empezaron a cambiar…sobre todo por el ingreso que él entregaba semana a semana; de ahí, nos cambiamos al Callejón de la Bolsa- calle Socialismo; ella trabajaba como sirvienta de la familia Tinajero; como complemento, también trabajó como sirvienta en la Casa de Huéspedes Ocampo, que estaba en la primera calle de Galeana; en el Club Rebullones, como galopina; ahí en el barrio de Villalongín – viviendo en el ahora Callejón del Romance – puso un puesto de venta de verduras. De ahí nos cambiamos  lo que sería su casa en el número 856 de la calle Ocampo de la colonia Juárez…en los cambios siempre mejorábamos un poco cada vez, hasta tener nuestra casa propia. Fueron muchas las etapas y  situaciones de hambre que pasamos y que ahora las vivo como un grato recuerdo, como un acicate en mi vida: ganar dinero para comprar alimentos ¡no faltaran! Por eso lo primero que yo hago, hice y haré, mientras viva, será asegurar el dinero para comprar alimentos y comer y comer bien; después, tener  una casa…suya, de su propiedad y la consiguió…Yo sé que mamá mantuvo vínculo con esa persona para asegurar la comida, el techo, nada más; sacrificó muchas cosas, sentimientos y deseos, en su condición, inalcanzable para ella, con tal de que tuviera dinero para comprar lo necesario para vivir…aclaro, no se prostituyó, pero se ató a un  hombre que quizá la  deseó y le satisfizo,  pero no la amó…se sacrificó por nosotros; aparte de alimentos y casa, los mínimo lujos vestirnos como fuera aunque la ropa no fuera de moda ni fina…lo importante era estar vestidos, mas está algo como una bendición…nosotros siempre tuvimos cada uno de nosotros cuatro una recámara-cuarto con cama individual para cada uno y, además, éste es otro detalle: con sábanas blancas, limpias muy limpias que se cambiaban dos veces por semana, hechas de tela de sacos de harina o de azúcar, pero sábanas blancas, muy blancas y limpias…tan blancas como limpias  y nuestra comida; desde la mañana: nuestros jugos, licuados de plátano o chocolate o atole de maicena, pan de dulce y bolillo y almuerzo, aunque fuera huevo, chicharrón, chorizo, hígado, en fin; a medio día, sopa – aguada o de arroz -, guisado, frijoles, tortillas y agua de frutas; por la noche, leche, café con leche y algo que hubiera quedado  de la comida del día…mamá comía bien y en abundancia; en alguna ocasión una vecina-amiga vi lo que ella ingería – no recuerdo si fue en la mañana o en la tarde – y le dijo…

-	¡Cómo come, Perita! La respuesta fue automática
-	¡Por eso trabajo! Y sí, efectivamente, mamá trabajaba como burra…desde la mañana,

era, por decirlo comparativamente, la primera en barrer la calle; el frente de su casa siempre estaba a las 7.00 de la mañana, ya barrido y regado;  a esa hora casi estaba el desayuno pues algunos de mis hermanos se irían a la escuela y debían desayunar antes de salir rumbo a la escuela; después de servir el desayuno, los trabajos domésticos eran atendidos por ella; que lavar, tender la ropa, regar el jardín, que lavar los baños, barrer y trapear la casa; ir a comprar lo necesario para la comida, tortillas y preparar la comida, pues sus hijos vendrían cerca de las dos de la tarde y aunque ninguno se iría a trabajar, todos debían comer a la hora: cerca de las tres de la tarde y ellos, ni yo, encontramos la casa y la cocina vacías de alimentos: invariablemente estaba la comida fresca del día y caliente, lista para servirse; por la tarde, después de levantar la mesa, lavarlos trastes y enseres domésticos, lavar, tender la ropa o rociarla para plancharla y preparar las tostadas o el mole o lo que fuera a elaborar para vender o bien o la tarde o el domingo; siempre hacía un poco de tiempo para ver sus noveles, pero el puesto de vendimia era casera y desde las 6  de la tarde ya estaba la mesa y las tostadas y el puré de frijoles, la salsa, la crema de vaca y la verdura cocida y rebanada, además del salero, listos  para atender a los potenciales y clásicos clientes y entonces vendía, planchaba, veía sus novelas y descansaba; por la noche, era lo mismo, merendar y cenar: atole, café con leche, frijoles refritos y algo de la comida del mediodía; se quedaba un poco después de las diez y como su recámara tenía televisión, se retiraba poco después de las diez, con todos sus hijos o en la casa o sabiendo en dónde estaban, y se disponía dormir, que, supongo, dormiría unas 5 horas y al día siguiente, una repetición de lo del día anterior y así todos los días, con el cambio del domingo que se iba a misa y se disponía cocinar para vender mole.

Las diversiones de mamá eran las mismas casi siempre: cuando tuvimos radio, las novelas, Una Flor en el Pantano, el Derecho de Nacer, Corona de Lágrimas, Chucho, el Roto y Porfirio Cadena; las novelas del canal de las estrellas cuando se tuvo televisión, Simplemente María, Cueva de Lobos, las comedias de María Victoria; ¿películas? de Pedro Infante, Sara García, Jorge Negrete, Resortes, Mantequilla, José Medel, Libertad Lamarque, Marga López, Viruta y Capulina, David Silva...¿canciones? Agustín Lara, Pedro Infante, Toña, La Negra, María Luisa Landín, Jorge Negrete, Consuelito Velázquez, Luis Arcaraz, Los Diamantes, los Hermanos Martínez Gil, Los Panchos, Pedro Vargas, Cuco Sánchez, Tito Guízar, y demás artistas de la época...

Mamá era muy ahorrativa y de todas las cosas sacaba provecho para la casa...hacía colchas de retazos de tela; cortinas de telas floreadas que compraba de oferta; lo que restaba de alimentos, los repreparaba de otra forma y ahí estábamos paladeando un manjar nuevo, todo hecho con gusto y deseo de servir; su mundo era muy reducido...Hace mucho tiempo leí una novela de autor norteamericano que retrataba-presentaba los valores y fines de las mujeres de los dos últimos tercios del siglo XX. ¿Nombre? DÉCADAS. Su autor, ya no lo recuerdo, ni la editorial, pero era un libro con presentación de pastas azules y una fotografía; el autor, por medio de cuatro protagonistas – dos mujeres que forman un triángulo con un hombre y otra mujer, hija del matrimonio –, teniendo como fondo los sucesos socio-históricos de Norteamérica, va describiendo la vida de un matrimonio, los valores y deseos de la esposa, de su esposo – empresario en el sector de la publicidad y relaciones público-comerciales; la relación de éste con una mujer, diez años más joven que él y ella, sus visiones, sus objetivos y finalidades de esa relación y la percepción del mundo, su mundo y la sociedad en la que está inmersa y de la hija del matrimonio; su visión femenina postrevolución hippy, sus finalidades, su condición y sus objetivos en la vida de ese momento y del futuro que le espera. Como lo entendí, el hombre pretendió fundar una familia, pero fundada esa familia y provista de todos los satisfactores que podía ofrecerle, tiene tiempo y disponibilidades financieras para... ¡Se encontró que no sabía qué hacer con su vida!...más que divertirse y tener pasatiempos femeninos; se entrelaza con una mujer, digamos Edith y establece una relación estable de pareja, con compromisos y derechos, dejando a su familia formada con Steffany su hija, en un nivel de catedral y a Edith, como templo-capillita. ¿Qué desea, qué valores, deseos-finalidades tiene Steffany como cabeza de familia y, como mujer? Tener un esposo, hijos, poseer una casa-residencia, joyas, disfrutar de todos los satisfactores económicos y de comodidad posibles y gozar de privilegios generados por su condición económico-social. Aun sabiendo y conociendo, estando al tanto de la infidelidad formal de su esposo, no lo magnifica, ni le importa, en tanto su esposo, Richard, le entregue lo necesario para que ella continúe disfrutando de su nivel de vida y calidad de sobrevivencia; no le importa su disminución moral, de dignidad ante los demás, con tal de conservar todo, incluyendo al marido. ¿Qué desea Edith – que es diez o quince años más joven que Steffany? Donde vivir – casa, residencia, departamento, pero de su propiedad, no desea hijos, salvo que se case con el hombre, Richard, joyas; conservar a su hombre, sin exigir más allá, porque corría el riesgo de perder todo ¡Por nada!...hombre proveedor; todos los satisfactores económico-sociales cubiertos y conservar el mismo nivel de comodidad y calidad de vida y de sobrevivencia que la "otra", la esposa. No le importa que ante las sociedad  esté calificada de cierta forma negativa, pues, sabe, además, que un gran porcentaje de mujeres tiene o la misma condición  que ella o que la esposa. Su función, reducido a esto es estar siempre disponible para salir, lucir y divertirse con él; ambas saben que tiene posibilidades y condiciones para justificar ser infieles, pero saben, también, que podrían tener el riesgo de perder todo lo que tienen si entraban en esos carriles. ¿Valores de Elizabeth, cuya edad es casi diez años menor que Steffany? Tener un esposo con el cual pudiera construir su vida participando en forma igualitaria y respetuosa, formar una familia, tener uno o dos hijos, como máximo; sabe – y así lo dice – que aunque puede intentar, y acaso, conseguirlo, le será más difícil y no logrará el mismo nivel de calidad de vida ni de sobrevivencia y, además, no desea construir un mundo como el de su mamá y de la amante de su padre, así que le pide ayuda a su esposo diciéndole…¡Ayúdame… porque no podré sola! Y ahí y así termina la novela.

¿Qué deseaba mamá? ¿Cuáles eran sus objetivos? Como las de todas las mujeres…tener un hombre; acaso casarse; tener hijos y  una casa de su propiedad, satisfactores económicos-sociales,  comodidades y ciertos lujos y privilegios. Mamá los tuvo, pero no con el mismo nivel de eficiencia, comodidad que otras, la mayoría de las mujeres, pero por su nivel de ingreso y cultura, mamá ya no era pobre, mucho menos miserable…tenía su hombre, casado, pero era suyo un 10,15, 20, 25 o más por ciento, pero suyo; poseía una casa, modesta, pero su casa tenía recámara para cada uno de nosotros cuatro, pequeños, pero individual y la de mamá; cocina con agua corriente, estufa con horno y gas y su cocina integral y todos los enseres de menaje de casa-cocina; calentador de gas  para el baño, su cocina integral comedor para seis personas – de madera de pino, laqueado -, fregadero, lavadero, baños – dos baños con regadera -, jardincillo y tendedero para ropa, además de su sala con muebles – juego de sala, televisión, esquineros, mesa de centro y los adornitos de tejido para los respaldos de los muebles y sillas; tres aparatos de televisión para dos recámaras - la suya y de Soledad –y la sala y un radio - Philipps, color azul -, escalera de madera, muy bien hecha, en madera de pino de una pulgada y alacenas, además de sus roperos para cada recámara; no tenía joyas, pero tenía su licuadora, su revolvedora-batidora y una máquina Singer de coser, como la máquina de Teófila en la novela de Agustín Yáñez; sus hijos, tres de un mismo hombre y yo. Mamá sabía que jamás se casaría con el padre de mis medios hermanos y con el mío… ¡mucho menos! Y aunque el padre de sus hijos no le daba para todos sus satisfactores que necesitaba, ella lo sustituía con el producto honesto de su trabajo y la regular aportación mía, en tanto yo pude y le entregaba; así que ella vivía feliz y contenta en su mundo construido, fundamentalmente, por ella y para sus hijos…lo más valioso para mí es que ella de hecho, lo construyó sola y sóla; tal vez con un mínimo porcentaje de alguno de nosotros o del padre de mis hermanos, pero el mérito es de ella.

Hoy, al escribir estas líneas me pregunté… ¿mi vida hubiera sido diferente si mamá hubiera tenido otra vida, otro nivel, ascendente o descendente de vida y condición? Sé que el "hubiera "es tiempo o perdido o Pendejativo, pero estoy contento de que para mí las cosas de la vida de mamá hubieran sido como fueron…espartanas.

Mamá era sumamente sana; que recuerde, jamás se enfermó de nada grave, grande o especial, salvo los partos de mis hermanos y alguna tosecilla o resfriado, nunca se quejaba ni se atendía de nada, aunque sí, por sus descuidos al lavar y planchar tuvo algún tipo de reumatismo, el que se trataba con Paracetamol para que las articulaciones no le dolieran mucho…¡Ah, sus juanetes!...por los que debía usar un tipo de zapato como alpargata…llamaba bastante mi atención que lloviera, tronara o hubiera inundaciones ella siempre se levantaba temprano – casi las seis de la mañana, pues cuando doña Gabina se iba al molino platicaba con mamá todos los días, dado que ella – doña Gabina hacía  atole blanco para vender – y salía a la calle con su ropa sencilla, barata y con un suéter ligero o grueso, según su sentido personal de calor corporal; terminaba de regar y barrer  el frente de la casa y no paraba…las naranjas para el desayuno de la familia, el almuerzo, las tortillas…no paraba en nada…sus momentos de descanso eran después de comer y levantada la cocina…sus novelas de las seis de la tarde hasta las nueve de la noche, claro con las interrupciones por la venta de tostadas y gelatinas…pero de ahí, perdón de la digresión, mamá fue bastante sana, hasta su muerte.

Por su gusto, mamá no tuvo mascotas, pero si recibió el regalo de una amiga y paisana: un perico verde, de esos que comúnmente están en casi todas las casas de la gente de Huetamo… ¡Ah, cómo se entusiasmó con el mentado perico! Platicaba con él –pues mamá no tenía con quién platicar: todos andábamos en nuestras cosas y ella estaba sola y solita cantaba,  y platicaba con el perico – jamás supe el nombre del dichoso perico…. Periquito burro, periquito tonto, periquito chulo…periquito mío…y el perico le contestaba abriendo sus alas y gritaba – porque los pericos gritan…bbrrrr…brbbrrrrr…bbrr…y picaba su comida…atole de masa con agua y algo qué picotear…era muy cuidadosa de los tiempos de la comida del periquito de la casa; por las mañanas le limpiaba su jaula, su casa, decía mamá; mira nomás que de caquita hiciste…te acabaste la comida…orita te hago y te traigo más, al cabo doña Gabina ya me trajo tu masita; ¡mira, nomás, cómo tiraste el agua!…vas a  ver, condenado perico; le traía fruta picada, guayabas, frijoles y pedazos de tortilla  y por las noches, antes de que las sombras de la noche enfriara la casa, cubría con trapos limpios, gruesos, el chalet del pajarillo que alegraba la soledad de la  vida de mamá…en una ocasión, por alguna situación familiar debía visitar a familiares  nuestros en Apatzingán – 210 kilómetros, más o menos  de la ciudad -. Me pidió que la llevara y con gusto lo hice; hicimos el viaje  de unas tres horas sin contratiempo; atendidos los asuntos familiares, después de comer la conversación se hizo larga y de pronto ella se inquietó. Su dichoso perico se había quedado solo y no había quién en la casa lo tapara…esto fue un despedirse pronto, salir volando del Valle, volar bajo y estar de regreso a las seis de la tarde ¡para que ella atendiera a su dichoso y bonito perico!...darle de comer y taparlo del frío…pero estaba bien…era con quién platicaba mamá. ¡Ah, y tenía otras compañías!  Por su gusto mamá no tendría macotas, pero la buena gente de mi hermana, de buen corazón, se sintió dolida porque algún coche atropelló a una perrita lanudita; su pedigrí era "de la Calle, cruzada con un Tuno. Se la llevó a la casa de mamá, su casa con la doble justificación de que ¡pobrecita! Está atropellada y no tiene quién la cure y como Toto es médico veterinario zootecnista…pos que él la cure y pues sí, efectivamente Totito, por órdenes de mamá,  le curó la pata lesionada, se la entablillo y la dejó en una caja de cartón con garritas de ropa como colchón…Y ahí está mamá poniéndole todos los días el agua y la comida y cambiándole la cama o por lo menos sacudiéndosela…Sol , al fin Aquela,  la entrenó para  que hiciera sus necesidades biológicas en un rincón especial y, finalmente, la dichosa perra se alivió y ¡qué quiso irse, la condenada! Como quedó un poco chueca de las patas, Sol la bautizó con el nombre de  "Charra" y Charra por aquí; Charra por acá, se quedó en casa para alegrar las horas de mamá; dado que la puerta de la casa siempre estaba abierta, Charra entraba y salía de la casa como si fuera la suya .Y sí lo era; otro compañero de la soledad de mamá fue un gato, cuyo nombre no recuerdo, mas este minino sí tenía pedigrí…Era un gato Afgano o de Angora…era de color canela y con las patas negras oscuro; al minino mamá le compraba, invariablemente, una menudencia y la repartía salomónicamente: la cabeza – con todo y pico - para el gato; las patas para el perico y las menudencias para ella, preparadas en caldo…todos los días y así fue en tanto mamá vivió y mamá murió, como todos.

Mamá tenía las fechas fijas de su vida, como dicen los mayas, aztecas, griegos, romanos  y babilonios, chinos, Acadios y sumerios. Debía suceder lo que pasó…pero días antes… mamá tenía premoniciones – y yo las heredé - y de una forma natural las aceptaba y vivía con ese don: con motivo de la enfermedad de Toto nos fuimos a México, lo cual es historia ya contada; nos regresaríamos casi entrado febrero del sesenta; viajaríamos en la línea Flecha Roja, que tuvo su terminal en la calle de Netzahualcóyotl, cerca de Arcos de Belén; todo era normal, pero de pronto, tanto ella como yo tuvimos cierto malestar estomacal y mostramos indisposición para viajar, cancelamos-diferimos la salida para la siguiente flecha y fuimos a los sanitarios…después de desalojar el malestar regresamos para esperar la siguiente salida y cuando se anunció, los tres – Toto, mamá y yo - nos trepamos a la unidad  y salimos por la vía de siempre – Chapultepec, Observatorio, Constituyentes, el Zarco y ahí en  esa curva el tráfico iba a vuelta de rueda…¿razón? Un autobús estaba, de hecho, partido…me bajé, por bobo y vi que en el accidente había participado trágicamente el autobús de nuestra salida anterior…alguna unidad tiró aceite, la flecha, al tomar al curva, agarró el aceite, patinó y se le cruzó en la trayectoria a un camión pesado, agarrándolo de frente…¿muertos? Muchos; sólo recuerdo a una ancianita, de pelo blanco y largo con su rostro ensangrentado. No le dije nada a mamá, pero cuando se fue liberando el paso y lo tuvimos enfrente, identificó a la unidad y únicamente dijo: ¡De la que nos salvamos! ¡Hubiéramos muerto los tres! Esta fue una.

La otra fue mucho antes, allá por mil novecientos cincuenta y seis; Lencha, esposa-mujer de mi tío Antonino le mandó un telegrama: Antonino, su hermano y esposo de Lencha, no aparecía …tenía una semana que no sabía nada de él…mamá se inquietó  y pidiendo prestado aquí, empeñando lo poco que tenía, lo que haya sido y como haya sido, nos fuimos a Apatzingán los dos; allá nos reunimos con la señora Lencha y su hija Esther, hijastra de mi tío; la ciudad, centro del Valle  era lo mismo que es ahora: un hormiguero de trabajadores; estaba en el centro de la euforia del algodón, del melón y del pepino  y había muchísima población flotante de toda la república y de todo el estado y, por supuesto, había de todos los perfiles morales y honestidades, como lo hay en todos los centros poblacionales que tiene actividad económica inusual y que deja miles y hasta millones  de pesos a los dueños y trabajadores; total, después de los consabidos saludos y el intercambio de la información como "desde tal día no ha venido; no está con sus amigos; sus otros amigos no saben nada de él; ya lo busqué en el hospital, en la Cruz Roja; si se hubiera ido de la ciudad, me hubiera dicho; no está con ninguna mujer; no sé nada de  él; ni en la barandilla, ni en la cárcel, nada, en ningún lugar de Apatzingán está. Antes esta información mamá lo único que le dijo

-    …" ¿Muerto?"

-    ¡Ni Dios lo quiera! No…no creo que esté muerto…Hubiera sabido…

-    ¿Viste los periódicos?

-    No…no los he visto…

-    ¿Muertos desconocidos, que nadie reclame?

-    Tampoco…

-       ¡Ah, pues vamos a la policía a ver!...Y nos fuimos
        a las instalaciones de la policía que  si

mal no recuerdo, estaban en el palacio municipal; mamá
era de decisiones; llegando preguntó y le dieron las
respuestas que buscaba...había – mejor dicho, hubo -
desde hacía unos ocho, diez  días el cuerpo, cadáver, de
una persona desconocida; asesinado en una huerta de
limón, al que le desfiguraron la cara con agua hirviendo –
frijoles -, le despojaron de sus dientes de oro, su reloj y,
presumiblemente, una pistola escuadra, pues se
encontraron indicios de que usaba pistola; mamá
preguntó:

-       ¿Dónde está ese cuerpo? La respuesta fue
        mecánica

-       Como nadie lo reclamó, se dispuso
        enterrarlo...en el panteón municipal

-       ¿Tiene fotos de ese cuerpo?

-       Sí...en un momento se las mostramos...el
        policía se metió en alguna habitación y

Salió con una carpeta; al ver la ropa del cadáver, mamá
automáticamente lo identificó: Guayabera manga corta,
pantalón de vestir y zapatos, pelo ensortijado, tipo
mulato...era su cuerpo yerto.

-       ¿Tiene más datos sobre él? ¿Su billetera? ¿algo
        más?

-       No, señora, es todo. Suponemos que trataron de
        desfigurarlo, le echaron a su cara agua

hirviendo  y la destrozaron la cara con una piedra...con
ella lo asesinaron...el golpe fue mortal...es muy probable
que lo hicieran cuando estaba dormido. No hay, no hubo,
más rastros; suponemos que fueron por lo menos dos
personas, porque había restos de cigarros de marcas
diferentes...carecemos de más datos...su cuerpo está en
el panteón municipal... ¿Es la persona que ustedes
buscan?

- Pidiera ser él; por la ropa de vestir, pantalón y zapatos…la piel y vello de los brazos, el

Pelo…necesitamos verlo…

- Con ellos salió de la casa, dijo Lencha…
- Será muy difícil, seguramente ya está enterrado…
- ¿Tiene alguna otras fotografías…del cuerpo entero, de la cara?
- Sí…déjeme ver…y nuevamente se metió a la misma habitación y salió con más fotos…
- ¿Me deja verlas?
- Aquí están…y las tendió a las mujeres…Lencha y mamá rápidamente lo identificaron.
- ¡Es él! Dijeron y Lencha empezó a llorar…de su cara sobresalía, sobre lo hinchado, lo

trompudito que era, su pelo de la cabeza y el vello de los brazos y piernas…Después de los trámites de identificación del cuerpo, tranquila, entera, mamá preguntó la ubicación del panteón; se la dieron y salimos, hacia ese punto; se llegó en pocos minutos; mamá directamente se fue a la dirección; dio los datos, preguntó y le dieron las respuestas; salimos y anduvimos busque y busque la mentada sección y fila asignadas y no dábamos con ellas; desesperada, mamá se sentó en un fosa que tenía indicios de ser reciente y ahí se amachó, se quedó; además, la fosa carecía de mayores datos, ni cruz, ni flores, ¡nada! Le recomendó a Lencha que fuera a la dirección y le pidiera al encargado que les hiciera el favor de acompañarla para verificar y en caso, asegurarle que ésa era la fosa que buscaban; así lo hizo la señora y en pocos minutos regresó acompañada de una persona…

- Señora, pues esa tumba es la que anda buscando…está sentada en ella…
- Por algo yo me sentía intranquila… gracias, señor, muy amable… Cuando se retiró el

trabajador, mamá sólo dijo…

-      Pues, bien, hermano, Antonino, aquí te tocó
       quedarte…¡Qué bueno que mama Chole no
Lo supo!...rezaron un poco y los cuatro nos retiramos para regresar en no más de unas dos horas con flores y una cruz de madera, pintada de negro y su nombre en color blanco, así como los datos de su nacimiento y muerte…Nos regresamos a Morelia y llegamos de noche; en el viaje de regreso o años después, cuando en alguna ocasión hablamos de la familia, le pregunté…

-      ¿Cómo le hizo, mamá, para adivinar la tumba
       donde estaba enterrado mi tío?

-      No supe. Sólo me sentí mal, inquieta y
       cuando me senté en ese montón de tierra me
Tranquilicé…Así, tan simple y natural…

Mamá debía sufrir el accidente que la llevó a la tumba, sin ser fatalista, pero todos los indicios así me lo indicaron: Usualmente yo la llamaba todos los días y con un poco de tiempo y cualquier pretexto iba a la casa y la saluda: esa tarde, no contestó mis llamadas, pero justifique su silencio por su sordera o porque andaría con doña Gabina o algo así; estaba demasiado confiado en la autosuficiencia de mamá, por eso no me hice de malos pensamientos, pero al día siguiente, muy temprano la busqué y nadie me contestó, pero, nuevamente la justifique conociendo sus rutinas y decidí ir a buscarla saliendo de trabajar; así lo hice y me encontré que la casa estaba sola y los alimentos de ayer, sin preparar; salí y pregunté a los amigos y vecinos con quienes más usualmente se trataban…No, desde ayer, a media mañana, no la hemos visto; en toda la cuadra fue la misma respuesta…no la hemos visto…Entonces desde la casa de mamá hablé con mis hijas y les pedí que buscaran en la Cruz Roja y Hospitales y en lo que llegaban informaciones fui deteniéndome en las cosas de la cocina: el bistec en la tabla, la leche echada a perder – de ayer, sin hervirse -; la tabla con jitomates, cebollas, ajo y chile verde, serrano sin cortar o a medio cortar, el salero a un lado, la cazuela en la estufa…todo listo para cocinarse…¿dónde estaba mamá? ¿A dónde había salido…que no había regresado? Estaba en esos pensamientos cuando llegó la comunicación de la casa…mis hijas la habían encontrado…Una mujer de sus señas había sido levantada en el periférico - lo que ahora es el periférico – antes Libramiento -, había sido atropellada en el cruce de norte a sur; no había detenidos y estaba en calidad de desconocida, pues sus documentos no aparecieron o salió sin ellos; el pronóstico era reservado, además, como complemento, estaba sin atención médica.

Como trabajaba en un área del gobierno del estado – del Ejecutivo, en comunicación social – tenía el teléfono del secretario de Salud, paisano y amigo personal, le hablé de inmediato, le expuse los hechos y le pedí atención para mamá. Además, le pregunté la conveniencia de cambiarla ISSSTE o IMSS; me indicó que le llamara después de hablar con el director del hospital…unos cinco minutos después llegó su llamada…Ya estaba recibiendo atención médica, su pronóstico era reservado y no recomendaba cambiarla hasta que saliera del cuadro que tenía, pues había recibido dos golpes: en las piernas y, al caer, en la cabeza, golpe que era el preocupante. Al resultar golpeada en la cabeza, aunque el automotor la golpeó en las piernas, o de costado o de frente, la levantó por el impacto, y cayó de cabeza y como resultado inmediato, quedó inconsciente y la situación se agravó porque no tuvo atención inmediata y quedó como desconocida, aunque ella tenía derecho al ISSSTE y al IMSS.

¿Por qué afirmo que mamá salió porque debía morir?

Mamá no tenía urgencia de nada; nadie la esperaba a esa hora, pasadas las doce del día. Tenía todo a la mano para preparar la comida: los chiles, el jitomate, la cebolla, la carne, la tabla, el bistec, la leche para hervir y de golpe y porrazo, sin avisar a nadie de sus hijos o vecinos, se salió como el pedo y se fue a cumplir su destino.

Curiosamente, ella que era tan independiente, tan autónoma, como resultado definitivo del accidente, quedó en condición de vegetal, dependiente completamente de los que lo rodeábamos: Había perdido la memoria, su disco duro quedó definitivamente dañado y no era recuperable ni reparable.

Me regreso: debí informar a mis hermanos del accidente, la condición médica, diagnóstico y pronóstico, así como de la postración de mamá; la última que llegó fue Soledad y como complemento surgió el problema con ella. Se sintió culpable. En algún momento hablé con ella y, aparentemente, la tranquilicé, mas no quedó bien ni conforme; fue un tratar durante todos el tiempo que siguió hasta mucho después dela muerte de mamá que volvió a manifestarme su percepción: ella era la culpable por no haber estado con ella. Fue un machacar y machacar de que no había sido ni sería así, pues aunque ella hubiera estado en Morelia, en la hora del accidente ella estaría en clases y que a mamá no había quien la detuviera; lo último que le dije fue que el destino de mamá, como el de cada uno de nosotros ya estaba, y está escrito, y que se resignara, pues las cosas no se podían cambiar ni se podría ni se pudo cambiar el destino y situación de mamá.

El problema era la situación generada por su postración. Todos trabajábamos y esto rompería las rutinas de todos; tratamos de encontrar una salida lógica que permitiera, en lo posible, atender a mamá y no descuidar nuestras ocupaciones laborales y familiares; la sugerencia partió de Eustolio, secretario de salud del Gobierno del Estado: Es asunto de familia, por lo cual la familia debe resolverlo y así lo hicimos, aunque hubo varias ideas la mejor era la que pusimos en práctica.

Como estaba mamá era necesario atención las 24 horas del día y visita médica diaria, además de los gastos de manutención, médico, medicinas, elaboración de alimentos y proporcionárselos, bañarla y asearla y no despegarse de ella; así las cosas, yo estaba en mejores condiciones económicas  que mis demás hermanos y propuse que pagaría las medicinas, visitas y atención médica que fuera necesaria, compra de alimentos, enfermera y sirvienta, de ser necesario durante todo el tiempo que fuera necesario, mientras pudiera, pues la situación era que se iría degenerando hasta su muerte; mis hermanos varones verían que ningún servicio en la casa faltara, que estuvieran gas, electricidad, teléfono, alimentos y víveres y como Carolina, así se llamó la enfermera contratada por semana, trabajaba de lunes, a las 8 de la mañana a sábado a las 8 de la mañana, la atención en los fines de semana era rotativa: una , a la familia de Tomás; otra, a la de Francisco; otra, a la familia de Soledad y otra a mi familia y en este caso, mis dos hijas me sacaron del problema, pues aunque mi esposa le correspondía moralmente participar, yo no quise y mis hijas lo aceptaron, y no hubo mayor complicación, pues mis dos hijos participaron – el mayor con su esposa e hijos y Favio venía cada mes - estaban presentes para las cuestiones imprevistas.

Del cuadro  del traumatismo craneano no hubo recuperación, pero sí de las piernas; se le enyesaron para su recuperación y fue una lata porque la comezón era constante, pero finalmente, se resolvió.

El médico que la atendió, la visitaba en función del cuadro que presentaba y en el inicio  la visitaba todos los días; cuando las fracturas se redujeron y su condición fue estable ya nada más la visitaba cada tercer día, cuatro días a la semana; Carolina estaba, y siempre estuvo,  al pendiente de todos los incidentes de mamá; mi reconocimiento y agradecimiento eternos… ¡Quién sabe en dónde andará!

El padecimiento que llevó a mamá a la tumba fue su desgaste físico, la falta de alimentos, pues poco a poco ya no fue comiendo – se le había olvidado cómo comer – y la presencia de las famosos y tan famosas como tristes y complicadas de atender: las escaras; esas llagas que se forman en la piel por la permanencia en la cama y no moverse…que el polvo de haba, que la zalea de borrego, que el colchón de agua, que masajes, que…¡todo le hicimos y le volvimos y nada que ganamos! Cuando le cicatrizaba una, le salía otra; las más difíciles de atender fueron las cercanas al recto.

Yo jamás vi el cuerpo desnudo de mi mamá; fui un cobarde o un cretino o un moralista, pero lo que haya sido… ¡Jamás vi su cuerpo desnudo! Mis dos hijas me ayudaron en esta función.

Era muy lamentable que mamá fuera muriendo momento a momento y día con día. Todos los días Carlina la sentaba en su silla de ruedas y la colocaba en la puerta de la casa que daba a la calle con la finalidad de que se calentara, le diera un poco el sol y escuchara a la vida que pasaba frente a ella…pero ella permanecía impasible, sin conocer a nadie, a nada. ¡Estaba muerta en vida!

Sufrió el accidente un día inicial de octubre del 1993 y falleció el día 11 de mayo del año siguiente…poco más de siete meses estuvo muriendo poco a poco. El día del debate político entre los candidatos a la presidencia de la República la estaba velando.

Ciertamente ya no me agarró tanto de sorpresa su fallecimiento, que era esperado por todos. Era un día laborable y yo estaba en mi área de trabajo, cuando a media mañana entró la llamada de Carolina; Claudia me pasó el teléfono…Las palabras de carolina las recuerdo…muy suaves fue su voz…

- Señor, su mamá acaba de fallecer.

- ¿Por qué no llamaste al doctor?
- No mostró ninguna alteración de sus signos vitales. Únicamente se durmió y ya no

despertó. Lo primero que hice fue avisarle a usted.

- Bien…espérame. Salgo para allá. No tardaré. Yo avisaré a todos. Gracias.

Colgué, sentí un poco de frío, pero me serené. Hice dos llamadas; a mi casa para informarle a

mi esposa y la segunda, a mis hijas para darles esa noticia y rogarles que como forme fueran desocupándose, se fueran a la casa de su abuela; a una de ellas le solicité llamara a Lázaro Cárdenas y comunicara esas información a mi hijo y a mi hermana. MI hermano mayor fue conectado por mí y le proporcioné la información del fallecimiento de nuestra madre; ya en casa, en lo que mi mujer se preparaba para acudir a la casa de mamá busqué al médico de mamá y le informé del suceso. Él me entregó el pésame y me informó que él me entregaría el certificado de defunción necesario para poder realizar los trámites de inhumación. Llegué, por esa razón, un poco más tarde  a la casa de mamá que mi medio hermano mayor  y éste ya estaba pensando llamar  a la policía judicial para que se llevaran el cuerpo y le hicieran autopsia, mas  lo detuve y le informé que el doctor que la atendía a ella, el responsable de su atención, se encargaría de levantar el cuerpo y hacer el certificado de defunción. Le expliqué que el caso de nuestra madre no existía ninguna duda sobre la causa de su fallecimiento; él argumentaba que como todo había sido como consecuencia de un accidente de tránsito, era necesaria esa acción para dar cumplimiento a la ley, pero yo le expliqué y el doctor me respaldó y todo se hizo como el doctor lo determinó. Finalmente, yo jamás hubiera permitido que abrieran el cuerpo de mi madre y le buscaran la causa de su fallecimiento; hablaría con quien fuera, el gobernador, incluso, pero no fue necesario.

A su sepelio únicamente asistió la familia local, de Huetamo y vecinos; nadie importante; no hubo novedad en el frente. Fue una muerte más en la cotidianidad de la rutina dela vida.

En lo natural de las cosas, no supe quién se quedó con las pocas cosas de valor de mi madre; las contingencias de todos los días nos, y me, arrastraron a poner atención en las cosas, en las minucias de la vida de mi madre. Finalmente, sabía que la casa era de ella, en tanto ella viviera, así que ni siquiera traté de mover un dedo para disputar parte de sus bienes heredados a mis hermanos; pagué todo lo pendiente, como doctor, medicinas y trabajo de Carolina, servicios públicos y yo me retiré de ese mundo; ignoré a quién se le quedó el dichoso perico y la Charra y el gato; supongo que el gato se lo llevó, mi hermana y la charra, mi hermano Toto; me parece, y sólo me parece que el perico se fue a residir en casa de Doña Gabina, quien hacía el atole blanco y que fue muy amiga de mamá.

Al final, y esto es risible, no supe quién fue mi mamá…sí, sí sé que ella existió, pues existo yo, mis hermanos y ella murió, pero desde el punto de vista de la personificación jurídica ella no existió. Cuando por necesidad de hacer uso de la tarjeta del INSEN tratamos de obtener su acta de nacimiento, no pudimos, porque ella no existía; fuimos a la oficina central del Registro Civil; se solicitó la expedición de una acta, proporcionamos la fecha de nacimiento que teníamos y nada; replanteamos y pagamos los derechos de búsqueda tres años atrás y dos años adelante y nada; entre 1933 y 1918 no existía el registro de alguna mujer con el nombre de Emperatriz Cruz Téllez; aferrado a las fechas de mamá, pedimos se le buscara con los nombres de Adelaida, de Beatriz, de Adelaida Emperatriz, de Beatriz, Emperatriz. La búsqueda concluyó que de Emperatriz Cruz Téllez, de Adelaida Emperatriz, de Adelaida Cruz Téllez, de Beatriz, emperatriz Cruz Téllez y Beatriz Cruz Téllez, así como de Emperatriz Cruz Pontifes, Adelaida - Emperatriz o no - Cruz Pontifes y/o Beatriz – Emperatriz o no - Cruz Pontifes no existía registro de su nacimiento; encanijado por lo que consideraba un error humano en la búsqueda, solicité el favor de que me permitieran ver el libro en el archivo, lo que después de varias súplicas en el lugar debido, se me concedió, vi el libro, los libros y diez días antes del 16 y diez días después del 16 de diciembre de 1921, no estaba el registro de una niña-mujer con su nombre y/o nombre parecido; es más, en todo el año 1916 y en todo el año 1917 no existe el registro de alguna persona con el nombre de Emperatriz o algo parecido, aunque fuera fonéticamente y ¡Nada!

Resolvimos el asunto con un nuevo registro que nos llevó unos diez días, llevando
testigos, constancias y todo lo necesario – hasta una oficial del Registro Civil fue a su casa recabar los datos para que ella tuviera su acta de nacimiento. Eso fue unos meses después de su accidente, el que la llevó a la tumba. Mi hermana tiene una copia de ese registro y finalmente, así sí supe quien había sido mi madre

Así fue, pero en realidad nunca tuvimos la seguridad de que mamá nació el día, mes y
año que ella dijo.

Hoy, a poco más de 20 años de la desaparición física de ella, sé que mamá fue para mí
una Delfa, un jazmín y una Parota cuyos follajes, fragancia y resistencias ante todos los climas y carencia de agua, exceso de sol, mal trato y fragancias, llenaron mi vida y la perfilaron para que fuera porosa y resistente…como la piedra pómez.

# ¡FUIMOS JÓVENES!

Yo, usted, aquél, todos, pero todos, fuimos jóvenes…hoy es diez de julio.

Ayer, la visita que hice a un amigo de la juventud trajo recuerdos e imágenes de mi juventud, de la palomilla, de los ¿sueños?, de las risas, de las bromas y de lo que hacíamos cuando nos reuníamos.

Hoy recuerdo esas palabras-redondillas  de Sor Juana Inés De La Cruz…

*"Aprended, flores de mí*
*lo que va del ayer a hoy.*
*Ayer, maravilla fui;*
*Hoy, sombra mía, no soy".*

O los versos de Amado Nervo:

*"Juventud, divino tesoro.*
*Ya te vas para no volver;*
*Cuando quiero llorar, no lloro*
*Y a veces lloro sin querer".*

Vienen a mi mente el inicio del canto-dolor de Jorge Manrique a la muerte de su padre…

*La vida*
*son los ríos*
*Que van a dar*
*A la mar,*
*Que es el morir.*

En realidad todo es pasajero, nada, nada sobrevive.

En este momento de escribir los recuerdos, lo hago al rimo, que tararo, de la melodía interpretada por el llamado gigante de la canción, Nelson Ned

*Pero todo,*
*Todo pasará…*
*Sólo se puede ser feliz en la vida*
*Cuando ser entrega el corazón.*

Vi al amigo postrado, derrotado. No era el mismo. Ahora tiene setenta y un año y meses: hace cuarenta, cincuenta años éramos jóvenes, ufanos, orgullosos de lo que éramos, lo fuimos y en lo que trabajábamos.

Jamás pensamos en la vejez, en el mañana, en el después de los sesenta años…hace unos cuarenta años lo conocí por esas cosas de la vida. Trabajaba en la escuela secundaria particular "Justo Sierra" y él era el hombre de confianza de uno de los socios fundadores de esa empresa; era vivaz, optimista, juvenil, decidido; describámoslo en pocas palabras: Chaparrón, acaso de uno sesenta y tantos; pelo castaño claro, chino, quebradizo, ondulado o como se diga, cara redonda, cachetón, nariz aguileña, cejas negras, ojos negros, pestañas enhiestas y bigote a la Pedro Infante; siempre, siempre, pero siempre andaba de saco, corbata y sombrero, aunque los colores no fueran en armonía o contraste; igualmente, usaba pañuelo para sonarse y lo hacía estruendosamente; tendió a hacer barriga y si la tuvo, no fue más que de unos diez pesos; nunca fue barrigón, barrigón, pues hacía las correcciones sobre su figura – eso me imagino -; con él no se cumplió aquello de que "el que nace para barrigón…aunque lo cinchen"; piernas cortas, brazos cortos. Daba gusto, para burla pues…Cuando se vestía de blanco y zapatos blancos…desde la cabeza hasta los zapatos…pero ¡le importaba poco! Igual de invariable, viajaba en una moto Islo y sobre el asiento trasero colocaba su maletín y se transportaba de un lado a otro; poco después al año siguiente, logré incorporarme a la planta docente del Instituto Juárez y ahí estaba él como maestro de Orientación Vocacional y alguna materia de corte social y nos hicimos cuates, además de compañero; platicando como compañeros docentes nos contamos un poco de la historia conocible de los demás: originario de Michoacanejo, del estado de Jalisco, en los límites del estado de Aguascalientes con Jalisco; a unos casi treinta kilómetros de Encarnación de Díaz; su padre era mariachi, trompetista y su familia no quiso que él se quedara en el pueblo y lo mandó a estudiar a las escuelas normales. Obtuvo su ingreso en alguna de ellas y por eso de su inquietud anduvo recorriendo algunas hasta que llegó a la escuela normal rural de La Huerta, en el municipio de Morelia – a unos seis kilómetros de la ciudad -; deseando crecer profesionalmente entregó solicitud, presentó examen de admisión  en la escuela normal superior Federal, establecida en Fresno 18, del Distrito Federal, ciudad de México, en la carrera de Psicólogo Educativo; cuando lo conocí ya cursaba el tercer año y era condiscípulo de un buen amigo mío, Froylán – que conocí en la primera época como estudiante de escuela normal profesional; yo estaba en el primer grado A y Froylán en el B; como destripé esa carrera y la retomé cuatro años después, Froylán ya había egresado  de la escuela normal urbana federal como maestro de primaria e  ingresado a la normal superior de México en la misma carrera que Anastasio.

Así las cosas el trabajo docente de escuelas secundarias particulares empezó a reunirnos. Mi trabajo docente lo inicié en 1967  y mi ingreso a las escuelas secundarias particulares comenzó en 1968 – lo mismo que en la escuela secundaria federal 1 de Morelia - ; En esa misma frecuencia de amistad y conversación me enteré que también trabajaba en la secundaria federal  1, como responsable de educación vocacional de esa escuela secundaria; total que nos hicimos amigos y nos reuníamos casi todos los fines de semana y el grupito se iba conformando por Ángel Heredia, conocido en el bajo mundo estudiantil de la FECSM con el alias de El Chivo. Tenía unas entradas que parecían de chivo – Alfonso Álvarez Silvestre - alias La Rata: Su mamá era una santa: Mariquita, que Dios tenga en su gloria -; Froylán Corona Hurtado, el Folas – su familia tenía un puesto de verduras en el mercado del Santo Niño -, Anastasio Escobedo Ponce, alias La Ardilla, pues sus dientes frontales superiores parecían los de una ardilla caricaturizada – y yo, El Cepillo, pues mi  pelo era sumamente rebelde y siempre estaba parado.

Los cinco éramos muy compañeros, no sé si amigos, amigos, de hecho todos nos reuníamos los fines de semana para tomarnos una cerveza, su caldito de camarón y su respectiva carpa dorada  y platicar y platicar. Por esas cosas de la vida Anastasio  ingresó a trabajar al sistema-nivel de normales o porque lo solicitó  o  porque un amigo de él se lo llevó cuando este amigo fue nombrado director   y yo solicité trabajo e ingreso  a la dirección general de educación normal en 1972 y fui adscrito a la normal rural Gral. Matías Ramos Santos, en San Marcos,  Zacatecas y fue precisamente Anastasio quién me hizo el plano carretero para llegar, manejando o viajando en autobús, de  Morelia a San Marcos, Zacatecas; me hizo la ruta muy detallada – muy conocida por él, pues él había nacido cerca de Agüitas – en Michoacanejo, cerca de Encarnación de Díaz, más conocida como La Chona -; el trabajar en normales nos unió y aun más  y como yo venía a Morelia cada fin  de semana y las reuniones sabatinas eran igual o más de entusiastas, la amistad siguió echando tecatas; en  1973 el Chivo fue electo presidente de la sociedad de alumnos de la escuela normal superior de Puebla, Pue., e hizo el favor de proponernos  trabajo allá, en esa institución, como docentes; a Anastasio, Froylán y a mí y por allá nuestra fraternidad se hizo más fuerte y vieja…hablando de él, por allá agarró  amor de temporada, nada serio, pero sí intenso; ahora recuerdo nuestra altivez, orgullo y ufanía…éramos jóvenes y como joven, Tacho, alias fraternal como se le conocía, también, a los palacios subió y a las cabañas bajó y siempre buena noticia de su nombre dejó; mi auto les servía a los tres para los traslados de la casa de huéspedes a las instalaciones de la escuela normal y de regresó para descansar, pero él casi no descansaba y como lo veíamos metido en su delirio afectivo, le bromeábamos diciendo que "traía la cama bajo el brazo"; por cierto que ese delirio afectivo  se incrementó cuando tacho fue nombrado director del Centro Regional de Educación Normal en Arteaga, Mich. No hubo más temporada, pues, en honor a la verdad, para Tacho, siempre estuvo y puso a su esposa, la comadre, en primer y único lugar…ella era la catedral  y todas las demás eran capillitas, ni siquiera a templos llegaban, aunque me consta que en ocasiones si llegaron a sonar las campanitas de la consagración y repicaron en su corazón, allá muy dentro.

Hoy lo vi y en mis adentro, no frente de la señora, lloré por lo perdido, por lo que se fue y no volverá, salvo el recuerdo y debo aceptar que quien lo dijo, tiene razón…recordar es vivir…Lo vi vencido, desvalido, indefenso, vulnerable, totalmente vulnerable y completamente dependiente.

Si en la  buena edad llegó a pesar setenta o más, kilos, hoy no debe pesar más de cuarenta; si bien no era barrigón, si tenía pancita, ahora ya es un saco de piel sin energía, muerto, yerto, sin color, sin brillantes y sí un tono amarillento, indicador del umbral de la transición; carece de tono vital…está muerto en vida y si el gusto por vivir se mostrara, en él ya no existe ese tono que lo indica…¿en qué pensará? ¿En dónde estará su mente? ¿Qué verá en los pliegues de su bata? ¿Tratará de quitarse esa voluta de estambre que, únicamente él ve que  se posa, está en la pierna derecha de su pantalón de la pijama?   ¿A dónde se fue el Tacho de los Buenos años?

No tengo respuestas.

Únicamente sé lo que vi y entiendo que está viviendo – y menos si lo está sintiendo o si tiene conciencia de lo que vive, de lo que lo rodea - porque aun no le toca morir, pero lo que fue ya no es y ni rastros quedan de lo que fue…

¿Y lo que fue, en este momento, a quién le importa?

¿Y qué fue?

Fue un hombre que se hizo a sí mismo y para lograrlo hizo… ¡Qué diablos importa lo que hizo, lo que fue y las aventuras y las anécdotas y las complicidades?

Importa lo que eres, lo que queda de lo que fuiste, lo que guardaste para el final, porque la vida es irónica y contradictoria y la muerte todo se lo lleva y no deja nada, salvo los recuerdos de algunos que o  maldecirán o bendecirán tu nombre.

Todo lo demás es como la hojarasca  que se lo lleva el primer vendaval.

Y eso queda de mi amigo Tacho: Hojarasca.

Y eso quedará de todos y cada uno de nosotros.

De todos, los que somos, los que fuimos, los que fueron y los que serán.

No habrá escapatoria para nadie.

Todos, como dijo la Madre superiora.

Porque finalmente, la  vida, para que puedas transitar hacia la muerte, todo se cobra, exige pago de todo y cuanto más tarde en pagar, más larga es tu estancia en la cama.

No sé si la final estancia en la cama es la más indeseada, pero es la última ventanilla que debes pasar antes de trascender y cuando se dé el tránsito, todo habrá terminado.

Mi compadre Tacho, como todo hombre se defiende, pero, ¿para qué defenderse en una batalla, en una lucha que está perdida anticipadamente?

Cuando transite hacia el otro estadio no habrá Novedad en el Frente. Será un número más, una rayita más, un punto más en la estadística, que a nadie le importará, porque así es la vida nuestra.

En su sepelio únicamente los deudos sufrirán, mostrarán su dolor; todos los asistentes hablaremos de otras cosas, menos del amigo que transitó hacia otra dimensión.

Y qué bueno que sea así en nuestra cultura occidental, clásica, porque en  otras culturas – las laponas y en los Himalaya, por ejemplo – dejan, sacan y ponen a los muertos en la intemperie para que sean alimento de las fieras, en un caso, y en el otro, los descuartizan y los dejan para que  las aves de rapiña tengan alimento.

Nadie tiene la vida comprada y es posible que Tacho, o como dice la leyenda, que Rodrigo Díaz de Vivar,  se levantó y ganó una batalla o como lo señala el mito religioso,  como Lázaro, se levantó y siguió viviendo o, igual, llegue la resurrección de la carne y todo entregue sus muertos, la tierra y el agua, el mar y los ríos y lagunas.

De ser así, bien venido, mas si la muerte termina de cobrarle y le paga hasta el último segundo de débito, que tenga un tránsito sin más y todo sea para bien, de todos.

Me he preguntado en varias ocasiones, ¿por qué la vida no se acaba de un golpe, de un tajo y nos dejamos de sufrir? ¿O será un poco como la reencarnación  humana, pero aquí, es que según sean tus pecados o tus errores o gastos equivocados de tu vida, así será el tiempo, tu penitencia, tu Limbo, tu Purgatorio y en la cama pagarás hasta el último dracma, centavo, de lo que debes?

¿Por qué la muerte no llega de una vez, de un solo golpe, como canta la canción?

¿Por qué quiere matarnos poco a poco?

Un sólo golpe y ya.

Deseo que mi estimado compadre tenga una solución y definición pronta…como está ya no tiene reversa.

La vida es muy irónica…

Fuimos jóvenes.

Hoy somos un recuerdo.

Mañana, ni eso.

# SOÑAR Y FANTASEAR

## ¡NO CUESTA NADA!

Armando fue un buen amigo, descanse en paz; nos conocimos en el trabajo juvenil en la imprenta de un magnífico amigo, Gumersindo Fraga; ahí recibió el nombre de Simón, Bobito, pues siempre andaba en Babia como un chivo en una cristalería: no tenía paz ni quietud y nunca estaba mentalmente en lo que estaba haciendo; ignoro cómo llegó a ser abogado y titulado y, además, comandante del destacamento de la policía federal en la ciudad de Morelia; sus amigos le decían Comanche, apreciativo por ser comandante, el mero mero de la policía federal; en alguna temporada de Vacas Flacas de las que tuve, allá por 1987, conversando con él, cerca de alguna de sus oficinas, sin alardes de su parte, en algún momento de extrema confianza me preguntó …

-   Oye, Flaco, ¿tú tienes sueños?
-   Claro…sí…sí tengo sueños…
-   ¡Ah, pero no de lo que te llegan en la noche cuando duermes! De ésos no…
-   Entonces, ¿de cuáles?

- De los que tú quieres para ti, en algún otro momento futuro de tu vida…algo imposible para ti en ese momento en el que lo piensas; que dices… ¡ Y Si…!

- ¡Ah! ¿De ésos?

- Sí, de ésos…

- De los imposibles, te refieres a esa categoría…

- Sí…a esa categoría…

- Por supuesto que tuve imposibles, quise en algunos momentos otras forma de vivir, otra mujer, Alicia, la joven rica de mi tierra; Hilda, la vecina, muy católica; Elia, mi condiscípula; ser pianista y/o cardiólogo y "ella", allá por 1986 y cuando pasado el tiempo la veía, la recordaba…volvía a soñar", a pensar en ella"… y sin desearlo pensé, la imaginé su voz, las líneas de su cuerpo y …y recordé mentalmente la añorada canción de los 3 Diamantes y mi cabeza tarareaba aquella melodía –confesión hecha canción…*Soñar, que te tengo en mi brazos, Que te doy mil caricias…Con todas las fuerzas de mi corazón…Morir… a mí nada me importa, Si la muerte me ayuda A soñar con tu amor…*

- ¿Por qué? pregunté, regresando a la realidad…

- ¿Y los realizaste?

- Casi nunca, por las razones que sean, jamás…fueron eso… ¡Un sueño! ¡Sueños! Y …

- Yo sí…me place recordarlo…y decírtelo.

- …como dice Segismundo, *la vida es sueño*

- *Y los sueños,*

- *Sueños son…*
- *Yo sí…uno de tantos…*
- ¿Quieres contarlo?
- ¿Por qué no?...
- A ver…a ver…
- Cuando estaba estudiando Leyes, me gustaba, me agradaba, deseaba estar con Lucha

Villa; realmente me agradaba como mujer, con frenesí la deseaba con todas las fuerzas de mi juventud; siempre pensé que nunca podía realizarlo… ¡Y la vida me colocó en condiciones que me envalentonaron y me sentí tentado a buscarla!...

- ¿y?
- Lo hice…la busqué, la busqué…moví cielo mar y tierra y me entrevisté con ella,

charlamos, le entregué un presente especial; en una de las reuniones le dije lo que deseaba junto con otro regalo más deslumbrante que el anterior y ella entendió y fue mía…realicé mi sueño…después la vida siguió y pasó…¡Ya no importaba! Había realizado lo que cuando joven había soñado…Te pregunto, ¿sabes cuántos de los hombres materializamos nuestros sueños?

- No…imposible saberlo, pero
- Tú… ¿Lo hiciste?
- No, casi nunca y que recuerde, jamás…
- Yo sí…ése fue uno de tantos…afortunadamente la vida me ha dado las posibilidades de

hacer realidad mis sueños…Soy un feliz mortal...

-     Ciertamente lo eres y te envidio…La vida,
     igualmente, lo colocó en la encrucijada de
morir joven sin soñar en la muerte, la que le llegó,
sin desearla…inesperadamente.

Seguí mis rutinas y al llegar la noche, como todas
las noches, después de repasar mis recortes de
diarios, revistas y preparar mis temas para futuros
escritos, tomar mi inductor de sueño y leer antes de
dormirme, me quedé dormido como una tabla  y
soñé y en el sueño, en ese momento regresó mi
mente    unos  treinta  años  a  mi  guardado
deseo…soñaré  que estoy despierto, que la veo, que
otra vez como muchas veces…la volví a ver,  con ese
desparpajo juvenil, lucir su juventud, su belleza y
provocar, con sus líneas y sus formas, no opulentas,
pero sí muy llamativas, que la ropa cubría y las
ocultaba un poco, pero dejaba mucho para la fantasía
mías; a casi treinta años…veré sus nalguitas
respingaditas,          moverse          rítmicamente,
voluptuosamente y ahora sí, me acercaré a ella y la
veré así bien formada, cara pequeña, nariz aguileña,
pequeña y pómulos no sobresalientes y labios
pequeños, carnosos; su busto era copa "B", sus
piernas no tan cortas, pero no tan largas y sus líneas
eran no de deportistas y sí de mujer; su derrier era
extraordinario, estupendo, levantadito, no mucho
porque hubiera sido una mal formación…nalguitas
ligeramente respingaditas, como antaño,  buenas,
preformadas, predispuestas  para resistir en la cama,
o donde fuera,  los empujes del hombre, en síntesis,
buena para la cama; pelo color negro, estilo corto, al
estilo príncipe Valiente; sus cejas negras, bien
pobladas y en una parábola o elipse; sus manos en

proporción, de tamaño normal, pero la suavidad de su piel será como la seda…suavecitas, acariciables… su voz será  entre aguda y grave, de messo soprano, pero sabiendo mandar. Estará muy atractiva, muy femenina, muy deseada. Para mí, en ese momento inalcanzable, de 1986, "Ella" quedó como una visión guardada, empolvada y en el olvido. Ella tendría unos 28-30 años…en la flor de su hermosura, en el cima de su belleza, en la mitad más esplendorosa de su vida…y  La vida dio muchos giros y nuestros caminos se cruzaron…ahora era distinto…en mi sueño,  me la encontrarás en una actividad de promoción política; la verás y le sonreirás, como en la canción de Leonardo Fabio… le  sonreirás: ella corresponderá al saludo y te dirigirá la mano…sostendrás la sonrisa y el viejo deseo te dará la decisión necesaria…te le acercarás y entre la gente, te la robarás un instante y ahí, en una privacidad generada, la invitaras a tomar café, te dirá que sí, pues será libre en mi sueño y deseo renovados… mis palabras serán…

-   Me agrada bastante encontrarte por aquí
-   Me invitaron y, pues acepté… vine y aquí estoy…
-   ¡Magnifico! Necesitamos el calor, el apoyo de todos y tú eres de las que saben cómo se

hace esta movida y por esa razón tú vales más que las demás…

-   Gracias… ¿Dónde andas?
-   Con él hombre…cerca de él…
-   ¡A poco!
-   Así es…

- Pensé que tú no eras político…

- En efecto, no lo soy…pero ayudo a los que sí son…vestirá como siempre, con ropa de 
buen gusto: traje  de dos piezas, color coral,  blusa blanca, con escarola, pantalón no tan entallado, pero resaltaban sus nalguitas, como siempre respingaditas, no muy arriba, ni muy abajo: en su lugar, para responder de frente a las exigencias varoniles…como el ambiente no era muy propicio para conversar, fui audaz…

- ¿Posibilidades de tiempo, para vernos, tomar un café…conversar del ayer

- ¿Tuyo, mío? ¿nuestro?

- Sí…pero no hay nuestro…sería de cada uno…tal vez, pero muy tal vez…

- Tú eres el ocupado… mira dónde andas…

- Si me das tu número telefónico te llamo y propongo…para que tú decidas…

- ¡Mentiroso!

- ¿Por qué te mentiría? Dame una razón para mentirte

- Está bien…mis números son 3-23-45-56 y 44433223344…Así de simple y fácil me los 
proporcionará…La bola se fue haciendo delgada y la llamaron las amigas acompañantes y salió…se despedirá de manos – cálidas, no impersonales, con sus ojos que serán divertidos – sus pestañas harán momentos de cerrar y abrir,  vibrando, agitándose y el movimiento de su cadera, de su cintura y de sus nalguitas me llenarán de inquietud…no dejaré pasar el tiempo, pues su presencia estará ahí, en un punto de mi cerebro y, dormido, sentiré las mariposas de

Neruda o las hormigas de López Velarde. Llamarás un día, después de cumplir tus responsabilidades…marcarás los 7 números de su casa; tres, cuatro llamadas del timbre ý te llegará su voz, clara, juvenil, de mando suave…

- Hola… ¿quién?

- Soy…yo…ofrezco mi disculpa si te interrumpo… ¿estás muy ocupada? ¿Podemos

platicar?

- ¡Qué agradable sorpresa! –Su voz te indicará que le agradó tu llamada – Discúlpame tú a

mí por no contestarte casi luego, luego – complementará -, pero estaba arreglando mi ropa y me agarraste con ropa en las manos… Sí…claro…dime…te la imaginarás en fachas, chacheando, arreglando ropa…

- Oye, ¿Tienes un poco de tiempo que me lo obsequies para conversar y mostrarte mi

placer de volver a verte?

- ¿Hoy?

- Sí…si puedes…hoy…más tarde…digamos a las nueve, nueve y cuarto…

- Sí…me agradaría…sí…sí… ¿dónde?

- Tú propón…y decide…yo tengo tiempo…todo el tiempo para ti…

- ¿Te parece  en Villa San José?

- Está cerca y bien comunicado…sí… ahí nos vemos…me queda tiempo para terminar de

arreglar lo que estaba haciendo…Colgarás y te prepararás para ella…lavarás, bañarás y perfumarás tu cuerpo y te cambiarás para llegar con el olor del baño no del camino ni del trabajo…A las nueve de la noche ya estarás en el restaurante-hotel…La esperarás un poco…será puntual…vestirá un arreglo casual y su madura belleza refulgirá más…pantalón claro y blusa con vivos del color del pantalón; pelo recogido en una cola de caballo y la diadema que apretaba su pelo era de color predominante de su blusa y un chal o de tul o de seda o de algo parecido; su maquillaje no será ostentoso y sí adecuado al color de su cara y terminando su arreglo personal con ninguna joya, salvo su reloj, uñas maquilladas color coral y verás que terminaba el arreglo de su figura adornando sus pies con sandalias del color del pantalón…te pararás, comedido, caminarás unos pasos para ir por ella y la traerás a la mesa; estará la entrada, pegada al mostrador; aceptará el saludo de mano, sin besito y tus sentidos estarán anhelantes e inquietos…percibirás todos los perfumes de la noche…el suyo te parecerá un Carolina Herrera…únicamente el necesario; caminando llegarán a la mesa, que estará frente a una parte del ventanal que muestra, allá abajo, a lo lejos, la noche, la calzada Juárez y la esbelta catedral; todo al alcance de la mano…¡Cómo desearás tocarla! ¡Y recordarás el deseo y dolor del poema 20 de Pablo!…le acomodarás su silla y quedarás frente a ella y el paisaje urbano, la noche y los ruidos estaban a flor de piel, y de los sentidos…y las palabras serán así, como tú lo deseabas

- Disculpa si me tardé.
- No hay motivo de disculpa; llegaste puntual… esplendorosamente luces tu belleza de

mujer madura…

- ¿Me estás diciendo vieja?, con coquetería lo
  dirá

- No…simplemente reconozco que el tiempo
  ha respetado tu cuerpo y tú cuidas que no

cambie casi nada…sigues vistiendo igual, juvenil, pero ahora ya no tienes prisa…tienes todo el tiempo para ti…se acercó el mesero…pedí que la atendiera y solicitó una cerveza Bohemia; hice lo mismo y se retiró, regresando pocos instantes después con las dos cervezas, dos vasos cerveceros y un  platillo pequeño con cacahuates y frituras de maíz para tomar…Estarás arrobado, bobo disfrutarás su imagen, su presencia y su fragancia con todos tus sentidos e inteligencia, pero tratarás de no manifestarlo…

- Vivo cerca, por eso no me tardé…por aquí,
  bajando, oirás que te dice, como disculpando

su tardanza de unos dos, tres minutos, no más…Iniciarás la conversación  formal…

- Espero  lo creas: para mí es un enorme placer
  y un privilegio, que espero me concedas…

- ¿Cuál? Preguntó pícaramente

- Éste, el que vengas, y conversemos…Me
  causa risa y extrañeza lo que te diré…

- Dime… extenderá  su brazo derecho y
  ofrecerá el brindis …

- ¡Salud!

- ¡Salud!  Porque  este  momento  se
  repita…Tomamos…

- ¡Cuando tú quieras e invites!, propondrás…

- ¿Qué pensabas decirme? Te preguntará, directamente…
- Que aunque trabajamos en el mismo edificio en varias ocasiones y en  algunos 
momentos, jamás nos tomamos ni un café, ni un refresco, nada y ahora… ¡Gracias! Estoy obligado a reconocer.
- Bueno, tú sabías mi situación, que aunque no era oficialmente, estaba comprometida 
con una persona.
- Conocía el run run y no le hacía caso…es más no tenía ningún interés ni laboral, ni 
político, ni afectivo; cada quien en su mundo y con sus paraísos e infiernos…Lo bueno e interesante es que estamos aquí, después de 26, 27 o más años, serás directo y claro….
- ¿Tantos?
- Eso ha transcurrido, dirás… y serás audaz…Tengo interés de acercarme a ti, pero no 
deseo perder el tiempo…
- Abrirá y medio cerrará sus ojos… ¿Con qué intenciones?
- De hombre, de pareja…dirás, seco, directo
- ¡Ah, caray! ¿Tan directo?
- Sí…Lo que menos tengo es tiempo…apostarás con las palabras
- ¿Ni dinero?
- ¡Tampoco!, pero tengo mi pensión federal que me permite vivir con holgura y lo que 
estoy haciendo y que podría continuar haciéndolo…manejarás tu lote de cartas…

- Bueno…no me llama la atención la cuestión del dinero
- La pregunta es directa…dirás
- ¡Hazla!
- ¿Tienes ataduras sentimentales, compromisos sentimentales firmes, afectivos, con alguna persona?
- No, en este momento…en el pasado, estuve ligada sentimentalmente a una persona…
- Lo supe, ¿es el run run que sonaba hace tiempo?…aceptarás sus palabras…
- Sí, ése…de esa relación tengo dos hijas, que son mis tesoros y…
- Le dirás: No me cuentes, no estás obligada…cuéntame sólo lo que me quieras decir…no es un cuestionario para elegir…te hago un planteamiento y tú sabes, porque eres la única persona que lo sabe, cuál es tu condición y tu disposición.
- De acuerdo…
- Igualmente…te contaré lo que tú quieras saber y me preguntes…le expresarás, firme…
- Tengo mi pasado y…
- No me importa…lo más importante es que estás aquí y ahora y en este momento y soy yo quién te acompaña…
- Está bien, si así lo quieres…
- Así lo deseo…yo también tengo mi pasado…
- Entiendo…sé quién eres y sé lo que tú quieres…
- ¿Contigo?

- No…no conmigo en este momento…querer de desear…

- Tal vez, pero eso se lo diré a la mujer que sepa escuchar a mi corazón y vea dentro, muy dentro de mi alma…dirás, apostando el resto…

- Pudiera ser…serán sus palabras…

- Vengo saliendo de una relación de pareja no satisfactoria y hace un poco de tiempo me divorcié…

- Me enteré…la conocí…

- ¿A poco?

- Sí, ella estuvo vi…

- Sí…sí entiendo…las cuestiones sindicales las reunía…interrumpirás y dirás…

- Así es… ¿cuántos años estuviste casado?

- Poco más de catorce…

- ¿Y se puede saber la razón, si no duele?

- Sí, por supuesto, se acabó el amor, porque debes saber o entender que …

- ¡El amor se acaba…! Muy cierto, dirá…y sin prisas se tomarán las cervezas, picarán del platillo de los cacahuates y churritos y seguirán conversando de fruslerías de sus hijas, de mis hijas, de Leticia, de… y nuevamente entrarás en el terreno que deseas y, suavemente dirás…

- ¿Aceptarás que nos veamos un día de estos? Su respuesta será la esperada…

- Tú eres el ocupado…

- De acuerdo con lo que veo en estos días siguientes, dirás, dime si es posible que nos veamos el sábado, después de las 3 de la tarde…ya habré terminado mis responsabilidades…Oirás sus palabras, que deseas escuchar

- Sí…si gustas…comemos en mi casa…
- ¡Extraordinario! Dirás emocionado….jamás pensé que llegaría a ti…que me concederías

esa oportunidad…

- Si las cosas serán como las planteaste, no habrá problema…no tengo relaciones

sentimentales con nadie, escucharás que te dirá…

- Así son y así serán, satisfecho, dirás y complementarás…sólo dame la oportunidad…
- Bien…entonces este sábado, poco después de las tres de la tarde, te dirá cerca del oído

y temblarás por la promesa que te comunica…mi dirección es ésta… y te dará las señas del torbellino de la boscosa montaña en la que vive. Sonreirás muy satisfecho y tranquilo…se terminarán las cervezas y seguirán conversando de la política política, de la política magisterial, del pasado laboral – no del pasado sentimental  de cada uno - , de los hijos de cada uno, de sus aspiraciones comerciales, de sus proyectos empresariales y tú, embobado seguirás su boca y los movimientos de sus labios y los ademanes de sus manos y su voz te llegará muy hondo, hasta el fondo del alma…darán las once y afuera, en la noche, el cielo y el viento cantan y el Carolina Herrera seguirá adormeciendo tus sentidos y, como Pablo, la luna y las estrellas iluminarán las sombras…dueño del futuro inmediato, escucharás que ella dirá…

- Mira… ¡Qué tarde es! Se nos fue el tiempo…Dirás muy embelesado y en tu papel….
- No se fue, lo retuvimos, es, será, el primer tiempo nuestro…si gustas, nos vamos, serán las palabras de tu boca…
- Sí, ya no es posible alargar más la noche…escucharás de sus labios, que sabes que

besarás el sábado. Comedido, te levantarás, te colocarás atrás de su silla, y al sentir que ella se levantará, la harás hacia atrás para que pueda salir; verás que se pondrá de píe y otra vez, sentirás mariposas en el estómago y hormigas en la piel al ver su grácil y menudo cuerpo, su cadera, sus nalguitas y su lindos píes…no la abrazarás, porque es antes de tiempo y debes controlar tu deseo…te dará su mano y te enredarás entre sus dedos y caminarás al ritmo de ella hacia la escalinata de salida…la seguirás hacia su camioneta, presionará el seguro llavero del vehículo, escucharás el click, abrirás la puerta izquierda delantera y sentirás, zalamero su despedida en el abrazo que te deja con ¡Hasta el sábado! Verás su partida y las calaveras te indicarán su ruta; sonriendo, con risa de gato bodeguero abrirás el VW de tu hija, lo encenderás y maniobrarás para regresar a tu domicilio…irás, como aquella noche en la que viajabas por la autopista México-Puebla-México-Querétaro, sumamente tranquilo, como si el mundo girara a tu alrededor…en no más de diez minutos llegarás a tu domicilio, harás tus rutinas nocturnas y dormirás tranquilo, muy tranquilo…sabes que trabajarás igual que siempre y que las cosas no cambiarán, pero que ahora tienen otro significado, el personal y como siempre esos días faltantes para el sábado todo lo harás bien, tratando de que no quedé nada faltante y sea necesario que te busquen por motivos de trabajo; con la tensión, bajo control, pero tensión al fin y al cabo, verás cómo se acerca la hora de terminar el trabajo de esos día y preparar lo necesario para la rutina de domingo laboral y al cierre, partir, sea la hora que sea, hacia la Colina. Y partirás, con el reloj en la mente, irás, con el anticuado ramo de rosales, color rojo y una botella de vino blanco, Oppenheimer en el asiento y contarás los segundos y los espacios porque te puedes perder en el laberinto boscoso y los fraccionamientos en la montaña…preguntarás aquí y allá y dando más vueltas que un tontorrón llegarás a la caseta del final del torbellino…dirás el nombre suyo y pedirás te permitan pasar; dirás el nombre y la dirección…escucharás que dirá…

- Permítame…y verás que hace una llamada…escucharás que hablan y que afirma,

aceptando y oirás las palabras deseadas…

- Que pase – te dirá – siga la carretera, suba la montaña…es la última… y verás cómo

levanta la pluma y entrarás…rodarás con cuidado y verás mansiones y mansiones, hasta llegar a la cima y encontrarás una casa, del lado izquierdo, con frente semicircular, con incrustaciones de cantera, mármol y laja de río; sabrás que es su casa o su domicilio porque ahí estará la camioneta Jeep en la que viste que se subió la noche del primer encuentro…te estará esperando, toallita en mano…irá por ti hasta la cochera- estacionamiento…verás su arreglo personal, casual, elegante y juvenil; con su invariable cola de caballo y ropa bastante ligera y de colores suaves, verás que trae sandalias, tipo oriental, árabe, acaso; el color es verde agua; te bajarás con el ramo de rosas en una mano y la botella de vino alemán en la otra; sentirás su calor y su gusto, pues te tomará del brazo y rodeará tu cintura y te comunicará el gusto del momento; en el pequeño recorrido de la entrada de la cochera a la sala verás la parte baja de su hogar; su pequeña, pero equipada  cocina, su cálida salita y su pequeño comedor, con todo sus enseres necesarios para todo eso, pero todo pierde sentido y detalle ante ella, porque ella y el momento serán los más importantes…te sentará en el sillón de la sala; verás que la mesita de centro ya está preparada para dos comensales: dos vasos cortos, achaparrados, refrescos de toronja, de cola, de agua mineral, una botella de tequila Don Julio y una botella de coñac, además las frituras y cacahuates que se estilan…de su mano beberás el agua que canta José José y dócilmente te sentarás donde ella te dijo…escucharás sus palabras…

- Me disculparás la comida, pero…y te escucharás decirle…

- No tengo nada qué disculpar…mira, soy yo, quién te pide perdón…y en prueba de ello  te pido aceptes este ramo de rosales, de rosas rojas y me pongas la penitencia…verás juveniles labios sonreír y preguntar…

- ¡Qué te perdone!...Pero… ¿de qué? No has cometido ni una falta…sonriendo, frívola y coquetamente…satisfecho verás que toma las docenas de rosas, se las acercará a su  delgada y aguda nariz, escucharás que aspira sus perfumes y sentirás que su presión se separa de ti para buscar un florero; verás que lo encuentra, que le pone agua y con agrado la verás que colocará las rosas en un florero de cristal…con bobo deleite verás buscar las tijeras, encontrarlas y en la plancha azulejo de la cocina  una a una ir cortando los tallos de las flores y  la escucharás tararear una vieja de amor y embeleso…callarás, la dejarás que termine y verás que colocará el florero en la mesa del comedor y hasta entonces dirás…

- Sí cometí el error de llegar a ti, a esta edad de mi vida…Sonriendo te dirá – y la
escucharás con places –La verás que se sienta a tu lado…en el lado del corazón…

- Las cosas son cuando son, ni antes, ni después…y son cuando deben ser…no
aventuremos nada ni digamos nada…dejemos todo a la vida y disfrutemos este momento, que es lo más importante…mira…sentirás que te tomará  del brazo, vivirás la caricia y el roce de su piel en tu piel, otra vez sentirás palomitas en el estómago y hormigas en la piel…

- Bueno, pero  si la vida así lo dispuso…sea,
dirás, muy convencido…otra vez, sentirás su presión en el hombro, pues ahí habrá colocado su mano, mansamente te sentará en el sillón y oirás de cerca, muy cerca su voz…

- Vamos a tomarnos el aperitivo…la comida ya
está…cuestión de calentarla…escucharás

su voz que te preguntará ¿Qué deseas tomar? Y te oirás lejano, responder sus palabras…

- Lo que tú vayas a beber…pero te propongo dejemos la bebida francesa para el final …

verás su sonrisa…verás y oirás manejar las botellas, los vasos, el hielo y escucharás el gorgoteo de los líquidos al servirlos; verás rítmicamente mover, su mano para agitar y mezclar los líquidos…te halagará que te entregue el tuyo y al recibirlo, no te sorprenderá escucharte decir… - A nuestra salud y a nuestro tiempo…por este tiempo. Por este momento… que se repita unas muchas veces más…y por este momento…tomarás un pequeño trago y verás que ella cierra los ojos y paladea el licor mexicano…sus palabras aun sonarán en tus oídos…

- ¡Qué así sea! Dios, ahora, cómo la recuerdo… y cómo vibran en mi esas palabras y

conservo ese momento…me producen mariposas y hormigas en mi cuerpo…Te dirá…

- Hice de comer caldo de res…puro chambarete…ya no tiene grasa, anoche lo sancoché, lo

congelé y hoy en la mañana le quité la nata de la grasa y lo puse a que se terminara de cocinar…está blandito, ya verás, Beto… Sentirás el eco de su voz, llamarte otra vez, Beto, las cuatro letras de tu nombre que ninguna mujer en toda tu vida te ha dicho…Beto…Be to…b e t o…unidos de una mano, con la otra…ahí rodearás su cintura, la acercarás a ti buscarás sus labios y la besarás…sentirás en tu bosa el movimiento de sus labios para recibir tu beso y te aflojarás todito porque vivirás intensamente su humedad, su calor, su presión y su fuerza  ansiosa...controlarás tu frenesí... dejarás que fluya el suyo y aceptarás que ese calor envuelva el cuerpo de los dos...la soltarás y con tus dos manos acariciarás su cara, su cabeza, su pelo y la empujarás hacia ti y locamente tratarás de engullirte su lengua, de mojarte de su humedad, de beberte su saliva,  de ahogarte en  la ansiedad de su boca...dejarás, dejarán que el beso y el tiempo sean hermanos...cuando ella retiré sus labios de los tuyos volverán las cosas a tener sentido y color...seguirás ahí, con su  cabeza en tus manos y la colocarás en tu hombro...abrazarás su cuerpo,  su  espalda,  su  talle...tus  ávidas  manos intentarán recorrer más abajo de la cintura, pero las detendrás y colocarás tus manos en el pecho de ella, que en  el fervor del momento callar y te dejará hacer...sentirás  tus  manos  acariciar  su  cuello  de gacela, su mentón, sus pómulos, sus párpados y sus cejas y la piel de tus manos sentirá la delgada piel y lo carnoso de sus labios y suavemente colocarás  tus manos en sus pechos y harás con las palmas de tus manos una casita y colocarás en cada seno la casita de tus manos y ahí te quedarás un momento...hasta que ella, encorvada la espalda dirá...

-    Mejor vamos a comer...      Y  sentirás  el alejamiento  del  calor  de  su  cuerpo; sentirás

cómo el sillón reacciona al levantarse su cuerpo y abrazarás  el  vacío  que  deja  su  bello  y  lindo cuerpo...te quedarás  como  una  piel herida...todo sensaciones, aspirarás todos los olores, todas las fragancias, todos los aromas...su perfume se quedará en tus labios y tu piel ayuna de  ella te moverá a buscarla y te acercarás a la cocina y comedor y le dirás…quejoso…

- ¿Podemos comer poco más tarde?...verás su sonrisa, pícara, coqueta, frívola y
escucharás su voz…

- ¿Poco más tarde? ¿Sabes qué hora es?
- Ni idea, pero no tengo más compromiso que tú…que este momento…
- Mira, te dirá y su voz dulce, un poco aguda la guardarás para siempre… sí, también
siento lo mismo que tú…para mí estas sensaciones estaban lejanas…pero…mañana, ¿Por qué habrá un mañana?, ¿no?
- Sí, tienes razón…Dirás ¡Mañana! Mentalmente te repetirás ¡Mañana! Y dócilmente te
unirás a ella en una caricia a su carita pequeña y dejarás tus dedos en su piel, dejándola que termine de preparar los alimentos de ese momento…la imagen, las imágenes de la cocina, del comedor, todo el decorado lo puedo describir, pero no tiene caso. Lo que importaba era ese momento, lo que estábamos haciendo y el compromiso que estábamos aceptando; Las viandas eran sencillas – sopa de arroz, con chícharos y zanahoria, preparado, casi sin grasa y frijoles refritos, con queso añejo; agua de limón y mango fresco, como postre, acompañados de salsa molcajeteada y tortillas de maíz, hechas en el comal -. Verás cómo acomoda los alimentos en recipientes térmicos; escucharás que dirá…para no estarme levantando cada rato y, cuando terminó de acomodar todo en la mesa, le acomodarás su silla para que se siente…te dirá ¡Qué lindo caballero! Recordarás la

plática...te dirá de sus hijas, sus dificultades, su responsabilidad y solidaridad con la que acababa de salir del trance; los hijos de ella, sus nietos; las peripecias de su vida matrimonial – lo más general; verás iluminar su cara, sonreír y abrirse en demasía sus ojos negros, cuando hable de la que trabaja en el IMCED y que se le publicó un texto; por un momento, ése, vivirás su orgullo; oirás mencionar sus rutinas familiares, sus cotidianidades: su acompañada caminata diaria de cuarenta minutos con la comadre; su baño y su frugal desayuno – fruta con granola y queso cotagge, jugo de fruta o verde, café café, pan tostado con mantequilla y o un huevo con jamón o con chorizo o con tocino o una quesadilla -; te dirá y escucharás con los sentidos bien abiertos, en alerta, su carta de alimentos...pollo en diversas maneras, carne de res, muy poca, pescado más de las veces con bastante verdura y frijoles acompañados de queso seco y o chorizo o garbanzos con tocino; estarás imaginando sus días y entre tus imágenes sus palabras te quedarás casi embobado como si estuvieras escuchando una oración y una jaculatoria; recordarás que te dijo que después de desayunar se iba en su Jeep a Iratzio a ser testigos de las obras de mejora que le hace a su restaurante donde tiene éste y éste y este otro sueños...sauna, resort, equitación, villas campestres, restaurante que ofrecerá comida regional especial; no corundas, ni uchepos y sí barbacoa, de borrego, birria de chivo, por supuesto, y pescado blanco en tres o cuatro estilos y dulces regionales, como tamales de zarzamora, chongos caseros, empanadas caseras, rompope, crema y nieve de sabores, estilo Pátzcuaro...en algún momento de la charla-confesión, recordarás que trajiste una botella de vino blanco y te intentarás  levantarte para descorcharla y sentirás su mano y su voz que te detienen, y te detendrás.

  - 	¿A dónde vas, Beto? ¿Qué quieres? En el 
	movimiento de ponerte de píe te quedarás y
sólo dirás…

  - 	La botella de vino blanco…te dirá una orden 
	suplicante, suavemente imperativa…déjala
para …¿mañana?

  - 	Si así lo quieres, sea…así…Dirás satisfecho y 
	tranquilo…Y continuarás escuchando su
crónica…su regreso de Iratzio, su  rápida bañada y la preparación de su ligera comida, casi siempre una Campbells y un filete de pescado o un poco de pollo aplanado, con verduras que en un instante cocina al vapor, calentar los frijoles y las dos o tres tortillas de rigor y una fruta fresca, con un poco de agua de sabor, preferentemente de limón; descansar un momento, dormitar un coyotito, una mínima siestas y leer, leer y ver televisión y acaso una revista…llamar a sus hijas, saber lo que le quieran contar y, ocasionalmente, con la comadre o con el grupo de amigas del pasado, del presente o, poco, vecinas, charlar, chismear y pasar la tarde hasta que llegan las sombras de la noche acompañadas de la soledad y el frío…arrobado por sus palabras, por las escenas tan naturales, escucharás  como un bebé todo lo que te narró y  con fervor, con embeleso le preguntarás… y tus palabras las seguirás recordando, así como su respuesta…

  - 	Sigo yo… ¿qué quieres que te cuente?

-     ¡Nada! Me basta con que estés aquí y  seas
        leal, a mí, a ti y a esto que estamos
construyendo…cuando quiera saber algo de ti…te lo
preguntaré…Mira, yo tuve lo que tuve y, acaso tarde,
lo terminé porque no hubo lealtad y al no haber
lealtad, se perdió la confianza…por eso no quiero
que me cuentes nada, sólo dime la verdad y sé leal y
tendrás toda mi confianza y mi lealtad y si se puede
aceptar, mi amor…sólo eso, tu lealtad, la verdad…

-     Lo tendré presente, dirás enfebrecido y
        en tu interior, loco de contento…entonces
dirás…es posible, muy posible que pueda hacerme
llegar unos langostinos o una langostas, frescas, de
Lázaro Cárdenas…mi hijo menor, trabaja allá…seré
audaz… ¿quieres que las pida y las disfrutamos en tu
casa?

-     Me agradaría, oirás y retendrás sus palabras…
        ¿será fácil?

-     Estimo    que    sí,    te    escucharás    que
        respondes…pero…

-     Sonreirá al decir…¿cuál pero?

-     Te escucharás decir con toda la boca, como si
        fueras ya el dueño, ¿me permites cocinar
para ti?

-     Verás su asombro  al preguntar ¿cocinar para
        mí?

-     Sí, le dirás y recordarás su comentario…

-     ¡Jamás, nadie, me había pedido que lo dejara
        cocinar para mí! …¡Jamás, nadie había
cocinado para mí!

-     Bueno, dirás un poco desilusionado, si gustas
        podemos ir a cualquier restaurante de

mariscos y los pedimos, pero no estarán frescos y no serán como a mí me gusta prepararlos…

- Complacido, escucharás que dice, sonriendo muy pícaramente, muy en su papel de
mujer cortejada y halagada…¡No sea bobo! Claro que te permito y escúchame Beto, de Huetamo, jamás nadie me había pedido eso…Me halaga como mujer que el hombre que me corteja y me busca, cocine para mí…

- Sereno, dirás, y es la verdad, "es que yo cocino para quienes amo" y a ti…deseo amarte…
Si me dejas, claro…Oirás sus palabras, como jugueteando…

- ¡Claro que te dejaré! Y oirás entre suplicante e imperativa…por favor, ayúdame a pelar
el mango Ataulfo…

- Como no, dirás…preguntarás…¿dónde están y de dónde tomo una tabla para cortar y un
cuchillo de cocina?

- Sonriendo, porque verás su sonrisa, escucharás sus palabras risueñas…¡Estos hombres
…tan inútiles!...¡para todo necesitan a la mujer!

- Es que no conozco esta casa ni tengo derechos para usar y disponer, afirmarás para
justificar tu falta de iniciativa…verás que se para, que te toma de sorpresa y no le puedes retirar su silla; sentirás que te toma de la mano, sonriendo, te guía a la cocina, se acerca a la cómoda de madera de Parota, saca un cuchillo ancho y lo deja sobre una tabla para cortar-picar y te señala los mangos ya maduros…

-       ¡Aquí están, Betito! Dirá y sus letras   te sonarán a juego de niños…verá cómo pelas los

mangos…te verá lavarte las manos, te acercará una toallita para secar tus manos y sonreirá cuando empieces a pelar un mango: mirará cómo tomas el cuchillo, cómo le cortas la punta y la base al mango y cómo lo colocas sobre la base más gruesa y haces correr el cuchillo hacia abajo, haciendo un sendero, luego el otro y después el otro; seis en total; te verá cortar una delgada parte del cachete de mango y después la otra; girarás el mango pelado para hacer lo mismo por el otro cachete y después con cuidado cortarás los flancos; limpiarás la tabla y tirarás las cáscaras y el hueso e iniciarás lo mismo con el otro mango y, finalmente, harás lo mismo con el tercero; te verá, complacida que limpias de cáscaras y huesos la tabla y te escucharás decir…

-       Aquí están…oirás que te dice…

-       Espera…déjame traer un poco de leche Nestlé…verás que su figura se estira hacia

una parte de la cocina integral, que busca en la alacena y que finalmente encuentra  en el refrigerador lo buscado y con el recipiente se acerca a las rebanadas de mangos, toma dos platitos de cerámica y los lleva a la mesa; regresa por ti y sentirás su piel en tus manos que te transmiten su calor y su movimiento  y mansamente la seguirás hacia el comedor…se detendrá y le acomodarás su silla y hasta entonces te sentarás…leerás las palabras en sus labios y los sonidos te llegarán muy suaves…

-       ¿Te sirvo unas rebanadas?

- Por favor, te escucharás que dices…
- ¿le agrego un poco de leche condensada o yogurt?
- No, algo dulce…resonarán tus palabras…verás cómo te sirve y lo que te sirve…hasta este

momento escucharás dentro de tu cabeza a Nelson Ned y su voz te llenará todo, todo…¡sólo se puede ser feliz en la vida …¡Cuando se entrega el corazón!...satisfecho, verás cómo corta una tira de mango y cómo lo baña y rebaña de leche condensada y cómo se lo lleva a su boca que hace un volcancito, un piloncillo  y lo mastica; tú te verás disfrutando ese dulce que tanto te gusta y esa variedad de mango que tú  prefieres…en tu mente escucharás "la historia de este amos se escribió para la eternidad" y mentalmente la estarás tarareando; verás que se te queda viendo y , juguetona, leerás en su boca las palabras y reflejando en sus labios delgados la  dulce humedad de  la leche…

- ¿Qué piensas?
- Recordarás tus palabras…Lo simple que somos los seres humanos…
- Recordarás sus palabras, su pregunta… ¿por qué lo dices?
- Responderás con naturalidad…tan fácil que es estar tranquilo…Dios, si esto es la

felicidad… ¿Por qué no la buscamos en las cosas simples?

- Creerás que quiere jugar contigo, al escucharle decir… ¿en dónde está lo simple?

-   Aquí, en estas cosas, en ti y en mí…dirás
    sonriendo y señalando con las manos las
    cosas…
-   ¡Ah! Verás su juguetón asombro… son fáciles
    porque los dos queremos…Tú buscas y yo
entrego lo que buscas...
-   ¿Qué busco? Preguntarás, ansioso, sabiendo
    la mitad de la respuesta…
-   Escucharás que te dice otra cosa, de lo que tú
    imaginabas…ser atenido…yo te atiendo…
-   Porque quieres ser halagada y atendida…dirás
    muy convencido…
-   Escucharás que ella dice, colocando el último
    clavo a su afirmación…¡Es un juego de
complicidades!
-   Te escucharás rematando ese momento…Los
    dos queremos, por eso es fácil, sencillo y
simple…el juego de todos los seres humanos
adultos… ¡Qué agradable momento! Sentirás el
momento, te levantarás de tu silla y caminarás un
poco hacia ella y suavemente liberarás sus manos de
los cubiertos, dejarás que su asombro se diluya,
intentarás levantarla, lo harás y entonces limpiarás su
rostro y acariciarás su cara, te detendrás en su boca y
sin mostrar ansiedad, buscarás sus labios y los
aprisionarás con los tuyos…paladearás la dulzura de
su boca…no buscarás su lengua, ni chocarás sus
dientes…solo  y sólo su beso; tus manos estarán en
su espalda y la presionarás hacia ti para que su cuerpo
se meta, se funde, se mezcle con el tuyo y se detenga
todo – como Moisés – el tiempo, el sol y la luna, la
claridad del día, el calor de la tarde y su Carolina
Herrera te llegará hasta las mariposas que anidan y

vuelan en tu estómago, hasta el tuétano que llena tus huesos y por toda  tu  piel sentirás que caminan hormigas, chancharras y sentirás un impulso correr por todo tu cuerpo y llegar al eje de tu vida y decirte que tiene hambre y ansiedad loca de sentirse dentro de la carne…de la carne suya y ella lo sentirá, y tú lo sabrás porque estarán unidos, fundidos y sentirá el chispazo de tu cuerpo que se transmite a ella…y sentirás que sigue pegad a ti…se pegará a ti un poco más, si es posible…Sentirás su beso, la fuerza y la ansiedad de sus labios que se casan con las tuyas y tu beso ya no es una promesa…es un imperativo que ella deja que esté presente y que domina; su boca te aprisionará, los labios serán una sola pareja y la saliva correrá por las bocas y mojará la carne ardiente que se entrega en esa caricia, bíblicamente  detendrás el tiempo en esa caricia-invitación y el sol y la luna entrarán en los dos, como tú estás entrando en ella y la humedad de ambos será el lubricante del deseo que se manifiesta ahí y en ese instante; dejarán que la caricia siga y no se detenga y su boca, sus labios, su saliva, su calor  tienen el sabor del deseo y tendrás un solo  objetivo:  poseer,  tener,  entrar  y  tomar posesión…ella  tendrá  una  sola  respuesta,  en  un sentido o en otro:  aceptar o no…unidos como una sola carne y sangre, ni jadearás, ni buscarás aire; parecerá  que  su  boca  te  comunica  el  aire  que necesitas respirar y parecerá que ella tomará de tu deseo y ansiedad, el aire que llenará sus pulmones para no separarse de esa caricia, de ese beso, que es la fragua en la que se calcina tu deseo; intercambiarás una y dos o hasta mil veces la saliva; presionarás su espalda hacia adentro de ti unas cincuenta veces en una y sentirás cómo acomoda su pierna para comunicarte que acepta y responde a tu ansiedad no tan loca y también tú la harás sentir que eres hombre y que reclamas de la hembra su respuesta de mujer...mecánicamente deslizarás sus manos por su espalda hacia su cadera, sus nalguitas respingaditas, las acariciarás, las sentirás duras, resistentes para la lucha carnal y buscarán en el beso la catapulta para hundirte en el océanos del deseo; desearás que  tu ansiedad nade hacia la playa de su entrepierna y te pierdas en la arena de  su piel, de su cuerpo y que su sexo sea el oasis del que en ese instante quieres tomar, atragantarte y ahogarte de sus aguas...hasta en ese momento sentirás sus manos...de tu nuca, bajarán hacia tu espalda y la presionará hacia dentro de los dos y sentirás e compás de sus piernas...bajará, deslizará  sus manos y buscará la fuerza centrípeta que los une y como no queriendo pasará sobre el pantalón y ahí, un instante dejará su mano; sentirás su calor, su presión y responderás... ahí separó sus manos de ti y se separará del beso...

-     ¡Ah!...Espera...detente...paremos...escuchar
        ás que dice y que sus manos  alisan su corto
pelo en forma de cola de caballo...Y despojado de tu bien, callarás...continuarás  escuchándola...Hacía mucho que no tenía estas sensaciones...las has hecho regresar, has provocado que regresen y que revivan...

-     No estás muerta...

-     Me haces sentir que estoy viva...despertaste
        mi deseo, mi ansiedad, mi avidez sexual,

-     Lo que era natural...callarás y seguirás mudo,
        pues te habrás quedado sin habla, pero

sigues con tus brazos en sus hombros…oirás que dice…

- SI hubiera dejado que la corriente eléctrica me llevará, sé lo que habría pasado, no soy una niña, ni me espanto, pero…

- Nunca pensé en nada…lo único que tenía en mi mente eras tú…dirás, como justificación, innecesaria…continuarás oyendo sus voces, pero tú tienes una sola percepción…ella, su cuerpo, su respuesta y esa respuesta está presente, latente…el momento aun no termina, pensarás…

- Entenderás, y lo sabes, que soy una mujer, te respondí, me respondí a mí misma y como mujer tuve respuesta…pero…hoy no, seguro, que si hay un mañana, nos encontraremos…guardemos el ansia, el deseo, la calentura y en ese mañana, deseado y buscado por los dos,  otra será la reacción mía y otra será la tuya y otro será el epílogo…te dirá y entenderás sus razonables palabras…esas palabras te inhibirán y la razón llegará y el deseo lo guardarás…liberarás sus hombros, tomarás sus manos, entrelazarán sus dedos y, en silencio, caminarán hacia la sala; ahí seguirán parados….ella te dirá y así escucharás sus palabras y beberás de su boca las palabras…

- Mira, pese a mi pasado…

- La interrumpirás – no me digas, no es necesario, dirás…

- …continuará hablando…Soy respetable y como mujer, como dama de respeto debo darme  respeto y dar respeto, y con todo  respeto y seguridad te digo…hoy, no;  aquí paramos este momento…mañana, es posible…pero dejemos que el tiempo nos enfríe de la calentura de este instante de locura…

-    ¿Y qué es el deseo? ¿Y qué es el amor? Preguntarás…sabiendo la respuesta

-    … y nos separe un poco…Ya sé lo que son: una locura y un caballo desbocados,

responderá…

-    Calmadamente, ya, dirás…Está bien…ofrezco una disculpa…me arrastró el momento de

nuestros primeros alimentos, de nuestra vida que estamos empezando a construir…

-    Contando la buena disposición de los dos, completará…

-    Sí…terminarás de decir…es tan fácil, y tan breve, el amor,

-    Sonriendo, porque la verás reír y que sus labios dibujan una sonrisa, te dirá y así la

oirás…que no son lo mismo…el amor es una construcción y el deseo una estampida…pero qué agradable es ir arriba del caballo que guía la manada…

-    Bueno…tranquilo, dirás…estoy en lo dicho…

-    ¿Sobre qué?, interrogará…

-    Es posible que pueda traer langostinos o langostas para siguiente semana y si tú me

dejas…dirás y ahí entrarán sus palabras…

-    Beto, ya te dije que sí.…para mí es un halago que tú cocines para mí, para ti y si no se

oye mal, para nosotros…dirá…

-	No sé si se oirá mal, lo que sí sé es que es
	válida la palabra…para nosotros, porque
estamos solamente los dos y los dos presentamos
nuestras cartas de intenciones, terminarás por
decir…Gracias por concederme ese concesión
especial.

-	Aseverará…pongámosle fecha…

-	Preguntarás…¿te parece bien el siguiente
	sábado? Así, dirás, tengo unos días para
gestionarlos y/o comprarlos en el mercado,
además…

-	Ya lo sé….lo dirá sonriendo…está tu
	trabajo…No sabes los sucesos de todas la
	semana y
si tendrás tiempo…

-	Eso, ciertamente…dirás complacido, pues
	entendió tus condiciones, y las aceptó …ahí
parados, detenidos entre el comedor y el escalón de la
sala, construimos y vivimos esos los primeros
tiempos y recuerdos, nuestros y nuestras promesas de
satisfacer el deseo…Sí, mi trabajo. Mira yo debo, por
recomendación médica caminar unos 12, 15 minutos
y te agradeceré me acompañes aquí, donde estamos
parados haré mi pista de caminata…dirás -
tomándola de una mano y enlazándola con la tuya -
…y platicarán de las minucias de la vida de cada uno;
de ella, de su viaje a Panamá y de su ́proyecto de
desarrollo turístico de la propiedad en Iratzio – un
restaurant con terreno y un arroyuelo para hacer todo
un desarrollo turístico-gastronómico, con espacios
para residencia y Spa; que en este momento lo está
rentándolo y que pronto espera tener clara su visión
sobre ese espacio; te preguntará de tu hija mayor, si

aun trabajaba de maestra; ampliarás la información sobre ella, dirás de sus inversiones afectivas y su quiebra sentimental y los resultados de esa inversión – dos hijos -; ella, te dirá que una de sus hijas está casada con un inversionista de una línea de transporte público en el estado y que la otra, combina sus actividades como propietaria de una empresa de helados y nieve, instalada en la llamada Nueva Morelia con la docencia – trabaja en el IMCED -; la dejarás que hable sobre esta hija suya, que se ve que la adora y está orgullosa de ello, pues, por las palabras, supiste que lucho contra un padecimiento terminal, que superó el proceso de radiación, se sobrepuso a la caída del pelo y ahora está llevando una vida normal, con la desaparición de ese cáncer; verás su satisfacción al hablar de sus hijas, escucharás que te dice…todos los domingos o comemos en la casa de una y luego en la de la otra o aquí…así que los domingos abuleo y estoy muy feliz con mi familia…Tú dirás las particularidades de tu vida como padre; las sintetizarás muy brevemente y terminarás ese momento con …

- Y ahora vivo en la casa que compré para la familia y que por esas cosas de la vida, quedó para mis cuatro hijos y vivo con la más chica…

- ¿No es Leticia?, escucharás su pregunta

- No…es Rocío…dirás y verás el celular que marca la hora…cerca de veinte minutos se

habían ido como el agua, hermanados los dos con las manos…Dirás y te escucharás decir…me voy, porque…

- …Si te quedas más tiempo, ya no te dejaré ir
  a tus cosas…

- Sí, en síntesis es eso…preguntarás, sabiendo
  la respuesta, ¿Entonces? ¿Quedamos en
reunirnos el próximo sábado para comer…yo traerá,
y prepararé, las langostas o los langostinos?

- Así, es…dirán eso, en lo que caminan los
  pocos metros que hay de la sala a la puerta
principal…Pero, interrogarás, ¿ podré llamarte por
las tardes, por las noches?...

- La escucharás sonreír, al preguntar… ¿Qué
  tan noche? Y verás que sus labios dibujan una
avenida con su color coral y sus dientes blancos
como guardavallas…

- También tú, sonriendo, dirás, no después
  de las diez de la noche, ni antes de las nueve
de la mañana…Un poco más serio,
completarás…Confirmaré mi presencia del sábado,
pero será solamente para precisar la hora…sea lo que
sea o vaya a ser, está planteada la cita para el siguiente
sábado…

- Así es Beto…no te olvides de mí… Te
  pedirá… y dirás muy satisfecho,

- No mientras sigamos estando los dos juntos,
  simplemente, como estamos ahora…Todo
esto lo dirán cerca del VW rojo de tu hija y al abrirlo
para entrar y cerrarlo para iniciar la operación de
regreso…dirás…

- Te llamo y te llamaré…y encendiste el motor,
  maniobraste de reversa para salir y cuando
ella empequeñeció en el retrovisor, harás con las
manos el signos de "nos veremos…hasta

pronto"…saldrás contento y sonreirás…curvearás por la carretera y como burro, llegarás al machero; estacionarás en cordón, apagarás y asegurarás con el bastón el VW, lo cerrarás; abrirás las puertas de la casa; entrarás y dirás buenas tardes a todos y entrarás con tu accesorios personales, dejarás las llaves en el porta llaveros y subirás las escaleras para entrar a tu recámara; ahí aventarás sobre la cama y sobre el sillón los detallitos que traes en las manos; estarás en Babia, recordando las minucias de hacía unos momentos y llenándote de orgullo y satisfacción…una mujer como ésa…¡Dios! …¡A mi edad! Era sábado, cuando las sombras avanzaban y ganaban a la luz la partida pendular establecida ancestralmente y pensarás los pendientes del trabajo para el día siguiente; ordenarás tus cosas personales para tener la confirmación de las actividades y salida del día siguiente y al término, y hasta entonces, buscarás a tu hijo que vive y trabaja en la Costa…marcarás los diez dígitos de su teléfono…oirás el zumbador-llamador…dos, tres y a la cuarta escucharás la voz de tu hijo menor…

-    ¡Papá, buenas noches!
-    Hola, hijo, buenas noches… ¿en dónde estás?
-    En el trabajo…salgo en unas tres horas y cacho…
-    ¿Estás bien?
-    Sí…todos bien….
-    Saludos para los papás de tu esposa…
-    Gracias, papá…les diré
-    ¿Tú esposa? ¿La niña?
-    Todos bien…gracias…

- Oye, te llamo, como siempre, para enterarme de ti y de tu familia y para pedirte un favor…

- Lo escucho…

- Tengo un compromiso personal para el siguiente sábado…

- ¿De hoy en ocho?

- Ajá…de hoy en ocho días… y te pregunto si puedes ayudarme en lo siguiente… y le dirás el favor…te escucharás suave, meloso…ofreceré una comida a una persona especial y deseo saber  si me puedes conseguir un kilo y medio de langostinos y/o un kilo y medio de langostas o las dos cosas…

- De conseguir todo eso, no hay problema; mi dificultad es hacérselas llegar con tiempo…dirá…

- Tú consíguelas…yo buscaré la forma…complementarás…

- No, no, no quiero que moleste a Guadalupe, a  nadie…ya pensaré, cuente con el paquete…

- Me dices cuánto será para depositarte en tu tarjeta el dinero…

- Serán como unos 250, 300 pesos por todo y …

- ¿Y? preguntarás

- Ya le diré el martes cómo le haré, pero cuente con eso…¿Mis hermanas?

- Todos bien…Hijo…Gracias…colgarás y satisfecho, revisarás tus recortes periodísticos, buscarás tus notas y escribirás en tu PC algún compromiso periodístico pendiente…cenarás con tu hija menor y el nieto…caminarás 15 minutos después de cenar y de la charla de sobremesa  y te subirás a tu recámara, leerás para dormirte y dormirás como un bendito como si no hicieras mal a nadie y efectivamente, no harás daño a nadie con la búsqueda del afecto…dormirás bien y te levantarás como de costumbre…harás las cosas de siempre para estar listo a las ocho y seguir las rutinas de todos los días, aunque fuera domingo, porque es temporada y días de intenso trabajo…estarás en tus cosas como siempre y ese día y los dos siguientes te dedicarás a dejar cubiertas las actividades de tu superior y por la noche, pasadas las nueve,  esperarás la llamada de tu hijo, que llegará cerca de las diez…descolgarás…oirás clara, jovial su voz…

-   Papa… ¡Buenas noches!…responderás con tranquilidad, sin ansiedad…

-   Hola, hijo…buenas noches… ¿Todos bien en casa?

-   Sí, papá…

-   Completarás… ¡Que todo siga igual! A tus órdenes…

-   Ya está el paquete…es más, en este momento la va saliendo para allá o si no, sale muy

temprano…compré una hielerita de poliuretano, de ésas que venden en los supermercados…arreglé el paquete, le puse hielo, lo preparé para el viaje y llegará a la dirección de la casa…mañana miércoles, como a las doce del día…para que le diga a quien esté en la casa…

-   Bien, hijo…de dinero…

- Total trescientos pesos…son casi cuatro kilos…los langostinos están grandes, como a usted le gustan y las langostas, medianitas, pero las cosas están bien, para disfrutarse…

- Mañana te sitúo el dinero…cuenta con eso…Gracias, hijo…Y colgarás…Tranquilo sobre la mitad del compromiso del sábado de esa semana…dormirás, después de cenar y caminar y leer, como niño recién bañado…al día siguiente, en algún especio del trabajo, marcarás los diez números de su teléfono…al escuchar su voz, sentirás alegría y junto con ella, palomitas en la entrepierna…

- Hola, hola, hola… ¡qué milagro! Señor importante…te dirá y corregirás, automáticamente

- Nada de eso…no soy importante…te oirás decirle…te llamo hasta ahora porque ya tengo la seguridad de que tendremos los langostinos y langostas para el sábado… están por llegar a la casa…mi hijo ya las depositó en el servicio de paquetería y las tendrán en mi casa, antes del mediodía…te confirmaré por la noche… ¿puedo llamarte?

- Escucharás su sonrisa… ¡Claro, que puedes! Me agradará escucharte….dirá melosa…y tú te sentirás como pavo real…

- Un poco seco, porque ya te están viendo sonreír, te escucharás decir…entonces, gracias…te llamo por la noche, no tan noche… y colgarás tu tilichito de comunicación y continuarás con tus actividades: ese miércoles, ya más tardes, cuando te reportes a la casa, te informarán que llegó para ti un paquete enviado por el hermano y que está ahí sin abrir; sugerirás que así lo dejen, que no lo abran...en la noche, cerca de las nueve,  cuando llegues, después de cubrir tus responsabilidades y los saludos obligados y de recibir el parte de noticias familiares, te dirán dónde está la hielerita; verás su tamaño, su color blanco y las etiquetas; entonces manipularás las cosas para abrirla y ver su contenido; meterás las manos para sacar algo de lo que está dentro y sacarás la bolsita de plástico que contiene las langostas – tres, más grandes que medianas – y la regresarás al hielo; después sacarás la otra bolsa – con bastantes animalitos, grandes en los que se notan sus tenazas y el color negro, con vetas doradas – satisfecho, dejarás todo casi como lo recibiste y marcarás los siete  números de su casa...inquieto por saber, y conversar con ella, oirás el zumbador que llama y llama y nada...hasta las quinientas oirás el timbre y tono de su voz...

- Hola, hola... ¿eres tú?
- Dirás, con alegría loca...sí...te hablo para decirte que ya tengo en mi poder el paquete

para disfrutar este sábado...

- ¡Qué bien!...me da gusto...
- Oye, antes de pasar a otra cosas, ¿cómo estás vestida? Audazmente preguntarás...
- ¡Ombre! ¡Qué pregunta! Coquetamente te dirá y en la burla de su risa sabrás que le

gustó que le preguntaras...

- Con risa dirá... ¡estoy en fachas!...
- Pero elegante...¿coqueta? ¿frívola?

- Riéndose te contestará… ¿para qué quieres
  saber? …te dirá, supondrás, entre resignada y
juguetona…
- Tú dime – dirás – y trataré, si la imagen
  aviva mi deseo, de ir a verte y acariciarte con
  la
vista y con la humedad de mis ojos besarte la piel,
poro a poro…
- ¡Ah, galante! …galante el hombre…visto
  short deportivo, color verde agua y una
sudadera café en tono suave y una pañoleta, color
azul opalino, recoge mi pelo y forma una cola de
caballo, uso sandalias, correas azul pastel y me
disponía a bañarme, pero tu llamada me
interrumpió…y aquí estoy…escuchando al hombre
que quiere entrar en mi vida…escucharás con
atención lo que te cuenta…
- ¡Cómo no te llamé más tarde! Dirás,
  juguetonamente…
- Contestarás serio para darle un tono de
  mayor credibilidad a tus palabras…para
atraparte como Botticelli pinta a sus Venus…
- Coqueta, oirás su pregunta, ¿Cómo?
- Saliendo del baño…dirás
  suavemente…húmedas, totalmente
  desnudas pero casi de
frente, un poco de perfil… perdón, dirás, tratando de
encarrilar la charla…debo pedirte sui aceptas que te
haga llegar en un taxi estos bichitos para que ya los
tengas tú y por acá no corran el riesgo de que se les
termine el hielo, se descompongan y entonces, ¡qué
bien quedo!

- 	¡Ah, claro! ¿No las puedes traer tú?

- 	Podría pero… te escucharás decir ---tengo unos pendientes y es la hora en la que puedo encontrar a los que me los pueden resolver…si no fuera por eso, ya estaban en camino hacia ti…

- 	Bueno, será como tú dices…si tú buscas el taxi, yo hablaré a la caseta para que lo dejen pasar…ahí…le darán las señas…tú dales mi nombre y mi dirección…allá el vigilante le dará todas las indicaciones, te dirá…

- 	Bueno, así lo haremos…te escucharás decirle

- . Hago esto y te marco más tarde, únicamente para comprobar  la recepción…

- 	Bien, te contestará y colgará…Tú harás lo mismo…te dispondrás a llamar un servicio de taxi y llamarás a servicio Taxi Colibrí…pedirás una unidad…te dirán que en 7 minutos estará contigo; aceptarás y en lo que llega cierras con maskingtape la tapadera, escribes en una tarjetita su nombre y su dirección y  esperarás; en pocos segundos más ya está con el claxon informando que ya está dispuesto…hilera en mano, sales a las sombras de la noche, te identificas con el chofer, le dirás de qué se trata y le darás un billete rojo de 100 pesos por el servicio…tomará todo y partirá; decides llamar en quince minutos, que es el tiempo  que consideras que mínimo tardará el traslado y la entrega…ansioso, llamarás poco antes del cuarto de hora…los siete números zumbarán en tu cabezota…ring, ring, zum…zum… no sabes ni cuál escuchas…al quinto zumbido, oyes que descuelgan…

- ¡Ah! ¡Eres tú! Escucharás su sorprendida voz… y oirás su disculpa…me tardé en

contestarte porque estaba comunicándome el vigilante que estaba un taxi con un paquete para mí; le di las indicaciones y, de hecho, estoy por recibirlo…Lo escucho, te dirá…espera…te llegarán rumores, voces, ruidos de abrir y cerrar puertas metálicas y cierre de puertas interiores…te relajará oír nuevamente su voz… ¡Ya está aquí! ¿Quieres que lo abra? Preguntará, curiosa…Y dirás, goloso…

- Sí, claro…espero…el teléfono te dirá que se separó y escucharás ruidos en la

cocina…poco momentos después su voz te llegará, fresca, otra vez…

- Oye, son dos bolsas…están muy grandes los animales… ¡es mucho!

- Es para los dos…para más ocasiones…le dirás…Mira, tú ya sabes cómo hacer esto…

- Sí, asentirá…no te preocupes…Tú confía…¿Sigues con la disposición de estar por acá el

sábado siguiente?...te preguntará

- Espero que sí…mira…te escucharás decirle…esto lo sabré el viernes, por la tarde… y te

avisará ese día por la noche, aunque sea por mensaje telefónico, pero intentaré hablarte para…escuchar tu voz y tu gusto por vivir…la pregunta de siempre…¿cómo estás vestida?

- Bobo, te dirá, sonriendo… ¡Cómo eres! Me acabo de bañar…

- ¡Quién te viera y disfrutara!… ¡No únicamente con la vista!...sonreirás, al decirlo…

- Sonarán en tus oídos sus palabras… ¡Porque tú no quieres!...

- Automáticamente contestarás y dirás…si quiero, pero…

- Mejor cuelgo, te dirá, porque…porque sí, completará…

- ¡Eso!        Te pido aceptes mi llamada del viernes para convenir lo del sábado……dirás, no

muy convencido… escucharás el click del sistema al cerrarse la comunicación…regresarás a tu mundo de ese miércoles y continuarás tus rutinas de hombre solo…trabajarás como siempre los dos días siguientes y cumplirás tus responsabilidades como te piden que lo hagas y ya definidas las acciones del fin de semana, sabrás que sí tendrás tiempo para disfrutar de la comida del sábado y el viernes, de hecho, en las sombras de la noche y en tu recámara, marcarás los diez dígitos de su número personal e, impacientemente medirás el tiempo en que te contestará… dos, tres, cuatro y  casi al quinto zumbido, te llegará el tono claro y jubiloso de su voz…

- ¡Hola, hola!

- Me agrada escuchar tu voz de adolescente…

- ¡A la orden!...Me muero por saber de ti…sólo veo las noticias, pero de ti no sé nada…

- No debo salir en las noticias…Ese es uno de mis papeles…pero él sí…

-      Y es lo que importa…cerrará ese espacio…

-      Dirás, casi al instante…te confirmo que si tendré tiempo para realizar nuestra comida,
mañana…

-      Juguetonamente preguntará… ¿cómo a qué hora vendrás?

-      Automáticamente dirás…cerca de las trece horas…terminando…si termino antes, allá
estaré…

-      Está bien…cerrará al asunto…¿Qué más?, preguntará…

-      Todo      bien…únicamente,      dirás,      lo siguiente…si aun están congelados      los bichitos, déjalos
en el fregadero o dentro del agua y dentro del refri, pero no en la hielera…

-      ¿Las dos bolsas?!, escucharás su voz

-      No…meloso expresarás… lo que quieras que vayamos a comer…lo decidirás tú…

-      Juguetona,      porque      ya      sabe      la respuesta…expresará su admiración…

-      ¡Yo!

-      Sí, continuarás con el juego…suavemente

-      Risueñas, serán sus palabras…¿por qué yo?

-      Frío,    como    el    hielo    de    ardiente, contestarás…Porque tú mandas…

-      Es razón …

-      Suficiente, dirán los dos…jugando el juego que todos jugamos…¡está bien! Así lo
haré…hasta mañana…Y te la imaginarás colgando la bocina y su click no borrará de tu mente su figura recién lavada, perfumada por el agua de la regadera y

su pelo escurriendo agua y fragancia de Maja – esto lo desearás…Y colgarás…terminarás tus rutinas de trabajo y familiares y saldrás el sábado muy temprano para avanzar en las acciones del trabajo y prepararte para el día siguiente y el inicio de la semana…cerca de las doce del día, cuando tendrías una visión clara de los tiempos y las acciones, darás por terminadas tus actividades de ese día; avisarás a donde tendrías qué avisar y dirás que estás como siempre, disponible, y saldrás; como tendrás tiempo suficiente, pasarás por la bodega de flores y comprarás dos ramilletes de nardos y dos Aves de Paraíso y montado ya en el vochito rojo de tu hija, lo enfilarás rumbo a las montañas que rodean tu ciudad; pensando sólo y solo en ella y su figura y en el momento inmediato que llegará contigo…estarás en la aguja de entrada; ya el vigilante tendrá la indicación de que te deje pasar y pasarás…rodando, loma arriba, llegarás en pocos segundos; dejarás en vochito en la acera, no en la cochera; te bajarás del auto, lo cerrarás y con los ramilletes de nardos en mano, tocarás la puerta…a contra luz verás dibujarse, y acercarse, su figura y oirás su voy cantarina…

- ¡Pasa, pasa!...Bienvenido…La verás sonriendo…verás que abre sus brazos; ahí, frente a la

puerta de acceso a su casa, bajas del auto, lo cierras, flores en mano y verás su sonrisa, como de gatita…te recibe y une su cuerpo con el tuyo, ropa de por medio…. Sentirás su frescura – es fines de mayo – y en su abrazo está la promesa de la entrega…durarás, en el abrazo poco más de un minuto; te separarás, porque debes hacerlo…extiendes o dejas los nardos en sus manos y caminan hacia el interior de su hogar…directamente a la cocina y hasta entonces te detienes en su entorno; la cocina integral tiene ahora significado, los detalles de las cómodas, las licuadora, el extractor de jugos, el exhibidor, los cajones para los enseres y útiles para cocinar, al estufa, el horno de micro ondas y más y más detalles que en la primera visita no reparaste…sentirás que los nardos, con suavidad, so recibidos por sus manos y que son colocados sobre la mesa de la cocina integral, que busca un cuchillo, o unas tijeras, y uno, dos floreros, ; que toma uno y establece la medida para cortar varita por varita, lo mismo con las dos aves de paraíso; que arregla los perfumados nardos y los decorativos aves de paraíso; todo lo verás complacido…desde la entra verás que ella viste casual y elegantemente: colores suaves, pantaloncito beis, sin cinturón, de cierre y un botón; vaporosa blusa clara con flores en color vede agua, abotonada; su pelo arreglado en una cola de caballo, atado con liga de color blanco; sandalias de correa color café tenue; poquísimo maquillaje, acaso sólo un poco de sombra en sus párpados y el Carolina Herrera que al envuelve, como un tul…escucharás la música — Frank Porcel — en tono bajo, tenue, la escucharás tararear…estarás viendo cómo arregla el florero, los dos floreros y verás que deja uno en el comedor y coloca el otro en la mesita de centro de la sala…la fragancia de los nardos te llegará y te seguirás tu impulso… acercarás a ella; acercarás tu nariz a su cuello; aspirarás su fragancia y dirás en su oído…

- Prefiero tu fragancia, en este momento, pero me gusta mucho el perfume de los nardos…el Carolina Herrera está en tu piel y si fueras agua…me ahogaría en sus olas…

- ¡Vas a ver!, oirás que dice…complacida…Sentirás su mano que te lleva a la cocina;

sentirás que sus manos se separan de ti…escucharás el eco de sus palabras, porque estás en el Limbo, viéndola…saca  del refri un platón de cerámica con los langostinos; sonriendo te informará…

- Aquí están tus bichos…nuevamente sentirás su piel y la oirás decirte, suavemente…están

frescos…desde anoche están fuera del congelador y ya se descongelaron…no los he lavado, porque tú eres quién cocinará y en cuestiones de casi todo, sólo debe haber un responsable, te dirá sonriendo y todo lo dejará en tus manos…

- Gracias… ¡Comeremos langostinos! Sin separar tu vista de su cara…dirás y será lo

único…me gustan más que las langostas…recibirás el recipiente; lo dejarás sobre la cómoda y entonces, como si en verdad supieras lo que vas a hacer…Pedirás su ayuda y justificarás el momento…debo agradecerte todo: este momento, esta oportunidad, fuera de todo protocolo, mi audacia al pedirte que me permitas hacer esto para ti, para nosotros…Gracias, dirás todo muy serio…muy en tu papel de hombre de casa…Ella sonreirá complacida, risueña, sus ojos, dos carbones jugando con el momento y verás sus labios que te dicen…

- ¿Qué necesitas?...dime lo que necesitas…para írtelo entregando…te dirá…Tú no sabes

dónde están las cosas…así que…

-	Bien, bien… ajos, chiles guajillos o de árbol o pasilla, cualquiera que sea; queso seco o parmesano,  un recipiente para marinar; la licuadora aquí está; una tabla para picar y cuchillos para rebanar…y verás que, conforme vas citando, te los va colocando en la cómoda…Preguntarás, como ido, como en Babia…Spaggetti  o tallarines,  ¿tienes?

-	Oirás su respuesta…Sí, claro… y verás que de una alacena cercana, saca un paquete de tallarines, otro  de spaggetti… y la escucharás decirte…aquí están de cada uno un paquete…

-	Sonriendo, le dirás…el que tú quieras…esto es al gusto del comensal…

-	Toma tú la decisión…dirá…

-	Una cacerola alta, aceite de oliva y un poco de laurel y más ajos; dirás un poco de voz más alta…

-	Te contestará, espera…regresará del modular y la verás y escucharás que trajina entre la cómoda y retendrás el ruido metálico…aquí está y ahorita, te dirá, te doy más ajos…Expectante te verá lavarte las manos, enjuagar la cacerola, escurrirla, llenarla de agua y agregar el laurel, poco de sal y un chorrito de aceite que te habrá acercado, verás que ella enciende la parrilla y que dejará la flama en tamaño medio; verás los ajos y tomarás dos; los aplastarás con la cara plana  del cuchillo para rebanar y los cortarás en pequeños pedazos y los agregarás a la cacerola; dejarás que hiervan, junto con el agua y en tanto ella no se te despega de la cocina; verás que sonriendo se da un golpe con la mano izquierda y oirás su voz…

-   ¡Tonta de mí!...extrañado la verás que se va a
        una cómoda-credenza del comedor y saca
una botella de whyski – J&B -, refrescos de agua
mineral, cola, toronja y sidral y abre el refrigerador y
saca unos hielos del molde...escucharás sus
palabras...

-   Habrás de perdonarme...el olvido...un
        aperitivo...oirás su pregunta... ¿cómo lo
        quieres?

-   Mi ración, con un poco de sidral, sin
        hielo...por favor...Escucharás el gorgoteo
        de las
bebidas y verás cómo prepara las bebidas...al
terminar, nuevamente se acerca a ti, vasos en mano y
al extenderte tu vaso, te dirá, suplicante,

-   Discúlpame...una boba...toma...dirá,
        brindemos, por este momento...suspenderás
        lo que
estás haciendo...pelando lo ajos y rebanando los
chiles guajillos; recibirás su vaso y lo tomarás de su
mano y mirándola a sus ojos...dirás,

-   Sun...por nosotros...dos...al alzar la copa,
        escucharás que ella dice, complacida,

-   Por nosotros dos

-   Y por lo que estén con nosotros,
        completarás...Y acercarás a tus labios la
        bebida y como
está dulce, paladearás el sabor y te imaginarás sus
besos y la humedad de sus labios...verás que ella
también levanta su brazo con la copa, y cierra los
ojos al entrar en contacto con la
bebida...suspenderán la conversación y te regresarás
a la cocina...verá que terminas de pelar y cortar los

ajos y los chiles guajillos y que todo lo colocarás en la licuadora; que encenderás el motor y escucharás su rápido moler; dejarás que el motor muela y muela más y más y cuando te da la gana o consideras que ya deben estar muy molidos, apagas el motorcito y dejarás que repose…ella estará viendo lo que haces, pero no te dirá nada…¡sabrá Dios que estará pensando! Verá que tomas el recipiente  con los langostinos, que lo colocas bajo la llave del mezclador y que abres a la llave del agua fría…te verá lavar animalito por animalito; que te detienes  en el vientre de cada uno y que lavas bien a bien todas las patas, que le abres la coraza de la cabeza y que buscas la tripa digestiva; que las localizarás y la sacarás de los doce animalitos; que no les quitarás la carcasa, la armadura y que uno a uno los colocarás bajo el chorro de agua fría y que ya limpios y/o a tu gusto, los dejarás en el mismo platón y ahí los dejarás escurrir; verá que le echas un ojo a la cacerola con el agua hirviendo y como ya está en ebullición, no despegará sus negros ojos y te verá abrir el paquete de la pasta – tallarines - y te verá que lo deslizas en el agua, que con una cuchara grande lo acomodas en el agua hirviendo y que ves la carátula de tu celular para ver la hora y como si estuvieras justificando tus hechos, te escucharás decir…

-	En doce minutos le apago…te verá tomar el
	platón con los langostinos y sobre ellos
vaciar el líquido de la licuadora…Te dirás, para que ella lo anote o lo recuerde…

-	Unos veinte minutos que reposen     y
	listo…dirás     en     voz     suave     y     de
	satisfacción…La

comida, de hecho ya está…Por cierto, se me olvidó pedirte que tuvieras pan blanco, bolillo…Ella sonriendo, te dirá, como jugando…

- No te preocupes…yo preví eso y hay suficiente pan blanco, ya rebanado… ¿Ahora?
- Ahora, le dirás, serio, muy en tu papel…vamos a tomarnos el aperitivo en la sala, en el

comedor, o dónde tú quieras…tomarás tu copa y buscarás su piel, su brazo, su cuerpo; los encontrarás y se irán caminando hacia la sala; como si no pesará sentirás que flotas con su cuerpo y el tuyo, ingrávido andará bailando sin fin en el universo que es la sala de su casa; ya para sentarse, estarán los dos frente a frente; con los vasos en una mano, y la otra unidos por los dedos, ávida de ella, tu boca buscará sus labios y los  de ella te apresarán entre su carne y el beso vivirá entre los dos y la sentirás como una entrega, como una ofrenda; no buscarás nada, salvo sentir su cariñosa entrega, su completa  derrota ante ti – porque ella quiere sentirse vencida -; sentirás su abandono, su levedad, su ingravidez y en tus labios, que prolongan la caricia, tendrás la vida suya y la humedad de su boca se unirá con la tuya y entre los dos besos, los cuatro labios  y  las dos bocas construirás vivirán un momento, en ese instante, cálido, húmedo, de satisfacción, de seguridad, de confianza, de entrega, de cesión, de derrota, de triunfo, de deseo, de hambre de la carne, de posesión, de hombre y mujer unidos por el beso; las manos entretejidas se engarrotaron, se apretaron aun más y una descarga eléctrica corrió por mi viejo cuerpo y sentí hormigas, otra vez y mariposas en el estómago, una vez más y una comezón inicio su presencia, una necesidad se manifestó…traté de rascarme, de aletear y sin brazos, unté mi cuerpo a  la vaselina que era su cuerpo…jadeamos un poco para tener aire y respirar y continuamos unidos por los labios, prolongando la caricia, la entrega un poco más, como si todo demás, que estaba fuera de nosotros no contara, ni el tiempo… únicamente nosotros dos; mi lengua era mi remero en el mar del deseo de su boca y timón de mi barca en el océano de su saliva; apreté su lengua con la mía; la detuve entre mis dientes, sin morderla; la succioné como un torbellino y la hice mía, solo y únicamente mía…no la veía, pues mi ojos estaban cerrados; no miraba nada…¿qué podría mirar? ¿Qué podría interesarme? Prolongamos un poco más en el tiempo y en ese espacio nuestra la caricia que con el beso se transformó en ofrenda sexual, en derrota de ambos como individuos  y en victoria de los dos, juntos, del nosotros, aunque fuera un solo instante… ¡ése!    El frenesí de la caricia se fue dilatando y cuando terminó, las dos lenguas, los cuatro labios, las dos bocas, regresaron a su condición y abrirás los ojos     para     verla…estaba     transfigurada, resplandeciente…el beso la había transformado, cambiado, era una mujer  virginal, muy mujer, muy femenina…el     silencio     hablará     por     los dos…mecánicamente se sentarán en el sillón de la sala; se desatarán de las amarras de las manos y ya calmaditos, inhibidos por el momento callarán un instante…sin despegarse de ti, la piel de su brazo estará ligeramente unida a tu piel…sentirás     el estiramiento de su cuerpo hacia el sillón; alargarás tu brazo para llevarla o acompañarla hasta que esté sentada y te  sentarás a su izquierda...dejarán los vasos en la mesita de centro...y conversarán de todo y de nada...para matar el deseo y que nos cocináramos a fuego lento, calcinando el hambre...Te preguntará, como si nada...

-       ¿Qué hiciste en estos días? Y en sus labios se medio dibujará una ligera sonrisa...

-       Sonriendo, le contestarás...difundí las acciones e ideas centrales de mi jefe; me reuní con

comunicadores y con directivos de empresas de comunicación y conviví con mis hijas y con mis nietos; hablé con mi hijo que vive en el puerto...recibí...

-       ¡ya, ya!  e dirá con una sonrisa en sus delgados labios...no me preguntas, pero te diré

todos los días pensé en ti...en ¿qué estarías haciendo? Casi te veía trabajando, haciendo lo que me dijiste,  aun sabiendo que jamás me dirías específicamente lo que hiciste...me dijiste en lo general...yo me reuní, todas las mañanas de  todos los días con mi comadre y caminábamos juntas; regresaba, me bañaba; preparaba mi desayuno, me arreglaba y después de levantar la casa, salía para Iratzio para estar al pendiente de la obra que se está levantando, pues deseo hacer un destino turístico, con Spa, restaurante y hotelito; todos los días regresaba después de las tres de la tarde; llegaba cerca de las cuatro y preparaba mi comida y antes o después hablaba con mis hijas; con una o con otra o con las dos y conversábamos de bobadas, de los nietos, de los esposos – de ellas – y, comía en la soledad de esta casa; levantaba la mesa y me ponía a leer y escuchar música, ver novelas y disfrutar mi soledad, para que no me derrotara; buscaba a mi comadres y amigas, charlábamos y al llegar las sombras, para evitar los murmullos de la nostalgia, escuchaba música con elevado volumen y me ponía a cantar…¿sabes?, te preguntará

- Neutramente, le dirás…no, pero dime…
- Soy mujer, como lo sabes, como lo sientes…tú eres hombre, escucharás que te dice…

pero…en este momento brindemos por esto, por este momento…levantará su brazo derecho, vaso en mano y oirás sus palabras…por este momento, porque se repita…¡Salud!

- Completarás…¡salud!…por este momento y tomarán sus bebidas…sentirás que el sidral

te refresca las leguas de las hogueras de tu cuerpo para apaciguar el rescoldo de las cenizas de hace un momento…no muy lejano…la escucharás que continúa hablando, vaso en la mano derecha…sentirás que la piel de su mano izquierda te encuentra; la apresas y la aprisionarás entre tus dedos…soy mujer, te decía y en tu beso, en mi beso, me encontraste….soy mujer y estas emociones, estaban casi olvidadas por mí…tú has hecho que ese recuerdo se haga presente; que ese ardor se haga llaga; que ese recuerdo, que esa llaga, se transforme en hoguera, en carne viva…que sea una vida, aunque sea por este instante; tú me hiciste revivir el aleteo de la chuparrosa, del colibrí que está en mí y que me punzara el aguijón del deseo y la esperanza del placer muy femenino, muy humano, pues, finalmente soy mujer…no sé lo que sentiste, pero yo de ti, sentí tu ansia, tu afán, tu deseo, tu hambre, tu humedad y tal vez como tú, mi saliva fue un mar de deseo, de hambre, fue una carne y te me así de tu boca porque quise tener un poco más esa caricia…soy mujer, recuérdalo…al verla, verás que se transforma y que un resplandor ro9dea su cara; verás su emoción y querrás compartirla con la tuya, porque en ti esas mismas emociones, esas mismas sensaciones las recreaste otra vez y nuevamente se hizo el milagro de vivir para algo y para alguien…Dirás, como único comentario o respuesta

-	Brindo por ti, por mí, por nosotros…dirás …salud…levanta tu vaso, apura el sabor y deja

que la humedad nos refresque este ardor que está en todos nuestros dos cuerpos…por este momento, por este día y por esta reunión…beberás y verás, de soslayo, que ella también bebe…estarán con los ojos cerrados…tú, vivás, audaz, silenciosamente, dejarás el vaso en la mesa de centro y acercarás tus manos a su cabeza y suavemente la girarás para buscar su boca, sus labios, pero tus manos liberarán su cabeza, su pelo e irán dejando sobre cada uno de los poros de su piel la detenida caricia de tu piel, de tus ávidos dedos…conocerás, aprenderás, poro a poro, cada una de las partes de su cara, de su cuello, de su cabeza…sus pómulos un poco salientes, pero delgados, sus cachetes, sus cejas, sus párpados, sus negros ojos y sus enhiestas y agresivas pestañas; caminarás sobre la suave piel de sus labios y su delgada boca te será apetecible, mas desviarás tu ruta para bajar hacia su mentón, pequeño, con una ligera división en el centro de la barbilla; recorrerás su pelo y desatarás la cinta que le forma la Cola de Caballo y dejarás que su corto pelo cubra su cara y lo alborotarás con tus dedos…tus febriles manos dejarán de acariciar su cara, su cabeza y su pelo para acercarse a su cuello y uno a uno los espacios llenos de luz y de Carolina Herrera serán tuyos…acercarás tus labios al centro de su cuello y dejarás con tus labios, con la ansiedad de tu boca, una caricia y suavemente la repetirás una y otra vez…y te escucharás decirle…¡Cómo deseaba hacer esto y beber de tu piel el gusto por vivir que te invade y que resplandece en ti…Sentirás que su cuerpo se afloja, se suelta y entonces tus brazos la rodearán desde el pecho, hasta la espalda y suavemente, pero con decisión, la presionarás hacia ti y tus brazos rodearán su cintura y le transmitirás tu deseo, tu hambre, tu calor…ella buscará tu boca, tus labios y al encontrarlos, los abrirá un poco y ahí colocarás los tuyos para comunicarle que tienes hambre y calor…sentirás las chancharras caminar sobre tu piel; vivirás el aleteo de las mariposas, el aguijón de las abejas y que el colibrí del deseo quiere tomar el néctar de su boca y se besarán y en este beso sentirán hormigas, mariposas, vértigo, zumbar de abejas y vibrar de colibríes…abrirás tus piernas, la acomodarás y ella, mecánicamente dócil, te dejará hacer y sentir toda la vida que está en ella y que está en ti y que se transmiten, que se comunican, que comulgan en ese beso, en ese momento…sentirás que su lengua te espera, que su humedad te espera, que su boca, que toda ella, se entrega y que al recibirte, te aprisiona, te aprieta, navegarás en su saliva…nadará tu lengua en ella y tus dientes chocarán con los suyos…succionarás y chuparás y te adueñarán de su lengua y la llevarás a tu boca y la estarás acariciando con la tuya, jugando con ella y aprisionándola con pasión, con frenesí…tus manos estarán sobre su cadera y la sentirás ligera y suavemente dura, sin mucha grasa y la sensual curva de sus nalgas serán tuyas, clavando, colocando tus dedos en toda esa ropa que cubre para ti esa carne, ese deseo hecho mujer, en ese instante…sus brazos estarán rodeándote por la espalda y sentirás sus movimientos, su aleteo, su aguijón, su frenesí, su pasión, su calor, su hambre, su deseo…todo te lo dirá, se lo dirán en ese abrazo, más intenso, más fuerte, con más frenesí que el anterior…mantendrás su lengua rodeada por la tuya y sentirás que te ahogas y no sabrás cómo, pero tomarás aire de donde haya, de ella misma, incluso y seguirás unido a ella, comulgando por los labios, comunicándote por la boca, viviendo su calor con su abrazo, adormeciéndote y cobijándote con su piel, conociendo, aprendiendo su deseo e impulsado por su frenesí…no les harán falta palabras…callarán pero hablarán brazos, la piel, sus manos, sus cuerpos, sus ansias, sus deseos, su hambre, su frenesí…ella, más decidida se irá soltando poco a poco de las amarras de tu piel, de tu lengua, de tus labios, de tu boca; de tus brazos, de tu cuerpo y se despegará de ti un poco, dócil, como un niño, aceptarás esa lejanía…Dirá, sonriendo y acomodándose el pelo y la ropa…

- Beto, de Huetamo, ¿ya está la comida?
- Jugueteando dirás…no, pero en menos de quince minutos ya estará para servirse…

entenderás lo que ella te pedía…tiempo…un descanso; te levantarás de volada para ir al baño a lavarte las manos y te dirigirás a la mesa de la cocina y ya tranquilo, muy en tu papel de cocinero del afecto, ella verá todo lo que haces; que encenderás una parrilla de la estufa, colocarán en ella cacerola mediana, de cerámica y le agregarás suficiente aceite de oliva – que ya habías localizado -; caliente el aceite lo dejarás que se vaya al máximo y el momento de apagar la parrilla, agregarás al aceite los ajos picados y los dos chiles guajillo limpios y desvenados…con una cuchara mediana, de madera, moverás y moverás para que no se quemen y sí se doren; cuando ya estén fríos, los sacarás de la cacerola y los reservarás en un plato cafetero …en ese aceite incorporarás, uno a uno, hasta dejar seis y los pondrás de panza; tomarás el tiempo de ese grupo y a los 150 segundos, los voltearás. Ella, curiosa, verá que tomaste tiempo y preguntará…

- ¿Por qué? Y una sombra de coquetería vestirá sus ojos…le dirás…breve…
- Se reducen de tamaño si se cocinan más de cinco minutos…encenderás la parrilla en

donde están los tallarines y ella, entonces, hará lo suyo, la verás que busca y encuentra el queso seco y bote de queso parmesano, el pan blanco; los rebanará y el queso lo desmenuzará; pondrá la mesa…plato ancho, plano, juego de cubiertos, servilletas de tela, copa para el vino blanco y traerá a la mesa los vasos con los aperitivos…todo en silencio…únicamente se escucha el chirriar de la cacerola con los langostinos y se llena la estancia con el aroma del ajo, el chile guajillo y los langostinos en aceite de oliva y en el ambiente la música dulzona, el sonido único de Gleen Miller…cuando le diste la vuelta a la segunda tanda de langostinos, buscarás en la alacena – sin pedir permiso, sin preguntar – alcaparras, aceitunas, elotitos en salmuera, corazones de alcachofa  y una lechuga en los cajones del refrigerador…cuando encuentras todo eso…te verá buscar un recipiente hondo, cóncavo, un abrelatas, cuchillo de cocina  y una tabla para picar; destaparás los botes, las latas y vaciarás todo su contenido en el recipiente cóncavo, sin la salmuera, pues ya las habrás escurrido y, rebanada la lechuga, sobre todo el corazón de ella, revolverás todo y ella, solícita, lo llevará a la mesa y, buscará y encontrará, una cacerola, con tapa, en donde vaciar los tallarines; hecho todo  y listos los langostinos, colocarás en el centro de la mesa todos los bichitos al mojo de ajo, al guajillo y a la mantequilla   y ella habrá abierto el refrigerador y sacado la botella de vino blanco alemán BLUENUN y,  junto con el sacacorchos,  pondrá todo en la mesa…se apagarán todas las parrillas  y nos sentaremos en el comedor…ella te dará la cabecera, que tú no aceptarás y le dirás, sonriendo…

- Agradezco el honor, pero tú eres la cabeza de la casa y dueña de este hogar…te
corresponde, además, te pediré que sirvas, así que…Mira, brindemos porque todo sea como la mesa: dispuesto por los dos…

- Así sea…y dirán ¡Salud! Y beberán y tú sentirás pasar el dulzón sabor del  sidral y el J&B

que revolverá las cenizas del fuego cubierto por el tiempo usado para terminar los preparativos de los alimentos; ella tendrá los ojos cerrados y notarás en su cara una sonrisa y un resplandor…

- A la hora que tú gustes servir…iré a lavarme las manos y ella lo hará primero que tú y te
dirá…

- Si prefieres, nos terminamos nuestro aperitivo y luego sirvo…

- Tú mandas…esta es tu casa y estás en la cabecera…Yo escucho y obedezco, serán tus
palabras…

- Bueno…escucharás que dice…déjame decirte que me llamó mucho la atención verte en
la cocina y, sobre todo, la naturalidad con que hiciste las cosas… señal de que sabes o no temes meterte a la cocina…

- Cosas de la vida, serán tus palabras…tengo la idea de que…

- Además, Beto de Huetamo, te digo, dirá ella, interrumpiéndote…jamás nadie,
expresamente había cocinado para mí y eso me halagó y me hizo sentirme muy mujer de casa…

- Sonreirás, y en tus labios estarán las palabras…te agradezco esta múltiple muestra de
confianza…de estar aquí, contigo, en tu casa, que me hubieras permitido preparar los alimentos y que me hubieras ayudado a tenerlos listos…muchas gracias…

- Te lo mereces…te portaste como un chico bueno…te dirá riéndose…

- Y tú, con la sonrisa en tu boca… eso es muestra de que estás y eres una mujer madura,

totalmente madura…Salud, por esto, por este momento, por la madurez que nos invade y porque la vida nos ha permitido cruzarnos…si mañana la vida determina que nos anudemos para vivir y disfrutarla, será porque ella mismo, la vida, así lo quiso…salud…pro nosotros y por este instante que ojalá trabajemos para que se repita, con la misma buena voluntad de los dos…y levantamos nuestros vasos y yo agoté mi sidral  con J&B y, supongo, que ella también…

- Bueno…ahora serviré los tallarines…no sé…Empezará a decir…

- Por favor, dirás, suavemente, sirve usando tu lógica, sentido común y tu experiencia…no

hay más … si a juicio tuyo cometes un error, no será error, hay buena voluntad de los dos y estaremos aprendiendo a ser y comportarnos como pareja…nos estamos conociendo…verás que ella sirve con seguridad y dejará una apropiada ración en tu plato; lo recibes y se sirve; cuando están servidos los dos, verás que ella toma el pomo del queso parmesano y espolvorea su contenido en su plato; lo regresará a la mesa y tú tomarás el plato con el queso seco desmenuzado y vaciarás un poco sobre tu ración…tomarás el sacacorchos y la manipularás para liberar la botella ; se escucha el ¡Plock! Y saldrá el corcho volando…suspenderás la ingestión de tus alimentos, dejarás que se respire un poco el vino embotellado y le servirás en una copa  un poco…le ofrecerás la copa para que cate el líquido…lo hará y lo paladeará y sus palabras serán las esperadas…

- 	Está sabroso, afrutado y frío…como debe ser o como a mí me gustan…hasta entonces lo servirás en las copas y continuarán disfrutando la mesa hablando de cosas de familia…al terminarse la pasta, servirá en cada plato los langostinos y agregará un poco de la ensalada  y tú servirás más vino blanco BLUENUN…dirás, para que haya tranquilidad…

- 	Estos animalitos yo los disfruto a mano, sin los cubiertos… así, mira y te verá que tomas uno, que le abres la coraza y que lo llevas a la boca y succionas todo el sabor del ajo, del guajillo, del aceite de oliva y que parte por parte lo vas limpiando y dejando a un lado la armadura del animalito…continuarán comiendo y hablarán de las familias, del trabajo, de los amigos, del pasado laboral de ambos…verás cómo disfruta del platillo, de los bichitos y cómo bebe, embriagando, ahogando los restos de los langostinos y se limpia los labios y los dedos; ella te verá que tú te chupas los dedos… y te dirá, juguetona…

- 	Eso es señal de mala educación…,lo sabes, ¿verdad?

- 	Responderás, siguiendo el juego…estoy…¿en casa?

- 	Estás en casa, con confianza…te lo dije — escucharás que te dice — sólo por jugar un momento y ver qué cara pones…terminarás de servir el vino blanco y con los últimos    alientos…te levantarás e irás a enjabonarte las manos y lavarlas para quitarle el olor a los mariscos; te verá — riendo —

y esperado su turno para lavarse las manos…en tanto ella lo hace, tú le dirás…

- Caminaré mis quince minutos y vendré a lavar los trastes…
- Está bien, hombre organizado…cuidadoso…te completará…me tocas…estaré al

pendiente…saldrás a la  avenida y verás t celular para saber la ahora y te encaminarás sobre la acera que limita los jardines-cocheras de cada casa-residencia y caminarás y pasarás a los  lados de los autos estacionados y juguetes de niños; verás en el horizonte los cerros y los árboles verdes y el azul del cielo, limpio de nubes y la luz transparente y cálida de esa tarde primaveral…sin prisas, caminando a un mismo ritmo  pasarán ocho minutos y darás media vuelta para completar el mismo recorrido y llegar a la casa y a  seguir con la reunión…¿en qué penarías? En nada, sólo disfrutarás de la tarde y del ambiente; en poco más de un cuarto de hora llegarás a la casa, tocarás, estarás atrás de su camioneta Jeep; verás su sombra al acercarse a la puerta y escucharás el sonar de las cerraduras y entrarás…agradecerás y siguiéndola, te irás a la derecha hacia el fregadero, y verás que  todo lo que se usó para preparar y disfrutar de la comida ya está lavado y escurriéndose y la mesa levantada y todo limpio…

- ¿Y ahora, preguntarás?
- Nada…como no tenía nada qué hacer, decidí lavar los trastes y ya están ahí…dirá,

indicándote con el dedo……sonriendo te dirigirás al baño a lavarte las manos y, después, te acercarás a la sala en donde está ella… y te sentarás a su izquierda…ella tomará tus manos y jugará con ellas…subirás tus manos hacia su cara y desearás,  y acariciarás, su piel, su cara, su pelo, sus pómulos y sus labios…naturalmente tus labios buscarán su boca y al encontrarla buscarás un beso y al recibirlo…sentirás la ofrenda húmeda, cálida, suave, carnosa…la mujer completamente vulnerable, indefensa ante ti… y el beso vibrará entre los labios y la caricia se ahogará en la saliva de ambas bocas y las lenguas serán fuego líquido, lava que nadará en la alberca del deseo  que habita en las bocas…tus manos enlazarán su cintura y la levantarás, la pondrás de píe y tus manos presionarán su cabeza, su espalda, su cadera y la sentirás todo su cuerpo pegarse a ti, untarse, ser una enredadera que te ahoga, que te cobija, que  te cubre y que  te asfixia…serás audaz y tus manos resbalarán por su espalda y llegarán a su cadera y la apretará y las  moverás suave, pero rítmicamente y sentirás su completa aceptación a todo, su docilidad total, cabal, débil, sin fuerza…el beso lo prolongarás más y más y los cuatro labios serán  grilletes que se apresan  y no dejan     mover    las     bocas     ni     respirar, siquiera…naturalmente   llevarás tus manos hacia el frente y acariciarás su pecho y pondrás tus manos, una en cada uno, en las lomitas de sus senos y los presionarás, que bajo la tela de su blusa, los sentirás suave  y reactivos a la presión, ligeramente duros, pero  flojos y duro el pezón…el aguijón del deseo se manifestará en los dos y no te detendrá…tus manos, tus dedos, tu piel buscará su piel, su senos, su pezones y romperás el encanto del beso y te dejarás arrastrar por el deseo y el momento y la indefensión femenina…desabotonarás la blusa y meterás tus manos buscando hacer a un lado el portabustos y hallarás fresca, suave, cálida, ardiente la piel de su busto y duro el pezón, la cereza de chocolate en el volcán  de su piel, de su cuerpo, en  erupción…y bajarás de sus labios y tu cara descenderá hasta sus pechos y uno a uno los recorrerás e irás aprendiendo poro a poro, milímetro a milímetro toda la lengua de fuego que es su piel que arde en ese momento y quemándote, vas evaporando tu saliva dejando una huella que se calcina instantáneamente hasta llegar a la bolita oscura que te tragas suave, glotonamente…tus manos estarán atrás de su espalda apretando el deseado cuerpo para que no se escape… y después de disfrutar de un seno y de la cereza café, buscarás ávido, el otro seno y lo recorrerás lenta y húmedamente, mojando con tu deseo, las faldas del volcán que es ella y que  hace erupción con cada uno de tus besos caminantes que suben, bajan rodean y succionan y se tragan, ahogándose, el pezón achocolatado…ella se dejará acariciar, devorar y sentirá tu húmedo deseo caminar por su piel y su piel llegará hasta tu espalda y no te dejará libre, permitiendo que tus labios, que tu boca, hechas deseo, hambre y fuego, la calcinen, la mojen y la acaricien…sus manos te tomarán por las tuyas, se separará del beso, de la enredadera que son los cuerpos y absorto, mudo, sentirás cómo te guía fuera de la sala y su cálida mano te conduce hacia un espacio, su recámara; sentirás cómo tu pierna choca con un lado de la cama y te dejarás guiar por su presión hasta estar acostados y vuelven las pieles a enredarse y las bocas a buscarse y la sed a abrasar y la yesca del deseo que está en los poros de los cuerpos se encienden…se buscan, se encuentran y las yescas arden…enterrarás tus labios en su corto pelo, aspirarás su perfume y tus labios besarán la deseada corona que es su pelo y bajarán por todo el cuello, por la nuca hasta llegar a la cuna de sus pechos…habrás deslizado tus manos por debajo de la ropa y, automáticamente, sin pensarlo, irás desabotonando su blusa… ella te ayudará e irá acomodando su cuerpo, balanceándolo, como péndulo para que sus dos prendas caigan al piso y jugará con sus pies para que, con la ayuda de tus manos y las suyas, desabotonen su pequeño short y tus dedos deslicen sus pantis, su tanga y quede con su ropa en los pies y entonces sentirás que ella sin soltarse de tus labios, sin separarse de tu piel, sin desanudarse de tu cuerpo, irá liberando tu camisa, tu cuerpo; sentirás y escucharás que sus diestras manos bajan el cierre de tu pantalón y desabotonan, liberando de ojales, tu pantalón y, sabrás, sabrán que los dos tiene la ropa interior en el piso, en los pies y reaccionarán como todas las mujeres y todos los hombres, igual que los salvajes, los primitivos, los reyes, los pobres y miserables, los científicos, los sabios y los ignorantes y repetirán el rito humano de todos los tiempos…escucharás sólo el silencio y no tendrás frío…será la lucha de siempre…el hombre sobre la mujer y la mujer con el hombre para saber quién manda y como niños inocentes ignorarán que nadie ganan…sentirás sus manos en tu pene…colocarás tus manos en sus elevada cadera y sus respingaditas nalguitas estarán a tu alcance, agradablemente sentirás su ondulación y dureza de su piel…ella jugará con tu erección…sentirás que recorre con su mano la piel de tu sexo…regresará su mano y vivirás y desearás, otra y otras veces, tantas como ella lo haga o deje de hacerte recorrerá y recorrerá una ocasión y otra veces…sentirás sus dedos sobre tu bolsa testicular, jugar con ellos y tus manos, en correspondencia, recorrerán toda su cadera, todo su derrier y se aproximará al frente de su cuerpo, bajo su abdomen su ombligo y jugarán con él y se encaminarán hacia su sexo y jugarán con su chinito vello púbico…acariciarás sus labios vaginales y suavemente lo recorrerás y al ritmo marcado por sus manos en tu sexo, tu, a la inversa, de puntitas, calmadamente, acariciarás sus labios, su carne sexual…tus labios se habrán combinado con los suyos y su saliva se habrá hecho alberca con la tuya y las lenguas se habrán enlazado entre sí y jugarán con el deseo de encender aun más el fuego que los calcina…prolongarán el beso y lo harán perdurable y lo será desde  ese momento hasta la explosión que está pro manifestarse…de costado, ella te irá colocando sobre su cuerpo, se irá acomodando para servir mejor y dejar que todo sucede de forma natural, pues todos los espacios deben llenarse…sin soltarse de los labios, de las bocas, sin desanudar las lenguas y sin secar la saliva, pero sí nadando en el húmedo deseo, te soltará, y dejarás tus dedos húmedos y su néctar que te cubre la piel de tus dedos…separarás tu mano y tus dedos de su capullo, de su hoguera…sus manos regresarán a tu espalda, a tu piel , vivirás que se abre en compás y espera y tú responderás de forma natural e irás penetrando lenta, pero continuadamente en su sexo…ella sentirá la posesión y se irá acomodando para sentir más y responder mejor...sin saber cómo, tus manos ya estaban colocadas en el espacio curvo que dejaron sus nalgas, su cadera y la colcha de la cama y con tu abrazo sobre ella la levantarás un poco más...y la penetración será mucho más fácil...encontrarás su conducto húmedo y te irás hasta el fondo  y no soltarás, ni  sus labios, ni su lengua...y sentirás su ansiedad y sus movimientos de lanzadera y entonces, naturalmente, abrazarás en sus nalgas y la subirás un poco más y sentirás su carne femenina ser domada y dominada y entonces te sumirás  a sus órdenes y será el juego de siempre o mando o mandas, o mandas tú una vez y la siguiente, yo,  pero los dos juntos y unidos, combinados los dos en uno solo y sólo, alargaremos el momento de la erupción...se soltarán y tus manos buscarán las suyas y al sentirlas,  se entrelazarán los dedos y extenderás sus brazos para crucificarla y buscarás su lengua para apretarla con tus labios y el paladar y lo apretarás y el apretón será creciente porque sentirás que estás, que están por ahogarse en las lluvias, en los diluvios  humanos de siempre; sentirás sus movimientos más cálidos, más frenéticos y te emparejarás con los de ella y tú plastilina en su piel, en sus manos, serás manejable como siempre se ha sido por los días de los siglos pasados y futuros...tus piernas estarás revueltas con las suyas y apretadas formarán una trenza de cuatro hilos y así, el nudo humano que formamos vivirá nuevamente; el frenesí del  momento indicará que todo está ´por reventar y sucederá...los dos explotarán como bolsa de agua, como alud, como maremoto y sentirás su cálida humedad correr por tu piel y ella sentirá tu vida que líquidamente, le estás dando lo mejor de ti, como ella te entregó lo mejor de sí…los chorros de los dos serán explosiones de bengala  del castillo  de la entrega…sentirás sus vibraciones, vivirá tus ondulaciones, tus rigideces  y se apretará más a ti…al sentir su agua tibia, sentir la lo ardiente de la tuya,  como ensalmo  pararán todos los movimientos y los dos se juntarán aun más y se engarrotarán, unidos por la boca, la lengua, las piernas y los sexos, uno dentro del otro y el otro cobijando, protegiendo al uno…sus manos no las soltarás…continuará  crucificada  y  las  piernas seguirán trenzadas y la boca, los labios, las lenguas  se irán calmando, sosegando poco a poco y regresarán a su lugar, a su sitio natural y poco a poco, la piel se irá despegando una de la otra y poco a poco tus manos, tus dedos se irán soltando de sus dedos, de su piel y ella, suelta, irá a colocarse detrás de tu cabeza, en la nuca y la presionará hacia ella y tus manos se colocarán bajo se cuerpo, bajo se cadera en los montecitos de sus nalgas y tu cabeza se irá hacia su pecho y succionará uno y así se quedará por unos segundos, después el otro…los dos se irán tranquilizando poco a poco, pero sin soltarse, si decirte ¡Te quiero! Nada…sólo hambre, ansiedad, posesión…esa salvaje sensación de desear, tener y poseer…te quedarás, estarán así, cinco, seis, o más minutos, escucharás el ritmo de su corazón; ella tendrá el tuyo en su piel y sabrá cuándo y cómo te irás normalizando…

   -   Beto, no sé qué hora es, serán sus primeras palabras y las escucharás lejanas…no contestarás…eres un loco

-   ¿Y qué es el deseo?, dirás finalmente…
-   Algo irrefrenable…una locura…
-   Eso fuimos…unos locos…
-   Pero satisfechos… dije yo, regresando mi cuerpo a su lado… mis manos se habían

separado de sus nalguitas y una se enredará en su mano y la otra la colocarás en su sexo y lo encontrará todo húmedo y caliente; su vello era dócil, enmielado, como panal de miel, chorreando néctar por todas partes… ella pondrá una de sus manos, la libre, en tu sexo; lo encontrará débil, ahíto y en reposo y completamente mojado…

-   ¿Deseas un poco de refresco, una bebida, un poco de vino blanco? Algo para

refrescarnos…

-   Sí…lo que  tú quieras que tome…
-   Mira, ahí, está mi baño… si gustas,  puedes bañarte y debes bañarte, porque irás a tu

casa o te llamarán del trabajo…debes ir limpio, si no perfumado, sí limpio…ahí está una comodita y encontrarás toallas, usa la que quieras…encontrarás jabón, pero usa uno nuevo si gustas…puros de mujer…en lo que bañas y limpias… prepararé las bebidas…me soltó, la solté y salí de la cama y me dirigí a la regadera…oirás cuando ella se levantará…con el chorro de la regadera recibirás los ruidos suyos preparando las bebidas…sentirás los chorros del agua deslizarse por tu piel y te irá refrescando poco a poco y entonces irás reflexionando en las consecuencias de lo que viviste hace un momento, de lo que creaste,  lo que crearon hace un instante; tomarás un jabón, cualquiera y lo traerás de un lado de tu cuerpo a otros y con las manos harás espuma y burbujas y como burbuja y espuma, todos tus pensamientos se irán junto con el agua por coladera…¡Qué importaba! Mañana, el después, se podría enfrentar…terminarás de bañarte – uno o dos untos nada más – y saldrás goteando de agua y ella tendrá la toalla y te irá secando poco a poco, de arriba abajo, de un lado para el otro…te secará tu sexo, lo frotará y, pícaramente le dirá

- ¡Quieto! Más tarde…mañana o después…por hoy…se portó muy bien…terminará de

secarte y te ofrecerá una copa con vino blanco; la recibirás y ella, ya con la suya en sus manos, propondrás un brindis…

- ¡Salud! …¡salud!
- ¡Salud!, dirá ella
- Por nosotros…
- Por los que estén con nosotros y beberán, suavemente ávidos de la vida que

proporciona placer…

- En lo que te vistes, limpiaré un poco y tenderé la cama…¡La dejamos bien movida!…dirá

sonriendo y su boca dibujará una sonrisa…Te irás vistiendo sin prisa…cuando estés vestido preguntarás…

- ¿Te bañarás?
- No, sonriendo, golosa, serenamente, gatuna y felinamente después de tomar su lechita,

de devorar su presa, escucharás que te dice…Quiero quedarme así un momento…tal vez me bañe antes de dormir o así me quede y me vaya a la cama y sería hasta mañana, después de regresar de caminar, cuando me bañe…finalmente no duermo con nadie ni ando con nadie así…que la fragancia de la cama, el olor de la sábana y del cloro no molestará a nadie…

-   Si así lo deseas…está bien y respeto tu decisión…

-   Hacía años, los que tú quieras, que no tenía esta sensación, está placidez, esta

quietud…te parecerá extraño o un capricho, pero deseo quedarme así con tu humedad…no sabes cómo estoy de satisfecha, tranquila, me sé mujer…que aun soy capaz de recibir y de proporcionar placer…no creas que soy sucia…pero deseo tener el recuerdo físico  y mental de este momento que creamos los dos; la presencia íntima de ti, de mí y de lo que somos capaces de recrear, de vivir, de sentir…

-   No he dicho nada…

-   No te preocupes…estaré  muy bien… ¿Y tú?

-   Estoy tranquilo…muy tranquilo…

-   Beto, ¿estás satisfecho?, escucharás que te pregunta y al hacerlo, te tomará de una de

tus manos y se enlazará con la tuya…

-   Sí… ¡Claro que sí! Le dirás… ¡cómo crees que no! Jamás esperé que las cosas llegaran

a donde llegaron…

-   ¡Qué bueno, que fue así! ¿no crees!...Oye, espera…ahora que anduve fuera del país, con

mi amiga estuvimos unos días en Panamá y ahí en un dutty fri compré un pequeño regalo…se desatará de ti, de tu mano y entrará a su recámara; escucharás ruidos de cajones que se jalan y se meten y puertas que se abren y cierran...regresará con un pequeño envoltorio y te lo pondrá en tus mano...es para ti...lo aparté para ti... traje otras cosas para mis hijas, para sus esposos, en fin y éste lo separé para ti...ábrelo...lo harás y verás un frasquito de perfume, envuelto en un empaque cuadriculado donde predomina el color rojo...lo recibirás y sonreirás gozoso...dirás

- Te agradezco este presente y deseo que siempre estemos en comunicación, uno con el

otro...

- Trabajemos para que así sea... ¿ya te vas, verdad?

- Sí...independientemente de la hora que sea, debo irme...

- Son pasaditas de las nueve...

- Si me quedo un poco más, es muy posible que tus encantos me aten y pasaría la noche

contigo, aquí...

- Todavía no...ya habrá un tiempo...pero ahorita aun no...por otro lado no traes ropa, ni

tus útiles personales, lo que me muestra que no tenías pensado pasar la noche conmigo y eso habla bien de ti...

- Me voy...dirás y ella se encaminará contigo hacia la salida y en el pórtico de la casa, te

dirá...hablaré al vigilante para que siempre que vayas a venir, te dejen pasar... ¿Bien?

- Gracias…te llamo , cuando ya esté en casa y 
en mi recámara, después de que me haya 
puesto al corriente de mis cosas de trabajo y esté 
tranquilo…te acercarás a ella y la abrazarás; tus 
manos se colocarán en su espalda y una de ellas 
bajará a su cadera, mas no hará ningún intento de 
rechazar la cercanía de la carne y de la intención de 
comunicación…sus labios se buscarán entre 
sí…sentirás lo cálido de sus labios, lo plenos de su 
ofrenda de amor y vivirás su tranquilidad y deseo 
sexual satisfecho…en el beso te dirá que te desea y 
que está en comunicación con tu carne…prolongarán 
el beso un poco más y sentirás moverse su lengua, 
enlazarse con la tuya y jugar en el agua del deseo y la 
confianza…suavemente, reposadamente, ella 
separará tus manos de su cuerpo y su lengua, sus 
labios y su boca se irán separando y cerrando, 
dejando la humedad de la comunicación e 
identificación carnal seguras, tranquilas…

- ¿Tienes mi teléfono de casa?

- Sí, se parece, es casi igual a uno de los viejos 
números de la casa…te llamo, y estaremos 
en comunicación…

- ¿Qué harás mañana?

- Mañana, es domingo…día familiar…vienen 
mis hijas y o vamos a comer en la casa de 
alguna de ellas o salimos a comer o vamos a Iratzio o 
comemos en casa, pero es día de ellos… ¿y tú?

- Primero, reportarme y después resolver mis 
compromisos de trabajo personales con los 
diarios y descansar y estar pre venido para lo que 
podría ser la siguiente semana…estamos en 
contacto…

-   ¡Hasta pronto! Dirá; le presionarás suavemente su mano, te soltarás; entrarás en el auto

que manejas y maniobrarás para salir y recorrer la cinta  y sus columpios…por el espejo verás la luz de su porche y te dedicarás a manejar para salir…te detendrás en la caseta de vigilancia; te reconocerán y levantarán la pluma-barrera  de detención y saldrás y en lugar de regresarte por donde entraste te irás a la izquierda para tomar casi luego, luego el periférico, por un costado de COSTCO; al llegar, esperarás la luz verde y cuando la tengas te enfilarás hacia tu derecha para pasar pronto por el frente de casa de gobierno  y bajarás hacia el crucero de la calzada Juárez y seguirás de frente hasta llegar al entronque de Star Médica y el lienzo del rancho del Charro; bajarás a tu  izquierda y rodarás las cuatro cuadras que te faltan para la calle en donde vives y darás vuelta a la derecha para rodar dos cuadras y doblar otra vez a la derecha y casi un instante después doblarás a la izquierda y treinta metros después estarás en el frente de tu casa… estacionarás el carrito, te bajarás, cerrarás y entrarás en la casa…saludarás y dirás

-   ¡Ya vine!

-   Bien, papá, te contestará Rocío…y complementará…ninguna llamada, ningún

recado…todo bien…

-   Subo a revisar mis cosas…descansaré y cuando meriendes me avisas para ver si

meriendo contigo…

-   De acuerdo, papá…terminará tu hija y te verá subir la escalera…tu recámara, que estará en diagonal a la derecha, estará cerrada para evitar que el perro de la casa – Alejandro – se suba a tu cama…entrarás, te sentarás frente a tu escritorio y encenderás tu sistema de cómputo; después de teclear, verás tus correos, picarás algunos y contestarás; satisfecho, cerrarás el sistema y de la mesa revistero, papelera, revisarás tus notas periodísticas, harás algunas anotaciones para ordenar tus trabajos periodísticos y al terminar… te separarás de tu escritorio y sistema de cómputo y te sentarás en el sillón que te prestó tu hija y en ese momento, no antes, irás por el teléfono portátil y marcarás los siete números de su aparato de su hogar…escucharás el zumbador que llama…tres, cuatro veces más y te llega la voz, delgada, suave, risueña de ella…

- Hola, hola…
- Me reporto contigo
- Gracias, por hacerlo, pero no soy tu jefa…
- Ciertamente, pero ofrecí llamarte cuando hubiera llegado y al terminar mis cosas y eso

hago…

- Bien, muy bien…
- Oye, para no estar conque estás o no estoy, te pido que acordemos algo
- ¿Cómo qué?
- Coincidir en la hora de las llamadas a los teléfonos fijos…si se presenta algún incidente

que altere la posibilidad de la llamada, usamos el portátil…así estaremos siempre comunicados…y en condiciones de enlazarnos

- ¿Como en la tarde?….escucharás que te dice…

- Si fuera posible, sí, pues sí… ¿me entiendes, verdad?
- Sí, por supuesto… ¿todo bien?
- ¡Súper!
- Tengo mis cosas listas y todo listo para mañana…
- ¿Qué harás?
- Reportarme y estar dispuesto
- Eso es lo más importante…
- …Y esperar…si no hay nada…escribir y descansar…
- Bien, pues que todo sea así como lo dijimos…
- Así será…buenas noches…
- Buenas noches, escucharás que te responde y oirás el cierre de la

comunicación…Colgarás y hasta entonces te pondrás a pensar en los sucesos de la tarde…ciertamente te mostrarás y te sentirás satisfecho en todo sentido, pues jamás imaginaste que todo sería así, tan pronto y en la forma como se presentó…pensarás…en que no haces daño a nadie y tus juicios irán pro ese cauce…no dañas, no lesionas, no engañas y sí te comprometes y et harás la reflexión… ¿a tu edad estás en condiciones de contraer un compromiso? Recordarás que allá en el lejano 1980 te casaste nuevamente, por la razón que haya sido, pero estabas poco más de veinte años más joven, después del hundimiento de tu matrimonio, la muerte de la madre de tus hijos y con la intención de rehacer tu vida y recuperar en lo posible a tus cuatro hijos, pusiste toda la energía para volver a construir una vida derrumbada y lo lograste; pero ahora, es otro tiempo, es otro lugar y es otra mujer…tal vez más correteada que la otra, pero mujer…¿Estará dispuesta a participar en la aventura, primero, de los juegos del amor y del deseo y querrá participar en la reconstrucción de las vidas y vivir el futuro de los dos para los dos? No tienes la respuesta, pero recuerdas, recreas las cuatro, o más horas pasadas, desde la llegada con las flores y los langostinos y langostas; los preparativos y los aperitivos, las caricias y juegos iniciales, los besos y la ofrenda del cuerpo y la satisfacción del amor y la naturalidad con que dispuso todo, el baño, el jabón, la toalla, las palabras…"para que vayas limpio" te mostró que es una mujer canchera, con muchas tablas o sábanas en el pasado y que sabe cómo tratar a un hombre; por lo menos, pensarás, a mí me dejó satisfecho y decidirás que Ella, bien vale la oportunidad de respirar, de vibrar, de sentir, de emocionarte, de interesarte y de soñar, porque finalmente, dos cosas; París, bien vale una misa y los sueños, ¡Sueños son! Mas qué sería de la vida del ser humano sin los sueños.

Con esas palabras en tu mente, te dormirás y despertarás lleno de alegría, de tranquilidad, porque hasta eso, te trajo tranquilidad y paz a tu vida; trabajarás todos los días con un nuevo aliciente y un nuevo interés muy personal.

En los días siguientes, llamabas al término de la jornada de trabajo citadino, al regreso de las jornadas fuera de la ciudad y del recorrido por el interior del estado y siempre encontrarás en su voz el gusto de escucharte, la frescura de su voz y el deseo de conversar, pero, acaso, lo más importante, el deseo de comunicarse contigo siempre lo encontrarás al otro extremo del teléfono; porque no fue posible verse y encontrarse en algún lugar o en su casa – en la tuya, no…porque no tienes casa y llevarla a la casa de tu hija, sería un pecado sacrílego - sabrás que no se verán, pero que existen dos posibilidades: el siguiente fin de semana y al inicio del siguiente mes, en el que habrá veda política, pues la cúpula del partido tomará la Gran Decisión y a uno de los dos le dirá Las Palabras Mayores y podrían darse las circunstancias de salir e ir a un balneario cerca de Coahuayana…tendrás la seguridad de lo primero y la buscarás la noche de casi fin de semana…ansioso, poco noche,  marcarás los siete números de su casa…escucharás su voz, aun no  adormilada…jovial, fresca, transparente, aun a las diez de la noche…

- Hola, hola…buenas noches…

- Buenas noches… ¿descansando o ya casi durmiendo?…

- Descansando…Aun no es mi hora de dormir…debo ver y escuchar las noticias, leer un

poco y…

- …¿Ponerte tu traje de noche?

- No tengo traje de noche…no iré a ninguna fiesta.

- Es una broma…así le llama mi hija a la pijama… ¿No soy inoportuno?

- ¡Ah! No lo sabía…buena calificación…Claro que no eres inoportuno…eres bien

recibido…terminando de trabajar…sí…terminé  de revisar lo pendiente, comprobé los envíos a los diarios más importante  de la ciudad y de las principales del interior, como Uruapan, Lázaro Cárdenas, Apatzingán…pero no es ése el motivo de esta llamada…

- Tú dime…oye, te reconozco todas tus llamadas y todo lo que conversamos…eres muy
buen platicador…me agrada hacer eso…

- Gracias…por lo menos tengo un punto a mi favor…

- Tienes varios, pero…en otro momento los platicamos…estoy a tus órdenes…

- (Le dirás, con la voz controlada)…existen condiciones para  tener un poco de tiempo el
sábado, éste  que viene, de ir a comer…

- Maravilloso…Címbalos y trompetas lo canten y lo acompañen… Tú dices, soy materia
dispuesta…escucharás su gusto por la invitación…

- Bueno, le dirás…tu decide…o comemos en tu casa o comemos fuera, en un buen
restaurante…No importa el que sea…

- ¡Muy rico y pagador el señor!

- No…sé el gusto de disfrutar la compañía y la conversación de una mujer que a su belleza
une la inteligencia y la madurez que da la vida…como el buen vino blanco o el champán…

- Me estás diciendo vieja, eh…escucharás que te dice, sonriendo e imaginarás sus labios
extendiéndose ligeramente para sonreír…

-   No…te estoy diciendo que me agrada conversar contigo…tú charlas de política, política

partidista, de política magisterial, de educación, de modas, de gastronomía, de toreros, de… ¡todo!

-   Bien, si me dejas elegir, te dirá… comemos en casa…ahora yo prepararé las langostas…

-   ¿No las utilizaste para comer con tu familia?

-   No…no…me hubieran cuestionado – escucharás que te dice - y tu aun eres un

secreto…todavía no deben saber nada de ti…hasta que se den las cosas y éstas estén maduras…antes no, porque se quedan en el nivel de las ilusiones…

-   Bien, eso tú lo manejas…entonces, ¿Qué llevo?, dirás…

-   Eso lo dejo a tu elección…te completará

-   ¿Pan blanco, pan blanco especial, vino blanco, postre? Ofrecerás…

-   No, no…sólo vino blanco…de lo restante…yo me encargo, incluyendo el postre, te dirá…

-   ¿Un Blue Num, alemán? , propondrás…

-   Está bien… te dirá, aceptando…

-   Entonces, hasta el siguiente sábado…pasado mañana…dirás, casi despidiéndote

-   ¿Como a qué hora llegarás? Para tomar mi tiempo y tener todo a punto…, preguntará…

-   Cerca de las dos de la tarde…Bien, Sun…nos …

-   ¿Cómo dijiste?

- Sun…apreciativo de tu nombre…sol, en 
  inglés……te imaginarás su asombro y 
  sonrisa…

- Jamás, nadie me había llamado Sol…No me 
  desagrada, escucharás que te dice, 

halagada…

- Bien, buenas noches y que duermas bien…

- Igualmente…oye, una pregunta, ¿sí?

- ¿Por qué no me dices …que sueñes conmigo?

- Porque aspiro a ser una realidad, no un 
  sueño…

- Me parece lógico, viniendo de ti…entonces, 
  hasta pasado mañana…

- Sí, pero te hablo mañana, por la tarde, que no 
  es un lazo para atarte y no te muevas…es 

una comunicación que construye una vía para los 
dos…

- No pienso en eso… ni así…somos adultos y 
  sabemos lo que ganamos y lo que 

perdemos… Buenas noches…

- Buenas noches, dirás y escucharás que 
  cuelga…de regreso a tu casa, porque hablaste 
  del 

trabajo…verás tus tiempos y tus cosas y sabrás que 
harás todo lo posible para disponer de ese 
tiempo…tres o cinco ahora o más, de ser 
necesario…por ser a las dos la cita, pensarás que 
estarás poco más de ocho horas en su casa: llegarás a 
casa y revisarás tus notas periodísticas pendientes, las 
ordenarás para tus artículos y leerás un poco y te 
dormirás…al día siguiente, después de realizar tus 
actividades personales y cotidianas, sabrás lo que 

debes hacer o  harás…vigilar y anotar las acciones de tu jefe-amigo y preparar la información a mandar; revisar el documento y revisar las fotos; preparar la información y enviarla y comprobar la recepción en los medios informativos más importantes de la ciudad y del estado y hasta entonces, llamarás, y marcarás los siete números de su teléfono…escucharás dos o más veces el  zumbador y oirás que descuelgan y su voz te llegará a tus oídos y en tu mente crearás su imagen…Su voz, jovial, fresca, clara te llegará desde el sur de la ciudad…

- Hola, hola…Buenas tardes o casi noche…

- Buenas tardes y casi noche…ofrezco una disculpa…se me fue el tiempo y hasta ahorita te

puse en mis cosas…no te pongo en mi mente, porque si no, no trabajaría, dirás…

- No te preocupes…yo entiendo y te entiendo y acepto, pero cumples lo que

ofreces…llamarías y estás llamando…te contestará

- Lo hago con gusto…¿Cómo te fue en el día? preguntará

- Pura rutina…todas mis cosas bien…Iratzio, el horno, mi comadre, mi caminata matutina

y las llamadas a mis hijas…todo sin incidentes…todo bien… ¿Y a  ti? Y la conversación se hilvanará

- Igual…todo dentro de lo previsto…nada fuera de lo  esperado…ya ardo en deseos de que

sea mañana…

- ¿Porque vendrás?

- Estaré ahí a las dos…me saldré desde la una…llegaré puntual…ya quiero verte y agarrarte tu pelo en forma de cola de caballo… y ver tu figura….juvenil, de fachas, pero de sandalias muy sofisticadas, elaboradas…todo bien, muy bien…

- Entonces, ¿Cómo lo dijimos ayer?

- Así será…como lo establecimos…estaré puntual… no te digo que un beso porque confío en que mañana te daré, nos daremos, algunos…

- Con todo el afecto del mundo…

- Y del deseo

- ¿Deseo…de?

- Verte, abrazarte, sentir tu calor y besar la piel que te envuelve y desmadejar tu cola de caballo…dirás audazmente

- Bien, bien está…pícaramente te dirá…así será y tú lo dices…entonces, ¡Hasta mañana!

- Hasta mañana, Sun…Y colgarás…escucharás que ella cuelga y hasta entonces colocas la bocina en el aparato y te prepararás para salir de tu espacio de trabajo…llegarás a tu casa y harás la lista de lo que debes comprar y en dónde y ordenarás tu tiempo, partiendo del disponible; dispuesto tu agenda del sábado siguiente, sólo deseas que no haya algo imprevisto, una tarea no esperada y rompa la posibilidad de ir a su encuentro…te dormirás confiando en el mañana…al día siguiente harás lo rutinario encasa y saldrás a tiempo para estar puntual; preguntarás sobre las actividades, y harás la pregunta no deseada…¿cambios? Te darán la respuesta que esperas: ninguno y te dispondrás a realizar tu tarea pensando que deberás estar libre poco antes de la una, informar que todo está cubierto y que te retiras; elaboras los documentos y fotos a enviar, revisarás y comprobarás que todo haya estado bien y llegado y recibido en orden y bien y verás lo pendiente y probable para el primer día de trabajo de la semana y hasta entonces, pasarás a despedirte y saldrás sin prisas, pues tienes suficiente tiempo; en tu casa ya habrás informado que no irías a comer y que era seguro que llegarías después de las diez de la noche...en el vochito de tu hija, rodarás hacia el sur, pero te detendrás en la calzada Ventura Puente y te bajarás a comprar una botella de vino blanco Blue Num y otra de Freixenet; desearás comprar un poco de pan blanco y algunas semillas como pistaches, pero recordarás que te dijo que ella resolvería todo; decidido todo, pagarás lo que llevas y regresarás al carrito, lo encenderás y rodarás nuevamente hacia el sur y  cerca de Carrillo te detendrás y comprarás el paquete con dos docenas de rosas rojas y una decena de nardos, con unas hojas de camedor, hecho esto, verás el tiempo y sabrás que tienes mucho tiempo, incluso considerando el necesario para cubrir la distancia, unos veinte-veinticinco minutos para llegar a las montañas en donde ella vive; así que pierdes un poco de tiempo — ajuste de tiempo, dicen los políticos — y hasta que faltan veinticinco minutos para las dos regresas al tu carrito y lo llevas hacia las montañas del sur...te llegará la canción de Trova Suriana...¡Por las montañas del Sur!...¡Vámonos para Guerrero!, porque me falta un lucero y ese lucero eres tú...irás optimista, pero sin plan preconcebido; verás pasar el parque Juárez, la glorieta, subirás por

Casa de Gobierno y en el semáforo de Costco esperarás la fecha que te indique que puedes dar vuelta a la izquierda; cuando sale, lo harás y rodarás por puros bulevares entre laderas y boques; llegarás en poco tiempo y verás tu reloj…tiempo suficiente… te enfilarás hacia la caseta de vigilancia; te detendrás; sacarás la mano al vigilante; él te hará la seña de que puedes pasar y subirá la pluma y entonces, meterás primera para salir con potencia  y rodarás pro las lomas y casas enjardinadas a ambos lados de la carretera panorámica y silbando, "voy por la vereda tropical", llegarás a la cima y te enfilarás hacia su cochera y frente de su casa estacionarás el carrito rojo…saldrás del vehículo y al momento de cerrarlo, la verás…vestida juvenilmente…ropa vaporosa en la parte de arriba – la blusa – color verde agua, liga de la cola de caballo del mismo color y cortos color rosa y sandalias bien decoradas y del tamaño del pie, ni grandes ni pequeñas…justas…sin reloj, sin anillos, con unos discretos aretes de perla, pero unida al lóbulo de su oreja…te dirá

- Puntual…Pasa...Llegas justo cuando ya pensaba en ti…responderás

- Gracias por recibirme en tu casa…hilvanarás la conversación.

- Ya sabes que esta es tu casa…verás que se acerca a ti con los brazos abiertos,

enlazándote por la cintura…te acogerás al abrazo y te fundirás en su cuerpo, que tanto deseas y que no olvidas …ella colocará su cabeza en tu pecho y sentirás la intensidad de su fuerza, lo cálido de su cuerpo y el afecto con que te recibe…tú le transmitirás en ese abrazo, toda la intensidad  de tu deseo de verla, abrazarla, acariciarla y besarla, pero sabes que eso será después no en ese momento, frente a su casa…enlazados así, intentará conducirte al interior de  la casa, pero te detendrás…

- Espera…dirás

- ¿Por qué o a qué?, dirá extrañada…

- Permite sacar las cosas que traigo…y te regresarás al vochito y bajarás las dos bolsas de

plástico con el vino blanco  y el paquete con las dos docenas de rosas…acomodas tu cuerpo para cerrar el auto y cuando lo logras, ahora sí tú la abrazas a ella y te conduce al interior de su casa…

- Pasa, Beto…ésta es tu casa…

- Que es tuya…

- Sí, te dirá sonriendo… es mía…entrarás a su casa, que  está  llena de luz, pues todas las

ventanas están abiertas y las cortinas corridas para que dejen entrar el diluvio de luz…verás lo que no viste la ocasión anterior…su casa está en la ladera de un cerro y el cerro, de hecho, es una tapia que da luz, sombra y frío a la casa…ya en el recibidor dirás, al mismo tiempo que liberas tus brazos…

- Estas  rosas  son  para ti…rosas rojas, pero no para una dama triste y sí para una dama

alegre, llena de vida y alargarás los brazos y entregarás el paquete de rosas y con la otra mano dejarás en una mano las bolsas de Trico que contienen las botellas de Blue Num y la de Freixenet…Te las recibirá  y te dirá lo que esperas que diga

\- Gracias…mi galán…muy bien….sigues sumando puntos…Se separará de ti e irá a la

cocina y dejará sobre la mesa de cortar las rosas, se dirigirá al refrigerador y colocaré en la hielera las dos botellas – verás que voltea la cara y te pregunta -,

\- ¿Cuál de las dos es para este momento?...

\- Eso tú lo decides…si quieres probamos los dos, aunque lo quede deberás, deberá

O deberemos terminarlo en no más de 72 horas…

\- ¿es manda? preguntará sonriendo.

\- No, lo que sucede es que ese vino, el de la botella más gruesa y envuelto en tela plástica

metálica, es mexicano y casi toda su producción se envía a España; su planta está en Ezequiel Montes, Querétaro.

\- ¡Ah! Dirá sorprendida... Cerrará la puerta del refrigerador y se dirigirá hacia ti, que estás

sobre la mesa de cocinar…señor, espera a que corte mis rosas…desenvolverá el paquete y verá que son dos tipos de flores…

\- ¡Nardos y Rosas!

\- Nardos para perfumar. Rosas para embellecer…Todo simple

\- ¡Con Camedor!…para el arreglo…Así es…

\- En lo que preparo los floreros, busca por ahí la bebida para que hagas un aperitivo para

cada uno…por ahí están las botellas y los refrescos con el agua de sabores, negras, verdes o blancas…Seguirás sus dedos y verás su dirección y encontrarás al final, las botellas que ella señala…JB, Wiborova, Oso Negro y Buchanan, 10 años, más sidral coca cola, peñafiel, hielo y algunas golosinas y semillas saladas...buscarás los vasos para los jaiboles e iniciarás la preparación de las bebidas...Buchs, para ella, con agua mineral y dos cubos de hielo y JB y sidral, con dos cubos de hielo; por estar embebido en las bebidas no verás la preparación de los dos floreros...las rosas, en un florero corto y transparente y los nardos, en un florero alto, delgado y en tono rosado...cuando regresas a donde ella está ya habrá casi terminado de hacer los dos floreros y verás, satisfecho que las rosas las lleva para la sala y los nardos lo coloca en la mesa buró de su recámara...se dirigirá a su equipo modular y únicamente pulsará una tecla y comenzarás a escuchar el sabor dulzón y el sonido muy especial de música de Ray Conniff...al regresar te dirá...

- Listo, señor, regresando a donde tú estás...en la cocina...hasta ese  momento le

extiendes tu brazo con su bebida...

- Espero que no se te haya pasado la mano, porque pensaré que me quieres agarrar

Borrachita, te dirá pícaramente...sonreirás y le seguirás el juego...

- No, ¡Cómo crees! Toma, sentémonos y brindemos

- ¿Y por qué sentados? Aquí parados...sentirás su ligero jalón de su mano y te acercarás a

ella y la abrazarás con una mano y con la otra ofrecerás el brindis y dirás...

- Salud...por este momento, al llegar a casa...Y beberán y entonces ampliarás el brindis

- Por nosotros, y por los que estén con nosotros…nuevamente beberán…tú sentirás el

sabor dulzón del JB y lo fríos de la bebida se quedará por un momento en tu garganta…con el vaso en tu mano, bajarás tu cabeza un poco y buscarás su cara, su boca…besarás su cara, la piel de sus pómulos, su nariz, sus párpados, sus cejas y tus labios encontrarán los suyos y tu boca llamará a su puerta para que la suya reciba tu beso…ávido besarás esos labios que te ofrecen una sensación combinada de afecto, deseo y calor, así como su ansiedad…te fundirás en el beso suyo y la embrazarás fuertemente de su espalda y bajarás tu mano hacia su cintura y la presionarás hacia ti y sentirás su cuerpo aun juvenil que está ahí, expectante, pero sin reservas, esperándote…tu lengua abrirá el combate con la suya y ambas nadarán en el océano del deseo común y mecánicamente buscarás en dónde dejar tu vaso, su vaso y arrastrando los pies dejarán los vasos en la mesa de cortar, de la cocina y se abrazarán intensamente, frenéticamente, ansiosamente…sueltas por el vértigo del deseo, las lenguas se enlazarán y nadarán en el agua de las bocas y se anudarán como dos llamas crepitantes, que desearán hablar…durarán en el beso diez, quince, treinta, sesenta y hasta más segundo sin intentar respirar…sentirás su cuerpo, te sentirá en el suyo y antes de dar un paso adelante, ella se separará de ti y dirá, tranquila sensata…

- ¡Ah!...para…detente, porque si seguimos no disfrutaremos la comida y me agradaría que

La saborearas pues la hice para los dos…te dirá…Te soltará, la soltarás y mecánicamente dirás…

-   Bebamos y terminemos nuestra copa…Salud, por la vida y el destino…

-   Sí…que permitan que los hilos de nuestra sigan unidos en la ruta de nuestras vidas por un…

-   …Buen tiempo y todo el tiempo que venga y siga…y beberás ávidamente...sentirás cómo lo frío del vaso apaga el fuego que mostrabas  y que salía por cada poro de tu piel y se manifestaba en cada uno de tus actos…el deseo, sólo  y solo el deseo…dejarás un poco en el vaso y verás cómo ella, igual que tú, deja un poco en el vaso y se dirige, con tu manos entre las suyas, hacia la cocina; te mostrará las cacerolas…una de ellas tiene un poco de consomé – de res, te dirá -; otra, unas pequeñas empanaditas cubiertas por una salsa rosada y en otra, las langostas, su rojizo cuerpo sobresalen de la cacerola y su fragancia - a ajo y chile guajillo -, se distribuye por ese espacio y en otra más, frijoles refritos, chinitos de manteca, con un poco de queso – añejo, por su textura y sabor, que  te imaginas -. Te irá mostrando vianda por vianda y después te llevará a la mesa, que ya está arreglada y dispuesto el servicio para dos comensales; en el centro, pero cercano a la cabecera, un platillo con crotones, para el caldo, un frasco pequeño de salsa Tabasco y pan blanco rebanado, además de sal y limón, más chile verde cortado en trozos minúsculo y un poco de cebolla y los respectivos vasos para el agua y las copas para el vino blanco, así como las servilletas…

-   Siéntate, Beto…aquí en la cabecera…

-   Es un honor inmerecido, pero te corresponde a ti…tú eres la dueña de la casa…

- Pero lo cedo a ti…tú eres mi dueño…
- Cuando oíste eso de "dueño " te sentirás ufano y como guajolote
- …da…por favor…ven. Hazme el favor, siéntate aquí…Y jalará la silla para que te sientes y

lo harás…ella se irá a la cocina; escucharás ruidos de trajinar de trastes de cocina y en un instante traerá dos pequeñas tazas con el consomé de res… dejará la tuya frente a ti y ella colocará la suya y te dirá

- Disfrutemos, es el momento de disfrutar los alimentos… ¿Tú bendices la mesa?
- No, yo, casi nunca lo he hecho, pero un tío mío, sí lo hacía, lo hacíamos tres veces al

día… ¿Tú?

- Igual, sólo cuando estaba niña, con mamá…
- Bueno, magníficos recuerdos y yo no tengo ningún reparo en que bendigas la mesa…
- No…habrá otros momentos… ¡Buen provecho! Escucharás que te dice e inicia la

preparación de su consomé, que se ve sin grasa y con verduras, sobre todo chícharos y papas…verás que le agrega un poco de chile rebanado, cebolla y limón, con unos cuantos crotones y dos gotas de tabasco…escucharás que te dice…

- Me pregunté si te gustaría sin grasa y decidí prepararlo así…
- ¿Cómo? Preguntarás, iniciando la preparación del tuyo…chile rebanado, cebolla, un poco

de sal, limón y gotas de Tabasco…te contará…

- Compré la carne del cocido con hueso días antes y lo preparé, pero lo dejé en la hielera;

ahí se congeló y hoy, antes  de  prepararlo,  le saqué la nata de la grasa, pues ya estaba, pues ya estaba congelada…

  -     Lo probarás y para sazonarlo aun más le
         agregarás más de Tabasco y una pizca de
         sal…Tu

comentario será… ¡está delicioso! Irás colocando uno crotones en el consomé y poco a poco lo irás disfrutando…ella se levantará  eirá al refrigerador y sacará las dos botellas; te las mostrará y dejarás le decisión en ella…elegirá de Freixenet; verás que busca el sacacorchos; al encontrarlo,  le quita el vestido negro a la señora botella y lo manipulará para liberarla del corcho; escucharás el plock de su expulsión y verás el gas que escapa; lo servirá en las copas de ambos y hasta entonces regresará a su asiento…sabrás el sabor sazonado del consomé y sonreirás al considerar que te apapacha bastante…verás cómo ella te está vigilando para ver los gestos que haces al disfrutar el tazón de consomé…verás su sonrisa de agradecimiento/satisfacción y verás que continúa comiendo, disfrutando el momento…viandas y bebida y conversación…escucharás que te cuenta de su viaje a panamá; las esclusas, el clima, la gente…tú estarás atento, pero te llenarás con la vista de su cuerpo, con la imaginación de su cadera, de sus nalgas y desearás que pase pronto al comida porque ya se te queman las habas para pasar al postre que se servirá en la recámara...

  -     ¡Sabrosísimo! En honor a la verdad, jamás lo
         había disfrutado ni en Aguascalientes ni en

La casa de mis tíos…Eres maravillosa, no únicamente en la cocina…

- ¿Por qué dices que ni en la casa de tus tíos?

- ¡Ah! En mi infancia viví casi todos los fines de semana de 2 años con un tío y su familia

Y todos los días mi tía Enedina preparaba cocido para todos, menos para su esposo, mi tío y el hijo mayor, Amparo, pero el cocido lo hacía humildemente y lo sazonaba maravillosamente con una salsa al molcajete, de chile negro con tomates asados al comal en la estufa…

- Dime, cómo, te preguntará…

- Colocaba, le contarás, primero las semillas del chiles negros sobre el comal caliente;

cuando dejaba las semillas, le apagaba a la parrilla y las movía para que no se fueran a quemar; al estar tostada, pero no quemadas, las ponía en el molcajete y encendía nuevamente la parrilla con el comal y sobre él dejaba ajo y los chiles negros y los volteaba continuamente; cuando estaban asados, sin quemar, los sacaba y dejaba en un recipiente con agua para reblandecerlos y entonces colocaba los tomates y los movía y cambiaba de cara al fuego y hasta que salía bastante espuma de ellos les apagaba y permitía que se enfriara el comal; en tanto molía en el molcajete un poco de sal y las semillas, con el ajo, cuando ya eran, casi, una pomada, les agregaba los chiles, que desmenuzaba un poco antes, los que ya reblandecidos, fácilmente se deshacían y al final les agregaba los tomates de dos en dos y cuando ya estaba todo molido, lo acercaba a la mesa…esa salsa con semillas de chile molidas, previamente asadas…las llevo en mí…mis tíos me mataron el hambre…

- ¡Salud! Oirás que dice y verás que levanta la mano con el Freixenet…
- ¡salud! Por este momento
- Sí y por los recuerdos que son la vida que recreamos…verás que levanta su brazo con la

copa en la mano y que toma un poco de la bebida…que la paladea y escucharás satisfecho su juicio sobre el vino blanco…

- Magnífico…buena mesa, buen conversador y buen vino…inigualable…
- Que sea así…todo…siempre o por lo menos que pongamos de nuestra parte todo lo

posible para que así sea…

- Nunca lo había probado…Es magnífico…dulce, afrutado, suave al paladar y frío…Notarás

Que bebe otro trago y coqueta, con la mirada, te preguntará ¿Y tú?

- Me deleitaba viéndote, le contestarás y beberás hasta el fondo…
- Bien…si ya terminaste…te serviré los ravioles…verás cómo están y me dirás… ¡Eh!
- Claro que sí y verás que se levanta de la mesa, toma tu plato y se dirige a la

cocina…verás la parte trasera de su cuerpo y sonreirás golosamente, porque te dirás que ese cuerpo es, será tuyo…escucharás los ruidos domésticos y la verás con dos platos en las manos y colocará uno frente a ti y el otro, frente a su lugar; levantarás la botella de vino blanco y preguntarás con el gesto y con la mirada; entenderás su respuesta y servirás poco más de la mitad de cada copa…Tendrás frente a ti un plato con ocho o más ravioles, en salsa rosa…

- ¡No le hagas gestos!
- No…no es de rechazo o desaprobación…es de satisfacción… ¡ravioles!
- En salsa de jitomate, con morr0ones asados y en jocoque, para …
- Para darles un toque de sabor agridulce…
- Así es…espero que te agraden…
- Por supuesto que sí…cocinaste para mí y si aplico, interesadamente mi forma de cocinar,

Me amas un poco, acaso una diezmillonésima, pero algo es algo para empezar…

- ¿Cuál es tu filosofía al cocinar?
- Cocinar para lo que amas…para lo que quieres… Así…
- ¡Todo te sale bien, con sabor, imagen y sazón!

Sí…no lo sabía, pero me animé y decidí a

Prepararlos así, pues consideré que tú me importabas y todo estará magnífico y si salían mal, todo se perdonaría…Dirás

- ¡Salud! Por el destino que nos da la oportunidad de anudar este momento de nuestras

Vidas, junto con el sabor, el deseo, la plática y la imaginación y la fantasía…

- ¡Salud! Que todo sea por lo menos la mitad de lo que llevan nuestras palabras, dirá…

- Que la vida y el destino nos den la oportunidad de disfrutar el futuro, si es igual o mejor

que  este momento...te escucharás decir...tomarán de sus copas y tú sentirás lo frío del licor que te refresca la garganta y la verás a ella cómo cierra sus ojos para degustar íntimamente la bebida...

- Así sea...levantarán las copas y terminarán su contenido...se dispondrán los dos a disfrutar de los ravioles y notarás lo que ella te

dijo...morrones asados y lo agrio del jocoque; sonreirás como gato...cocinó para ti...parece que muestra interés en ti, te dirás, en mí te repetirás...con el tenedor de tu servicio ensartarás los ravioles  y los bañarás de la salsa de chile morrón y acompañarás cara pieza con pequeños y ligeros sorbos de tu vino blanco Freixenet...verás satisfecho que ella hace casi lo mismo, pero  con la cuchara lleva cada pieza a su deliciosa y apetecible  boca...Servirás un poco más, casi lo último del Freixenet y disfrutarán los ravioles ...porque la estás vigilando, verás que ella termina primero el platillo de ravioles y verás satisfecho que ella, también, te vigila; cuando terminas, te escucharás ofreciendo el brindis...

- Propongo brindar por la comida, por esta comida, por estas viandas...
- ¡Así sea!... ¡salud!
- Mas, también, dirás, por el motivo, el último o penúltimo...dirás y sonreirás...

Ella no te entenderá, pero si gustosa y copa en mano, dirá que sí, al preguntar

- Sí…Oye, ¿Cuál?, serán sus palabras llenas de coquetería…
- El de hacerlos para disfrutarlos con quien se ama o para quien se ama…
- Sí…por esos y por este momento…sabiendo que el tiempo corre y que pasa, igual
Que siempre, por el tiempo…
- ¡Sí! Brindemos…y tomarán, tú un trago largo, casi la mitad de la copa y, ella, un trago
Detenido que, según tú, sería para tomarle más sabor a los restos de los crotones y si hacen maridaje con el vino blanco…
- ¡Salud! Y verás su cara con sus ojos cerrados y te escucharás decir…
- ¡Quisiera ser Moisés para detener el tiempo y el sol y derrumbar tus murallas!
- Seas o no sea Moisés, acepto tu brindis y deseo…así sea y agotarás, y ella, igual, hasta el
Fondo y cerrando los ojos dejarán que pase esos instantes mínimos de comunicación y de éxtasis…viendo que está terminado el vino de las copas y que los platos están libres de ravioles en salsa de Jocoque con morrones asados, se levantará y te dirá…
- Sirve lo último de la botella de Freixenet y lo haces y lo distribuyes en las dos copas y
llevas a su boca y la invitas a agotar su contenido; tú, con la mano libre, haces lo mismo y los dos terminan hasta el fin del Freixenet…sonreirás y escucharás que te dice

- Espera…yo me encargo de todo…tomará tu plato, se dirigirá hacia la cocina y abrirá el refrigerador; tomará la botella de Blue Num, te le llevará la mesa, con todo y sacacorchos; la colocará frente a ti, con la indicación implícita de que le quites el corcho; tú harás lo que ella te dijo, sin hablar…el plock del corcho se escuchará y se verá la lengüeta de gas que sale de la botella y esperará que regrese para servirle el trago inicial para que lo paladee y ofrezca su opinión; botella en mano la esperarás…ella regresará con la cacerola de langostas y la colocará frente a su espacio…entonces,., le vaciarás un poco, muy poco, sólo para un sorbo, un traguito, del líquido de la botella…verás que lo toma, lo cata, se enjuaga su paladar con él, lo degusta, lo traga y sonríe…

- Está muy bueno, pero me agradó más el otro, el mexicano…

- Es mucho mejor, pero éste no queda mal…bueno, para la otra ocasión, estará presente…

Servirás, generosamente, en las copas el Blue Num…

- Bien, ahora, a hacerle los honores al platillo principal… ¡A ver cómo salió!

- Debió salir y estar excelente…extraordinario…se hicieron, se prepararon con amor…el

Condimento indispensable para una suculenta comida…Bueno, aunque Cervantes o el Quijote, o Los dos afirman que el mejor condimento es el hambre, para mí es el amor…indispensable en la elaboración de todos los platillos, así sean huevos pasados por agua o frijoles de olla…verás que ella te sirve dos langostas y te verá a los ojos, y con los tuyos, le dirás que no, y colocará sólo una y entonces te ofrecerá frijoles refritos con queso añejo, mas le dirás, también con la mirada, que no…colocará tu plato frente a ti y verás que ella se sirve y sonríe…

- Bueno…ahora, a ¡darle gusto! Buen provecho te dirá y verás que inicia el trabajo de

despegar la caparazón del animalito y te dará gusto que lo haga a satisfacción…sin tirar nada y sin manchar nada…Notarás que corta muy bien las rodajas del cola del bichito y que lo lleva a su deseada boca…en ese momento le servirás en su copa generoso volumen de vino alemán, te servirás tu ración, casi igual  y en ese momento dirás

- ¡Salud! Por Nosotros, por los que estén con nosotros…Y beberán casi la mitad del

volumen de la copa y continuarán disfrutando de la langosta…en el aire la fragancia del chile guajillo y el ajo dorado se mezclan con el sonido de la música y el aroma del deseo insatisfecho…

- ¿Cómo están, te preguntará?, sonriendo y en su cachete, en la comisura de sus labios

Se dibujará una ligera sonrisa, por saber la respuesta…Con la boca llena  dirás

- Inmemorables y con el vino blanco y…
- La compañía
- Y la música y la conversación…
- ¿Pero si no hemos conversado de nada?

- Pero esta reunión aun no termina, dirás y sonreirás…Los dos se dedicarán a disfrutar de

la sabrosa carne – la cola  - del bichito, que está al dente, acompañados de sus respectivos tragos a la copa de vino blanco y con el fondo de la música dulzona de Conniff, conversarán de  sus salidas a caminar con su comadre, cómo combate la soledad, saliendo a tomar café con las amigas o avisando a sus hijas que irá para charlar y ver a los nietos o, que sale, casi todos los días, a media mañana, en su camioneta Jeep, rumbo a Iratzio  a ver las obras de su proyecto de Spa, ahora restaurant       que      renta      a      un conocido y cuyo platillo principal es la barbacoa, más las especialidades regionales, corundas, uchepos y jocoque, además de los pescados de la región…su regreso, cerca del tiempo de la comida y su llegada, nuevo baño para refrescarse y entrar a la cocina para prepararse una lata de atún o salir a comer con la comadre o la amiga en turno o una de sus hijas; regresar a media tarde, más allá y llegar para ver las noveles y ver la televisión, leer un poco y esperar que llegue la noche y con sus sombras le sueño y después la mañana y otro día, más o menos igual…

- Y así,  todos  los días, salvo los sábados y domingos, que son míos; el sábado, para mis

Cosas y atenderlas o yo, o con mi amiga la señora XXXX, que tiene un salón de belleza y me aparta un lugar, todos los sábados, cerca de las doce del día…uñas de las manos, de los pies, corte de pelo, tinte, lo que sea…masaje; arreglo mi ropa, mi guarda ropa, voy a la tintorería, llevo y recojo, pago; reviso mis sandalias, mis zapatos y arreglo mi recámara y mi casa…y ya en tarde, como a las cuatro, me voy a Iratzio para ver el trabajo semanal de los albañiles y pagarles, recoger la renta y converso con mi inquilino y comentamos lo del proyecto y revisamos el contrato que está en elaboración y ya cerca de las siete de la tarde, regreso para descansar y esperar el domingo, día de la familia …

- Y llego yo y rompo tu rutina

- ¡Qué locura de ruptura! Si así fueran todas…bien venidas todas esas rupturas…Ella

dirigirá su vista a los dos platos y preguntará…

- ¿Te sirvo la otra? Te escucharás decir…

- Sí, pero con una condición…

- Sin condición alguna…

- No es pesada…

- ¿Cuál es?, dirá, mostrando que sabe la respuesta-condición…

- Que tú también te sirva otra…

- ¡Ah!, claro que yo también disfrutaré otra más…

- Salieron extraordinariamente bien…Y verás que sirve primero en tu plato y después en

El suyo y los cuerpos rosados de los animalitos descansarán en los platos para servir de alimento a dos almas desesperadas por agotar ese momento y disfrutarse uno al otro…servirás un poco más del vino blanco y en forma natural irán comiendo y tomando de las copas, al gusto y en realidad, tendrán el gran placer de disfrutar un platillo elaborado, tan sencilla como intensamente, pues la plática te dirá todo…

- ¿Cómo las preparaste?

- Como tú dices, con amor…

- Respuesta correcta…pero ya en serio, desde el punto de vista del cocinero…dime el cómo, preguntarás y tomarás un pequeño trago de vino blanco…

- Está bien, te dirá, coquetamente y sus ojos brillarán y se aguzarán, como si los abriera y cerrara al mismo tiempo…Mira, dirá con la mano en la que tiene el tenedor  y que lleva a su delgada y bien dibujada boca…inicialmente, saqué los animalitos de la hielera, pues  desde el día anterior las había puesto a descongelar, así que estaban sin nada de hielo ni de frío; las lavé bien, como mostraste con los Chacales, bien, la, panza y las patas, la cabeza y les quité los restos de las hueveras y reservé; por otro lado, lavé y abrí los cuatro chiles guajillos a utilizar; los abrí y desvené y corte en partes regulares, para favorecer su dorado; seleccioné los dientes de ajo y los limpié y lavé y todo listo, coloqué en la cacerola buena cantidad de mantequilla y al puse en la parrilla, con fugo  y elevé al máximo su calor y hasta entonces puse los ajos y dejé que se doraran, hasta que estuvieran duros y cuando los saqué y simultáneamente al sacarlos de la cacerola apagué el fuego y dejé los pedazos de chile guajillo y los estuve moviendo para que no se me fueran a quemar y a mi gusto, como tú lo hiciste, los saqué antes de que se pusieran negros y los puse a escurrir, junto con los ajos y entonces, agregué un poco más de mantequilla y cuando se deshizo y amalgamó con la que estaba en la cacerola puse la primera langosta y pro tres minutos los dejé por un lado y luego por el otro, otros tres minutos...me agradó ver cómo va cambiando de color, de color café ennegrecido al rosa; cuando estaban de cada lado, con una cuchara les oponía mantequilla caliente en todo el cuerpo y se fuera friendo y dorando al mismo tiempo. Y así lo hice con las otras tres o cuatro que están en la cacerola y ahí están… ¡Listas para devorarlas! Verás su cara al narrar la crónica de su experiencia culinaria y te agradará ver que su cara cambia de expresiones y que sus manos hablan más que ella…

- Y ¿Nos las vamos a terminar hoy?

- ¡Ya están hechas!

- Bueno, pues… ¡salud por todo!

- Por nosotros, por este momento, por las langostas y por el vino blanco que nos refresca

Y la música que invita a  bailar…

- Si gustas, poco más tarde…

- Veremos…si las cosas lo permiten…por lo  pronto, ¡salud!…y, con la música  de Ray Conniff de fondo, de fondo  seguirán comiendo  y bebiendo y conversando; verás muy satisfecho, cómo ella disfruta el vino blanco, su cara dibujas sonrisas y sus labios se alargan  y sus cachetes se mueven al compás de las masticadas y bebidas a la copa; tú, como gato bodeguero, estarás viendo toda su figura y te bendecirás en tus adentros por haber tenido la osadía de acercarte a ella; como agua pasará el tiempo y al término del platillo principal, te preguntarás con los ojos y con los labios…

- ¿Otra? Y le dirás, muy en tu papel de urbanidad

- Prefiero esperar y si hay un después, hoy mismo,
- ¿Hoy mismo?
- Si las cosas y los tiempos se dan...y sí tú lo permites...
- Bueno...puestas así las cosas...más tarde lio sabremos... ¿Frijoles?
- Se ven que están refritos y con queso añejo y ...
- Fritos en grasa de chorizo de la región tuya... y las tortillas calientitas o con bolillo...
- Con un trago de vino blanco...oye, Sun, regresando un poco, ya mero nos terminamos las dos botellas de vino blanco...
- El momento bien lo vale... ¿No lo crees?
- Bien, como lo dijo Shakespeare... ¡París, bien vale una misa! Y estos momentos, estos

minutos, estas viandas y esta mujer, tú, Sun, bien valen todas las borracheras de los sentidos...Y terminado tu langosta, tomarás una tortilla del tortillero y dirigirás tu mano hacia la cazuela con los frijoles refritos y untarás en ella una porción generosa de frijoles refritos y espolvorearás un poco de queso añejo y lo harás un taco y poco a poco, te lo irás comiendo, acompañado de sorbos de vino Blue Num, moviendo la cabeza al ritmo de Lisboa Antigua...verás cómo ella se te queda viendo y sonreirás al ritmo de su sonrisa y recordarás el tarareo de la Sombra de su sonrisa, del galés Engelbert Humpedinck...verás cómo ella apura su platillo y su bebida y cómo, igual que tú, toma una tortilla, le coloca un poco de los frijoles y los acompaña con queso… y para no rezar el "Yo, pecador", toma ligeros tragos de su copa, que tú estás al pendiente de que no quede vacía y los dos, casi en la sobremesa, disfrutan de ese momento de silencio, terminando de saborear las langostas, el vino blanco y los frijoles…cuando ve que ya casi te terminas tu taco, deja el suyo sobre el mantel de la mesa y se dirige hacia el fondo de la cocina, escuchas que abre el refrigerador y sonidos de losa, vajilla y cucharas y regresa con un refractario con algo como cajeta, pero blanca…

- ¡El postre! ¡Desconoces qué es!

- Seguramente algo sabroso…

- No lo sé, pero sí dulce y aunque seas diabético, probarás un poco, porque debe tener

azúcar; en caso contrario no tiene el sabor que le agrega el azúcar…verás que te sirve un poco, en un plato pequeño, cóncavo y continuarás ignorando de qué se trata…

- ¡Pruébalo, por favor! Así lo haces y extrañado y satisfecho, al mismo tiempo, ya con un

poco en la boca. dirás…

- ¡Guanábana! Está inmemorable…única…y fría, pero no congelada… ¡eres maravillosa!

- ¡Sabía que te gustaría! …pensé algunos días qué hacer de postre y fui eliminado y sólo

me quedaron dos, mamey y la guanábana y consideré que el mamey es sumamente dulce y que faltaba un poco de sabor agridulce que el incorpora la guanábana y le pedí de favor a mi comadre, que cuando fuera al mercado me la comprara, pero le dije que no la comparara verde y sí un poco madura, aguadita y aquí está…y verás que sonríe y entre cucharada y cucharada del dulce preguntarás

- ¿Y la sonrisa?
- Pues porque la comadre me preguntó… ¿Y ora? ¿qué te traes comadre, con estas cositas de cocina y tan especiales? Y le contesté muy seria,
- Ofreceré una comida el sábado y deseo un postre un poco raro y especial…y la muy Ladina se sonrió y me dijo…
- Romance en puerta…tuve que negarle con palabras, pero no con la sonrisa ni con los ojos y ella, cual cómplice…sólo dijo
- Disfrútalo, comadre…disfrútalo, que es la temporada, algo pasadita, pero es la Temporada…eso me dijo la muy ladina… y verás cómo sus labios dibujan una sonrisa y cómo brillan sus ojos…sabrás que ya terminaste tu postre y extenderás el brazo derecho con el platito en un extremo y con tus ojos sabrá lo que le estás pidiendo…
- Con mucho gusto, Beto, de Huetamo…lo tomará y te servirá un poco más, casi una Ración igual; la recibirás, goloso y la mirarás con esos ojos que comunican satisfacción y deseo…recibirás el plato y te dispondrás a saborearlo…recordarás la primera ocasión que probaste esa fruta…verá en tu rostro esa alegría y te dirá, preguntado…
- ¡Un beso por ese viaje al pasado!
- Me debes un beso, y doble, porque es un pasado inocuo…hace 25 años trabajé en

Campeche con un conocido tuyo y ahí, el primer día que llegué nos fuimos al mercado a almorzar y me invitó un batido de guanábana, con hielo…desde entonces, en su temporada, la prefiere, incluso mejor que al mango y al zapote…verás que ella se sirve un poco más y que, como tú, comienza a paladearlo…verás que ya terminó, y ella, igualmente, verá que tú ya te terminaste la segunda ración y entonces empezará a recoger los servicios usados y tú le dirás…

- Antes de que levantes la mesa, Sun, brindemos por este tiempo que pasamos, que son

Uno más de los que hemos vivido y con los que estamos construyendo el edificio de algo, que no sabemos qué es o qué podría ser…

- ¿No sabes qué es?
- No… ¿Lo sabes, tú?
- No tampoco…pero
- Dejemos las cosas así…sí este momento tiene circunstancias favorables, los indicios se

Irán mostrando…

- ¿Fatalista?
- Ni fatalista, ni mecanicista…
- Únicamente ser humano, que está dentro de un mundo que interactúa en él…
- Bueno, si tú lo dices…sigamos así…en ese momento se generará un silencio y las notas

Y compases del Ray Conniff llenaron el silencio…audaz, aun sabiendo que no sé bailar, me levantarás y te acercarás a ella…le tenderás la mano y ella aceptará levantarse y juntos, enlazados de las manos, se acercarán a la salita; ella sorprendida, pero gratamente, se dejará llevar…en la salita, la embrazarás con la mano derecha, por la cintura, tomarás su mano derecha – se la dejará tomar – y suave, al ritmo de Un Extraño en el Paraíso, empezarás a bailar y ella se dejará llevar; con el ritmo pegajoso de la música cerrarás los ojos y vivirás intensamente ese momento; ella arena húmeda en tus manos, se juntará un poquito más a ti y una solo cuerpo, único, apretarás su cintura; sentirás su ropa, lo vaporoso de su ropa que te deja pasar su calor y tratarás, de una forma natural,  que tus piernas se abran los suficiente, para que sus piernas también abiertas se acomoden entre el espacio de las tuyas y así girarás, te untarás y se combinarás con ella; ella no sabrá que esa melodía está unida a tu pasado de trabajador de la imprenta Fraga y que te sentías sólo sin quien amar porque estabas mucho más fregado económicamente que ahora, pero en ese instante, impensable hace cincuenta y tres años, no lo cambiarías pro nada, salvo que te ofrecieran el don de Fausto y serías capaz de venderle el alma a Mefistófeles por tener juventud, poder y a ella, Margarita; embebido, perdido entre los pliegues de su ropa y de sus piernas, de su cintura y de su pecho que descansará en el tuyo, te moverás con confianza  y ella, te dará la fuerza interior para vencer el miedo del ridículo, porque ahí en ese momento únicamente están los dos, un hombre y una mujer, repitiendo el ritual de milenario, de siempre; acaso porque el deseo romperá todas las normas harás locura y media con tus manos y con tu cuerpo…te soltarás de la mano izquierda y libre, buscará su cabeza, la acariciarás, después de liberar su pelo, mecerás su pelo corto; tus dedos serán un torbellino que enredarás en su cabellera y la apretarás  hacia tu pecho y buscarás, frenético, su cara, la acariciarás y tu mano y tus dedos recorrerán poro a poro, milímetro a milímetro, su frente, sus cejas, sus párpados, sus ojos, sus pómulos, su mentón, los pabellones de sus orejas y ansioso buscarás su boca, y besarás sus labios, que ya esperan a los tuyos y la besarás, se besarán y en ese beso inicial, se estarán comunicando todo lo de ese momento, pero sobre todo, el deseo, la ansiedad, el frenesí y el hambre  del uno  y del otro. Unidos los dos por el beso  y por ritmo, tu mano derecha se deslizará hacia abajo, hacia arriba de su cuerpo y llegará hacia su cadera…acariciarás  su derrier y tu deseo de su cuerpo bufará por tu nariz y ella entenderá el reclamo  y colaborará y sin perder el ritmo ni el beso continuarán bailando y los dos cuerpos serán uno, únicamente separados por lo vaporoso de la gasa de su ropa y por el lino dela tuya…ansioso te comerás sus labios, su lengua y te hundirás en el mar de su deseo que llena su labios y reside en su boca y su humedad se sumará a la tuya y ambos nadarán y el timonel del deseo serán las dos lenguas, que nadan en el océano de la frenética ansiedad…unidos, así, tu mano izquierda se separará de su cabeza y buscará su pecho y lo acariciará sobre el tul de su blusa-camisola y al sentir la respuesta de su pezón….acariciará suavemente la lomita que es su seno y  harás lo mismo con el otro y en el clímax del momento, liberarás el primer botón; después el segundo, hasta terminar de soltar su blusa y siguiendo el ritmo de la música y el vaivén del baile, irás deslizando tus dedos izquierdos por todo su pecho y sentirás la seda y  los bordados del brassiere, celoso guardián-depositario de su pecho, de sus senos y sabrás que es copa "B"…en algún momento te irás soltando de sus labios, de su boca, de su lengua y tu boca se dirigirá hacia su pecho, hacia uno de sus senos y húmeda tu boca besará la curva de su seno derecho, lo recorrerá con calma, detenimiento y ansioso, hambriento de esa piel, de ese cuerpo, frenético, lo engullirás y lo ensalivarás todo el seno y después, con el mismo frenesí, con la misma ansia loca, tu boca llegará al seno izquierdo y repetirá el recorrido hasta aprenderse de memoria todo su piel y todo su calor y con su pezón izquierdo en tu boca y toda la piel  como tarea para acariciarla, tu mano se colocará en su  espalda y tratará de liberar, de quitar los broches; lo conseguirá y entonces libre de todo, tu mano con detenimiento, acariciará lenta y suave, pero ardientemente su espalda y después su pecho y se detendrá en cada uno de sus senos hasta acariciarlos con toda tranquilidad y satisfacción y tu mano izquierda caminará con suavidad  hacia su espalda y así tus dos manos y tu boca atesorarán ese cuerpo que es tuyo y de nadie más en ese instante; ella, te dejará hacer y únicamente te abrazará, sostendrá el abrazo y se untará en tu cuerpo; al ritmo y cadencia de la música se abandonará a ti y será líquido que tomará la forma del deseo de ambos…sentirás tus manos resbalar por tu espalda, por tu cabeza, por tu cadera y poco a poco, una de ellas, se acercará a la entrepierna y la otra estará en tu cabeza, en tu espalda en tu cintura…ahí las dejará y tú sentirás el calor…en algún  momento sabrás que la melodía ya es otra y que ahora los compases y ritmos corresponden a Perfidia…sentirás la presión de su piel, de sus manos, de su ansiedad, de su, de tu calentura, de su frenesí, de su ganas, de tus ganas, de pasar a otro espacio, a otra cosa y siguiendo la música bailarás untándote a su cuerpo y entonces tus labios, llenos de la piel de su pezón, de sus pezones, buscarán su boca, sus labios y al encontrarlos, se fundirá en ellos, se acomodará entre sus labios para besarse y combinarse con sus labios, con su boca, con su lengua y bañarse de la saliva de los dos y formarán un mar de deseo para nadar en él…su mano llegará a tu bulto sexual y se quedará ahí por unos momentos, pero sentirás su calor, su presión… tus manos continuarán con su deleite y frenesí…en su cadera, en sus nalguitas, respingaditas, en sus pechos, tratando de aprender de memoria todos los cuadrantes, latitudes y longitudes de esa piel que ya es tuya, de ese cuerpo, de esa mente y de ese espíritu que ya son tuyos en ese momento y que hará y que harán lo que el cuerpo mande… y el cuerpo manda y la mente, el espíritu obedece…una de sus manos te apretará la espalda y la otra iniciará un suave, pero continuado, movimiento de arriba hacia abajo sobre tu bulto sexual…sentirá que tú estarás ya mojado y dejará su mano por instantes en la zona húmeda y tú, decidido, buscarás el cierre y los botones de calzoncillo-falda y al encontrarlos, liberarás el botón superior y buscarás el cierre y lo irás jalando poco a poco hacia abajo y caerá y estarán a tus pies, como su soberbia, pues finalmente, todos los seres humanos reaccionamos igual con los calzoncillos, y las pantaletas en los tobillos; ella continuará con una mano en tu espalda, con su boca unida a la tuya y con la otra, su suave y constante movimiento ascendente y rotatorio sobre tu bulto  sexual, finalmente, se decidirá a ir liberando el cierre de la pretina del pantalón…lo conseguirá, y tú obtendrás lo que deseas y libres, los pantalones y su calzoncillo falda flojos y ella, el tuyo liberado, entonces, automáticamente, de una forma natural liberará el cinturón de tu pantalón y caerá como el orgullo, a sus pies y los suyos, en mis pies…su mano libre buscará los botones de tu camisa y los irá liberando, soltando uno a uno y al conseguirlo intentará quitarte la camisa y lo conseguirá y tú, sin soltarla de la espalda, cintura y cadera, ni de la presión del beso, intentarás despojarla de la  vaporosa blusa y de su brassiere, pero no podrás porque tendrías que separarte del beso y tu otra mano  sobre la seda de su pequeña panty, sentirás bajo la seda  su vello púbico y lo abultado de su bulto vaginal y sentirás, y te sentirás, a la vez, muy satisfecho, la humedad de su vagina y acariciarás suavemente toda la zona, apretando, como ella, recorriendo hacia arriba, hacia abajo, hacia dentro y apretando con tu otra mano sus dos nalguitas…sentirás que ella habrá liberado los botones de tu calzoncillo y que una de sus manos, por la rendija de la pretina,  muy diligente se habrá posesionado sobre tu pene ya erecto y muy húmedo…los dos una sola carne, un solo y solo, cuerpo, seguirán bailando, ahora la melodía los Blancos Riscos de Dover, calmada, suave, lenta y suave, lenta y calmada es la caricia que sientes y que ofreces a su sexo, y que recibes en el tuyo…sabrás que los dos tienen los calzoncillos en los pies, que las dos camisas-blusas están casi libres, en el suelo y que quedan los dos, casi, en pelotas, sólo con el brassiere, y la panti, ella y tú con el calzoncillo…así como están unidos por la piel, la boca, los labios, las lenguas y las manos en los sexos de cada uno, continuarán bailando suave y cadenciosamente se moverán y darán vueltas sin fin, hasta que ella rompa el baile y con su mano derecha te toma tu erección y te aprieta con suavidad, pero con decisión y con la otra mano te enlaza de la cintura, se desnuda del beso y te guiará hacia la recámara, en ella, en ella chocarán con un costado, el largo de la cama y te soltará, indicándote con esto que habían llegado al tálamo y que ahí sería el nuevo teatro de los acontecimientos…se colocarán los dos de frente y entonces, te apretará con su mano y te inclinarás hacia su espalda, su cuello e irás dejando besos sobre la piel y acariciarás todo su cuello, su nuca y su pelo y con una mano, liberarás el broche que mantiene fijo el sostén y ofrecerás quitárselo y ella colaborará con tu petición silenciosa; tu otra mano está sobre su panty y no suelta el bulto sexual y ella, con la otra mano, te irá metiendo, con lenta suavidad, la mano bajo el resorte del calzoncillo y te lo irá bajando poco a poco, hasta que se desliza hasta tus pies, libres su mano, te abrazará por la espalda y te presionará su mano para pegar tu piel, tu cuerpo, a la suya, al suyo y entonces te buscará su boca, te besarán sus labios y se unirá su lengua con la tuya y nadarás en su saliva, ya cálida y abundante y tus mano libre, porque la otra está encadenada a su sexo, acariciará sus pechos, su cadera, su piel, sus nalgas y recorrerá sus piernas, sus muslos…la música de Ray Conniff continuará y tú iniciarás un ritmo y un vaivén tratando de bailar, pero ella está fija, firme, dura y entenderás…entonces te irás soltando  de sus labios, de su abrazo  e iniciarás un movimiento descendente con tus manos, con tu boca y tus labios irán bajando, reconociendo, aprendiendo y memorizando cada poro, cada milímetro, cada color, cada manchita de su piel, de sus senos, de su pecho, de su vientre, de su ombligo y los recorrerás, y la recorrerás, a lo largo y a lo ancho y te detendrás en un lugar y en otro también e irás hacia un lado, hacia el otro y mordisquearás su hueso de la cadera y lo ensalivarás con tus labios borrachos de deseo y sabrás a qué saben todas las longitudes de su piel y todas las latitudes de su cuerpo, de su pecho, de su bajo vientre y tus dos manos la sostendrán frente a ti y sabrás la cartografía de su cuerpo, que ya habrás llenado de humedad y de deseo…con tu boca bajarás, deslizarás su panti y poco a poco la llevarás hasta el centro de sus muslos y ella se moverá un instante para que descienda hasta sus pies, hasta los tuyos y estará sin ropa alguna sólo con la piel del deseo y el hambre de sexo y en ese momento, si al llegar  a su casa,  el aroma de su cuerpo que aspiraste fue el de Carolina Herrera, ahora la fragancia que te llega es el del sexo humano, el del placer sexual entre dos personas, un hombre y una mujer a punto de repetir el acto intemporal de apareamiento de todos los humanos…tus manos estarán atrás de su cuerpo, en sus dos nalgas y las presionarás, aventándolas hacia tu boca y sus dos manos estarán sobre tu cabeza, y se moverás con fuerza y jugarán con el pelo, con el cráneo y te llevarán hacia su ombligo, su vientre…tus labios descenderán al jardín de su sexo y se extasiarán, se llenarán de cierto frenesí,  al máximo, al sentir su vello húmedo y tu lengua lamerá, con sed y hambre, esa miel que se esconde y trata de salir de ese panal  en que se ha transformado su vagina…tus manos, no sueltan  la piel, sus nalgas, su cadera, su cintura ni disminuye su presión hacia tu cara, hacia tu boca, hacia tus labios, que con codicia, gula,  están bebiendo de ese oasis y de ese manantial que es su sexo…sus manos no dejan de acariciar y presionar tui cabeza ni de jugar con tu pelo…ella mantendrá cerradas un poco sus piernas y con la punta de tu lengua tú intentarás entra un poco y ella te responderá y se abrirá un poco, en compás, dejándote pasar…entonces los movimientos de tu lengua serán directos y ella será un ariete, una lanza y una flecha que, como tornillo tratará de llegar hacia el fondo y hacia los lados, hacia arriba, hacia abajo y se detendrá en los puntos finales de la parte superior y de la parte baja de sus labios vaginales y escucharás sus jadeos y oirás los tuyos…sus manos estarán soldadas a tu cabeza y no las moverá ni bajará la presión sobre ella y tus manos tampoco disminuirá su presión sobre sus langas, sobre su cintura y en la piel de su espalda…estarás totalmente concentrado en la caricia, en la violación de su intimidad, que ella acepta y ella estará decidida a que así sea, como ella lo desea, lo quiere y lo manda…en algún momento se irá moviendo hacia abajo, buscando la cama y ya en su cercanía,  se acomodará y se acostará de costado y te dejará hacer y volver…tu lengua continuará jugando, trabajando, extasiándose, endulzándose  con el néctar, el almíbar que llena sus labios vaginales e inunda su sexo y su sexo, en ese momento, y acaso a partir de ese momento, será tuyo…te lo comerás una y otra vez y tu lengua, cual ariete, lo recorrerá a todo lo largo, a todo lo ancho, e irá a todo lo profundo y a todo lo superficial…no escucharás la música…sentirás sus espasmos, la corriente eléctrica de su cuerpo se comunicará contigo y sentirás sus vibraciones y sus arqueos y ella te detendrá, tiernamente, te jalará el pelo para despegarte de su sexo, de sus labios y te separará…

- Espera…así
no…espera…detente…obedecerás, como un niño y Te quedarás sin palabras…ella se irá acomodando verticalmente en la cama, de frente, y abrirá sus piernas y te buscarán sus labios y su cuerpo se hará cuna…

- Ven…y los labios de su boca serán el cumplimiento de la ofrenda de amor que te ofreció…Y encontrarás su boca y con tus labios, los suyos harán una solo boca y una sóla
pasión, una única hambre y un solo maná y sentirás cómo la cobija de su piel te arropa y cómo se piel está dispuesta a recibirte…sus brazos te hallarán y te enlazarás con su piel, haciendo una sola hebra, una sola cobija con la que cubrirán su deseo…escucharás sus palabras, sus benditas palabras…

- Tómame…soy tuya, Beto…te acomodarás en su cuerpo y no necesitarás abrir sus piernas, porque ella ya estará dispuesta y tus brazos bucarán su cuerpo; tu piel hallará la suya y tú irás buscando su cara, su boca y tus labios encontrarán los suyos y la suya y el hacerse una sola carne, una sola boca, nadarás en la alberca de deseo que es su saliva…no soltarás su lengua, que con la tuya habrán hecho una trenza húmeda, mojada…no sentirás sus labios, pero sí sentirás que vas entrenado poco a poco…sentirás cómo vas posesionándote físicamente y cómo ella te va cubriendo con la cobija de su piel y sentirás cómo te arropa, cómo te cubre y cómo te acuna y cómo empieza a mecerse para dormirte…sus piernas te abrazarán por la cintura y una mano te acariciará la cabeza, tu pelo y la otra te aplastará la espalda para empujarte más hacia ella y formarás un nudo viviente, móvil, bailarín…tus brazos, estarán bajo de su piel y la tendrás bien atada a ti y te moverás a su ritmo, a su vaivén y no habrá jadeos, sólo silencio y calmado y suave esfuerzo…tus brazos levantarán sus nalgas para elevar su sexo y tenderás el arco y tú serás la flecha que está en la cuerda y vibrarás cada instante porque está tensa la cuerda  y cada empuje será una vibración que trata de liberar la flecha, pero un empuje más, una vibración más y más fuerza en el abrazo hacen que la cuerda vibre, se estire más y más y más y el suave vaivén, la cadencia de los dos, los llevarán a un momento extraordinario, y tan común, que los separa del tiempo, del espacio y de todo lo que está fuera de ustedes dos…únicamente existen ustedes y sólo ustedes y nada más ustedes…el mundo no cuenta…y la flecha seguirá en la cuerda  y el arco lo continuarán tensando instante a instante y tú sentirás que ella es tuya y ella te vivirá dentro de sí  y sabrá que eres suyo, pues finalmente, es una mentira que un hombre posea a la mujer…es ella la que recibe, la que arropa y la que disfruta el almíbar  que depositamos en su carne, en su cuerpo, en su boca de hembra…vivirás sus      pulsaciones,      sus      arqueos,      sus vibraciones…sentirás tus movimientos, tus vibraciones, tus arqueos…te comunicarás con ella…se comunicará contigo y en ese instante de comunicación sentirás una ola de calor superior al tuyo y ella recibirá el disparo de la fecha que dejo salir la cuerda y sólo dirás…

- Recíbeme…soy tuyo
- Beto…sí…dámelo…
- Te quiero…
- Sí…eres mío…
- Eres mía…
- Sí…soy tuyo…
- Toma…recibe lo mejor de mí…y sentirá tu espasmo…vivirás el suyo…tus músculos

sentirán cómo su cuerpo se estira y ella habrá recibido la descarga eléctrica que recorrió tu cuerpo y que descarga los watts y amperes en  el suyo y te regocijará su respuesta…su estremecimiento y le comunicarás tu acalambramiento…sentirás su líquido caliente que en una intensa ola te llena, te lava, te limpia o te macha  y el frenesí de la vida de ese instante fugaz, pero repetible, llenará los dos cuerpos y todo será, fue,  ahí, en ese momento…en ese momento te apretarás más a ella, más que antes y toda tu fuerza estará en tus brazos, en tu flecha y en el almíbar que has depositado en ella…ella te apretará más el nudo de sus piernas, apretará aun más tu cabeza hacia su cara, hacia tu boca  y tus brazos habrás buscado los suyos y liberarás  tu cabeza de su mano y con las dos suyas te entrelazarás con ella, mano a mano, dedo a dedo la crucificarás a todo lo ancho de la cama y así, unidos, anudados, como una sola carne, como un solo espíritu, una sóla piel, una única boca y únicos labios y una lengua y un frenético deseo, una única hambre…comerán del maná del amor, del deseo y de la ansiedad…sentirás cómo sales hacia ella, cómo fluyes y cómo más depositando en su piel, en su sexo, gota  a gota, lo último de tu espasmo…cuando siente que estás terminando gota a gota, se te untará mucho más a ti y apretarás aun más los dedos  de los manos y jalarás todavía más sus brazos para crucificarla  todavía más y arqueará todavía más su cuerpo para abrirse aun más y recibirte más, más adentro de ella…sentirás cómo ella se aprieta más a ti…cómo su boca se abre un poco o un mucho más para comerse, devorar tu boca, tus labios, tu  lengua y beberse tu saliva y tú la dejarás…finalmente ella está recibiéndote y si te traga es porque ella quiere hacerlo, muy su deseo y su voluntad…sabrás que ella no te habrá fingido su entrega…Se quedarán así, unidos de todo lo unidos un minuto, dos, tres, quién sabe cuánto…ella estará silenciosa y tú buscarás su boca y al encontrarla, besarás su boca, abrirá sus labios y te los tragarás  y los cuatro labios serán  dos y una sola, lengua y una sola la piscina del deseo satisfecho y las leguas nadarán en el mar de la Tranquilidad o en remanso de La Paz y el beso lo prolongarás, lo alargarás tanto como su deseo, como el tuyo y así, anudados, enlazados, confundidos, pegados piel a piel estarán algo más de tiempo en lo que la piel se enfría, en lo que el cuerpo recupera su normalidad y su frescura, que se la dará el sudor del frenesí  de ambos y respirando  suavemente, continuarás  en el beso sintiendo cómo vive, como disfrutas su vida en la tuya     y cómo reafirman los dos la entrega  de cuerpo, alma y espíritu, sin ofrecer nada, sin pedir nada…sólo el momento y la satisfacción del deseo… hasta ese momento habrás escuchado la música y el Continental suena y adormece su vaivén…poco a poco se irán moviendo, las piernas se irán desatando, los brazos  se irán desanudando, las lenguas se irán separando y los labios, se aflojarán poco a poco los labios y una piel se ira despegando de la otra y todo empieza a regresar a su lugar...el mundo terminó de girar y ahora, los dos  ya regresan a formar parte del mundo  y los sonios de la calle se escuchan con claridad…ella se levantará…

-	Espera…regreso…
-	¿A dónde vas?
-	Por papel, toallas o toallitas…Todo fue tan  rápido, tan inesperado que no las traje a la recámara…escucharás que se levanta, que abre, que  busca, que cierra y la verás regresar a la cama con toallas, con papel y escucharás que estira, que corta y que te entrega… sentirás una mano
-	Toma…es papel para que te seques y toallas para que termines de limpiarte…tomarás el papel y lo colocarás sobre tu bajo vientre, en la zona pública; no te limpiarás ni te secarás…verás que ella hace lo mismo, no se seca, ni se limpia…únicamente coloca el papel sobre su vello púbico y un olor a cloro inunda el momento…mi mano buscó su cuello, se acomodó bajo su nuca y con la libre encontró la suya y la enlazó por los dedos y así unidos nos fuimos enfriando poco a poco...y conversarán
-	¡Terminaste!
-	¡!Y tú también

- Y terminaste bien…te sentí …todo…la fuerza calientita y las gotitas …me dejaste todo
- Tú me bañaste…me diste todo, me lavaste con tu jabón de mujer, me limpiaste con tu agua femenina y me perfumaste con tu perfume de hembra.
- Yo disfruto este momento…gozosa y golosa, dirá sonriendo…qué curioso, dirá
- ¿Qué es lo curioso?
- Nosotros, no nos tratamos mucho; sólo nos veíamos lo indispensable como compañeros de trabajo; jamás tuvimos un trato, un roce más social…
- Cierto, pero tú estabas comprometida, vivías tu vida… yo, estaba dolido, había recibido un golpe muy fuerte que estuvo a punto de hundirme y me estaba reponiendo, lamiendo mi herida y no pensaba en otra cosa, además, yo tenía mi familia y una relación que me llenaba todo el tiempo…pensar en ti, en algo como esto era imposible…yo estaba muy abajo y tú, muy arriba…
- Pero ya vez…aquí estamos…
- ¡La vida da muchas vueltas!
- Por eso es curioso…aquí estamos…jamás hemos platicado de planes, de futuro, de familia, de proyectos…¡de nada!
- Ciertamente…
- Pero sí nos gustamos y, además, sabemos quiénes somos y qué fuimos y, lo más importante,
- ¿Qué?

- Sabemos el valor del tiempo, al menos esta es mi percepción…que ya no perdemos el

tiempo en cuestiones iniciales, ni secundarias…mira, ya no formaremos una familia, no tendremos hijos; tal vez, y eso lo dirá el destino, las circunstancias que nos vayamos creando, construyendo, pero viviremos juntos, acaso nos casaremos, no sé, pero nos estamos conociendo…no tenemos qué pedirle el tiempo a nadie, no le hacemos daño a nadie; no hay hijos pequeños, no hay hijos adolescentes, tal vez nieto, pero no son determinantes en nuestro tiempo…estamos el uno para el otro y sabemos, hasta el momento, que los dos somos aun capaces de trabajar y de rendir ahí;…

- ¡Que rendimos en la cama! ¿A poco no?

- Sí, que rendimos en la cama…por lo menos que a  nuestra edad dejamos satisfecha a la

compañera, a ti, a mí y que, también y cuenta, que sabemos manejar una cocina y una casa, finalmente que nos damos nuestro tiempo para disfrutar el tiempo…

- Que tienes cultura…

- Tú, también…además, que tienes relaciones y relaciones de poder

- Pero lo más importante es

- ¿Qué es lo más importante?

- Qué me concedes, que te doy un tiempo; que me das un tiempo y un espacio en tu vida,

en nuestras vidas…

- Eso es lo que te pido…eso es lo que te pediría…

- ¿Qué cosa?
- Qué no cambies conmigo, ni en tu trato, ni en la cocina ni en la

cama…fundamentalmente…
- Fundamentalmente en la cama, porque finalmente las cuestiones de cocina, de

Comida lo podemos resolver y punto, pero el trato y la cama…eso es más delicado porque todo

eso te indica, te muestra el espacio que tienes en la vida, en el tiempo de la otra persona…Lo
- Que vales para ella, para él y lo que interesa e importas…tienes razón…considerarás que

ya te habrás medio secado y hasta entonces irás secando poco a poco tu zona pública, tu vello y tu miembro que está ahíto, descansando…ella, como tú, se distraerá un poco de la conversación e igualmente se irá secando y poco a poco…se levantará y con su papel utilizado en su mano te pedirá el suyo; tú entenderás y se lo darás; ella se dirigirá hacia el baño; escucharás que sale la cascada y verás que regresa; regresará a acostarse a tu lado y se colocará la toalla entre las piernas…
- Entonces ¿eso me pedirías?
- Sí…que no cambies… y tú, ¿qué me solicitarías?
- Tal vez lo mismo, que no cambies y que, finalmente y para mí es lo más importante, que

Me sea leal, que no me mientas…tuve una relación que la inicié cuando estaba joven; no es necesario que diga nombre, porque lo sabes; sabes que me casé y que me separé; no fue una buena inversión, pero casi siempre me han sido desleal los compañeros y no deseo que lo nuestro...esto que estamos construyendo se nos vaya de las manos por las mentiras...

- Ya estamos viejos para mentiras... Ya sabemos lo que cuesta amar...interesarnos, entusiasmarnos, soñar y, lo más malo, decepcionarnos, frustrarnos y perder todos los sueños...Debemos vivir con la verdad, ser leal...

- Te pediría eso, que no cambies, que me seas leal y que me digas la verdad...sé que en este momento tu tiempo no me pertenece y que el tuyo, tampoco, pero sí te pido que me avises de tus cosas, lo más importante para mí, que me digas las posibilidades de encontrarnos, de vernos y de estar juntos y continuar viviendo este tiempo robado

- ¡Robado! ¿Por qué robado?

- Porque no es nuestro... vamos contra el futuro...trataremos de ganarle a la vida pues nuestro futuro es otro...

- ¡ya te entendí!

- Nuestro futuro es la tumba  y tenemos que ganarle a la vida, pues vamos contra las estadísticas...por eso es maravilloso que nos veamos, que nos encontremos, que disfrutemos de estos momentos  de placer, de la buena mesa, o de la mala,  de poca bebida y de buenos encuentros en la cama y disfrutemos oyendo música y pensando en nuestro presente, leyendo, saliendo a recorrer el estado, el país, la ciudad, los cafés, los recorrido por las calles...

- Eso deseo yo también...

- Dame eso y me tendrás toda la vida

- Lo que nos duremos…te lo ofrezco…de corazón a corazón…de piel a piel…
- Yo te corresponderé…esta oportunidad de vivir lo último de vida con compañía y luego como la tuya, no la desperdiciaré…
- Como dice Shakespeare: París, ¡bien vale una misa!
- ¿Qué quieres decir?
- Que la vida presente y ese inicio de futuro que ves buen valen la pena vivir para Conseguirlo…
- Así sea…bueno… ¿te fijaste la hora que es?
- Yo tampoco, pero deben ser pasadas las ocho, cerca de las nueve…¿Te esperan en tu casa, tus hijas, Letty, Rocío?
- Sí y no…únicamente les informé que iría a una comida; que llegaría un poco tarde…
- Bien… ¿Cuándo les dirás?
- Cuando sea necesario…ellas lo verán con mis actos…lo sabrán sin decírselos…
- Está bien…tú lo manejas…oye, me ayudas a levantar la cocina…
- Sí, pero yo lavo los trastes, pero después de caminar…
- ¿Caminar?
- Sí…por recomendación médica, debo caminar…para paliar los efectos de la gastritis…
- ¡Magnífico!.. Te esperaré… te pondré música diferente…

- Esa está bien o estará bien la que pongas…Diciendo y haciendo…ella se levantará y sobre

la toallita, se pondrá su panty y se medio vestirá; tú te levantarás y casi te vestirás…los cortos, la camiseta, la camisa, el pantalón y como te habías quedado con los calcetines, te meterás en los zapatos y nada más te acomodarás y meterás la camisa en el pantalón; te atarás las agujetas y le dirás que saldrás a caminar… extrañada dirá

- ¿Ahorita?
- Sí…¿hay algún problema? preguntarás
- No…ninguno…pero la hora…continuará con el diálogo
- ¿Problemas de seguridad?
- No, tampoco…¿Cuánto caminarás?
- Unos quince, no más de veinte minutos…Toma tiempo…
- No…no hay problema alguno…Yo no vivo bajo la opinión de mis vecinos…
- No lo digo por eso…lo digo para que cierres la puerta y sepas que en ese tiempo llegaré…
- No hay problema alguno…todo es muy seguro…Te acompañará hasta la puerta de la

casa; saldrás y darás vuelta a la derecha…más allá de la derecha estarán la colina, el bosque, los árboles, las casas de sus vecinos; la media tarde, o atardecer de ese fines de mayo, inicios de junio, será muy claro, sin sombras de la noche; todo será transparente y la visibilidad será completa; el clima será cálido, nada de frío, nada de calor…las casas, casi todas ellas de dos plantas, de colores claros, muy pocas de color blanco; la mayoría de colores que se pierden entre los colores de la zona…varios tonos de verdes, diversos tonos de cafés y azul; pocas color rosa, tendrán su jardín, su cochera, algunas ocupadas por un coche dentro y otro, en la acera y jardín… caminarás cerca de ocho minutos y al completarlos darás media vuelta y te regresarás; la carretera, bastante amplia, subía y bajaba…ondulaba más hacia abajo, como un columpio; todo será magnífico…pensarás en que si como dicen hay un Dios para los enamorados y los borrachos, en ese momento tú tendrías-serías la muestra de que te está protegiendo; si bien, continuarás pensando, que si no estás enamorado, si estarás interesado, emocionado, entusiasmado y de esa situación a estar enamorado, no falta ni un paso, sólo faltaban los días, pues una de las cosas importantes era su voluntad, lo que te mostrará, pensarás, que ella quiere ser conquistada, no porque tú seas un magnífico Don Juan o un Don Juan cualquiera…Sonreirás al decirte: Para que haya un novio que quiere enamorar debe existir una mujer que quiera ser enamorada y ése era el caso…tú querías, pero ella puso mucho de su parte, lo cual convenía a los dos…no sentirás el tiempo de regreso; dado que caminas, no trotas, no es visible tu sudor, pero estás tranquilo…llegas a sus casa, la última, en la el sur de la cima de la montaña-loma en donde está el fraccionamiento, y desde la última pendiente la verás que te está esperando en el jardín y garaje y sale para recibirte, te embrazará…y dirá

- Pasa…te vi que vienes como pensativo…

-     Sí…me vine pensando en nosotros  - y al
      contestarle harás el diálogo y entrarás a la
casa y te dejarás guiar, pues, finalmente, la casa es
suya, habían sido uno del otro y qué más
podría pasar en momento como ése…

-     ¿En nosotros?  Te acercará al fregadero…

-     Sí…en la visibilidad, la tranquilidad, la
      transparencia, lo cálido del día y lo dispuesto
      que
estamos los dos para construir este momento y
agrandarlo lo que podamos y, acaso, lo que
queramos…

-     Gracias por decirlo, es la verdad de lo que
      venía pensando…

-     No hice nada, salvo acomodar la recámara,
      limpiar el baño y reunir toda la basura de la
cocina y del comedor y ponerte todos los trastes en el
fregadero para que los laves y en lo que los lavas,
veré cómo haces las cosas...

-     ¿Me calificarás?

-     No, únicamente quiero verte…jamás en mi
      vida de mujer adulta – espero que esto que
digo no te moleste - he visto, vivido y tenido un
hombre, un compañero, que lave los trastes…

-     No tiene por qué molestarme…Dicen que lo
      que no fue en tu año, no es tu daño…

-     Es cierto…bueno…verá cómo te acercas al
      fregadero...ubicarás todo lo que harás y
necesitas…los trastes de la cocina, del comedor, el
bote con el jabón líquido, el estropajo…ella te
pondrá un mandil y estará muy cerca de ti…verá que
abres la llave para que se moje lo que lavarás y te

embrazará por la cintura…se dará cuenta que primero sacas los trastes de la cocina y los colocas a un lado del fregadero; después sentirá tus movimientos de tallado y verá que vas lavando uno a uno los platos, los vasos, los tenedores, cuchillo, cucharas, recipientes varios y sonreirá cuando ve que vas colocándolos cada uno bajo el chorro de la regadera del fregadero y cómo los vas ordenando en el escurridor; sabrá que empiezas a lavar los trastes de la cocina y notará que usas la esponja de fibra y escuchará que tallas el fondo, los lados y la cara que se coloca en la parrilla y que todo tallas vigorosamente…verá que vas terminando y te escuchará preguntar

- ¿No hay más?

- No…contestará sonriendo---. Lo demás son "blancos" y esos me tocan a mí, pero será después…hoy, no. Además quiero que se quede un poco más tu olor…para que esté conmigo esta noche, razón por la cual, como la vez anterior, no me bañaré hoy y me quedaré con la toallita cubriendo mi abdomen…quiero tenerte un poco más…

- Mira - dirás casi al terminar y sacudiéndote las manos — te diré la verdad y mi verdad y mi situación y disposición…No tengo relación sentimental, afectiva, de pareja con nadie y no tengo que pedir permiso a ninguna persona; por respeto, porque ahí vivo, aviso lo que haré, así que cuando tú quieras, me puedo quedar a dormir contigo o nos vamos a dormir en un hotel…

- Por el momento – escucharás que dice – dejémoslo así… el tiempo dirá lo que se hará…Y

te soltará de la cintura y te llevará al baño…y te dirá en el oído…

- Ven, báñate…para que llegues limpio a tu casa…no es conveniente que llegues oliendo a

sexo… y tus hijas tengan una mala impresión de ti…dócilmente te dejarás guiar al baño y escucharás que te va diciendo…ya sabes, porque se la segunda ocasión que lo usas…ahí están jabones, champús, estropajos…aquí están las toallas –seguirás su mano que te va indicando la ubicación de cada artículo - y, para cuando termines, aquí está esta bata…la ves chica y sonreirá y te dirá…Es mía, pero espero que no habrá ningún problema…

- No hay problema alguno…sonreirás al decirle – casi nunca uso bata de baño…era un lujo para mí…

- Bueno, te dejo, voy a esperarte –dirá – acá afuera…aun no es tiempo que nos bañemos Juntos…

- ¿Cuándo lo será, dirás al cerrar la puerta corrediza del cancel del baño?

- Si mal no pienso…pronto… ¡Un día de estos! Y escucharás sus pasos que se alejan…te

colocarás bajo el agua de la regadera; sentirás caer los chorros cálidos del agua y manipularás las llaves de lo caliente y de lo frío para dejarla al gusto y recibirás, y sentirás, placenteramente, caer los chorritos de agua tibis; primero te humedecerás todo el cuerpo; te limpiarás toda tu piel; recorrerás el prepucio para quitar restos de papel y de semen y recorrerás toda tu piel con una mano y le cerrarás; con la otra buscarás el jabón…entre los jabones de tocador y femeninos, destaca la pieza del jabón clásico Palmolive: el que se de tu predilección…sin saberlo, te había halagado un poco y te empiezas a lavar todo el cuerpo, desde la cabeza a los pies; enjabonado y con un poco de espuma, otra vez abrirás las llaves del agua para dejarla en la temperatura agradable dejarte bajo el agua; ayudarás a los chorros de la regadera, pasando tus manos sobre la  piel, limpiándote el jabón…te darás otra enjabonada y ahora sí harás espuma…y con bastante espuma acariciarás tu flaco cuerpo… y pensará…una mujer así…¡para mí!…¡nada más mía! ¡Qué suerte!…después de limpiar tu piel, colocarás tu cuerpo bajo el chorro del agua y la mezclarás hasta dejarla un poco fría para que te sentirte mejor…terminarás y te escurrirás un poco y correrás la puerta del cancel y tomarás una toalla azul, la sacarás del ordenado montón; la colocarás sobre tu cabeza y frotarás enérgicamente tu pelo hasta dejarlo medio seco y después irás secando y frotando tu cuerpo; cuando estás satisfecho, te inclinarás para secar tus pies; lo harás y hasta entonces tomarás tus calzoncillo y te los pondrás, después la camiseta y así, casi seco saldrás del área de la regadera y te irás en donde está ella…

-      ¡Listo! Ella te sonreirá y te irá entregando tu
         camisa, tu pantalón y tus calcetines y tú te
los irás poniendo, pues estarás sentado a su izquierda…terminarás pr9onto de vestirte y te pararás y ella junto contigo…irá a su recámara y saldrá con dos frascos y un cepillo para pelo; uno

contendrá gel para peinarse y te servirá un poco en la mano que ella toma y tú frotarás tus dos palmas y te lo colocarás vigorosamente en tu pelo y, después y ya te está extendiendo su mano, tomarás el cepillo y te alisarás el pelo de memoria y, al término, ella te rociará y un  poco de una fragancia que te estará colocando y te dirá

- Ésta es tuya; la traje para uno de mis hermanos, pero no ha venido ni yo he ido a la tierra, así que él se la pierde…y tú la recibirás y te pescará haciendo  una sonrisa…

- Sonrió porque llegaré con el aroma de una fragancia muy perfumada…

- ¿Por tu hija?

- Sí…por ella, pero no tiene caso…pensará que ando con una mujer muy rica, pues es una fragancia cara…si es necesario le diré o de echaré una mentira lógica…pero me verá llegar bañadito…pero no hay mayor problema…todo se reduce a decir algo creíble… Bueno…

- ¡Estás listo para partir!...dirás

- Si tú lo quieres…te hará el diálogo…

- Ya te dije que aunque no me importa lo que digan los vecinos, aun no es tiempo…Hay un tiempo para todos y…

- A su tiempo maduran las brevas…estoy de acuerdo, pero yo me refería a este Momento de partir…bien puedo quedarme más tiempo…

- No…es tiempo de que partas, tanto para ti como para mí…es mejor…si te quedas más tiempo entonces no te dejaré partir y me estaré contradiciendo y, finalmente, tú no traes ropa para cambiarte ni tus utensilios personales de limpieza y no avisaste a tu hija…es mejor que sea así…ya habrá tiempo en que sin que me lo pidas ni te lo insinúe, será y será natural…

- Siendo así…me voy…te hablaré todos los días, considerando no alterar tus rutinas…

Cuando tú gustes me puedes llamar a mi personal y móvil o a la casa…no hay mayor problema…

- Lo haré, pero espero tus llamadas…

- Bien…La abrazarás, rodeando su cintura y con delicadeza y ternura buscarás sus labios

Y al encontrarlos te comerás su boca se abrirá un poco para permitir que tus labios los presionen y pueda entrar tu lengua la que se hará una sola liana con su lengua y nadarán un instante en la saliva de los dos…Acariciarás su cara y descenderán tus dedos por su espalda y la presionarás hacia ti…sentirás su beso cálido, tranquilo, sin ansiedad y dulce, muy dulce; aunque lo deseas no serás osado y acariciarás su nalgas…ahí las dejarás…únicamente su espalda y su cuerpo…Ella te desprenderá de ti y te separará…

- ¡Ya, por favor!…Te dirá, es mejor que te vayas sin más despedidas…porque estos adioses

Son ofertas de otra invitación…

- Bien…---está bien…tú mandas…Hasta pronto, dirás en su oído…

- Hasta pronto, Beto, de Huetamo…verá que abres tu vehículo, que entras,, te acomodas

en el asiento, te colocas el cinturón y moverás la llave del encendido para encender el VW; escucharán el suave ronroneo y verán la nube de humo del movimiento inicial de los pistones...harás señas con la mano izquierda de "¡hast6a luego!"; ella te contestará sonriendo y dibujará su sonrisa pícara  y te moverás hacia adelante y saldrás directamente  hacia la salida; en las primeras sombras de la noche, rodarás columpio-pendiente abajo hasta llegar a la pluma; el vigilante  te habrá reconocido y la levantará para que salgas y te irás a la izquierda para tomar el bulevar que te lleva al crucero del periférico que te deja Costco a la izquierda y esperarás la luz verde del semáforo; cuando lo tienes ya sobre la vialidad que conoces te irás pensando el compromiso en el que estás a punto de firmar y protagonizar, pero la satisfacción te llena y estás decidido a correrlo; dirás, como siempre que están en la definición de una opción...¡París, bien vale una misa! Y fortaleces la decisión; finalmente esta relación, estos hechos que vives en este momento te fortalecen, te vigorizan y ves la vida con otro, y de otro,  color; reirás en tus adentros, pues la satisfacción te llena...¡Una mujer como ella...para ti!...te espera, te recibe en su casa y tiene relaciones sexuales contigo y te apapacha; no te riñe, no se queja y está dispuesta vivir el momento...tal vez, y es lo más seguro, que, piensas, que si la vida sigue como hasta el momento está...¡Color de rosa!, pero la vida en común llegará al desgaste y las cosas podrían cambiar, pero eso será más adelante...decidirás seguir, cueste lo que cueste; con este tipo de pensamientos llegas a tu casa y notarás que no hay nadie, aunque las luces están encendidas; estacionas y cierras el auto y abres la casa y loa cierras; verás el recado de que tu hija se fue al

café con las amigas y  harás la rutina de siempre: 
preparar un poco de fruta para los dos; te subirás tu 
plato – el de ella lo dejarás sobre la mesa, con su 
cubierto y su servilleta – y ya en tu espacio 
´particular, dejarás todo en la mesita de la 
computadora  y te dispondrás a revisar tus recortes 
periodísticos y ordenarás por prioridad de 
importancia para su redacción; entonces tomarás tu 
teléfono y marcarás los diez números del suyo; 
escucharás el zumbido-llamador y después su voz te 
llegará un poco agitada…

- Bueno…
- Soy yo…
- Disculpa lo agitada…andaba en la cocina, 
  guardando trastes…¿Todo bien?
- Sí…no tendría por qué ser de otra 
  manera…No hay nadie en casa…mi hija 
  se fue de

café con amigas y llegará cerca de las once; ya le 
preparé fruta y estoy en mi habitación preparando  y 
ordenando mis compromisos personales de 
colaboraciones y editoriales para el periódico y me 
dispongo a acostarme, pero antes debo leer un poco 
el libro que aun no termino; así que todo está bien, 
muy bien…

- Por acá también, tal como tú lo 
  dejaste…tranquilo y satisfecho…todo - te 
  dirá con

malicia y un poco de frivolidad y tú eres el culpable y 
responsable y por tales causas ahora que nos veamos 
te castigaré, eh, terminará ese diálogo, con 
complicidad.

- Bueno, viniendo de ti, todo se aceptará…como sé que mañana es día de familia para ti

No te llamaré, le dirás; será hasta el lunes, considerando tus rutinas y para no interrumpir tus diarias tareas y visitas a Iratzio, así que hasta mañana, terminarás y ella completará…

- También sé que tú trabajarás en tus cosas y mañana estarás ocupado haciéndolas y

enviando y cosas que te tendrán atareado…así que ¡hasta mañana, Beto, de Huetamo! Que durmamos bien… y colgará, pues escucharás el click de su cierre de comunicación y tú cerrarás el tuyo; te dispondrás a dormir después de revisar tus correos y trabajos enviados; notarás que todo está tal como tú lo quieres y hasta entonces, te desvestirás, te pondrás tu traje de noche y ya en la cama…empezarás a disfrutar de la fruta – mango Ataulfo, rebanado – y verás un poco de televisión pero te fastidiarás y tomarás el libro de Giovanni Sartori que estás terminando – el Homo Videns – y después de tomarte tu pastilla - Triazolán – te pondrás a leer para ayudar al inductor de sueño a que dobles el pico y de hecho, sólo treinta minutos y ya estarás dormido; tu hija te dirá a la mañana siguiente – domingo – que estabas ronque y ronque…¡Y cómo no!

El día siguiente, después de lo cotidiano, trabajarás en tus cosas  para tener tiempo, en todo lo posible y llamar o ir a su casa y pasar unos momentos agradables y tranquilos, así que avanzarás y terminarás en todo y te prepararás para unos días intensos, porque están por  decidir sobre la candidatura  del partido al gobierno del estado; ese día, domingo, la pasarás muy en sana paz y por la noche, cerca de las diez, llamarás; establecerás contacto y conversarás con ella

- Hola, escucharás su voz y harás el diálogo
- Buena noche…Cómo estás y cómo te fue…
- De familia, bien y me fue muy bien…estoy tranquila y a  ti, ¿Cómo te fue?
- Bien, muy bien… todo en camino, para que se dé lo que espero…
- Me parece bien… ¿Cuándo vendrás o quieres que nos veamos fuera de casa?
- En este momento no lo sé, pero te lo digo en unos dos días…
- Me parece bien…ojalá que sea en fin de semana para no andar a las carreras…Es

deseable que sea así… lo intentaré, pero no dependerá de mí…

- Lo entiendo bien…bien…
- Gracias…bueno, pues que pases muy buenas noches…
- También tú… ¿Piensa en mí, un poco?
- Te equivocas, pienso en ti un mucho, pero en un solo instante
- ¿Cuándo?
- Cuando estoy sólo, y solo y con  mi alma
- ¿Por qué hasta entonces?
- Primero, porque si no fuera así, no me dejarías trabajar y
- Segundo
- Porque te quiero sólo para mí y no deseo que nadie vea mis sonrisas de satisfacción…
- ¡Que así sea siempre!

- Yo también…Hasta mañana o pasado mañana…
- Bien, buenas noches, Beto…Colgará y lo harás tú también; hasta entonces te dispondrás a dormir, después de haber ordenado tus cosas y tu agenda de trabajo del día siguiente…Por la mañana te dedicarás intensamente a trabajar y cumplirás tus tareas laborales al máximo y te irás dando cuenta que estarán entrando a la recta final del trabajo de promoción de la figura, idea y mensaje  de tu jefe y que las decisión está por tomarse, razón por la cual se realizará y se tendrá una quincena muy fuerte e intensa de trabajo en el interior del estado; se cubrirá la costa, el bajío, el occidente y la Tierra Caliente, sin olvidar el oriente y el centro del estado; así que cuando ya estás con información confiable sobre tu tiempo le llamarás a media semana, casi al caer la noche…escucharás que el llamador está trabajando…oirás que se abre la comunicación

- Hola, hola…te dirá  e iniciará la conversación
- Buenas tardes…soy yo…
- Ya te tengo identificado…
- Te llamo para escuchar tu voz y, también para informarte que toda esta semana y la siguiente,  no podré ir a verte, pero sí te hablaré por teléfono todos los días…espero no cansarte…lo haré en momentos en que considere que estás descansando y cuando yo esté libre… ¿te parece?
- Me parece bien… ¿a qué se debe este espacio?

-	Trabajo, mucho trabajo…es la última parte del trabajo…por esto andamos en el interior

Del estado y por acá estaremos estas dos semanas…le dirás

-	¡Ah!...Ya entiendo.
-	Pero parece que, al término,  habrá un pequeño receso y
-	¡Magnífico!
-	Te propondré una idea loca…
-	Me parece bien… ¿Ya?
-	No, cuando tenga toda la visión completa…y eso podría ser este  viernes o sábado…sé

por dónde andaré y te llamaré poco después de la comida… seguramente será el sábado… ¿cómo estás?

-	Bien…tranquila, en mis cosas…Iratzio, mis hijas y mis nietos, mi comadre…en fin, cuando

vengas te contaré…

-	Está bien… ¿cómo estás vestida?
-	¡Qué extraña pregunta! ¿Por qué me la haces?
-	Para imaginarte…tal como tú me digas que estás vestida, así te pondré en mi mente…
-	Visto un blusa-camisola suelta, larga, blanca, manga tres cuartos,  larga y una falda de

tul, color verde agua y unas sandalias del color de la falda, verde agua y un broche, de color blanco para agarrarme el pelo en una cola de caballo… ¿te parece, señor?

-	Sí, por qué no…estás muy juvenil…
-	El problema no es lo vieja sino lo juvenil que me siento…escucharás su risa…

- 	Así te tendré en mi imaginación…joven, de blanco y azul y con el pelo recogido en una cola de caballo…bien, te guardo en mi memoria y te hablaré como te digo…entre el viernes o el sábado…y hasta entonces te diré mi idea loca…

- 	Esperaré tu llamada… escucharás que cierra la comunicación y al cerrar tu aparato regresarás a lo que estabas haciendo y así continuarás hasta terminar y tus días de trabajo los seguirás cumpliendo e informándote de las cosas por venir; así que deduces que habrá un tiempo de cuarentena, de veda, en el activismo y que es muy posible que tengas unos cuatro, cinco días libres para esperar una definición y ya con esa información, comprobada, le dedicarás un poco de tiempo a arreglar la salida: Planearás salir a un balneario que conociste cuando trabajabas en el COBAEM. Las Brisas se llama y está a  seis kilómetros de La Plazita, o Placita, del municipio de Aquila; es un hotel pequeño, pero tiene tres albercas y un chapoteadero; todas ellas con agua caliente y una, con olas y el mar besa la playa del hotel y aunque el hotel tiene restaurante, está mejor disfrutar los alimentos en el pueblo, más frescos, mejor preparados y más sabrosos; la cuestión del hospedaje no es difícil; conseguirás el teléfono y llamarás; lo difícil es el transporte; necesitarás un vehículo, un automóvil, confiable, en buen estado mecánico y no tan viejo que tenga el riesgo de que te deje tirado a medio camino…¡Y luego…con la dama! ¡En la torre!  Buscarás en tu memoria, entre los amigos y, finalmente, te decides por Ernesto; lo localizarás y cuando te conectes con él le harás la petición…muy comedida y muy seria y muy en confianza

-       Ernesto, necesito tu ayuda

-    Tú dime a quién hay que matar…

-    A nadie, salvo que sea necesario…tú eres la
     persona que me puede ayudar en la
situación que tengo…

-    Dime y verás que sí…

-    Puedes prestarme tu Jetta por cuatro, cinco
     días… dentro de diez días; exactamente  los
días 10, 11, 12, 13 y  14 del presente y te lo regresaré
el día quince, lavadito y como tú me lo entregues…te
lo llevaré a tu casa…

-    Cuenta con él, pero dime ¿para qué lo
     quieres?…

-    Quiero salir unos días a la playa, a
     Coahuayana y regresar, pero, tal vez me
     detenga un
día en Colima…tal vez me acompañe una dama…

-    Te pregunté para decidir si lo llevo al servicio
     o lo dejo como está…anda bien, pero…
uno nunca sabe…lo llevaré a que lo revisen y vean
niveles… ¿Cuándo irías por él?

-    El día nueve, cerca de las ocho de la noche…

-    Bien, tengo tiempo suficiente para dejarlo
     listo…

-    ¿De cuates, cuento con él? Porque sin él no
     hay salida…aquí en el trabajo no hay
Vehículo para nadie salvo para el jefe…Así que, te
repregunto, ¿Cuento con él?

-    Cuenta, formal…a los amigos se les tiende la
     mano…Hasta el nueve, a las ocho de la

Noche.

- 		Gracias…Con el transporte asegurado hice dos llamadas; una a la presidencia municipal de Aquila para solicitar, como favor especial, los datos sobre el hotel Las Brisas y me lo proporcionaron: la ubicación, rutas de acceso y el teléfono; la otra llamada fue al hotel; marqué los números recibidos y después de conversar con el gerente, aparté, sin pagar dos, tres noches en el hotelito y él me  precisó la forma de pago – número de cuenta y banco -, así como el envío del comprobante bancario; con esos datos – reservación y transporte asegurados – podrías contar con todo lo necesario para esos días…así que te dedicarás totalmente al trabajo y esperarás que sea el fin de semana para hablar con Sun y presentarle la idea; el día llegará y después de los acontecimientos, centro de tu trabajo, te meterás de lleno a cumplir con tu papel de difusión y distribución a las agencias y empresas de comunicación y ya libre, poco después de las seis de la tarde de un sábado, estarás marcando los números de su aparto telefónico personal; escucharás el zumbador que llama…oirás que se abre la comunicación y harás el diálogo

- 		Hola, identificarás su voz

- 		Soy yo… ¿Cómo estás? Y continuarás el diálogo, que transitará más o menos así…

- 		Bien…esperando tu llamada…

- 		¿Todo bien?

- 		Sí…no hubo razones para  que  estos días fueran distintos…la rutina de siempre…la caminata matutina, la charla de la comadre, los desayunos o sola o con las amigas, la comida o sola o en Iratzio o con alguna de las amigas y la cena sobrellevando mi soledad y viendo novelas o leyendo revista o escuchando un poco de música…estoy bien…ya lo verás… ¿Y tú?

- En lo personal…bien…de trabajo. Vamos bien…Esperando los tiempos que están a la Vuelta de la esquina…

- ¿Ya?... ¿tan pronto?

- Así es… ya y sobre seo deseo conversar contigo…

- Dime…te escucho…

- Tras estos días de intenso trabajo, las estructuras del partido se tomarán unos días para

tomar la decisión y en esos días no debe darse ni difundirse ni una actividad de proselitismo, bajo pena de castigo y eliminación- supongo -; así que al terminar la siguiente semana tendré unos cinco días de libertad absoluta y aunque no lo he tratado con mi jefe, es muy posible que, si sé plantear el asunto tendré, libres, esos días de veda o de cuarentena

- Y, ¿Es tu idea loca que me dijiste?

- Efectivamente…esta es la idea…salir un día temprano de la ciudad, digamos, a las ocho,

ocho y media de la mañana; dirigirnos hacia Zamora, Jiquilpan, San José de Gracia, ciudad Guzmán, Colima, Tecomán, Coahuayana y la Placita; ahí está un magnífico hotelito con tres albercas — una de ella con olas — todas ellas con agua tibia y con el mar besándole la playa-orilla del hotel; las habitaciones tienen aire acondicionado y funciona un restaurante y, además, están varias palapas y para  disfrutar la comida regional o internacional hay langostas y langostinos y carene roja y diversos pescados, además de lo usual; podríamos  hospedarnos y descansar tres días más los dos de viaje…en total, cuatro, cinco días; de regreso, si gustas podemos parar en Colima y …

- Me gusta la idea… ¿Y para cuándo sería?

- Los tiempos de veda están establecidos, a partir del nueve del mes que viene; así que

Todo sería a partir de ese día y, si tú estás de acuerdo, nos veríamos ese día, como a las ocho de la mañana para salir rumbo a Zamora y regresar en cuatro días después…

- ¿Sería posible, de ida o de regreso, parar en Colima? Desde hace tiempo he deseado

conocer esa población…me dicen que es una ciudad en la que una inversión es rendidora y yo deseo encontrarla para ver si me da resultado un Spa…

- No habrá mayor inconveniente…saldríamos del hotel como a las diez de la mañana

Y estaríamos cerca de la una de la tarde y por allá comeríamos…y continuaríamos el viaje después de comer  y/o si gustas podemos hospedarnos ahí  y nos  regresaríamos al día siguiente…pero eso tú lo decides…

- Me gusta la locura…
- ¿Entonces? ¿Sigo con la locura?
- Sí…adelante…
- Bien, así lo haré…dirás casi para terminar…
- ¿Y cuándo regresas a la ciudad?
- Hasta el domingo de la semana siguiente… te llamaré llegando, pero eso no impide que

te llame algún día…

- ¡Ah! ¡tantos días aun fuera de la ciudad!

- Así es…pero todo está bien…
- Por lo de las llamadas que me hagas, las esperaré…
- Serán por la tarde, muy cerca de las ocho de la noche…
- Bien, las esperaré con  gusto y con mucho placer escucharé tu voz…¿sabías que tu voz tiene un timbre, un tono muy especial?
- No…no lo sabía…Alguien, algún compañero, de algunos cursos, me dijo que yo era muy agresivo con la voz…nada más…
- Yo siento mariposas en el estómago cuando hablo contigo…
- ¡No cuentes! Pero ya no sigas porque me harás que lamente que ande lejos de ti…
- Oye… ¿Y en qué nos transportaremos?
- En un jetta…un amigo nos prestará uno de su dos carros y en ese nos iremos…ya se Comprometió conmigo y lo recogeré un día antes, a las ocho de la noche… de hecho, llegando iré por él…para revisarlo y que no esté sucio, o demasiado sucio…lo de las reservaciones en el hotel, mañana las hago ya con las fechas definidas y haré el lunes el pago anticipado para asegurar las habitaciones…todo está resuelto…
- Bien siendo así…me prepararé mentalmente para descansar en el mar unos tres, cuatro Días y la jornada de viaje de ida y vuelta, por tierra… ¿Cuántas horas serán de viaje?
- De Morelia, unas siete horas, sin parar, a una velocidad constante de 80/90 kilómetros

por hora…

- Y si nos vamos por la autopista a Guadalajara
- La diferencia serían unos 45 minutos…porque invariablemente debemos pasar Colima y

Tecomán y bajar hacia Coahuayana y llegar a la Placita, como si bajáramos hacia Lázaro Cárdenas y su puerto…Si gustas, de regreso nos podemos hospedar en Jiquilpan…hay un buen hotelito, el Palmira y tienen buena cocina, pero esa será decisión tuya…

- Si te parece bien, lo dejamos para que los tiempos de la estancia lo sugieran…
- Me parece bien, dirás…Entonces…hasta pronto…te llamo el lunes, al caer la noche…
- Bien…estaré esperándote…escucharás que cierra la comunicación y entonces cerrarás tu

aparato y te regresarás al mundo en el que estás…te pondrás a terminar tus asuntos de trabajo pendientes para mañana y personales y tratarás de descansar para estar listo para las jornadas que seguirán antes del descanso obligado…sólo para no dejar, el domingo buscarás a tu amigo y confirmarás el préstamos del Jetta…marcarás los números de su teléfono y escucharás cuando abre la comunicación…

- Hola, dirá y te reconocerá la voz…amigo…a tus órdenes
- Hola, gracias…espero que todo esté bien…llamo para confirmar lo del préstamos de tu

Auto…

- Te rarifico que sí…sólo falta que vengas por él…ya está revisado y guardado…¡No vaya a ser el Diablo!

- Entonces, como quedamos…paso a tu casa el día ocho, a las ocho de la noche por él.

- ¡hecho! Y colgara y tú harás lo mismo…asía las cosas, todos esos días, de domingo a Domingo trabajarás con la misma intensidad y responsabilidad que has hecho a través de esos días de intenso trabajo recorriendo la geografía estatal; asistirás a los actos de proselitismo y a los eventos de familiaridad con los diversos grupos y tomarás las fotografías testimonios de esos hechos y los trabajarás para hacer los documentos y las imágenes que enviarás a la red de Medios – impresos y electrónicos - con los que estás en comunicación y en su caso y cuando la necesidad lo determine asistirás a las estaciones de radio y televisión para revisar la imagen y el mensaje de tu amigo y jefe; así los días de domingo a domingo; en un ínterin y en horario de servicio bancario, te tomarás un tiempo para hacer el pago en la cuenta del hotelito, por tres noches y ya con el comprobante, en algún momento, cerca de las diez de la noche, te comunicarás con la empresa e informarás que ya está hecho el pago por tres noches, a partir del día nueve del mes siguiente; registrado el pago, cerrarás la comunicación y con más ánimo y seguridad continuarás con tus actividades; al acercarse el fin de semana y uno de loso últimos días de la actividad de proselitismo, te acercarás a tu jefe-amigo y le preguntarás por las actividades en los días por venir…y harás la conversación, más o menos con esa línea, que es al que tú deseas

- ¿Qué se tiene pensado hacer en estos días?

- Esperar…

- ¿Irás al centro a fortalecer tus relaciones?

- Sí…he estado en contacto con ellas y

- ¿Y?

- Me dicen que todo va bien…Que espere…que no haga mi un acto de proselitismo…

- Bien…indicaciones para mí…

- Por el momento, ni una…únicamente terminar lo de este periodo de tiempo, a satisfacción y  estar al pendiente…¿por qué lo preguntas?

- Deseo saber si es posible tener unos cuatro días de descanso…

- Considero que sí… ¿Saldrás de la ciudad?

- Esa es la idea…

- ¿Hacia dónde te dirigirás?

- Hacia la Costa…a la Placita…ahí está un buen hotelito, y…

- ¡Magnífico el hotel!  …Bueno, estarás localizable, aunque distante…pero está bien

- Entiendo que no habrá actividad política en sí…sólo de tipo social. Cosas de ésas…

- Así es… ¿Entonces?

- Si tengo tu autorización, llegando a la capital, preparo mis cosas y estaré fuera de

lunes a jueves; ya el viernes estaré disponible, pero llegando te llamo, aunque estaré disponible siempre, aunque para regresar me tomará unas siete horas…Gracias…y terminarás de hablar con él sobre ese asunto para tratar cuestiones del trabajo, que no vienen al caso…teniendo en el horizonte los días de permiso, trabajarás para salir bien y sin errores de ese periodo de trabajo y te dispondrás a terminar todo y dejar todo bien sin actividades postergadas; al llegarse el día de regreso, estarás que no brincas de gusto porque quieres evitar que te juzguen infantil, pero sólo tú sabes lo que traes dentro y cuando entran a la ciudad, un poco antes de las seis de la tarde, y se dirigen hacia el sur, estarás tranquilo y satisfecho; en el punto de llegada te despides de todos los compañeros y de tu jefe-amigo y caminarás con tus dos maletas de mano rumbo a tu casa, que te queda a unos cinco minutos de caminata hacia el norte; es domingo y sabes que tus hijas y nietos no están, por lo que  cumples lo que siempre haces, sacas la ropa sucia y la dejas en el bote para la ropa que está en el baño; guardas en los archivos correspondientes los documentos; te bañas y hasta entonces llamas…marcarás los números del aparato de tu amigo y escucharás que se abre la comunicación…

- Hola, amigo…

- Aquí, contestándote…esperándote…todo como quedamos….¿A qué hora vienes por el auto?

- Para eso te llamé…¿Puedo ir por él…ahorita?

- ¡Claro, por eso no he salido de la casa!

- Bien, llego en unos quince minutos, en lo que tomo un taxi y estoy ahí…

- Estaré esperándote para decirte las mañas… ¿Ok?

- Bien…Colgará y cerrarás la comunicación…tomarás tus cosas personales y saldrás de la

Casa e irás a la esquina poniente; ahí tomarás un taxi y darás una dirección del oriente, por la unidad deportiva; llegarás en el tiempo que dijiste y te bajarás; después de pagar te enfilarás hacia la casa de tu amigo y antes de dar el tercer toquido ya está él abajo, abriéndote, con las llaves del Jetta en la mano…harás la conversación, breve directa, como eres…

- Amigo, aquí están las llaves…no tiene mañas, no te asustes…Todo está revisado; lleva su llanta de refacción y gato, además de la herramienta usual, más un machete; lo único

que tienes que hacer es manejarlo y siempre darle de comer, de la verde…tomando las llaves dirás…

- Te lo agradezco mucho…no sabes que tan importante es para mí esta salida…te debo

una, amigo… y abrirás la unida y la revisarás con la vista…todo bien y sumamente aceptable…te despedirás de él y le dirás…

- Te lo regresará como quedamos, si por alguna circunstancia regreso antes, ese mismo

día te lo traigo… ¿Sale?

- Sí…como lo dijiste y acepté…sólo te digo…Buen viaje, que disfrutes todo…aquí estoy a la

orden…Y se despedirán estrechándose las manos…

- Igual…entrarás al auto, lo cerrarás y lo encenderás; maniobrarás para ir a comprar en

Trico unas seis botellas de vino blanco – Freixenet –; lo haces y pides que te las den en una caja de vino porque viajarás; de ahí a la gasolinería más cercana y ya en ella, pedirás que te lo llenen y revisen, por pura costumbre, el aire de las llantas, los aceites del motor, de la transmisión y el líquido refrigerante; cuando se llena el tanque y te informan que todo está bien, pagarás y entrarás al auto para dirigirte a tu casa y ya en ella, y dentro, marcarás los números de su aparato…escucharás el zumbador…oirás que se abre el circuito de la comunicación…

- ¡Hola!

   - Soy yo…llegué cerca de las seis, pero consideré que estarías en cuestiones familiares e

hice mis cuestiones personales, me bañé y fui por el auto; ya está en mi poder…listo, lleno y revisado de todo…De mi parte…Todo está bien y listo

   - De la mía también…te diré, que estoy toda loca…jamás había salido así…una escapada…

Luego te cuento…tengo mi maleta lista y mi bolsa con mis cosas de arreglo personal y protectores del sol, porque ¿vamos a ir al mar, a la Costa, no?

   - Así es…Bien, de ser así…paso por ti como quedamos, a las ocho…desayunamos en el

camino o cada uno en su casa…yo tomaré lo que cuando estoy en caso tomo…propongo que tomes algo ligero y en san José de Gracia o el pueblo que sigue, tomamos algo…

   - Me parece bien…Entonces, te espero…estaré ansiosa…Buenas noches, Beto…

   - Ahí estaré…buenas noches, Sun…escucharás que cierra el aparato y entonces cerrarás el tuyo y te pondrás a acomodar en la maleta de mano tu ropa; la tendrás lista cuando llegan tus hijas y les informarás que tendrás un receso, por lo cual te irás de descanso a la Costa; que ya tienes el auto y que saldrás cerca de las ocho de la mañana del día siguiente…sabes que no habrá objeción y te dedicarás charlar con ellas de cosas de familia y dejando todas las cosas familiares planeadas, te irás a dormir…te levantarás una hora más temprano de lo usual y harás lo que siempre haces cuando estás en casa: el desayuno; cuando terminas, te bañarás y a su término te prepararás y como tus hijas aun están en casa, te despedirás de ellas…

- Hasta el jueves por la noche…

- ¡Que te vaya bien!, te dirán y saldrás de la casa, abrirás el auto, colocarás la maleta en la cajuela; la cerrarás y entrarás al auto, te sentarás y te colocarás el cinturón de seguridad y

maniobrarás para enfilarte hacia el sur; recorrerás la ruta en no más de quince minutos; te pararás en la caseta de entrada, dirás la dirección y personas con la que vas y te dejará pasar…rodarás los columpios y sentirás aleteo de mariposas y hormigas sobre tu piel a medida que te acercas a la cima de la loma…al llegar a su casa…detendrás el auto y saldrás…ya te estará esperando…como siempre juvenil, ropa de colores suaves, ligeros y ropa ligera…

- Buen día…te dirá…¡Lista! Y tú

- También…¿subo la maleta?

- Sí…por favor…ella te la señalará; la tomarás, abrirás la cajuela y la pondrás cerca de la

tuya; cerrarás y te dirigirás a abrirle la puerta; ella estará cerrando las puertas de su casa y de la

Jeep…entrará al auto y cerrarás; verás que se pone el cinturón y tú entras a la unidad, la cierras, te colocarás el cinturón, acomodarás el espejo y encenderás el motor y maniobrarás para salir…ya en el bulevar de su fraccionamiento, verás que ella te ve con ojos de evaluación y estará callada…saldrás de su área y te enfilarás hacia el entronque del periférico; así lo harás, no encontrarás tráfico, pues aunque pasa un poco de las ocho, ya no estará congestionada la vía y saldrás pronto; con la verde del semáforo, saldrás hacia la izquierda; ya en la ruta, manipulará el radio, seleccionará una estación y escucharás música en lo que llegas al crucero con la carretera a Quiroga&Zamora; ya en el crucero y en lo que sales de la ciudad ella irá callada y tú en tu papel de conductor, tardarás unos quince minutos en llegar a la zona de los recogedores de basura y ay en la carretera federal de un carril para cada asentido, ella iniciará la conversación…

- ¡Qué puntual eres!
- Gracias, pero estaba obligado a serlo…tú me esperabas…
- ¡Ojalá que así seas siempre, y en todo!
- Haré todo lo posible…
- Me fijé que no revisaste el carro…¿gasolina, aceite, líquidos, aire?
- Desde anoche; cuando lo recogí, lo hice; ya todo está listo…
- ¡Hummmm! Eres muy cuidadoso de los detalles; vamos a viajar y por lo menos nos

llevaremos unas seis horas de viaje, sin parar, salvo en Jiquilpan a cargar gasolinas y en Mazamitla para comer algo, pero podemos, si gustas, hacerlo en

Jiquilpan; te propongo en Mazamitla porque ahí venden alimentos regionales y están muy sabrosos, pero, también está San José de Gracia…muy buenos quesos y buena leche…

-        No está bien…como tú lo hayas pensado…
-        Bien,        ya        nos        enfilamos        hacia Quiroga…estaremos en Zamora como a las diez y en

Jiquilpan como a las once y en los límites con Jalisco, cerca de la una de la tarde, dirás…

-        Me parece bien…traje un poco de fruta y jugo de naranja…así que tú me dirás…
-        Más adelante… Y tú te pondrás a manejar en forma y ella iniciará la conversación… en lo

que ella va platicando de su proyecto gastronómico de Iratzio, de su Spa, de los que está gastando, del cómo está y cómo desea tenerlo y de su restaurante; de que tiene un  horno para preparar pan de la región así como chivo, barbacoa y birria al estilo Jalisco y hasta un fogón y cazo para hacer carnitas – y quién las haga, porque no cualquiera hace carnitas -, así como uchepos, corundas, jocoque y pozole, tortillas de comal, hechas a mano, chicharrón y pescado blanco  y el personal que lo atiende, porque también el personal cuenta, y mucho y después de que terminó, hablará de su hija, la que tuvo cáncer, el trabajo que le  fue enfrentarlo y superarlo; la atención médica, las dosis de quimio, el respaldo de su familia, de su esposo y sus experiencias muy especiales que debió enfrentar y resolver favorablemente, así como el libro que escribió y le publicó el IMCED, donde trabaja en el área de Pedagogía; después te hablará de la más chica – o la más grande – que está casado con un alto funcionario o accionista de una línea de transporte estatal; de cómo le va, de cómo les va a las dos  con sus esposos y de su relación familiar con ella, de sus comidas dominicales y de lo que platican; del embeleso con sus nietos y nietas…(de  ésas cosas de familia que te la pintan  abnegada como casi todas las  madres  de  todo  el  mundo), la carretera irá pasando  sin  decir  nada;  dejas Capula, el Tigre, Quiroga, Matugeo, Naranja, Comanja, Zacapu, entrarás a la zona de curvas para pasar Carapan y la Cañada de los 11 pueblos para acercarte a Zamora; ella continuará con sus narraciones familiares y tú tu interés no en la plática sino en la carretera, en la que no  puedes  cometer  un  error;  saldrás  de  los  11 pueblos; pasas Tangancícuaro-Camécuaro y antes de llegar a Zamora tomarás a la izquierda el libramiento que te  permitirá  salir  delante  de  Jacona;  después rodarás frente a  Santiago Tangamandapio y verás allá abajo  el  valle  de  Chavinda  y  en  la  cima  verás Jiquilpan;  rodearás  la  ciudad  y  en  el  entronque pararás  en  la  gasolinería  que  está  en  la  glorieta;  ahí ella  parará  de  hablar;  irá  al  baño  y  tú  pedirás  que llenen el tanque; hecho todo, pagarás y la esperarás a que  regrese  para  retomar  el  viaje;  ella  regresa, enciendes  el  motor  y  sigues  de  frente…¡pura subida! Hasta San José de Gracia y continuará hasta más allá de Mazamitla; te meterás al centro del pueblo y ahí pararás  para  comer;  buscarás  una  fondita  y  ahí preguntarás qué ofrecen; les dirán  y cada uno pedirá lo  que  más  le  agrade,  además  de  un  chocolate  y pastelillos de la región; disfrutarás – y esperarás que ella  también  –  esos  platillos;  al  terminar  le preguntarás…

-   ¿Deseas otra cosa?

-   No, con esto está muy bien…

-   ¿Una gelatina con rompope?… ¿algo más elaborado, más delicado?

-   No…disfruté los platillos, los taquitos…tienes razón…está muy sabrosa la cocina…llené

Tanque…de aquí hasta…

-   La Placita…de aquí sigue Tamazula, ciudad Guzmán, Colima, Tecomán y Coahuayana…

Estamos a la mitad del viaje…Mazamitla es la mitad del recorrido…

-   ¡Ya te lo sabes, eh!

-   He andado en muchas partes… cita una y te diré algo en particular de ella…

-   Lo entiendo…como está un poco retirado aun el destino y largo el camino…paga para

seguirle…anda…harás lo que ella dice; pagarás y regresarán al auto; ya en él lo encenderás y continuará su conversación… en lo que ahora ella hablará sobre su vida personal, de su relación que yo conocí, que casi todos conocimos, de sus hijas, fruto de eso y de su condición de mujer capaz, pero dócilmente dependiente, aunque no tanto porque, te dirá, que no aguantó más y se reveló y planteó la definición y como ésta fue en su contra, el golpe, el shock que sufrió y la forma cómo le afectó; sus actividades sindicales, generadas por su relación y sus elevadas relaciones con la cúpula-dirigencia sindical estatal, y después nacional, y su aceptación de lo que perdía al terminar todo; cómo enfrentó esa situación personal que la postró y casi destruyó y cómo se recuperó; su estado de depresión y cómo fue saliendo poco a poco; su matrimonio con un maestro, que yo conocía superficialmente y su fracaso sentimental y su posterior silencio femenino y casi término de su llama-luz como mujer, irán pasando Tamazula, ciudad Guzmán – que te queda a la derecha - el entronque con la autopista a Colima-Guadalajara, los extraordinarios puentes de la barranca de Atenquique y la llegada a los libramientos de Colima rumbo a Manzanillo y la panorámica autopista la circularás muy tranquilamente y pronto llegarán a Tecomán; ella detendrá sus conversaciones para ver el paisaje y deleitarse con la brisa marina y el paisaje marítimo y sentirán el calor y la marisma; tomarán las salidas para Coahuayana-el Ranchito; ya en la vía de cuatro carriles, todavía rodarás unos quince-veinte kilómetros y los balnearios michoacanos, ya no tan vírgenes, pero poco conocidos y preferidos por el turismo nacional e internacional, como Boca de Apiza, faro de Bucerías, el Ticuiz, San Telmo, san Juan de Alima, Boca de Pascuales y las Brisas – que es tu destino – te irán quedando a la derecha y llegarás a las cercanía del hotel y luego La Placita; tomarás la corta desviación para el hotel y rodarás unos dos kilómetros para llegar, entre palmeras a Las Brisas…bajarás e irás a la administración donde mostrarás el comprobante bancario de pago, te registrarás y te darán la llave de la recámara…abrirás la puerta de su lado; le darás la mano para que baje; lo hará y ya fuera, irás por las maletas y con ellas y ella caminando por delante inspeccionando las instalaciones del hotel, y sonriendo, se acercarán a su habitación, que está en la planta baja, frente a las albercas…tres albercas, un chapoteadero, palmeras y el mar rozando el hotel…Te dirá lo que esperas que diga…

- ¡Tal como lo dijiste!
- Espero sea de tu agrado…todo…
- ¡Claro!...verá la habitación, la cama matrimonial, el decorado, el aparato del aire

acondicionado, el baño, con cancel, las toallas para baño y para las manos y el jabón de baño y el closet…en impulso natural, te abrazará por el cuello y te besará…te fundirás en el beso que es una ofrenda de deseo y certificación de satisfacción…

- Gracias, te dirá sonriendo…sé que pasaremos unos días muy tranquilos y placenteros…
- Bien… ¡Aquí estamos! ¿Qué deseas? ¿Baño de mar, regaderazo o ir a comer?
- Un regaderazo y salir a comer… ¿aquí o en restaurante del hotel?
- Tú mandas…lo que sea, servirá para comparar…
- Bien…me baño y lo decido…se fue a sus cosas, abrió, sacó, acomodó, es desvistió,

quedando en paño menores y se fue a la regadera…en lo que ella se quitaba el cansancio del viaje, sacaste las seis botellas de Freixenet, las llevaste al restaurante, y a tu regreso, acomodarás tus cosas en el closet…la escucharás canturrear y en no muchos minutos ya estaba afuera, secándose; salió goteando agua, vestida en su ropa interior y con los ojos me indicó que me tocaba…así lo hice; también te quedarás en paños menores y con tu ropa limpia y el traje de baño en mano te meterás a la zona de la regadera y, como ella elevarás una oración, hecha canción, "Viajera"; te darás un duchazo rápido y saldrás con el traje de baño puesto y secándote el pelo, ella estará ya lista, con su traje de baño y cortos y sobre él una bata-camisón vaporosa; terminará de aplicarse un poco de crema y al término, te dirá…

- Lista…vamos, que ya hace hambre…tomará 
  tu mano y saldrán de la habitación, hacia 
la derecha, rumbo al restaurante; por cierto, como es lunes, el balneario estará casi para ustedes dos; en el restaurante, le acomodarás su silla, se sentará y se acercarán para traerles la carta…Tomarás la iniciativa…

- Te agradeceré nos traigas ya abierta, una de 
  las botellas Freixenet que traje hace una 
media hora; y las copas necesarias…preguntarás al mesero: ¿langosta, filete de pescado, camarones, langostinos, carne roja?…¿Todo hay listo para preparar?

- Lo que gusten ordenar…te dirá – en un 
  momento regreso…

- Bien…tú dirás…

- ¿Y las botellas de vino? ¿Tú las trajiste?, 
  preguntará

- Sí, el que tú me dijiste que su sabor y aroma 
  te había agradado, dirá…

- Adulador…Langosta…

- Tú le ordenas cómo lo quieres…Llegará en 
  mesero con el servicio; abrirá la botella y

Servirá un poco en la copa que será de ella para que lo cate; lo hará y dará su veredicto con los ojos, que chispean y juegan en la luz del atardecer...

- Sabrosísimo…le servirán en su copa, en la mía y antes de brindar el mesero preguntará…
- ¿Qué les preparamos, qué gustan disfrutar?
- Langosta, al guajillo y con ajo, por favor - pedirá – y un poco de mayonesa…
- Para mí, langostinos el mojo de ajo, en chile guajillo, frijoles negros refritos y, como

entrada un poco de queso seco de la región y un poco de aguacate y unas tostadas y galletas saladas…

- En un momento traerá; primero el queso y las galletas, dirá y se retirará…cuando se

Retira, ella tomará la iniciativa, llevará su copa hacia ti y tú la imitarás, pero la copa hacia ella y escucharás lo que dice…

- Beto…por nosotros, por los que estén con nosotros y por este momento… ¡salud! Y dirás
- ¡Salud! Sun…tomarán y tú sentirás deslizarse el vino frío por tu garganta y su aroma

afrutado te llenará de sabores y de olores…llegará el queso seco y el aguacate y, llenará las copas, ya casi vacías…tomarás tu copa y le pedirás con la mirada que haga lo mismo y dirás…

- Por estos momentos de placer; que todo nos sean propicio…por ti y por mí… ¡salud!
- ¡Salud!, te dirá y teniendo la sinfonía del romper de las olas para llegar a las playa,

Tomarán nuevamente  de sus copas y picarán el queso seco y un poco de aguacate en las galletas saladas; sobre su clara tez morena se deslizarán gotas de sudor, que ella no se secará y conversarán del lugar, sobre el mar, que se ve verde esmeralda y las olas que rompen y llenan de olanes de algodón la playa; se acercarán dos meseros e irán colocando sobre la mesa y frente a los dos, la langosta y los langostinos, los frijoles negros y un poco más de queso, más galletas saladas,  el plato con mayonesa y la hielera con otra botella dentro de ella y la que ya está abierta, la colocará sobre la mesa; después de dejar el servicio, se retirarán  y ella, con sus ojos negros, bellamente abiertos, dirá, llena de gozo y de apetito…

- ¡Mira nada más! ¡Qué banquete! Gracias…
- No…es un placer y como placer…disfrutémoslo…a tu salud, bella, Sun…porque la vida

Nos permita seguir así…no más, pero tampoco menos…

- Si se puede…un poco más, pero no menos, modificará, coqueta…
- Así, sea y brindemos…Así lo harán e iniciarán el disfrute de los platillos, el vino blanco, la

Conversación y la sinfonía desencadenada del mar como escenografía…conversarán de todo y de nada, como si fueran una familia; terminarán de disfrutar los platillos, se acercará el mesero y preguntará---

- ¿Algún postre, café? Consultó con la mirada; ella le dirá que no y te unirá a su decisión; nuevamente preguntará

\-       ¿Puedo levantar la mesa?

\-       Por favor, dirá ella e intentará levantarse…tú te acercarás y le retirarás su silla; te
tomará de las mano e iniciarán la caminata hacia la playa; la playa está, de hecho, solitaria, sólo una que otra gaviota está sobre las arenas y uno que otro pelícano sobre la superficie de la plataforma del mar; el mar es una alfombra verde  ondulante que revienta en la playa, la besa, dejando un olán de espuma que se deshace con el aire y permite que la siguiente ola la vuelva a vestir de olanes…caminarán a todo lo largo de la playa unos diez minutos – tú tomarás el tiempo porque vas contando los pasos, sabes que debes contar  800 pasos y regresar; ella irá conversando y tú serás su audiencia; encontrarás en su tono de voz, tranquilidad y satisfacción; el gusto por vivir y por disfrutar de la vida hasta el último momento y hasta la última gota…al decir – mentalmente - ochocientos, inicias el regreso y entonces sí participarás en la charla y harás el diálogo…

\-       ¿Hasta aquí, qué te ha parecido?

\-       Muy agradable; el hotel tiene instalaciones que no le piden nada a las grandes hoteles
de las cadenas; servicio, ya vi que son eficientes y la cocina tiene sazón…todo muy bien… ¡Ah, pero el vino blanco! ¡Qué agradable detalle!...

\-       Recordé que fue el que te gustó y traje unas ocho, seis botellas de él…todas están en
refrigerador del restaurante…tú dispondrás de ella…

\-       Más tarde…

\-       Cuando tú lo digas…

- El sol no está ardiente…no cae a plomo…está benigno…
- Sí…parece que está bien, pero quema igual…afortunadamente trajiste tu bata camisón y
tus cremas protectoras…
- Cuando salgo al mar, no las olvido… ¡a mi edad…y sin cremas! ¡Un martirio!
- ¿Qué piensas para más tarde?
- Si gustas nos metemos al mar un poco y salimos, nos limpiamos la arena y nos
quedamos en una de las albercas…
- ¿La que tiene olas?
- Si tú gustas…y después nos bañamos para cenar y descansar para mañana salir temprano a caminar y darnos un baño de sol y de agua de mar…
- Ninguna objeción…caminarás un poco más y al estar frente al acceso del hotel, buscarán
Sillas de playa o divanes y al encontrarlos se desvestirán para quedarse en traje de baño…el suyo será uno de dos piezas, color azul opalino, color agua o algo parecido y el tuyo azul cielo, Peter Pan; te meterás primero al mar, como unos cincuenta metros…escucharás su grito…
- No te vayas tan lejos…puede ser peligroso…hasta ahí…
- ¡Aquí te espero! Verás que ella va con calma, un poco de miedo, temor, precaución y
poco a poco se acerca a ti; le extenderás un brazo y tomará tu mano…la abrazarás de la cintura y, junto con ella, te hundirás en el agua y saldrán chorreando

agua y arena y ella abrirá la boca y detendrá el grito de asombro…

- 	¡Vas a ver!...Tú sonreirás…y le dirás
- 	Lo que tú no sabes es que está playa, esta zona, tiene una plataforma de unos ciento veinte metros  que es como una alberca…no disminuye ni aumenta de profundidad…mira…el agua te llega a la cintura y si caminas un poco, hacia mar adentro no subirá de nivel el agua, si acaso te llegará al nacimiento de las costillas, pero hasta ahí…más allá están las corrientes marinas y el mar abierto…no debemos de pasar de esa boya y le indicarás con la vista  y con el dedo… ¿Lo recordarás?

- 	¡Claro!…tú estarás para recordármelo…Y entonces se zambullirá, hacia un lado,  en el agua marina y saldrá goteando agua y sal y arena y los últimos rayos del sol  le agregaban un tono dorado a su figura…entonces harás lo mismo que ella, pero lo harás hacia ella y al llegar a sus piernas, la tocarás ye le presionarás para que las abra y cuando lo hace pasarás entre ellas y saldrás a su espalda; regresarás y harás lo mismo, ella ya te estará esperando con las piernas y nadarás ese túnel y surgirás frente a ella y la besarás con un beso sabor a arena, mar y agua salada…ella te responderá y su beso será una promesa sexual…no durarán mucho en el beso, porque ella hará lo mismo que tú  y pondrás tus piernas abiertas y ella pasará bajo ellas y saldrá tras de ti, para regresar y salir frente a ti y te besará y sentirás en el beso un juego que deseas termine en la cama…

- 	Mira, ponte vertical y espera…agáchate un poco o bájate en el mar para que yo me suba

en tus hombros; te agarraré de una mano para no
caerme…me pararé en ellos  y desde ahí me echaré
un clavado… ¿sale?

- Bien…así lo harás y ella te tomará de la mano
y tú casi encorvado, dejarás que ella se

Suba en tu espalda y cuando su mano te lo indica te
irás levantando poco a poco hasta estar totalmente
erguido…hará un poco de equilibrio y se dejará caer
en el agua; escucharás el ¡zas! Y sentirás la salpicadura
del agua que salta al entrar su cuerpo en ella…y
seguirán jugando así y nadando,  un corto tiempo
más hasta el cansancio y ella te dirá…

- Ahora vamos a tumbarme a la playa, ¿me
acompañas?

- ¡Claro! Y saldrán echando chorros de agua
salada y riyitos de arena…ahí en los labios de

la playa, permitiendo que las olas los mojen, se
acostarán boca abajo, uno al lado del otro con los
ojos cerrados…se tomarán de una mano y así, unidos
de piel a piel, dejarán que el tiempo pase; un
momento después se darán vuelta y quedarán con el
pecho al sol…tendrán los ojos cerrados, como hace
un momento…dejarán que el tiempo pase y cuando
casi había pasado el mismo tiempo con la postura
anterior, se levantará ella, te jalará de la mano y  te
pondrás de pie; ya levantado, seguirán el sendero
hacia la regadera para quitarse la arena de los pies y al
terminar se irán a tumbarse en un diván de la alberca
para secarse y meterse en la alberca con olas…tú, te
colocarás en uno de los dos chorros de agua caliente
que alimenta la alberca, y   te pondrás verla nadar;
verás que nada con estilo, aunque despacio – no es
para competir – y te dará gusto saber que una mujer

como ella está ahí y es tuya, aunque sea en esos momentos…la verás nadar y suspirarás…te verá y te gritará…

- ¿Por qué no vienes?

- Prefiero verte…nadas como sirena…

- ¡No tengo cola!, te dirá sonriendo, con picardía, frivolidad...

- Sí tienes, pero chica…

- Maloso… ¡vas a ver! ¡Ya me la pagarás! Sonreirás y te meterás al agua; como ella y a su

Lado nadaras de dorso, de pecho, libre…todo lo que ella hace lo haces tú…incluso te sumergirás en el agua de la piscina y pasarás bajo de ella y le harás cosquillas en su barriga…estarán en ella unos veinte minutos más, continuando jugando  y, ya para salir harán la conversación…

- ¡Quién te viera, chiquito!..y preguntarás…

- ¿Sobre qué o de qué deben verme?

- ¡Sabes halagar a una mujer!

- Tú me lo permites …tú dejaste que me acercara a ti y tú permitiste que fuera todo lo que

es y como es…tú, eres la responsable, por permitirlo…

- ¡Esa es una canción de Manuel Torres!

- Lo que sea…todo esto es porque, ciertamente, yo busqué, pero tú permitiste que te me

acercara y llegar a más adentro …

- ¡Y cómo no iba a permitirlo!  Quería conocerte y

- ¿Hasta el momento?
- Todo bien, muy bien …
- ¡Qué siga así…por mucho tiempo! Y seguirán nadando uno frente al otro, juntos o

cruzados en sus trayectorias…En algún momento ella te dirá…

- Bueno, por hoy, ya estuvo bien, muchachita… e iniciará su salida hacia el diván y al

encontrarlo se dirigirá hacia él y tú estarás ya a su lado y le pondrás en su espalda, desde la cabeza, una toalla de baño; se sentará y se irá secando poco a poco y tú harás lo mismo…se quedarán un poco, como bobos y en Babia, mirando la alberca y se levantará para dirigirse a la habitación; la abrirás y se sentarán en la cama…ella se preparará para bañarse e iniciará el acto de colocar la toalla en el sillón del pequeño recibidor y tú la detendrás buscando su cara y tratando de besarla…te dirá…

- Tengo sabor a mar…
- ¡Magnífico…buen sazón…se besarán en una caricia suave, intensa y fuerte de afecto,

pero se separará pronto y te dirá…permite bañarme para quitarme toda la sal…se separará de ti y entrará a la regadera; te quedarás resignado; escucharás que se baña y que musita una melodía; no la puedes identificar; tu prepararás otra toalla para cuando salga y al hacerlo, otra vez se la pondrás en su cuerpo; ella la tomará y te indicará con un ademán y con sus palabras…

- ¡Te toca!...te desnudarás y te meterás a la zona de la regadera…te limpiarás el agua y sal del mar y, después, te bañarás tranquilamente; dos untos, uno para lavarte y el final para perfumarte...saldrás y ella te tenderá la toalla; te secarás  parado frente a la cama, en tanto ella se estará vistiendo...su ropa íntima, color de rosa y su ropa de playa, todo en tonos suaves, ligeros; tú te vestirás con tu ropa usual; toda tu ropa es de verano, primavera, otoño, pero no invierno...te vestirás en menos de cinco minutos y ella estará aplicándose un poco de  sus cremas para lo que sea; casi no se maquillará; se atará su pelo en una cola de caballo y estará lista en un dos por tres...

- ¿Salimos a cenar?

- Vamos...y abrirás la puerta, la tomarás de su mano izquierda y caminarán hacia la izquierda y se dirigirán hacia el restaurante; se dirigirá hacia una mesa y le acomodarás su silla; se sentarán y llegará con la carta...

- ¿Qué les ofrecemos?...la señalarás...ella indicará...

- Un plato de fruta y un sándwich de jamón...nada más...

- Un plato de fruta solamente...Se retirará y suspirarán un poco, casi simultáneamente...

- ¡Que descansada!...Dirá...el mar, las olas, los juegos, la alberca, el agua tibia, el regaderazo con  el baño y la comida, y tu atención... ¡Inmejorables!

- Gracias...esta era la intención de venir hasta acá...esto no lo puedes encontrar en los hoteles de  cadenas internacionales...y por ese sentido continuarán conversando; llegará el mesero con los alimentos y los disfrutarán; ya para salir, después de pedir y firmar la cuenta pedirás el servicio de una hielera y una botella de Freixenet y dos copas para vino de mesa…te traerán lo que pediste y entonces ella, con las copas en la mano y tú con la hielera y una mano suya entre las tuyas  avanzarán hacia su recámara, pero, ella te dirá…

-	¿Y tú caminata?...

-	Tienes razón…¿Qué te parece si dejamos estas cosas en la habitación y caminamos en la

Playa?

-	¡Magnífico!...así lo hacen y después de dejar todo en la habitación, se encaminan  hacia

La derecha y caminan – ella colocando su mano en tu cintura y  tú con la mano derecha, igualmente acariciarás su cintura; verán la noche estrellada y recordarás a Neruda  y te dirás…ciertamente podrías escribir los versos más alegres esta noche… la noche está estrellada y los astros tiritan, a lo lejos…a lo lejos el viento zumba y canta…en el horizonte el mar se pierde y se confunde con el firmamento, casi todo negro…la busco y al encontrar  su cara, la suelto, nos soltamos,  y acaricio la piel de su cara; su beso es firme y sus labios suaves…arrobado por el momento y por ella, tomo con desesperación su cara y me la como a besos…ella se une más a mí y dejamos pasar el tiempo en el beso; no escucho nada de la noche; únicamente, solo estamos los dos; solos los dos…en una forma natural busqué la comodidad e intenté descender hacia la arena y nos tendimos en ella, continuando con nuestro beso…ahí estuvimos en el beso…quise acomodar mis piernas en las suyas, pero ella no respondió…se fue liberando poco a poco y me llevo hacia arriba; nos paramos, seguimos caminando y nos enfilamos hacia el hotel; caminamos en silencio…entramos a la habitación y con la vista y sus ademanes, me indicó que se bañaría…se desvistió rápidamente y se metió a la regadera; en un instante salió escurriendo agua era una mujer de agua, pero se secó con la toalla que tuvo a su alcance…

- Tenía que quitarme la arena…también tú hazlo…anda…aceptarás  lo que te ordenó y te

Darás un duchazo rápido; cuando salgas te esperará ya con la toalla en la mano; la recibirás y te secarás y te pondrás tus calzoncillos, nada más…ella se quedará parada viendo tus carnes...sonreirá…

- ¡Qué delgado eres! ¿Siempre has sido así de delgado?
- Sí…le dirás y le ofrecerás su copa con un poco de vino blanco…la recibirá y te sonreirá…estará desnuda y apreciarás a toda luz su delgado, bello, atractivo y sinuoso cuerpo; su piel color claro, un tono de color café muy suave, beige, su cara, sin afeites, maquillaje, corta, delgada, de pómulos un poco salientes y en forma triangular, como de yucateca; nariz pequeña, pero delgada, labios suaves, no gordos y ni carnosos, ni voluminosos, pero sí sugerentes y medianos; sus grandes ojos negros enmarcados ´por unas cejas no muy gruesas, pero en un arco tangencial muy delineado, definido; su pecho delgado – nunca fue rolliza, ni gordita – su busto copa B y su cintura sin grasa y sin definir los músculos abdominales; su ombligo bien formado, su talle-cintura-derrier-cadera, delgada, con la ligera prominencia de sus nalguitas

levantadas y sus piernas largas, delgadas, torneadas, no delgadas, no grasientas; sus pies finos y delgados…su pelo corto, suelto, choreando agua…te quedarás quieto con la vista fija en ella, en su cuerpo, disfrutando la visión, viendo y sabiendo que es real…

- ¡Por nosotros! ¡Y que disfrutemos muchas veces con momentos como éste!...Y tomarán hasta el fondo…servirás otra porción más y ella tomará un pequeños trago y se meterá en la cama y tú harás lo mismo… te pedirá que apagues la luz y cierres las cortinas; todo lo harás, cumpliendo sus indicaciones y hecho esto, te meterás a la cama y encontrarás su cuerpo, su carne fresca, llena de sensaciones…sentirás abejas volar en tu piel y que las colibríes te zumban en las orejas y las hormigas recorren tu cuerpo, tu piel…sus labios sabrán a miel, a pasas, a duraznos…recorrerás toda su piel y ya conocidas las dunas de su carne…te llenarás de la arena de su cuerpo y su pelo será una melena corta que se deshebrará en tus manos y su cara, su boca, sus labios serán maná del cielo; tus manos la acariciarán toda…en el recorrido llegarás su pequeños, y gorditos senos y los acariciarás suave y detenidamente buscando su pezón… ella te tomará de tu sexo y lo acariciará…se abrirá de piernas y te dirá, sin hablar que es tuya y beso así te lo dirá, porque sus labios te apretarán mucho más y su lengua se habrá atado a la tuya y las dos se hundirán en la saliva de las bocas…ella te llevará hacia el nido de su sexo…cuando te deja en la entrada…te abrazará y será la señal para ir entrando poco a poco…sentirás cómo te va arropando y cómo se va entregando sin reservas…cuando estás todo en ella,

ella te arropará con sus piernas y tú iniciarás el movimiento de siempre, de todos…habrá preparado el arco y la cuerda y la flecha la estarán colocando cada instante en el arco y en la cuerda…sentirás su tensión, su calor, su fuerza…su entrega…sus labios serán tu boca y su lengua será la tuya y su piel tu piel…ella gemirá un poco y tu boca se agrandará más para callarla…colocarás tus manos bajo su cuerpo y levantarás sus dos nalguitas y llevarás su vientre hacia ti…ella te abrazará mucho más, untándose a tu piel…tensarán más y más la cuerda hasta que tu piel siente su calor y sus espasmos…ahí te aprisionarás su lengua y la chuparás hasta al delirio…y su flecha habrá dado en el blanco, liberando la tuya…sentirán su piel caliente – se habrá puesto de gallina - y tu calor la inundará y su humedad te bañará…llenándose los dos de la fragancia del sexo fresco…continuarán unidos por la boca, por los labios, por las lenguas, por la piel, por las piernas…por los sexos…sentirás cómo poco a poco un sudor frío, refrescante te va llenando, los va llenando y ella no se abrirá de piernas...permitirá que sigas en el nido…acariciará tu cabeza…tu pelo…continuarán atados pro el beso, por el nudo de las piernas el tejido, la madeja del sexo…sentirás cómo vas retrayéndote y, aun así, ella te mantiene ahí, en su nido…no se soltarán…poco a poco van regresando a la tranquilidad…ella se separará de tu boca, sus labios se liberarán de los tuyos y tu boca, y tus labios, volverás a ser los tuyos…sus manos seguirán acariciando tu piel, abrazándote, apretándote suavemente hacia ella……se irá soltando poco a poco, desanudándose lentamente la respiración se irá normalizando y el cuerpo vaporizará…sudarán y se irán enfriando…no te soltará…ni tú a ella…

- ¿Podemos dormir abrazados? Dame el placer casi olvidado de dormir acompañada…te

Dirá y harán la conversación…

- Me dará mucho gusto…yo ronco…
- No me preocuparé por eso…todos roncamos…
- Hagamos el intento… ¿Deseas un poco de vino blanco?
- Sí…en lo que sirves el vino, iré al baño para traer papel…se nos olvidó…
- De acuerdo…se levantarán y ella se dirigirá al baño y tú, a la mesita en donde se puso la

Hielera con la botella de vino y están las copas semivacías…servirás…traerás las copas y su regreso le ofrecerás la suya…

- Por nosotros, Sun…
- Por la vida de nosotros y que el tiempo, el destino se nos den para estar juntos muchos

Días…

- Mucho tiempo…tomarán de las copas…escucharás que dice…
- ¡Qué sabroso y refrescante está! Salud…Beto…Salud…
- ¡Sun, salud! Tomarán hasta llegar al fondo y servirás en las dos copas el resto de la

Botella…

- Ahora, sí…chiquito, tomemos lo último y descansemos…ha sido un día lleno de

Emociones que jamás pensé en tener…regresar a mi juventud…te diré algo, hace mucho tiempo que vivo sola…esto que estamos viviendo es algo inesperado…pero es agradable...muy satisfactorio…déjame vivirlo al máximo…te abrazaré y trataré de dormir…es una experiencia muy extraña… ¡es la primera ocasión que dormimos juntos, abrazados! Ya ves, te lo dije…las cosas se darían de na forma natural…tomarán hasta el fondo y dejarán las copas a un lado de la cama…se acomodarán, sin soltarse de las manos, en la cama y se cubrirán con una sábana…abrazados se irán durmiendo uno tras otro y así pasará la primera noche que durmieron juntos…como es tu costumbre, despertarás cerca de las cinco de la mañana…ella está dormida…levantarás tu cabeza y verás su cuerpo dibujado en la sábana y su cara, angelical…aun duerme…malosamente la acaricias su pelo, la piel de su cara y la irás besando, suave, lenta y amorosamente, dejando en la cara la humedad de tus labios y la huella de tus besos…irá despertando y, sin que lo espere, la besarás en la boca y en el beso, sorpresivo, irá unido tu deseo, tu desesperación y tu hambre de ella; ella recibirá tu mensaje y responderá a tu caricia, su boca te recibirá y sus labios se abrirán permitiendo la posesión de tu boca y de tus labios y la intromisión de tu lengua que naturalmente buscará la suya, y se unirán, y nadarán en el océanos del deseo conjunto…sentirás su abrazo, se acomodará al tuyo y de manera natural y suavemente acomodará sus piernas, te acomodarás, como ella lo pide y soltando su boca, liberando sus labios y desanudando las lenguas, moverás tu cara y te acercarás a su oído ye le dirás muy quedo…

-   ¡!Buenos días!!...ella te recibirá y te contestará…

-   ¡Muy buenos días!...facilitará tu entrada e iniciará el movimiento de su cuerpo y tu corresponderás con el tuyo…buscarás su cara y encontrarás su boca y tu beso lleva toda el ansia de amor, de deseo, de apareamiento…ella gemirá y tú abrirás aun más tu boca para acallar sus ruidos…se quedará quieta un instante y tú detendrás tus movimientos, sin salir, Te quedarás arropado por ella y encarnado en ella…escucharás que te dice…

-   Espera…deja que me cambie…y se pondrá de espalda, casi en ángulo de 45 grados y te dejará a todo tu placer sus hermosas y levantaditas nalguitas; tú te acomodarás tras de ella y uniéndote a ella solamente por los sexos, el nido y su pajarito, la buscarás y al encontrarla, te recibirá, húmedamente y te cubrirá con su piel, te arropará con su carne y entonces la acomodarás un poco más hacia adelante y pondrás una de tus manos en una de las suyas y las extenderán a lo máximo y pasarás tu otra bajo su cuerpo para tomar su seno…la otra mano de ella estarán hacia atrás y te tomará por la cintura y te empujarán hacia ella…y así habrán preparado todo y los movimientos tendrán su cadencia, su calor, su fuerza…no cederá nadie, como si fuera una lucha, una lucha por conservar el cuerpo y otra por entrar y salir y no dejar de moverse y no dejar que pare…nadie dirá nada…sólo se escuchará el suave sonido de los cuerpos que se rozan y se mueven…durarán bastante tiempo…la excitación está al máximo, intensa…tú tratando de entrar más y más y más…te paras y continúas; ella te aprisiona, te suelta, te coge, te libera; tú, entrando y saliendo y ella, recibiéndote…sentirás sus espasmos…te detendrás, pararás un instante…sentirás que habrá pasado y continuará la lucha, por entrar, por salir, por cogerte, por detenerte…sus brazos estarán con los diez dedos apretados formando una sola carne y su mano seguirá pegada a tu cintura y tu mano libre estará en su seno, posesionándose de él como banderola en el Everest…continuará la lucha carnal para llegar a la cima del placer…así, unidos, recibirás en tu piel su calor líquido…sentirás en tus manos que ella se tensa – te apretará  tus dedos más y más  - y tu cintura y su pezón se pondrá duro como el chocolate frío y te llegará su tibieza femenina…tu sexo recibirá su confirmación y tú responderás, casi instantáneamente, con tu fervor y la inundarás…ella te recibirá y sentirás cómo va relajándose, liberándose de la tensión y sus manos, sus brazos,  te irán soltando…su cobija sexual te seguirá arropándote, cubriéndote, sin permitir que salgas…te habrá ganado…ella te habrá conservado dentro de sí…libres de tensiones…sueltos de todo, menos del sexo, te acercarás a su oído ye le dirás, muy calladito…

- Te quiero, Sun…
- Yo también…
- Buenos días…
- Nunca nadie, me había despertado así por la mañana y me había dicho buenos días de

esta forma…gracias…Eres singular…unirá su mano izquierda a la tuya

- Tú eres excepcional…se quedarán esos momentos, calladitos, quietos…vaporizando los

cuerpos…poco después dirás…

- Saldré a caminar por la playa… ¿gustas acompañarme?

- Mañana, ¿sí?...permite que descanse y disfrute íntimamente este despertar…te soltará

de su mano y, hasta entonces, te pondrás de pie, te vestirás, con ropa interior y cortos más una camiseta, sandalias de baño y saldrás, llevándote la llave para no tocar, al regreso… saldrás de las instalaciones del hotel, caminarás hacia la izquierda y ya en la playa, sentirás bajo tus pies la humedad de la arena y del agua que llega y deposita en la playa sus besos de espuma; sin prisas, caminarás hacia la derecha y verás cómo se va abriendo la mañana; cómo se va limpiando de nubes el cielo y cómo los rayos del sol van saliendo de las montañas que te quedan a la derecha; las gaviotas atraen tu atención  y sus vuelos sobre las olas y aterrizajes en la playa buscando qué comer te provocarán sonrisas de satisfacción y recordarás el libro Juan Salvador Gaviota…el mar aun está gris y su oleaje es pequeño, no embravecido; revienta como a unos treinta, cuarenta metros de la playa y se viene dibujando puros olanes de algodón, burbujas y espuma;  fijarás la distancia hasta dónde debes llegar para darte vuelta y caminarás sin prisa tratando de que las olas no te mojen…llegarás al punto de regreso y lo harás; tu retorno te permitirá ver las huellas de las patas de las gaviotas y la eterna cadencia de las olas rompiendo la playa; cumplido tu deseo te zambullirás en el mar, nadarás un poco, sin cansarte y sin prisa alguna; saldrás y te echarás en la playa; primero boca abajo e irás sintiendo los rayos del sol que van llegando a la playa; contarás el tiempo y cerca de los diez minutos, te darás vuelta para dejar tu piel al sol, por otro lapso, más o menos igual; cumplido ese tiempo, te levantarás y te irás al agua del mar…te zambullirás y nadarás, por abajo, buceando,  un poco, y harás lo que más te gusta: que el mar te revuelque; saldrás del agua marina goteando agua y arena…te dirigirás a la regadera del hotel para quitarte de la arena y llegar sin arena a la habitación…entrarás y verás que ella aun descansa; dejarás que siga dormida; tomas tus cosas de uso personal y te meterás a la regadera; lavarás tus dientes, te rasurarás y pondrás alcohol en la cara y hasta entonces, tratando de hacer el menor ruido posible con el cancel, te meterás la regadera y te bañarás muy sosegadamente; cuando terminas, tomarás la toalla que usaste y te irás secando; al terminar, te vestirás con cortos, color azul pastel  y una playera blanca, lisa…escucharás que ella te habla…

-	¿Listo?...Gracias por este momento de descanso después de la gimnasia sexual matutina…harás el diálogo

-	Ya caminé, nadé, me  asoleé un poco, por cada lado, me bañé y cambié…te esperaré para irnos a…

-	¿Hacer lo que yo quiera?

-	Eso mismo…te espero...si gustas, puedo ir al restaurante y pedir el desayuno  y traerlo a nuestra habitación…

- No…mejor mañana…me levanto, me baño para irnos a desayunar…
- No hay prisa…
- Por eso…me levanto sin prisa y sin prisa me baño y sin prisa me visto y sin prisa salimos al restaurante a desayunar…
- Si gustas vamos al pueblo…hay dos o tres muy aceptables restaurantes, pero está mejor el del hotel…
- El del hotel…mañana…y se levantó sábana en mano, cubriendo su desnudez; escucharás los ruidos de la regadera y que musitaba una canción… ¡De Engelbert Humpedinck! "La forma como se acostumbra"…momentos después salió con la toalla secándose el pelo…me fijé que no tenía ni una manchita en su piel y que no había cicatrices de nada, ni manchas de nada…toda limpia, al natural, sin nada de nada estaba ahí frente, a mí…
- ¿Qué me ves, bobo?
- Tu cuerpo, tu piel, tus piernas, tu cara…toda tú…eso es lo que veo…
- Deja de mirarme, que me pones nerviosa…hace mucho tiempo que ningún hombre me ve desnuda…hace muchísimo tiempo que no vestía frente a un hombre, así que…ve la televisión… ¡anda! Sé bueno conmigo…harás lo que ella te dice jugueteando, te echarás en la revuelta cama y dejará de ser centro de tu atención…pocos momentos después escucharás que dice…
- ¡A tus órdenes!...¡Cuando tú quieras!...te tenderá una mano; la tomarás; sentirás su

Jalón; te pondrás de pie; la abrazarás y buscarás sus labios…ella se dejará y te dirá, sonriendo y jugando…

-   Un beso chiquitito…porque tú eres muy comelón…se besarán suavemente y se unirán de

las manos para salir de la habitación…ella irá vestida con cortos color claro y blusa-camisón de tul, con flores de colores rosa y azul; pelo tomado por atrás y en cola de caballo y sandalias rosas…llegarán al restaurante y ella se sentará en la misma mesa y le acomodarás la misma silla; el servicio ya estará esperando con las cartas en la mano…escucharán que dice…

-   ¡A sus órdenes! Y nos entregará las cartas…la señalarás y se dirigirá a ella…
-   Señora, ¿qué desea disfrutar?…Pedirá plato de papaya, jugo de naranja, café de olla y

unos chilaquiles, verdes con dos huevos estrellados, más un plato con frijoles refritos, negros y tortillas…

-   ¿Y usted, señor? Pedirás plato de mango, jugo de naranja, vaso con leche y plátanos o

camote o calabaza, cocidos, con almíbar y dos huevos con tocino y tortillas, con un poco de queso añejo o de la región…tomando las órdenes, se retirará y poco después irán llegando los platillos para disfrutarlos…iniciará la conversación…y comiendo y conversando…

-   Así, que me dejaste sola…¿si llegaba el co co, qué?
-   Aquí no hay co co…dirás jugando…
-   Todos los platillo están frescos…muy buena elección… ¿hasta dónde caminaste?,

Preguntará...

- Poco más de medio kilómetro de ida y otro tanto de regreso...algo así como kilómetros y Medio y nadé unos diez minutos...me di vuelo...hice lo que más me gusta, cuando vengo a nadar al mar...

- ¡ya sé qué es lo que más te gusta!

- Es placentero, pero cada cosa con su cada cosa y en el mar, me gusta sobre manera que el mar me revuelque y me aviente en la playa todo lleno de arena y el agua escurriéndome por todo el cuerpo...¡Ya lo verás!...platicando de cosas simples como ésta, terminamos de desayunar, firmarás y se irán  a caminar sobre la playa...ella se quitará sus sandalias y correrá un poco sobre la mojada arena y sentirá bajo sus plantas las olas  del mar y sus burbujas de tul y gasa...te esperará chapoteando en los pequeños charcos que se forman al regresar al mar la ola...irán hasta donde su ve el horizonte y regresarán charlando de todo y de nada...la brisa del mar jugará con su bata de tul y con su pelo corto...llegarán a la entrada del hotel, se colocarán bajo el chorro de la regadera que está la entrada del hotel...se quitarán la arena y entrarán a la zona habitacional y dirigirán hacia su habitación...en ella, se despojarán de la ropa, Se cambiarán, poniéndose el traje de baño... ella, uno, de una sola pieza, color negro, con ribetes blancos; tú, short de color rojo, con vivos negros, como si fueran enchiladas, pero rojas...tomarán las mismas toallas, porque no han hecho la limpieza de la habitación y saldrán a la alberca o al mar...prefiere el mar que está suave y no ardiente; buscarán par de divanes de playa y aventarán las toallas para apartarlas- no hay gente; el hotel y sus servicios está sólo y solo para ustedes -; en el agua tibis de la alberca con olas nadarán en todos los estilos que saben: libre, dorso y bucearán…se colocarán bajo el chorro del manantial que llena la alberca; sentirán lo agradable del agua tibia – más ella, que tú - y se colocarán  bajo las gruesas corrientes de agua tibis y se relajarán un poco más…jugarán al burro, a pararse encima del otro, pasarse entre las piernas…seguirán nadando hasta que ella dice…

- Me saldré a asolearme un poco…necesito dorarme…y chorreando agua de todo su
Cuerpo, que estaba más hermoso enfundado en un traje negro…goteando agua, suavemente, se dejó caer sobre su diván y se colocó boca abajo y tú, como bobo, nomás mirándola…igualmente te echarás sobre el diván y boca arriba te pondrás a mirar su cuerpo, en el cual sobresalen sus nalgas…pasado un poco de tiempo se dará vuelta y sobre su cuerpo resaltarán sus muslos que estarán en línea con sus senos y harán una curva que se cerrará en su cintura y se abrirá un poco en su pecho…tendrá los ojos cerrados y así estará unos quince minutos…se levantará y tú harás lo mismo y se meterán a la alberca y, nadarán un poco…te dirá…

- Nada más un poco porque deseo meterme al mar y nadar ahí…pegada a ti, chorreando
agua y arena y espuma te dirá…quiero ver cómo te revuelca el mar…saldrá un poco después y toalla en mano se dirigirá hacia el frente trasero del hotel y buscará en dónde dejar su toalla; la aventará sobre un camastro…se irá caminando con naturalidad, como en un pasillo de la Corte, la cadencia natural de su cadera no era para detener el tráfico, pero para

mí…¡sentía palomitas en el estómago!…unos treinta metros playa adentro, se paró, tomó pose y se avalanzó en clavado hacia el aguar marina, bien hecho, por cierto, y salió poco después chorreando agua por toda la cabeza y deslizándose por su cuerpo…tú ya estarás a su lado, pues habrás hecho lo mismo y empezarán a jugar lo mismo de ayer y de la alberca…hasta que ella te dice…

- Quiero ver cómo le haces para que el mar te revuelque…anda… ¿quieres?
- Sí, claro… y lo harás…te encaminarás hacia la playa; te colocarás frente a las olas y la

inmensidad del mar, verás la línea en que las olas se encuentran y cómo se forma el Burro y avanza hacia la playa, formando un promontorio en toda la extensión de la superficie del agua de mar y cuándo está a punto de reventar sobre la playa, cómo se levanta la cresta y ahí, en ese momento, cuando chocará sobre la playa, ahí te lanzas en clavado, a la base de la ola y te meterás…verá que saldrás atrás de la ola, todo revuelto de agua, espuma y arena, pero echado, acostado o tirado por la fuerza de la ola…verá que levantas y hasta entonces verás que tiene una mano en la boca…

- ¡Por un momento temí que el mar, que la ola te llevarían lejos!
- No, tiene fuerza, pero aquí no hay corrientes…Se siente bien…a mí me gusta…
- ¿Puedo hacerlo?
- Sí…claro…sólo te recomiendo dos cosas…
- A ver…maestro…dímelas…

-     Nada de miedo y cuando hallas pasado la
      cortina de agua, párate…la profundidad no
supera el metro de hondura…verás que se dirige
hacia la playa…que ve que se forma el promontorio
de agua y cuando la ola se levanta, se le avienta con
seguridad…verás cómo sale, al otro lado…con la
boca abierta y choreando agua por toda su piel, su
pelo y sus piernas…

-     ¡Ah! ¡Ay, qué lindo se siente! Y se irá
      acercando a la playa, en donde tú la
      esperarás…y le
Dirás…

-     A mí me agrada que el mar me
      revuelque…sentir el golpe del agua en mi
      carne, en mi
cuerpo porque me da masaje y quedo vapuleado,
pero relajado y tranquilo y si a estas sesiones de
masaje le agregas que el sol te tuesta, te quema y te
dora la piel…maravillas naturales que son
gratis…preguntarás… ¿Quieres una cerveza? ¿poco
de vino tinto…algo de comer, de picar?

-     De picar no…tengo lo suficiente…¿Es
      posible el vino blanco?, contestará…

-     ¡Claro! Regreso en un momento y te
      regresarás al hotel, no sin pasar por la
      regadera
para quitarte la arena y pedirás una botella de las
tuyas – ya destapada y dos copas – y regresarás con el
servicio; ofrecerás un poco a ella para que lo deguste
y hecho eso, le servirás en su copa y harás lo mismo
con la tuya…ofrecerás el brindis…

-     Por nosotros…por el tiempo y la vida para
      vivirla…así…

- Sí….como tú dices…¡Salud!...Y beberán hasta agotar el vino y preguntarás con los ojos y

- Sirve un poco más…hasta el fondo…la vida y el tiempo son nuestros…te dirá y harán lo que dice, dejarán las copas sobre la arena y se echarán sobre el camastro…buscarás su cuerpo, la embrazarás por la cintura y acercarás tu cara a la de ella y tratarás de besarla…aceptará la caricia y su boca, sus labios y su lengua tiene el sabor afrutado del Freixenet…prolongarás el beso hasta llenarte de él y de su boca…se separará y te dirá sonriendo…

- ¡Ya, chiquito!...ya es tarde…estamos muy solos y calientes…por el so… y ya hace hambre…el ejercicio de nadar y el otro, sacan el hambre…¡qué curioso!

- ¿Cuál es la curiosidad?

- Tú y yo, en el pasado nunca cruzamos una palabra más allá de lo usual, de lo Protocolaria…nos encontramos un instante, tomamos una bebida, nos encontramos dos o tres ocasiones para comer y aquí estamos…sin haber bailado, ido a misa, a fiestas, a ceremonias, a nada…no hemos platicado de planes, de proyectos, de familia, de hijos, de negocios…de nada y aquí estamos, viejos o no tan viejos, pero divirtiéndonos como dos jóvenes, como dos seres humanos que se quieren y que han convivido mucho tiempo…años y más años…

- Así es la vida…por algo nos cruzamos en el lugar y en el momento indicados…ni antes ni después…justo en el momento que indicó el destino…

- ¿Tú crees en el destino? Preguntará y extenderá su brazo con la copa en la mano…le
dirás…

- Alguna razón tendrían las viejas grandes culturas– indoeuropeas, sajonas, amarillas, druidas y americanas,  al creer que el destino del hombre se escribía en el momento de nacer y que todo estaba ya escrito – o por lo menos, lo más importante, lo trascendental -, que nada se podría hacer sin el consentimiento de los dioses…

- ¿Lo crees?

- Lo acepto… hay cosas en mi vida que me inducen a aceptarlo…tú eres una de ellas…

- ¡Yo! Dirá, asombrada, extendiendo el brazo…

- Sí, tú, le dirás sirviendo más de la mitad…te servirás, igual…apenas lo puedo creer, lo veo, lo siento, lo vivo y lo disfruto… ¡quién sabe cuánto o me debía el destino o le pagaré, que me concede esta posibilidad, esta realidad de estar los dos juntos, impensablemente!...verás su sonrisa de la Monalisa, coqueta, pícara, segura, satisfecha, frívola y le preguntarás…es un poco tarde, aunque no tanto, pero no quieres que vayamos a comer…

- Sí…ya vamos…pero, ¿a dónde?

- Al pueblo…allá hay muy aceptables fonditas…le contestarás y escucharás que dice…

- ¿Puedo ir con esta ropa y sin bañarme?, te mirará sonriendo, sabiendo la respuesta…

- ¡Claro! Sólo nos quitaremos la arena y la sal
del agua marina…….botella en mano – ella –
y yo con las copas, tomaré su mano libre y nos
sacudiremos la arena y nos la limpiaremos en la
regadera de entrada y nos daremos un chapuzón,
para limpiarnos de arena y sal; entrarán a la
habitación; se pondrán, una camiseta tú, y ella una
bata limpia; se calzarán y tomarás las llaves del auto y
dejando todo se irán al auto, abriéndole la puerta de
su lado…ya en él, maniobrarás para sacarlo del
estacionamiento, recorrerás el corto caminillo de
palmeras y tomada la carretera federal girarás a la
derecha y en cinco minutos llegarás a La Placita; la
atravesarás de lado a lado y al llegar al final, a un lado
de la gasolinería, te estacionarás…bajarás y le abrirás
la puerta de su lado…caminarás y verán las mesas y
las sillas vacías, el mostrador y la hielera
comercial…se sentarán en una mesa vacía y se
sentarán en las sillas; le acomodarás su silla y te
sentarás frente a ella; llegará una joven mesera y
traerá la carta…

- ¿Qué les puedo ofrecer?

- Le agradecería me ponga esta botella en el
refri y, para no ver la carta, ¿tiene langosta y
langostinos, camarones, caldo de chacales, pescado
para preparar al gusto y caldo de pescado y
camarones, frescos?

- Sí…y si gusta carne, tenemos costillas para
asar y pollo, para preparar al gusto…

- Por favor, dirá ella, trae uno camarones
frescos, para picar y rebanadas de aguacate;
un

poco de salsa Tabasco y galletas saladas o tostadas, escucharás que pide ella y, lo complementarás…

- Y la botella que guardó, la trae abierta con dos copas, por favor…
- Sí…y si gusta tenemos caldo de cangrejo de la región…
- ¿Podría traer dos vasitos con consomé de esos cangrejos, por favor?, escucharás que

dice ella…complementará, para ti…Te gustará, está muy sabroso…se retirará la mesera…

- ¿Tú sabes algo sobre este guiso?
- Sí…verás en las mañanas a muchas personas con una bolsa buscando en las dunas y

laderas de la playa…busca las cuevas de estos animalitos; cuando las encuentran las sacan a mano y, después, las lavan y las preparan en caldo, con aderezos de la región y se sirve; las panzas de los cangrejos las abren al cocinarlas y es lo que se come con el consomé…te agradarán…

- ¡Magnífico!...dirás y verás que llega la mesera con la botella, las copas, los camarones

para picar, galletas, la salsa Tabasco, limones rebanados; colocará todo sobre la mesa y servirá en las copas; se retirará…tomarán las copas y escucharás que dice

- ¡Salud!...aunque pudiera cansar, por nosotros…por nosotros dos y por los que estén con

Nosotros…y por el destino

- …que cruzó nuestros caminos y nos unió…¡Salud!, beberán un trago largo y empezarán a picar los camarones en lo que llega el consomé de cangrejo montarás…su olor salado, a ajo y chile guajillo  se elevará por el comedor…empezarán a enfriarlo un poco y continuarán picando los camarones, aderezados con Tabasco y gotas de limón…

- ¡Salud!...escucharás que dice y tomarán un poco más de vino blanco y continuará…por la

Vida… ¡es tan hermosa!

- Salud, por ti y por mí…es verdaderamente hermosa la vida…y picarán los camarones y

olerás el aroma de los tasas de consomé…lo degustarás y dirás…está muy sabroso…excelente…se acercará la mesera y preguntará por las elecciones para disfrutar, así dirá…escucharás que ella elige…

- Me sirve unos langostinos al mojo de ajo y un pámpano a la mantequilla, para mí, sin

Sopa de arroz y un platillo con frijoles refritos y queso, más tortillas de comal, hechas a mano…
Y tú dirás…

- Una langosta al mojo de ajo y otros langostinos al mojo de ajo, más guajillo y aguacate

para acompañar…¿tiene vino blanco, frío?

- Sí…mexicano, del valle de Guadalupe…

- Bien, nos prepara una botella, por favor…y se retirará…ustedes seguirán picando los

camarones y sorbiendo y paladeando el consomé de cangrejos…se retirará y poco a poco irá trayendo las viandas…las dos órdenes de langostinos y los frijoles refritos, con tortillas de comal, calientitos…esperará a que se terminen el vino blanco y las sacudirá y  te ofrecerá la botella para que tú sirvas…servirás un poco en la copa de ella para que lo cate y al hacerlo, dirá…

- Muy aceptable…continuará picando los camarones y sorbiendo el consomé…al terminar

Iniciarán a disfrutar los platillos…verás cómo va haciendo a un lado cada armadura de langostino; al quitar una, la tomará con los dedos e irá chupando cada caparazón…su cara mostrará atención y dedicación hasta terminar el acto de desnudar los langostinos y cuando los ha limpiado cada uno y todos dirá…

- Listo…ahora a disfrutar la carne…verás que corta con el cuchillo los cuerpos de los

langostinos y va llevando a su deliciosa boca pedazo a pedazo, acompañado con breves tragos de vino blanco y tú irás haciendo lo mismo que ella, hasta terminar los langostinos y casi la botella de vino blanco…los dos disfrutarán de los langostinos a lo máximo y hasta el fondo…la mesera verá que ya terminaron y se acercará a la mesa y retirará los platos ya usados y con la basura y al regresar traerá el pámpano a la mantequilla para ella y la langosta para ti…colocará el servicio frente a cada uno y se retirará…

- Maravilloso…¡qué sabroso estaban los animalitos…en su punto…ni muy dorados, ni

Crudos!, dirá

- ¡Como deben estar! ¡Bocatti de cardenale!…bueno, pues sigamos con el platillo central…le completarás…

- 	¿Qué no eran los langostinos? Oirás que pregunta con frivolidad…
- 	No y sí…aquí en estas tierras cada platillo es el alimento central…servirás en las copas un poco más de vino e iniciarán el disfrute de los platillos solicitados…verás con qué calma y competencia va cortando los costados platinados del Pámpano, cómo le agrega un poco de mayonesa y unas gotitas de Tabasco y cómo lo va acompañando de mordiscos a galletas o a las 	tostadas con pequeños tragos a la copa…conversando de esto y de aquello poco a poco, cada uno, irá terminando su platillo,  que se terminarán con las últimas gotas del vino blanco…escucharás su voz…

- 	Mejor…casi imposible…digamos salud, con las últimas gotas de la botella…y levantará su copa y brindará, invitándote a hacerlo…lo harás y te escucharás decir

- 	¡Salud!  Porque este momento sea repetible…
- 	- 	Sí…que así sea…¡Salud…tomarán hasta el fondo…terminarán de comer, untando frijoles a algunas galletas y comenzará la charla de sobremesa…

- 	¡Muy buen lugar…nadie daría un peso por este lugar y sin embargo,…¡Mira! ¡Qué banquete! No había disfrutado este tipo de comida en ninguno de los restaurantes que he conocido… ni en los viajes al extranjero…ni en California, ni en Chicago…ni en Panamá, te dirá…
- 	Esta cocina nada le pide a las otras cocinas, le dirás…al natural, con condimentos

naturales... ¡vamos, ni siquiera el aceite de oliva...muy posiblemente sabrían mejor, pero con este sazón, sabor y preparación me conformo...

- De acuerdo...si gustas pedir al cuenta...te dirá y tú obedecerás...harás la seña a la mesera la que poco después  se acercará con la cuenta en mano...pagarás, dejarás la propina y le retirarás su silla para que ella salga y cuando lo hace, se dirigirán al jetta; le abrirás su puerta, se acomodará y la cerrarás; entrarás a tu lado; te acomodarás frente al volante y encenderás la máquina; escucharás el ronroneo de su motor...maniobrarás para salir y te enfilarás hacia el hotel, pero te detendrás en la estación de gasolina; te colocarás cerca de una isla con bomba y pedirás que llenen el tanque, lo hará el despachador; pagarás el servicio y ahora sí, con el auto listo, los cristales bajados, te enfilarás hacia el hotel, recorriendo el camino que hiciste para llegar a la fondita-restaurante; pasarán por la plaza de la población y rodarán los cuatro, cinco o un poco más de kilómetros, para meterte a la izquierda, entre las palmeras...legarás y estacionarás el auto; abrirás su puerta para que salga; ya afuera, cerrarás el auto y se dirigirán hacia el hotel, a la derecha a la habitación...dirás...

- Saldré a caminar a la playa... ¿Me acompañas?...te responderá...

- Nada más a la playa...en lo que caminas, disfrutaré del paisaje y me adormeceré con el Sonsonete de las olas y sentiré la frescura del aire marino...vamos...y te tomará de la mano y toalla en mano saldrán de la habitación y caminarán hacia la playa; ya en ella buscará un camastro y extenderá la toalla para sentarse y recostarse y si fuera su deseo…tú fijarás la distancia e iniciarás la marcha…irás pensando en sueños y en más sueños, pues finalmente la vida es sueño y se va en soñar…cuando das vuelta verás que ella está recostada, dormitando y la dejarás que siga así…te acomodarás en otro camastro y dejarás que el tiempo pase…verás el verde esmeralda del mar, las olas levantarse y reventar en la playa, besándola, una y otra vez y desearás ser la ola y reventar así, de intenso, con espuma, como las olas…en el horizonte verás caminar el sol y en el espacio, nada, ni una gaviota, ni un pelícano rompen la monotonía del lugar…sentirás que ella se mueve, que despierta y sus ojos están adormecidos, lleno, borrachitos, de sueño…

- ¿Es tarde?, preguntará y el responderás con otra pregunta
- ¿Tarde? ¿Para qué?
- Es verdad…para nada…deseo darme un baño para quitarme el sueño…Espérame…se levantará y se dirigirá hacia el hotel llave en mano…en lo que regresa verás cómo la playa sigue sola, ni las aves, ni las nubes…sólo el tumbo de las olas del mar, que revientan a besos de espuma color algodón, y el silbido del aire…nada cambia el encaje de tul, color algodón, ni presagia nada…regresará en su traje de baño de dos piezas, color verde agua, notarás que viene húmeda del baño…se acercará a ti y dirá…

- Anda, flojo…vamos a nadar un rato…y te jalará…tú opondrás un poco de resistencia, pero facilitando el arrastre, la seguirás hacia donde ella sabe que no está hondo….como unos ci8ncuenta metros mar adentro y ahí nadará un poco, se zambullirá, se montará en ti, pasará por entre tus piernas; tú harás lo mismo…en algún momento se acercará a ti, buscará tu boca y te besará en un beso largo, glotón…su brazos te embrazarán, se harán un nudo, una sola figura; sus manos te abrazarán por tu nuca y tu acariciarás su cuerpo, su espalda, su cintura, su cadera y meterás tu mano bajo la tela de la segunda pieza del traje y sentirás su carne fresca, pero sentirás en su beso el deseo que la llena…no se separarán por nada y el beso seguirá creciendo en intensidad…ella te soltará del cuello, te empiernará, anudará con sus dos piernas hasta estar, de hecho, sentada sobre tu abdomen…dejarás de recorrer su cuerpo, su espalda, su cadera y tus manos, de una forma natural, harán a un lado la parte central de su traje de baño y la buscarás…sentirás que su sexo está húmedo, pero como almibarado, hablándote, diciéndote, llamándote que entres, que está ahí para ti…sola, contigo, en la playa, solos los dos en toda la en la playa…encontrarás lo que deseas, y ella quiere, y entrarás en ella, como la ola y como la ola, ella se moverá al ritmo de las olas del mar…no dejará tu boca…y no sentirás, ni lo frío, ni lo caliente del agua, ni el vaivén de las olas…sólo vivirás el movimiento de su de su cuerpo como lanzadera, como ola sobre tu cuerpo…una y otra vez estará sobre ti…sin cansarse, sin quejarse, sin hablar…su beso, en ese momento, será casi eterno…tu boca será suya; tu lengua será suya y tu deseo será el suyo y tú serás suyo…ahí y, siempre, mientras dure la vida, y ese tiempo…serás suyo y será tuya…nada interrumpirá el momento…la soledad será su cómplice y la tranquilidad de la tarde y el ruido, el retumbar de las olas al reventar en la playa, y el silbar del aire, harán la escenografía natural y necesaria de ese instante…no sentirás el cansancio…tú, acompañarás su movimiento…corresponderás…tus manos estarán sobre sus nalgas, apretándola, pegándolas hacia ti…suavecitas cuando ella sale y sube, y fuerte, cuando ella se deja entrar, poseer…cuando ella llega impetuosa para posesionarse de lo suyo, para tomarlo y cobijarlo con su carne que es agua de deseo…cuando ella, levanta un poco su cuerpo, tú lo subirás para no separarte de ella y cuando tú te retiras para impulsarte un poco hacia arriba, hacia adelante, ella se pegará a ti como una lapa, como una enredadera…sentirás, bajo el manto dela gua, su pasión, su frenesí, su deseo insatisfecho y su hambre…ella vivirá tu ansia, tu hambre, tu pasión…y el beso seguirá sin variar ni de posición. Ni de postura…no sentirás que tus piernas se cansas y seguirán una y otra vez, como las olas y como en las olas, cuando ves la formación del Burro, así sentirás que en ella se forma, se manifiesta el reventón…lo sentirás en su piel…se habrá hecho de carne de gallina… en sus labios, que te morderán; en su lengua que te succionará y en sus dientes que tratarán de apretarte un poco más…y sus brazos que apretarán tu cuello…entonces, como la ola, la dejarás venir, llegar, después de reventar plena y espumosa…tú harás lo mismo…explotarás como un cohete, así de rápido, junto con ella y se sumirán aun más en el abrazo carnal, bucal, lingual, sexual, de piel a piel, confundiéndose en el agua, perdiéndose en el la inmensidad del horizonte, de la vida, de esa tarde, del tiempo……apretarás su espalda, su cadera…ella, tu cuello…seguirán unidos en el beso…poco a poco su intensidad irá bajando…vivirás, sin pensarlo, poco a poco, la suavidad con la que te va soltando de todo…las piernas, los brazos, la boca, los labios, la lengua, la piel…tú irás haciendo lo mismo...dejarás que ella haga todo…hasta entonces recordarás que hiciste a un lado la tela de su traje…lo regresarás a su lugar…lo acomodarás y la abrazarás suavemente y la besarás con ternura, con tranquilidad…con gusto, con placer, con deseo satisfecho…la tomarás de la cintura, frente a frente y escucharás que te dice en el oído...

- Discúlpame…y harán la conversación…
- No hay, nada que disculpar…fue el momento…
- Fue todo…el momento, la soledad, la satisfacción de todo…el lugar, el descanso, el mar,

las olas, el ruido, la brisa, tu cuerpo tan cerca, tus atenciones, la comida, el vino blanco…todo…todo me enloqueció…

- ¿Fue una locura?
- ¿Y qué es el amor? Y ¿Qué estamos haciendo?
- Según tus palabras y palabras de Shakespeare…una locura…
- Consciente...sabía lo que hacía… ¡Y lo disfruté! Nunca como ahora…en este momento…

¡Nunca! Y ¿sabes…?

- No sé qué me dirás, le completarás…

- Me dejé llevar por el caballo, por la veloz e 
impetuosa carrera del caballo del deseo…su 
relincho me agradó…intenso, prolongado…tú 
respondiste muy bien…como deseaba que fuera…

- Eras, fuiste, la Diana Cazadora, montada en 
el caballo del deseo y lo jineteaste muy bien 
hasta que lo domaste, lo amansaste…lo 
tranquilizaste…

- Tú, lo hiciste…

- Sí y no…pero me dejaré vencer, porque al 
ceder, te gano y al ganarte, me pierdo, pero te 
Gano al mismo tiempo y los dos estamos 
tranquilos…

- No te entiendo…pero…estamos bien, muy 
bien , te dirá para cerrar la charla del 
momento y hasta entonces se ubicarán, regresarán al 
mundo…te preguntará, con ojos de sorpresa… ¿nos 
habrán visto?

- Estamos solos y a quien le importa lo que 
hacemos…lo que vivimos…Estemos 
tranquilos…no pasará nada y nadie nos castigará por 
faltas a la moral… ¿cuál moral? ¿la que da moras? 
Vivimos una locura del momento y la disfrutamos, la 
gozamos y eso es vida…no hacemos, ni hicimos mal 
a nadie…

- ¿Quieres que sigamos nadando?

- Sólo si tú lo quieres…

- Nada más un poco más…un ratito más…y 
nadará frente a ti, sin separarse más allá de 
veinte, treinta metros, en paralelo a la playa…tú la 
acompañarás en sus idas y vueltas…nadará en estilo

libre, de ida y de espalda, de regreso…tú no la perderás de vista y verás cómo sus brazos cortan el agua para dejarla pasar…así estarán hasta llegar las primeras sombras de la noche…se acercará a ti y te dirá…

- ¡Ya verás chiquitito…!… ¡mañana!…continuará nadando un poco más… y te dirá… ¡Lista! Le seguirás al momento de dirigirse a la playa…saldrán goteando chorros de arena y de

burbujas de mar…tomarán sus toallas…se enfilarán hacia la regadera para liberarse de la arena y después se dirigirán a la habitación, ahí dentro, te besará y en el oído te dirá…

- Me bañaré primero para vestirme con calma…pues quiero disfrutemos este atardecer en

el restaurante y el inicio de la noche en la playa…luego te diré qué quiero ver…y diciendo y haciendo…se metió a la regadera…junto con el ruido del agua al caer escucharás que tararea una melodía…no la identificas…poco después saldrá secándose y te dirá…

- Te toca…anda…disfruta como yo lo hice…sabroso…después del ejercicio de nadar…muy

saludable…harás lo mismo…te bañarás y tararearás Mazatlán…poco después saldrás  y te secarás…verás que ella ya está vestida…ropa   delgada, suaves colores, vaporosa…todo haciendo juego, desde la cola de caballo hasta las sandalias…tú te vestirás con ropa cómoda – cortos y camisa delgada, manga corta, colores blanco y azul suave, pastel…cuando terminas, le propondrás…

- ¿?
- Nos vamos…
- Sí…pero estemos un poco en la playa…quiero ver el atardecer contigo, unido, abrazada

a ti…estemos parados o sentados…pero unida a ti…estando los dos listos se encaminarán hacia la salida y llave en mano saldrán y, tomados de una mano, se dirigirán hacia la derecha para encaminarse hacia el restaurante del hotel; indicada la mesa con la mirada, le acomodarás su silla para que se siente y te sentarás frente a ella…se acercará la meserita, menús en mano y se los ofrecerá a cada uno; ella lo leerá pedirá…

- Lecha tibia para nescafé, pan tostado o de dulce de la región, un plato de fruta,

preferentemente mango; dos tacos de frijoles refritos y otros dos de queso y un poco de salsa casera…escucharás que pregunta la mesera

- ¿Los tacos dorados en el sartén o únicamente preparados con tortilla caliente?
- Uno y uno: uno dorado con frijoles y el otro, con tortilla caliente con frijoles; igual: con

Queso, frito y en tortilla caliente… ¡Ah! Salsa casera…escucharás que precisa…Tú dirás…

- Un plato con piña u mango y un poco de camote, calabaza y plátano cocidos, de la región

y un vaso de leche de la región o de envase, si se puede light…verás que se retira la mesera y ustedes se pondrán a conversar…

- ¡Qué tranquilidad!...y pensar que uno se va a los hoteles, a las cadenas y a los
Membretes…estas cosas que estamos disfrutando no le piden nada a esas construcciones y servicios…

- Así es…verás que sus ojos están dirigidos hacia el mar, que lo tienen a un costado… y
Callan...escuchas los murmullos del mar, cómo revientan las olas y que la noche está avanzando; los tonos grises y ligeramente morados se pierden en el horizonte…van trayendo los alimentos; primero la fruta y la lecha caliente, el nescafé, el frasco con la solución soluble, azúcar  y el pan de dulce de la región, además del platillo de plátanos, calabaza y camote cocidos en almíbar; coloca frente a cada uno el servicio y se retirará…

- Se ve delicioso…pues buen provecho, dirá ella … empezarán a disfrutar de los platillo y
conversarán de cosas baladíes; la meserita estará atento y cuando terminan la fruta, se acercará y retirará el servicio, preparará su café y tu iniciarás a paladear la fruta cocida y  en dulce, ella  su pan de la región, una empanada con azúcar y una rosca de manteca; tú alargarás tu platillo más allá del término de su nescafé  y cuando le colocan su cena - los tacos, en pequeñas tortillas – conversará contigo

- Quiero que mi restaurante de Iratzio tenga comida, alimentos regionales, fáciles de
 preparar, baratos y sabrosos, así como estos tacos…frijoles refritos y queso de la región…allá hay muy buen queso y muy buena crema, lo mismo que el requesón…también se ofrecen corundas y mole y, los fines de semana, barbacoa, de horno y carnitas, al

cazo, ahí se están haciendo frente a la vista de los comensales…

- 	¿Tienes quién prepare todo eso?

- 	Sí…las personas que trabajan, las cocineras son de la región y el que prepara las carnitas,

También 	sabe 	los 	secretos 	para 	la barbacoa…Tratarás de intervenir y sonreirá

- 	Oye…el secreto…es

- 	Ya lo sé, ya me lo dijiste, Beto…hacer las cosas co n gusto…con amor, no, porque él las

hace por ocupación, no por afecto y verás cómo sonríe…tú estarás casi terminando tu vaso de leche y tu fruta, de la región, preparada con piloncillo…y verás que ella ya casi terminó de disfrutar los taquitos…finalizarán de cenar los dos, casi al mismo tiempo; esperarás que retiren el servicio, pedirás la cuenta, la traerán y pagarás; cuando todo está bien y la meserita está en el mostrador, te levantarás y le retirarás su silla, la tomarás de la mano y se levantará; se encaminarán hacia la puerta frente a la playa…ella irá callada y tú, celoso de romper este momento, también irás en silencio…llegarán a la playa; indicará que poltrona, camastro- diván se sentará; la dejarás ahí y le dirás…

- 	Te dejo, debo caminar mis sacrosantos minutos…

- 	De acuerdo…te esperaré para ver la noche…juntos…te verá que caminas; que te vas casi

un kilómetro hacia la izquierda y tu regreso hacia donde ella está aguardando; te sentarás  a su lado izquierdo, el lado de su corazón y pondrás tu cabeza en su pecho; tomarás su mano izquierda con tu mano derecha y cerrarás los ojos; escucharás que ella habla…

- Noche en la playa…caída ya la noche, ocultado el sol…qué colores…malva y azul; gris y

poca luz y el ruido del mar…parece música de Beethoven…estruendosa, fuerte…no sé si te amaré, ignoro si me amarás; lo que sé es que estamos los dos aquí y que no es únicamente la calentura del momento; que estamos aquí los dos, entregándonos totalmente uno al otro y que el espíritu que nos une y que une nuestros sexos, nuestros cuerpos se conserve, se mantenga hoy, mañana y cuando estemos en Morelia, en el futuro…

- Confío en que sí…pondré lo que esté de mi parte, dirás… y apretarás su mano; sentirás cómo su piel, su carne responde cálida, intensamente y su pecho se acomoda, se hace arco para recibir tu cabeza; sentirás su mano acariciar tu pelo y sentirás hormigas, las de López Velarde o González Martínez, recorrer tu piel, llenar tu cuerpo y, levantando tu cabeza, despegándola de su pecho, buscarás su boca, sus labios; ella inclinará un poco la suya y aceptará tu caricia y te recibirá todo tú, por medio de tu boca, de tus labios, de tu lengua y de tus dientes…jalarás su lengua, te enlazarás con su lengua y nadarás en la saliva del deseo de los dos; prolongarás el beso, glotón, de los dos y comelón, los dos; unidos por los brazos, te soltarás para abrazarla por la espalda y con tus brazos aprisionar todo su cuerpo…ella colocará sus brazos en tus piernas y así permanecerán un buen tiempo y el tiempo no se detendrá; la noche seguirá su avance e irá sombreando todo, únicamente quedará la tenue blancura de las ola al reventar y adornar la playa con su gasa de espuma…se besarán una y otra vez y los brazos seguirán en donde están: en su espalda y en tus piernas…y el beso, no de paloma, sino de hambrientos y sedientos de amor, de deseo, de ansiedad, de frenesí, seguirán devorándose, caníbalmente, uno al otro…se liberarán de la boca, de los labios, de la lengua y todo regresará a estar de en su lugar, pero las hormigas no se bajarán de tu piel ni de tu cuerpo…tu cuerpo será un hormiguero y el de ella un tornado, un remolino…pasará un poco el tiempo y las caricias seguirán presentes…sin disminuir en nada…solos en la inmensidad de la playa…tomarás la iniciativa…interrumpirás el beso, la soltarás, te soltará y la levantarás…caminarás hacia la playa, sentirán el agua que les llega y que se va, pero que regresa instantes después; la llevarás de su mano y ella te abrazará; al acercarse a la orilla de la playa, caminarás hacia la derecha y avanzados unos cien metros de la puerta del hotel, la acostarás, te acostarás a su lado; dejarás que el mar los llene por la espalda y juegue con sus cuerpos…sentirás lo fresco del agua y las espumas jugar con sus cuerpos y regresar al mar…con calma y ansiedad buscarás su pecho…irás desabotonando su blusa…ella liberará tu camisa y acariciará tu pecho; tú encontrarás sus pechos y, frenético, ensalivarás la bolsita de sus senos y te atragantarás con sus pezones…ella acariciará tu entre pierna y tus piernas se harán una nudo con las suyas…buscarás su acomodo natural… ella entenderá y se abrirá de compás…tus manos seguirán su recorrido por su cuerpo y llegarán a su cintura…irán directamente a pantaloncillo, con resorte y a sus pantaletita; lo jalarás hacia sus íes y harás  a un lado…la jalarán hacia abajo y…ella moverá sus pies para quitárselas…sus manos no estarán quietas…dejarán de acariciar tu pecho…se deslizarán hacia tu bulto sexual…bajarán el cierre de tus cortos y los irá bajando poco apoco…tu colaborarás con tus pies y te quedarás sin ellos…las manos acariciarán lo que desean: las de ella, tu sexo; las tuyas, el suyo…sentirás sus manos, recorrer toda tu erección y las hormigas regresarán…llevarás tu hormiguero a su  panal y la miel que la llena  se escurrirá entre sus piernas y un poco se quedará en tus manos…al sentir tu caricia sexual se quejará, un poco de satisfacción y mucho de placer…sentirás cómo su piel, toda su piel, desde el cráneo hasta el dedo gordo, se pone como de gallina…una mano tuya, hundida en el agua,  se colocará bajo sus nalgas y la otra estará deteniéndose lenta y rítmicamente en la negra selva de su vello  y sentirás cómo su almíbar se confunde con al agua del mar, pero puedes sentirá la diferencia de temperatura y de densidad…más cálida y densa su miel…sus manos estarán, una en tu cabeza y la otra en tu sexo, que lo caminarán poco a poco  hacia adelante, hacia atrás, hacia un lado, hacia el otro, una y otra veces, sin prisa alguna… tú no dejarás de acariciar su vello …te detendrás en sus labios vaginales y los presionarás un poco hacia el centro, los soltarás, los presionarás; y los recorrerás hacia arriba, hacia abajo,…tus dedos los irás introduciendo poco a poco en sus  labios, ligeramente gorditos, húmedos,  y poco a poco, lentamente, sin frenesí, aunque te devore, sin ansia, aunque te posea el miedo, los irás poseyendo con tus dedos…ella responderá…vivirás su cuerpo, al acomodarse  y su suave quejido será silencioso, solo para ti…buscarás su boca y la encontrarás y ella buscará tu boca, tus labios y será ya, no una oferta, sino una realidad, la entrega total, femenina…estarán prendidos de las tres bocas y de las dos manos…el beso será prolongado, como de sediento que bebe de la fuente de la eterna frescura para quitarse la permanente sed…dejan pasar un poco del tiempo en ese trabajo íntimo de dar, recibir y sentir placer y gozo de vivir…en un momento ella se separará de tu boca, de tus labios y sin soltarte, se sentará sobre la arena de la playa, ahí a tu lado y tú, harás lo mismo…ahí y así verás que están solos, en la negrura de la noche, ni siquiera nubes blancas o grises se notan en la inmensidad del horizonte; únicamente el permanente ruido del mar y el eterno ir y venir de las olas y su reventar sobre la playa, que la besas y se rechazan un momento para atraerse otro más y separarse luego luego…ya sentados sobre la humedad arena de la playa, uno al lado del otro; ambos unidos con el sexo; ella con su mano derecha en tu miembro y tú con la mano izquierda, cambiará de mano —te agarrará con la izquierda - se moverá hacia atrás, suavemente dejándose caer para quedar acostada, pero con sus rodillas a la altura de tu cabeza; se recorrerá un poco  para acomodarse a gusto, de costado sobre su izquierda,  y ya en posición, tú harás lo mismo: te dejarás caer suavemente y quedarás frente a su abdomen, de costado, sobre tu derecha…sentirás su piel, su mano sobre tu miembro…su mano que te guía hacia ella, hacia su boca y sentirás la suave frescura de su boca; lo cálido de la carne de sus labios, lo caliente de su garganta; lo duro de sus dientes y la energía de su lengua que te saluda, llenándote de humedad, de deseo, de hambre –vivirás sus mordiscos; su succión, la presión de sus manos, de sus dedos...sentirás cómo te chupa, te lengüetea, te jala, te rechaza, te vuelve a jalar; te vuelve a lengüetear...te mordisquea a placer y satisfacción...sentirás las hormigas recorrer toda tu piel...tú harás casi lo m ismo...con tu boca, con tus labios, con tus dientes y con tu boca...te comerás, masticarás y te emborracharás de su sexo, pecarás de gula por tragarte todo su vello y todos su belfo vaginal...con tus manos en sus nalgas, levantarás su cadera, su sexo y la tendrás toda de a pechito y aunque no ves lo que estás haciendo, sabes en dónde están el vértice superior, y el inferior de sus labios y los recorrerás suave, lenta, tranquila y con ansiedad y dejarás en ellos, cada instante, tu deseo, tu lujuria, tu gula de ella...meterás tu lengua en su vagina y en tus manos sentirás cómo ella solita se arquea un poco más para que la penetración sea mayor...saldrás de sus labios vaginales y entrarás una y otra veces más a satisfacción, a gusto, como un descubridor de nuevos mundos de placer; como un conquistador de nuevos territorios de gozo...ella continuará amasando el pan para llevarlo al horno, a la hoguera y una y otra veces, quemarlo en el centro de su deseo y satisfacción...y volverá a amasar y a meter y sacar del horno...tú imparable, seguirás disfrutando del festín, de la bacanal, de la orgía de su sexo...sentirá tu lengua, tus labios succionar la miel, el almíbar, y toda ella...su sexo, su vagina, sus labios, su conducto vaginal, te sabrán a miel, a mamey a chico zapote…¡Dulce, néctar!…en un instante estará el éxtasis para reventar y llenarlos…ella te sentirá en sus labios, en sus manos…tú la sentirás, en su piel, en sus labios, en sus contracciones, en sus arqueos… en un instante ella se echará una media rodada y quedará boca arriba y tú sobre ella; haciendo lo mismo…sabes., porque lo sientes, que ella tendrá a su antojo y satisfacción controlar la penetración de tu pene…sentirás sus apretones y cómo vas entrando y saliendo de su boca; cómo sus labios te succionan, te sueltan y cómo su garganta te recibe, te deja salir, al control de su mano, porque la otra está en tus bolitas, jugando con ellas…sentirás su juego de recorrer la piel de tu pene hacia atrás, hacia adelante y cómo lo aprieta y lo engulle todo, la mitad, un cuarto, un poco, sólo cabeza…sentirás la avidez de su boca al comerlo todo y el placer de su lengua al lengüetearlo…tú, estarás en la cúspide del placer…su sexo en tu boca…con tus manos, lenta, suave y rítmicamente, pues no tienes prisa, irás abriendo sus labios vaginales e irás introduciendo, metiendo tu lengua y la harás que camine, que trote, que trague, que se llene de sus labios, de su sexo y te irás hasta el fondo…sentirás cómo ella se arquea, se mueve, tiembla…identificarás, otra vez los sabores dulces, afrutados, mamey, chicozapote, que escurren de su sexo y los beberás ávidamente…te saciarás con ellos, te ahogarás en ellos…te atragantarás de ellos…ella dirige todo, lo gobierna todo, con sus manos, con su boca, con sus abiertas piernas…seguirán disfrutándose unos momentos más, así…perdidos en la arena de la playa…en algún momento, ella, nuevamente, sin soltarme, sin soltarla, girará una media vuelta y quedará sobre mí y yo, boca arriba y debajo de ella...ella, otra vez, seguirá haciendo lo mismo, recorriendo con sus manos la piel de mi miembro, la hará hacia atrás, hacia adelante, acariciará con su lengua la cabeza de mi pene, se lo llevará a su boca, sentirás cómo lo va introduciendo lentamente y vivirás la entrada total en su garganta y su movimiento, un poco rápido, para sacarte de su garganta y su movimiento lento para llevarte nuevamente hasta el fondo... una de sus manos te soltará y se colocará en tu pene y lo masajeará, verá que sueltas una gotita de lubricante y te llevará su boca... sentirás su succión...tú tendrás su sexo sobre tu boca y con tus manos lo abrirás un poco, verás su color a papaya, a mamey...lo caminarás con tu lengua a placer...por un lado, por otro, entrando, saliendo, hacia arriba, hacia abajo, hacia ad entro, hacia afuera...recorrerás y hasta que te lo hallas aprendido todo, de memoria, sus colores, sus sabores...hasta entonces te lo engullirás todo...te lo tragarás todo, lo apretarás y con tus labios lo mordisquearás un poco, suavecito...te atragantarás de él, goloso, lleno de gula, vivirás y disfrutarás esa gula pro su sexo...lleno de fervor, de ansiedad, de hambre, de glotonería, acercarás su sexo a tu nariz, a tu cara y lo acercarás de tal manera que tu nariz estará dentro de su sexo......moverás hacia los lados tu cara...saldrás de ella...dejarás un momento tu cara y tus manos en su sexo...frenético, con tus dos manos tomarás, por la parte de atrás de su cabeza, su corto pelo y jalarás hacia afuera y empujarás hacia adentro su cabeza...y el nuevo ritmo de la vida sexual se manifestará entre los dos….aceptará ese movimiento y se dejará, dócilmente, conducir y soportará el ligero jaloneo sexual y chupará y rechupará y su boca, su garganta, se llenarán de ti……con sus dos manos tendrá agarrado el largo y grueso de tu miembro y con las manos controlará la extensión que entra y que sale…el arco y al cuerda están muy tensos…muy estirados…sin sentirlo, pues no opusiste resistencia, hará un cuarto de vuelta y quedarán de costado…tus manos regresarán a sus nalguitas levantadas y las suyas continuarán agarradas a tu pene, a tus bolitas y su boca se seguirá llenándose de ti…tú con tu boca continuarás engulléndote sus dos labios vaginales, meterás tu lengua hasta el fondo, la moverás hacia adentro, hacia afuera, hacia un lado, hacia el otro y terminarás por meter toda tu cada en sus labios…la comerás toda, con todo y vello y cabrá en tu boca…sentirás sus arqueos, sus movimientos, tu piel sentirá cómo la suya se va poniendo como piel de gallina…ella, teniendo agarrado, apretado y suelto, tu pene, tiene el control de todo…te soltará, te apretará, te dejará y te retomará y te tragará todo…sin soltarte de tu pene, después de darle una serie de lengüeteadas, lo mantendrá apretado y su boca, sus labios se dirigirán hacia otra parte…más abajo y sus labios besarán tus testículos…los recorrerá con su lengua, con sus labios y engullirá uno y después el otro…después, otra vez, los besará y te llenará de un placer inenarrable…¡adorará tus atributos de macho! Y lo hará una, dos, tres y hasta cincuenta veces…en alguno de sus juegos mordisqueará uno y después el otro ye regresará a lamerlos, a comerlos…después, sin soltarte lo cambiará de dirección y lo llevará a su boca para que sus labios continúen con su placentero gozo de comerlo...tú sentirás en su piel que está a punto de soltar su flecha y ella sabrá, porque te tiene tomado del centro de tus sensaciones de ese momento, que estás a punto de soltar la tuya y te soltará...retirará sus labios de tu miembro...te soltará...atento y sorprendido por sus movimientos, sus arqueos, suspenderás tus movimientos penetrantes de tu boca...verás que se sienta...te toma de tu mano y te incita a sentarte sobre la cama de la arena...oirás que ella te dice...

- Espera...Y esperarás un momento...
- Vente, dirá...verás que se levanta, se pone de pie; y su mano te jala y tú te paras
- ¿Qué haces?
- Vámonos de aquí...Nos pueden ver...estamos muy solos...
- No tiene caso...estamos solamente tú y yo...nadie nos está viendo y si lo hace...allá él...
- Por favor...sígueme...lo dice suave e imperiosamente, en lo que se acomoda su ropa...

caminarás a su lado y te irás vistiendo...llegarán a la regadera de la entrada del hotel...en la penumbra verás que se mete a la regadera para quitarse la arena y agua del mar...tú, resignado, harás lo mismo y la frescura del agua te quitará lo ardiente de tu cuerpo...saldrás como un animalito, salpicando agua...ella te tomará de la mano y subirán los escalones para llegar a la plataforma del hotel...caminarás hacia la izquierda y se dirigirán hacia su habitación...la abrirás, entrarán en ella y la cerrarás…tomará una toalla y se dirigirá hacia la regadera; escucharás que recorre el cancel y poco después oirás caer el agua y escurrir sobre su cuerpo…instantes más tarde saldrá goteando y secándose su cuerpo…con su cabeza y sus ojos y su mano te dirá que entres a bañarte…lo harás y lo harás con prontitud…saldrás, toalla en mano, casi seco y la mirarás que está dentro de la cama…verás que te hace señas con una palma de la mano para que te metas a la cama…lo harás…hallarás su cuerpo limpio fresco y oloroso a jabón…

- Ven…acércate…acomódate cerca de mí…muy cerca…anda, tontito…ven…lanzará sus

brazos hacia ti…soy tuya, te dirá, muy quedito…lo harás…te meterás entre las sábanas y verás su maduro cuerpo de mujer, muy juvenil, muy palpitante, y a la vez expectante…

- Tómame…aquí no tengo el temor de que alguien pudiera vernos…aquí estamos solo tú y

yo…ella permitirá que tu cuerpo se acomode a su cuerpo…moverá sus piernas hacia los lados, dejándote un espacio para ti y te colocarás sobre ella…una de tus manos se irá atrás de su espalda y la otra, la acomodarás bajo sus respingadas nalgas y tu boca buscará la suya; tus labios se unirán a los suyos y tu lengua se anudará con la suya y tu saliva con la suya, serán el océano del placer en el que nadarán los dos…sus manos te tomarán por tu sexo y lo dirigirán hacia el suyo…ella facilitará la entrada de tu miembro y al hacerlo, su mano te soltará y se irá atrás de tu cabeza y presionará para que el beso sea más fuerte, más intenso…su otra mano se irá a tu cadera y presionará tus nalgas hacia adentro para que la penetración sea más intensa, mayor y mejor…como ella lo desea…al entrar y poseerla, ella te arropará y sus dos piernas, se anudarán a tu espalda, a tu cintura…así anudados de las piernas, de los brazos, de las bocas, de los labios, de los sexos y nadando en la misma saliva del deseo, del ansia…en el hambre que da el frenesí y que calma la gula…se moverán frenética, salvaje, ardiente, silenciosamente…como si se estuvieran quemando y se hicieran lengüetas de fuego y fueran llamas, flamas…combatirás el fuego de ella, con tu hoguera…y en lugar de disminuir, toda ella se incendiará y todo tú te calcinarás…olvidarán el horno en el que están cocinándose… serán el arco, la cuerda y la flecha y los dos tensarán el arco al máximo y una y otra veces sentirás el arqueo de su cuerpo…ella sentirá la tensión de tu cuerda…y lo repetirán una y otra vez…sentirán que la flecha está a punto de salir hacia el blanco para apagar el deseo, calmar el frenesí…matar las hormigas de sus cuerpos…romper los sacos, las bolsitas de las mieles, de los néctares, de los almíbares y dejar que fluyan…pero el arco regresará a su tensión…otra vez la cuerda nuevamente se tensará…nuevamente la flecha se dispone a salir…pero el arco y al cuerda seguirán en ese juego placentero de estirar y dejar;…regresará…estirará y dejará…unidos por el nudo de las piernas y de las bocas…pegados los cuerpos hacia dentro de los dos…vivirás que todo vibra…que todo es cálido y su tibieza te bañará…así y ahí, se tensará a máximo la cuerda y saldrán las flechas hacia el incendio y fluirá el agua, la miel, el néctar, el almíbar, la leche y su tibieza…se apretarán aun más y más…ella vibrará y se aquietará un momento en lo que te recibe…la ola que es cuerpo romperá en la arena de tu cuerpo y dejará su espuma en la playa…se aquietará toda…escucharás cómo, suavecito, en tu oído, te dice…

-    Así…sí…así…suavecito…y cuando estarás terminando de entregar lo mejor de ti, otra vez

escucharás su voz, como un susurro…otro chorrito…así…otra gotita…y se quedará quieta…satisfecha…tranquila, a gusto…llena…sin temblar, sin moverse, pero muy pegada a ti…muy abrazada a tu cuerpo…tú, metido en el cuerpo de ella; ella cubriéndote con su carne satisfecha ya; y se habrán calmado todas las hormigas, todas las mariposas, todo las abejas y sólo, y solo, el aroma del sexo de los dos llenará la recámara…se quedarán por momentos callados, quietos, inmóviles, solos, y sólo, unidos por los sexos, por la piel y por el muerto frenesí…ella buscará tu boca, tus labios y al encontrarla, se comerá amorosamente tus labios y vaciará en el beso toda su sensación de ese momento…tranquilidad,                          paz, inmovilidad…quietud…tibieza…confianza…segurid ad…ternura, acaso amor, pero sí deseo satisfecho…el beso durará un poco de tiempo…sentirás cómo tu miembro se va retirando de su sexo…que se va contrayendo…que ella te va dejando salir…que los dos van recuperando su frescura…que su cuerpos están terminando de sudar y que la frescura del sudor los va calmando poco a poco…se soltarán de las bocas y los labios no serán prisioneros  de los otros dos y todo regresará a su lugar…acercará su cabeza a la tuya y su boca, liberada de la tuya, dirá, y oirás que te dice, en tu oído

-       Beto, me dejarás dormir…por favor…estoy muy traqueteada…muy satisfecha…quiero dormir y descansar…Por favor…

-       Será como tú quieras…le dirás…tus piernas estarán en paralelo a las suyas…Trataré de descansar un poco…de dormir para nadar mañana…

-       Bien…que sea así…y te tomará de las manos y se anudará a tus dedos y se irá durmiendo poco a  poco…sin soltarse de los dedos…tú te irás poco  a poco, durmiendo…alejándose escucharás que se van perdiendo los ruidos de la noche…el silencio del hotel llena todos los espacios y en las sombras de la noche ves su cuerpo, acurrucado, lisito, salvo las líneas curvas de su talla, de su cadera y de sus nalgas, pero ahí está y estará mañana, al despertar…sólo queda el ruido rítmico, acompasado y fuerte del mar y su imperturbable romper en la playa con sus olas adornadas de algodón y burbujas….dormirás y, sin querer, naturalmente, se soltarán de la piel…dormirás hasta el amanecer, pero no es el alba lo que despierta…sientes en tu piel un algo suave…algo que suavemente, ligeramente recorre tu espalda, tus brazos, tu cara, acaricia tu pelo…al susurro de su voz  irás abriendo los ojos…escucharás sus palabras, lejanas, cercanas, pero suaves, dulces, acariciantes…

-       Beto, abre los ojos…B e t o…B  e  t  o…aquí estoy …despertarás adormecido, adormilado aun y ves su cara, sientes sus labios, su piel sobre tu cuerpo, sobre tu piel y tu cuerpo se va llenando de hormiga y tu bajo vientre siente los aleteos del deseo y de las mariposas…no preguntas qué pasa ni quién es o qué sucede…naturalmente sabes que es ella…la que te despierta con su caricia, con la suave piel de sus manos y la cálida sensación de sus labios sobre casi toda tu espalda, tu nuca, tu cabeza, tus brazos…tus labios sentirán los suyos y, en forma natural responderás con tu boca semi abierta para que los suyos te coman completamente y tu respuesta será total, golosa…sentirás que sus manos te voltean y te colocarán boca arriba…ella se liberará del beso y su boca y sus labios recorrerán todo tu pecho…acariciará tu pezón izquierdo…sus labios lo mordisquearán y sus dedos lo apretarán…luego succionarán un poco y se irán, masajeando tu piel del frente, lentamente, como si fuera de rodillas hacia el otro, el derecho y hará lo mismo y sentirás más la pulsión y la tensión  del deseo y despertará aun más tu hambre de ella…sus manos te buscarán en la parte baja de tu vientre y cuando hallan el motivo de su recorrido, sin soltarse de las bocas…te apretará intensamente y te liberará, pero regresará a hacer lo mismo, una y otra vez…te recorrerá la piel del pene hacia atrás…hacia adelante…nuevamente hacia atrás, otra vez hacia adelante…le dará masaje y lo apretará intensamente y juguetonamente…seguirá jugando así… en forma natural tú la abrazarás y tus brazos irán hacia su espalda, hacia sus nalgas…las apretarás un mucho…después buscarás su vientre…acariciarás su abdomen, el hoyito de su ombligo…meterás uno de tus dedos y lo harás tuyo…sentirás su sensación de placer, cómo su piel reacciona a tus caricias, a tu búsqueda   y   a   tu   encuentro…sentirás   su acurrucamiento, su arqueo…su pulsión hacia dentro de ti…dejarás su ombligo y te deslizarás tranquilamente hacia su sexo, su vello, su vagina…sentirás cómo abre sus piernas para que tus manos, tu brazo baje y la acaricies…se dejará acariciar totalmente…permitirá que redescubras, cual Cristóbal Colón, y la recorras una y otra vez y que hasta hagas una cartografía de su piel vaginal…adivinando lo que harás…ella se suelta de tu boca…se cambia de mano tu miembro y se dejará caer hacia tus pies y tu miembro quedará…estará frente a su boca y sin ningún aviso lo dirigirá hacia la cavidad de su garganta…te saboreará intensamente al ir adueñándote, posesionándote, entrando en su boca, en su garganta…ella dirigirá la incursión de tu miembro en su boca…tiene en sus manos tu miembro y lo va dirigiendo hacia ella…lo chupa, lo lame, lo ensaliva…deja en su cabecita unas gotas de saliva y lo regresa a su boca…succiona, lame y chupa, todo alternativamente …y te aprieta, te suelta, te deja libre y regresa a hacerte prisionero de su boca, de su garganta, de su lengua …sientes su pulsión, su gusto, su placer por intentar desgastar esa chupaleta sexual que tiene entre sus manos…lo rechupa, lo resaborea…tú harás lo mismo…te dejó ahí su gatito, su panalito y tus labios buscarán sus labios vaginales y tus dedos le irán mostrando el camino hacia el mamey en que se ha convertido su sexo y el sabor del chicozapote, del almíbar del durazno sexual que descansa y se oculta entre sus piernas los beberás a sorbos, a tragos…hasta atragantarte…tu lengua no profanará…irá adentrándose poco a poco del camino que es tuyo… y te irás lo más lejos que ella te permite al arquearse y pegarse a ti para que te vayas más adentro...tus manos se irán de sus nalgas a su pelo…si están en sus dos nalgas, tu presión las meterá hacia adentro, hacia ti y las jalará hacia afuera y luego regresarán   a hacer lo mismo; cuando están en su cabeza, jalarán su pelo para que su cabeza salga de tu vientre y luego regresarán hacia adentro para que chupe y reciba en su boca, en sus labios, en su garganta, en su saliva, tu mimbro, tu rejón, tu lanza… y repetirás una y cincuenta veces esos movimientos para que ella se meta y chupe, deje, regrese, entre, salga, lama y coma y lengüetee  tu sexo y tú harás exactamente lo que estabas haciendo…poseerás con tu lengua su sexo y te irás hasta el amazonas…hasta la fuente de su deseo de ese momento y sentirás su tibieza y vivirás su sabor femenino…dulce, almibarado, como de chicozapote, mamey y durazno…todas esas frutas reunidas en un solo punto y en un único instante y en una sólo acción…ahí,     poseyéndose uno al otro…tus hormigas no dejan de caminar y sus pasos los sientes en toda tu piel y en tu estómago los aleteos de las mariposas son más intensos…su piel de gallina te comunica que está a punto de reventar…de lanzar la flecha pues el arco y la cuerda están estirados  al máximo…tratarás de detenerte…pero ella no te soltará, ni de sus manos, ni de su boca, ni de sus labios, ni de su garganta…seguirá sin parar en nada…tú, querrás detenerte para continuar con el universo de sensaciones y navegando en el océano de sabores…con el movimiento rítmico del deseo y no podrás parar…ni ella tampoco….las dos flechas saldrán al mismo tiempo y todo se detendrá en ese momento…ella te dejará libre y saldrás como un torrente, impetuoso, ardiente, a borbotón…ella con un remanso de tibieza bañara tu sexo y, sin arqueo alguno, naturalmente, disfrutará, aceptará…todo lo que le dejas en la boca…regresará a tomarte apretadamente y así te mantendrá en su boca…recibiendo tus últimas gotas de lo mejor de ti…sentirás en tus labios lo cálido de su almíbar y sus espasmos, sus contracciones, casi imperceptibles, pero para ti, de piel a piel, muy comunicativas de su satisfacción…meterás toda tu cara en su vagina, que ella ha facilitado, formando una curva en su cuerpo y, sintiendo tu cara, echándose hacia adentro para que la caricia penetrante sea más intensa…así, uno dentro del otro y el otro dentro de  la otra estarán por un momento en lo que pasa el aleteo del tiempo y todo vuelve a la normalidad…afuera la mañana aun no llega, ni comienzan los ruidos del hotel…sólo la naciente alba va cubriendo la habitación y el constante ruido imperturbable de las olas, del rugiente mar son eternas…seguirán así unidos por un tiempo en el que podrías contar las olas  y cortar con el pensamiento el aire matutino…te irá soltando, la liberarás poco a poco y muy suavemente se irán separando los dos y quedarán libres…ella te moverá hacia un lado, y quedarás a su derecha, envueltos en las sábanas, acostado…escucharás que dice…

- Beto, buenos días…La verás sonreír y tú solamente dibujarás una sonrisa con tus labios

al contestar…

- Buenos, muy buenos días… ¡Vaya manera de dar los buenos días!

- ¿Qué, sólo tú tienes, o puedes dar las buenos días de esta manera?

- ¡Claro que no!...fue muy placentero, muy agradable...te diré que nadie me había despertado así de esa manera...¡Es muy agradable! Bastante placentero...

- Ahora sí...estoy llena de energía y... ¡de otra cosa!...

- ¡Golosa!

- Tragón...verá que te sientas y preguntará... ¿Adónde vas?

- Iré a caminar, para bañarme e irnos a desayunar y después hacer lo que gustes...

- Me parece bien...en lo que vienes y te bañas, echaré un sueñito para descansar este momento que viví...te vestirás y saldrás de la habitación, toalla en mano...la mañana empieza a llegar tú verás que el personal del hotel va llegando...te dirigirás hacia la playa y llegarás a su orilla, en donde las olas la besas y dejan su, tan momentáneo como repetible, adorno de burbujas...dejarás la toalla en un camastro e irás hacia la derecha, hasta que, contando los pasos, llegarás a los novecientos e iniciarás el regreso...verás cómo el sol va saliendo y cómo sus rayos coronarán el horizonte y cómo lo gris del alba se va tonando claro, transparente, cálido...las pocas aves sobre la playa y en la superficie del mar seguirán su constante búsqueda de alimentos y verás sus rizos sobre las olas y sus clavadas para llevarse entre sus picos los frescos y pequeños peces que fueron su blanco...el mar está verde musgo, verde claro...tú no pensarás en nada, salvo en ese mundo en el que vives ahora…como en la novela Pájaro Espino, de Caolín Mc Caulqeen… donde refugia al cardenal de Bricasart, con Meg…así tú, sabes, sabrás, que estás viviendo una vida, un tiempo y un momento robados y que si las circunstancias te lo dieron, las mismas circunstancias te lo quitarán…lo sabes y por eso estás dispuesto, mentalizado, a vivirlo todo con mucha intensidad, con mucho frenesí, con mucha hambre…porque ¡Quién sabe cuándo volverás a tener este tiempo, estas circunstancias y esta mujer, u otra como ella ! ¡Como si fuera la última ocasión!... ¡O la única! El aire estará ya un poco cálido y te decides  a meterte al mar y nadar unos pocos minutos, y lo harás…nadarás un poco, te irás, casi hasta donde caminaste y te vendrás zambulléndote, nadando de dorso y en estilo libre…lo harás como unos veinte minutos más y ya cerca de la hora, te decidirás a salirte de agua y al hacerlo, lo harás chorreando arena y agua marina…saldrás hacia la playa y tomarás la toalla, pero no te secarás…te acercarás a la regadera y bajo sus chorritos te irás quitando la arena que traes en la ropa y en el cuerpo…cuando  a tu juicio estás limpio de arena, saldrás de la regadera y caminarás hacia la habitación y te irás secando…entrarás  y ella aun seguirá adormilada…no harás ruido, o el menos posible, y te meterás a la zona de la regadera…te lavarás la boca, te afeitarás y te meterás a la regadera…te darás los tres untos de rigor y saldrás limpio, escurriendo agua por toda tu piel…ya seco, te acercarás a la cama en donde ella dormita y la besarás en una oreja…sentirá tu caricia, la poca humedad que tiene tu piel, y despertará…

- ¡Ah, qué sueñito tan reparador!
- Dormilona…ya despierta…ya hace hambre…Anda, levántate…báñate…te espero…
- Sí…pero cuál es la prisa…no tenemos nada qué hacer…
- ¿Nada? ¿Y…? ---¿Desayunar, nadar, bañarnos en el mar, disfrutar del mar, del sol, de la arena y de la alberca? ¿No son cosas por hacer?
- ¿No te faltó algo?
- No sé qué…
- Disfrutarnos, Beto…¡hombre de Dios!
- Perdón…tienes razón…pero debemos cargar baterías, darle de comer al cuerpo para que Tenga capacidad de respuesta…anda, Sun…vamos…anda…al baño…para que te quites el olor de la cama…
- Está bien…ya voy…verás que se levanta con la sábana enrollada en su cuerpo y verás su casi blanca piel meterse en la zona de la regadera…te acostarás y te adormilará el silencio y el rítmico sonar del agua y el romper de las olas sobre la playa…cuando despiertas, la verás ya vestida, enfundada en colores suaves, pastel; bajo sus cortos, traerá el traje de baño de dos piezas, el bikini color azul agua y todo en una bata de tul, color violeta, jacaranda y su pelo enlazado por una liga de color negro…su Carolina Herrera llenaba el ambiente…
- Dormilón…escucharás que te dice y te mueve…Beto…anda…despierta…te moverás y

sonreirás al verla ya vestida y lista para salir a desayunar…te tenderá la mano y la tomarás para levantarte, pararte y abrazarla por la cintura…se besarán suave, calmadamente y tendrás sus fragancias muy cerca de tu piel…empezarás a sentir hormigas reco0rrer toda tu piel y el comienzo del aleto en tu miembro…pero, ella que te conoce y se conoce, te dirá…

- ¡Anda! Más tarde…ahora es tiempo de comer…sé buenito…anda y a regañadientes

Caminarás con ella rumbo a la puerta y en el trayecto…platicarán…

- Si gustas, podemos desayunar en el pueblito…allá, tal vez haya otras cosas…
- No…aquí está bien…todo fresco y bien servido, limpio y con atención…
- De acuerdo…se habrán acercado a una mesa, frente a la playa y le acomodarás su silla

para que ella se siente…cuando terminas de sentarte, llega la meserita, menús en mano…nos entrega uno a cada uno…y escucharás lo que dice…

- A sus órdenes…señalarás a ella y se dirigirá hacia su persona...
- ¿Qué le puedo servir? Y dirá…
- Un jugo de naranja, un plato de fruta, leche natural y de esos plátanos en almíbar, y

Unos huevos con jamón, frijoles refritos con pedazos de queso de la región y un jugo de jitomate y un poco de vodka, preferentemente Wiborova…y tortillas calientes… ella volteará hacia ti y le dirás…

- Por favor, un jugo de naranja, un plato de sandía, leche para disfrutar los plátanos

Cocidos y juegos estrellados con chorizo de la región y un poco de queso fresco, más tortillas calientes y un coco, tierno, de media cuchara y un poco de ginebra, si tiene de esa Befeather…escucharás que dice…

- Regreso en un momento…se retirará y tú, ni preguntarás porque la verás toda tranquila,

Sosegada, pero con una chispa en sus ojos que tú comprenderás… y sólo por llenar el espacio con algo, dirás…

- ¡Disfrutaremos el desayuno con ganas!...escucharás que ella dice…

- ¡Y me lo dices a mí!...la mesera y un acompañante irá trayendo y acomodando el

Servicio, tal como fue ordenado…y ella, al ver que todo está dispuesto te dirá…

- Bueno, pues ¡a disfrutar! Los dos comenzarán a saborear la fruta, los jugos, los plátanos

preparados al almíbar, de la región y los huevos con chorizo y jamón, con untadas a las tortillas de los frijoles negros y un poco de queso seco; al término del desayuno, cada uno iniciará a beber, ella su jugo de jitomate, frío, potenciado con vodka y tú, tu coco, endulzado, aun más con ginebra…en un arranque del momento le propondrás…

- Sun…¿aceptarás que nos vayamos a un camastro a disfrutar de la mañana, de la

mañana, del sol, de la brisa y de las olas?

- Sí, te contestará…estamos desperdiciando este marco tan incomparable…intentará

Levantarse; con las manos le pedirás que se espere; lo hará y tú le retirarás su silla y pedirás a la mesera que les lleven las bebidas a la playa ; con tu derecha, la tomarás de su mano izquierda y con tu izquierda enlazarás su cintura y, así, juntos, se encaminarán a la playa….ella indicará el camastro y pedirás que la acerquen, un poco,  a la orilla de la playa...cuando empieza a sentir el ribete final de la ola, ahí pedirá que coloquen los camastros...colocarán en uno de sus brazos las bebidas y se sentarán...bufarás de satisfacción y verás hacia el frente el mar, en su inmensidad y recordarás la melodía de los Martínez Gil...Me tienes, pero de nada te vale; soy tuya, porque lo dice un papel; mi vida la controlan las leyes, pero en mi corazón, que es el que siente amor, tan solo mando yo...el mar y el cielo se ven igual de azules y en la distancia parecen que se unen...al verte ensimismado te preguntará riendo...

-    ¿Qué te inquieta?

-    Nada,       dirás...estoy      pensando      en nosotros...en este lugar, somos tan inmensos como el

cielo y el mar...nadie daría ni un centavo por mí y aquí estoy disfrutando de todo, con una mujer inmensamente femenina y allá, en la distancia, nos unimos y cuando lo hacemos, con todo respeto, somos como el mar y las olas, bramamos y rugimos...y llegamos plácidamente, después de un fuerte e intenso movimiento, como la ola, dejando un adorno de blancura, de espuma...

-    ¡Vaya!...mejor vete a caminar...anda...tus quince minutos...pero, antes de que partas, Brindemos por nosotros y por todo lo que nos rodea... ¡Salud!

-    Y que la vida, el destino y la suerte  nos sean propicios... ¡salud! Y tomarás de tu coco-gin y ella de su tomate y vodka y al despegar el vaso y el coco, buscarás sus labios y la besarás tranquilamente, sin apetito carnal…aceptará tu caricia y aunque te retendrá un poco, se soltarán instantes después: tú dejarás tu coco en el descansabrazos del sillón y caminarás hacia la derecha  y te alejarás…irás contando los pasos, no pensarás en ninguna otra cosa; al completar la cantidad darás media vuelta y la verás recostada en el camastro, con la vista fija en el horizontes…cuando llegas al lugar donde está ella, sonreirá al verte…y te preguntará…

- ¿Listo?

- Así es …Ahora a disfrutar de la playa…del mar, del sol y de la arena…Te invito al agua marina…nos echaremos unas brazaditas, bucearemos, jugaremos y… ¡Lo que quieras! Tú mandas…

- Loco. Beto loquito…acepto…le darás la mano para que se levante…ella la tomará y ya de

erguida dejará que su bata y  sus cortos se deslicen hacia sus sandalias…le tenderás la mano, pero ella, juguetonamente, como una adolescente, correrá hacia la playa, distante unos cuatro metros y se meterá a la amplia alberca marina de la plataforma que forma la playa…su entusiasmo salpicará agua por todos lados y luego, la verás que se lanza de clavado  y salir escurriendo arco iris de colores y chorrear aguay arena…verás su cuerpo maravilloso enfundado en dos piezas…su cintura, su pecho y su cadera, sus piernas, su pelo…sus nalguitas levantadas…sus manos sobre su cara para cubrir su asombro, taparán su boca abierta y sus ojos estarán abiertos como hostias para mostrar su espanto infantil…

- ¡Lo hice!… ¡Lo hice! Y como estás a su lado le dirás

- No te pasó nada…ahora  a que te revuelque la ola…Espera el burro de la ola y cuando se levante la cresta…entonces…¡Es tu turno!... ¡Será tuya! Verás que así lo hace…que está expectante y que cuando ve que el promontorio de agua le gusta…al levantarse la cresta de la ola…se lanza de clavado…la verás salir, con la misma expresión corporal, con  sus manos en la cara para medie el asombro, sacudiéndose el aguay la arena…verás la misma mujer, el mismo cuerpo, el mismo bikini, las mismas piernas, el mismo pecho, las mismas nalgas, y los mismos arco iris…la misma agua, la misma arena, la misma luz y los mismos chorros de agua escurrir por su piel…todo es igual, lo mismo…pero tú la disfrutas  y no hay nadie que te la dispute…esa es la diferencia…tú harás lo mismo…saldrán al otro lado de la ola y gozarás su asombro…

- ¡Lo hice!...Ya no tengo miedo…

- Ése es el secreto…No temer  y ponerte de pie, dándole la espalda a la ola para que si viene,  se rompa en tu cuerpo  y no te tire descontroladamente…así,  no  te  tomará desprevenida…por espacio de una hora seguirán jugando como ya lo han hecho y en algún momento ella te dirá…¿vamos al camastro? Tengo sed…

- Tú dices…y caminarán hacia los camastros…frente a ellos tomarán sus bebidas y les darán un largo trago, casi hasta terminar con ellas…automáticamente se acomodarán, echándose sobre ellos…antes de continuar le preguntarás…

-	¿Gustas de otra bebida?

-	Sí…Igual, por favor…te irás al interior del hotel y en la puerta de acceso a sus

instalaciones, harás una seña y pedirás otra ronda, igual…aceptada la indicación, regresarás a tu camastro, a su lado…e iniciarás la charla…

-	¿Cómo te sentiste al salir al otro lado de la ola?

-	Asombrada…tranquila y muy masajeada…mucho mejor que los tuyos…más naturales e

Intensos, pero sin tu calor…llegarán las bebidas; su jugo de jitomate con vodka y hielo y tu coco con ginebra…se quedarán disfrutando de la playa y conversando de cosas baladíes…la política magisterial de sus tiempos, las relaciones sociales suyas, sus limitaciones, la lucha de su hija contra el cáncer, la boda de su otra hija con un accionista de una línea de transporte; tú, de tus percepciones sobre la política – que después sabrás que estaban equivocadas, porque no resultaron -, de tus hijos, de tu trabajo, de tu tiempo de pensionado…tomarán de sus bebidas y ella te hará la seña de que te acerques…te acercarás y te dirá…

-	Me cuidas, Betito…me voy a dar un baño de sol…primero la espalda y después el

pecho…me quitaré una parte del traje y me pondré la toalla…deja que lo haga…estamos solos en la playa….y

-     …Aunque estuviéramos con mucha más gente …hazlo…no te preocupes…Y lo hará…con
la toalla hizo una pared y se recostó, colocándose la toalla en el centro de su cuerpo y con la cabeza de un lado…

-     Me dices cuando sea un cuarto de hora…por favor, Betito…y se fue acomodando,
cerrando sus ojos negros…me quedé lelo, extasiado, viendo su cuerpo de mujer, en carnes de adolescente…estaba delgada, pero no flaca…sus piernas no eran gruesas, ni grasosas, pero si torneadas, ni musculosas…piernas de mujer, muy femenina…su cadera no era amplia ni corta ni larga; mediana, un poco levantada de las nalgas y suave, sin mucha grasa, sin mucho músculo, únicamente el necesario para resistir un cuerpo encima y sus empujones; su tórax no era amplio, pero no era estrecho y sí normal de una mujer que camina…su cuello era delgado y su cabeza pequeña…su cuerpo, casi desnudo con la toalla blanca, de baño, a la mitad, de su cuerpo, para casi todos  los que nos vieran se perdía en la longitud de la plata; el color de su piel, casi del tono de la arena, hacía que se perdiera, a lo lejos, en la inmensidad,  pero en la cercanía, como estabas tú, tenía un significado afectivo, sexual, solo para ti…tu callarás y guardarás esas ideas… en la inmensidad estaba en esas divagaciones y comparaciones y  se cumplieron los quince minutos; dejarás pasar un tiempo muy corto, porque estará dormitando y sin querer la moverás con tus manos y sabrás que siente tu presión y  escucha tus palabras…

-     Ya es hora…se moverá…te dirá…

- Gracias…empezará a acomodarse su ropa, a quitarse una prenda y a ponerse la

otra, siempre usando la toalla como cortina; al terminar se recostará, ahora de frente y colocará otra vez la toalla sobre ella, ahora sobre su pecho…Me cuentas los minutos, por favor…Así lo harás…ahora verás su cabeza, de perfil, su nariz afilada y su cara, así como su pelo atado como cola de caballo, parecen de joven yucateca, estilizada por los grabados y dibujos históricos; su pelo negro está quieto, amarrado, sin moverse, lleno un poco de arena…la parte superior de su pecho es delgada, pero no flaca y sus nacientes pechos se insinúan – y tú que los conoces sabrás que no se desbordan y que aun conservan su dureza y su firmeza -; verás lo que ya sabes, que su tórax se va adelgazando hasta llegar a su cintura, no estrecha, no flaca, ni grasosa y sí suave, y reactiva, a la caricia; verás el hoyito de su ombligo, bien formado, y recordarás la suavidad al tacto de ese segmento de su cuerpo que está entre el ombligo y su pubis…englobadito, suavecito, con un poco de grasa, no mucha, no timbona y sí de mujer muy femenina…te imaginarás su sexo; recordarás la suavidad a la caricia de su vello púbico y la suavidad de sus labios vaginales…y tu fantasía y el recuerdo te harán una travesura y como Demetrio, el escultor de Afrodita, te imaginarás, o recordarás, imágenes, movimientos y palabras…sus piernas, delgadas, no flacas, ni grasosas, ni musculosas, ni gruesas y sí torneadas y proporcionadas al peso y tamaño de su cuerpo…verás todo en primera fila y te sentirás totalmente satisfecho de que sea tuya, aunque sea en ese momento…su cuerpo, su piel, arena  en la playa, se perdía en ese momento, pero tú estarás con ella y la toalla le concedía algo que hacía perdurable ese momento…nuevamente la moverás y le dirás…

- Ya es hora, dormilona…ella se despertará…bostezará, se sentará, cubriéndose el pecho

con la toalla…al terminar extenderá los brazos y te dirá…

- ¿Vamos al mar?

- Vamos…para mí es lo recomendable, más que las cremas…colocarte bajo el sol y

meterte inmediatamente al agua de mar para que sazone y te afirme el color dorado por el sol…le ofrecerás tu mano; la tomará, se pondrá de píe, ya enfundada en su bikini azul opalino y, antes de salir rumbo a la pequeña alberca…dirá…démosle unos tragos a las bebidas…el calor del sol lo amerita para equilibrar la temperatura…Y lo harán…Tú le dirás, como no queriendo…

- Lo mejor es el agua del mar…

- Pero no te refresca por dentro… ¡Salud! Por este tiempo de ricos…

- No somos ricos, pero aceptamos vivir…hurtándoselo a todos… ¡Salud! Y tomarán tragos continuados hasta terminar las bebidas…preguntarás… ¿Otras?

- Sí, por favor…pídelas para cuando salgamos del agua…Sabrán muy bien…La tomarás de

su cintura con tu mano izquierda y ella con su derecha apretará tu piel…caminarán hacia el agua de mar y sentirán bajo sus pies lo fresca, lo  cálida, lo espumosa, lo suave de la ola…la dejarás en dentro de la playa y te irás a encargar las bebidas; mediante señas lo haces desde la puerta de entrada y et regresarás con ella…estará nadando brincando, echándose de clavados hacia los lados, hacia el frente, hacia la playa y cuando regresas, se ponen en juguetear como lo han hecho ya…así estarán casi una hora o más y cansados te pedirá que salgan…

- ¿Nos vamos? Por la mañana… ¡Ya estuvo bien! Y, tomando las toallas caminarán hacia la regadera y se quitarán la arena y lo salado del cuerpo…ya sin arena y sin sal, se dirigirán hacia su habitación; entrarán y te dirá…

- Me bañaré primero…luego tú y en lo que tú te bañas…me colocaré mis cremas…

- Está bien, pero, antes de que te pongas tus cremas, permite que te unte sobre tu piel un poco de alcohol…que es lo mejor para las quemadas leves por la exposición al sol…

- ¿Crees?

- Lo sé…y se meterá la regadera…escucharás que tararea melodías y cuando sale, escurriendo agua y luz…le tenderás otra toalla y se irá secando…cuando está casi seca…le pedirás

- Acuéstate en la cama…

- ¡Maloso! Me hubieras dicho que querías eso…

- No…es serio…formal…Quédate, pues de pie…lo hace y cuando está frente a ti, tú ya tendrás en tus manos la botellita de alcohol y vaciarás, una y otra veces, un poco en el cuenco de tu mano libre y se la irás poniendo suave y delicadamente sobre su piel, iniciando desde su cuello hasta el ombligo, y por los lados hasta la parte baja de sus senos…

- ¡Que refrescante se siente! Y dirá…ahora por la espalda y se volteará, dejando su

espalda frente a ti y repetirá la misma operación…sobre su espalda vaciarás el chorro delgado de alcohol y lo irás distribuyendo sobre la piel hasta cubrir todo su cuerpo; cuando terminas, cierras la botella y te diriges a la regadera…te pondrás a tararear "Blue Moon…Soñar, la luna me hace soñar y ella dice que estoy enamorado del mar…la luna es una mujer y el mar es mi propio yo…en este mundo en que la vida es muerte, en que los sueños viven una vez, aquél que ama debe ser fuerte, porque el amor es una insensatez…vivir…esta dolencia de amar, la luna es una mujer y el mar, mi propio yo…después sin saberlo, estarás musitando "Mazatlán"…perlita escondida entre los embrujos del agua del mar…Mazatlán, en tus mares, en tus aguas, yo me enamoré…no tardaste mucho bañándote, pero seguiste canturreando Veracruz…Yo nací en la Luna de Plata y nací con alma de pirata…he nacido rumbero y jarocho, trovador de veras…cuando saldrás de bañar ella estará sonriendo, satisfecha de escucharte canturrear…

- Mi Beto, está contento…le responderás…con la toalla en mano y secándote…

- ¿Por qué no estarlo?...con la toalla en la mano, secándote…la verás ya casi terminada

de arreglar su presentación…atuendo de ropa ligera, colores suaves, tenues, delgados, fríos…seguirás la charla…los problemas están allá afuera, no aquí…ni son nuestros ni nos toman en cuenta y los de las familias, cuando regresemos los encontraremos…¿por qué no estarlo?...lo más importante para mí, en este momento eres tú…esto es lo que me importa…Te vestirás en lo que conversas  y usarás ropa de colores suaves, camisa banca, manga larga, de lino y cortos, color  blanco…y sobre tus cabellos una gorra beisbolera…Dirás…

-	¡Listo! Y preguntarás… ¿gustas ir a comer, a disfrutar de los platillos de la región?

-	¡Claro!... ¿A dónde me llevarás?

-	No hay muchos lugares, pero es una fondita familiar que prepara muy sabroso todos los

platillos que ofrece…en lo que conversan, ella terminará su arreglo y con una vaporosa bata-camisón, color amarillo paja, su pelo recogido en una cola de caballo y sonriendo, te dirá…

-	¡A donde tú me lleves, iré contigo! Y te tomará de las manos y se dirigirán hacia la

Puerta de la habitación…tú dirás…

-	Parece canción…A donde vayas tú, yo iré contigo…tú voz escucharé, dulce amor mío…Y

saldrán de la habitación, te dirigirás hacia el restaurante – ella te esperará - y pedirás una de las botellas de Freixenet que quedan y botella en mano, de regreso la tomarás de la mano y se dirigirán hacia el auto; le abrirás la puerta de su lado; entrarás tú, cerrarás, te colocarás el cinturón y encenderás la marcha:; maniobrarás para salir del área de estacionamiento entre las palmeras y recorrerás el tramo de terracería en poquísimos minutos y girarás hacia la derecha  y en los minutos que llegan a pueblito, ella comentará lo contenta que está, lo bien que se siente y lo tranquila que se siente y lo feliz que está al verme  tranquilo...llegarán al pueblo, saliendo de la curva y rodarás sobre la carretera un poco más, para llegar a la plaza cívica; ahí girarás hacia la izquierda y te estacionarás a la mitad de lo lago del pequeños bulevar de la calle; detendrás el auto; saldrás para abrirle su puerta; ella saldrá y verá una casa como todas...con sus paredes de adobe y sus enjarrados de color blanco y su piso de tierra y muchas macetas con platanillo y lloronas; adentro de la casa, unas mesas cerveceras y las sillas de tijera y una rocola...muy pocas moscas...ella señalará qué mesa y hacia allá se encaminarán...a señas, pedirás que al limpien; lo hacen, en lo que le acomodas su silla para que se siente y ya sentados los dos, el mesero les preguntará ...

- ¿Qué desean comer?

- ¿Qué tiene?  Y el mesero responderá...

- Todo es para preparar...Y como tiene la carta en mano entregará una a  cada uno...Ella la

estará revisando y pedirá...

- Un consomé de camarón, unos langostinos...¿Chacales? al mojo de ajo, a la mantequilla

y huachinango, a la veracruzana...

- Sí...ésos...está bien...y se dirigirá hacia ti... ¿para usted?

- Consomé de camarón, langostinos, como los pidió la señora y cecina, con frijoles refritos…un platito con frijoles refritos y queso seco, más tortillas de la casa, recientes, dirás y complementarás…agradeceré que me preparen unas copas para esta botella …¿la podrían abrir y servirla? Entregarás al mesero la botella y se retirará, no sin afirmar…en un momento prepararemos sus pedidos…poco después traerán dos copas y la botella ya abierta, con la estela de gas…servirán un poco en una copa y se la ofrecerán a ella; le degustará y sonreirá de reconocimiento…servirán las dos copas, las colocarán frente a ustedes y las tomarán…

- Beto, por nosotros…
- Por nosotros … y tomarán un sorbo largo…el mesero irá trayendo los tarritos con el

consomé, unos platos con cebolla y chile serrano, cilantro, picados y mitades de limón rebanado y galletas Santos, saladas…verás cómo prepara su consomé, con el ritual casero…cebolla, chile, cilantro y chorros de limón…tu verás cómo saliva ella y esperarás a que tu consomé esté un poco frío y después de prepararlo como a ti te gusta…menearás el consomé hasta que puedas llevarlo a tu boca…ella te verá esperar y a medio camino de la cuchara, te preguntará

- ¿Qué esperas?
- Que se enfríe un poco y me delito verte disfrutar esta comida frugal, sencilla, no gurmet,

de la alta cusine…que tú conoces…

- ¡Ni lo digas! Esto está diez, cien o mil veces, mejor… tú aspirarás el aroma marino, acre, picante, del consomé y para enfriar un poco tu boca, invitarás la bebida…

- ¡Por nosotros!, Sun…Y ella corresponderá…
- Sí…salud…por                              nosotros…y complementará…y los que estén con nosotros…tomarán de la

copa y regresarán a disfrutar del consomé…hasta ustedes llegará la fragancia del ajo, del  chile guajillo y de los  langostinos y lo aspirarán…casi para terminar el consomé llegará el mesero y te preguntará…

- La cecina, ¿cómo la quiere?…¿asada o frita? ¿Suave o dorada? Y sonreirás…diciéndole…
- Gracias por, preguntar…asada…muy suave…cuando empiece a burbujear, la voltean e inmediatamente la sacan…quedará jugosa y le agregan unos dos serranos, toreados…
- Muy bien…así se la traeremos…con los frijoles refritos y el queso, por separado…
- Ecole, cua…así mero… y se retirará…ella se te habrá quedado viendo y sonriendo…dirá
- ¡Quién te viera!
- Nada más me falta el dinero…Verás que llegan los langostinos al ajillo y mojo de ajo

para ella y tu cecina, fresca, como tú la pediste, verás al rato, y lo frijoles refritos, con el queso añejo y dos chiles serranos asados al comal…y que los colocan frente a ustedes…apurarás el contenido de tu copa y ofrecerás servirle más a ella y lo aceptará…verás cómo aspira el aroma de los animalitos, como tú aspiras y saboreas el aroma de su sexo y sonríes al jugar con la comparación…verás que, impulsivamente, se levanta y pregunta…

- ¿Dónde me puedo lavar las manos? Le dirán en dónde está el lavabo; hacia allá se

dirigirá; se lavará las manos y tú harás lo mismo…regresarán a sus sillas y ya sabes que no usará los cubiertos…verás cómo va desnudando los cuerpos de los langostinos y cómo va chupando cada una de las partes de su coraza…Tú harás lo mismo…ofrecerás el brindis…

- Por nosotros, por este tiempo y por este momento y porque no sea el último
- Y sí el primero, complementará ella…beberán un trago largo, intenso…sentirás su

frescura resbalar por tu garganta y apurarás el trago porque deseas saborear la cecina con chiles toreados y frijoles refritos; irás cortando en pequeños trozos, largos tu cecina, la y la disfrutarás, pedazo a pedazo, con mordidas de las tortillas…sentirás su sabor salado, como el agua del mar y morderás un chile y le darás un trago a tu copa…verás que ella está embebida completamente a disfrutar de sus langostinos; dará pequeños sorbos a su copa y continuar, los dos, hasta terminar sus platillos…la verás sonreír y continuar paladeando tanto la bebida como los cuerpos de los langostinos…al terminar con su platillo ella tomará una tortilla y se hará un chucho con queso, sin frijoles y, como viste que se había terminado su copa, le servirás más, lo mismo que a tu copa y, con los gestos de la cara y de sus ojos, ofrecerá el brindis, al que corresponderás…tú casi terminas tu cecina y frijoles y los dos chiles asados; al terminar, como ella, te harás un taco con puro queso añejo y lo acompañarás, como ella, con pequeños sorbos del Freixenet…cuando los dos terminan, se miran y notarás en su cara una plena satisfacción…

- ¿Los disfrutaste?, preguntarás innecesariamente…Te contestará, sonriendo…

- ¡Claro! Recuerdo que así los preparaste en la casa y vi cómo los comías…pero estos están más buenos… ¿Y tú?

- La cecina estaba muy suave, saladita y jugosa y, acompañada de los chiles asados y los frijoles refritos,…¡manjar insuperable! Preguntarás… ¿Nos terminamos la botella?

- ¡Claro!…Las gotas de la felicidad…y servirás para los dos…¡salud!, dirá ella

- ¡Salud! Complementarás… y apurarán el vino hasta el fondo…al terminar, preguntarás… Si no deseas alguna otra cosa… ¿Me acompañas a la playa para que camine?

- Sí…sirve que me echo un coyotito…pedirás, a señas, al cuenta; se tardarán muy poco en traerla, verás el monto de ella y lo pagarás, propina incluida…Al terminar de hacer todo eso, te levantarás para retirarle su silla ; ella se levantará y te tomará de la cintura y tú d una mano, y  enlazados, caminarán hacia el mar…localizarán un camastro y ella se sentará y verá tu caminata…tus pasos te llevarán hasta un kilómetro a su derecha y verás cómo el firmamento, limpio de nubes, se une en el horizonte con el mar; una que otra ave marina buscará su alimento y uno que otro cangrejo caminar sobre la húmeda arena de la playa; las olas la bañarán y vestirás con su listón blanco espumoso; al terminar tu viaje de ida, iniciarás el retorno y la verás recostada en el camastro, supones que dormitando; cuando llegas la verás dormida…no la despertarás - ¿para qué? – y no la moverás…te sentarás en el camastro a su lado y le cubrirás sus pies con tu camisa…ahí estarás a su lado cuidando su sueño…pensarás en las vueltas de la vida y en las frivolidades del destino y de la fortuna…si no hubieras ido a ese acto; si no hubieras estado colaborando con esa persona…si no hubiera…el tiempo pendejativo de siempre…pero sí acudiste, pero sí estuviste colaborando…y te preguntarás, ¿existirá el destino?, ¿será cierto que uno tiene ya escrito su destino, por los astros, en el momento de nacer y que, como los griegos, los asirios, caldeos, babilonios, aztecas y mayas, nada podemos hacer sin el deseo, voluntad y hasta capricho de los dioses?…Bendecirás ese destino…porque te sentirás, te sabrás muy afortunado…no lo sabrás, como tampoco sabrás si existe el azar o si como dicen que dijo Albert Einstein: el azar no existe. Dios no juega a los dados…pero entonces, ¿por qué están ustedes dos ahí, en esa joya de playa y en un pedazo de paraíso terrenal, pecando contra los otros, pero sin hacer daño a alguien? Tus locos pensamientos te llevarán a valorar ese momento y a esa mujer que está ahí contigo y que dejó todo por estar ahí contigo, que te entregó su confianza y credibilidad y, junto contigo, disfrutar de todo, mar, sal, agua marina, viento, sol, arena, comida y sexo, porque cómo le han dado…empezaste a entrar en razón cuando pensaste en el mañana, en el mañana  que partirán de regreso…verás que su pelo corto se mueve con la brisa y que sus manos, automáticamente, se cubren con tu camisa…la oirás decir…

- ¿Llegaste? ¿Dormí mucho?
- Sí…no  lo sé…pero te dejé descansar…la siestecita te vino bien…cuando quieras nos

retiramos  a la habitación para que duermas, o durmamos un poco…

- Mejor…quedémonos aquí, viendo la playa, las olas, sentir la brisa del mar, dormitando…
- Si tú gustas, dirás…y te acomodarás mejor en el camastro…escucharás que te dice…
- ¿Sabes? No hemos hablado nada de nada de nosotros, No la hemos pasado

descansando, bañándonos, encontrándonos los dos, jugando en la playa, durmiendo, nadando en la alberca, en fin y no hemos conversado nada del mañana…

- ¿Quieres que lo hagamos?, dirás y la verás que se queda como perdida en el horizonte…
- No…mejor, cuando regresemos a nuestra ciudad…por hoy, y mañana, sigamos viviendo,

Disfrutando de todo esto, de nosotros, de mí y de ti…te dirá y te tenderá una mano…Y te anudarás a ella…sentirás recorrer por toda tu piel las hormigas que siempre has tenido abajo control, pero que estos días de primavera y de verano de sus cuerpos otoñales,  han revivido intensamente…apretarás su mano y ella sentirá tu calor y tu fuerza… te dirá

-	Ven…estemos un momento más…un poco
	más tarde nos meteremos al mar, nadaremos
Y jugaremos, por este momento, dejemos que
nuestros cuerpos descansen…Anda, no seas
malito y como no queriendo te acomodarás más en
tu sillón, acercándolo más al de ella…así estarán un
poco más de tiempo, como una hora…ella se moverá
y te sacará de tu ensoñación…

-	Vamos a la alberca…juguemos un poco, en
	lo que empieza a caer y se va la tarde……se
	le
levantará y tú la imitarás…se quitarán la arena de los
pies al pasar por la regadera; entrarán al hotel, a su
habitación; se cambiará de ropa y se pondrá su bikini
de dos piezas; tú, el  traje de baño que encuentras;
saldrán de la habitación y se dirigirán hacia la alberca
con olas; al llegar, buscará un camastro para dejar su
ropa, de la cual ya se habrá despojado, dejando su
cuerpo vestido con el bikini de dos piezas…tú harás
lo mismo…se lanzarán de clavado al agua tibia y
después de jugar un poco, a lo que ya se están
acostumbrando, nadarán un poco más cada al lado
del otro y ella se colocará bajo el chorro de agua tibia
que alimenta la alberca…La escucharás que dice

-	¡Ah! Qué agradable sensación…pero no hay
	nada como el que te revuelque la ola y la
alegría que sientes al levantarte después del
revolcón…pero esta agua es quietud y aquélla es
…pasión, temor y sensación de
zozobra…magníficos…

-	Bueno, habrá que ver si ya se nos arrugó la
	piel de las manos…

-	¿Por qué?

- Es la señal para salirnos y descansar un poco…Verás que ella fija sus ojos negros en sus

manos y notará sus arrugas…

- Bueno…salgamos y vayámonos a los camastros de la playa…ya se va a poner el sol…Así

lo hacen y se secarán sus cuerpos y se dirigirán a los camastros…dejarán la ropa y las toallas sobre los sillones y se sentarán a descansar un poco…

¡Otro sueñito, eh! Ese chorro de agua me aletargó un poco…me relajó de más… tú la dejarás que duerma y te meterás al agua…harás lo que tanto te agrada hacer…tirarte para que te revuelque la ola y lo harás una y cincuenta veces más…siempre te levantarás, después de atravesar la ola, de tirarte en la cresta, escurriendo agua y arena y con la boca abierta de espanto, de asombro y de gusto…pasará el tiempo y cerca de la puesta del sol, irás a verla y seguirá dormida y te regresarás a seguir nadado…en algún momento voltearás a la playa y la verás que está acomodando los camastros-sillones y que coloca en la arena, entre los dos camastros, una toalla…te verá y se irá al mar donde tú estás y jugarán los dos a los juegos marinos de playa que ya saben : nado libre,  de dorso, buceo, meterse entre las piernas y levantar al cuerpo que sirve de puente; casi arrodillarse y dejar que el otro se suba en los hombros y tirarlo desde esa altura y tirarse para que los revuelque la ola y así pasa un poco de tiempo …en algún momento  ella se retira del agua y se va a los camastros, dirigiéndose al espacio que tiene la toalla tendida…verás que te hace

unas señas y la entenderás; te acercarás a ella y la 
verás que está cubierta con la otra toalla…

- Ven…acompáñame… y te indicará un lugar 
 cerca de ella, a un lado de ella…te sentarás 
en el camastro…ella te jalará con una de sus 
manos…

- Anda, tontito…ven…así como 
 estás…mojado…lo harás y al sentarte, en la 
 arena, cerca 
de ella, te tomará del cuello y te ofrecerá su 
boca…sus labios sabrán a sal, a almíbar, a 
vodka…estarán cálidos, húmedos…te jalarán su boca 
y estarás sin saberlo, sobre ella…tus brazos se 
enredarán en su piel, en su cuerpo, que está 
cálidamente húmedo y rodarás a su lado…tus manos 
seguirán pegados a su piel…buscarás su cuello, su 
cara…la acariciarás con avaricia, con gula, con sed, 
con ardor, con pulsión, con pasión, con frenesí…la 
arena de su piel no tendrá ropa que la cubra…sabrás 
que está desnuda y que la toalla ya no la cubre…las 
manos suyas te jalarán hacia ella y una de ellas tomará 
tu sexo y lo acariciará, lo presionará fuerte, suave, 
rítmicamente y su otra mano se detendrá en tus 
testículos y jugará con ellos como si los estuviera 
pesando…su boca no te soltará…te estará comiendo 
ávidamente…sus labios casi te masticarán y tu 
lengua se unirá con la suya y la saliva de los dos harán 
una alberca de pasión, de deseo para que naden las 
dos y se retuerzan dentro de ese pequeño universo de 
pasión acuoso…tus manos abrirán sus piernas y 
después se colocarán atrás de su cuerpo…en la 
espalda, en su cadera, en sus nalgas, en los muslos de 
sus piernas…acariciarás sus dos senos y soltarás su

boca, sus labios, su lengua y tu boca y tus labios se atragantarán de la carne de sus senos y te comerás las cerezas de chocolate de sus pezones y las ensalivarás, las lavarás con el agua del deseo: tu saliva…los tomarás con tus manos y cada mano, con suavidad, con ternura, con la delicadeza del desierto, del sediento, del hambriento, aprisionará un seno y los masajeará, circularmente, hacia arriba, hacia abajo, hacia los lados…presionarán su bolsita hacia adentro…los chuparás con loca ansiedad loca, con goloso frenesí…chuparás, soltarás, engullirás y volverás a hacer lo mismo una y cien veces más, lo más calmado que te es posible…tus piernas estarán ya dentro del compás de las suyas…una de tus manos soltará uno de sus senos y se dirigirá, despacio, caminando, sobre las dunas de ese desierto que es su piel color arena y sentirás en la tuya enloquecer las hormigas que recorren a todo lo largo y ancho de tu cuerpo, todo tú…eres un hormiguero…regresarán los aleteos de las mariposas que llevas bajo el ombligo…una pulsión llevará tu mano hacia los bucles de su vello que protege el brocal del pozo, un oasis para ti… y las hormigas que llenan la piel de tu manos, de tus dedos, esas chancharras, te obligarán a que lo acaricies, lo apachurres, lo aprietes, con delicadeza…circularmente...el hormigueo será circular, hacia los lados, hacia dentro, hacia afuera, para arriba, para abajo…lo presionarás hacia abajo, y lo soltarás…aflojarás...sentirás que el brocal del oasis se llenará de humedad…en tus dedos sentirás la humedad de su arena, de su mamey, de su chico zapote mojar todos tus dedos …y en el clímax del hormigueo…irás entrando con dos dedos a su volcán que está a punto de tener la erupción…su boca, suelta de la tuya, besará con pasión y ternura tu cabeza, tu pelo, tus orejas…una de sus manos soltará tus bolas y se colocará atrás de tu nuca y la empujará hacia ella…su piernas te habrán apresado y anudado a tu espalda  y serán, los dos, un nudo sexual…su otra mano guiará tu pene hacia su sexo…ella estará llenándose de sombras…a lo lejos, en el horizonte, el sol está siendo cobijado por el horizonte del mar…y tú estás siendo, serás cubierto por su carne, toda ardiente, arena suave, porosa, fragante, con olor a miel, a chicozapote…como el sol en el horizonte, irás tomándola, entrando poco a poco; ella,  dejándose poseer, aceptando, poco a poco  la carne que, mentirosamente, entra y se deja ser cogida y ella, en venganza, te arropa con los dunas de su arena,  sabor a los besos del desierto…las sombras los irán llenando…el sol se irá cobijando en el mar y ella empezará sus circulares  movimientos rítmicos…su vientre sus, piernas…sus brazos…su boca…su abdomen, su vientre, su sexo, serán uno y un sólo movimiento…y como el sol en el fin del horizonte, casi simultáneamente con su ocaso, tú irás viviendo en ella, entregando chorrito a chorrito lo mejor de ti…ella no parará…al sentirte más duro, más intenso, por un inicial momento, intensificará su movimiento circular y el sentir llegar las primeras  sensaciones, las iniciales tensiones de tu cuerpo, se quedará quieta para recibirte plena e intensamente calmada…cuando el sol termina por cubrirse y el mar lo cobija totalmente, sobre la superficie del mar el dorado de sus aguas es cubierto por la sombras de la ausencia de luz, así, ella habrá cubierto todo tu ardor, todo tu sudor, todo tu deseo con su carne y tú habrás calmado su tempestad, con tu hormigueo, su torbellino con tu loca ansiedad y su tormenta de deseo  con tu frenesí…tú dejarás que ella lo haga pues es natural que sea así…seguirán por pequeños momentos así, unidos por la piel arena…sentirás cómo el mundo va  recuperando su verticalidad, su horizontalidad y notarás que no hay luz, salvo al penumbra que anuncia la noche…se irán desatando de los brazos, te irás dejando caer sobre la arena de la playa…sus piernas te soltarán…sacarás tus brazos de abajo de su cuerpo, de su espalda, de su cadera, de sus nalgas; ella dejará en paz tu pelo, tu cabeza y tomará una de  tus manos…

- ¡Qué momento!... ¡Qué tiempos!

- ¡Y lo dices tú!

- ¿Podemos quedarnos aquí, un momento más, en lo que nos tranquilizamos? Escucharás

que lo dice y con sus manos mueve su toalla para cubrir su cuerpo…lo hará y tú responderás…

- Sí…carecemos de agenda…lo que sigue lo decides tú…

- Permite reposar y guardar este momento…amor en la playa y sexo al atardecer…

…¡Incomparable!

- Será así…y te quedarás a tu lado…los dos estarán callados…verás cómo las sombras,

viniendo del mar, cubren, poco a  poco todo, la playa, el hotel, el mundo suyo y notarás los contrastes de luz como luciérnagas, como de juguete…escucharás los ruidos, los rugidos del mar y el tumbo de las olas al reventar sobre la arena y depositar su encaje de burbujas; el aire, como lo dice Neruda, silva y canta, a lo lejos…no hay ruidos, salvo los del mar…no hay voces de nadie, no hay aves, no haya nada en el mundo, salvo ustedes dos…sentirás que se mueve…verás que se sienta, que se coloca la parte superior de su bikini y escucharás decir…

- ¿Nos vamos? ¿Nos lavamos la arena del cuerpo y nos metemos en la alberca un momento para hacer hambre y cenar?

- ¡Sí, claro…si es tu deseo! Y la penumbra verás su cuerpo levantarse, sentirás su mano que te jala para que te pongas de píe y al hacerlo, que sigue unida a ti y con las toallas en los hombros se dirigirán hacia la regadera de acceso; ella, primero, colocará su cuerpo bajo el chorro del agua y al terminar, lo harás tú…verás que se seca con la toalla y al limpiarte toda la arena, saldrás de la regadera y la buscarás…ella te espera y cuando te acercas, se irán caminando por la calzada de tepetate hasta llegar al borde la alberca…dejará su toalla en cualquier camastro y se lanzará a la alberca de olas y sin más ni más se colocará bajo el chorro de agua caliente que alimenta la alberca…verás en su cara tranquilidad y paz angelicales; la dejarás descansar…tú nadarás de dorso…tus ojos verán todas las estrellas de esa noche…identificarás a Venus, la estrella polar y algunas constelaciones cuyos nombres ya no recuerdas…nadie hace ruido…todo está callado, silencioso…pasarán diez, acaso quince minutos y 1 mundo sigue callado…ni siquiera les llegan las voces de los trabajadores del restaurante…todo está silencioso…sabrás que ella regresa, despierta, vive, al llamarte…

- ¿Es muy tarde?

- Supongo que no…dirás…

- Tengo hambre de leona…tanta hambre que me comería un elefante

- Pero al mojo de ajo…sonreirás al decirle…verás que ella se impulsa y que se coloca en el

borde la alberca: que toma su toalla y empieza el ritual de secarse…tú harás lo mismo…

- ¿Primero cenamos y después nos bañamos?, escucharás su voz que pregunta…

- Como quieras, tú…tú mandas

- Mentiroso…pero en fin…déjame secarme bien para no mojar la silla…

- Colocas debajo de ti la toalla…

- Pero de todos modos se moja

- Y se mojará, salvo que estemos cambiados de ropa…conversando sobre esto llegarán al

comedor…ella se dirigirá hacia una mesa y, al llegar, tú le retirarás la silla para que ella se siente y se acomode; lo hace y cuando están los dos sentados, ya estará el mesero con las cartas…

- Me hace el favor de prepararme plato de fruta, de sandía y melón, un jugo de naranja y

orden de cecina asada, jugosa, frijoles refritos y una tablita de queso fresco y su salsa molcajeteada, con tortillas calientes, de comal, además, de un vaso de leche natural y una orden de camote y calabaza cocidas…pidió ella…tú complementarás

- Para mí, lo mismo, sólo el plato de fruta, ¿tiene mamey?
- Sí…¿gusta un poco?, te responderá
- Por favor…un coco fresco…todo lo demás…igual, por favor…se retirará el mesero y

ustedes conversarán de lo quieto que está todo, de lo solo y de lo disfrutable de todo…el mesero irá trayendo poco a poco lo que solicitaron e iniciarán el disfrute de los alimentos…verás cómo ella va sazonando su fruta con un poco de sal y limón y al terminar empieza a paladear la calabaza y el camote con pequeños tragos de leche y cómo, prepara y corta la sábana de la cecina y va untando a la tortilla un poco de frijoles refritos y pica el queso; tú harás casi lo mismo y platicando de todo y de nada irán terminando de cenar…dejarán para lo último, ella, el jugo de naranja y tú, el agua de coco…toman sus bebidas y cuando las terminan muestran su satisfacción en cara con una sonrisa…y para terminar ella iniciará la conversación…

- ¡Que cena!... ¡de reyes!
- Tal vez, pero sí de personas que desean disfrutar de alimentos populares bien

Preparados…

- Mañana partimos de regreso, ¿verdad?
- Sí…mañana…
- ¿Cómo a qué hora será la partida?
- Cerca de las nueve de la mañana…

- Quiero que nos detengamos en Colima, deseo visitar algún centro comercial para ver la
posibilidad y facilidades para montar un negocio…
- Bien…así lo haremos…desayunamos aquí…paramos en Colima y comemos, cerca de las
cuatro de la tarde en Zamora, en lo pollos del restaurante El Quijote…terminamos de comer y partimos para llegar a la ciudad como a las siete  y fracción de la tarde.
- Me parece bien el plan de viaje…a dormir, pero no sin antes tu caminata…así es…pedirás
la cuenta, te la traerán, la pagarás, con todo y propina y te levantarás para retirarle su silla; ella lo hará y cuando los dos están de pie, te tomará de la mano y así saldrán caminando hacia la playa…te acompañará hacia un camastro y ella se sentará…la dejarás ahí e iniciarás tu caminata, cuyos límites ya conoces y te irás caminando y pensando en el mañana…y en lo que pudiera haber después del mañana…concluirás que no sabes, que sólo los dioses conocen tu destino y determinas seguir con esa relación loca y te prometes que lo harás todo lo posible por hacerla venturosa…al iniciar el regreso la verás que ella está de pie, en el borde  de la playa, ahí donde la ola deja su olán de espuma y está chapoteando el agua…te verá y caminará unos pasos hacia ti….cuando se encuentran , te abrazará y te ofrecerás su boca; se besarán envueltos por  las sombras; sentirás su boca húmeda y su deseo presente…empezarás a sentir un ligero hormigueo en todo tu cuerpo y los aleteos de

las invisibles mariposas golpearán tu estómago…la sentirás totalmente tuya y ahí y ahora; la rodearás de la cintura y la pegarás a ti y tus brazos se colocarán en su cintura y en  cadera…ella suavemente se separará de ti e iniciará la caminata hacia el hotel y hacia la recámara…irán los dos unidos de todo, piel, cuerpo y espíritu…llegarán en pocos momentos…abrirás la puerta y entrarán y en el momento de cerrar escucharás que dice…

- Me bañaré…te invito… ¿vienes?

- Sí, claro…en lo que arreglas tus cosas…iré por una de las botellas de vino blanco Freixenet y dos copas…para disfrutarlo después del baño…

- Me parece muy bien…saldrás de la habitación e irás al restaurante y ahí solicitarán la botella de vino, ya abierta y dos copas; te entregarás lo que solicitas y regresarás a tu habitación… escucharás los ruidos del agua de la regadera y canturrear una melodía, que identificarás casi inmediatamente…Frenesí……escucharás su voz que te llama…

- Ya vente…el agua está muy fresca…muy sabrosa…

- En un momento estoy contigo, le responderás…  y con un poco de prisa…te desnudarás y entrarás a la zona de la regadera…de entrada tendrás su cuerpo totalmente desnudo, mojado, lleno de espuma…sentirás su mano que te busca y al encontrarte te jalará con un poco de insistencia…

- Ya estoy aquí…dirás, muy quedo, pero audible…

- Entra…ponte bajo el chorro de agua…lo harás y entonces ella, con el jabón en la mano te

irá enjabonando, partiendo de la punta de la cabeza, todo tu pelo, cada una de tus dos orejas y tu cara…escucharás que te dice

- Mi niño, Beto…a ver…déjame lavar tu pelo medio salvaje…bravo, grueso y sentirás su

mano suave, amorosa, juguetona e intensa lavar y limpiar tu pelo…ahora…deja que lave tus cachetes y tus ojos y tus orejas…para que me oigas mejor…para que me veas mejor…tú te dejarás hacer y volver todo lo que ella desea hacer, y está haciendo…le toca a la boca…para que tus labios me besen siempre y digan mi nombre…para que tu boca, que me gusta tanto…me bese siempre con frenesí…como yo lo quiero y deseo…sobre la piel de tu cara sentirás las repetidas caricias  su mano llena de espuma…en un momento de placer te jalará los cachetes y te dirá…

- Bonito, reluciente y rechinando de limpio…mi Beto lindo…tus manos estarán colocados

en su cintura y buscarás su vello púbico…al encontrarlo, dejarás ahí una de tus manos y la otra la colocarás atrás en su cadera, en sus nalgas…dejarás que ella continué con su juego y su canción…ahora ese cuello delgado…esa nuca…para que nunca dejen de pensar en mí…que yo sea el constante  centro de sus pensamientos   y que siempre giren para donde yo estoy…ahora esas alas…esas arcas…para que vuelen, eleven su vuelo, tu cuerpo hacia donde yo estoy, y sus manos abrirán tus dos brazos para que los extiendas…tu tórax…para que siempre se inflamen de mí, su corazón esté trabajando, latiendo, moviéndose por mí……esa espalda, ese lomo…para que siempre tengan fuerza para cargarme…para trabajar para mí…para nosotros…esa cintura para que siempre esté en movimiento…hacia mí… y ese abdomen para que siempre tenga vida y esté lleno de ella para que tenga algo que acariciar…no que puros huesos – esto lo dirá sonriendo – y el ombligo – y sentirás sus dedos, su mano y un dedo que limpia tu ombligo – la línea de la vida original - , para que lo lave del pecado original…tu cadera, tus nalgas para que tenga algo dónde inyectar y tus piernas –las abrirá en compás – para me sostengas  cuando te abrace y cuando estamos unidos pro el amor…le verás que se arrodilla, que se coloca en cuclillas y sentirás cómo sus dedos van enjabonando tus dos pies y sus dedos abriendo cada uno de tus diez dedos de los dos pies…y al terminar, sus manos llenas de jabón, y con el jabón, tomarán tu pene, tus testículos y lo llenarán de jabón…sentirás sus caricias, su ternura, su cuidado al hacerlo y escucharás que dice…te baño porque te has portado bien…para que siempre estés dispuesto y me hagas muy feliz y me sienta mujer completamente…y lo sea una y mil veces…porque siempre se porte bien…muy bien…y cuando termine…sentirás sus manos que te colocan bajo el chorro de la regadera…no te soltará de tu miembro y con una mano te irá quitando la jabonadura…cuando estás limpio…sin jabón alguno…le dirás…

- Ahora me toca a mí…sé niña buena y bonita y permíteme bañarte… te entregará el jabón y con él en mano...empezarás por colocarla bajo los chorritos de agua de la regadera y con las dos manos untarla, llenarla de jabón...te hincarás y pondrás uno de sus pies en una pierna tuya y lo lavarás suave y delicadamente; abrirás los dedos de su pie izquierdo y meterás tus dedos en sus espacios; al terminar te dirigirás a las plantas de su pie y lo llenarás de la espuma y de las  burbujas de jabón...le harás cosquillas y con suavidad acariciarás su tobillo e irás subiendo lenta, de rodillas su pierna para darle masaje a toda su extremidad y, acariciando, llegarás al muslo y sentirás en tu pie, en tus manos, toda la línea curva de su muslo...sentirás su dureza muscular y su suave grasa acariciable; al terminar, bajarás su pie y lo cambiarás pro el derecho y harás lo mismo, con la misma calma , suavidad y delicadeza...ella estará callada, deteniendo su sonrisa, pero dibujándola...al acariciarla con el jabón te darás cuenta de su excitación, controlada, pero sensible; al terminar con sus dos piernas, le darás vuelta para que su cadera y su espalda estén frente a ti...con el jabón pasarás una y otra vez sobre la arena de su piel y sentirás, al llenarla de burbujas, de espuma del  jabón, hormigas submarinas que te llenan todo tu cuerpo y los aleteos de las mariposas regresar; haciendo casita con una palma de tus manos llenarás de jabón una nalga y te detendrás en su curvatura y la cachetearás con delicadeza; harás lo mismo con la otra nalga y después tus manos, deslizándose de rodillas, se resbalarán sobre la duna del desierto que es su cintura, su cadera, su espalda, su tórax y su cuello y los llenarás de jabón, de burbujas, de espuma...extenderás su brazos y le lavarás los dedos de una palma, su brazo y antebrazo y harás lo mismo con el otro…cuando termines, acariciarás su cuello y con una mano tuya lo llenarás de jabón y le darás masaje a la columna vertebral y a sus lados…al terminar, tú, ya de pie le harás darle un medio giro e iniciarás a lavarle el frente, enjabonando su corto pelo, su frente curva y pequeña, sus ligeramente salidos pómulos, sus dos cejas, le cerrarás sus párpados y llenarás de espuma las cuencas de sus ojos, cejas y pestañas y acariciarás su aguda, pero mediana nariz y te dirigirás a los labios de su boca y con tus manos llenas de jabón lo irás dejando, untando, suave y delicadamente sobre sus labios y sobre su pequeño mentón, ligeramente agudo…no olvidarás sus dos orejas y llenas de jabón las palmas de tu mano lo dejarás sobre los pabellones y con uno de tus dedos le limpiarás el anal auditivo…al terminar irás dejando con suavidad jabón, espuma y burbujas sobre el pecho y su naciente cuello para dejar un manto de nieve sobre cada uno de las cimas de sus senos y su pasita de chocolate; acariciarás sus senos y los masajearás con suavidad, con ternura, con delicadeza y sobre la parte curva inferior dejarás más jabón y más espuma…dejarás que el jabón se deslice y llegue hasta su abdomen y te detendrás en el cráter del volcán que es su ombligo y lo llenarás de jabón y lo limpiarás con tus dedos…la espuma correrá hacia abajo y tú la seguirás hasta llegar al vello de su zona pública…ahí te detendrás y la llenarás de jabón…harás espuma, burbujas al frotar todo con tus manos...siguiendo el hormigueo y aletear te llenarás de jabón e irás lavando labio a labio todo su sexo y te detendrás un poco más, más de lo pensado, pero es que en esos momentos ya no piensas, sólo quieres calmar ese hormigueo que tienes y apaciguar ese aletear de mariposas…ella colocará sus manos en tu sexo, en la bolsa de tus testículos y buscará tu cabeza para entregarse, abandonarse, en un beso intenso, largo y húmedo…sentirás el beso y querrás ir más allá, pero ella no te lo permitirá…no te soltará de ninguna de las partes en las que está unida y así permanecerán bajo el chorro del agua…limpios de jabón, de espuma y de jabonadura, seguirán unidos por la piel de las bocas y por las manos…los dos sentirán correr ya no agua, sino lava y querrán enfriar ese ardor, calmar esa avidez, matar esa hambre y quitarse ese frenesí…te irá soltando poco a poco y, haciéndote a un lado, se colocará bajo el agua, se quietará todo el jabón y luego te colocará a ti bajo el chorro del agua…te dirá, así como si nada…

    - Beto, sé bueno…termina de bañarte, te sales y preparas las copas con el vino blanco…¿quieres? No te queda otra más que decir…

    - Sí…Sun. Así lo quieres…así lo haré…ella, ahora como mamá, te llenará de jabón todo Tu cuerpo, sin detenerse en ningún lado, te pondrá bajo la regadera y te limpiará de jabón…cuando ya estás escurriendo pura agua, te dirá…

    - ¡Listo!, y saldrás de la zona de la regadera…tomarás una toalla, te secarás y al terminar te la anudarás en la cintura y prepararás las dos copas, llenándolas de Freixenet, aun un poco frío…escucharás que ella tararea una melodía…Mil Noches…oirás que recorre el cancel del baño y buscas su toalla para extendérsela; lo haces al salir ella y se secará y cuando termina, también se anudará la toalla en el pecho y le entregarás su copa con el vino color ámbar…ambos de pie…extenderá el brazo en el que tiene la copa y ofrecerá el brindis…

- Por esta vida… ¡Salud! Y contestarás, mecánicamente…
- ¡Salud! Y tomarán un trago…
- ¡Por este tiempo!...y volverán a tomar otro trago
- ¡Que sea como tú lo deseas!... ¡Salud!
- ¡Por nosotros!...¡Salud! y nuevamente paladearán un traguito más
- Y por los que estén con nosotros…¡salud!...hasta agotar el contenido de las copas...tú

diligentemente llenarás las dos copas y dejarás en su mano la copa con el licor frío…dirás

- ¡Salud! Y te tomarás todo el vino de un solo trago y ella hará lo mismo…dejarán las

copas cerca de la botella y se buscarán los brazos y al encontrarse sus bocas estarán frente a frente y se ofrecerán en un beso toda la pasión detenida, toda el hambre no saciada, toda la sed no calmada, todo el frenesí suspendido y todo el ardor de las hormigas y aleteo de mariposas sosegadas por el agua…tus manos desanudarán su toalla y al liberarlo, su cuerpo estará limpio, fresco, total ahí frente a ti…una de sus manos liberará el nudo de tu toalla y al caerse dejará todo su cuerpo a tu alcance y dominio…sus bocas se abrirán y se comerán una a la otra; los labios se atragantarán de los otros labios y las lenguas se anudarán…sus manos te buscarán sexualmente y al encontrarte, te tomarán entre sus dedos y te acariciarán con ardor, con gula, con pasión…tus manos, inicialmente aprisionarán su cabeza y la apretarán hacia la tuya y cuando están fundidos en el beso, se colocarán, una en su espalda, en su cintura, en sus dos nalguitas levantadas  y la otra ya estará acariciando su capullo, el brocal del pozo, del oasis que calma tu sed, que seca tu fuego…en forma natural, tocarán con sus piernas el larguero de la cama y suavemente se dejarán caer sobre la colcha…escucharás que te dice al oído…

-	Cómeme, disfrútame…estamos limpios, sin sal, sin arena…quiero que me comas, que me lengüetees, que me disfrutes con tus labios, con tu lengua, con tu boca…por eso hace un momento no acepté, aunque lo deseaba, que siguieras más allá…este es el momento que deseo…soy tuya…tómame con tu boca, con tu lengua, quiero sentirla, sentirte…sin soltarte, ella girará un poco y se colocará cerca de tus pies y sus rodillas quedarán más debajo de tu  pecho y su sexo frente a tu boca e irás, con tus labios, con tu lengua,  acariciando ese jardín suave, limpio, húmedo…lo recorrerás con la lengua, con la boca e irás dejando en sus labios vaginales un poco de tu deseo, de tu gula; con una de tus manos irás abriendo camino para tus labios y chuparás y lamerás y meterás la lengua tan hondo como te es posible y probarás el mamey de su alma y sorberás el néctar del chico zapote de su jardín…sus manos te tendrán bien agarrado, como si fueran unan tuerca, una enredadera…te acariciarán, te masajearán, te apretarán, te recorrerán hacia adelante, hacia atrás…y cuando tu miembro inicie su lagrimeo ella te llevará a sus boca y sólo escucharás unas palabras…

- 	¡Qué rico! Y con un poco de lentitud te irá llevando hacia el fondo de su garganta y su 
Boca, sus labios y su lengua empezarán con su succión, su chupa que chupa con calma…sentirás su lengua cómo se entretiene con sus pasadas, como si fuera un helado, una chupaleta y sus lengüeteos seguirán uno y cincuenta veces más…sus succiones te llevarán hasta el fondo… y lo retirará y lo regresará hasta el fondo…tu boca no se llenará de sus labios vaginales, ni tu lengua, que la recorrerá y aprenderá toda su geografía, todos sus colores, todas sus humedades y todos sus sabores…sentirás en tu boca sus arqueos y ella tendrá en sus manos, en sus labios, en su boca, la urgencia de tus hormigas y la intensidad del aleto de las mariposas…te apretará mucho más…te sacará de tu garganta…sin soltarte y tú detendrás tu búsqueda de nuevos sabores, de nuevas humedades y de desconocidas sensaciones…ella buscará tu cabeza y al encontrarla, con suavidad te separará de su abdomen, de su vagina y te jalará hacia arriba…te soltará, te dejará por un instante y horizontal como estaba, ahora girará para colocarse frente a frente, cara con cara y piernas co0n piernas…oirás que te dice…

- 	Beto…hazme tuya…aquí estoy…y con sus manos te llevará hacia ella y tú abrirás sus 
Piernas y las suyas quedarán en compás esperando tu cuerpo envuelto en su piel…ofrecerá su boca, abrirá sus labios para que se ajusten los tuyos y al recibirte, su lengua se anudará a la tuya y se unirán en el embalse de sus salivas…irás sintiendo cómo se va relajando…acomodando tu posesión y al estar dentro de ella, muy dentro, sus piernas se anudarán a

tu cadera, a tus nalgas y te llevarán hacia ella en un constante ir y venir, salir y entrar…sus bocas seguirán luchando por estar unidas y por vencer, una a la otra…sus manos estarán colocadas, una en tu cabeza y la otra en tu espalda y las tuyas, unidas las dos, estarán debajo de sus cuerpo…en sus nalgas y las subirán, la elevarán hacia ti, para que al ritmo de la pasión, la penetración, la posesión sea total…estarán unidos en un nudo que únicamente el relámpago de la explosión tuya y del temblor suyo,  podrían terminar…no habrá jadeos, pues las bocas estarán empeñadas en una batalla en la que no importa vencedor…tú vivirás sus movimientos previos a su temblor corporal…sentirás cómo, en un instante, su piel, toda arena, toda dunas, se va  cambiando a piel de gallina y sabes que el arco está muy tenso, muy estirado y que la flecha  ha salido de muy dentro y que está apunto de soltarse…calmarás tus movimientos…tus manos ya no la impulsarán hacia arriba y ella te demandará con sus manos, que te apretarán más y más hacia ella…responderás a su exigencia y tus manos, nuevamente regresarán a su trabajo de elevar su pubis hacia el tuyo y la penetración continuará hacia adentro, hacia afuera y la posesión seguirá sin parar, hacia un lado, hacia el otro…el arco de cada cuerpo será tensado más y más y la cuerda se resiste a soltar la flecha…pero el arco ya no puede estirarse, jalarse más…la cuerda da su último instante de tensión y la flecha sale del arco, se libera de la cuerda y sale…un borbotón  del manantial cálido te baña…y una explosión de espasmos acompaña a las gotas, a los chorritos de esperma que le entregas, que le dejas dentro de su vagina…sentirás sus movimientos, sus contracciones y después su relajación, cómo su piel se irá normalizando…sus músculo que aprisionan tus piernas se irán aflojando y sus brazos se irán debilitando al apretarte hacia ella y su boca se irá suavizando, cerrando, regresando su lengua y cerrando sus labios…tus brazos quedarán bajo su piel …irás dejando sus nalgas sobre la cama y su sexo, aunque te retendrá, se irá calmando poco a poco, sentirá, y tú también, cómo vas regresando a tu tamaño normal, después de haber regado su jardín…y sentirás cómo el ritmo cardiaco y la temperatura de los dos, se va normalizando, apagándose…quedarán los dos callados, en silencio…pero unidos por la piel, por las manos y sus cuerpos estarán uno al lado del otro…estarán callados por varios momentos...nadie hablará……en algún momento ella dirá…

- Beto…mi Beto…es hora de dormir…mañana será un día muy largo y tú manejarás todo el

viaje de regreso…así que a dormir, como niño bueno…y diciendo esto, buscó la sábana y cubrió los dos cuerpos…se acomodará una almohada, la golpeará con una mano y colocó su cabeza y hasta entonces te tomará de la mano y así, unidos por el tejido de los dedos de ambas manos, se irá durmiendo; afuera los ruidos de la noche, del mar y del hotel están callados, menos el imponente rugido del mar, al bramar y estallar, rompiendo la ola…todo es penumbra, es la noche ya…unido a ella, te irás durmiendo, no sin antes verla y escucharla que está roncando…su ronronear es muy suave y ves en su cara una tranquilidad tan natural, pues no hay nada que rompa la quietud del momento…te dormirás unido a ella…despertarás muy temprano…verás que aun no llegan las luces de la mañana, escuchas los ruidos del hotel, nada…ninguna voz, ni un paso…nada…ni el canto de las aves del trópico, sólo los ruidos del mar y su sonsonete que arrulla…ella está dormida…decidido, con tus labios le acaricias el oído, la oreja y con una de tus manos le tocas el pelo y le acaricias su colita de caballo…ella se mueve y entonces la besas; abre los ojos y te dice…

- ¡Beto!... ¿Qué haces? Es muy de madrugada…

- Sí…discúlpame…pero te deseo…le dirás y buscarás su boca…

- ¡Me sorprendes!...aunque no tanto…eres muy goloso…tragoncito…Responderá a tu beso

y su boca, con sabor a sueño recibirá la tuya y sus labios se abrirán para que tomes posesión e invadas su garganta, su lengua y nades en su saliva…tu cuerpo ya estará sobre ella y tus manos acariciarán su desnudo cuerpo…el beso será un poco largo pero sí muy intenso, muy húmedo, muy cálido…pero liberarás su boca…tus labios recorrerán la piel de su cara, de su garganta, de su cuello y caminando con suave lentitud reaprenderás su pecho y te detendrás en su pecho y lo recorrerás todo a lo largo y a lo ancho…deteniéndote en las lomitas de sus senos y te llenarás de ellos…tus mano estarán en su cuerpo, en su abdomen y llegarán al capullo que guarda el brocal del pozo del deseo, de tu oasis y junto con tus labios en sus pechos, los masajearán suave, rítmicamente y hasta frenéticamente….ella colocará una de sus manos en la parte de atrás de tu cabeza y la presionará hacia ti y su otra mano te encontrará y reaprenderá  tu sexo, su tensión, su extensión, su dureza y recorrerá su piel y la hará hacia adelante, hacia atrás, , lo masajeará una y otras veces como tú acaricias su gatito…naturalmente ella abrirá sus piernas, tú detendrás la caricia de su sexo y estarás expectante…su mano te llevará hacia ella y con tus manos libres, las colocarás bajo sus nalguitas y te ofrecerá su gatito para que lo tomes, lo alimentes y lo poseas…erguirás tu cabeza…ella te anudará con sus piernas, colocándose en tus nalgas…así, sacarás tus manos, liberarás tus manos, tomarás las dos manos y las extenderás y así, clavada del centro y con tus manos en cruz, ella estará crucificada…antes de besarla, de poseer su boca, en su oído, muy suave, muy quedito… le dirás…

- Sun…deja que yo haga todo el trabajo…amor, por favor…Te dirá

- Nada más porque dijiste amor, estará quieta, dejándote trabajar…para nuestra

satisfacción…abrirá poco a poco su boca y sus labios te irán recibiendo detenidamente y al sentirte, te aprisionarán, te devorarán…se comerán todos tus labios, toda tu lengua y te incitarán a que nades en la alberca del deseo formada por la saliva de los dos…tú, unido a ella por la piel, por la boca, por las piernas, que te anudan, por su sexo que te cubre, que te cobija, que te aprisiona…continuarás con los movimientos de posesión…entrarás y saldrás…de dominio…te detendrás y continuarás casi inmediatamente y de placer… te sumirás más en su cuerpo, hasta fundirte  en ella, clavarte en ella…ser un solo cuerpo…tus manos la apretaran más y más…sentirás en tu cuerpo la tensión, el calor, el furor, el frenesí  de ella y en tu boca, el hambre, el deseo y la pasión del momento…seguirás tensando el arco…vivirás cómo la flecha se va aferrando a la cuerda y sentirás su calor, su tibieza bañar tu sexo y cómo su piel se pone como de gallina…entonces tú te meterás aun más en su cuerpo, la clavarás todavía más y tus manos la apretarán mucho más todavía y al sentir que ella está respondiendo al máximo, tensarás un poco más los arcos y las cuerdas de los dos…los dos se soltarán y saldrán las flechas de los dos y darán en el blanco…en tu sexo sumamente excitado sentirás que te baña una sensación de tibieza, una ola caliente  cubre tu sexo y una borbotón sale de ti y la alimenta, llenándola…las flecha dieron en el blanco…liberaron toda su energía, todo su placer y saciaron su hambre…en ese momento…te soltarás de boca y le dirás…

- ¡Buenos días, Sun!    Ella estará callada…moviéndose suavemente y los dos cuerpos se

llenarán de ligeros movimientos para quedar quietos y los dos sexos se comunicarán su satisfacción…

- Bueno días…te dirá, finalmente…unidos estarán los dos, juntos, uno sobre el otro, tú

sobre su cuerpo…ella callará y así seguirá por un poquísimo tiempo…sentirás cómo todo tu cuerpo se va inhibiendo…vas recuperando tu calor natural y su piel ya no es de gallina…sonreirá para los dos y tú te irás resbalando de su cuerpo para quedar a su lado…escucharás que dice…

- Déjame disfrutar estos momentos antes de levantarme…dormiré unos minutos más…por favor, préstame una toalla…te levantarás y le entregarás la toalla…la tomará y se la colocará entre las piernas…

- Yo haré, también lo mismo…intentaré echarme un coyotito…y los dos se callarán y

tratarán de dormir, cubriéndose con la sábana…cerrarás tus ojos y tratarás de dormir, pero no podrás, así que te levantarás, te pondrás playera, traje de baño y sandalias y, toalla y llave de la habitación en mano, saldrás de la habitación…saldrás del hotel y te dirigirás hacia la playa; jalarás hacia la playa un camastro y ahí dejarás tu playera y la toalla y caminarás a lo largo de la playa que queda a tu izquierda…supones que aun no son las seis de la mañana…no hay ruido alguno…ni aves del trópico que busquen alimento o que rompan la rutina del paisaje…sólo el mar solo…y su repetido, rítmico y sonoro ruido del mar…sobre la penumbra se nota el ir y venir de las olas del mar que deja en la orilla, en la playa, su listón, su encaje de tul, de espuma…caminas y caminas casi diez minutos y regresas, dando media vuelta…casi vas pisando tus propias huellas…al llegar a donde está el camastro con tu ropa y toalla, decidirás meterte al agua y darme un último chapuzón de agua, arena y sal…te zambullirás hacia la larga alberca, abriendo la boca, jalando aire y escurriendo agua y arela, saldrás y repetirás, diez, quince o más ocasiones, el mismo movimiento…te cansarás y entonces nadarás libremente hacia un lado, hacia el frente y te regresarás en estilo de dorso…luego bucearás un poco y regresarás a nadar en estilo libre y de dorso y al estilo de buzo…irás viendo cómo la luz va alejando las sombras y llenando todos los espacios…te quedarás lelo viendo el color del agua del mar con los primeros rayos del sol y absorto, mudo ante la natural maravilla que disfrutas, estarás un momento quieto y casi inmediatamente regresarás a nadar y bucear…ya con bastante luz, decidirás regresar a tu habitación…te saldrás de la playa, tomarás tu toalla y playera e irás a la regadera…te limpiarás de arena y sal y saldrás del cuadro de la regadera y al salir, te irás secando; llegarás a la habitación casi seco y entrarás en silencio…ella seguirá dormida…decidirás bañarte y rasurarte y sin mucho ruido te meterás a la regadera, pero primero te afeitarás; te enjabonarás la cara y usarás el rastrillo y hasta que sientes tu piel sin una sensación de pelo, te quitarás el jabón con el agua del lavamanos…cuando estás a satisfacción, te meterás en la regadera y, bañándote, musitarás el tono y sonsonetes de la melodía interpretada por el Nelson Ned…"La historia de este amor se escribió para la eternidad…sólo se puede ser feliz en la vida, cuando se entrega el corazón" y la de Leonardo Fabio…"Amor de Estudiante"…Amor de estudiante…ya se terminó, oh, oh, oh…volverán otros veranos…volverán otros amores, pero en mí vivirá, este amor de estudiante, mi primer amor….después seguirás con otra, del mismo Leonardo Fabio…fuiste mía un verano, solamente un verano…tararará, tararará…tararará… solamente un verano …terminarás de bañarte, casi en silencio saldrás de la regadera y te secarás…entrarás a la recámara y verás que ella ya se está despabilando…verá que estás bañado…te dirá

- Ahorita me baño… ¿cuánto tiempo estuve dormida?
- Como una hora o un poco más… ¡Qué importa!
- Me bañaré y acomodaré mi maleta para desayunar e irnos… ¿De acuerdo?
- Sí…en lo que bañas, arreglaré mis cosas, iré a llenar el tanque de gasolina y a que

revisen los niveles del auto…me llevaré la llave…si tardo y tú ya terminaste de arreglar tus cosas…nos veremos en el restaurante…

- Te esperaré…localizarás tu maleta y tu ropa sucia  y la irás llenando con tu ropa, junto

con tus  utensilios personales; cuando revisas que no queda nada tuyo fuera, la cerrarás y saldrás, llaves en mano,  de la habitación, hacia la zona de las palmeras; abrirás el auto y saldrás hacia el pueblo de la Placita; en la única gasolinería, pedirás que llenen de gasolina el tanque, revisen niveles y la presión del aire de las llantas; verás que hagan todo tal como lo indicaste; te informarán cuánto es por todo, pagas y regresarás al hotel…estacionarás el Jetta y entrarás en la habitación…ella, ya bañada y vestida para el viaje — ropa ligera y  de colores suaves, más sandalias, una peineta para la cola de caballo y un sombrero-gorro de tela, color caqui,  para el sol - está por terminar de guardar sus cosas, sólo le faltan sus cosas de maquillaje…te sonríe cuando entras y te dice…

- ¡Ya voy, ya voy!...
- No hay prisa alguna…es muy temprano…

-   Pero hay que desayunar...

-   Y lo haremos fuerte, porque pararemos hasta Colima para que veas la cuestión de los

centros comerciales y saldremos rumbo a Zamora, a donde llegaremos cerca de las tres de la tarde y comeremos en El Quijote...un pollo a la naranja... ¡Para chuparse los dedos!...Bien, bien...verás que ya terminó y te dirá...

-   ¡Lista!...dejará todo sobre la cama desarreglada y se acercará a ti, te tomará del brazo y

te dirá... ¡Cuando tú lo dispongas!

-   Siendo así...pues, vámonos...dirás, aceptando el candado de su piel, envuelto en la

caricia de sus dedos, de su brazo...saldrán de la habitación, la cerrarán y se enfilarán hacia la izquierda, en cuyo fondo está el restaurante...ella elegirá la mesa, frente al matutino mar; le ayudarás a sentar su delgado cuerpo, retirándole su silla y después, al intentar sentarse, acercársela a su cuerpo; se acomodará y hasta entonces te sentarás a su derecha, para tener el mar al frente...verán que llega el mesero con las cartas en mano y se las ofrecerás...

-   Gracias, dirás...ella leerá la suya y pedirá...

-   Me sirve, dirá ella, por favor, jugo de naranja, plato con fruta, preferentemente sandía y

mango; café negro y vaso de leche, con pan de la región y un trozo de cecina, asada, fresca, y queso fresco de la región y pocos frijoles negros, refritos, tortillas calientes y de maíz y el agua de un coco, de media cuchara…como te corresponde a ti ordenar…te escucharás decir…

- Por favor, jugo de naranja, plato pequeño de mango en rebanadas y leche fría de la región y un poco de plátanos y camote cocidos y con azúcar; huevos con chorizo, frijoles refritos, negros y un poco de queso fresco, más tortillas de la maíz y otro coco de media cuchara…verán que anota y escucharás que dice…

- En un momento prepararemos sus órdenes y estarán con ustedes…y se retirará…oirás su voz…

- ¡Qué Bárbaros somos!

- ¿Por lo que vamos a disfrutar? Preguntarás y continuarás el diálogo…

- No…por lo que hicimos…

- ¿Qué hicimos?

- ¿Ya no te acuerdas?

- ¿Lo que hicimos sexualmente?

- Sí…eso… ¡tanto exceso!

- ¿Te duele algo? ¿Te pasa algo raro? ¿Ves mal, se te dificulta la visión? ¿estás rosada? ¿Tienes urgencia para ir al baño?

- No…nada de eso…estoy muy tranquila, feliz y disfrutando de todo…

- Entonces…no hay exceso…si lo hubiera, te, nos sentiríamos mal, pero no es así… además…

- Además, ¿qué?…te interrumpirá…antes de contestar…llegarán dos meseros e irán colocando los jugos y los platos con fruta; de sandía y melón para ella y de mango para ti, así como el café negro, la leche para los dos, el pan y el plato con camote y plátanos cocidos…

- La alimentación que disfrutamos nos reponen lo que gastamos, que se suman a las
reservas naturales que tenemos en nuestro organismo…así que…disfrutemos este momento, estos platillos, el mar y el paisaje, porque ¡Quién sabe cuándo volveremos juntos!

- ¡Pronto, ya verás! Bueno, sea lo que sea…lo haré, lo haremos y verás que inicia la
preparación de su café con leche  y que paladeará su jugo e irá cortando las piezas de sandía y melón en pequeños pedazos para llevarlos a su boca; cuando los termina, endulza su café y  aspira su fragancia y con deleite disfruta la infusión; verá que tú harás los mismo y que cortarás el camote y el plátano cocidos y que los acompañas con pequeños tragos de la leche entera de vaca; cuando termina, ya estarán los meseros con los platillos de su almuerzo…la cecina para ella y los huevos con chorizo para ti…todo — tortillas, frijoles, queso, salsas y demás - lo acomodarán frente a ustedes y se retirarán…disfrutando de esos preparados conversarán del mar, de las aves que vuelan sobre sus olas y de sus vuelos para tomar del mar su alimento; ella te hará notar lo transparente del día, de las ráfagas del aire y la brisa marina que llega hasta donde están ustedes…verán pasar a mujeres y jóvenes que pasan con cestos para colocar los chapos-cangrejos de playa  y se notará a lo mejor, en mar abierto que pasa un barco…no hay nadie en la

playa…las olas seguirán dejando su beso de espuma, de algodón y de burbujas sobre la playa…

- ¡Qué sabrosa y suave está la cecina! Escucharás que dice…

- Celebro que te agrade, dirás como respuesta y continuarán los dos disfrutando ese

momento los dos viendo el mar, la playa y sintiendo el cálido aire de la tibis mañana…terminas tu platillo y tomarás un poco de frijoles y le agregarás una porción de queso fresco y la paladearás, hasta su término y lo acompañarás con tragos del agua de coco; esperarás que ella termine y cuando lo hace…preguntarás…

- ¿Deseas algo más?

- Sí…que brindemos con el agua de coco… ¿Por qué no? Te verás tomar el coco y sabrás

que ella está haciendo lo mismo…los llevarán hacia su boca y dirás…

- Sun…por nosotros

- Y por los que estén por nosotros… con el popote tomarán un largo trago y

sonreirá…volverá a llevar su coco a su boca y repetirá su brindis…

- ¡Por nosotros! ¡Y los que estén con nosotros!...Acompañarás su brindis con el tuyo y te

lo terminarás hasta el fondo…ella hará lo mismo, pero no se moverá…expectante le dirás…

- Cuando tú quieras…pedirás la cuenta y al traértela verás el total, lo pagarás y regresarás a poner atención a ella y le preguntarás con los ojos….ella te dirá…

-    Déjame disfrutar de estos momentos viendo
     este mar y sintiendo este clima y este sol…
-    Cuando tú lo indiques…la verás y te sentirás
     muy satisfecho, muy hombre…notarás que
ella cerrará sus ojos, que aspirará el aire, la brisa  del
mar y extendiendo sus brazos los levantará…será un
instante…pero es muy tuyo, y muy tuya…al abrir los
ojos te verá frente a ella y te dirá…inolvidable e
incomparable…hará movimientos que indicarán que
está por levantarse; te acercarás y le retirarás su silla
para que pueda salir con comodidad; sale y te tiende
su mano; la tomarás y la anudarás con la tuya y
avanzarán hacia  la habitación…al llegar, abres y
entran en ella…ella te buscará con sus labios y
aceptarás el beso que te ofrece…el beso será dulce,
radiante, intenso y ardiente, como dice Fernando del
Paso que debe ser el café…la abrazarás con tus dos
brazos y una de tus manos buscará su espalda y la
otra su nalgas y al sentirlas, meterás tu cuerpo en el
tuyo…tu boca, será devorada por su boca y sus
dientes morderán tus labios y tu lengua…no te
quejarás, aceptarás la ofrenda y el sacrificio y ella la
posesión de su cuerpo y el dominio sobre él…sentirá
tu miembro excitado y aceptará el roce…abrirá su
piernas y tú entrarás todo tu cuerpo e intentarás
llevarla a la cama, pero ella te detendrá…
-    Espera…ya    no…se        nos        hará
     tarde…espera…por favor…te  conozco…me
     conozco…nos
Conocemos…no somos de un rapidín…allá en
casa…en Morelia…espera… y esperarás…separarás
tus labios de su boca y tu mano de sus nalgas…el
mundo volverá a la verticalidad…sueltos de cuerpos

y manos…ella se sacudirá su ropa y se pasará sus manos pro su pelo corto… y te pondrá un dedo en tu boca…

-   Anda…ya vámonos…anda y paga la cuenta del hotel, en lo que termino de arreglar mis

cosas y voy al baño…sonriendo la liberarás y te encaminarás hacia la salida y directo a la oficina de la administración del hotel…pedirás tu cuenta, que no debes nada, pues pagaste por depósito bancario, pero por si existía algún gasto extra; te informan que todo está en cero, bien y desean que tengas buen viaje y regreses pronto…informarás que dejan la habitación y entregarás la llave; regresarás a la habitación y sabrás que ella está en el baño y todas las maletas listas…dos de ella y dos tuyas – una grande y una chica, de mano -; esperarás que ella salga y cuando sale, frotándose las manos, te sonreirá…y dirá…

-   ¿Listo?

-   Sí, responderás mecánicamente…y tomarás las dos maletas grandes y una chica y te

enfilarás hacia la puerta…caminarán hacia las palmeras; abrirás la cajuela, depositarás en su interior las maletas que llevas  y le abrirás su puerta y se la cerrarás…abrirás la puerta de tu lado, le entregarás su maletín de mano, te sentarás, cerrarás la puerta,  te pondrás el cinturón, bajarás el cristal y encenderás el motor…escucharás su ronroneo, como gatito y maniobrarás para enfilarte hacia la carretera; rodarás el corto camino de terracería lleno de palmeras y al llegar al entronque te detendrás para ver el tráfico si permite meterte al arroyo de circulación; lo haces y empiezas a rodar rumbo a Coahuayana…ella iniciará plática; de hecho, un monólogo…en lo que recorres la distancia te hablará de su familia, de su señor padre, ya fallecido, de su madre y de sus hermanos y hermanas…su lugar de trabajo, los miembros de familia de cada uno y así…llegarán a los límites con Colima  y se dirigirán hacia Tecomán…seguirán por la carretera de cuatro carriles – dos para cada sentido – y como van siguiendo en paralelo el litoral del Pacífico, van sintiendo la brisa matutina del mar – son menos de las nueve y media de la mañana…no pararán continuarán hasta Colima; al circular por la autopista  entre Colima y Manzanillo, seguirán pro la autopista panorámica del Pacífico y el aire que entra por tu ventanilla refrescará todo el ambiente y  agitará su pelo corto…pararán en un tendido donde venden sal, fruta y cocadas y ella se bajará y escogerá dos o tres paquetes de sal en grano, de mar, y cocadas…pagarás las compras y ella te dirá, sin necesidad de justificación…

- Para la familia…

- Me parece magnífico…regresarán al auto y reiniciarán el viaje…en unos treinta minutos entrarán a la zona de los distribuidores viales y, alejándote de los indicadores del centro,  seguirás tu camino rumbo a la zona del centro comercial en desarrollo que tú conoces y al llegar ahí te bajarás y le abrirás la puerta para que ella baje…lo hará y los dos, unidos de la mano, verán los locales, su construcción, su superficie, los espacios, los ramos comerciales que se  ofrecen  y  los  desarrollos  comerciales-gastronómicos  existentes y en servicio, los costos, las direcciones  para  información,  el  movimiento  de visitantes y para mater un poco el tiempo y ver su flujo de demandantes – media mañana – nos acercamos a un kiosco a ver las revistas y pedir una fruta picada y un helado dulce…cuando estuvo satisfecha y después de cargar varios folletos informativos se dio por complacida, cerca de las doce del día, y regresamos al Jetta; como es usual, le abrirás la puerta de su lado, entrará, cerrarás y entrarás a tu lado y cerrarás, te pondrás el cinturón de seguridad y encenderás el motor y maniobrarás para salir y retomar la carretera que te llevará hacia las salida…ya para salir de la zona urbana y urbanizada, te pararás en La Gota de Miel y, al abrirle la puerta de su lado, le pedirás que baje; al hacerlo, se dirigirán hacia el mostrador y pedirás dos paquetes de un kilo cada uno, del dulce de arrayán con tamarindo y otros dos paquetes de cocadas de alfajor de coco, natural, sin colorantes y otros dos kilos de cocadas frescas…te entregarán todo lo pedido, pagarás y le entregarás sus cosas y tus cosas…ella los colocará en su maletín de mano y tu sobre el asiento trasero…encenderás el motor y continuarás el viaje…al rodar, ya en la carretera, ella retomará su charla y ahora te hablará de su vida laboral…su paso como jefe de departamento, su vida política sindical, sus relaciones con los miembros de la cúpula sindical seccional, su formación político sindical, trabajo como supervisora de educación extraescolar, sus años de servicio en ese nivel y las escuelas dentro de su jefatura, algunas experiencias administrativas y sindicales, su proceso de jubilación y sus actos de despedida y lo sentimental que estuvo, pero su resignación para aceptarlo…en toda su charla el Jetta rodaba pro la autopista que une Colima con Guadalajara y pasamos los maravillosos puentes de la barranca de Atenquique y nos enfilamos hacia el entronque de ciudad Guzmán, mera zona cañera y maderera; nos quedó a un lado – izquierda - el Nevado de Colima y seguimos rodando para entrar a la zona de los ingenios  de Tuxpan, y Tamazula, Jalisco para ir entrando poco a poco a la zona forestal y fría de los límites con Michoacán: Mazamitla, Tuxpan y San José de Gracia…estábamos a dos horas y media  de Zamora; eran como las dos de la tarde, todo transcurría como se había pensado…sin que me lo preguntara le informe…

- No paramos aquí porque deseo que pruebes el pollo a la naranja que preparan en ese Restaurante…para mí está muy bien…

- Como tú digas…yo voy bien…aun no tengo hambre…Y seguirán rodando; bajarán toda la montaña de San José de Gracia, Abadeano, hasta llegar a la desviación para Pihuamo y Sahuayo-Jiquilpan…bajarán sin contratiempo alguno y entrarán a la gasolinería que une Jiquilpan con Sahuayo…en lo que llenas el tanque, ella bajará para ir al baño; pagarás el consumo y la esperarás…llegará, le abrirás su puerta y la cerrarás, entrarás a tu lado, te colocarás el cinturón y cerrarás la puerta y encenderás el motor; te meterás en la glorieta para tomar la libramiento de Jiquilpan y ya en él, rodarás para entroncar con la carretera a Zamora…el  casi monólogo suyo continuará  y tú la escucharás, mas en tu mente traerás el sonsonete de la letra de la canción de Leonardo Fabio…Fuiste mía un verano…solamente un  verano…tralalalá….tralalalá…solamente  un verano y Santiago Tangamandapio y te quedará abajo, a la izquierda el valle de Chavinda y poco a poco te irás acercando a Jacona para entrar, y a su término-inicio del bulevar Zamora-Jacona estará el restaurante Don Quijote…serán pasaditas  las cuatro y media de la tarde; estacionarás el auto en el espacio empedrado y al apagar el motor, bajarás e irás a la puerta de su lado para abrirla y ella pueda salir; lo hará y te tomará de una mano para, así,  enlazados entrar al área del restaurante…lo encontrarán casi vacío, por la hora y porque es jueves, media semana; un mesero los verá y los conducirá hacia una mesa que da al ventanal de la carretera…le acomodará su silla, ella se sentará y tú te sentarás frente a ella…el mesero  les entregará a cada una carta menú…te dirá….

-   Voy al baño a lavarme las manos y otras cosas…pídeme un aperitivo sencillo…el mismo

mesero le retirará su silla para que salga; lo hará y después de que el mesero le da las indicaciones para llegar a los sanitarios, se retirará…le pedirás una cerveza Bohemia, fría…Tú pedirás lo mismo y como botana orden de raíz de chayote, papas cocidas, rebanadas,  fruta picada, todo aderezado con ese polvo de chile negro tostado que es típico de la región…el lugar no ha cambiado, seguirá siendo el mismo, con su escultura metálica de Don Quijote de la Mancha y Sancho Panza, a la entrada y ya en el interior las paredes decoradas con varias fotografías, a colores y en blanco y negro, de Marilyn  Monroe; llegará ella simultáneamente con la botana y las cervezas; el mismo mesero cumplirá el ritual de retirar y acomodar su silla para que ella se siente; se cumple y dirá…

- ¿Gustan ordenar? Ella estará viendo la carta e indicará…

- Pide tú primero…Lo harás y ordenarás

- Ravioles y pollo a la naranja; por separado, un poco de queso seco de la región y frijoles refritos…tortillas calientes, de maíz…y otra cerveza Bohemia, por favor…

- Para mí, igual, dirá ella…se retirará el mesero y ustedes pondrán toda su atención en los platillos que están para disfrutarse…escucharás que dice…

- Desconocía este lugar…

- Prueba la raíz del chayote y las rebanadas de papa cocidas…si les agregas un poco más de ese polvo de chile negro tostado, lo sentirás muy agradable…pica, pero se disfruta, no arde…le servirás su cerveza y harás lo mismo con la tuya y cuando están armados ella levantará su tarro y dirá…

- ¡Salud!...porque lo que bien empezó, bien acabe…

- ¡Salud!, dirás y tomarán un buen trago que se llevará casi medio recipiente…continuarán picando la fruta y los vegetales, aderezados con ese chile en polvo y ella sólo sonreirá al llevarlo a la boca…Ahora, tú dirás, tomando tu tarro…

- Por nosotros, Sun…para que la vida nos permita continuar como hasta ahora…

- ¡Salud! Que así sea y que todos, nosotros y los que estén con nosotros, disfruten de la vida y sus placeres y los dos levantarán sus tarros y llegarán al fondo con ese largo trago…se acercará el mesero con las órdenes de pollo horneado a la naranja, pan rebanado y tortillas calientes y las dos cervezas, y colocará frente a frente el servicio de cada uno…el tono dorado del pollo sobresaldría de todo el platillo y el mismo mesero servirá las cervezas en los tarros y al despedirse únicamente dirá…en un momento traerá lo restante…

- ¡Salud!, dirás…deseo que lo disfrutes…
- ¡Salud!, lo haré…y tomará, junto con el primer bocado, un trago pequeño y paladeará el

Maridaje… ¡Sabroso!...Ni dulce ni salado, ni amargo…Beto, hasta el momento no te has equivocado en nada…ni en el lugar, ni en los alimentos ni en los platillos…

- Celebro que te guste o te haya gustado todo…eso era uno de mis objetivos…
- ¿Había otros? Seguirán platicando y cortando la carne, suave, rosada, dulce del

animalito…y dirás

- Sí…disfrutar ese tiempo, ese lugar, descansar y disfrutarnos, gozar de la vida…hacer

disfrutable todo para vivirlo y recordarlo…

- Lo lograste con creces…continuarán paladeando y tomando la cerveza con pequeños

cortes de la carne y trozos de pan…verás cómo corta trocitos de pan blanco, los deja en el fondo del plato en donde está el jugo del animal y cómo los toma con su tenedor y junto con pedacitos de carne los lleva a su boca, deseable, y los paladea en maridaje con tragos un poco largos de su cerveza…pronto terminarán con ese platillo y el mesero, que los estará vigilando les retirará los platos y traerá los platillos de frijoles refritos y queso añejo de la región con tortillas…preguntarás

-      ¿Deseas una copa de vino blanco?

-      No. Así está bien…un vaso de agua de sabor…¿tiene agua o jugo de lima?, escucharás

que pregunta…y oirás la respuesta del mesero..

-      En un momento se lo traeré…y tú dirás…

-      Otro más, para mí…al tiempo…se retirará el mesero y poco después, no más de cinco

minutos ya estarán as dos copas con jugo de lima y ustedes seguirán disfrutando el queso añejo y seco de la región  o solo  o combinado con los frijoles refritos…verás, muy satisfecho, allá en el fondo y en la superficie tuya, que está disfrutando de todo lo que se le ofrece…al terminar, se acercará el mesero y preguntará…

-      ¿Postre?...Dirá, ella,

-      ¡Chongos!...sería una ofensa no comer chongos en su región…Dos órdenes, de favor…Y

se retirará con la promesa de que los traerá en un momento y así sucede…Al colocarlos frente a cada uno, dirá muy serio…

-      Son caseros…hechos en casa…

-      ¡Magnífico! Y empezarán a cortarlos y disfrutarlos…verás que ella está tranquila,

satisfecha y gozando de todo…tú estarás orondo como guajolote porque ella se ve, se nota y se muestra aparte de tranquila, feliz…Cuando terminan, le preguntarás…

- ¿Deseas alguna otra cosa más?
- Sí…pero sería un pecado capital y ya no quiero pecar más…he pecado mucho…
- La gula…pero se regula con otro y es casi imposible pecar completamente…
- No…no sigamos porque es broma…No… estoy completamente satisfecha… y además, lo

que deseo no es viable en este momento…

- Ya habrá otros momentos…otros veranitos como éste…
- Siendo así…pedirás la cuenta y hablando del restaurante pasará el corto tiempo en que

te traen la cuenta; al tenerla en tus mano, verás lo que es y la pagarás, dejando una pequeña propina; el mesero cumplirá el ritual de retirarle su silla para que ella se levante y al hacerlo te entregará su mano y enlazados saldrán del área del restaurante para dirigirse al empedrado donde está descansando el automóvil…le abrirás la puerta de su lado, entrará, se sentará y se colocará el cinturón y cerrarás su puerta; abrirás la de tu lado; entrarás te sentarás, la cerrarás y te colocarás el cinturón y encenderás el motor…escucharás su ronroneo y lo moverás para salir y dirigirte a Zamora…lo harás y cuando ya estás dentro de la vialidad, escucharás que ella dice…

- ¡Que sencillo festín, pero tan sencillo como sabroso!
- Y barato, completarás tú…te meterás a la ciudad, doblando a la derecha, pasarás por un

costado de la plaza de armas y el mercado de dulces, dejando la catedral a la derecha y rodarás de frente y pasarás, a verás a la derecha el edificio inconcluso de la catedral gótica de la ciudad y entrarás al bulevar Juárez que te sacará, doblando a  la derecha, de la ciudad; pasarás la glorieta a del monumento a Benito Juárez y te enfilarás hacia Tangancícuaro, pasando por la recta que comunica con el mercado de abasto y teniendo a  Camécuaro a tiro de piedra; pasarás por esos destinos turísticos y continuarás rodando hacia los pueblos mágicos de la Cañada de los 11 pueblos hasta llegar a Carapan; en todo el trayecto ella seguirá hablando contigo, pero tú estarás atento a las curvas del camino y aunque la escuchas no le harás plática, salvo las afirmaciones y preguntas para repetir algo que no oíste  bien…de boca de la primera protagonista de su vida te enterarás de muchos detalles de su vida que ignorabas y que no tenías por qué preguntarlas ni saberlas, sólo por o la cercanía de esos días  o por el aburrimiento de ese momento, de ese tiempo, te fue diciendo…sus ideas, sus ilusiones, sus ambiciones sobre el Spa en Ihuatzio y su afán porque le resultase la inversión; su gran amor y enorme confianza en el futuro de sus dos hijas… de nosotros, de mí…no habló nada y lo entendí y acepté…verás que está adormilada…dejarán Carapan y seguirán rodando hacia Zacapu; las curvas ya las conocías, pero jamás te confiarás y  seguirás atento a la cinta y muy pendiente de las luces que enfrentaba, pues empezaban  a llegar las sombras…dejarán atrás Zacapu y entrarán a los 30 kilómetros de curvas que los  separaban  de  Quiroga;  los  cubrirán tranquilamente y en silencio los recorrerás  y entrarás a Santa Fe de la Laguna y te irás derechito a Quiroga; cruzarás el pueblo por la calle principal y la más comercial y los 39 kilómetros a Morelia los recorrerás en silencio…ella seguirá dormitando y tú tararearás algunas canciones…tu cabeza repetirá el sonsonete de varias canciones que ya habías tarareado en el balneario…*es otoño…los amantes ya se fueron…las hojas de los árboles cubren el campo; sus voces amorosas ya no se escuchan…el verano ya se fue...mi amor de verano, mi primer amor, amor de estudiante, ya se terminó…vendrán otros veranos, vendrán otros amores, pero siempre en mi ser vivirá…mi amor de verano, mi primer amor…Cómo olvidar su pelo, cómo olvidar su aroma, si aun albergo en mis labios el sabor de su boca…cada piba que pase con un libro en la mano, me traerá tu nombre como en aquel verano…Fuiste mía un verano…solamente un verano…yo no olvido la playa, ni aquel viejo café, ni aquél pájaro herido que entibiaste en tu mano, ni su voz, ni sus pasos, te alejarán de mí…eh.eh.eh.eh.eh.eh…eh, eh, eh, eh ,eh, eh, eh…que otra vez será…que otra vez será…tierno amanecer, sé que nunca más...yo te di tanto amor por un día y después sin querer te perdí…no pensé que tu adiós dolería, que también lloraría por ti…mas, todo pasa…todo pasará y nada queda, nada quedará…sólo se puede ser encontrar la felicidad, cuando se entrega el corazón…laralalalala, laralalalala…mas todo pasa, todo pasará y nada queda, nada quedará, sólo se encuentra la felicidad cuando se entrega el corazón..laralalalala, laralalalala…*Con esas melodías en tu cabeza se acercarán a la ciudad capital dejando atrás el Tigre y dejando Capula a la izquierda y agarrarás el bulevar de cuatro carriles que los acercaría a la ciudad…en ese momento le tomarás su hombro…le dirás

- Despabílate…estamos por llegar a la ciudad…escucharás que te dice…

- ¡Se me hizo un tris! ¡Me eché un coyotito de contrabando!

- ¡Magnífico! Te vi durmiendo y no quise despertarte…hasta este momento…así que ya estamos de regreso…

- No hacías  ni un ruido…

- Estaba muy concentrado en la carretera…en el entronque tomarás el libramiento a tu derecha y seguirás hasta Costco y dejarás a la derecha la delegación estatal del ISSSTE y en el semáforo te meterás a la derecha y rodarás  entre la pendiente hasta llegar a la pluma de su fraccionamiento, y para que la vieran sacará  su cabeza sobre el cristal semibajado y nos dejarán pasar…rodarás entre las laderas hasta llegar a la cumbre…ahí, en la última casa te detendrás…apagarás el motor…saldrás del auto, te estirarás y le abrirás la puerta de su lado…habrá caído la noche…serían cerca de  las nueve de la noche…ella saldrá con sus bolsas con las compras y tú le ayudarás a salir…abrirás la cajuela y sacarás su maleta…con ella en la mano, la llevarás hasta el umbral de su casa…sus dedos se enlazarán con los tuyos, te ofrecerá su boca y sus labios abiertos serán una ofrenda de amor…la tomarás y te fundirás en un beso intenso…u cuerpo buscará el suyo y al encontrarse regresarán las hormigas y el aleteo de los colibríes que tienes en el cuerpo…sentirás sus vibraciones y sabrás que ella lo recibe y te comunica los suyos y te dirá…

- No, Beto…espera…estoy muy cansada del viaje…mañana…háblame mañana y nos ponemos de acuerdo para encontrarnos…esperaré tu llamada…sé que no somos de una caricia…te conozco, me conozco y si seguimos…no te dejaría partir… te quedarías a dormir…y no te dejaría ir nunca más…mañana…me hablas…esperaré tu llamada…y sus brazos te separarán de su cuerpo…obediente, dejarás caer tus brazos en paralelo a tu cuerpo y tratarás de anudarte a su piel, pero ella colocará sus brazos y manos en tus hombros y te dirá…

- Sé bueno, Beto, lindo y mañana me hablas…resignado sólo y solo dirás…
- Mañana te habló…te meterás en el auto, cerrarás la puerta y te colocarás el cinturón y

hasta entonces encenderás el motor…lo moverás para salir y cuando lo haces, sacarás la mano haciendo los movimientos del ¡Hasta luego…Adiós! Y seguirás la cinta asfáltica y rodando entre las lomas llegarás a Jardines del Ángel y te tomarás a la derecha para dejar Casa de Gobierno a la izquierda y bajarás a trébol del zoológico y pasarán entre el zoo y los cenadores para deslizarte frente a starmédica y rodar cuatro cuadritas para doblar a la derecha y al llegar a Vicente Santa María, dar a la derecha dos cuadras más, nuevamente y después a la izquierda y rodando treinta metros llegarás a tu casa. No estará el carro de tu hija…abrirás la cajuela, sacarás tu maleta y los bolsas con la sal y los dulces de arrayán y tamarindo y de coco…abrirás la puerta y entrarás y al cerrarla, dirás para ti solito…Ya llegué…y aquí despertarás. Antes de que suene el despertador a las 6.50 de la mañana.

# ÍNDICE

## Contenido